沙沟受降

张玉军 著

中国文史出版社

图书在版编目（CIP）数据

沙沟受降 / 张玉军著. -- 北京 ： 中国文史出版社，
2024. 9. -- ISBN 978-7-5205-4794-9

Ⅰ. Ⅰ247.5

中国国家版本馆 CIP 数据核字第 2024Q1Z661 号

责任编辑：刘华夏

出版发行：中国文史出版社

社　　址：北京市海淀区西八里庄路 69 号院　　邮编：100142

电　　话：010-81136606　　81136602　81136603(发行部)

传　　真：010-81136655

印　　装：济南精致印务有限公司

经　　销：全国新华书店

开　　本：1/16

印　　张：26.5　　　字数：390 千字

版　　次：2024 年 9 月第 1 版

印　　次：2024 年 9 月第 1 次印刷

定　　价：96.00 元

序　言

　　红色历史是中国共产党人创造的，红色文化是革命先烈用鲜血浇灌的。山东枣庄是一片红色沃土，是一个英雄辈出的地方，在抗日战争、解放战争中产生了"五大革命力量"，发生了"五大战役"，为打败日本帝国主义、推翻国民党反动统治、完成新民主主义革命、建立中华人民共和国，做出了重大牺牲和贡献。枣庄属于"沂蒙革命老区"，这里的革命故事多、红色印迹深。在中国共产党的领导下，枣庄人民利用地理优势、社会人脉，凭借赤诚之心、坚定信仰、革命斗志，不怕牺牲，创造出了不少英雄业绩。从地理上讲，枣庄北部岭脉相延、群山连绵，与泰沂山区连成一体；南面地势平坦，有2000多年的大运河穿境而过；西与微山湖对接，南与江苏相连。当时区域内交通发达，有津浦铁路、枣台铁路与连云港、徐州陇海线对接。现在京沪高铁、京台高速公路、菏临高速公路在此交会，是典型的战略要地。由于向北绵延不断的山脉隐蔽性强，向南有铁路、水路交通可进可退，这里成了革命武装的汇集地。从社会人脉看，因枣庄煤炭资源丰富，从清朝开始采挖，民国时期形成规模，并组建了"枣庄煤炭中兴公司"，1931年九一八事变后被日本人占领。在枣庄境内还盘踞了多伙土匪及各种恶势力，一些反动势力抢盗成风，峄、滕人民深受迫害，处在水深火热之中。哪里有压迫，哪里就有反抗，对此，中国共产党人看在眼里，带着初心使命和历史责任走进枣庄。在这块有情感、有温度、有血性的土地上，1926年就有共产党火种被点燃；1931年滕县在国民书店建立中共滕县特支；1931年中共枣庄特委成立；1933年中共峄县县委成立；1935年中共苏鲁边区临时特委在峄县西集镇建立；1936年滕县五所楼懋榛小学党支部成立。随着党组织建设发展，峄、滕地区革命斗争形势发展较快，引起了党中央的高度重视。为了创建全国革命根据地，在中央军委的指挥下，八路军第一一五师挺进峄县北部山区，为建立山东革命根据地打基础，在此发展革命武装力量。其间苏鲁支队、运河支队、峄县支队、铁道游击队、文峰大队等武装相继建立。枣庄人民为抗日战争、解放战争的胜利，以及全国的解放、新中国的成立，都做了重大贡献。

枣庄是典型的革命老区，红色故事多、红色印迹深。在大革命时期和土地革命时期，中国共产党组织建立得比较早；在抗日战争时期，鲁南第一个抗日民主政府在峄县成立。此时还发生了抗击日本侵略者的滕县保卫战、台儿庄大战、津浦铁路阻击战。在解放战争时期，鲁南战役、淮海战役（战争开始在枣庄地区）等，无论是人民军队还是枣庄老百姓，都做出了重大牺牲，人民军队有5万多人的热血洒在枣庄这块土地上。广大人民群众支援前线，达到了男性人人上战场、女性个个忙支前，全民共同参战的局面。历次革命战争也给枣庄留下了厚重的红色文化。经全方位调研认定，红色印迹深的乡镇达20多个，红色村150多个，国家级红色遗址1处，国家红色经典地4处、省级红色文化遗址12处、市级红色文化遗址30处，这些红色遗址对今天的枣庄起到重要影响。

红色文化是在中国5000年文明史的基础上产生的，也是共产党人用生命换来的。红色是中国共产党的底色，如何将底色保护好、传承好，是我们这代人的责任。我作为枣庄市革命老区建设促进会的会长，有这个义务把发生在枣庄地区的红色文化、红色故事、红色基因挖掘好、整理好、弘扬好。为此，我在深入调研、认真思考的基础上，产生了用文学创作的方式弘扬红色文化的想法，想要将发生在大革命时期、土地革命时期、抗日战争时期、解放战争时期中国共产党组织建立情况、抗日战争英雄故事、有影响的重大战役等进行文学创作。在创作中还原红色文化内涵，释放文化正向能量，达到弘扬传承之目的。我作为创作指导人，首先提出了创作形式、创作意图、创作手法、创作提纲。在众多的红色资料中，最终确定有重要影响、有可创作价值、有可弘扬意义的红色经典，定为文学创作的着笔点。同时在兼顾文学价值、艺术审美、篇目结构、小说成色等基础上，确定五部大型历史题材长篇"红色纪实小说"（以下简称小说）。

《国民书店》是以新民主主义革命时期的滕县"国民书店"为背景，讲述1926年共产党火种被点燃，1931年成立滕县共产党特别支部，开始传播马克思列宁主义。小说创作以"国民书店"党的特别支部任务为主线，把"国民书店"培养革命青年走向革命道路、党组织开展革命斗争的过程作为小说创作的路径。小说融合真实红色故事、时代革命情怀、红色基本素材、辩证理性思维、高尚真挚情操，讲述了共产党人经营的特色书店所发挥的作用，以及在革命战争年代所产生的独特价值。小说以"店"为背景，以人为主线，以事为看点，将店的故事、人的作用、事的情节，串联成一部有骨头有血肉的文学大作。相信这部小说，会在红色文化弘扬中展现风采、产生影响、发挥作用。

《沙沟受降》是以抗日战争为题材，将日军受降地"沙沟"作为创作背景。讲述了发生在枣庄地区抗日战争的斗争经过、日军投降的真况、枣庄人民英勇抗日的故事，歌颂了共产党领导的人民军队，揭露了日军在枣庄地区所犯的滔天罪行。作品让人民记住国家蒙辱、人民蒙难、文明蒙尘的屈辱历史。相信此作品可与其他抗日文学作品相媲美，也会在爱国主义教育中发挥作用。

《鲁南硝烟》是以鲁南战役（峄枣战役）为背景，全过程讲述战事的发生、战争的经过。该小说叙说的英雄人物、红色故事、战斗历程、军民团结，皆是鲁南战役的真实写照。小说展现了人民军队应有的特征，证明了共产党领导的人民军队是一支战无不胜的军队，鲁南战争的胜利是人民的胜利。

《初心本色》歌颂了中国共产党组织在枣庄的发展，反映了中国共产党领导人民群众坚持抗战斗争、建立人民政权、发展人民武装、解放劳苦大众的革命历程。小说还讲述了枣庄早期党的建设活动情况，歌颂了中共枣庄特委、峄县县委、苏鲁豫皖特委在枣庄地区革命斗争的壮举。小说以党的组织建设为红线，以共产党人的特质为本色，以革命斗争为基本内容，讲事、说人、论情，是一部较为完美的长篇文学作品。小说的创作出版，会对枣庄地区中国共产党领导的革命斗争史进一步完善补充，增光添彩。

《运河儿女》这部文学作品以八路军第一一五师领导运河支队抗战斗争为素材，讲述了枣庄段大运河两岸的英雄儿女参加革命抗战的历史。小说讲述了一名女共产党员，在抗战斗争中的英雄气概，以及运河支队在抗日战争、解放战争时期活跃在苏鲁大地、运河两岸的抗战英雄故事。小说将运河传统文化、红色革命文化、枣庄风土人情相融合，把女英雄气概和运河女性的内在美，表述得入情入理，是一部既有抗战特色又有运河文化底蕴的文学作品。出版发行后，能让读者了解枣庄大运河的文化内涵、革命抗战英雄故事，也会对弘扬中国共产党的革命精神产生积极影响。

五部小说的创作是一个大型文化工程，又是命题小说。从创意、选题、立纲、定篇，创作指导人和作者都做了认真思考和斟酌。总的创作指导思想是：坚持以习近平新时代中国特色社会主义思想为指导，按照小说创作规则，采用文学创作基本方式，纪实叙述红色故事，力创红色经典作品，为培养社会主义核心价值观提供红色素材，达到启智润志、培根铸魂、释放社会正能量的目的。为了创作好这五部长篇小说，创作指导人对每部小说进行了立意、定性、把关，从故事情节到小说人物，都与作者做了深入交流，形成了创作思维上的无缝衔接，有效提高了五部长篇小说的创作质量。

在创作过程中，创作指导人要求作者盯住四个问题：一是向历史学。学党史、学革命史、学文化发展史，把党的历史进程中三个关于若干历史问题的决议作为创作的政治遵循。要求作者讲党性、遵历史、重实际，坚定创作的信仰、信念、信心；二是走出去学。启发作者灵感，组织作者走入"大别山区"，向革命老区学习，激发灵感，拓宽路径，增加素材，提高觉悟。让五部长篇小说充满红色文化底蕴，展现革命风采；三是向故事发生地学。为把命题小说写实、写真、写好，要求作者到故事发生地学习调研，取得第一手真实素材。每位作者全部走到故事发生地，与知情人面对面交流，了解故事发生的背景、人物的生活经历、革命斗争的真相、抗战取胜的真况、党与百姓的真情，力争小说的内容真实、文创高尚、语言流畅、有情有味；四是向文学经典学。五位作者虽然都有文学创作史，也都有文著，但是创作红色革命历史题材纪实小说还是第一次。创作指导人，要求作者总结创作经验，向文学经典学，向红色著作学，从而找到新的创作理念，注入新的创作动能，激发新的创作灵感，把每部小说创作成文学经典、红色纪实小说的典范。经过两年的创作，每位作者不分昼夜，圆满完成了创作任务。在中华人民共和国成立75周年之际出版发行，这是对国家的大爱、人民的真爱、文学的热爱，也为深耕红色文化、厚植爱国情怀，撰写了五部红色典籍。

　　小说的创作成功，主要取决作者的艰辛创作、用心耕耘。《国民书店》的作者邵磊，不光有厚实的文学创作功底，还有良好的政治素质，完全具备写好这部长篇小说的能力。这部小说的创作，政治站位高、文学语言好、故事情节多，有高山流水之美，有曲径通幽之感，内容引人入胜，阅后收获颇多，是一部典型的优秀红色文学作品。对于不忘初心、坚定信仰有积极影响。《沙沟受降》的作者张玉军，有扎实的文学创作真功，有良好的政治觉悟，出版过多部文学作品。这部小说准确把握了抗日战争的历史，完整地叙述了日军在枣庄投降的全过程。看后能激发读者的爱国热情、增强爱国认知。《鲁南硝烟》的作者邵磊，是在创作指导人多名遴选者中，谨慎斟酌，反复衡量，确定的最佳人选，来承担《鲁南硝烟》的创作。读完这部作品，犹如亲临鲁南战役战场。小说把鲁南战役的真况，用文学创作手法，塑造了鲜活的军事文学作品，把战役中军队的担当、牺牲、力量、情意化作战无不能的军魂。同时，还把战役中产生的英雄故事、军民情怀融合到小说之中，是一部有血、有肉、有情感、有担当、有使命的红色纪实小说，有战地火花分外重之感。《初心本色》的作者殷振峰，是一位有经验、有品位的作者，从事文学创作多年，又在地方党校任职，对写好《初心本色》具有地方性党组织发展历史的作品是完全胜任的。这部作品对歌颂枣庄地区早期党的组织活动，以及革命斗争有着重要意义。《运河儿女》的作者晏宝银，擅长文学创作，有良好的写作基础，从事过法教工作，出生在大运河岸边，对运河文化颇有研究，对红色文化更有情怀，是承担这部作品的最佳人选。《运河儿女》是一部歌颂运河支队抗战历程的作品，小说对于赓续红色血脉、传承运河文化有积极作用。这五部长篇小说既有弘扬红色文化的共性，又有文学作品的纪实性，还有故事的独特性，出版发行后，会在社会上产生积极的文化反响。

文学作品永远相传，红色经典永不褪色，相信这五部长篇纪实小说，会成为枣庄文化发展史和文学创作史上的重要一笔。集成创作出版大型红色历史纪实性小说，是文学创作的大动作，也是文学创作创新的体现，在我国文学创作史上有不少范例。但是一个地方同时集成连续出版五部长篇红色纪实小说是少有的。实践证明，创作指导人与作者们的坚毅奋进，艰辛创作，排除困难，消除干扰，用两年时间全部完成创作出版任务，这在枣庄文学史上是一个创举，是无私的奉献。在五部作品的创作过程中，创作指导人、作者、协助人员付出大量艰辛的劳动，没有经费、没有报酬，全靠个人拿退休金、工资外出调研、寻找资料，如果没有坚强的党性、崇高的信仰、奉献的精神是办不到的。在创作过程中，创作指导人多次召开动员会、协调会、推进会、审定会，对每部作品全篇通审两遍，提出问题，写出评语，寄予希望，推动小说顺利完成创作。在创作过程中，创作指导人还对小说应遵循的原则、把握的篇章、故事的情节做出系统安排，在会上从每部小说的创作点评，到审后评语，都做了精心指导。

这五部红色历史题材纪实小说的创作，对于枣庄革命老区红色遗迹的保护宣传、红色资源的挖掘利用，都具有重要意义。小说全面完整地把枣庄老区红色文化进行了创新提升、挖掘弘扬、传承延续，是对中国共产党人在枣庄革命历史真相的有力还原和褒扬。通过文学方式将红色经典提升到更高、更远、更深的层面，是对红色经典的致敬，也是对红色历史负责。在枣庄文化发展史上，曾有一部《铁道游击队》长篇小说把枣庄宣传到全国，提升了枣庄知名度。相信这五部红色长篇小说也会像《铁道游击队》一样，进一步扩大枣庄对外影响力，并形成一体效应。多部长篇小说共同发力，会更好地拓展枣庄文化内涵，增强文化自信，推动枣庄经济社会全面发展。枣庄市革命老区建设促进会自 2019 年 10 月 16 日成立以来，就把弘扬红色文化、利用红色资源、传承红色基因作为己责。我作为枣庄市革命老区建设促进会会长，想在心里、抓到手上、干到实处，编辑出版了《枣庄红色记忆》《枣庄革命老区发展史》，记录了枣庄百年红色历史。如果说那几部红色书籍是对枣庄革命历史真况的盘点和保护，那么这五部长篇红色纪实小说更是对枣庄红色经典的传承和奉献。文化的力量是无穷的，红色文化的生命力会更强，通过文学作品将红色文化转化为社会正能量，对助推爱国主义教育、社会主义核心价值观的培育，将起到重要作用。这五部小说的底色和成色是饱满的，可以说底色正、成色足，对于坚持习近平新时代中国特色社会主义思想，推进强国建设、民族复兴伟业，建设中国式现代化，推动革命老区乡村振兴，产生积极作用。

红色纪实小说的创作，要坚守灵魂、遵守道义、保守品格，作品创作坚持什么、反对什么、弘扬什么是底线，也是文学作品应把握的问题。这五部红色小说皆遵循了这些基本原则，应该说都具有马克思主义立场观点，具有中国共产党人的精神品格，具有中华优秀传统文化的脉络内涵，具有文学作品创作的情操，具有可读应知的红色故事，具有作者朴素高尚的真挚感情。在小说中形成了一个系统文学体系，用生动具体的实例、科学合理的情节、高尚的情操，让红色历史可感可及、可读可学。在计划创作这五部红色经典时，我作为创作指导人，思考最多的有两个问题：一是找谁来创作？二是在什么时间节点完成？第一个问题是最难确定的，在我的谋划中，凡是在国内我了解的文学创作爱好者都与本人做过沟通，见面交谈的有 20 多人，按我确定的作者标准，"政治信仰坚定、文学功底扎实、情怀境界高尚、无私奉献担当"的人可作为创作人选，最后确定现在的四位作者。从创作成果来看，这个决定是成功的，达到了我需要的结果。在完成时间节点上，用两年时间赶到中华人民共和国成立 75 周年前出版发行，体现革命老区工作者的爱国之心。2024 年也是《中华人民共和国爱国主义教育法》实施的第一年，从各个时间节点看，本套书出版发行意义重大、对于坚定文化自信，弘扬革命精神，从优秀经典中汲取营养和智慧，延续红色血脉，萃取思想精华，展现红色魅力，升腾民族意志都会产生重要影响。

小说的创作需投入精力，更需时间打磨，还需各方配合。一次性创作出版五部红色纪实小说，工作量可想而知。特别是作者邵磊，承担了两部作品的创作任务，实属不易，更不简单。这五部共计230多万字，从调研采风、素材收集，用时半年，征集史料达3万多份，创作指导人和作者都付出了艰辛劳动。在这里首要感谢作者。小说的创作出版是一项综合性工程，不仅需要有作者的文学智慧和奉献精神，还要有为红色纪实小说出版发行的服务者，没有他们给予的支持也是办不到的。在这里，要衷心感谢中国文史出版社给予的支持肯定，感谢山东诗韵书坊文化发展有限公司给予的大力帮助。再好的远景预期，没有众人的支持是不成功的。枣庄市革命老区建设促进会有关人员，为红色经典创作提供了热情服务，值得称赞。五部红色纪实小说在各方的帮助下，创作出版才得以圆满成功。这五部小说除了在内容上用心用情创作外，小说的封面也做了精心设计。封面景照为北京八达岭长城，意在"江山就是人民，人民就是江山，红色文化有人民的贡献"。压底照片采用"大运河枣庄段画面"，意在大运河2000多年的文化史孕育了枣庄这片有温度、有情感、有血性的热土，产生了许多红色文化、红色故事，体现了枣庄特色。小说的出版发行，是对枣庄革命老区红色文化传承的贡献，也是向红色经典致敬的最好形式。作为创作指导人，深感高兴。红色纪实小说的出版发行，也填补了枣庄历史题材长篇红色纪实小说创作的空白，无论对枣庄、山东，乃至对全国都是一份厚重的文化大礼。枣庄市革命老区建设促进会，对这份厚礼会倍加珍惜，积极呼吁社会各界搞好宣传，并在此基础上做好影视作品的创作生产，为宣传沂蒙枣庄革命老区做出积极贡献。

枣庄市革命老区建设促进会会长　刘宗敏

2023 年 12 月 12 日

目　录

引 子

　　1937年7月7日，卢沟桥事变爆发，日本对我中华民族发动了全面战争。7月29至30日，日军占领北平、天津；11月8日，山西太原陷落；11月20日，上海陷落；12月13日，南京陷落；12月27日，山东济南陷落。日军分南北两路大军，兵锋直指战略要地徐州、武汉，他们狂妄地叫嚣要在三个月之内占领徐州、夺取武汉、灭亡中国。面对着日本侵略者的大肆进攻和狂妄叫嚣，中国需要立即行动起来，团结一切可以团结的力量来阻击侵略者的猖狂进攻，同时更需要一场胜利激发全国人民斗志。就这样，其焦点之战便落在了鲁南的枣庄地区，在枣庄这片广袤的热土上展开了一场扭转抗战大局的关键之战，即台儿庄大战。此战从滕县保卫战开始，历时20余天，以消灭日军10000余人的辉煌战绩取得了胜利。这一战重挫了日本侵略者的嚣张气焰，增强了全国军民夺取抗战胜利的信心。

　　1937年12月下旬全1938年1月上旬，日军在先后占领了济南、泰安、兖州、邹县之后，即以邹县为据点，以两下店为前进阵地，一时与界河东西一线的中国军队保持着对峙状态。此时在邹县、两下店一带的日军为第一〇六师团的一部800余人，由福荣少佐指挥。自2月下旬起，日军第一〇六师团的一个旅团增援邹县。3月初，日军第十师团经由济南、兖州也到达了邹县。

3月上旬，日军在向邹县大量增兵后，从3月4日起，即不时地派出搜索部队向中国军队第四十五军第一二五师的一线阵地进行威力侦察。中国军队得知日军即将大举进犯时，决心阻击日军南进，固守滕县。

3月14日拂晓，日军以步兵、骑兵10000余人的兵力，在20门大炮、20辆坦克、20多架飞机的配合下，向中国军队第一二五、第一二七师前线阵地展开了全线进攻。中国军队凭借战前修筑的阵地奋勇迎击，激战一整天，除白山、下埠、黄山等前沿阵地被日军占领外，界河东西一线的正面主阵地依然在中国军队手中。

当驻临城的中国军队总司令得到日军大举进攻的消息后，立即乘坐火车赶到滕县了解情况，并亲临前沿阵地视察。他根据掌握到的具体情况，随即在北沙河召集附近的一些部队长和幕僚长开会，并提出了作战方略，要人人抱有"有敌无我，有我无敌"的决心与敌死拼。

3月15日，日军鉴于从中国军队的界河正面阵地进攻未能得手，除以主力继续猛攻外，另以3000余人的兵力向中国军队第一线阵地右后方的龙山、普阳山迂回包围。但龙山、普阳山已有中国军队第一二七师主力部队据守，日军猛攻一整天未能攻下。

日军在界河、龙山、普阳山一带以及在滕县城关等处碰了硬钉子，集中兵力猛攻了三天没能拿下不说，并且伤亡惨重。于是日军在16日夜间调集了第十师团和第一○六师团的一个旅团，共计30000余人的兵力，在70多门大炮和50辆坦克的配合下，向滕县城关东、南、北三面进行猛攻。

17日上午6点，日军在以60门山野炮向滕县县城密集攻击的同时，还用20多架飞机进行临空投弹和扫射，一时炮弹、炸弹如倾盆大雨，整个滕县县城除北关一隅因系美国教堂所在地外，到处硝烟弥漫、墙倒屋塌，其破坏之惨状实属罕见。日军开始进攻时，中国军队正在西门内第二六四旅旅部研究守城问题，当决定在炮轰的间隙返回东门内的时候，竟然找不到东、西大街的街道了，满街都被倒塌的建筑物堆成了一个个的小山丘，石板路也被炸出了一个个深坑，全城一片火海，到处都是焦土。

滕县保卫战自 3 月 14 日早晨开始至 18 日中午结束，共计 4 天半的时间。这次战役共击毙日军 2000 余人，中国军队则死伤近万人。在这次战役中，日军用大炮和飞机向滕县县城落下的炮弹达 30000 余发，整个城池化为了一片焦土。日军矶谷师团在占领了滕县后随即向台儿庄进击。

在滕县保卫战和台儿庄大战期间，残忍的日本侵略者在枣庄地区制造了一个又一个杀害无辜老百姓的血腥惨案。他们所到之处气势汹汹，耀武扬威，干尽了烧杀、奸淫、掳掠的勾当，使整个枣庄地区遍地狼烟。

1938 年 3 月，日军在向滕县方向大量增兵的时候，不断派出飞机进行空中侦察。3 月 15 日天刚亮，日军一个连的先头部队沿着公路经二十里铺朝北沙河方向扑来，这支先头部队是为后面的装甲部队来探路的。北沙河村里原有 500 多名老百姓，自 3 月 14 日界河一线的阵地开战后，已经有一部分村民逃往了村外，还有一部分村民跑到了德国教堂里，滞留在村里的人并不多。日军进村后找不到太多人，却发现大街小巷的墙壁上贴着反日的标语口号，再加上公路被毁、铁路桥被炸，严重阻碍了日军大部队的前行。恼羞成怒的日军兽性大发，随即便端着明晃晃的刺刀，在村子里开始了灭绝人性的大屠杀。他们不论是对走不动的老人，还是对刚学会爬的婴儿，只要是村里活着的人，一个都不放过。村民有的被绑在树上活剥，有的被刺刀穿死，有的被关在屋里活活烧死，可以说惨绝人寰。据统计，在北沙河惨案中，日军共杀害了 98 名村民，其中儿童就有 15 名。全家被杀绝的 11 户共 25 人，剩 1 口人的仅 4 户。放火烧毁房屋 240 余间、牲畜 12 头、农具 10 余套、大小车辆 15 辆、粮食 27500 余斤，抢走猪羊家禽不计其数。

1938 年 3 月滕县失守后，日军进而向峄县一带大举进犯。峄县的村民得到消息后，纷纷外出避难。当一些村民听说老和尚寺村附近有山洞可以躲避日军的飞机炸弹时，便拖家带口地来到老和尚寺村避难，在两三天的时间内前来避难的村民达四五千人，大都是来自垞塔埠、王庄、涝坡、坦山后、洪村、岳楼、桃花村、刘村、山阴村等地，一时间老和尚寺村的村里村外、山间空地到处都是前来避难的穷苦百姓。3 月 14 日晨，日军探悉有中国军队驻扎在永安乡马场村后，便派出 2 架飞机前往轰炸。日军轰炸机飞抵马场村上空后，经过一番侦察确认中国军队已经撤走，并同时观察到距马场村不远的老和尚寺村到处是人，便以为村里藏有部队，可随即俯冲侦察后却发现都是些逃难的老百姓。在确认了都是些逃难的老百姓后，日军飞机在老和尚寺村低空盘旋了几圈后，投下了数枚炸弹、燃烧弹，并进行了低空扫射。瞬间，山谷中的爆炸声惊天动地、浓烟飞滚、火光冲天，在硝烟弥漫的爆炸声中血肉横飞、尸骨满山遍野。累累弹坑的周围，横七竖八地躺满了老百姓的尸体，有的缺胳膊少腿，有的血肉模糊，有的身首异处，有的尸碎如泥……墙头上、树杈上到处挂满了被弹片崩飞的衣服布片和血淋淋的人手、人腿，其惨状目不忍睹。老和尚寺村有座庙，庙里面躲藏着近百名老百姓也被日军的飞机全部炸死，不仅这座庙变成了一片废墟，而且庙旁卖牛羊肉的店铺也全被炸飞，店铺里的老板和伙计被炸得尸首全无。老和尚寺村惨案共造成了600多名村民被炸死，1000多名村民被炸伤，50间房屋被炸毁。

1938年3月22日，南下台儿庄作战的矶谷师团率步兵1000余人，在12辆坦克车的配合下，骤然开进了郭里集。乡里的许多村民闻讯还未来得及逃难，便被日军抓了起来，其中有10多名村民被日军抓住后囚困在了郭里集西街的一个酒馆里。当一名妇女偷偷溜走时，被日军发现，日军端起刺刀便刺进了该妇女的耳朵里，然后用力旋转着使其死亡。被抓的其他13个村民也在此全部遇难，一时间酒馆里血流遍地，惨不忍睹。日军除了在郭里集大街上见人就杀外，还极其残忍地奸杀妇女，在余粮店村的一眼水井中，竟打捞出了7具尸体。在这次血腥的浩劫中，郭里集乡有78名村民被日军残忍地杀害，其中被先奸后杀的妇女有37人。日军放火烧毁房屋840余间，抢走、烧毁粮食17万斤，衣物5000多件。

1938年3月23日早上8点，为了报复3天前40名日军士兵在税郭纪官庄被中国军队全歼的怨恨，一队日军从黄楼出动，突然包围了纪官庄。日军进村后见人就杀，见房屋就烧，极其凶残。日军发现村民赵某夫妻俩正要出门躲藏，就把他俩硬是推进屋里，将门闩上后把这对夫妻活活烧死。另一对纪姓夫妻也被日军同时扔进了火里烧死，其惨状目不忍睹。一外村村民下午进村想为一死去的亲戚掩埋尸体，结果被日军抓住后拖到了村东的一汪边，将其按倒在一块石头上开膛破肚，其惨叫声让人难以入耳。村里人为了让后人记住这一残忍的事件，便把此汪称作"划腹汪"。日军在纪官庄一天的时间内共杀害村民30名，烧毁房屋200余间，粮食、衣物、农具等全部化为灰烬，全村的牲口、家畜等被洗劫一空。

1938年3月29日下午，两个前去参加台儿庄大战的日军散兵到邹坞寻找"花姑娘"时，遇到两个国民党军士兵到邹坞偷鸡。两个人见有两个日军正在一菜地里追赶农妇，便开枪将一名日军击伤。此时台儿庄的激战正酣，中日军队相持不下，均处在胶着状态，日军见有士兵在邹坞受伤，当天傍晚便纠集临城的300多日军前来报复。村民闻讯之后，惊慌失措，大部分人逃向了北边的山里避难。日军进村后便开始了惨无人道的大屠杀。他们端着上了刺刀的枪到处搜查，不论男女老少，见了就杀。有5个村民在村西南菜园躲进了一眼枯井里，结果被日军发现后，一阵乱枪打死。井西边菜园屋子里，有32个村民被日军搜出来后全部杀害。日军在村东头搜出了5个男青年，用刺刀将他们全部刺死。日军在村西北角的爬桥上布了岗哨，见有路过的人就截住，然后一拥而上用刺刀乱刺，有的故意不一刀刺死，而是听着受害者凄厉的喊叫声，大笑着再补一刀，然后才将尸体用脚踢到桥下去。一时间，爬桥两边的河里堆满了尸体，鲜血染红了河水。日军在邹坞祸害了两天才离开，共杀害了83名村民，其中有12户被杀绝。

面对着日本侵略者的凶残和手里的屠刀，英雄的枣庄人民没有被吓倒，而是在中国共产党的领导下，纷纷拿起了武器，积极加入打击日本侵略者的队伍里。1938年3月，共产党人郭子化、朱道南、褚雅青等拉起的三支抗日队伍在墓山会师，并由中共鲁南中心县委书记何一萍牵头，按照苏鲁豫皖特委的指示，将三支队伍合编为了峄县人民抗日义勇大队。从此，星星之火燎原了整个枣庄大地，先后又组建起了多支人民的抗日武装，在这片4500多平方公里的土地上，先后与日本侵略者进行了数以百次的搏击，最终经过艰苦卓绝的抗争而夺取了胜利，迫使1000余名日军在沙沟向我八路军部队受降，这是在中国的抗战史上浓墨重彩的一笔。

第一章　组建队伍

一白一红两匹战马在广袤的旷野上奔驰着由远而近。

骑在白色战马上的是一位 30 岁左右的汉子，威风凛凛，英俊潇洒。只见他头戴一顶灰色八路军帽，上身穿的白色老粗布褂扎在裤腰里，那腰间斜挎着的匣子枪伴随着战马奔驰着的脚步一起一落地上下晃动着，显得格外精神抖擞，他便是枣庄红岭村的刘振武。

5 年前的 1933 年 7 月，刘振武跟随父亲刘相龙参加了共产党人刘芝言、杨冠五等领导的苍山暴动，暴动失败后为了躲避国民政府保安团的追杀，刘振武与其三弟刘振东等跟随共产党人董一青去井冈山参加了红军，后来经过二万五千里长征到达延安，在延安抗大学习了一年后，受延安的派遣，回家乡组建抗日队伍。

刘振武猛地一勒马缰绳，只见那白马"嘶嘶"鸣叫着高高抬起前蹄，然后急促地打着喷鼻儿停了下来。他扭头对骑在枣红马上并行的同乡李传宝说："前面就是沙沟的铁道线了，据说台儿庄大战后，敌人在这一带活动猖獗，加强了对铁路沿线的巡逻，到处搜捕我抗日人员，咱们要格外小心！"

李传宝说："是！连长。"

两个人骑在战马上欲跨过铁道线，突然，李传宝大声地对刘振武说："连长，你看，前面像是鬼子的巡逻队。"

刘振武勒住战马，举起望远镜向前方望去。望远镜里出现了一队戴屁帘帽的日军巡逻队。他放下望远镜对李传宝说："有十来个小鬼子，准备好家伙冲过去。"他说完两腿使劲儿一夹战马，便飞驰着向日军的巡逻队冲了过去。

日军巡逻队见有两匹战马飞奔而来，便慌乱地端起枪来"哇哩哇啦"叫着欲射击，但还没等他们拉开枪栓，只见飞奔的战马已经来到了眼前。骑在战马上的刘振武和李传宝把手中的匣子枪一甩，各"叭叭"几枪就撂倒了三四个日军，随之便跨过了铁道线。恰在此时，一列由北而南的列车呼啸着擦身而过。等列车开过，日军一边射击一边"哇哇"叫着登上铁道线的时候，却早已看不见了两匹战马的踪影。

红岭村的刘相龙是刘振武的父亲。他5岁那年拜了沙沟练武之人马六合为师，学习拳术和刀术，经过10多年的苦练，练就了一身好功夫。一次，他的师兄指着一根一搂粗的圆木说，今儿咱俩打赌，输了的请吃西瓜，看谁能一刀把这圆木劈成两半儿。刘相龙说俺不用刀，用手掌就能劈开。说完，他一运气儿就举掌劈了下去，却没能劈开，圆木只是裂开了一尺多长的口子。结果输了，请师兄吃了一顿西瓜。等吃完西瓜，刘相龙告诉师兄，在他劈圆木的关键时刻放了个屁，走了气儿，要不然那圆木就全劈开了。他学武有成后，便回到了村子里娶妻生子，先后有了3个儿子，2个女儿，平日里除了教3个儿子武功外，过起了与世无争的小日子。随着连年的军阀混战，国民屡遭涂炭，吃尽了兵荒马乱的苦头。一天，村里有人跑到家里来告诉他，有个卖艺的人上咱这村里来了，在村口的场院上等着呢，说是要跟你"玩玩"！"玩玩"是江湖上的客套话，也就是比个高低的意思。刘相龙一听，心里想，看来这卖艺人是善者不来，来者不善啊，也就没再多想，便带上3个儿子直奔场院而去。那"卖艺人"见刘相龙来到了场院上，便迎上前施礼道："本人龙少坤，乃临城人，久闻刘壮士武艺超群，今儿前来一会。"刘相龙双手抱拳还之以礼后，便仔细地打量了一番站在眼前的这位要跟自己"玩玩"的卖艺人，可他怎么看此人也不像个练过武的人，倒像个招摇过市的"鬼"。

不管他是人是"鬼"，俺必须来个先发制人，给他点儿颜色看看。便说，那，咱们就"玩玩"！他话音未落，就听得"哗啦"一声，双手各执一把大刀抱在了胸前，又朝向天空微微一举，然后猛地往地上一插，身子往上一跃而起，双脚便稳稳地站立在了两把刀的刀柄之上，摆出了一个迎战的架势。那卖艺人看了立刻拍着手赞许道："好，好身手！真是名不虚传啊！"然后双手抱拳又说，"刘壮士，俺今儿前来不是与你比武，而是请你出山的，到县保安团来担任总教头如何？保你吃香的喝辣的，当半个家。"刘相龙见此人说是来与自己"玩玩"的，却没玩成，心里感觉有些上了当的滋味儿，又听说让他去当什么总教头，为其看家护院，更是气不过，愤愤地说："俺这人不才，是这山里土生土长的庄稼人，拳艺、刀术仅会些皮毛而已，当不了什么总教头，你还是另请高明吧！"说完，就冲着三个儿子一挥手："咱们走！"1927年，军阀张宗昌统治了山东，对老百姓征收税捐到了敲骨吸髓的地步。再加上连年的旱涝灾害，各地粮食歉收，老百姓逃荒要饭的比比皆是，人民生活陷入了极度的水深火热之中。在这官逼民反的年月里，有许多人铤而走险沦为盗匪。当时的鲁南地区几乎遍地是土匪，大股的有数千人、几百人，小股的有几十人、十几人。他们三五成伙、四五成群，忽聚忽散，到处拦路抢劫、绑架索赎，使整个鲁南地区鸡犬不宁，民不聊生。为防匪患，刘相龙仿照临沂一些地方组织大刀队共同防匪患的做法，同村里赵新河等人商量后成立起了红岭村大刀队共同防匪患。自然，刘相龙担任了大刀队的大队长，把自己学得的一身好刀术传授给大刀队的队员们，使红岭大刀队的名声很快在鲁南地区大振，让土匪们闻之丧胆，不敢上村里来招惹是非。后来，村里的学校来了一个叫董一青的教员，他经常利用茶余饭后的时间，向刘相龙、赵新河等人传播一些马列主义学说和共产党要带领劳苦大众推翻封建的旧制度，建立起没有压迫、没有剥削的新制度的理念，让刘相龙、赵新河等人的眼界大开，经董一青介绍加入了党组织，并带领大刀队参加了党领导的苍山暴动。暴动失败后，刘相龙一家遭到了国民政府县保安团龙少坤的追杀，其母亲刘张氏就死在了龙少坤的枪下。在被保安团追杀的情况下，大儿子刘振武和三儿子刘振东跟着董一青去井冈山参加了红军，二儿子刘振山在暴动中受伤下落不明，后被赵颖一家救起当了上门女婿。现在家里除了刘相龙和老伴儿方玉娥外，还有闺女刘芳、刘茵和刘振武的媳妇鲁娟及儿子小红军。

这天上午，刘相龙正坐在堂屋里抽烟袋，忽见红岭学校校长、自己的姐夫赵新河提着两瓶兰陵陈酿进到了院子里，就忙站起来把他迎到屋里坐下，随手沏上茶后，两个人便一边喝着茶一边拉了起来。

赵新河呷了一口茶放下碗说："相龙，眼下的形势你知道不？台儿庄大战后没有几天的工夫，日军就把咱枣庄、临城、沙沟等重镇全占了。小鬼子所到之处疯狂地枪杀掠夺，制造了一起又一起残害百姓的血案。俺的想法是，把咱们村里的几个老党员凑到一起开个会吧！重新把原先参加苍山暴动的大刀队再组织起来，一旦日本人上咱这里来，咱们好有个保家保民的抓手，绝不能任人宰割才是呀！"

刘相龙听后沉默了好大一会儿，深深地抽了一口烟袋说："五年前的那场暴动，大刀队死了十几口子人，伤了元气，直到现在还有的家属抱怨俺呢！再说大刀队有年月不集中了，怕是把队伍重新拉起来有难度。不过话又说回来了，上次暴动是打狗，被狗咬了一口，而这次是狼来了。这狼来了，咱们如果不抱起团来驱赶它，就不单单是被咬一口的事了，而是有被它吞食掉的可能。"

赵新河说："所以说，咱们要把这个道理给村民们说一说，只要把道理说清楚了，大家还是有这个觉悟的，咱不能赇等着小日本上村里来祸害呀！"

刘相龙说："嗯，振武前些天来信儿了，说是他抗大毕业后要求回山东开展抗日工作的报告领导已经批准。要是路上顺利的话，麦收前也就该回来了。俺看把大刀队重新拉起来的事儿，就等他回来了再说吧！"

赵新河一听："哦？是吗，这可太好了。苍山暴动失败后，他和振东、小冰跟着董教员去了井冈山，好歹都没死在长征的路上，真是万幸。他们回来了就好了，这样把当年的大刀队再拉起来就有希望了。"

刘相龙说："是振武一个人回来。振东和小冰还在延安学习，将来回不回山东不好说。"

赵新河呷了一口茶说："哦！是振武一个人回来呀。"他说这话的味儿有些酸涩，本以为自己的儿子赵冰也能跟着刘振武一起回来，他们当年可是一块儿跟着董一青去的井冈山，咋就不一块儿回来呢？他从心底有了一丝失落感。他放下茶碗看了看刘相龙又说："你听说了没，怪不得小日本一来就没再听到县政府的人一点儿动静，俺昨儿才知道，原来是在小日本来之前，他们就跟着省政府主席跑了，就连那个龙少坤的保安团也不知道躲到哪里去了。"

刘相龙说："嗯，俺已经听说了。这没有什么可大惊小怪的，现在的国民政府名曰国民的政府，实际上是代表地主资产阶级利益的政府，是欺压和残害国民的政府。谁真正代表国民的利益站出来说话，他们就无所不用其极地给予打压，这些年他们干追杀咱共产党人的事儿还少吗？而他们对来势汹汹的日本人，却是谈虎色变。至于县保安团的那个龙少坤，更是个胆小怕事、有奶便是娘的滚刀肉，别看这小日本一来躲了起来，他只是避避风头而已，一旦小日本在这里站稳了脚跟儿，他就会像狗一样的去给日本人摇尾巴。对于这个人，俺是太了解了。当年他能当上保安团团长，就是为了保住他龙家大院的财产不被土匪抢劫了去，向国民政府花大价钱买来的。他若不给小日本当汉奸便罢，他若是当汉奸为小鬼子干事，俺就跟他把当年杀害咱娘的老账和现在的新账一块儿算了，不取下他的狗头，俺刘相龙誓不为人。"

赵新河说："听说这些年里，你一直在寻找杀了他龙少坤的机会，以报咱娘的那一枪之仇？"

刘相龙说："嗯，是这事。有一天夜里，俺趁天黑摸进了他龙家大院，悄悄地来到了龙少坤卧房的门前，等俺打昏了两个门卫后进到卧房里，没想到门里边还有两个暗哨，在与其厮打过程中，有一卫兵开了枪，俺一看情况不妙，便把身子一跃躲过子弹后，夺门而退了，算他小子走运。后来俺听说那龙少坤当时一听到枪响，说是有刺客，吓得尿了一炕。"

赵新河听了："嘿嘿，这事儿俺也听说了，原来是你所为啊！"

两个人拉得正热乎，就见有一只喜鹊落在院子里的杏树上"喳喳喳"地叫了一阵子，向院子外飞去了。

没有多大工夫，就见刘振武穿着一身崭新的八路军制服走进院子里来。

他见娘方玉娥正坐在杏树下做针线活儿，就大步流星地走上前去，双膝跪地用两只手拉住方玉娥的手说："娘，俺是振武啊！"他说着把帽子摘下来，放到了方玉娥的膝盖上，又说："怎么，认不出俺了？"

方玉娥惊喜地说："啊呀嘿！是振武回来了呀！"说着一把把刘振武揽在了怀里，"你可回来了，把娘想坏了啊。"随即两行热泪流了下来。

饭屋里，刘振武的媳妇鲁娟正站在案板前切菜，听到了院子里的说话声，便把手里的菜刀一放跑了出来。刘振武的妹妹刘芳、刘茵也都跟了出来。

刘振武见鲁娟、刘芳、刘茵她们从饭屋里出来，连忙站起身来笑呵呵地迎了上去。

鲁娟见了刘振武，脸颊红红的，声音颤颤地说："你回来啦？"然后就羞答答地把头低了下去。

刘振武笑呵呵地看着鲁娟说："回来了。"

刘芳上前抱住刘振武的一只胳膊嘻嘻笑着说："哥，你可回来了。俺嫂子可是天天念叨你呢，是吧？嫂子。"她说着，冲着鲁娟扬了下头。

鲁娟脸羞得通红，赶忙跑到屋里去了。

刘茵上前抱住刘振武的另一只胳膊说："哥，你不认识俺了吧？俺是刘茵呀。"

刘振武仍旧笑呵呵地说："俺知道你是刘茵。不过，5 年多没见，你已经从一个小姑娘长成大姑娘了，要是在院子外碰到你呀，还真认不出你来了呢。"

鲁娟从屋里把正睡着的小红军抱了出来："快看看咱们的儿子吧！"

刘振武接过儿子，在他的腮蛋子上深深地亲了一口说："儿子，爹回来喽，快醒醒吧！"

刘相龙和赵新河一直站在堂屋的门口没往前偎。他见方玉娥她们围着刘振武亲热得差不多了，便说："让振武进屋里来坐吧！"

刘振武来到了堂屋里，双膝跪倒在地上给刘相龙磕了个头，然后站起身来说："爹，您老还壮实吧？"

刘相龙说："嗯，壮实！"他指了指桌上的茶壶说，"渴了吧，壶里有水，自个儿倒着喝吧！"

刘振武端起茶壶给赵新河的碗里添了添水说："姑父，您喝茶呀！"

"唉，俺正喝着呢！"赵新河端起茶碗喝了一口茶说，"人家都说咱山东人的嘴邪乎，说谁谁就到。这不，俺和你爹刚才还说你快回来了，这说话间，你就到了。"

刘振武喝了碗水后便迫切地说："俺这次赶着回来的主要任务，就是要组建起一支抗日的队伍。咱们的大刀队现在怎么样了？"

赵新河说："嗨！俺和你爹正说这事儿呢！想开个党员会商量商量，这日本人来了，咱们的大刀队要重整旗鼓才是呀，你这一回来就好了。"

刘相龙从座椅上站起来说："那咱今天晚上就把党员们叫到一起商量这事儿。"

这时，村里的乡亲们三人一伙、五人一群地来了。他们是来看望从延安回来的刘振武的，不一会儿工夫，院子里挤满了人。

刘振武站到门前的石台上，庄严地给乡亲们行了个军礼后说："俺十分感谢父老乡亲们前来看望俺！俺前些年跟着董教员和振东、赵冰去井冈山参加了红军，后来经历了二万五千里长征到了延安。七七事变以来，日本侵略者开始了对咱们中国的全面进攻。他们所到之处，烧杀抢掠，无恶不作，现在已经占领了咱们鲁南地区的枣庄、临城、沙沟等重要城镇。俺这次回来，就是受党中央毛主席的委派，来给父老乡亲们捎句话，要咱们广大的人民群众都组织起来，武装起来，人人拿起武器，把日军赶出咱中国去。"

人们纷纷议论了起来。

村里人散去后，刘振武问刘相龙："哎？爹，俺回来都这半天了，怎么没见俺奶奶呀？"

刘相龙一听刘振武问他这话，心情一下子沉重下来："唉！那年你跟董教员去井冈山走了的第二天，龙少坤就带领着保安团来村里'围剿'大刀队了，龙少坤带领着保安团气势汹汹地来到了咱们家里，见了你奶奶问道：刘老太，你的儿子刘相龙哪儿去了？你奶奶瞅着龙少坤打量了一番说：俺又不认识你，凭啥告诉你俺儿子哪儿去了？龙少坤说：老太婆，你不认识俺？好，那俺就告诉你。俺叫龙少坤，是保安团的团长。你儿子是共产党，带领村民搞暴动，今天俺是代表县政府前来请你儿子走一趟。你奶奶一撇嘴说：瞧你长得这模样儿，三分像人七分像鬼的，还代表什么政府呢。龙少坤一听急了：嘿，你这个老东西，怎么骂人呢，不想活啦！龙少坤气急败坏地用枪指着你奶奶吼道：再敢胡说八道，老子一枪崩了你。你奶奶见龙少坤用枪指着她说狠话，一点儿也不示弱，拍着胸口说：来，往这儿打。瞧你这能耐，打死俺一个快70岁的老婆子，该有多能耐啊！俺刘老婆子不但有儿子，还有5个孙子呢，难道还怕你不成？她说着，又往他的枪口上凑了凑。龙少坤听了这话，一时气得脑袋发胀，两眼喷火，实难忍受，那只端枪的手哆哆嗦嗦地扣动了扳机，随着'砰'的一声枪响，就见你奶奶用手指了指他便倒在了地上……"

刘振武听刘相龙讲完奶奶死的经过后，把牙咬得吱吱响愤懑地说："龙少坤！"随后便跟着刘相龙来到了奶奶的牌位前，双膝跪地磕了三个响头。

刘振武回到家乡的当天晚上，便让父亲刘相龙把村子里原有的几个党员都请到了家里来，把他这次从延安回来要组建一支抗日队伍的事给大家提了出来。他说："党中央要求咱们每一个共产党员和革命同志都要深入广大的人民群众当中去，放手发动群众，组织群众，宣传群众，建立起人民群众自己的队伍，打一场抗击日本侵略者、保家卫国的人民战争。俺相信，咱们这山村的乡亲们是有觉悟的。只要咱们把党的方针政策向大家讲清楚，在原有大刀队的基础上，大多数的群众是会参加到抗日队伍里来的。"

屋内虽说是坐了八九个人，却是一片沉默。好像是在大家的心里都有着不成熟的意见，一时不好向刘振武说出来似的。

刘振武看到这种局面，便拿起茶壶来往赵新河的碗里添着水说："姑父，你先说说呗！"

赵新河端起茶碗喝了一口水说："俺建议咱们村先要把党的支部建立起来，这样村里也就有了主心骨和凝聚力了，做群众的工作也就不是难题了。至于建立抗日武装的事，就由振武和传宝负责。你们都年轻，俺和相龙都是50岁的人了，就在村子里为你们做些具体的后勤工作吧！"

刘相龙接过话说："俺完全赞成新河哥的意见。既然振武和传宝是受上级党组织的指派，回到咱们这里来组建抗日武装，那就以振武和传宝为主。俺们呢，就当好你们的后盾。"

红岭村学校教员张文峰说："振武，你就按赵校长和你爹说的意见办吧！俺想，咱们村拉起个几十人的队伍不成问题。当年大刀队参加暴动时的枪支弹药都在学校里藏着呢，随时可以取用。"

大家围绕着组建抗日武装你一言我一语地又谈了很多宝贵的意见，刘振武的情绪也随之高涨起来，他仿佛看到了当年的那支大刀队就在眼前，他一声令下，队员们挥舞着大刀，向鬼子们的头上砍去！

饭屋里，鲁娟和刘芳、刘茵把锅碗瓢勺刚洗刷完了，就听方玉娥说："小娟，你再烧壶热水吧，让振武好好烫烫脚。一会儿，你就把小红军抱到俺的屋里去，今夜里让他跟着俺睡。"

刘芳听了说："嫂子，听到了没？俺哥回来了，娘是让小红军给他腾地儿呢！嘻嘻嘻……"

鲁娟脸红红地说："娘，还是让小红军跟着俺睡吧。俺怕他闹夜哩。"

方玉娥说："不怕。"

鲁娟有些羞涩地笑了笑。她知道婆婆是什么意思，也就没再说什么。等她把热水烧好，上自己屋里伺候着刘振武洗了脸，又烫了脚，就把小红军抱到婆婆屋里去了。她回到屋里刚闩好了门，刘振武就猛地从后面把她抱了起来。她看着刘振武那张帅气的脸，嘻嘻地笑着就顺势搂住了他的脖子。

窗外，满天的星星都在眨着眼睛。

没有几天的工夫，刘振武和李传宝就组建起了一支有 50 多人参加的队伍。经向上级党组织请示，给这支队伍起名为红岭抗日游击队，由刘振武任队长，李传宝、张文峰任副队长。

在红岭抗日游击队成立的这天，整个场院上黑压压地挤满了人，全村的还有邻村的男女老少几乎都来了。

场院屋子的墙上，悬挂着"红岭抗日游击队成立大会"的横幅。场院的当央，齐刷刷地站立着一排排新征入伍的青壮年，个个精神抖擞，生龙活虎。

成立仪式由张文峰主持，刘振武讲了话，他说："父老乡亲们，新征入伍的同志们，今天，咱们红岭抗日游击队成立了。咱们这支队伍，是由老百姓参加、共产党领导的一支八路军抗日队伍，是一支正规的抗日武装，绝不等同于散兵游勇，也不等同于过去的大刀队。大家在队伍里一律平等，都要称同志，绝不能搞哥们儿义气那一套。是队伍就要有队伍上的规矩，也就是纪律。要一切行动听指挥。不然的话，队伍就是一盘散沙。一盘散沙怎么能打小鬼子？再就是，咱们要加紧训练，手里拿着枪不会用不行。虽然咱们队伍上枪支少，那就几个人一支先练着。俺敢说，只要俺刘振武在，保证不出一年，人人都会有一支枪。还有，咱们的队伍要保护老百姓、尊重老百姓，不能像旧军队那样祸害老百姓。因为咱们都是老百姓家里出来当兵的，大家过去都是庄稼人，整天拿着锄头和地打交道，一家一户自己干。现在不同了，咱们组织起来了，手里拿的是枪，打交道的是日本兵，是大家一起打敌人。咱们要从农民锻炼成一个抗日队伍里的战士，本来就是一个大变化，不光是学枪法，还得学文化，学八路军的三大纪律、八项注意，不断提高咱们的本领、壮大咱们的力量，只有这样，才能最终把日本侵略者赶出中国去。"

这天，在红岭村学校的办公室里，赵新河正伏在办公桌上批改学生作业，就见刘振武手拿他那套刚洗过了的八路军制服走进来"嘿嘿"一笑说："姑父，俺有个想法要跟您商量一下，您看您能不能帮下忙？"

赵新河放下手里的笔，把腰直起来问："有啥事儿尽管说，你还跟姑父客气个啥？只要是你姑父能办得到的尽最大能力去办！"

刘振武说："您看啊，咱们的抗日队伍建立起来了，但战士们身上穿的服装却是五花八门，很不统一，远不像一支八路军的正规部队。您这当'后勤'的能不能为战士们做一批新军装，样子就按俺的这套八路军制服做。先做它80套。"

赵新河听了，沉默了好大一会子，然后"哈哈"地笑着说："好吧，钱由俺来想办法，安排各村的妇救会一起做一下。你呀，可算是有事儿求着你姑父了。"

刘振武"嘿嘿"一笑说："这事儿俺想了有好几天了，花多少钱，由游击队先给您打借条，等把小鬼子赶跑了，再还您。"

赵新河说："俺可不信你的什么借条，还是先把事儿办了再说吧！"

刘振武从学校回到游击队队部里，便根据得到的情报，和张文峰、李传宝等研究起了截击日军运粮队的事儿。刘振武说："据可靠情报，明天有一支鬼子的运粮队要从临城运往沙沟，大概有十来辆马车。押车的有十来个小鬼子和十几个伪军。俺看把咱们的队伍拉出去打他个伏击，你们看怎么样？有啥意见都说一说！"

张文峰说："俺看行。这样一是锻炼一下队伍，使咱们的红岭抗日游击队扬扬名；二是几个村的乡亲们给咱们的粮食已经不多了，正好补给一下。"

刘振武"呵呵"一笑说："俺也正是这个意思。那咱们就研究一下作战方案吧！"

李传宝展开一张临城的区域图用手指点着说："俺看，咱们就在这里设埋伏。北关帝庙村外的道路两边是陡坡，正是咱们打伏击的最佳地点。"

第二天天还没亮，刘振武便带领着队伍在北关帝庙村外路两边的陡坡上埋伏了起来。

上午9点来钟，前方的侦察员跑来报告说："队长，敌人的运粮队过来了，和你战前动员时说的车辆、人数差不多。"

刘振武把匣子枪的保险打开，然后压低了声音说："让大家隐蔽好，做好战斗准备。"

没多大工夫，敌人十来辆装满粮食的马车浩浩荡荡地过来了。十来个日军大都坐在车上，十几个伪军背着枪支走在马车的两边。等车队完全进入了伏击圈，刘振武便瞄准最前面马车上的日军开了枪，只见那日军正在说笑着的嘴还没闭上，就瘫软了下去。

枪声一响，只见日军和伪军乱作了一团，有的还没有拉开枪栓就被击毙了。

刘振武大喊一声："冲啊！"

就见游击队战士们从隐蔽的草丛里一跃而起，随着震天动地的喊杀声，个个像猛虎下山般冲向了敌人。

红岭游击队这一仗打得漂亮。大部分战士虽然是第一次上战场，冲起锋来却一个个争先恐后，没有一个尿的。这一仗，共缴获了11辆马车的粮食和20多支枪。

第二章 发展内线

在枣临地区的抗战初期，一些豪绅、土匪、兵痞，大都以抗战为名，打着国民党某某"司令"的招牌招兵买马。特别是这一地区的崔、宋、黄、梁四大家族势力各霸一方，蠢蠢欲动，形成了三里一霸、五里三司令的混乱局面。他们所谓的"抗战"，只不过是为了保护自己的私有财产，维护其反动统治而已，毫无民族气节可言。日寇一到，他们就开门揖盗，认贼作父，或当汉奸，或暗中通敌，与敌寇和平共处。然而，他们对于共产党和人民群众的抗日武装，则是恨之入骨，千方百计地制造摩擦，企图予以消灭。

1938 年 3 月 28 日，日本侵略者占领了枣庄后，遂派重兵驻扎在了枣庄，其目的就是掠夺枣庄的煤炭资源，以满足以战养战的需要。据统计，自 1938 年至 1945 年的 8 年间，日本侵略者共掠夺枣庄煤炭资源 1333 万多吨。他们用法西斯的手段，逼迫矿工日夜加班加点地挖煤，提出了"日产万吨万运"的口号，大肆掠夺煤炭资源。为了把掠夺的煤炭运出去，日军除了在矿区驻守了大桥小太郎的一九二护矿大队外，还在枣临铁路沿线的临城、沙沟等地驻扎了小井次郎的铁道警备大队、太田次郎的铁甲列车大队以及具有特务组织的宪兵队，使整个枣庄地区狼烟遍地，深深地陷入了日本强盗的铁蹄之下。

日军驻枣临司令部的门口悬挂着"大日本帝国皇军驻枣临司令部"的牌子。门口的岗楼前架着机枪，岗楼外有4个荷枪实弹的日军站岗，门口时常有军用车辆进进出出。

司令官菊池的办公室里，菊池正站在枣临战略地图前琢磨城防方案，忽听得翻译官宋大胡子在门口报告说："报告司令官，有个叫龙少坤的前来与你相见，他说他原是国民政府枣临保安团团长。"

菊池转过身来，一笑露出两颗龅牙："我正准备派人去找他，他倒自己找上门来了。快请他进来。"

龙少坤是枣临老街人，祖上从明、清时就是大财主，到了他这一代，家有土地2000多亩，开着数家商铺，号称"金山堂"。抗日战争爆发后，县政府仓皇南逃，龙少坤一看日本人来势汹汹，在不到半年的时间里，就从东北打到了山东，便以为这天下是日本人的了。所以日军一来，他的保安团便隐藏在城外不动，待日军站稳了脚跟，便甘愿前来充当傀儡，为日军效力。他一见到菊池司令官，便点头哈腰地学着日本腔献媚说："太君的辛苦了。俺叫龙少坤，是县保安团的团长，愿为皇军效劳。"

菊池上下地打量了一番龙少坤，就见眼前这人生得矮矮胖胖，是个五短身材：短脖子、短身子、短胳膊、短腿、短手指；他那圆圆的脑袋，像个大肉球似的安放在肩膀上；八字眉下，一双小眼睛像是肉球上拉了两道小口子，绿豆大的眼珠子贼溜溜地乱转。菊池"嘿嘿"一笑，两颗门牙一龇，露出狰狞的面目，"哧"的一声拔出战刀就架到了龙少坤的脖子上，说："你的，中国人的狡猾狡猾的，不投靠皇军死啦死啦的。"

龙少坤哪经受过这种"待遇"，被吓得脸色铁青，"扑通"一声就瘫在了地上，差点儿尿到了裤子里，然后哆哆嗦嗦地说："太君，俺的是大好人啊，甘愿为皇军效力的干活。"

菊池收起战刀，然后哈哈大笑着说："龙团长，我的给你开玩笑的干活。"他说着上前把龙少坤搀扶了起来。

实际上，菊池很是瞧不起像龙少坤这样的软骨头。不过他刚到这里就有这样的人前来献殷勤，而且是保安团团长，眼下正是用人之际，修碉堡、筑工事，都需要人力、物力，有龙少坤这样的人前来投靠，正合心意。他想到这里，微笑着对龙少坤说："龙团长，你们中国人的有一句老话，叫作识时务者为俊杰，你的是个识时务的中国人，很好。我们大日本帝国到这里，是为建设大东亚的共荣而来。你既然说要为皇军效力，那就拿出你的诚意来，把你的那个保安团拉进城里来改编为皇协军，成立枣临皇协军司令部，司令之职就由你来担任。"

龙少坤听了，刚才那颗拘束着的心也就放了下来，忙上前作揖道："谢谢太君的信任，感谢太君的提携，俺龙某人定当全力为皇军效劳。"

菊池走到枣临的城防图前对龙少坤说："你来得正好。你看这里，还有这里的炮楼，要统统地推倒重建，城墙要加固加高，还要修筑暗堡工事，所有的人力、物力，统统地由你来负责。"

龙少坤一个大哈腰："俺坚决照办！"

龙少坤从菊池那里回到保安团后，便立即召集了连长以上的人员开会。当他把和菊池见面的情况说了后，会议室里一下子炸了锅，大多数人都表示反对。

二营营长邢铁山说："龙团长要是这么做，咱们不就成了日本人的走狗，当了汉奸傀儡了？你让俺怎么对弟兄们交代，弟兄们对家人又怎么说？他们可都是这十里八乡的百姓，当初跟着你是为了保一方平安啊！"

二营二连连长贾广生说："是啊！咱们不能当皇协军，咱们不能当汉奸呀！今天你一去日本人那里，连里就已经有不少弟兄提出来不干了，要求回家种地去。这要是真当了汉奸，俺看弟兄们连家也没法回了。"

龙少坤一拍桌子站了起来，把眼珠子一瞪说："说什么呢？啥汉奸不汉奸的，谁是汉奸啊？啊！现如今是日本人的天下，咱们要学会见风使舵，保住了咱们的饭碗和脑袋最为重要。你们回去就对弟兄们说，这皇协军不干也得干。想回家的就给他说，跑了，俺饶过他，日本人也不会饶过他。"

保安团副官孙庆赶紧打圆场说："龙团长说得对，现在是日本人的天下，俗话说有奶就是娘嘛！大家回去后就跟弟兄们这么说，咱们当了皇协军，有吃有穿，还能保住性命，何乐而不为！"

散了会，邢铁山气呼呼地跑到了荷香酒馆里。他要了两个菜、一壶酒，就一个人喝起闷酒来。当初，他跟着龙少坤干保安团，家里爹娘是一百个反对。说龙少坤这个人不地道，欺软怕硬，鱼肉乡里，是个滚刀肉，跟着他干，早晚得吃亏。这下好了，日本人来了，龙少坤不但不带领弟兄们打日本人，还让大家都跟着他当汉奸，真后悔当初没听爹娘的话。唉！他越想越来气，猛一扬脖儿喝干了酒盅子里的酒。

荷香酒馆的掌柜名叫秦明道，是共产党枣临地区交通站站长。他站在柜台内一直瞅着邢铁山的一举一动，并猜测着邢铁山此时此刻的心情，莫非他……秦明道的眼前豁然一亮，便顺手拿了一瓶兰陵陈酿坐到了邢铁山的对面，说："今儿邢大营长怎么一个人喝酒啊？还一脸的不高兴。怎么，有心事儿？你如果有什么不痛快的事儿，不妨跟俺这个当哥的说说，别闷在心里嘛。来，俺陪你喝一盅，咱说说话。"

邢铁山愤愤地说："唉！秦掌柜，你说这世道。日本人来了，俺们那龙团长就去投靠了日本人，还让弟兄们都跟着他去当汉奸。"

秦明道赶紧把右手的食指放在嘴上："嘘，这里人多眼杂，咱们借一步说话。"他站起来，冲着站在柜台后面的秦二升使了个眼色，并吩咐说："二升，你到厨房再弄几个菜，俺要跟邢营长到后面好好喝一盅。"

秦二升心领神会，随口吆喝道："好咦！"

荷香酒馆前面是酒馆，后面的院子里是七八间客房，以方便南来北往吃饭的客人休息。秦明道领着邢铁山来到后院的一间客房里刚坐下，秦二升随后就把酒菜端了来，两个人也就对饮起来。

邢铁山说："俺现在是后悔当初真不该跟着龙少坤干保安团。这日本人一来，他就把弟兄们都卖了，这口气是真不好咽啊！俺现在是干也不是，不干也不是。干，爹娘不会再认俺这个儿子，还落个汉奸的骂名；不干，龙少坤勾结日本人，能饶过了俺和俺的家人吗？"

秦明道已经摸透了邢铁山的心思，便问："你现在是想干，还是不想干呢？"

邢铁山瞅着秦明道问："秦掌柜，要让你说，俺该怎么办？"

秦明道心里想，邢铁山现在是保安团里的营长，他既然不甘心为日本人当汉奸，说明他还有着民族的气节。既然如此，何不让其为我所用呢？于是说："要让俺说，你这个营长还得干。"

邢铁山不解地问："为什么？那样的话，俺连家也回不去了。俺可是打心里不愿意当这个汉奸啊！"

秦明道说："你继续当你的营长，不一定就是当汉奸呀，更不一定是为日本人干事。作为一个有良心的中国人，无论干什么，一定要把国家的命运、民族的大义装在心里，做一个对得起国家、对得起父老乡亲，更对得起祖宗和自己的正义的人。你说是不是？"

邢铁山没有想到秦明道会有这样的胸怀，能说出这样的一番话来，从眼睛里流露出了敬佩的目光，说："秦掌柜，不瞒你说，俺当初参加保安团，就是抱着保一方父老乡亲平安的想法，没想到跟错了人。要是当时知道有共产党就好了，俺也就去参加共产党的队伍了。他们才是为老百姓说话，敢于向黑恶势力宣战的正义之师。你看，日本人一来，共产党就坚决地抗日，还联合起所有的党派共同抗日。可国民党政府怎么样呢？日本人还没打到这里，县政府就闻风而逃了，跑得比兔子还快！唉！现在说什么也晚了。"

秦明道听了邢铁山的这番话心里暗喜，便说："邢营长你现在有这个想法也不晚。咱兄弟俩结交的时间也不短了。你的为人处世，俺是了解的。你在保安团这些年，没有干过一件对不起父老乡亲的事儿，很是让俺秦明道佩服。"

经秦明道这么一说，邢铁山的心里舒坦了许多。他呵呵一笑说："没想到秦掌柜对俺这么关心。哎？你刚才说现在有这个想法也不晚，是什么意思？俺没有弄明白。"

秦明道认真地说："就是你说的参加共产党的事呀！你现在要是想参加也不晚啊！"

邢铁山一愣神儿："你这话当真？难道你和他们有关系？"

秦明道哈哈一笑说："当然当真，就看你邢营长愿意不愿意了。如果你愿意，俺现在就介绍你认识共产党。"

邢铁山开始激动起来："俺是一百个愿意。前些天，俺爹还跟俺说起过共产党的事儿，他也很敬佩共产党。俺如果参加了共产党，也算是尽了一份孝心了。"

秦明道转而严肃认真地说："好！那俺告诉你，俺就是共产党。俺是党组织安排在枣临的眼线。"

邢铁山听了，面对着秦明道直眨巴眼睛："什么？你就是共产党，这怎么可能呢！"

秦明道十分平静地说："这有什么不可能的，一切皆有可能。"

邢铁山开始敬佩起秦明道来："秦掌柜，你说俺该怎么做，俺听你的！"

秦明道说："你要继续留在保安团里当营长，秘密地为咱们的党做内线工作。同时，要注意发展自己的人，在你的身边要发展一批铁杆兄弟，将来能够随时给敌人一个沉重的打击。俺这里，就是你秘密接头的地点。俺相信，你会完成好党交给的任务的。至于你个人的情况，俺也会及时地向党组织汇报。记住，你在敌人的内部工作，一定要慎之又慎。只有很好地保护自己，才能很好地为党工作，从而更好地打击敌人。所以说，你在敌人内部的工作，对于咱们党的事业太重要了！"

邢铁山听了，激动地握住了秦明道的手说："你就放心吧！俺知道该怎么做了。不过这样的话，还是背着个汉奸的骂名，让爹娘不能理解俺。"

秦明道说："你就放心吧！你爹娘的工作，由俺亲自去做，他们会为你而骄傲的。"

邢铁山感动得不知道说什么好了。他端起酒盅来说："俺今天跑到你这儿来喝闷酒，可真是没有白来。在俺最为困惑的时候，是你让俺收获了希望。来，俺敬你！"

窗外，已是繁星满天。那枚月牙儿悬挂在天上，像是一只船，从容地划向远方。

荷香酒馆是鲁南党组织在台儿庄大战期间建立起来的一个抗日情报交通

站，专门负责枣临地区特别是枣临铁路沿线的情报传递工作。在台儿庄大战期间，中共苏鲁豫皖边区特委书记郭子化提出了"一切为了抗战，一切适应抗战需要"的号召，要求工人、农民组织起来，破坏敌人的交通运输线，以阻击敌人继续南下的计划。为了响应这一号召，荷香酒馆情报交通站及时把这一消息传递给枣临党的各个抗日组织，展开了一场配合台儿庄大战、阻击日军南下的斗争。于公、王见新领导的滕县人民抗日义勇队在官桥、井亭数次伏击了日军的汽车队，炸毁了津浦铁路滕县县城南北的两座大桥；朱道南、刘景镇领导的峰县人民抗日义勇队在枣临铁路、公路上多次设伏袭击日军运输队，毙伤日军数十人，缴获战马三匹；枣庄煤矿工人组织破袭队破坏了台儿庄南北的铁路线，切断和阻击了敌人对台儿庄的增援和给养补充；宋自成、王守银领导的滕南抗日救国军和赵以珂、狄庆池领导的临城铁道队，以及王延林、王玉莲领导的兴仁农民游击队组成铁道联军，拆毁了枣临铁道线，并在枣临公路上不断袭击日军的运输车辆；孙茂生、任秀田领导的临城工人铁道队发动沿湖民众，破坏了临城至韩庄、临城至井亭的铁路线，炸毁了六座铁路桥梁，并配合川军三次袭击沙沟车站，配合游击队袭击到沿湖围堵川军的日军，击毙了在运河大堤上正在指挥作战的日本少将绿岛。

1938年3月18日，日军濑谷旅团第三十六联队、第六十三联队在临城大肆烧杀两日后，分别离开临城向韩庄、枣庄进犯，其留守部队濑谷旅团菊池联队进驻临城后又继续烧杀三日，使临城及周围村庄的老百姓逃避一空，只有北临城天主教堂在德国神甫的庇护下聚集了3000多难民。3月22日，菊池司令官带着翻译官宋大胡子来到天主教堂查看难民的情况。实际上他来天主教堂查看难民是假，在难民里寻找铁路工人前去修复临城、沙沟被毁坏的铁路是真。在天主教堂的难民中，宋大胡子见到了他的同学杨家成、表叔华绍宽二人，便向他俩说明了菊池前来的意图，恰巧华绍宽和杨家成都是交通站的人，正需到车站去侦察敌人的情况，便爽快答应了宋大胡子想找几名铁路工人进站修复铁路的要求，并要求宋大胡子办理好6个人出入车站的许可证。到了第二天，宋大胡子便开好了6张出入车站的证件送了过来，并带来了6顶日军的旧军帽，说是戴上它就可以随便地出入车站。宋大胡子交代完，领着华绍宽、杨家成、秦二升等人来到日军兵营见了菊池司令官和驻车站的日军中队长高桥。高桥随即领着华绍宽、秦二升他们察看了车站铁路的毁坏情况，并安排他平时在车站票房里休息。在 3 月 23 日至 5 月 18 日的徐州会战期间，华绍宽、秦二升等人把在临城、沙沟所侦察到的车站日军人数、日军构筑工事情况等及时通过荷香酒馆情报交通站传送给张新华的湖边游击队，人民抗日义勇队，分别于 3 月 23 日、27 日和 4 月 3 日 3 次袭击了临城车站的日军，放火烧了临城车站和车头房，破坏了车站的全部设施。菊池面对这一偷鸡不成蚀把米的局面十分恼火，本以为找来几个铁路工人修复被损坏的铁路，找来的却是一些抗日分子，气得他"八嘎八嘎"地直骂娘。在骂娘的同时，他又感到了他的责任重大。临城车站是前线物资运输的中转站，战略位置十分重要，若是在他的手里丢失了，前方的战事必然要受到严重损失。他想到这里，立刻报告濑谷旅团长，将本联队驻韩庄的 3 个中队调回临城，又从兖州调来 3 个中队以加强临城的驻防。

荷香酒馆离着临山肉铺不远，秦二升因负责酒馆里的采购，所以经常上临山肉铺来买肉，时间长了，秦二升也就和肉铺里的程寡妇热乎上了。程寡妇姓程名娇，人长得也确实勾秦二升的魂儿。她 30 来岁，一双凤眼，高高的鼻梁，薄薄的嘴唇，尖下巴，白脸皮，是临城里难找的漂亮人儿。

这天上午，秦二升来到肉铺里见肉案前站着的不是程娇，是她的弟弟程飞，就问："哎，你姐姐怎么没到前面来？"

程飞答："俺姐姐她身子有点不舒服，已经找郎中来看过了。"

秦二升又问："给她吃药了没？"

程飞说："吃了，她已经睡下了，说是捂捂汗就好了。"

秦二升听了，便匆匆忙忙地走出肉铺，回到了荷香酒馆里亲自和面擀成面条，然后煮了一大碗荷包鸡蛋面，又匆匆忙忙地上临山肉铺去了。

秦二升前脚刚走，临山中学教员刘振山后脚走进了酒馆里。他是中共临城县委的委员，以教学为掩护专门负责枣临地区的情报工作，平时也就以到荷香酒馆里来吃饭为名，与秦明道取得联系，及时把交通站有价值的情报转达给县委。再加上秦明道是刘振山媳妇赵颖的舅舅这层关系，联络起来也就更加的方便和安全。刘振山刚走进酒馆里，秦明道就把他拽到一边悄悄地说："你哥振武回来了。家里捎信儿来，让你抽空带上颖颖和小兆文回去一趟。"

刘振山听了惊喜地说："是吗！这都 5 年多没能见到他了，还真怪想他的。那俺就等到星期六没课了回去一趟吧！"

秦明道说："要不，到那天俺陪着你们一道去趟红岭村看看他和你爹去。听说振武从延安一回来，就拉起了一支队伍，县委的季书记也很想见见他。"

刘振山问："那你走了，这店里的生意谁照看，总不能关门吧？"

秦明道说："先让二升照看两天不误事儿。他总归是俺的本家侄子嘛，错不了。"

刘振山点了点头，然后就问："哎，舅舅。今天怎么没看见二升在店里呀？"

秦明道说："说是程寡妇病了，到临山肉铺去了。这个二升呀，也没法说，媳妇死了有五六年了，也没再续，倒和一个寡妇热乎上了。"

刘振山笑笑说："男人嘛，这种事儿很正常。舅舅，既然二升和程寡妇好上了，你就给他们撮合撮合，成人之美呗！"

秦明道说："俺倒是想为他们撮合撮合，可又一想，不妥。寡妇门前是非多，有些话好说不好听，还是由着他俩发展吧！二升什么时候找俺给他做媒了，到时候再说。还有，这日本兵来了，国破家不圆，二升先不成家也倒好。"

星期六这天，风清气爽。刘振山带着赵颖和小兆文，径直奔红岭村而来。当他们快来到村头的场院时，老远就看见刘振武和张文峰正在场院上进行队伍训练。刘振山便紧走两步赶过去，紧紧地拥抱住了刘振武："哥，可让俺想坏了！"

刘振武从刘振山的怀里撤出来，专注地打量了一番刘振山："俺也想你呀！今天早晨，俺还跟咱娘说，今天是星期六，振山一准能回来。这不，你就回来了。"

赵颖手里扯了一下小兆文说："兆文，快叫大伯！"

小兆文只是看着刘振武傻笑，没有叫。

刘振武看了看赵颖说："你就是弟媳妇赵颖吧？"

赵颖微笑着点点头说："是啊，哥。俺就是赵颖！"

刘振武把小兆文抱了起来："让大伯抱，咱找奶奶去。"

走在村巷里，刘振山说："哥，你这一回来，就把队伍又拉起来了。"

刘振武说："说起这事来很是让俺感动。那天，咱爹让传宝一吹集合号，全村的50多个青壮年都来到了场院上，经俺跟大家讲了全国抗战的形势和党的战略方针，大家热情高涨，都表示要参加到抗日的队伍里来。"

刘振山说："这说明咱们的父老乡亲还是有一定的觉悟的。"

刘振武问："你现在怎么样，听说你在县里负责情报方面的工作，愿意不愿意回来参加队伍？"

刘振山说："俺是很想回来参加队伍，恐怕是不行了。前几天组织上刚找俺谈了话，让俺继续负责情报工作的同时，到枣临铁路沿线去开展工作，要把台儿庄大战后铁路沿线一些人民群众自发组织起来的多支扒车队，组成一支能让鬼子闻之而头疼的飞虎队，以达到扰乱敌人铁路运输的目的。"

刘振武说："那就好，只要是党的工作，在哪儿都一样。小鬼子来了后，城里的情况怎么样？"

刘振山说："小鬼子才进城的那些天气势汹汹，又是杀人又是放火地折腾了一阵子，最近稍平静些了。稍平静些了后，他们便在城里大肆宣传东亚共荣。还有，那个该死的龙少坤最近倒是挺能折腾，他的皇协军配合着小鬼子到处抓劳工和抢夺老百姓的物资，说是用来修炮楼、筑工事，他在菊池跟前简直就是一条大尾巴狗，比鬼子还可恶。"

刘振武说："就让他先折腾着吧！早晚有一天得把他当年打死咱奶奶的那一枪一块儿给算了。"

刘振山说："特别是最近一段时间，小鬼子伙同龙少坤的皇协军，在沙沟火车站修建了炮楼和上百间成排的兵营，据说驻守在沙沟的日军比临城的日军还多。"

刘振武说："怪不得日军往沙沟运粮食--运就是十多马车，原来是正在沙沟建兵营啊！若是日军已经把沙沟当作了一个重要的军事要地来驻守，其目的就是保障铁路运输线的畅通无阻。从战略意图上来分析，日军之所以台儿庄大战后以重兵驻守在枣临地区，他们是瞄准了咱枣庄的煤炭资源，要把掠夺的煤炭通过铁路经沙沟、徐州运往连云港，再由连云港装船运出去。"

刘振山说："这样的话，咱们枣临地区的抗战形势就更加的严峻了，势必会在广阔的铁路沿线地区展开一场掠夺与反掠夺的斗争。"

刘振武说："俺已经听说了沙沟铁路沿线的村庄，出现了一批扒抢日军列车物资的勇士，党派你去铁路沿线开展工作，应当把这部分人很好地组织起来，形成一股在咱们党领导下的、专门破坏小鬼子运输线的有生力量。"

刘振山说："这也正是党派俺去铁路沿线开展工作的主要任务。哥，你还记得秦明道吗？"

刘振武说："记得。当年他参加革命，还是咱爹介绍的呢，他现在怎么样了？"

刘振山说："他的荷香酒馆现在已经成了咱们鲁南党组织的情报交通站，现在和秦二升一起搞情报工作。前天他还说要跟俺一块儿来看你和咱爹，结果今儿有急事要办，没来成。"

刘振武问："有什么急事非要今天办？"

刘振山说："说是发展了个内线的事儿，今天说好要给县委季华书记汇报。季书记知道你回来拉起了一支抗日队伍的事儿后，想尽快地约你见一面，一起商量一下把枣临地区的各支零散的抗日武装统一组合起来，成立枣临支队的事儿，俺看他的意思是要让你来担任支队长一职。"

刘振武听了说："好啊！成立枣临支队，可以使整个枣临地区的抗日武装有一个统一的领导，还可以去伪存真，把那些打着抗日的旗号，假抗日、实通敌的所谓的抗日队伍清除掉，是件好事，这样吧，你和赵颖什么时候回去，俺就和你们一道进城，到时候你安排俺和季书记见一面儿。"

两个人说着走着，不知不觉地来到了家门口。

第三天，刘振武便打扮成一个打柴的，跟着刘振山三口子一道进了城。他们来到荷香酒馆后，便由秦明道引领着来到了后院的一间客房里。刘振武对刘振山说："俺先和秦掌柜说说话，你去把季书记请到这里来吧！"

秦明道倒了一碗水递给刘振武说："这些年你在外面的事，俺都知道了。你和振东能活着走完二万五千里长征实属不易。听说你在延安还进了抗大干部班学习，你现在究竟干到了什么职位？"

刘振武听了："什么职位不职位的。俺干到了连长，干啥都是革命嘛！"

秦明道说："能干到连长就很不赖了。"

刘振武问："秦掌柜。听振山说你在敌人的内部发展了个线人？"

秦明道说："是皇协军二营的营长。前天他来这里，把最近了解和掌握的一些小鬼子的情况，和俺通了通气儿。他说，驻守在枣临的鬼子，是日军濑谷旅团菊池联队，目的是连接徐州与枣庄的通道，瞄准的是枣庄的煤炭资源。最近一段时间，正与皇协军一起抓劳工，掠夺物资，加紧修筑工事。"

刘振武听了高兴地说："这样的话，咱们就在敌人的心脏里埋藏了一颗定时炸弹呀！不但随时能掌握敌人的动向，还可以到关键时刻给他致命的一击。"

秦明道说："还有一个情报，线人还没有落实好，据龙少坤向他透露，三月初三，菊池要去赶千山庙会。他准备再探一探菊池的翻译官宋大胡子的口风，情报是否准确，正在落实中。"

刘振武听了说："这个情报很重要，离三月初三也没有几天了，要抓紧时间落实清楚。以便有利于咱们游击队采取行动。"

就在这时，刘振山和季华书记到了，这是刘振武第一次见到季华，只见他高高的个子，结实、挺拔，脸色红润，微黑，宽宽的额头透着一种爽朗而坦然的气质。

大家相互认识之后，季华"呵呵"一笑说："振武同志，听说你一回来就拉起了一支抗日的队伍，并劫了敌人的运粮队，值得祝贺！县里正准备成立枣临支队，目的是把枣临地区的抗日武装统一组织起来。你是从延安回来的红军干部，又有对敌斗争的经验，支队长一职就由你来担任，你看如何？"

刘振武说："感谢季书记的信任，咱们的红岭游击队正打算扩大队伍，那就按季书记说的意见办，改名为枣临抗日支队吧。俺也正想把队伍再拉出去跟小鬼子接接火，锻炼锻炼，将来能跟敌人打几场硬仗呢。"

秦明道听了笑呵呵地说："振武，你是不是想把队伍拉到千山庙会去，打敌人一个埋伏？"

刘振武笑笑，没有表态。

季华问："在哪儿打埋伏，千山庙会？"

秦明道说："季书记，俺正准备向你汇报。据内线从皇协军那里透露，三月初三，菊池准备去千山赶庙会，情报正在落实中。"

刘振武说："咱们是不是利用这个机会，给菊池一点颜色看看，打他个措手不及？"

季华听了："如果情报准确，俺即刻向上级汇报，以取得组织上的支持。"

正说话间，忽听得前面酒馆里有人在大声地嚷嚷，有十来个皇协军吵吵嚷嚷地拥进了小酒馆里。

邢铁山大声地喊道："秦掌柜，秦掌柜在吗？"

秦明道忙从后面赶到前面来，见了邢铁山大声地嚷道："哟！这不是邢营长吗，你可是有日子没来了，都成稀客了，弟兄们要吃点啥？你尽管吩咐。"

邢铁山掏出一张十元大票递给秦明道说："俺把这十元钱压在柜上，有什么好吃的你看着上。弟兄们跟着俺修工事都很辛苦，俺要犒劳犒劳弟兄们。"他说着向秦明道使了个眼色。

秦明道领会，大声地应道："好嘞！"

秦明道从前面回到后面的客房里，他展开那张十元大票后，里面露出了一张纸条，只见纸条上这样写道："三月初三，菊池带领一个中队的鬼子和龙少坤一个营的皇协军去千山庙会。"

刘振武接过纸条看完了递给季华说："这下，情报落实了。"

第三章　庙会设伏

三月初三这天的太阳一杆子高的时候，刘振武便带领着从枣临支队里精选出来的20名战士，身着便装混入人群中来到了千山庙会。

只见庙会上逐渐稠密起来的人群中，男的、女的、老的、少的，有挎篮子的，有背褡子的，还有的小媳妇挎个包袱的，熙熙攘攘，浩浩荡荡；女人们有穿大襟褂的，有穿长袍的，还有穿大红袄的，蓝的黑的红的绿的，五颜六色；男人们有戴瓜皮帽的，有戴毡帽头的，有戴老头乐的，还有戴漫头撸的，一顶顶帽子，在流动的人群里一起一伏。

在接近千山庙会的路两边，各类的商贩、艺人，似乎一夜之间从天而降，有的还搭起了席棚、布幔子。有卖瓜果、糖球、炒花生的，有卖糁汤、徽子、菜煎饼、挎包烧饼的，有拔牙的，有修钟表的，有卖艺的，人们吆吆喝喝的声音此起彼伏，热闹非凡。

在千山庙的后山坡上，副支队长张文峰和战士们埋伏在柏树林里，远远地往山下望去，只见赶庙会的人像蚂蚁似的，到处密密匝匝。各色各样的席棚、布幔，星罗棋布。尽管离得很远，但庙会上的叫卖声，戏台上的锣鼓声及卖艺人的说唱声，看客的喝彩声，都随着风时强时弱地阵阵传来，真可谓如沸如羹地犹如一帧活化了的《清明上河图》。

张文峰对战士们说：“大家一定要隐蔽好了，千万不能让山下的人发现山上有咱们的人。”

庙会上，刘振武、李传宝一前一后地往前闲逛着。他们最先看到的是估衣市，透过围观的人群，可以看到许多摆摊儿的地上都是些旧衣裳，堆得一垛垛的，那些摊主们一个个像斗鸡似的在吆喝着。

越过估衣市，刘振武他们在一个说唱快书的场子上停了下来。这是一种流行于鲁南一带的地方说唱，老百姓称之为“说武老二”的。今天来庙会上“说武老二”的姓胡，一只眼，人送外号“独眼龙”。他一上场便只穿一只袖子，袒露着一只臂膀，故意装出一副梁山好汉的草莽之态。唱完了好汉，他又学女人，说唱到潘金莲或孙二娘时，就顿时会变得步态婀娜，娇语细声，滑稽可笑。

刘振武正看得带劲儿，忽然有人在后头拍了他一下，他回头一看，原来是季华和刘振山他们。季华说：“走，咱们到那边茶棚里坐坐去。”

刘振武、季华他们来到一个卖大碗茶的席棚里坐了下来，又每人要了一碗茶水后，季华对刘振武说：“今天的行动，一定要严格按照咱们制订的战斗方案来执行，千万不能伤及前来赶庙会的老百姓。”

刘振武说：“放心吧，季书记。俺已经按照计划布置下去了。”

季华微微一笑说：“在支队里就不要称呼俺书记了，俺还兼任着枣临支队的政委，在支队里还是称呼俺政委比较好。”

刘振武笑笑说：“好！那以后就称呼你政委了。”

刘振山说：“哥，俺刚才在戏台前看见巨龙山的二当家杨胜了，看来巨龙山上的土匪也来了不少！”

刘振武一听，深感意外地说：“这倒是一个新的情况。咱们事先可没有考虑到他们会到庙会上来打劫，这万一他们在鬼子来的当口儿抢劫，就坏事儿了。”

刘振山说：“俺观察他们有一阵子了，他们今天不像是来打劫的，像是在四下里找什么人或东西。你们注意看，他们的人正在向咱们这边儿瞅呢。”

季华和刘振武他们分别端起碗来，一边喝着水，一边用眼睛齐着碗沿儿向四下里看了看，果然有五六个人正在盯着他们。刘振武说："看来土匪们是冲着咱们来的，咱们的行动计划极有可能是走漏了消息。李副支队长，你抓紧通知咱们的人注意防范，立刻向茶棚周围集中。"

李传宝走了后，季华说："没想到今天来赶庙会的群众这么多，咱们一定要在保证群众安全的前提下，再采取必要的行动！"

刘振武说："俺已经观察过了，得把咱们事先商量好的方案改动一下。是这样，要在菊池和龙少坤的队伍到来之前，由李副支队长带领十名战士隐藏在庙后的矮墙根儿，随时瞅准时机，打敌人一个措手不及，然后边打边往山上撤，等撤到柏树林里就好办了，敌人就是追上去了，也会被张文峰他们打个落花流水。同时，咱们其余的同志，掩护着群众撤离到安全地带后，再杀他个回马枪，这样就会把敌人的队伍打乱了套，使敌人受到两面夹击。他们就只能是夺路往北逃窜。到时，咱们的队伍就全部从山上下来，打敌人个冲锋。"

菊池和龙少坤骑着马从临城的南门出来并肩前行，日军和皇协军的队伍紧跟在马后。

菊池微笑着龇着两颗大牙说："龙司令，你的可知道为什么要让你陪着我去千山庙会的看一看？"

龙少坤龇牙笑笑说："俺想现在正是春暖花开的季节，太君是想到城外去赏赏花，散散心，顺便看一看中国人赶庙会的风俗民情。"

菊池说："你的只是说对了一半，我是听说这里的民众，每年都有赶千山庙会的风俗，据说吃的、玩的、喝的，什么都有，十分的热闹。所以我要亲自去看一看，学习一下中国的风俗文化。等我们大日本帝国统治了整个中国，不掌握点当地的风俗文化还行？"

龙少坤伸出大拇指，谄媚地笑笑说："太君的高见！"

菊池接着说："到了庙会上，我的要跟民众们接触一下，是要告诉他们，我们大日本帝国是为了王道乐土而来。"

龙少坤听了说："好是好。就是怕有抗日分子从中捣乱。"

菊池看了龙少坤一眼说："我们带了这么多的人，还怕他有几个抗日分子捣乱？不必怕。"

龙少坤说："可是前几天，土八路刚劫了咱们的运粮队。"

菊池说："你不要担心几个土八路，今天他们若是敢来，我们正好就地消灭他们。"

龙少坤伸出大拇指说："太君的英明。"

菊池骑在马上，微笑着向路两边的人群挥手，以示友好。

此时此刻，龙少坤的脸上却没有任何的表情，他骑在马上，两眼直勾勾地看着前方，眼珠子连转也不转。

菊池在庙前下了马后，就同龙少坤、宋大胡子站在了台阶上，那些荷枪实弹的日军在他们的身后站成四排，皇协军们站在了两侧。

菊池向人群挥了挥手后，就叽哩哇啦地说了一大通，然后便由宋大胡子翻译说："菊池司令官说了，皇军到这里来，是帮助你们造福来了。为了表示友好，他亲自到庙会上来与大家见面，了解地方上的风俗和文化，希望和大家共同携手，为实现大东亚共荣圈而努力。"

菊池讲完后，龙少坤清了清嗓子说："俺今天陪同皇军到这里来，就是要证实一下皇军刚才说的话。皇军是为了大东亚的共荣来中国的，是帮助咱们来了。有人骂俺是汉奸，那是不了解俺的苦衷。"

龙少坤刚讲到这里，埋伏在庙后的李传宝沉不住气了，心里说："你这个日本人的走狗，还有脸上庙会来放狗臭屁。"嘴里说了声"打！"十多个战士的短枪就向敌人开了火。眼看着离战士们最近的日军就倒下了七八个。

霎时间，庙会上整个儿乱了。呼爹的、喊娘的、丢帽的、掉鞋的乱作了一团。人们纷纷顺着来时的土路狂奔。

庙前，季华、刘振武和其他战士沉着冷静，走在人群的最后面，掩护着群众撤离。

庙后，李传宝带领着十几个战士边打边往山上撤，试图把敌人引上山去。菊池见状，迅速拔出战刀，指挥着日军和皇协军往山上冲，妄图把这一小股抗日武装消灭掉。

日军像发了疯似的，猛烈地往山上冲击，三门掷弹筒炮弹也"哐哐哐"地向山上轰，一时间庙后的山坡上硝烟滚滚，枪声大作。

季华、刘振武他们正指挥着群众撤离，突然间从人群里跑出来了四十多个青壮年，他们迅速地从长布袋里掏出了枪支，有步枪也有短枪，朝着日军和皇协军就开了火。

季华、刘振武和战士们见状，也都立刻掏出了短枪，掉头向敌人猛烈地射击起来。

刘振山瞄准龙少坤的后背就是一枪，结果打在了龙少坤的屁股上。就见龙少坤立时瘫倒在了地上，杀猪似的号叫起来。

菊池一看身后也有了抗日武装，而且火力很猛，便让宋大胡子架起龙少坤往庙后撤。他们刚撤到庙后，就听到山上响起了冲锋号声。一时间喊杀声、枪声、手榴弹的爆炸声响成一片。菊池见情况不妙，不敢恋战，迅即骑上马，指挥着队伍向北撤退了。

战斗结束后，巨龙山二当家的杨胜在庙后找到了正在带领着战士们打扫战场的刘振武，随即双手一抱拳说："耳闻刘队长拉起了抗日队伍的事儿，还劫了鬼子的运粮队，令俺杨某很是敬佩，今儿俺杨胜带着弟兄能和你一起打鬼子，痛快，今儿就权当是见面礼了。"

刘振武与巨龙山上的土匪并不陌生，6年前他的外姥爷被土匪劫了去，是他跟着父亲刘相龙等人一起带着银圆上巨龙山赎的人。便两手一抱拳回礼道："杨二当家的你客气了，今天多亏了你和你的弟兄们鼎力相助，要不然不会这么痛快地就把小鬼子打跑了。俺问你，你是怎么知道俺们在这里有行动的？"

杨胜说："俺一听说小鬼子要卜千山来赶庙会就猜到了，俺的弟兄打探也探了个差不多。俺今天既然来找到了刘队长，也就不绕圈子了，实不相瞒，你兄弟俺有苦衷啊！"

刘振武听了说："噢？你说说看。"

杨胜说："你也知道，弟兄们干土匪这行当，大都是被逼的，但凡有别的生存办法，也不会入伙干这行当。当土匪是从别人的碗里抢饭吃，也倒还说得过去，可要是去当汉奸，那就连狗也不如了。俺们那石大当家的非要和日本人联络着当汉奸。为这俺和他闹翻了脸。今天来的这 40 个兄弟，都是俺的铁杆儿，他们都不愿意在巨龙山上干了，想来投奔刘队长一块儿打鬼子，不知刘队长能否接收俺这帮兄弟？"

刘振武一听，心里暗喜。他原先就看中了巨龙山上的武器弹药，本打算找个机会上山一趟，去劝降石福一块儿抗日，没想到他二当家的杨胜倒找上门来了。他沉思了片刻说："原来是这样啊！那俺问你，石福为何要去投靠日本人，不做他那逍遥自在的山大王了？"

杨胜说："你是不知道这日本人一来，那些有钱有势的大户，都拉大旗做虎皮，投靠了日本人，连他们看家护院的也都穿上了皇协军的衣裳，门口还挂了太阳旗，谁还敢去招惹呀？所以说山上的弟兄们没码子了。没了码子，也就没了营生。因此，石福看着日本人的势力大，就想带着弟兄们去投靠。"

刘振武问："你和石福翻脸翻到了什么程度？"

杨胜说："还没有彻底翻脸，只是闹得不愉快。要是你能收留了俺这帮兄弟，俺就彻底地与他翻脸。"

刘振武说："这倒好办了。山上一共有多少人？"

杨胜说："一共有 88 个弟兄！"

刘振武又问："除了你们这 40 多个弟兄，其他的都愿意跟着石福去投靠日本人吗？"

杨胜答："大部分人不愿意当汉奸，可是也没有什么办法呀！"

刘振武说："有办法！你先带着弟兄们回去，暗地里了解一下石福周围的人，愿意当汉奸的有多少，愿意抗日打鬼子的有多少，到时候咱俩再暗地里通个消息，等俺掌握了具体情况后，就去一趟巨龙山规劝石福抗日。他如果是铁了心要当汉奸，咱们就地采取措施，当场毙了他。记住，你一定要安排周密，确保万无一失。"

杨胜说："好，俺知道了。那俺就带着弟兄们回巨龙山了。"

这时，千山庙前的空地上，有些赶庙会的老百姓又陆陆续续地回来了。人群越来越稠密起来，他们围着枣临支队的战士们问长问短。刘振武趁机跳上台阶，大声地说："俺们是原先红岭游击队的人，现在已经改编为枣临抗日支队了。咱们这支队伍，是共产党领导的抗日队伍，是专门打鬼子、除汉奸的队伍，也是专门为咱们老百姓打天下的队伍。共产党是带领咱们老百姓走向一个没有战争、没有压迫、没有剥削、人人平等、人人有饭吃的新社会的党。咱们要在中国共产党的领导下，团结起来，拿起武器，积极地参加到抗日队伍中来，为打败日本侵略者，消灭一切反动派，建立起一个新民主主义的新中国而奋斗！"

人群沸腾了，许多青壮年纷纷要求加入抗日队伍，整个千山庙会成了一个军民鱼水情的海洋。

菊池带着人马从千山一路狼狈地逃回了司令部。他一下马，便抽出战刀，冲着院子里的一棵小松树就左劈右砍地挥舞起来，他像是一只发了疯的狗，把那棵小松树的枝枝杈杈砍了个溜光，然后，他把战刀往地上一拄，双手扶在刀把之上，脖子往两肩里一缩，气哼哼地直摇晃脑袋。他做梦也没有想到会在千山庙会上受到抗日武装的袭击，而且是两面夹击，其火力之猛烈，战术之有章法，打得他的部队没有还手之力，屁滚尿流地逃了回来。这是他踏上枣临土地以来，所遭受到的一次最为惊心动魄的战斗，同时也让他感受到了这是一次最为耻辱的战斗，他决定要摸清这是一支什么样的抗日武装，要集中兵力消灭掉这支抗日武装。

而龙少坤在千山庙会上挨了一枪，被人扶上了马就不顾一切地往临城跑起来，也全然不顾菊池和队伍了，只顾保命。

马跑在山路上，发出"咯噔咯噔"有节奏的马蹄声。

龙少坤骑在马上，他的屁股也就伴随着有节奏的马蹄声，一下一下地蹾起来。每蹾一下，他就感觉到屁股里的子弹头往肉里撞击一下，痛得他一个劲儿地直"哎哟"，脸上豆大的汗珠子也一个劲儿往下滚。

一路上，龙少坤那屁股每蹾一下，他就哎哟一声。马蹄咯噔，龙少坤哎哟！咯噔，哎哟！就像是有节奏地演唱着双簧似的。

龙少坤骑着马一口气跑到了皇协军司令部的大门口，他是一秒钟也不愿意在马背上待了，一进大门，身子一歪就从马背上跌落到了地上，嘴里还在一个劲儿地"哎哟"着。

站岗的勤务兵一看赶忙跑了过来，见龙少坤负了伤，就慌忙找来了医生和护士，用担架把他抬到了医务室里。

医生给龙少坤注射了麻药，不一会儿工夫，他的哎哟声变成了哼哼声，接着哼哼声也没有了。

医生为龙少坤的创口消了毒，然后拿起手术刀来，稍一弯腰，照准他的臀部创口处猛地一攮，手腕子一旋转再往上一挑，就把龙少坤臀部的子弹头取了出来。

菊池从千山逃回司令部的第二天，想想昨天的那场惊心动魄的战斗，还是心有余悸。他从此知道了枣临地区抗日武装的强大存在，如不彻底消灭，弄不好会有一天来攻打他的老巢。他想到这里，为了加强城区的防范，以防抗日武装前来袭击，就把负责修筑城防工事的川木一郎和邢铁山找了来，询问修筑工事的进展情况。邢铁山告诉他："按照太君的要求，修筑工事的材料已经备齐了，劳工也有 200 多人到位，就等司令官前去察看和举行开工仪式了。"

菊池听了，脸上的紧张情绪缓解了许多，他一挥手说："走，看看去。"

菊池沿着城区的围墙转了一圈儿，只见石料、沙子、石灰、水泥、木料堆得像一座座小山似的，一群一群的劳工正赤膊露臂地在挖地槽。瞬间，他那两颗长长的大牙又龇了出来，露出了狰狞的微笑，一拍邢铁山的肩膀说："你的很能干，辛苦的大大的，我的要大大地奖赏你。"

邢铁山说："多谢太君的奖赏，俺为太君效力，理所应当。"

菊池察看完了修筑工事的进展情况后，就径直来到了龙少坤病房的床前说："哟哟哟，龙司令，你的伤怎么样了？"

龙少坤侧欠着身子，忙嘘声嘘气地说："哎哟哟，太君，俺的屁股像是被打烂乎了，痛死俺了，怕是一时半会儿的不能为皇军效力了。"

菊池说："你的伤不重，取出子弹就该好起来了，不要再装下去了。"

龙少坤听了说："哎哟，太君。俺现在是躺不能躺，坐不能坐，只能是趴着和侧着。痛死俺了呀！哎哟哟……"

菊池一看说："这样的话你的就安心地养伤，把你手头上的事情暂时交给孙副官来办，眼下最重要的事情是摸清谁打了我们的埋伏，是不是八路的主力过来了。"

孙副官一弯腰说："报告太君，俺已经派人打探清楚了，在千山庙会袭击皇军的是八路军的枣临支队，在北关帝庙村外截击皇军运粮队的，也是他们。"

菊池听了，从牙缝里狠狠地说："枣临支队！"接着又连说"八嘎！八嘎！"气得他眼珠子都鼓出来了。

刘振武带领着部队从千山回到红岭村家里后，见刘相龙正坐在堂屋的太师椅上有滋有味地抽着烟袋，就顺便坐在了一边说："爹，有个事儿，俺得跟您商量商量。"

刘相龙问："啥事儿？"

刘振武说："咱这队伍已经壮大起来了，除了吃、穿、拉、撒、睡要有保障外，还得有医务上的保障才行。队伍迫切需要建立一个医疗卫生队，俺想让鲁娟和小芳到卫生队上去，让鲁娟发挥一下她中医世家的特长，带着小芳先把卫生队的工作撑起来。"

刘相龙深深地抽了一口烟袋吐着浓重的烟雾说："只要是队伍上的事儿，爹都支持你！"

刘振武说："这样的话，只是鲁娟和小芳一走，小红军也就只有俺娘一个人带了。"

刘相龙说："不打紧。小红军已经五六岁，好带了，你们就安心地在队伍上干事儿，那是正事。"

刘振武用敬佩的目光深情地看了看刘相龙，然后站起身来说："爹，您歇着吧！俺这就找鲁娟和小芳说说去。"

刘振武刚要迈出门槛儿，却被刘相龙叫住了："你先等一下再走，俺也正好有个事儿得让你知道一下。你娘不是让你姑父给小芳许个婆家吗？巧了，你姑父问张文峰都二十五六了怎么还不成个家，文峰说两年前他的心里就有一个人儿了。你姑父问是谁，文峰说是咱家小芳。前几天你姑父来问俺这门亲事成不成？俺说成，就把这门亲事定了下来。"

刘振武嘻嘻一笑说："爹，这是好事呀！文峰人忠厚，又有文化，跟咱家小芳简直就是天生的一对、地造的一双。您打算啥时候为他们办喜事儿？"

刘相龙说："文峰是个孤儿，没有家，说好了要当上门女婿，俺打算麦收前就把他们的喜事办了。"

刘振武说："好啊！到时候咱就把他们的婚事儿办得热闹些。"

其实，说起张文峰来，他自身的条件很好，不是娶不上媳妇的那种男人。他要个子有个子，要模样有模样，又有文化、有思想、有抱负，说话做事稳重得体。他在村学校里当教员的6年期间，每天给学生们上课都尽心尽力，很是让身边的人敬重。他二十五六岁了还没有娶妻成家，其主要原因是他是个孤儿，家里一个亲人也没有了，所以也就没有人给他操持成家立业的事儿。直到赵新河问到他为什么还不成个家的时候，他才把原因和自己的身世说给了赵新河听。原来，还在张文峰不记事的时候，他便失去了父母，至今也不知道父母是怎么死的，只是听说是被土匪杀害，是姑姑把他从小拉扯大的。姑姑为了他，到死也没有嫁人，待他就像亲生儿子一样。她一个人种着地，省吃俭用地供他读书。可就在他出村去读书的第二年，村里不知是谁招惹了土匪刘黑七，刘黑七带领土匪进村后，见人就杀，见房子就点。当张文峰学业有成，回到家乡听说了姑姑被土匪残忍杀害的经过后，十分痛心。他为了生活，为了将来能够给姑姑报仇，只身寻到了红岭学校当了教书先生，后来跟随刘相龙、赵新河等参加了苍山暴动并加入了中国共产党。刘振武从延安回来拉抗日队伍后，他又参加了抗日的队伍。

这天，张文峰知道刘芳参加了部队的卫生队后，便硬着头皮来到了卫生队的院子里，一见了刘芳就鼓足了勇气大大方方地说："刘芳同志，俺要找你谈谈。"

刘芳的脸上立刻泛起了一层红云，微笑着说："那咱们就出去走走吧。"

两个人走出了卫生队的院落，沿着蜿蜒的小路，朝着南山坡的树林走去。

一路上，两个人谁也不语，只是默默地往前走着。

走着走着，刘芳是个直性子，沉不住气儿地问："文峰同志，你不是要找俺谈谈吗，你怎么不说话？"

张文峰止住了脚步，冲着刘芳微笑着说："哟，你今天终于不称呼俺文峰叔了，这么说，爹给咱俩定亲的事儿，你已经知道了？"

刘芳说："俺这还没有嫁给你，你就称呼俺爹是爹了。"

张文峰"嘿嘿"地笑着说："这不是已经给咱俩定亲了吗！定了亲，俺早晚都得见了你爹叫爹，你说是吧？"

刘芳说："这倒也是。听说你是托俺姑父说的媒？"

张文峰赶紧解释说："不是这样的，是那天赵校长问俺都二十五六了，为啥还不成个家，俺就把俺是个孤儿的身世跟他说了，还说俺的心里早就有了你。没想到，他就替俺做了主，去找爹把亲事定了。"

刘芳问："你的心里真的早就有了俺？"

张文峰说："真的。俺从第一次见到你，就把你装在心里了。"

刘芳说："爹说让你当上门女婿，麦收前就把咱俩的喜事儿办了，你是怎么想的？"

张文峰说："俺今天来找你，主要就是谈这个事儿。你看啊！这小鬼子来了，咱们俩又都是军人了，这说打仗就打仗，命都系在裤腰带上，没有个安定的环境。俺的意见是等抗战胜利了，咱们再办喜事儿。"

刘芳听了说："这话你得跟爹说去。俺的意思是，如果爹执意给咱俩办就办了，这样咱俩在部队上也好相互有个照应，省得偷偷摸摸地让别人笑话。"

张文峰听了喜上眉梢地说："你真是这样想的？"

刘芳用眼看着张文峰很认真地点点头："嗯。"

这天夜里，杨胜一个人悄悄地下了巨龙山，他的脚下像是长了眼睛，在暮色里似箭一样地穿行。

丑时时分，他来到了红岭村南坡的柏树林边，把右手握成喇叭状放在嘴上："咕咕、咕咕。"

随之，柏树林里传来了"咕咕、咕咕"的回声。

杨胜见了刘振武说："俺回到巨龙山后，便按照你的指令，暗地里已经摸清了山上的情况。山上的88个人中，除了石福跟前的五六个铁杆外，大部分不愿意去当汉奸。特别是俺的那40多个兄弟，都愿意跟着俺参加八路军。除此之外，还有一部分人随大流儿，只要是有吃有喝的，管他是当土匪还是当汉奸，不在乎，这一辈子是破罐子破摔，论堆儿了。不过，这部分人好对付，只要是控制住了石福和他跟前的几个铁杆儿，局面一旦扭转，他们就会跟着大溜儿走，自觉不自觉地就会融合到俺的铁杆里来。"

刘振武了解情况后对杨胜说："根据你提供的情况，俺打算三日后就上山，到时候咱们这样……"

杨胜随听随点头，最后说："刘队长，你说的这个方案很可行，到时候咱就这么办。"

刘振武强调说："为了确保万无一失，到时候你一定要沉着冷静。"

到了第三天上午，刘振武便带着李传宝一路急行地来到了巨龙山下。抬头望去，只见巨龙山有三座山峰，峰与峰连成一条线，像一道黛色的屏障，嵯峨秀丽。

已经是阳春三月，身上的棉衣有些穿不住了，刘振武解开纽扣，刚要坐在一块青石上想歇会儿，却突然间从巨石的后面闪出来七八个荷枪实弹的土匪。一个领头的问："你们是什么人？到这巨龙山干什么来了？"

刘振武沉着冷静地回答："你没有看清楚吗？俺们是八路军枣临支队的，是到这山上来找石大当家的，还不赶快通报一声。"

领头的说："不管你是干什么的，还是上山找什么人的，都得按山上的规矩办。"说着他伸出手来又说，"五块大洋蒙上眼，十块大洋睁着眼，算是买路钱。"

刘振武从兜里掏出十块银圆递给他说："那就睁着眼。"

领头的说："来呀，把他们的家伙什儿下了，再给俺架了，上山去见大当家的。"

刘振武和李传宝被土匪们下了枪，由土匪架了，沿着羊肠小道，绕岩石，登台阶，艰难地往山上走去。他们被匪徒们架到了山峰的顶端，忽见峭壁上赫然写着三个鲜红的大字：巨龙洞。

刘振武、李传宝进到洞里，就见洞内景观千姿百态。首先是石壁奇观"神女出浴"，石乳形成的奇观恰似一位窈窕淑女；再往前走是"白玉台"，台上有石乳形成的"眼镜""篦子"等梳妆用品，真像是传说中的七仙女用过的物件，栩栩如生。右侧的石壁上，印有水流直下的痕迹，一道道弯弯曲曲的水纹，犹如瀑布飞流；壁崖之上隆起一条长约十米的石钟乳，自上而下，犹如一条攀附于石壁上的蜿蜒巨龙，鳞爪分明，盘曲而下，威风凛凛。

突然间，洞内四下里灯火通明。

刘振武借着光亮，就见巨龙正中的下端，有一把粗糙的大木椅子，椅子上面垫着一张老虎皮，虎皮之上坐着巨龙山大当家的石福。只见他那光秃秃的小脑袋，反射着玻璃球一样的亮光，八字眉下是一双小圆眼睛，一个大肉球似的红鼻子，像一节胡萝卜趴在那里，圆圆的红鼻头下面是一张圆圆的小嘴，连下巴颏儿也是圆圆的。

在石福的左右，站立着杨胜和6个彪形大汉，想必是他的铁杆儿。杨胜扯着嗓子问："上山来的是什么人？找俺们大当家的有何贵干？"

刘振武沉着地回答："俺们是八路军枣临支队的，俺就是支队长刘振武，这位是俺的随从。俺们今儿上山来，是邀请石大当家的下山一起抗日。眼下大敌当前，日军践踏咱们的河山，使无数的中国人惨遭涂炭，但凡有良心的中国人都不会袖手旁观，国难当头，匹夫有责，石大当家的你说是不是？"

石福坐在虎皮椅上，稍微往前一欠屁股，一脸不快地说："你说的这些能当饭吃吗？俺石某人只认得钱，认得逍遥，还认得俺这手里的家伙什儿。这些你都能给得了吗？不能吧？这俗话说得好，有奶便是娘，现如今的天下是日本人的，难道俺不去投靠日本人，会跟你们这帮穷八路合流吗？"

刘振武严厉地说："你就甘愿去投靠日本人当汉奸？那可是要遭世人唾骂的。俺想这山上的弟兄们也不会答应吧？"

石福一听火了，一拍大腿说："你这不识好歹的家伙，竟敢到关公面前来要大刀，来呀，给俺拉出去砍了！"

石福的话音刚落，就见站立在他身旁的杨胜立刻拔出了匣子枪。

石福见杨胜拔出匣子枪来，还以为是在执行他的命令去杀刘振武，没料到那黑洞洞的枪口却对准了他那光秃秃的脑袋。他还没有完全反应过来是怎么回事儿，就见杨胜已经扣动了扳机，只听得"砰"的一声，石福的秃脑袋上被钻了个血洞，随即就瘫倒在了座椅上。

石福身边的铁杆们见大当家的被杨胜给击毙了，刚反应过来要掏枪，就被杨胜早已经安排好的弟兄一排子弹打过来，纷纷倒在了地上。

瞬间，山洞的大厅里鸦雀无声，周围的人面对这突如其来的变故，一个个目瞪口呆，随之都自觉不自觉地缓慢地向杨胜围拢了过来……接着，山洞内爆发出了"杨胜！杨胜！"的呼喊声。

杨胜站到虎皮椅前的台阶上激动地说："弟兄们，今天俺杨胜要带领着大家走上一条光明的大道，就是跟着刘队长去投靠八路军，打鬼子去，以洗刷咱们过去当土匪的耻辱。今儿，俺把话撂在这儿，愿意跟着俺杨胜去参加八路军打鬼子的，就留下来。有愿意回家种地或另立山头的，就自谋出路去，俺决不拦着。但是，谁要是去投靠日本人当汉奸，石大当家的下场就是例子。"

周边的人你看看我，我看看你，结果一个愿意离开的也没有，瞬间，大家纷纷举起臂膀高声地呼喊："打鬼子！打鬼子！"

杨胜看到弟兄们对他这般的拥护，又说："下面，请八路军枣临支队的刘队长给咱们讲话！"

随着热烈的掌声，刘振武站到台阶上抬起双手往下按了按说："弟兄们！这是俺第一次这样称呼大家，也是最后一次。你们从今天起已经是抗日队伍的一名战士了，参加了革命了。参加了革命，就要称呼同志。"

人群里有人问："同志？什么叫同志？"

"问得好！"刘振武说，"同志就是志同道合的意思。咱们既然参加了革命，就是革命队伍里的一员了，为了一个共同的革命目标走到了一起，大家见了面，就要称呼同志。"

人群里一个个都在点着头。

刘振武接着说："刚才，杨胜同志已经讲得很好了，说出了俺要给大家说的话，在这里，俺就不再重复了。俗话说，山有山规，八路军队伍有队伍上的纪律，咱们八路军提倡的是三大纪律、八项注意，其具体内容以后再细致地对大家讲。不过，大家需要牢记的一条，就是一切行动听指挥，只有这样，咱们才能够打胜仗，才能够把日本侵略者赶出中国去！"

刘振武巨龙山之行，可以说是战绩不菲，他没费吹灰之力，便除掉了一心要当汉奸的土匪头子石福，不但带回来了80多名弃暗投明的兄弟，还带回来了足够装备一个营的枪支弹药。他一回到驻地，便立即召集了支队班子成员会议，向大家简单介绍了一下巨龙山的情况后，便直插主题："咱们今天召集会议的主要议题是，就巨龙山人员的安置问题，大家一块儿研究一下。"

李传宝说："俺看把这部分人员分配到一营和二营去，目的是对他们实行传、帮、带，有利于管理。"

会议室里一时沉寂无声。

季华说："俺的意见是成立第三营，对这批才从山上下来的人，实行强制性的教育和训练，改造掉他们身上多年来养成的懒散和匪气，以尽快适应战斗的需要。"

刘振武说："嗯。其他同志还有什么建议？"

张文峰说："俺同意季政委的意见！"

刘振武说："一开始，俺的想法也是要把这部分人分配到一营、二营去，但后来一想，不妥。一营、二营通过前一段时间的政治教育和军事训练，战士们的政治觉悟和军事素养都有了很大的提高，但还没有完全达到能打硬仗、打胜仗的要求，还需要进一步加强政治教育和军事方面的训练。大家想一想，一营、二营本身的素养还没有达到一定的高度，对山上下来的这部分人怎么去传，怎么去帮，怎么去带？所以说，俺同意季政委的意见，成立第三营，对这部分人进行强制性的教育和训练，尽快改造掉他们身上的匪气和懒散毛病。"

李传宝说："经过大家这么一议论，俺也同意季政委的意见，组建支队第三营。"

刘振武："既然大家都同意组建第三营，那就第三营干部的安排问题，说一下俺的意见。俺提议由杨胜同志担任营长，由副支队长李传宝同志兼任教导员，并从一营、二营抽调一部分骨干力量充实到三营去，以加强对三营的政治工作及军事训练的领导。"

季华说："俺完全同意刘支队的意见，由李传宝同志去三营担任教导员，是最合适不过了。传宝同志，你一定要把红军的一整套政治工作经验继续带到新组建的部队去，在强化三大纪律、八项注意教育的同时，要让战士们知道咱们为什么打仗、为谁而打仗，不怕困难、不怕牺牲，敢打硬仗、敢打胜仗。"

第四章　四方会议

1938 年 5 月徐州失守后，国民党的正规部队退出了鲁南地区，使铁路沿线地区彻底沦落到了日军的手中。当时，日军的主力部队仍拥兵南方与国民党军队作战，交通运输需要通过铁路将后方的军用物资和新编建的部队运往前方，因此日军重点加强了对津浦铁路的保卫工作，徐州至兖州之间就派驻了三个师团的兵力，其主要原因是这里有着华东地区最大的煤炭资源基地，即枣陶煤田。

从战略意义上讲，如果徐州至兖州之间的铁路中断了，日军在南方作战及其所需要的煤炭资源补给必将受到极大的影响。是时，中共苏鲁豫皖边区特委直接领导的枣临地区抗日武装有董尧卿和董一博领导的鲁南民众抗日自卫军 300 余人、朱道南领导的山外抗日军联合委员会孙伯龙部的 100 余人和邵剑秋部的 300 余人、交通站秦明道领导的临城铁道队 80 余人、宋子成和王守银领导的滕南抗日救国军 120 余人，还有王延林和王玉莲领导的兴仁农民游击队 50 余人、王保思领导的沙沟游击队 100 余人等 8 支抗日武装，共计 1300 余人，在党的领导下，8 支抗日武装均由朱道南、孙伯龙、秦明道等牵头联合作战，其作战的主要目标就是破坏敌人的交通运输线，阻击日军增援部队南下和军用物资运往前线。

这天接近晌午的时候，季华打扮成一个商人的模样来到了荷香酒馆里。他一见了秦明道就笑呵呵地说："秦掌柜呀，看来俺这个县委书记得在你这里住上一阵子了。日寇在咱们枣临地区站稳脚跟后，开始了组建县、区、乡伪政权，使得社会上的一些黑恶势力沉渣泛起。他们一点也不讲民族大义，只为一己私利，纷纷跳将出来甘为日本人当走狗，使得枣临地区的斗争形势越来越复杂了，稍有不慎，就会让他们当作抗日分子抓个正着。你这里有客房，所以说俺就以苏北商人的身份在你这里住下了，吃住的价格上你可要多加关照哟！哈哈哈。"

实际上，那个时候的县委并没有固定的办公场所，所有的县委成员都以各种各样的身份做掩护秘密地开展工作。季华之所以提出要在荷香酒馆住下来，主要是看中了这里是临城的中心，既能以做买卖的商人身份住在这里，又可以及时地掌握敌人的动向。

秦明道听了季华的一番说辞十分高兴，呵呵笑着说："欢迎你这位苏北商客来到俺这小店里住宿，吃住价格上的事一切都好说。您请！"他寒暄着就把季华领到了酒馆后面的一间客房里。

季华进到客房里，见负责情报工作的刘振山也在屋里，就笑呵呵地随口说道："俺就知道你也会在这里。怎么，就因为你的学校挨着你这位舅舅的酒馆近，就经常来蹭吃蹭喝。"季华心直口快，性格开朗，跟自己的同志说起话来总带有一种很亲切的随意感。

秦明道说："季书记，俺看就让振山平时跟你住在这儿。这样除生活上有个相互照顾外，工作起来也方便些。"

季华仍旧笑呵呵地说："好，正合俺的意！"

吃过了晌午饭，季华把秦明道、刘振山叫到一起，分析了当前的斗争形势和发展趋势后，说："台儿庄大战后，咱们枣临地区的斗争形势越来越严峻了。为了总结好台儿庄大战前后党在枣临地区的斗争经验，组织上决定派你二位出面，召开一个枣临铁路沿线抗日武装联席会议，这次会议的主要目的和任务是总结前一阶段的斗争经验，研究一下今后的工作。"

按照季华书记的这一意见，秦明道、刘振山邀请了枣临铁路沿线的赵以珂、王守银、王玉莲、王延林等四个方面的同志，在彭楼村召开了各支抗日武装联席会议。在总结前段时间的斗争经验时，秦明道说："临城车站的两支工人铁道队在滕南抗日救国军、兴仁农民游击队的协同下与李明扬的游击队配合，三次袭击了临城火车站的日军，迫使日军韩庄前线的一个大队调回临城。同时，在四方面抗日武装的配合协同下，破坏了官桥至韩庄、临城、山家林的铁路线，有力地支援了徐州会战，可以说咱们四方合作初战告捷。俺看咱们四方合作的主要经验应该是工农团结，工人铁道队到了农村，人地两生，没有农民兄弟部队帮助解决食宿的问题很难生存。现在咱们四方的人数还都不多，孤军作战不可能取得较大的成果，因此咱们四方今后要继续合作，共同对敌进行战斗。目前咱们各方的困难还比较多，其中摆在咱们面前最大的困难有两个，一是工人铁道队的枪支，现有的枪支也都是破破烂烂的，没有一件像样的家伙什儿；二是粮饷无着落，总不能靠战士们永远地自带干粮抗日吧？当然让大家靠吃'客饭'也不是个长久之策。这两个问题需要咱们认真地研究解决。"

王守银介绍了农民抗日救国军方面的枪支来源情况，他说："俺们的枪支来源可以说是'瞎猫碰上了死耗子'。情况是这样的，去年的腊月初四邹县失守之后，临城韩复榘的刘团奉调鲁西，当时正是大雪纷飞，十分寒冷，刘团的一个连走到临城西北的一座庙里抱柴取火时，把枪弹都放在了一间配房里，这时的官兵们又冷又饿，士气十分低落，说啥牢骚话的都有，思想很是混乱。当俺们的120名战士手握刀枪赶到庙里时，把刘团的一连官兵都吓呆了。当时俺对他们说，大敌当前，你们不抗日，当逃兵，成何体统，既然你们不抗日，那就把枪借给俺们吧，俺们拿着它们打鬼子去。结果官兵们听了没有一个反抗的，就这样俺们拿走了一个连的2挺机枪、100支步枪、30箱子弹，回来后把战士们的土枪全换了下来，现在是一挂的汉阳造。"

刘振山听了嘻嘻一笑说："竟然有这种事儿。依俺看这不叫'瞎猫碰上了死耗子'，应该是'英雄碰上了狗熊'。"

一阵嬉笑声过后，王玉莲通报了兴仁农民游击队方面的情况，她说："俺们的50多支枪都是从村里富裕户的家里征集来的，一说是借来抗日的，没有一户反对。俺认为征集枪支不是问题，现在的问题是全国人民要团结起来，不能闹分裂，要共同抗日。俺们这支小部队原是国民党一褚姓县长领导的，可他反对共产党，不与共产党合作，而俺们这些人却反对搞分裂，就跟他对着干，一心跟共产党合作打鬼子，没跟着他去滕县。前段时间俺们与工人铁道队方面合作抗日时，从他们的身上受到了许多教育。俺们看到工人队员们在吃'客饭'时从不白吃，吃完了就主动交钱，其纪律之严明，深受群众的爱戴。他们拆卸铁路上的铁轨，既熟练又快捷，在这次阻击敌人南下大破路的战斗中，若是没有工人铁道队的参加，就不可能在一个月内把韩、滕之间的铁路全部破毁，使俺们从工人兄弟的身上学到了好作风、好技术，俺们愿意与铁道队方面合作到底。"

赵以珂说："同样，俺们临城铁道队到了农村，若是没有农民兄弟安排食宿，就不可能在农村生存。俺们工人铁道队的队员不是农民，也就不可能从农村征集到枪支，只能是用真金白银去买。过去临城铁路是有钱的，去年年底大部分款项被路局抽走了。不过为了抗日，俺留下了 5 万元，可以少部分用作队员们的生活，大部分用来买枪。听说鱼台民间的枪支比较多，十几块钱就可以买到一支，俺准备去趟鱼台看看能不能买到。现在的铁道队已经发展到了 100 多人，如果工人们全部参加的话，可达到 350 人。"

王守银说："让战士们吃'客饭'的办法不是个长久之策，队伍上能不能自己想办法解决粮饷问题？滕县是俺的家乡，也是滕南抗日救国军的发源地，俺会有办法来解决粮饷问题的，保管让战士们都能吃上饭。在这里，俺建议临城的四支抗日武装，今后要由苏鲁豫皖边区特委交通站统一领导，在临城建立起一支由工农共同参加的，专门破袭日军铁路运输的抗日队伍，成为枣临铁道线上的一支奇兵。"

会议开到最后，秦明道总结说："今天的这个会开得很好、很成功。各方都认真地总结了前段时间的工作，并从中总结出了经验、找出了问题，同时还对找出的问题提出了很好的解决办法，这很好，说明大家都有着一颗带好队伍的心，也就是为了民族的大义敢于负责任的赤诚之心。至于各方要统一接受交通站领导的建议，在这里俺还不好表态，这事待俺回头向组织上汇报后，根据组织上的意见再做决定。总之，各方都必须服从党的统一领导。振山同志，你还有什么意见要说？"

刘振山："大家都说得很好了，俺就没有什么可说的了！只是强调一点，那就是各方一定要注重保密工作和隐蔽行动。咱们是在敌占区里打小鬼子，所以说保密工作和隐蔽行动非常重要。自打日军在枣临站稳了脚跟后，他们成立起了这组织那组织，其目的只有一个，那就是为了追杀和搜捕咱抗日力量，所以说咱们做好保密和隐蔽工作十分重要。只有做好这方面的工作，咱们才能够很好地保护自己，保护好自己才能更好、更多地杀小鬼子。"

四方会议为今后铁道大队的建立打下了人员和思想上的基础。

这天接近中午，秦二升从酒馆里提来一盒刚煮好的羊肉汤走进肉铺里，他见了程娇说："刚煮好的羊肉汤，俺提来一盒，你去把程飞喊来，一块儿趁热吃。"

程娇笑嘻嘻地说："你什么都想着俺和弟弟，他今儿不在，一早就到山里收羊去了，得等天黑才能回来。你也还没吃吧，就一块儿吃。"

秦二升一听程娇这么说，不知怎么了心里"怦怦"地跳起来。他挝了挝头皮，带着颤抖的声调说："这样不好吧？万一让人碰见了，还不得说咱俩的闲话。"

程娇说："怕什么，咱们都是老熟人了，谁爱怎么说就怎么说去。"

其实，秦二升打心里很想跟程娇单独吃饭，但碍于男女授受不亲的传统观念的束缚，还是抹不开面子。于是他鼓起了勇气，脸涨得通红说："要不这样吧，反正是大晌午里也没个来买肉的，不如先关一会儿铺门，等咱俩上后面吃完了饭，再来开门也不误事儿。"

程娇的脸颊泛起了一层红云，娇声说："好吧，你先过去吧，俺关了铺门就来。"

秦二升提着饭盒来到程娇的屋里，又到饭屋里取来了碗筷，刚把羊肉汤盛到碗里，程娇就进来了。两个人坐下后，秦二升便从自己的碗里夹了一筷子肉放到了程娇的碗里，说："你的身子刚利落了没几天，多吃点肉补补。"

程娇见了，感觉脸颊一阵发热，娇声细语地说："二升哥，你对俺这么好，俺可怎么报答你才是？"

秦二升说："说啥报答不报答的，你知道二升哥的心就行了。"

两个人没再说话，只是默默地吃了起来。等吃完了饭，程娇刚要动手把碗筷拾掇起来，秦二升却一把抓住了她的手说："等会儿再拾掇，让俺好好地看看你。"

程娇忙说："这屋门没关，俺去关了去。万一弟弟回来撞见了，不好看。"

经程娇这么一说，秦二升那颗本来就紧张的心更加紧张了，问："你不是说他天黑才能回来吗？"

程娇嘻嘻一笑说："俺是说万一。"她说着便去关好了门，来到了二升的跟前。

秦二升见程娇把门关上了，胆子也就大了。他猛地把她揽在怀里，使劲儿搂抱着，嘴里还一个劲儿地嘟噜着："啊哟哟！啊哟哟！你可把哥想坏了，快让哥亲亲你。"说着，就用他那张刚喝完了羊肉汤的嘴，在她的脸颊上嗞儿咂儿亲吻起来。

秦二升自打跟程娇捅破了那层窗户纸，只要是程飞去山里收羊不在肉铺里的时候，他就会来与程娇偷欢一回。

这天下午，秦二升来到肉铺的后院，见程飞正在院子里宰羊，就凑过来帮帮下手，以讨得程飞对他有好感，好在对他和他姐姐的事儿上睁一只眼闭一只眼。

两个人正拿刀剥着羊皮，忽听得前面的肉铺里传来了程娇的呼喊声。秦二升和程飞正要去前面看看，就看见程娇慌慌张张地从肉铺的后门跑进了院子里，后面紧跟着两个背着三八大盖的日军。他们嘻嘻哈哈地一边追着程娇，一边嘴巴里还叫嚷着："花姑娘的，要的。花姑娘的，要的。"

秦二升一看这种情况，没敢硬来。他急中生智，忙上前点头哈腰地施礼道："太君的误会，这花姑娘的，你们的不能要，她是俺的老婆。"

哪知，那个瘦个儿日军不吃二升这一套，举起枪托来就把他砸倒在了地上，随后就把程娇摁倒在地上。

程飞见状，实在是难以忍受了，绝不能让日军把自己的姐姐给糟蹋了。他嘴里骂了声："小鬼子！"便一个箭步飞了过去，"噗"的一声，就把一尺多长的宰羊刀，捅进了那日军的后背里，只见那日军趔趔趄趄地倒在了地上。

另一个日军见了，刚要拉枪栓，就被秦二升高高举起的木棒狠狠地砸在了后脑勺上。由于秦二升用力过大，那日军的脑浆都被砸出来了。他也随即丢掉了手里的木棒，一腚坐在了地上，嘴里大声地喊道："程飞，你快去前面把铺门关了，这里回头再拾掇。"

程飞去关了铺门回到院子里，见秦二升还在地上坐着，再看看地上躺着的两具日军的尸体，有些着急地说："二升哥，今天咱杀了小鬼子，可是惹下了天大的祸，你说咱咋办吧？"

秦二升从地上爬起来说："不要慌乱，要沉住气儿，让俺想想。俺看这样吧，咱先把这两个小鬼子的尸体藏起来，等天黑了，再想办法把他们扔到后街的水湾里去。"

程飞沉默了一会儿说："不妥。那样早晚会被鬼子发现的。在咱这院子的西墙根儿，有一眼多年不用的枯井，咱不如把这两个畜生扔到井里去。"

秦二升一听说："快领俺去看看。"

程飞领着秦二升来到了院子的最西头，只见这里杂草丛生，一棵老槐树有盆口粗，枝叶漫过了屋顶，墙根和槐树的周围摞满了一捆捆的谷秸和高粱秸，看上去有些荒凉。

程飞走过去，把一捆一捆的秸秆挪开，露出了一块青石板。他又把青石板掀起来，露出了井眼。

秦二升趴在井口上，往井底看去，只见井深约有十来米，底宽口细，圆锥状。他看着看着，忽然发现离井底一米多高的西井壁上，模模糊糊地看上去像是有一个洞，就问："这枯井你下去过没？"

程飞说："没有！"

秦二升说："你去找根绳子来，俺要下到井底去看看。"

程飞找绳子去了。秦二升一回头，发现程娇站在他的身后，就见她的脸色苍白，上牙打着下牙地浑身直哆嗦。他赶忙站起来，把双手按在了她的臂膀上说："别怕，不就是杀死了两个小鬼子吗，没事儿的。"

程娇一头扎到了秦二升的怀里，抖颤的身子缓和了些许，声音颤巍巍地说："俺哪儿经受过这种场面，这两个穷凶极恶的家伙，转眼就被弄死了，可把俺吓坏了。"

秦二升见程飞拿了绳子和一盏马灯过来，便把程娇轻轻地推开了说："你先在这秸秆上坐着稳稳神儿，有俺和程飞在这儿，不要怕，一会儿就没事了。"

秦二升接过绳子，把一头缠绕在树干上绑好，又把另一头续到了井里后对程飞说："咱俩先把那两个畜生抬了来扔进去，俺再下去看。"

程飞点了点头说："行。"

秦二升刚要起步走，程娇却一把抓住了他的褂角，他走一步，她跟一步，寸步不离，直到把两个日军的尸体抬来扔进了井里，她才松开了手。

秦二升接过程飞点燃的马灯，把灯提手叼在嘴上，然后双手抓紧了绳子，脚紧蹬着井壁，一步一步地下到了井底。

井底被黑暗禁锢着。秦二升摘下嘴巴上衔着的马灯，灯苗顽强地挺拔起身躯，用金色的光射杀着黑暗。

秦二升举着马灯往壁洞里一照，发现洞口一米见方，洞深足有两米，洞内放着一个有腰粗的瓷罐。他趴着爬进洞内，试图把那瓷罐抱出来，结果费了很大劲儿也没能抱动。他急中生智，把瓷罐上的盖子打开，用右手抓着罐沿，很吃力地把那瓷罐拖到了洞口。等他把瓷罐搬到了井底，然后用马灯一照，只见罐内用油纸包裹着一块一块的东西，他取出了一块，直觉得手里沉甸甸的，剥开油纸一看，呀！是金砖。

他开始兴奋起来，逐一把瓷罐里的东西都取了出来，经查看，有12块金砖，30锭银子，均标有十六两的字样。

秦二升站起身来，把手握成了喇叭状，对着井口喊道："程飞，你再续个筐子下来。"

不一会儿，程飞把筐子续了下来。秦二升把金银拾到筐里拴好，就抓着绳子登上了井口。

秦二升把那盛满金银的筐子从井里提上来，接着就用青石板封了井口，又摞上了秸秆，才总算是松了口气。

秦二升从筐里捡起一块金砖，然后拆开包裹着的油纸说："你们看，这是啥？"

程娇和程飞一看，都吃惊地说："呀，是金子！"

秦二升说："一点儿也不错。咱们今天可真是名利双收。"

程飞问："为什么这么说？"

秦二升说："咱们今天杀死了两个小鬼子，为国家做了事儿，为老百姓出了气儿，这是不是名？再有，咱得了这金砖银锭，是不是利？足够你娶个漂亮的媳妇吧？"

程飞听了连连点头，呵呵地笑起来。

程娇的脸上也泛起了血色，露出了笑容。

秦二升接着说："这些高兴的事儿，咱一会儿再说。程飞，你去取把镢和锨来，在这墙根挖一条米数深的沟，把这两支枪和子弹用油纸包好了，都埋到沟里。记住，一定不要留下破绽。俺去把地上的血迹清理干净。程娇，你去做饭，多弄两个菜，俺们兄弟俩忙完了喝一盅。"

秦二升拿了把铲子，把地上的血迹抢起厚厚的一层土，用铁盆盛着，倒进了程飞掩埋枪支的沟里。等他把现场收拾停当，又细心地检查了一遍院子后，已经是傍晚时分。

西天上有紫色的云，像几片羽毛飘浮在天上，又像是太阳下海沐浴时脱在天边的衣衫，华贵而飘逸。

日军警备队川木办公室里，川木正在吃着晚饭，忽然山本少尉慌慌张张地跑来报告说："报告，在吃饭点名的时候，没有点到川岛和松田两个人，宿舍里也找过了，没有！"

川木放下手里的馍馍问："他们是什么时候不见的？"

山本说："问过门岗了，说他们吃过午饭就出去了，一直没有回来。"

川木听罢，拨通了菊池的电话："喂，司令官，警备队里有两名士兵失踪了，你看……"

就听电话里菊池声调严厉地说："马上通知侦缉队和皇协军全部出动，就是把全城翻个底朝天，也要把他们找到。"

程娇已经把饭菜做好摆到了八仙桌上，招呼着秦二升和程飞来屋里坐了，就说："也没个好菜，你兄弟俩就将就着吃吧！多喝两盅，好压压惊。"

秦二升见程娇跟前没有酒盅，就说："你也拿个盅子来喝一盅，你今儿受到了惊吓，喝点儿酒压压惊。"

程娇说："俺不会喝，就不喝了，由弟弟陪着你喝，等来日，俺弄几个好菜，也学着喝点儿，往后有的是时间陪你。"

程飞手把酒壶，给秦二升端了三个酒，敬了三个酒，又共同喝了三盅酒后说："二升哥，今天可是多亏了你在，要不然，俺和俺姐姐非得吃亏不可。"

秦二升一连喝下九盅酒后，有点晕晕乎乎地说："咱都是一家人了，不说两家话。别说是小鬼子，就是任何人敢欺负你姐，俺就是拼上命也不会饶了他。"

程飞端起酒来说："好，二升哥，俺再敬你一个。"

秦二升喝干，放下了盅子自言自语地说："今天这事儿有点蹊跷，这俩小鬼子咋就跑到咱这肉铺里来了呢？"

程娇接过话说："可不是吗，当时俺站在肉案前正瞅着门口，就见这两个小鬼子嘻嘻哈哈地从门口经过。谁知，他俩不一会儿又折了回来，一进门就嬉皮笑脸地对俺动手动脚地乱来，俺当时吓坏了，就一边呼喊着一边往院子里跑。再后来，你俩就把他俩给弄死了。"

秦二升听罢说："这两个畜生是闲得没事儿，出来穷寻欢呢，该死！"

程飞说："对，该死！这往后呀，只要是再有小鬼子上咱这院子里来，就把他宰了填井。"

此时，院外的天色已经完全地黑了下来，黑得像一口锅底。满天的星星都眨巴着眼睛，仿佛是在告诉人们今晚街上会有小鬼乱窜。

秦二升、程娇和程飞吃完了晚饭不一会儿，就听见了街上的狗都狂吠起来，满街都是杂乱的脚步声、敲门声和哇哩哇啦的喊叫声，这些声音混杂在一起就像是捅了马蜂窝，令人感到恐怖。

听到外面的嘈杂声，程娇的脸色又变得煞白了。她娇声娇气地说："二升哥，你今晚就别走了，俺一个人怪害怕呢。"

秦二升听了，看着程飞直抓头皮。

程飞见秦二升看他，忙说："是呀，你今晚就别走了，俺姐她胆小，留下来陪陪她吧，你和俺姐的事儿，俺已经知道了，只要是俺姐她愿意，俺就没说的。"

秦二升抓着头皮"嘿嘿"一笑说："既然是这样，那俺就留下来不走了。"

"哐哐哐"，突然间，有人在敲打院门。

程飞赶紧跑去开门。

秦二升和程娇也都来到了院子里。

院门打开后，就见3个日军和5个皇协军气势汹汹地闯了进来，两道雪白的手电筒光柱到处乱照，吓得程娇一头钻进了秦二升的怀里颤抖不止。

拿手电筒的皇协军小头目问："今天，有两个皇军失踪了，你们有没有看见？"

秦二升沉着冷静地说："没有，长官，俺们是这城里的贫民，皇军怎么会到这地儿来。"

皇协军小头目说："光听你说不行，皇军失踪可是件大事，俺们得搜一搜。弟兄们，给俺仔细地搜。"

日军和皇协军端着上了刺刀的三八大盖，就把院子和屋里挨个儿搜查了一遍，在确定了没有可疑之处后，就退了出去。

程飞去关了院门回来后，对程娇说："姐，没事儿了，你回屋去早点儿歇了吧，俺也去歇了。"

第二天上午，在荷香酒馆的客房里，季华披着上衣在房间里来回地踱着步。他走着走着突然间停下来，冲着秦明道和刘振山问："这小鬼子折腾了一夜，究竟出了啥事儿？他们不会是在城里又发现了抗日分子的踪迹吧？"

秦明道说："这次小鬼子倒不是搜查什么抗日分子，听昨晚来店里搜查的皇协军说，是有两个小鬼子失踪了。"

季华听了问："是不是有枣临支队的人进城了，还是什么组织的人干的？"

秦明道说："都不像。若是有咱们的人进城了，大都会上这里来落落脚。"

刘振山问："怎么一大早的没看见二升呀？"

秦明道说："这个二升呀，从昨天下午去了临山肉铺，到现在就没见他回来，让俺担心了一夜了。"

正说着，就见秦二升开门进到了屋里，他看了看季华、刘振山和秦明道，没吱声儿，一屁股坐在了凳子上。

秦明道见是秦二升进来，忙说："二升，你这一夜里没回来，去了哪儿？这满街上到处都在搜查，可真让俺担心。"

刘振山说："是呀，你叔为你担心了一夜，恐怕你有个什么闪失，刚才还在说你呢！"

秦二升镇静地说："是这样……"于是，他就把昨天杀死两个日军的事，原原本本地说了一遍。

季华听完，有些激动地说："怪不得敌人折腾了一夜，原来是你们捅的这个马蜂窝，俺问你，你说的那个程飞，真就一刀捅死了一个小鬼子？"

秦二升点点头"嗯"了一声说："俺当时也没有想到他会这么勇敢，杀死一个小鬼子就像是杀死一只羊那么轻松。俺当时一棒子揳倒另一个鬼子的时候，就一腚坐到地上起不来了。他却像没事儿似的，又是去关门，又是卸枪的，沉着得很哪！"

刘振山问："你当真把鬼子的尸体处理得很利落？可千万别留有什么破绽，有可能白天敌人还要搜查。"

秦二升很有把握地说："放心，就是敌人挖地三尺，也不会寻到一丝痕迹的。"

季华说："这样说来，程飞可就是咱们这城里的老百姓中第一个杀鬼子的人了。如果全城的人都能像他这样勇敢地杀鬼子，日寇不就很快消灭干净了吗？二升，你安排个时间，俺要见见这个程飞。"

刘振山说："要不然，咱们现在就到临山肉铺去，俺对他们处理杀鬼子的现场还是不太放心，不如去亲眼看一下。"

季华说："也好。二升，你前面带路，咱们现在就去。"

第五章　临山肉铺

季华和刘振山跟着秦二升一前一后地来到了临山肉铺，看肉铺里没有外人就从后门进到了院子里。

刘振山围着院子仔细地查看了一遍，的确没有发现什么破绽。最后，他指着那堆秸秆说："二升，你说的那口枯井，是不是在这堆秸秆的下面？"

秦二升点点头说："是的。"

刘振山微笑着说："是够隐蔽的，这样俺就放心了。"

秦二升把季华和刘振山让到屋里坐下后，季华问他："哎？咱们一进门时碰见的那个小伙子，就是程飞吧？"

秦二升回答："是他！"

季华说："你去把他叫过来，俺们认识一下！"

"哎！"秦二升答应着，就到前面把程飞找了来。

季华仔细端量了一下站在面前的程飞，就见这个顶多有 20 岁的年轻人，生得齐齐整整，白皙的脸庞上五官端正，两道剑眉是下一双杏核眼、高鼻梁、薄嘴唇，看上去坚毅、勇敢。

秦二升引见着程飞与季华、刘振山认识后便说："你们谈吧，俺到前面望风去了。"

季华说："程飞，你的事儿，俺都听二升说了，你很勇敢，你能持刀杀死鬼子，说明你有一颗爱国之心，难能可贵啊！你今后可有什么打算？不妨说说看。"

刘振山见程飞一时不好回答，就说："季书记是问你想不想参加革命，去参加枣临支队，专门打鬼子去。"

程飞摇了摇头说："俺现在哪儿也不想去，就在这儿守着俺姐姐。她胆子小，需要人照顾，等她什么时候改嫁有了着落了，俺什么时候再做打算。"

刘振山说："你姐姐有二升照顾着，你还不放心？"

程飞说："不是。他们俩现在只是来往，一没有人做媒；二没有成家，怎么能行。"

刘振山说："这个好办，只要是他们两个你情我愿，这个媒俺来做。"

程飞说："那俺就先替姐姐谢谢你了！"

刘振山问："看来你是愿意你姐姐嫁给二升喽？"

程飞答："愿意，昨天的事儿，多亏了二升哥在这儿，要不然，俺和姐姐还不被那两个小鬼子给欺负死。只要你肯为他俩做媒，让他们成了家，俺就去参加部队痛痛快快地杀鬼子去。"

季华插话说："要杀鬼子，不一定非到部队上去，你和二升昨天不就是在这里杀死了两个鬼子吗？当然，你是当时为了救你姐姐，才在一怒之下杀死了鬼子。那么，如果明天再有三个两个的鬼子来欺负你姐姐，你还能像昨天那样幸运地杀了鬼子而没有遭遇危险吗？你要是参加了革命，和组织上一起想方设法地杀鬼子，那就不一样了，就会由被动变为主动，不失时机地杀鬼子。只有这样，才能救国，救自己。"

程飞听着连连点头，说："季书记，俺听你的，你让俺怎么做，俺就怎么做。"

季华认真地说："好，那俺现在就介绍你参加革命。从今天起，你就是革命队伍里的一员了。针对当前的形势，你暂时还留在肉铺里，一切听从二升同志的指挥。俺实话告诉你吧，二升同志6年前就参加革命了，他现在是咱们组织上的地下交通员。"

程飞惊讶地说："怪不得他做事儿这么老练。"

刘振山说："季书记，俺看不如这样，咱们今天就以组织上的名义，为二升和程娇做媒，让他们俩今天就成亲，也使得二升能够长期住在这里。并把这里当作一个基点，隔三差五地诱杀鬼子。这样就会给城里的敌人制造恐慌，让他们惶惶不可终日。"

季华说："这个建议很好。程飞，你去前面把二升和你姐姐替换回来，这事咱们说办就办。"

不一会儿，秦二升和程娇就进来了。

季华说："二升，俺今天就和振山同志为你和程娇做媒，中午就喝你俩的喜酒如何？"

秦二升和程娇听了，羞红了脸。二升说："俺和程娇听从组织的安排，谢谢你和刘委员。"

季华笑着说："就这么定了。二升，你去秦掌柜那里一趟，让他中午弄些个酒菜提过来。"

秦二升兴高采烈地哼着小曲儿走出肉铺的店门，就见门外不远处站着一个身穿黑色长马褂、头戴黑色礼帽的人，正在鬼鬼祟祟地不时地往肉铺里窥视。他没有在意，还以为此人是在等什么人，就径直向荷香酒馆去了。

秦二升走进荷香酒馆里，见秦明道在柜台里站着就兴奋地说："叔，季书记让你弄些酒菜送到肉铺去，说是中午要喝俺和程娇的喜酒。"

秦明道听了笑呵呵地说："是吗，看你高兴的，像吃了喜鹊蛋似的。"

秦二升说："叔，咱爷儿俩一块到厨房看看。"

接近晌午的时候，秦明道和秦二升提着酒菜来到了临山肉铺的门外。秦二升见肉铺门外的那个黑衣人还站在那里窥视，一下子就引起了他的警觉。他沉着地把秦明道引到院子里，一进了堂屋门就说："季书记，俺看你们在这儿不能久留了，店门外像是有人在盯着肉铺，难道昨天的事儿被发现了？不对，也或许他在盯着什么人。"

秦明道说："俺看那人鬼鬼祟祟的，从穿戴上看像是侦缉队的，他在盯谁呢？"

季华果断地说："你们不要猜了。这个人极有可能是在盯俺和振山同志。可以肯定的是，俺和振山同志之间，有一个人他认识。在来这里之前，俺已经在酒馆的附近注意到这个人了，他是不是穿着黑长衫，戴着黑礼帽？"

秦二升说："是的。"

刘振山听了说："那俺就悄悄地去看看这个人，看看是否认识他。"

刘振山从后门进到肉铺里，又来到窗户跟前，用手蘸着唾液，把窗户上的毛纸捅开了一个洞，然后拿眼望去。

门外的人他果然认识，是山前村的伍怀仁。顿时心里想："他为什么会在这里呢？"他带着疑问，又悄悄地回到了屋里，说："这个人是山前村的，叫伍怀仁。"

秦明道一听，说："这就对了，他盯的就是你。这个人俺虽然没见过，但早就听布谷鸟说过了。那年他参加暴动时被抓，关进了监狱，因经受不了监狱里的生活，就叛变投靠了国民政府李绪村，又由李绪村介绍到了龙少坤保安团的侦缉队里当差。看来，振山的行踪已经被他盯上了。"

刘振山："原来是这样。"

季华果断地说："必须除掉这个汉奸，不然的话，咱们的县委和地下交通站就会遭受损失。咱们不如这样，二升，你送秦掌柜提着饭盒出去，权当他是来送饭的。送到门外后，你再想办法把伍怀仁诓进来，只要他进来了，就别想再活着出去。"

秦二升把秦明道送到肉铺的门外，寒暄道："多谢秦掌柜，让您受累了，慢走啊。"

秦明道回头招了招手说："你客气了，回吧。"

秦二升看着秦明道消失在了街道的人群里，便向伍怀仁招呼道："哎，这位先生，俺看你在这里站了很久了，是在等什么人吧？今天外面风怪大的，你不如到肉铺里避避风喝碗茶去，在哪儿等不是等。"

伍怀仁早已经是站得脚酸腿麻了，嘴巴里也干渴到冒火，便拿眼瞅了瞅秦二升，又犹豫了一会儿问："你是这肉铺里的掌柜？"

秦二升毫不犹豫地答："对，我是掌柜的。"

伍怀仁接着问："那俺问你，一个时辰前，可有一个年轻人和一个瘦高个子中年人到你这肉铺里去了？"

秦二升装作有些疑惑地说："没有，俺未曾见过有这么两个人进肉铺。"

伍怀仁有些拿不准了，自言自语道："俺明明从荷香酒馆那边跟过来，见他们进到这肉铺里了，怎么会没有，难道是俺看走了眼？"

秦二升见他犹豫就说："你可能是看走了眼，要不然你进去瞅瞅，省得俺落个说瞎话的嫌疑，你也顺便喝碗热茶歇歇脚，交个朋友嘛。"

经秦二升这么一说，伍怀仁还真动了心。他从腰间掏出匣子枪顶上火，又揣回腰里去，说："那好，那俺就跟你讨碗茶喝去。"

伍怀仁跟着秦二升一前一后地进到了肉铺里，秦二升向肉案后边的程飞使了个眼色，就领着伍怀仁向院子里去了。

两个人来到肉铺的院内，伍怀仁的一只脚刚要迈过堂屋的门槛时，就看见刘振山和季华在八仙桌两旁的太师椅上坐着，他心里"咯噔"一下，知道是上当了，刚要掉头往回走，就被紧跟在后面的程飞一把推进了门里边。

秦二升迅速上前卸下了他腰间的匣子枪，随即就把黑洞洞的枪口对准了他说："你看看，你要找的人，可在这儿？俺倒想知道，你找他们要干什么？快说说吧！"

伍怀仁试图抵赖："误会，误会呀！俺是来讨碗茶喝的，不认识这二位是谁。"

刘振山严肃地说："误会？伍怀仁，睁开你的眼看清楚了，俺刘振山你总该认识，当年，你俺都是大刀队的，参加暴动那年，你和张万民一起被抓了。"

伍怀仁听了装作惊讶地说："你看俺这记性，你是在俺们村教过书的刘先生啊，怎么，你也到这城里来啦？"

就在这时，秦明道一脚踏进门来说："伍怀仁，你就别再演戏了，暴动那年你被抓，后来叛变投靠了李绪村，是李绪村安排你到了龙少坤的保安团，你现在是皇协军侦缉队的副队长，俺说得没错吧？还有，你跟踪刘振山也有些日子了吧？你这条日本人的走狗，竟敢拿着同乡的性命去换取虚荣，真是死有余辜。"

伍怀仁一听这话，不好再抵赖了，足有一米八的个子，两条腿一下子软得像面条儿，他哆哆嗦嗦了一阵儿后，便瘫坐在了地上。只见他那张黑脸膛涨得发紫，脸蛋子上头发丝细的血筋清晰可见，一双眼睛没有了光彩，那上下两片宽宽的、厚厚的、又红又黑的紫嘴唇儿一收一缩地直扑噜扑噜地吐气儿，真是怂到家了。他下意识地咬了咬牙，便从地上爬起又跪倒，语无伦次地说："刘先生，俺虽然跟踪你，但是没有伤害你，俺只是好奇，你不在山里教书，却在这城里到处走动，是看看你在干些什么。"

刘振山严肃地说："哼，你这个叛徒，你这个狗汉奸，你如果证实了俺是共产党又该当如何呢？"

伍怀仁四下里瞅了瞅："这……"

季华严厉地说："你不要再狡辩了，今天让你死，也得让你死个明白。你不是四下里要找共产党吗？今天站在你面前的都是共产党。怎么样，开眼了吧？收获不小吧？可惜啊，你却无法拿着俺们的人头去日本主子那里领赏了。到明年的今天，就是你的祭日。二升，你去拿根绳子来，把这个中国人的败类绑了，扔到井里去。"

伍怀仁跪在地上像鸡啄米似地磕着响头求饶说："刘先生饶命，饶命啊刘先生。"

程飞趁机摸起来一块擦桌布塞进了伍怀仁的嘴里，和秦二升一起把他五花大绑，然后，两个人就架着他来到了枯井旁，挪开秫秸，掀起石板，把他扔了进去。

季华说："处理这个叛徒，倒把二升的喜酒给耽误了。"

程飞说："这才刚晌午。"他说着，便把提盒里的酒菜摆到了八仙桌上。

刘振山说："二升，你先去把店门关了，叫上你媳妇一块儿来喝喜酒。"

秦二升去前面叫程娇到堂屋来吃喜酒，刚走进肉铺的后门，就见一个皇协军和一个日军勾肩搭背、东倒西歪地从前门走了进来，看上去，两个人喝了不少酒。他再仔细一看，两个人原来是昨天晚上前来搜查的那个皇协军小头目和三个日军当中的一个。那皇协军小头目来到了程娇的面前，舌头像是没捋直似的说："你，花姑娘，这位皇军昨天晚上来这儿，只看了你一眼，就一夜没睡好觉。今天，他请俺喝酒，让俺陪他来和你认识认识，交个朋友嘛，也就是在一起乐一乐。"

程娇被吓得赶紧躲到了秦二升的身后。

秦二升小声地对程娇说："你喊叫着往院子里跑，等俺关了店门就过来。"

程娇听罢，就一边喊叫着一边朝后门跑去。

皇协军小头目见状说："别跑呀，皇军要和你交朋友。"说着，就和那日军追了过去。

秦二升迅速地关了店门赶到院子里，就见那个皇协军小头目和那个日军呆立在了那儿，他们面对着从屋里迎出来的四个汉子吓傻了眼。两个人刚反应过来欲举枪，就被四个人一下扑倒在了地上，死死地掐住了他们的脖子。只见两个人的四条腿蹬了一阵子后，就不再动弹了。

等把这两个送上门来的敌人扔到了井里，程飞笑了笑对秦二升说："就让那个姓伍的守着这两具尸体哭去吧。"

秦二升也笑笑说："就他那个尿样儿还能哭得出来呀，一准早就被吓死了。"

程娇把凉透了的饭菜热了，端来摆上桌后，季华就让她和二升挨边儿坐下，然后说："二升、程娇，今天由组织上为你们做媒，你们就算是成家了。你俩是新婚，也是二婚，咱们就舍掉那些烦琐的程序，一切从简了。来，咱们都端起酒盅，祝二升和程娇新婚快乐，并预祝他们多子多福，白头偕老，干！"

喝干了头一个酒后，刘振山故意地逗笑说："二升，你和程娇偷偷摸摸的已经有好长时间了，别以为俺们都不知道，俺和季书记是念你杀死了两个鬼子有功，才来成全你俩的好事的。要不，你们这叫啥？"

惹得在座的都呵呵笑起来。

程娇也羞红了脸，抿嘴笑着低垂下了头。

刘振山又说："还有，为了你俩的喜事儿，前来捧场的还真不少，除了俺和季书记、秦掌柜外，还有日本的、皇协军和侦缉队的，他们不但送来了枪支，还把命也送上了。"

季华笑着干咳了一声说："振山说得一点也不错，缴获的这几支枪的确都是好枪，把这支短枪就当作送给二升和程娇的新婚礼物，留给二升使用。这两支长枪，和昨天缴获的那两支一样藏好。等过些日子，再派人送到山里去。咱们部队上缺枪少药，最大的困难是缺钱。县委筹集了有数月了，也只是皮毛而已，解决不了实际问题。这部队上打仗没钱怎么行，总得吃饭穿衣用药，唉，这事真是愁死俺了。"

程娇听了季华的话，心里一动。她瞅了瞅二升和程飞，又瞅了瞅季华、刘振山和秦明道，然后声音颤颤地说："俺和二升能有今天，多谢季书记和刘委员成全。今儿俺才知道了二升的身份，连程飞也是咱队伍上的人了。二升、程飞，俺看这样，咱就把那12块金砖和30锭银子全部交给季书记，让他一块儿送到部队上去。"

程娇的话一出口，让在座的人都很愕然。

程飞首先说："听姐姐的，俺同意！"

秦二升也忙说："俺原打算跟你商量后，再向组织上说这事儿。没想到你能有这样的觉悟，俺赞成！"

程娇说："那些都是不义之财，也都是身外之物。经过这两天的事儿俺算是看明白了，咱不把这小鬼子赶出中国去，受迫害的是咱老百姓和无数的妇女。现在，部队上打小鬼子需要钱，再说你和程飞都是队伍上的人了，咱不用到队伍上，还留着干啥？"

季华听后有些莫名其妙了。他问："哎，先等等。二升，你说说这到底是怎么回事儿？"

秦二升说："是这么回事儿。昨天，程飞掀开那口井盖后，俺发现井壁上有一个洞，就叫程飞找来绳子，下到井底一看，那洞内有一个瓷罐，就提了上来，里面竟有12块金砖和30锭银子。一开始，俺就打算着要把这些金银交到组织上去。可是后来一想，这事得先和程娇商量商量，总归这些东西是在她的院子里发现的。这不，俺还没有和她商量，她就向组织上提出来了。说真的，俺挺佩服俺这媳妇呢！"

季华听了秦二升的解释，激动得站了起来。他一把握住了程娇的手说：

"没想到啊，没想到你竟然有这般的革命觉悟。你的这一义举，可是帮了县委的大忙了。就凭这一点，俺要介绍你参加革命，当你的入党介绍人。"

刘振山接话说："是啊，程娇同志的义举，让人刮目相看，可谓巾帼英雄，来，咱们都端起酒来，共同敬她一盅。"

酒，一直喝到太阳落山才散。等秦二升和程娇送走了季书记他们，天已拉下了黛幕。

天上有一层薄薄的流云像纱一样地飘游着，满天的星星被云纱飘荡得稀稀疏疏，一闪一闪地直眨巴眼睛。

突然间起风了，一股旋风卷起地上的尘土呈圆锥状，在院子里来回地乱窜，刮得枯井上面的秫秸堆嗷嗷地乱叫，像是伍怀仁和那几个死鬼的魂儿在哀鸣。

刘振山从临山肉铺里出来与季华和秦明道分手后，一个人便走上了回家的街道。这时的太阳已经落入了西山，漫天是金黄色的余晖，满地是一层又一层朦朦胧胧的黑纱。那余晖与黑纱相互地交织着、厮杀着，像是白与黑之间的一场大厮杀，也正如人世间正义与非正义之间的大厮杀一样，等黑夜过去了，离阳光出来还远吗？

刘振山的家在城郊，他摸着黑深一脚浅一脚地走了个把小时，才总算是来到了家门口。他一愣神儿，发现大门外有一个人站在那儿，走近一看，原来是岳父赵明生，问："爹，风这么大，您站在这院门口干啥？"

赵明生说："你说干啥？在等你呗！天都黑了好大一会子了，你这才回来，家里人可都在为你担心。"

刘振山听了很是抱歉地说："今天的事情比较特殊，所以就耽误了一会儿，害得爹为俺担心了，真是对不住。"他说着就搀扶着赵明生进到了院子里。

刘振山进到堂屋里，发现桌上的碗筷还摆放着，就问媳妇赵颖："都这么晚了，你们还没吃饭？"

赵颖回答说："这不是一家人都在等你吗？"

刘振山说："真是过意不去，你们快吃吧，俺从晌午吃酒吃到现在，就不吃了。”

赵颖一听，带有埋怨地说：“你可真够可以的，一个人在外头吃饱不饿了，却让一家人空等一场。”

岳母秦小惠赶忙说：“你少说一句，振山在外面吃酒肯定是为了工作。”

刘振山说：“娘，您说得对，这吃饭有时候也是工作哩。今天俺和季书记成全了一对有情人，并且喝了他们的喜酒，还介绍他们参加了革命，您说这酒这饭，俺吃得对不对？”

赵颖一扫满脸的不高兴，继而笑了笑说：“俺就知道，你在外头吃了饭回来是有原因的，才故意问你的。要不然，你怎么会主动说出实情。”

刘振山听了说：“好啊！你诈俺。”

赵颖笑嘻嘻地一边盛着饭一边说：“好啦，你这一天里又是工作又是喝喜酒的也累了。你就坐下来再陪着爹喝碗菜糊涂，这晚饭你不坐下来吃，一家人怎么吃得了。”

刘振山听了这话，心里很不是个滋味儿。是啊，5年多了，他自从被赵颖救了命、入赘到了赵家后，哪一天的晚饭，一家人不是等着他回来才吃。是早也好，是晚也好，他不坐下端起碗来，就没有一个先端碗的。他想到这里，即刻坐下端起碗来说：“爹，娘，咱们吃饭吧！”

又有日军丢失后，敌人又开始了对每家每户的大搜查。城里搜查完后，又到城郊的村子里来搜查。他们每到一处，就把老百姓的柴火垛和秋秸堆点燃，使整个夜空火光冲天，硝烟弥漫。

敌人来到赵明生的宅院里，皇协军小头目问：“你们家里几口人？”

赵明生回答：“这不都在这儿站着吗，一共五口人！”

皇协军小头目又问：“这两天里有没有看见皇军来过？”

赵明生答：“啥皇军不皇军的，没见过！”

皇协军小头目把眼一瞪说：“皇军就是日本人。这两天里，接连有皇军失踪了，你们如果见到或有什么线索，要立即向皇军报告。要是知情不报，将被满门抄斩。”

赵明生说：“好，好，立即报告，立即报告。”

皇协军小头目向两个日军和两个皇协军一挥手："走！"

敌人走了后，刘振山对赵明生说："爹，俺想跟您商量个事儿。"

赵明生问："啥事儿？你说。"

刘振山说："是这样，日本人在这城里修炮楼、筑工事，就连城墙也加固、加高了，企图在这城里长期驻扎下来。从现在的形势看，在这城里除了咱们的地下组织外，还有国民党的地下组织、顽固派的特务组织以及各帮会的黑恶势力。他们你争我夺、明争暗斗，使城里的斗争形势越来越复杂、越来越混乱，老百姓的苦难也就越来越沉重。俺想把您和家人都送到山里俺爹那儿去，相比之下，那里要比这城郊安全得多。您说呢？"

赵明生"嗞嗞"地抽着旱烟袋，闷了好大一会子才说："你说的这话，倒也是个事儿。不过人家能在这城郊待，咱也能待。要是走，你就把颖颖和小兆文送走吧！俺和你娘留下来，也对你早晚的有个照应不是？"

赵颖说："爹说这话不妥。要走，咱们就一块走。如果您和俺娘不走，那俺和兆文也留下来。"

刘振山说："爹，俺在学校里有宿舍，吃饭到舅舅那里吃，晚了就住在他那店里，您还有什么不放心的？您就听俺和颖颖的，先到山里住一阵子，等把小鬼子赶跑了，您再回来。"

赵颖说："是啊，爹。咱这村里已经有好几家人不见了，说是都到山里去住亲戚家了。"

赵明生叹了口气说："唉！俺也知道这兵荒马乱的，去山里住比在这城边肃静，可是这住到亲家家里去，总觉得不是回事儿，给亲家添麻烦不说，自个儿打心里也别扭。"

赵颖说："看爹说的，别扭个啥呀？那里总归也是俺和兆文的家，这爹娘住闺女家，有啥可别扭的。"

经赵颖这么一说，赵明生的心里豁然一亮说："说的也是。俺也琢磨了，这小鬼子今晚来烧了咱家的柴火堆，往后再来不一定不点咱房子，那咱们就拾掇拾掇进山。"

第二天，刘振山来到荷香酒馆见到了季华，就听季华问他："昨天晚上敌人又折腾了大半夜，也不知道临山肉铺的情况怎么样？"

刘振山说："应该是没事儿。俺刚才打那里路过，看见店门已经开了，还有人进去买肉。"

季华说："那就好。"

刘振山说："季书记，敌人昨天夜里搜查，连城郊村也折腾了个遍。俺今早过来，看见敌人把老百姓的柴火垛也烧了个精光，简直是穷凶极恶到了极点。俺想这几天去山里一趟，把孩子和岳父他们送到俺爹那里去，这样相比之下安全一些。"

季华说："这样好。这样你就可以更加专心致志地为党的事业工作了。你打算什么时候送他们走？"

刘振山说："就这几天吧，得想办法搞到一辆马车才好。"

季华说："这事就让道明同志去办。"

正说着，秦明道进来了："季书记，组织上安排购置的药品已经办妥了，你看什么时候送到山里去？"

季华说："正好，那就借送振山家人进山的机会，一块儿送出去。秦掌柜，你负责安排一辆马车，同时派人进山去见刘振武，让他派出一支部队前来接应一下。"

秦明道说："从昨天开始，敌人把守城门更加严格了，对进出的人严格搜查，要想赶着马车，还带着药品出城谈何容易。俺都想好了，这出城的事只有找布谷鸟帮忙了。还有，敌人关城门的时间是晚上 10 点。季书记，你看这出城门的时间定在明天晚上 9 点如何？"

季华说："好！那你就尽快地找布谷鸟商量个出城的方案，要确保万无一失。另外，俺准备和振山他们一道进山，在当前的形势下，县委跟部队在一起，才能相对安全和方便工作。"

刘振山说："把临山肉铺里的那几支枪也借这次机会带进山里去。"

秦明道说："好。这事由俺来安排。"

这天上午，秦明道背了个褡子装作收账的，来到了皇协军二营驻地的大门口，向岗哨说明了情况，便由一个哨兵引领着他来到了邢铁山的办公室：

"邢大营长，你一向可好啊？"

邢铁山说："是秦掌柜啊，怎么，你这是上这里收账来啦？咱不是说好过一天给你送去吗？"

两个人见面寒暄了两句，秦明道就压低了声音说："明晚9点，有一辆马车出城，这事你得好好安排一下。"

邢铁山听了说："俺说呢，没有这般紧要的事情，你是不会亲自上这儿来的。这两天，接二连三地有小鬼子失踪，连侦缉队里也失踪了两个人，菊池和龙少坤很是惶恐，加派了四个城门的岗哨。各个城门由原来的一个班增加到了两个，鬼子也由三个增加到了五个。不过，也不打紧，让马车从南门出城没问题。南门明晚是二营一连的岗，到时候，俺亲自到南门去。"

秦明道说："好，那俺就回去了。"

这天傍晚，邢铁山老早就到了南门。值班的小头目见是营长来了，就点头哈腰地把邢铁山让进了炮楼里。这小头目姓王，名叫王有根，是三排一班的班长，和邢铁山是姑表亲。他让邢铁山坐下，一边倒着水一边问："表哥，噢！不，是邢营长。你怎么在这大晚上的来了？"

邢铁山接过了王有根递过来的水说："今天晚上有几个亲戚要出城，是表哥找你帮忙来了。"

王有根说："亲戚出城，有小弟在这里，你写个条子就行了，还用得着你亲自跑一趟？"

邢铁山说："亲戚是赶着马车出城，怕到了这里闹出误会。咱自家的弟兄倒好说，就怕这日本人胡来，吓着了亲戚就不好了，还是俺亲自来一趟的好。"

王有根说："也是。今晚的鬼子值班班长是山田，这人熊得很，经常对咱们的弟兄吹胡子瞪眼的，大家都挺怵他。不过，他有个嗜酒如命的弱点，等城门一关，他就喝酒，一喝就醉，醉了就睡。"

邢铁山听了说："那就好办了，咱今天晚上就让他来个早喝早睡，免得他到时候又吹胡子瞪眼吓唬人。你这就去把所有的小鬼子都请到这里来，就说俺今天晚上请他们喝酒。"

邢铁山见王有根出去了，就让勤务兵取出了牛肉、烧鸡等下酒菜一一摆到了桌子上，又打开了一坛子烧酒倒到了每只碗里。

随着门外叽哩哇啦的说笑声，山田和四五个日军走了进来。他们一闻到酒和烧鸡的香味儿，嘴里"吆西、吆西"地直泛口水。

山田见了邢铁山问："邢营长，你的这是……"

邢铁山说："今天是中国的端午节，过节了，太君们辛苦的大大的，这也晚上了，俺送些酒菜过来犒劳太君，共同地过个节的干活。"

山田一听，伸出了大拇指说："邢营长的够朋友，那我就不客气了。"他说着端起了酒碗，又说，"来，咱们干一碗！"

等日军们喝完了第二碗，又倒上第三碗的时候，就把桌子上的牛肉、烧鸡也吃得差不多了。不一会儿，接二连三地趴在桌子上睡着了。原来，邢铁山事先在牛肉里放了迷药，两碗酒下了肚，日军们一个一个就像死猪似的全趴下了。

已是晚上的9点钟了，邢铁山从炮楼里走出来，就见有一辆马车由远而近，老远招呼道："是二舅吗？"

从马车上传来了季华的声音："是啊，你是铁山呀，还害得你在这大晚上的跑到这城门来送俺！"

瞬间，马车已经来到了邢铁山的跟前，就听车上的季华又说："二舅一家子要回山里住一阵子，你赶不忙的时候，可想着去看看二舅。"

邢铁山听出了季华话里的意思："知道了，二舅。您老路上要注意安全。"

季华说："放心吧！"

马车出了城门，一眨眼工夫，就消失在茫茫的暮色里了。

第六章　瓦解敌伪

枣临支队练兵场上，战士们一个个生龙活虎。有练投弹的，有练射击的，有练队形的，还有练刺杀的……

这天，季华来到三营视察了战士们的学习和训练情况后，十分满意。他一边走着一边对李传宝说："没想到这没有多长的时间，三营的政治水平和训练水平均已达到了部队的要求，你李传宝功劳不小。"

李传宝听到季华在表扬他，立刻脸红红地说："是政委你指导得好，俺只是做了俺应该做的工作。"

季华说："不要谦虚嘛，成绩在这里摆着。经过了这一段时间的带兵训练，你可有什么体会？"

李传宝稍一愣神儿说："体会倒是有点儿。俺到了三营后，面对刚刚从山上下来的这些战士的懒散现象，煞费了一番苦心，大道理讲了一大筐，唾沫星子废了一大盆，把三大纪律、八项注意逐条逐句地反复讲解给他们听，可以说是费了九牛二虎之力。在组织大家列队、射击要领等方面的实际训练时，俺也是身先士卒，对每个动作、每项要领严格把关，总算有了现在的这个局面。"

季华听了说："从这一点上看，你确实是个有能力、有水平的人，队长没有看错你。"

李传宝说："俺的这点本事儿，还不是这些年跟着刘队长学到的。"

季华住下脚步说："好！三营的情况，俺该看的看了，该听的也听了，工作上的事情就先谈到这里。总体来说，俺是满意的，希望你们再接再厉，更进一步。另外，有这么一个事情通知你一下，明天吃过午饭，队里决定要和当地的群众举行一次联欢会，你们三营也要准备节目。"

李传宝一听直抓头皮。他觉得这帮从土匪堆里出来刚走上正道儿的战士，能有什么节目可出？他憋了好一阵后才说："那就唱歌吧，俺回头组织大家先练练。"

第二天吃过了午饭，枣临支队以营为单位，列队来到了联欢会的会场上。

会场上，农救会、妇救会、少儿团等群众组织早已经拉起歌来。各个单位你唱一支，他唱一支，来回地互相拉歌。枣临支队各营连的战士们就地而坐后，会场上互相拉歌、互相攻击的热闹劲儿更浓了。

一营营长曹保刚站在战士们的中间高声喊："三营！"

一营的战士们一起喊："来一个！"

曹保刚领着大家一连喊了三遍，看看三营仍没有动静，接着又说唱道："叫你唱，你不唱，扭扭捏捏装姑娘。"

二营营长李大柱见三营还没有动静，也站起来说唱道："叫你来，你不来，扭扭捏捏装小孩。"

李传宝坐不住了，心想，俺们营就准备了一首歌，这拉歌时唱完了，到演出节目的时候唱啥？豁出去了，既然人家都起哄，那就先唱了再说，大不了出节目的时候再唱一遍就是了。他想到这里突然起立，站到三营全体战士的面前："全体起立……立正。大刀向……预备唱。"

"大刀向鬼子们的头上砍去，全国武装的弟兄们，抗战的一天来到了，抗战的……"三营的战士们唱了一首《大刀进行曲》，嘹亮的歌声震撼了整个会场。

随着热烈的掌声，一营营长曹保刚又说唱道："三营唱得好不好？"

全会场人一齐喊："好！"

曹保刚又说唱道:"再来一个要不要?"

全会场的人又一齐喊:"要!"

全会场拉歌的气氛一下子达到了高潮。

往往在这种场合,妇救会和识字班的年轻姑娘们是从不示弱的。妇救会主任刘茵领着姑娘们接连唱了《五月的鲜花》《黎明进行曲》等三首歌曲,依然没有满足大家的要求,使整个会场沉浸在了欢乐的海洋里。

联欢会的最后,刘振武在季华的提议和大家的一再要求下来了一段独唱。他唱道:"走上前去啊,曙光在前!同志们奋斗,用我们的刺刀和枪炮,开自己的路……"

1939 年是鲁南抗战经受考验的关键一年。一方面,是全国的抗战形势发生了重大变化。随着敌后游击战争的迅速发展,迫使日军在占领了广州、武汉之后,停止了对正面战场的战略进攻,转而加强了对敌后战场的战略性合围,使抗日战争进入了一个相持阶段;另一方面,国民党中央于这年的 1月召开了五中全会。决定采取"限共、溶共、反共"的政策,出现了敌、顽、我三角斗争的局面。

这天,刘振武站在战略地图前查看了好大一会儿后,用手里的红蓝铅笔在苗家屯这个位置上画了一个圈。他转过身来,对站立在一旁的季华说:"春节过后,城里的日军随着城防工事的完善,便向城外的乡村和重镇延伸。他们趁着国民党政府实施限共、防共政策的时机,采取了'以华制华'的策略,所到之处,修建炮楼,建立据点,打着东亚共荣的幌子,企图实现其'日化、伪化'的战略。一时间里,整个枣临境内,特别是峄山、临城、周营一带炮楼林立,据点成网。据点里的鬼子和汉奸天天进村抢掠老百姓的财物,他们除了石碾、石磨、井这三样拿不走的,其他的没有不拿的,老百姓称他们是'三不拿'强盗,害苦了老百姓。面对当前的严峻形势,俺的意见是,枣临支队要主动出击,先拔掉苗家屯这个据点,给枣临各据点的鬼子和汉奸一点颜色看看,起到杀鸡给猴看的效果,以粉碎日本侵略者'以华制华'的企图。"

季华说:"同时,咱们要按照特委的指示,团结一切可以团结的力量,采取有效行动，来粉碎和瓦解敌人的伪化阵营。"

刘振武说："根据苗家屯据点苗怀伦这个人的情况，可以采取政治攻势。"

季华听了说："俺也是这么想的，而且要选一个合适的人，给他来个单刀赴会。"

刘振武说："哈哈，咱们真是英雄所见略同，俺也是这个意思，你看这个人谁最为合适？"

季华稍微一沉思说："一营营长曹保刚。"

曹保刚一接到命令，便于当天晚上赶到了枣临支队队部驻地。他一进门，刘振武就迎上前来热情地说："保刚同志，要你这个大营长连夜赶来，是因为有一项重要的任务要交给你，具体的内容，就让季政委向你交代。"

季华拽着曹保刚坐下，又递上了一碗热水风趣地说："这回是让你演一出单刀赴会，哈哈……"

季华这爽朗的一笑，让站立在一旁的刘振武也跟着笑起来。一时笑得曹保刚丈二的和尚摸不着头脑，也不得不跟着傻傻地笑起来。几个人笑了一阵子后，季华便递给了曹保刚一张纸条，认真地说："你先看看这个。"

曹保刚接过纸条，只见上面写道："苗怀伦，苗家屯人。一九〇三年生，一九二四年闯关东，在东北结识了一些日本人、朝鲜人，在伪满政府里混过一阵差事，也经过商。一九三八年春返回老家苗家屯，在拜把子兄弟、县伪商会会长郑道柱的帮助下，当上了苗家屯区的区长，并拉起了一支六十多人的队伍，号称自卫团团长，现为日军把守着苗家屯据点。此人会简单的日语，好抽大烟，但他为人很讲义气，特别是对家中的老母亲很是孝顺。"

曹保刚看完纸条后情不由己地说："是他？"

刘振武笑笑说："对，他就是你要单刀赴会的对于。"

曹保刚稍一犹豫说："噢，俺明白了，原来是让俺深入敌人的窝子里去搞策反，具体地说，就是要争取苗怀伦起义。"

季华补充说："保刚同志，你的任务不但是要争取苗怀伦起义，还要把苗家屯据点里的20个鬼子全部干掉。要通过这一仗，在给各据点的鬼子和汉奸一点颜色看看的同时，还要沉重地打击一下日寇'以华制华'的嚣张气焰！"

　　曹保刚听了一震。在当时的条件下，要干掉 20 个日军可是一件大事，何况又是单刀赴会。还没容他多想，刘振武就严肃地说："从目前的形势看，日寇对汉奸们的控制很严，他们聚居在一起，狼狈为奸，不仅对咱们消灭日寇有阻碍，对汉奸的争取和瓦解也很不方便。咱们组织这次战斗的目的，不单单是为了要消灭这伙敌人，更主要的是为了离间敌伪之间的关系，既瓦解日寇对汉奸的信任，也减少汉奸对日寇的依赖。这一仗打好了，就能进一步坚定人民群众的抗日信心，打开枣临乃至鲁南地区抗战的新局面。保刚同志，意义重大啊！"

　　曹保刚听了很受鼓舞，坚定地说："是，请队长、政委放心，俺坚决完成任务。"

　　到了第三天的上午，曹保刚就来到了苗家屯苗西村。他叫开了苗怀伦母亲苗王氏的院门问："这是苗大娘的家吧？"

　　苗王氏答："是啊，你是？"

　　曹保刚说："俺是八路军枣临支队的，姓曹，您叫俺保刚就行。"

　　苗王氏满脸堆笑地说："是贵客到了，快屋里坐。"

　　曹保刚说："不了，大娘。咱们在天井里说说就行。"

　　苗王氏问："你来，这是？"

　　曹保刚说："大娘，俺来了解一下你儿子苗怀伦这个……"

　　苗王氏一听，打断了曹保刚的话说："甭提他！这个忘了祖宗的东西，干点啥不好，非当什么狗屁区长，为小鬼子办事。唉，老苗家的耻辱呀。"

　　曹保刚说："不是的，大娘。俺听说他平时对您还是很孝顺的。"

　　苗王氏说："光靠花钱和嘴上孝顺能行吗？他不听俺的劝，去当汉奸，就是不孝顺。"

　　曹保刚说："大娘，俺来的主要目的是想告诉您，咱们八路军要争取一下您的儿子，看他能不能起义，参加到咱们的抗日队伍中来。"

　　苗王氏听了，眼睛一亮说："那敢情好，这下他算是有得救了。"

　　曹保刚说："俺是想通过您，或者是还有别的什么渠道，尽快地能和他见一面。"

苗王氏沉思了片刻说："这样，你到界湖杂货铺去找找他堂弟怀水，他平时跟怀伦走得近，让他想想办法，怀水也曾劝过他不要当汉奸的事，俺想他能帮这个忙。"

曹保刚来到界湖杂货铺找到了苗怀水，经过两次跟他面对面地交谈，他才同意了为争取苗怀伦起义出把力。

在一个晴朗的下午，曹保刚换上了店伙计的衣裳问苗怀水："你看俺这打扮行吗？"

苗怀水点了点头说："从外表上看，完全是个店伙计的模样儿。"

曹保刚说："那咱俩出了门就以你是掌柜、俺是伙计相称，沿途如有盘查的，全由你出面应付。"

苗怀水说："一路上也就是进苗家屯的关口有盘查的，只要进了关口就没事了。再说前几天俺去怀伦那里通融与你见面的事儿的时候，他还给了俺一张他的名片，俺想在他的地盘上还能不管用？"

两个人说着话走出了店门，朝着苗家屯的方向奔去。

苗家屯是一个较大的集镇，大小店铺有几十家，大都汇集在南北的街面上。两边的街口筑有碉堡、岗楼，由日军、皇协军荷枪实弹严格把守。

曹保刚和苗怀水刚接近岗楼，就被四五个皇协军给拦住了："干什么的？"

苗怀水微笑着走上去说："俺们是做买卖的。"

皇协军小头目说："做买卖的？拿出证件来看看。"

苗怀水忙说："有！有！"随手掏出了证件递上去。

就在这时，突然有一个皇协军指着曹保刚额头上的帽痕吼道："头儿，不对。他们像是八路！"

他这一吼不要紧，岗楼里的日军也跑了出来，一个日军摇晃着手里的三八大盖大声地吼道："你的，什么的干活？"

苗怀水赔着笑脸说："俺的，做买卖的干活。"他从大褂里掏出儿包香烟递到日军的面前，操着生硬的日语说："太白果（香烟），心焦心焦的（送给你的）。"

日军收起了香烟，转身又对曹保刚吼道："你的，什么的干活？"

苗怀水赶紧上前说："他是俺的伙计。"

日军把苗怀水一推，厉声吼道："我的没问你。他的什么的干活？"

一个皇协军上前帮腔道："俺看他像八路。"

苗怀水急忙说道："今天要不是为了一桩买卖来找苗区长，俺们也不会到这里来。"说完，便掏出了苗怀伦的名片。

皇协军小头目接过名片，跟日军和几个皇协军嘀咕了一会儿后说："你也不早说，误会，误会，你要早说是来找苗区长的，就不会有这误会了。不过你也别怪弟兄们，最近八路活动猖獗，你没听说吗？城里接连失踪了十几个皇军，八成就是那八路干的，所以弟兄们要小心设防，你们既然是找苗区长的，就请吧！"

苗怀伦有三十七八岁的样子，瘦高个儿，身穿一套上层人士时兴的长袍马褂，旁边站着两个挂短枪的勤务兵。

曹保刚抱拳与苗怀伦打过招呼后，环视了一下屋子内外的情况，只见窗外有两个日军荷枪实弹，正在和翻译叽哩哇啦地说着什么，肩头上的刺刀闪着寒光。另外，还有两个勤务兵站在门内，身上都是一长枪一短枪。面对这样的阵势，他沉着而又警惕地坐了下来。

苗怀伦把室内的两个勤务兵支走，悄悄地对苗怀水说："你们怎么今天来了，没看到鬼子搜查得紧了吗？"

曹保刚见苗怀伦有些紧张，便笑了笑一语双关地说："干买卖这事儿，就得担点风险，俗话说，不入虎穴，焉得虎子。"

苗怀伦听了笑了笑说："对，对，焉得虎子，焉得虎子。"

曹保刚开门见山地说："见到你很高兴，俺们枣临支队的首长要俺代他们问候你！"

苗怀伦听了微笑着说："岂敢！岂敢！这年头，俺是做买卖不顺，干这种差事，也是没办法的事儿，总觉得现在是日本人的天下，有商会的郑会长给俺撑腰，不怕没赚头。但是天地良心，俺可没忘记自个儿是个中国人，没干过一件对不起乡里乡亲的缺德事。八路过境的药品、食盐等物品俺可是都放行了，要是以后有事情找俺，俺还可以……"

曹保刚说："首长赞赏你为俺们做了些事情，可是还很不够。"

苗怀伦听了说："那……"

曹保刚说："把队伍拉过来，站到人民的一边。"

苗怀伦听了微微一愣，半晌才说："这个……"

曹保刚认真地说："这个你也清楚，你对俺们做过的事儿，俺们都记下了。你要知道，日本人对你们皇协军是不放心的。希望你认清前途，抓住时机，迷途知返。有什么事儿，可以主动地找俺们，俺们会很好地配合你的。"

苗怀伦沉思了一会儿说："好吧，容俺想想，容俺想想。"

这天，曹保刚正在操场上察看各连练兵的情况，就见哨兵领着界湖杂货铺的苗怀水走了过来。

曹保刚忙迎上去说："苗掌柜，你怎么来了？"

苗怀水气喘吁吁地说："没有要紧的事儿，俺才不会跑这么远的路来找你呢，可把俺累得不轻。"

曹保刚说："走，咱们上营部去坐吧！"

曹保刚倒好一碗水端到苗怀水的跟前问："说吧，有什么要紧的事情？"

苗怀水说："是这样，苗怀伦明天要去苗西村看望他娘，俺看这倒是个难得的机会。你不妨去当着他娘的面，进一步做做他的工作，看他守着他娘怎么个说法。"

第二天的上午，曹保刚来到苗王氏家里见到了苗怀伦。由于有了上一次的接触，这次曹保刚与苗怀伦的谈话直入主题，说："苗团长，咱们上次见面所谈的事情，不知这些天来你考虑得怎么样了？"

苗怀伦说："在你来之前，已经听俺娘说起你来过的事了。俺也对俺娘表了态，已经下决心领着弟兄们反正，去投靠你们。"

曹保刚露出灿烂的笑容说："俺就知道你是个明白人。"

苗怀伦说："在外头闯荡了这些年，俺就从来没遇上过什么好人。不是学着抽大烟，就是学着怎么仗势欺人，惭愧，惭愧啊！"

曹保刚说："没有什么可惭愧的。俗话说，迷途知返，还不算晚！你就说一下起义的事情是怎么考虑的。"

苗怀伦说："俺是这么考虑的。你看，据点里的小鬼子有20个，俺的弟兄有60多个，这60多个中有12个是俺生死之交，其他的弟兄大都听俺们这十几个人的，只要是安排周全，就不会有多大问题。另外还有个有利的条件，就是小鬼子和俺的弟兄们都住在一个院子里，而且晚上睡觉从不关门，弄死几个小鬼子费不了多少劲。到时候你们的人埋伏在外围，里面一旦打响，你们的人就冲进去，咱们就来他个里应外合，不怕有个别死心塌地为日本人卖命的人抵抗。"

曹保刚听了后认真地说："看来你对起义已经有了必胜的把握，但一定要细致地考虑周全，不能有丝毫遗漏的地方。俗话说，不怕一万，就怕万一，考虑得越细致越周全越好。"

苗王氏笑呵呵地说："这下，俺的儿可算是能给俺长长脸了。"

曹保刚说："是啊，大娘，您的儿子不是个糊涂虫，他是个有正义感的汉子，这下您老放心了。"

苗王氏说："放心了。这得感谢你们八路军才是。"

曹保刚说："不用谢，咱们军民是一家人。"

苗王氏说："对，对！一家人，一家人。"

曹保刚问苗怀伦："你打算把起义的时间定在哪一天？"

苗怀伦说："打算定在5月16日俺的生日那天。到时候俺就以过生日为名大摆宴席，争取把据点里的小鬼子全部灌醉，等夜里3点他们都睡熟的时候就动手。"

曹保刚说："好，俺这就回去向首长汇报。"

苗怀伦生日的这天下午才3点来钟，据点里就开始热闹起来了。

苗怀伦为了麻痹日军，专门把外号叫贺结巴的艺人请了来唱茂腔戏，同时摆了牌局，放上钱，让日军尽情地玩耍。

一时间，据点里又是吹，又是唱，不时地传出喝彩的狂叫声。

天一擦黑，摆满了一院子的桌子上就开始上酒、上菜了。日军喝着酒、听着戏，渐渐地便进入了状态。随之就开始猜起拳、行起令来。

日军一直折腾到 12 点才平静下来。他们吃饱喝足，也玩够了，便一个个东倒西歪地走进屋里去睡了。

苗怀伦看着日军都去睡了，就径直走进了自己的卧室里，对跟进来的团副刘林说："时间快到了，成败在此一举。"

刘林说："大哥，俺已经把一切都安排好了，就听你发话了。"

苗怀伦攥紧拳头往桌子上一击说："那好，你去把几个老铁都叫到这儿来。"

桌子上座钟的时针指在了 2 点上，12 个老铁都集中在了苗怀伦的卧室里。

苗怀伦拿出来一副麻将牌，"哗啦"往桌子上一倒说："今天夜里把大家请过来，是要摆一回牌局阵。"

大家一听这话，便知道这麻将牌里必有名堂了。

苗怀伦说："今天晚上咱们要干一件惊天动地的大事儿。弟兄们虽然跟着俺的时间不长，但俺苗某的为人，大伙儿也是知道的。"

苗怀伦停了停，点着了手里的香烟深深地抽了一口，吐着浓重的烟雾又说："事情很简单，就是要杀掉据点里的 20 个鬼子，去投靠八路军！"

屋里沉静极了，只能听到嘀嗒嘀嗒的钟表声。

苗怀伦见没有一个回答的，接着又说："咱们都是有良心的中国人，不能甘心做民族的败类，要是谁不愿意干，可以从这间屋里走出去。"

屋里还是很静，没有一个吭气的，也没有一个走出去的。

苗怀伦一看这种局面，便把桌子一拍说："那好，愿意跟着俺干的，请举手。"

12 个人一起举起了手。

苗怀伦见此情景，把手里的烟头往地上猛地一扔说："俺就知道诸位都是识大义、够朋友、有正义感的人。咱们今夜杀敌寇义不容辞，哪个要是临阵脱逃，走漏了风声，别怨俺苗某翻脸无情，这匣子枪不认人。"

老铁中的一个坚决地说："痛杀倭寇，走正义之路，俺们都愿意跟着大哥干，你就吩咐任务吧！"

苗怀伦见时机已到，便压低了声音说："刘团副，你带二班长李长龙负责干掉炮楼上的2个鬼子；守备队刘队长和张队副负责干掉东北炮楼上的2个鬼子；盛启明，你负责干掉前院鬼子的流动哨；后院东屋里的9个鬼子由冯团副和机枪手王勇负责收拾；堂屋东间里的4个鬼子由李兴亮、王廷江负责干掉；西间里的鬼子小队长佐佐木和田山由俺负责。"

苗怀伦分配完任务的话音刚落，门外的警卫人员匆匆地进来报告说："佐佐木来了。"

苗怀伦把手一挥说："不要惊慌，一切听俺的指挥！"接着他把桌子上已经洗好的麻将牌一推，说了声："拿牌！"便坐了下来。

在场的人都抑制住紧张的情绪，除了4个打牌的，其他人都各摸了一张跑牌，围坐在了桌旁。

门外传来了"咔咔咔"的皮鞋声。

为了缓解屋里的紧张气氛，苗怀伦有意地大声嚷道："拿着八万就是将，赢钱割到家了，天和！"

"吱呀"一声响，日军小队长佐佐木推开门走了进来。苗怀伦站起身来道："太君，还没睡觉？"

佐佐木把一双贼一般的眼睛往四下里一转，说："我的查岗的干活。"

苗怀伦听了后说："太君辛苦的大大的。俺们兄弟们在玩牌的干活。俺的今晚的运气大大的好，赢钱的多多的！"他说着将腰包里掖着的一大把伪币掏了出来，在佐佐木的眼前晃了晃。

佐佐木竖起大拇指说："哟西，哟西！你的发财大大的。"

苗怀伦随手从旁边的橱柜里拿出一盘点心，递给佐佐木说："太君，夜深了，你的米西米西的。"

佐佐木不客气地摸起一块点心塞到嘴里，边嚼边说："你们玩牌的继续。"说完，便在一边坐下了。

嘀嗒……嘀嗒……20分钟过去了，佐佐木还坐在那里。他的一双贼眼一个劲儿地向四处瞄着。

正当苗怀伦和大家有些着急的时候，佐佐木却突然站了起来。

他指了指苗怀伦说："撒米，撒米，开路亚斯米！"意思是天太晚了，都该回去睡觉了。

随着佐佐木皮鞋声的渐渐远去，屋里的人方才长长地嘘了一口气儿。

苗怀伦看了看表，时针刚好指向3点。他对大家说："再等一会儿，等佐佐木睡着了，咱们再动手。"

大家认真检查了一下手里的枪支弹药，把各自的匣子枪压上了顶门火。

苗怀伦说："大家一定要沉住气儿，以俺在堂屋里的枪声为令，枪响立即行动。还有，盛启明，你在解决流动哨的时候，不要过急，以免影响了全局。"

座钟的时针指在了3点30分上，苗怀伦突然站起身，轻声而有力地命令道："开始行动！"

苗怀伦率领着6个弟兄来到后院，他一挥手，做了个分成两组的手势，一组摸进了东屋，另一组摸进了堂屋。

苗怀伦只身摸进了堂屋的西间里，轻轻地按亮了手里的电筒，只见佐佐木头朝北，面朝里，田山刚好与他睡了个对面冲。

苗怀伦将手腕一挺，黑洞洞的枪口对准了两个日军的腰部，二拇指一勾，"哒哒哒……"一个连发，7颗子弹便射进了两个日军的身体里。

眼看着佐佐木蹬跶了几下腿就不动弹了。

田山头一抬，想起来，但他那受了伤的身子已经不听使唤了。

苗怀伦见田山还没有断气，便上前抢起手里的匣子枪，照准了他的脑袋就砸了下去，只听"叭"的一声，田山的脑袋立刻崩裂开了，白花花的脑浆四处飞溅。

于廷江、李兴亮听到了堂屋里的枪声后，随即开了枪，顺利地解决掉了屋里的4个日军。

这时，从东屋里传出来了机枪扫射的"哒哒哒……"声和日军临死前的"啊啊啊……"声。

与此同时，从街道两头的炮楼上分别传来了清脆的枪声，炮楼上值班的日军也已被击毙。

据点里的 20 个日军被消灭了。早已埋伏在据点外的部队，在曹保刚的带领下迅速冲进据点，和苗怀伦他们的手紧紧地握在了一起。

第七章　一个血馍

　　自打四方会议之后，枣临铁路沿线的斗争形势空前地活跃起来。临城铁道队副队长任秀田在与队员们商议如何解决枪支和粮饷的问题时，队员们建议向敌人的货运列车要枪要粮。于是，任秀田从队里挑选出了 5 名扒车技术较好的队员，在一个漆黑的夜晚从古井村扒上了一列日军运送军用物资的货车车厢，当列车开到姬庄时，掀下了 10 箱纸烟，后运到夏镇卖了 2800 多元。当月不仅给队员们发了生活补助，而且还买了 3 支手枪。尝到甜头的队员们又连续地扒了 3 次日军的货运列车，搞到的物资有布匹、粮油等，这样队员们的粮饷和枪支问题均得到了解决，使大家的精神大振。

　　然而，由于临城铁道队扒日军货运列车的行动没有注意保密工作，不久便有临城、古井、西仓、井亭、官桥、滕县一带在铁路沿线以拾煤渣、扫落煤为生的 100 多名穷苦群众前来找任秀田他们学习扒车技术。面对这一情况，任秀田没有拒绝他们的要求，而是及时地向交通站秦明道做了汇报。秦明道随即带着刘振山赶到了古井村，向要求学习扒车技术的群众进行民族大义教育、爱国主义教育和遵守纪律教育。在提高他们思想觉悟的同时，秦明道通知赵以珂、王玉莲、王守银等领导的其他铁道队里选派有扒车基础的队员前来古井村共同练习扒车技术。经过一个多月的练习，大家不仅学到了扒车技术，而且通过实际扒车得到了大量的物资。穷苦贫民孟庆海、刘圣喜经过训练回到家之后，约集了平时在一起捡煤渣的一些同伴儿，毅然地参加到了以临城铁道队为首的截击敌人货车的行列。不久，枣临铁路沿线便自发地形成了以孟庆海、刘圣喜、黄文发、刘昭喜、李文庆、杨茂银、田广瑞、李延碧、刘泉城、阎成田等为首的十多支小型铁道队。他们多者有 30 余人，少者有10 余人，神出鬼没地活动在古井、井亭、官桥、南沙河、滕县、界河一带，并在秦明道的指导下互相通消息、相互支援，基本上形成了一个战斗集体。同时，他们还与工人铁道队配合，一起截货车、搞物资，一时成了大家养家糊口的好营生。在队员们的扒车技术越来越熟练、胆子越来越大了后，秦明道、刘振山因势利导，组织队员开始了破袭敌人铁路的行动。队员们在党的引导下，炸火车、劫军列、搞枪支，在短短一年多的时间里，铁路沿线的 14支城乡铁道队，在以临城为中心的百里铁道线上，累计破袭铁路 1000 余次，使得日军的铁道线时断时续，军列货车上的物资十有九缺，搞得日军晕头转向、顾头顾不了尾，扒了南边，北边的列车被扒了，扒了北边，南边的列车又被扒了，让敌人十分头疼，称扒车的铁道队为"毛猴子"。

1939 年 5 月的一天，临城车站情报员王振华看见一台标有"满洲鞍铁"字样的 1502 号火车头停放在站内的专用线上，经查问后得知，此火车头是鞍铁到枣庄煤矿来运煤的专用机车，从这个月开始每周向鞍山炼钢厂运送一列煤炭。他了解了这一情况后，立即报告给了在县委负责情报工作的刘振山。刘振山听了情况汇报后，随即来到了荷香酒馆向特委交通站站长秦明道做了汇报。秦明道认为必须阻止敌人把枣庄的煤炭运往东北。于是召集了任秀田、赵以珂、王守银、王玉莲会商对策。大家经过商讨后认为，枣庄煤炭是炼焦的优质煤炭，绝不能让日寇用枣庄的优质煤炭炼成焦，再用焦炼出钢铁制造枪炮来杀我同胞，决定派情报员继续跟踪此机车的运转情况，并通知工人铁道队和各小型铁道队以及王守银、王玉莲的农民铁道队赶到临城以北集结待命。得到了日军运煤列车开出的时间后，铁道队于 18 日晚动员了铁道附近20 个村庄的 2000 余名村民，在井亭铁道线拆掉了 12 节钢轨，造成了鞍铁运煤列车的 15 节车厢到此后倾覆，并让 20 个村庄的村民将散落的煤炭运走。

枣庄抗战初期一年多的时间里，在枣临铁路沿线大小 14 支铁道队不断骚扰和破袭日军运输线的同时，除了刘振武领导的枣临支队截击了日军运粮队和在千山庙会伏击日军及拔掉了苗家屯据点等战斗外，朱道南领导的山外抗日军联合委员会，将《告伪军书》张贴到了敌占区的枣庄、临城、峄县、滕县、沙沟、韩庄、夏镇、官桥等地，并先后进行了在峄城引爆炸弹袭击伪军、在枣庄枪杀汉奸特务、在官桥炸毁敌人军用列车、在沙沟集市上枪杀日军、在临城车站破坏了日军的通信设施等多次战斗。山外联所属的邵剑秋部在临韩公路上袭击了日军的运输车辆，击毁日军运输汽车 1 辆，击毙日军 3 人，截获枪械和子弹 1 宗、骡马各 1 匹，并烧毁了汽车；在沙沟的南杨庄设伏，袭击由沙沟外出"扫荡"的日军小分队，当场击毙日军 13 人，缴获步枪 10 支，轻机枪 1 挺，烧毁汽车 1 辆；在津浦铁路韩庄至沙沟段之间的幸福园截击日军军用列车，击毙日伪军 70 多人，缴获了 3 挺机枪及枪支弹药等大批军用物资；山外联所属的孙伯龙部在曹家埠设伏，全歼了由韩庄下乡"扫荡"回营的日军分队长四支郎君以下 20 多人，缴获了该队的全部武器装备。山外联所属的董一博、董尧卿部在运河南陈郝袭击日军轨道车，打死日军 5 人；在龙山战斗中歼灭日伪军 170 多人，缴获了大批枪支弹药。

日军面对枣临乃至整个鲁南地区日益成长壮大起来的抗日武装，心有余悸，在短短一年多的时间里，天天的不是被抗日武装破袭了交通运输线，就是被抗日武装打了埋伏，着实伤透了脑筋。日军为了巩固、扩大其占领区，不惜调集了大批兵力，要对我枣庄及鲁南广大地区实行大"扫荡"。自 6 月 1 日至 7 月 15 日，日军在植田大将的指挥下，调动了第五、第一一四两个兵团和第二十二师团各一部共计 2 万人，分别从南、北、西三面向我抗日根据地中心区及津浦铁路沿线猛兽般地扑来，妄图一口吃掉共产党鲁南特委和这一地区的抗日武装。

这天，日军驻枣临司令部会议室里正在开会。菊池站在会议桌的主持位置上说："接桥本司令官命令。"

参加会议的人一起站立起来恭听命令。

菊池说："一段时间以来，在我们大日本帝国的占领区内，时常遭到一些抗日武装的骚扰，特别是共产党领导的抗日武装，接连不断地与我大日本皇军搞对抗，在我控制区域内的活动十分猖獗。为了加强和巩固大日本帝国占领区的治安，欲调集2万余人，将在植田将军的统一指挥下，分别从南、北、西三个方向，向共产党的山东抗日根据地中心区发动进攻，力图全面消灭掉共产党所领导的抗日武装。"菊池宣读完命令，抬起脸来看了看众人。

参加会议的人异口同声地："嗨！"

菊池接着说："我们大日本皇军驻枣临司令部的任务是，集中优势兵力，一举消灭掉共产党鲁南特委机关和老山套、红岭及铁路沿线的抗日武装。我命令：太田大队、大桥大队、小井大队及驻枣临宪兵队、皇协军各团除留守部队外，均在三日内集结于临城。"

参加会议的全体人员立正，齐声说："嗨！"

散了会，菊池把龙少坤留了下来。他问龙少坤："龙司令，你是个老枣庄人了，这一年多里又跟八路的枣临支队交了多次手，你对八路枣临支队刘振武有多少了解？"

龙少坤一听菊池这么问他，知道是自己跟八路枣临支队交手均吃了败仗，他这是在故意损他，于是便凑到菊池的跟前"嘿嘿"一笑说："太君，那刘振武可不是个简单的人物，他早年跟着他的父亲刘相龙搞大刀队，参加苍山暴动时曾经灭了俺的保安团一个营，是个老共党分子。后来在俺的追杀下，他伙同他的弟弟等人去了井冈山，并参加了红军的二万五千里长征，后来到达延安，他又在抗大学习了一年。这次他是被延安派回鲁南来，在原大刀队的基础上与枣临共产党组织一起组建了枣临支队，是一个足智多谋、身经百战的老革命者。这个人虽然年轻，却在作战方面很是有一套，咱们要想消灭掉他的枣临支队谈何容易，他会利用群山峻岭做掩护，游刃有余地跟咱们打游击，俺看咱们就是再怎么集中兵力去'扫荡'，也是空折腾一场。"

菊池听了，不禁倒吸了一口冷气，但他还是故作镇定地说："这次就由不得他了。我的要亲自的出马，集中兵力全力出击，定叫他插翅难逃。"

龙少坤见菊池这么说，虽然心里在说你就吹吧，但还是笑容可掬地说："太君的英明，用兵的大大的，定叫他刘振武插翅难逃。"

枣临支队队部里，刘振武正在组织召开营以上指战员紧急会议。他说："枣临支队刚刚接到了鲁南特委发来的急电。电报上说，自6月1日起，也就是今天开始，日军将对鲁南、鲁中的广大地区进行一次空前的大'扫荡'，要求咱们枣临支队做好反'扫荡'的一切准备，主要任务是掩护鲁南特委机关由南坡村安全地转移到抱犊崮以南地区。同志们，自去年以来，咱们枣临支队截击了菊池的运粮队，在千山庙会上打了他的伏击，又拔掉了他在苗家屯的据点，瓦解了敌伪阵营铁板一块的神话。咱们这一连串的行动和兄弟部队特别是铁道队对日军一次次的打击，彻底惹恼了菊池这个老小子，他妄图借桥本、植田亲自指挥的这次大'扫荡'一举消灭掉咱鲁南特委和共产党领导的抗日武装。同志们，敌人的这一次大'扫荡'可以说是来势汹汹，为了吃掉咱们不惜下老本。为此，这次反'扫荡'的斗争是残酷的，咱们绝不可以掉以轻心，要从思想上认真做好反'扫荡'斗争的一切准备，完成好掩护鲁南特委安全转移的光荣任务。"

刘振武正在做着战前动员，突然接二连三地接到了情报人员的报告：枣庄的敌人已经进入了山区！临城的敌人正在往山区赶来！滕县的敌人已经乘汽车出城了……

刘振武接着说："咱们的任务是不但要掩护根据地的父老乡亲们疏散到安全的地带，更重要的是确保鲁南特委安全地转移出去。命令：二营要以最快的速度去抢占葫芦崮，要不惜一切代价把敌人阻挡在葫芦崮的山下；一营由季政委带领，负责特委机关的安全转移；三营由张文峰带领，负责乡亲们的疏散工作。"

葫芦崮是个长葫芦形状的山崮，崮顶约200米长，70多米宽，南、北两面都是悬崖峭壁，只有东、西两端各有一条小路通往崮顶，而这两端又都有一堵一人多高、不知何年何代留下的石墙。

二营营长李大柱带领着战士们已经接近了崮顶："同志们，这里是根据地边沿的重要屏障，一旦被敌人所控制，驻在离这儿仅有20里的鲁南特委就难以转移出去。所以咱们要再加把劲儿，抓紧抢占制高点，绝不能让敌人抢在了咱们的前面。"

战士们一个个精神抖擞，似猛虎扑食般向着崮顶冲去。

菊池集结了 1000 余人，已经赶到了葫芦崮的山脚下。

菊池打开地图，边看边用手指划着对龙少坤说："龙司令，你看，我们翻过了这座山，就是共产党的根据地了，距他们的老窝南坡村仅有 20 里。你们中国人有句老话，叫兵贵神速，我们要一鼓作气翻越葫芦崮直奔他们的老窝，争取天黑之前拿下南坡村。"他说着"嘿嘿"一笑露出两颗长牙，"龙司令，你看如何？"

龙少坤在菊池的面前已经养成了溜须拍马的习惯，菊池不管说什么，他都会说："高、高，太君的高明。"

李大柱带领二营的战士一个个地登上了崮顶。

战士们沿着山顶的石墙一溜排开，抢先占领了阻击位置。

李大柱举着望远镜正在察看着山下的情况，他从望远镜里发现敌人正沿着南面山坡向山上移动。他沉着地对战士们说："同志们，敌人已经向山上压过来了，大家一定要沉住气，要等敌人靠近了，听到俺的命令再打。"

成群结队的敌人像蠕动着的黄蚂蚁一样向山上爬来，100 米，80 米……

李大柱举起手里的匣子枪，嘴里说了声"打"，随即扣动了扳机。

刹那间，战士们的机枪、步枪一齐向敌人开了火，一颗颗手榴弹也随之在敌群中爆炸，山坡上的敌人被这突如其来的一击打蒙了头，一个个屁滚尿流地退到了山脚下。

山坡上留下了一片片尸体。

菊池万万没想到会被八路阻击在这山脚下，若是不尽快拿下这葫芦崮，势必会影响到端掉南坡村共产党老窝的计划。他决定要不惜一切代价拿下葫芦崮，命令部队从西、南、东三个方向，全面向山上发起进攻，但还是被山上的八路军打得败下阵来。

接近中午的时候，枣临支队通讯班和特务排的战士以及十几名机关人员，跟随着刘振武从另一侧赶到了葫芦崮。

刘振武沿着崮顶巡视了一圈后，就把李大柱和各连的干部叫到了一起说：

"你们的任务非常艰巨，但也很光荣。但是一定要坚持到下午的4点钟，以确保特委机关的安全转移，不完成任务，就是战斗到最后一个人也绝不能后退一步。"

刘振武的话音刚落，敌人又一次进攻开始了。这次，菊池集中起所有的掷弹筒和十几挺轻重机枪，在日军爬到山半腰时，就开始猛烈地向山上炮轰和射击。密集的弹雨夹杂着掷弹筒炮弹爆炸后的弹片和石块，在阵地上四处飞舞。

眼看着有十几个战士中弹倒了下去。二营教导员靳峰见机枪手王安民也中弹倒下了，就急忙地奔了过去；靳峰接过机枪，对着正在向山上冲来的敌群猛烈地扫射起来。

当进攻的敌人被打退了后，靳峰紧握着机枪的双手忽然间松开了，身子随即歪倒在了墙下，同时机枪也滑落到了地上。

李大柱见靳峰的胸前溢满了鲜血，就大声地喊道："卫生员，快！"

靳峰一只手紧抓着李大柱的胳膊，另一只手撑在地上吃力地说："要记住……刘队长的……话，不到4点钟……绝不能……后退一步！别忘记，东头阵地上的……刘队长……"他说到这里，身子一歪停止了呼吸。这个曾经在抗大学习过的、年仅24岁的政治教导员，就这样英勇地牺牲了。

李大柱为靳峰抚闭上了眼睛，仰望着苍天不停地呼唤着靳峰的名字，两行滚烫的热泪划过他那满是尘土的脸颊，冲出了两道深深的泪痕。

葫芦崮阻击战打得十分惨烈，又有数名战士被敌人的子弹打中，倒在血泊里。

在二连和三连的阵地接合处，三连的战士李守义被一块无情的弹片穿断了鼻梁，满脸是血，造成了他双目失明。

在战斗的间隙，二连的战士王广飞为李守义包扎好了伤口后说："俺扶你下去躺着吧，你伤得不轻。"

李守义摸着石墙站立起来说："俺不能下去！敌人还在进攻，任务还没有完成，俺怎么能下去呢？"

这时，李守义的班长陈庆年赶了过来命令他说："你伤得这么重，不下去怎么行？"

李守义两手紧紧地扒在石墙上，说："班长，咱们掩护特委转移的任务还没有完成？俺虽然眼睛看不见了，可俺的手还能扔手榴弹，还能扣扳机，等敌人靠近了，你只要说声打就行了！"

陈庆年见拗不过李守义，只好说："那你就靠墙坐着吧！"

李守义听了，这才坐到了脚下的一块石头上。

战斗停息了十几分钟后，突然在距离石墙十几米的山坡上腾起了一团又一团乳白色的烟雾。只见那烟雾越扩散越大，把石墙下的草草木木全部遮盖住了。

站立在刘振武身旁的通讯员刘新生看到烟雾后，惊讶地问："队长，您看，那是啥玩意儿？"

刘振武说："是烟雾弹！这是敌人要变换花样了。"他扭头对李大柱说，"李营长，敌人又要进攻了，让战士们准备战斗。"

没有一袋烟的工夫，就见那渐渐消散的烟雾里，露出了一顶顶日军晃动着的钢盔，离石墙只有五六米远了。

刘振武透过稀疏的烟雾，发现敌人已经靠近了阵地，就大声地命令道："打！"

一阵激烈的枪声和手榴弹的爆炸声过后，随着烟雾的散去，石墙外的不远处，又增添了几十具日军和皇协军的尸体。

葫芦崮上的枪声起起落落，微微清风吹动着阵地上的滚滚硝烟。

太阳在浮动着的朵朵阴云里，时隐时现，像鞭打着时光的轮回。

刘振武掏出怀表看了看，时针已经指向了 4 点，规定的阻击时间已到，部队可以撤离了。他把李大柱叫到跟前说："咱们的阻击任务已经完成了，可以组织战士们撤了。"

李大柱说："队长，俺正为撤退的事着急，咱们已经被敌人死死地黏在了这里，所有撤退的路都被敌人堵死了。"

刘振武说："俺已经观察过了，菊池是一看突袭不了南坡村了，便妄图一举消灭掉咱枣临支队。但依俺看他是枉费心机，在这东北角处是悬崖峭壁，咱们可以攀着悬崖突围出去。"

李大柱说："好，那就让支队机关的同志们先撤，俺们断后。"

刘振武说："好吧！"

李大柱说："队长，咱们攀崖没有绳子呀！"

刘振武略一沉思说："那就让战士们都把绑腿带解下来，当绳子。"

战士们纷纷解下绑腿带，拧成了三根长长的绳子，在二营战士们的掩护下，刘振武和队部的人员分别抓着绑在三棵树上的绳子攀爬着下了崖。

刘振武和队部的同志下了崖后，就迅速地沿着山沟向东北方向撤退。可是还没跑出多远，背后就响起了枪声，眼看着几个断后的战士被击中倒下了。

原来，敌人已经发现了枣临支队欲攀崖突围的动向，立刻加强了对这里的兵力封锁，把整个葫芦崮围了个水泄不通。

二营的战士们如果再继续攀崖突围，只能是被敌人当活靶子打了。

李大柱面对这一严峻的局面，立即召集各连的干部进行分析研究。

李大柱说："同志们，咱们现在的情况十分困难，敌人已经把咱们唯一能突围的路也给堵死了。大家看看怎么办，都说说！"

二连连长孟宪春说："俺看咱们只有坚持到天黑再想办法突围了。"

副连长吴继承说："现在离天黑还有近3个小时，咱们的子弹已经不多了，要打坚守战有着不小的困难。"

李大柱说："困难再大，也只能是坚持到天黑了。"

吴继承说："大不了跟小鬼子拼了。"

菊池一连发动了4次进攻、伤亡了200余人也没能拿下葫芦崮来，气得他在原地直打转转，龙少坤像只哈巴狗似的在他的后面跟着转。

菊池正着急得要发作，就见有几辆大卡车开了过来，脸上随即露出了狰狞的微笑，原来是他向植田将军求援的大炮到了。

日军卸下炮来一溜排开安装好后，只见菊池抽出战刀向着炮位走了过去，他这是要亲自指挥炮手向葫芦崮上开炮。

李大柱正在前沿察看阵地，忽然头顶上传来了一声声的呼啸，他急忙一转身搂住身边的通讯员崔永强大声喊道："快卧倒！"话音刚落，就听"咣"

的一声，一颗炮弹在离他俩不远的地方爆炸了，李大柱的背部当即就被一块弹片击中了，眼看着他的衣裳被鲜血染红了一大片。他强忍着疼痛，奋不顾身地高声呼喊："敌人打炮了，要注意保护好机关枪！"

一时间，崮顶石墙的内外，随着"咣！咣！咣！"的爆炸声，烟雾腾腾，弹片纷飞，1米多厚的石墙被炸得松动了、崩塌了，光秃秃的岩石崮顶被炸出了一个个的弹坑，无数炸起的石块四处飞崩，眼看着战士们在弹雨飞石中伤的伤、牺牲的牺牲，仅一连就倒下了20多个战士，热血洒遍了整个阵地。

敌人连续炮击了20分钟后，向阵地发起了疯狂的进攻。阵地上的战士们并没有被敌人的大炮和疯狂的进攻所吓倒，而是同仇敌忾，奋勇杀敌，又一次打垮了敌人的冲锋。

葫芦崮的上上下下又出现了暂时的平静。背部负了重伤的李大柱意识到弹片钻进了自己的肺里，只觉得胸口一阵阵剧烈的疼痛，眼前一阵阵发黑，喘气儿很是困难，汗珠子像黄豆般大小从额头上往下滚。他看到许多的干部和战士在阵地上牺牲了，又听到许多战士报告说子弹打光了，再看看太阳离着西山还有一竿子高，心急如焚，一种高度的责任感让他咬紧牙关，在崔永强的搀扶下，艰难地扶着石墙走到了二连连长孟宪春的身边，声音微弱地说："孟连长，咱们营的几个连干部都牺牲了，看样子俺也……不行了，你是……共产党员，仅……有的连干部了，要……"还没说完，身子一歪就昏了过去。

孟宪春急忙把李大柱抱住，慢慢地把他放到了地上，凝视着他那张消瘦而又苍白的面孔，连声呼唤着："李营长！李营长……"

李大柱微微地睁开眼睛，干裂的嘴唇快速地抖颤着："你要挑……"

孟宪春明白李大柱的意思，便说："营长，你放心，俺一定要把这里的担子挑起来！"

李大柱又断断续续地交代说："为了抗日，你……一定要把……活着的同志……带出去。给咱……二营……留下根。"说完，他吃力地用手摸了一下腰间仅有的一颗手榴弹，就合上了眼睛。

孟宪春的脸上滚淌着热泪，俯身取下李大柱腰间的手榴弹，挺立在石墙中段高声地说道："共产党员们，二营的战士们！咱们掩护了鲁南特委的转移，也掩护了支队机关的撤离，咱们的鲜血没有白流，咱们就是都牺牲了也牺牲得光荣！眼下，同志们的弹药虽然不多了，但是，咱们的手里还有大刀，还有这山上的石头，还有咱们八路军战士的正义骨气，咱们一定能顶得住敌人的进攻，一定能坚持到天黑，一定能突围出去！"

孟宪春的话就像是冲锋的号角，响彻在每一个活着的战士的耳边，又似那炽热的火焰，燃烧在每一个人的心里。在他的号召和组织下，全营3个连仅存的40名战士，凝结成了一个新的战斗整体。尽管他们伤的伤、残的残，却个个都是钢铁般的汉子。他们团结一心，争分夺秒地组织起了火力，重新修复了工事，还收集起了一堆堆的石头，随时迎接敌人的再次进攻。

刘振武和队部的同志攀下葫芦崮悬崖后，摆脱了敌人的追击，一路沿着茂密的树林，撤离到了安全的地带。山坡上，刘振武回头遥望着远处的葫芦崮，那里依然是枪声大作、杀声震天。他想想二营那些没能突围出来的战士，心如刀绞，从内心里祈祷着他们能躲过劫难，寄希望于他们能够想方设法地突围出来，哪怕是一部分。

支队政治部主任刘强走过来，提醒刘振武说："刘队，按照约定的时间，咱们务必天黑之前赶到张庄与大部队会合，现在已经是5点多钟了，如果再耽搁就错过时间了。"

刘振武说："俺是真想再重新返回葫芦崮去。"

刘强说："咱们还是抓紧赶路吧，李大柱他们只要能坚持到天黑，俺想二营会有办法突围出来的。"

刘振武说："但愿如此吧！"说完转过身去，与同志们沿着崎岖狭窄的山路迤逦前行了。

葫芦崮上，双目失明了的李守义，当听到孟宪春说"咱们的弹药不多了，手里还有大刀，山上还有石头！"时，就把自己枪里仅有的两发子弹小心翼翼地退了出来，他递给身边的战士王广飞说："王广飞，你枪法好，替俺多消灭两个鬼子。"

王广飞双手接过了这最为珍贵的子弹，压进了自己的枪膛后感动地说："你放心吧，俺知道该怎么用它！"

忽然，李守义像是想起了什么，伸手从内衣袋里掏出了一个上山前还没来得及吃的棒子面窝窝头，推了推王广飞说："这个给你吃吧！"

战士们自从上了葫芦崮就没有喝过一滴水，吃过一口饭。王广飞把李守义的手一推："不，你吃吧，俺不饿！"

李守义一听说："你不饿？你的肚子在咕咕地叫哩。还是你吃吧，好多打几个鬼子。"硬是把窝窝头塞到了王广飞手里。

王广飞手里拿着窝窝头，感动得不知把它往哪里放了。

李守义问："你怎么还不吃呀？"

王广飞有些哽咽着说："俺……吃！俺吃！"

李守义又催他说："俺听着你吃，快！"

王广飞沉默了许久，把窝窝头又塞回到李守义手里，说："小李，你先替俺拿着，俺等一会儿再吃，好不好？"

李守义有些不高兴地说："你这个人哪！等会儿就等会儿，反正是你的了。哎，你说敌人还会上来吗？"

王广飞朝山下望了望，说："还没有动静。"

李守义默默地转过身去，一边挪动着脚步，一边用两只手在地上摸索着。他捡起一块一块像铁锤、斧头似的石块，送到了王广飞的脚下，叫他把这些石头堆到石台上去。

太阳躲在云堆里将要落山了，死灰色的天空里，涂抹着一缕一缕的红焰，那刺目的像猪肝似的颜色让人看了很是不舒服，给人以压迫之感。就在这时，天空突然又传来了一声声"呼呼呼"的叫声，随着一发发炮弹在阵地前后爆炸，敌人的第六次进攻开始了。

孟宪春看到敌人逼近了，怒吼一声"打"，子弹似雨点般飞向了敌人，石块像下陨石雨一样砸向了敌人。

王广飞瞄准了一个手持指挥刀的日军就是一枪，只见那日军应声倒在地上滚下了山坡。接着他又接过李守义递过来的一块块石头"嗖嗖嗖"地向敌人的头上扔去。

敌人的进攻又被打退了。

王广飞转过头来想告诉李守义敌人被打退了，却不由得大吃一惊，发现李守义的胸前浸出了一片鲜红的血浆，英勇地倒在了阵地上，就慌忙扑到他的身边，抚摸着他那还浸血的胸部，一声声地呼喊着他的名字。但任凭他怎样地呼唤，李守义再也没能醒过来。

王广飞用满是鲜血的手，从李守义的衣袋里掏出那个满是血的窝窝头来，"哇"的一声大哭起来。

战场上滚滚的浓烟与天空的灰色块融合在一起，已经看不清天边的山头，天色终于黑了下来。

孟宪春指挥着仅有的三十几个战士到崮东头去突围。

王广飞和另外几个战士刚抓住布绳往崖下攀，一群穷凶极恶的日军已经翻过了两端的石墙，叽哩哇啦地向东面扑来。

一个皇协军尖叫道："太君说了，要抓活的，抓活的！"

断后的十几个战士挥舞着大刀与敌人展开了肉搏战，他们边战边往悬崖边上退，最后一人抱住一个敌人一同滚下了山崖。

孟宪春的左腿和胸前都负了伤，他见还有几个战士没有跳崖，就大声说："快！快跳呀！俺掩护你们。"

崔永强扶着孟宪春说："来，连长，俺背你一起跳。"

孟宪春用手一推崔永强说道："你快跳，再不跳就来不及了，俺最后一个跳。"

就在这时，孟宪春的弟弟孟宪生捅倒了几个敌人，从后面跑了过来。他一看到崔永强就喊："小崔快跳，快呀！"他又看到坐在地上的孟宪春说，"哥，你负伤了？俺来背着你跳。"

孟宪春严厉地说："俺在这里还能阻挡一阵子，你们都快跳，这是命令！"说罢，他从腰间拔出了李大柱留下来的那颗手榴弹，迎着敌人向前爬去。

孟宪生见此情景，就对崔永强说："咱俩快跳吧！"

崔永强背擦着崖壁滑了下去。

孟宪生见崔永强跳下去了，他却没有跳。他不能丢下受了伤的哥哥不管。于是他又跑到孟宪春的身边说："哥，俺来背你。"

孟宪春着急地说："小生，你快跳呀。如果能见到首长，见到了咱们的爹娘，就把俺的事说给他们听。"

几个穷凶极恶的日军端着刺刀向他哥儿俩逼近了，孟宪春猛地一推孟宪生，就把孟宪生推下了悬崖。随着一颗手榴弹的爆炸声，孟宪春和围上来的敌人一起被炸飞了。

孟宪生仰着头，在昏黑的夜色里向着崮顶凝望了许久后，才两眼流着泪拖着摔伤的右腿离去。

第八章　刘芳失踪

刘振武带领着部队到达张庄的时候，天已经黑了下来。他老远就看见季华、张文峰他们正在村口的场院上等他们，于是紧走几步迎上去握住了季华的手问："你们早到了？"

季华说："嗯，俺们到了有一个小时了。"

刘振武又问："你们一路上还算顺利吧？特委的同志还好吗？"

季华说："还顺利。俺们掩护着特委从南坡村撤出来后，一路上没有遇到什么情况，特委的同志也都挺好的。哎，怎么没看见二营的人跟你们一块儿回来？"

刘振武说："二营掩护着支队部撤退后，被敌人封堵在了葫芦崮上，也不知道现在是个什么情况了。"

季华说："是这样。俺想李营长他们会有办法突围出来的，你就先别为他们担心了，还是说说咱们下一步如何行动吧。"

刘振武说："就目前的形势来看，临城的敌人虽然被咱们一时阻击在了葫芦崮以南，但他们会冲破防线后很快地追赶上来。还有滕县的敌人，咱们现在还不知道他们在什么位置，也有可能随时会赶到这里，所以俺的意见是部队不能在这里过夜，让大家吃完饭要连夜向北行军。"

在吃晚饭的时候，张文峰对刘振武吞吞吐吐地说："振武，俺有个私事儿得跟你说说。"

刘振武听了后莫名其妙地说："瞧你说的，你和俺还有啥私事儿公事儿的，有啥事儿就直说。"

张文峰说："刘芳她有身孕了。"

张文峰接着说："已经两个多月了。俺是怕这连续的行军，她的身子吃不消。"

刘振武沉默了一会儿说："看你这个丈夫当的，你就不应该让她参加这次反'扫荡'，要是事先把她送回红岭去，有娘照看着，不就好了。"

张文峰回答说："俺当时也劝她了，她说女人怀孕算啥事儿，她能行。她说卫生队里人手少，越是行军打仗越需要人手，如果因为有了身孕这点小事就退却了，怎么去教育别人，又怎么对得起革命。别忘了，俺是一名共产党员。她理由一套一套的，愣是不听俺的劝告，坚持跟了来。"

刘振武听了后"呵呵"一笑说："这倒是小芳的性格，俺这个妹妹呀，打小就是个'假小子'的脾性，啥都不在乎，这怀孕能是小事儿吗。现在卫生队里有多少人？"

张文峰说："有 12 个人。除了鲁克是个男同志外，其他全是女同志。"

刘振武说："那就让特务排抽出一个班随卫生队行动，重点照顾一下女同志。另外，俺再交代一下鲁娟，让她寸步不离地跟着小芳，如果出了半点儿差错，俺拿她是问。"

晚饭后，张庄村口的场院上黑压压地集合起了队伍。刘振武站在队伍前大声地说："同志们，敌人的这次大'扫荡'来势汹汹，妄图一口吃掉咱共产党机关和共产党领导的抗日武装，为了避其锋芒，保护好这支抗日的有生力量，咱们采取了战略上的转移，目的就是要摆脱掉敌人的围攻。为此，咱们要连夜行军，继续向抱犊崮方向转移。在这里，需要再给大家宣布一下夜间行军的'三不'纪律，即不准喧哗、不准点火、不准掉队。好，按照队列的顺序，出发。"

部队在漆黑的夜幕中像一条长龙，沿着蜿蜒的山路缓慢地前行。

在部队行进到一道山谷时，天刮起了大风，战士们顶着凛凛的狂风艰难地前进，衣服被风吹得哗啦哗啦作响。

天空中，风卷着乌云翻滚着、集结着，没多大工夫，就电闪雷鸣地下起了瓢泼大雨。

行军中的战士们的衣裳被雨水浸透了，紧紧地贴在了身上。

一个战士的鞋子陷在了泥巴里，用脚挑了半天也没能挑出来，只好赤着脚丫子继续行军。

行军中，鲁娟悄声地问刘芳："你撑得住不，要不然让担架抬着你走？"

刘芳一摆手说："俺没事儿，能撑得住，你管好你自己吧。"

大雨过后，天低云厚，细雨蒙蒙，伸手不见五指。部队行军到下半夜，有些战士已经是疲劳过度，出现了边行军边瞌睡的现象。前面的一个战士睡着了，后面的战士只好推醒他继续走，决不能掉队。

一个牵骡子的战士下意识地边走边瞌睡，不知不觉间手里的缰绳松丢了，人继续向前走。那骡子也正累得不想走，就停在了路上。

眼睛近视的政治部主任刘强打后面跟了上来，他见前面的停在了那里，就上前拍了一下问："同志，你怎么不走了？"

骡子停在那里没动。

刘强怕他是睡着了，就又拍了一下问："同志，你醒醒，别掉队了。"

骡子见人又拍它，就抬起后蹄一踢，正踢在刘强的腿上。

刘强忍着痛，很是生气地责问道："你这个同志，俺问你不言语，为什么还踢俺？"

骡子见人又靠近它，就干脆来了个高踢脚，恰好踢在刘强的下颌骨上，当时就皮破血流，血水和着雨水染红了他的衣襟。

刘强这回觉得不对头了。他强忍着疼痛蹲在了地上，然后摘下那朦朦胧胧的眼镜仔细一瞅，明白了，原来他拍的不是个人，而是一头驮着货物的骡子。

天蒙蒙亮的时候，部队到达了抱犊崮山脚以北的羊头峪村外。一营侦察班的战士刚要摸进村去侦察情况，就被一排子弹压了回来。

刘振武见村子里有敌人，对季华说："你组织部队掩护着特委往东南方向撤，俺到前面去和一营阻击敌人。"

季华说："好，注意安全。"

刘振武来到前沿，一营已经用火力压住了企图出村子的敌人，双方的火力十分猛烈。

曹保刚说："刘队长，俺看这股敌人是有意在这里设卡堵击咱们的。"

刘振武说："是的，俺没猜错的话，这应该是从滕县出来的那股敌人。保刚，给俺留下一连阻击敌人，你带领二连、三连去帮帮季政委，千万不能让特委机关遭受损失。"

曹保刚说："队长，还是俺带一连留下，你去吧！"

刘振武说："服从命令！"

敌人像黄蜂一样从村里拥了出来。他们在村口支起了四五门小钢炮，向着正在撤退的人群轰起来，不一会儿，就把部队打散了，死伤了许多战士。鲁娟也被一颗炮弹掀翻在地，埋在了土里。

刘振武见此情景，大声说："投弹组，给俺把敌人的小炮炸了。"只见投弹组的七八个战士，在机枪手的掩护下，弯着腰向敌人的阵地冲击。有的战士在途中就倒下了，活着的战士冲上前去，接连扔出去了十几颗手榴弹，硬是把敌人的炮队炸哑了。

刘振武看大部队已经撤出了敌人的射击范围，就命令战士们边打边往北山上撤，试图把敌人引上山去。

敌人见八路军要撤，就一窝蜂似的冲出村子，向北山上追去。

鲁娟被一颗炮弹炸翻埋在了土里，她从土堆里爬出来，检查了一下身上，好歹没有受伤。此刻，她突然想起了刘芳，就往四下里瞅起来，可是瞅了半天也没有瞅见她的影子，心想她可能是随着大部队往前跑了。她咬紧牙关站立起来想向前追赶刘芳去，却感到浑身上下软绵绵的，实在是迈不动腿。恰在这时，有一匹被打散了的战马嘶嘶叫着跑了过来，她一伸手，一把抓住了马缰绳，想骑上马背让马驮着她走。可是她费了很大劲也没能上得去马背，便灵机一动，抓牢缰绳让马拖着她的身子跑。也不知道跑出去了有多远，就觉得抓马缰绳的手也没劲了，忽然间拖着的身子被什么东西一阻挡，手一滑，马就跑远了。她坐起来，看了看四周的环境，原来是她被马拖到了一个小山坡上，是山坡上的石头阻挡了她一下，才松开了抓着缰绳的手。

山坡上，雨后的晨阳洒下一片金色。鲁娟紧握着手里的短枪心想："俺不能在这儿等死，得追赶大部队去。"她吃力地站了起来，腿虽然能动了，可还是不大听使唤，但能勉强走路了。于是她就咬牙走一会儿，再趴下爬一会儿。她正在地上爬着，忽然看见对面的小山头上过来几个日军，让她一时慌了起来。情急之下，她发现右前方不远处有几具尸体，就爬过去移动了几具尸体的位置，躲在了尸体堆里。不一会儿，日军过来了，她屏住呼吸，紧握着手中的枪，一动也不动。又等了好大一会子，她听了听没有动静了，就从死人堆里爬了出来，然后继续往山坡上爬去。

鲁娟爬呀爬呀，终于爬上了坡顶，却在此时，突然又看到有一队人马从山腰处走了过来，她再想躲到尸体堆里去已经来不及了，便趴伏在山坡下，握紧了手里的枪，紧张地等待着。心想如果是敌人，就先撂倒几个再说，然后把最后一颗子弹留给自己。

走过来的人马越来越近了，鲁娟趴伏在地上仔细一看，发现走在前面的竟然是刘振武。她立刻就兴奋起来，赶忙站立起来高声呼喊道："喂！俺在这里。"

刘振武听到鲁娟的喊声，赶忙跑了过来，惊讶地问道："你怎么一个人在这里？"

鲁娟猛地扑到了刘振武的怀里，眼泪随之唰唰地流了下来，声音颤颤地说："俺被敌人的炮弹炸倒后，埋在了土里，爬起来的时候，就走不动了。"她从刘振武的怀里抬起头来问："你们怎么绕到这儿来了？"

刘振武说："俺带领着一连在村口阻击敌人，摆脱了敌人后，是绕道儿才走到这里的，没想到在这儿会碰到你。"

鲁娟说："幸亏你绕道这里遇到俺，要不然，咱俩这辈子怕是就见不着了。"

刘振武说："瞧你说的，哪有这么悲观，古人自有天相，咱们这不是又见面了？不说了，乐观一些，来，俺背着你走，咱们得赶快追赶队伍去。"

部队掩护着特委机关安全地到达了抱犊崮山脚下的南崮村后，便在这里住了下来。

这天晚上，南崮村学校的一间教室里，灯火通明，刘振武正在这里召开干部会议，对这次反"扫荡"以来的工作予以总结。

刘振武说："在掩护特委机关转移的任务中，全队上下一致，听从指挥，顽强地阻击了敌人的追击和打击了敌人的截击，胜利地到达了预定的目的地，保证了特委机关的安全。特别是二营在葫芦崮的阻击战中，他们不惧生死，英勇杀敌，被敌人围困在了葫芦崮上。对于他们的生死，咱们现在还没有个明确的消息，哪怕是有一个生还的，支队也要为他们请功，给他们授奖！"

刘振武在讲到羊头峪遭遇战时，严厉地批评道："个别干部在遭遇敌人的猛烈炮火时，只顾个人逃命，而不顾任务的完成和战士们的死活。炮弹一爆炸，队伍就散了，就乱作一团了，就各顾各了，成何体统，简直是给部队丢了脸，给枣临支队抹了黑。"

刘振武停顿了一下又说："'组织纪律'这四个字，在座的都明白其中意思吧？组织，就是咱们的干部要有组织，要学会组织，在特殊的情况下，要勇于去组织；纪律，就是咱们的部队、咱们的战士要有纪律，要在干部的组织下，去很好地执行纪律。在这里俺要点名批评卫生队的队长鲁娟同志，你们卫生队的任务是在阵地上救护伤员。可炮弹一响，就乱了，11个女同志，就走失了3个，俺看你这个队长是有责任的，别以为你是俺刘振武的老婆，就不追究你的责任了，相反，你要深刻地做检查。"

刘振武最后说："支队在下面的工作中，要交给政治部两项任务：一项是负责摸清二营在葫芦崮坚守战中，还有没有活着的人员；另一项是负责寻找卫生队走失的同志，特别是要找到刘芳同志，是活也好，是死也好，一定要给俺找到。"

鲁娟听到这里，禁不住哽咽起来，大家的目光一下子都集中在了她的身上。鲁娟痛心地哽咽着说："让俺也去找她们，责任都在俺。呜呜……"她竟然哭出声来了。

刘振武以为这是鲁娟在挨了批评后，觉得委屈。也不知道他是哪里来的无名火，就大声地说："你哭什么哭，还委屈你了？在出发前俺是怎么嘱咐你的，要寸步不离地照顾好刘芳，因为她有了身孕，你可倒好，给俺弄丢了，还觉得委屈你了。"

"呜呜……"鲁娟哭得更厉害了。

据张文峰掌握的情况，认为刘振武确实是委屈鲁娟了，就站起来说："刘芳同志走失，责任不全在鲁娟同志！"

刘强也沉不住气了，站起来说："是啊！卫生队属政治部领导，这事主要责任在俺。"

刘振武往下一摆手，示意刘强坐下，然后说："你有自知之明就好。咱们的干部在遇到问题时，要勇于承担责任，这才是一个好干部。这件事，咱们从上到下都有责任。还有，在这里俺要向大家说明一下，大家不要以为刘芳同志是俺刘振武的妹妹，是张副队的老婆，才在这里当个事儿来强调责任，这样认为就错了。因为刘芳同志是咱们的同志，最主要的是，她的肚子里有了咱们枣临支队的种子。"

会议结束后，张文峰走到鲁娟的跟前安慰她说："在会上，刘队长对你的批评，不是冲着你来的。你在这次遭遇战中也走失了，还险些遭受不测，要不是刘支队碰到了你，还不是也跟刘芳一样。"

鲁娟说："俺知道他不是冲着俺来的。俺是他老婆，还能不了解他吗？俺难受，是心疼小芳不知道要遭受什么样儿的罪。"

经鲁娟这么一说，张文峰也不由得一阵心酸，眼泪顺着腮帮子滚了下来："小芳是俺的老婆，还有比俺更心疼她的吗？更何况她的肚子里，还怀有俺这个独苗的种子。"

第二天天刚亮，刘振武见季华也已经起来了，就说："据说这抱犊崮海拔有580多米，是一座集自然景观和人文景观为一体的名山，咱何不上去看看？"

季华说："为了摸清这周围的情况，张副队已经派侦察排的同志去了。"

刘振武说："他们去他们的。俗话说，看景不如听景。咱今天既然到这里了，就来个听景不如看景，走，去看看！"

季华说：“俺明白你的意思了，你是要亲自观察一下这周边的环境，以应对突发情况。”

刘振武说：“还是你懂俺。咱这叫一举两得。”

两个人进了山后，刘振武边走边问道：“你知道此山为什么叫抱犊崮吗？”

季华说：“这俺可知道。此山在汉代称作'楼山'，而在魏晋时期称作'仙台山'，到了唐宋时期才改名叫'抱犊崮'。相传在唐朝初期，有一个姓王的庄稼汉为了躲避官方抓壮丁，便只身爬上了仙台山。他发现山顶方圆有60余亩，覆土数尺厚且平坦，就在山顶上开始了拓荒耕种。后来，他想下山牵头牛上来，可四周全是悬崖峭壁，牛难以上来。忽然一想，何不抱一头小牛犊上来，等把它喂养大了，就能为俺耕种田地了。于是他就下山抱了一头小牛犊到了山上。王老汉死了后，人们知道了他的故事，便把仙台山改名为抱犊崮了。”

刘振武说：“四周陡峭、顶端较平的山，称之为崮。抱犊崮独有雄、奇、险、秀之说，居鲁南七十二崮之首，称之为鲁南小泰山。”

季华听了后说：“那咱们就抓紧上去看看。”

两个人一路沿着石阶往上走，先后经过了巢云观、清华寺、吕祖洞、桃源洞、会仙亭、阴阳界等名胜古迹，最后到达了登上抱犊崮崮顶的唯一通道。

刘振武和季华举目往崮顶望去，只见悬崖峭壁既奇又险，足有40米高，顿时有"一夫当关，万夫莫开"之感和望而却步之遗憾。季华收回眺望的目光问刘振武：“看看都眼晕，人能上得去吗？”

刘振武说：“肯定能上得去，这得需要一个人的胆量和毅力。咱既然来了，如果不登上崮顶看看，不是白来了。人家能上得去，咱也能。”他指了指悬崖的西北角又说，“你看，那片悬崖上有一处豁口，据说古人沿着这道天然的裂隙，在悬崖峭壁上面凿了一些窄窄的脚窝，后来又被人们拴上了两道铁链子，可供登山者手足并用，攀缘而上。”

季华紧随刘振武其后，先后登上了八瞪眼、鹰见愁、鬼门关三大险关，最后登上天梯的顶端而到达了崮顶。他们站在崮顶俯瞰四方，极目远眺，顿生"会当凌绝顶，一览众山小"之豪气，只见山之阴群山奔逐，逶迤起伏，那群山之间的一座座水库，还有一条条河流，在阳光的照射下，像是一面面镜子似的耀眼夺目，令人心旷神怡。再俯瞰崮下，庙宇楼阁、绿树红叶一览无余，真像是到了仙境一般。

刘振武深为感慨地说："这祖国的大好河山，怎能容忍倭寇践踏。"

季华也感慨地说："是啊，今天这抱犊崮可真没有白登，不但浏览了大好河山的美景，还有诸多的启发。你看，这整个抱犊崮山脉，山连着山、河串着河，确实是个打游击的好地方。"

刘振武说："你说得对，咱们就在这里建立起抗日根据地，打一场保家卫国的游击战争。如果日寇胆敢闯进这大山里来，必将让他们葬身于游击战争的汪洋大海之中。"

部队在南崮村驻下来后，最让刘振武挂心的，还是二营在葫芦崮上的详细情况。

这天，去摸二营情况的刘强回来了，同时还把跳崖突围出来的9名战士也带了回来。他把他们安排到卫生队疗伤后，就径直走到了支队里，向刘振武和季华做了详细的汇报。他说："据了解到的情况看，那天二营掩护着支队的同志从葫芦崮攀崖突围时，被山下的敌人发现了，敌人立刻把这一侧给封死了，切断了二营继续突围的路线。但二营的战士们继续顽强地战斗，决定坚持到天黑后再突围。他们的子弹打光了，就用山上的石头和敌人拼，打退了敌人的第六次进攻。天黑后，刚有几名战士跳下山崖，敌人就冲上了崮顶。那些被包围了的战士，又用尽最后的力气，一人抱住一个敌人滚下了山崖，壮烈牺牲。"

刘振武听到这里，双手一拍桌子站了起来，说："二营的英雄啊！这个仇，咱们枣临支队若是不报，誓不为人。"他问，"你们就没有发现还有活着的同志？"

刘强说："发现了。俺们从战士们跳崖的地方一路向东北方向寻找，终于在十几里外的一个山坡树林里发现了他们，共有9个同志，8个受了伤。"

刘振武急切地问："他们人呢？"

刘强说："都带回来了，俺把他们送到卫生队疗伤了。"

刘振武激动地说："走，咱们看看去！"

第二天的下午，南崮村的场院上用柏枝搭起了庄严肃穆的会台，枣临支队在这里为葫芦崮阻击战中牺牲的将士举行了隆重的追悼大会，并表彰了王广飞、孟宪生等9名突围出来的战士。

那天，刘芳跟着被打散了的队伍往前跑，跑着跑着，一回头，发现鲁娟没有跟上来，往四下里寻，也没人影儿，就一边呼喊着，一边往回寻找。

刘芳刚爬上了一个石坎，就被一排子弹压到了石坎的后面。她伏在地上仔细一看，原来是一股敌人追过来了，就赶忙连跑带滚地下了山坡，顺着河沟跑起来。

刘芳跑着跑着，就觉得左腿有些麻木，停下来用手一摸，湿乎乎的。她知道自己这是负伤了，就解下绑腿带，把伤口裹了起来。

日军逼近了，有许多老乡在旷野上跑来跑去。

刘芳拖着受伤的腿跑到了一口水井旁，不顾一切地跳了下去。

井里的水很深，刘芳跳下来的当时虽然喝了几口水，但她会浮水，很快就扒在了井壁上，只是把身子隐藏在了水里。井水是冰冷的，由于她腿上的伤口还在流血，在井水里泡的时间一长，就支持不住了，身子一个劲儿地往水下沉坠。她沉坠下去就使劲扒着井壁露出脸来喘一口气，又沉坠下去，再浮上来，如此再三。正在刘芳实在支撑不住的当口，忽然从井上传来了响声。刘芳抬头一看，见是一位老汉正要打水。她等水桶下到了水面，就伸手一把抓住了水桶，把井上的老汉吓了一大跳，忙吃惊地问："是什么人？"

刘芳从井下说："老大爷不要怕，俺是个八路军。"

老汉名叫刘文山，听到井下的声音是个女的，就说："咱这村里有小鬼子。俺先回去看看，再想法儿回来救你。你等着！"

大约有半个小时的工夫，刘老汉领着一个十六七岁的女孩子来到了井边，冲着井里说："村里的小鬼子都走了，你抓住绳子，俺们把你拽上来。"

刘老汉把刘芳背到了家里，刘大娘给她换上了干净衣裳，又去端来了小米稀饭和高粱煎饼让她吃，感动得刘芳热泪盈眶。

刘芳正一口一口地吃着香甜的煎饼，就听刘老汉问道："俺听你的口音，离这儿不是很远吧？"

刘芳笑了笑说："是红岭村刘家的。"

刘老汉说："是刘相龙家里的？"

刘芳说："俺是她闺女！怎么，您认识俺爹？"

刘老汉说："有过一面之交。你爹的功夫和为人，在咱这山区哪个不知道。闺女，你个女孩子家参加八路军，吃了不少苦吧？"

刘芳说："打小鬼子，吃点苦没啥！"

刘老汉说："可不是俺不留你在家里住，这些天里小鬼子天天挨门挨户地搜查，你待在这里怕是太危险。这样，等天黑了，还是把你送上松树岭去躲躲吧！"

刘芳说："俺听大爷的。"

夜深了后，刘老汉让刘芳换上一身男装，便和女儿小芹领着刘芳向松树岭进发了。松树岭很高，他们在夜间往上爬看不清路，再加上刘芳腿上有伤，就只能是走走停停、停停走走，直到东方放亮的时候，才爬到了山顶。

刘老汉说："姑娘，对不住了，俺们只能送你到这儿了。"他指了指远处的一座高山说："你不是说部队转移的方向是抱犊崮吗？那座最高的山就是抱犊崮，离这儿大约有60里。俺们就回去了，你多保重。"

刘芳望着刘老汉和小芹远去的背影，顿感凄凉无比。她有气无力地瘫倒在一块大光石上，只觉得浑身上下酸痛麻木，两天两夜行军打仗没合眼了，再加上有身孕，还负了伤，眼睛一闭，就昏昏沉沉地睡了过去。

刘芳一觉醒来的时候，已经是第二天太阳一竿子高了。她为了不被搜山的敌人发现，就拖着一条受伤的腿捡拾了一大抱枯草当铺盖，找到一个较为隐蔽的地方安顿下来。

刘芳闲得无聊，只能是白天看天上的白云，晚上数天上的星星，一天又一天地苦熬着。可是，没几天的工夫，刘老汉给她拿上的干粮吃完了，一罐子水也喝干了。

刘芳在暮色苍茫的时候摸下山去，想到村边的一些人家要些饭吃。为了不让人辨别出她是女扮男装，就用老乡倒的锅灰抹黑了脸，再捡一块破麻袋片披在身上。为了不让人听出她是女人，她就装成哑巴。

这天，刘芳来到一家老乡的门口，看见家里的大嫂正在熬高粱面糊糊，就用手比画着要点吃。

大嫂说："给你碗吃行，你拿出碗来，俺给你盛一碗。"

刘芳用手比画着，没有碗。

大嫂说："你没有碗，俺怎么给你吃呀？"

刘芳看到院子里有个喂鸡用的破碗，就过去捡起来用袖子揩了揩，让那大嫂给她往碗里舀了一碗。

刘芳从那位大嫂家里喝了一碗高粱糊糊出来，正准备到下一户人家去要点干粮带回山上吃，不料一只大狗窜出来"汪汪"地叫着，龇牙咧嘴地扑着她咬。她打小就不怕狗，她也知道狗向来不喜欢要饭的，就冲着狗龇牙一笑，哪知那狗愣神儿看了看她，便夹着尾巴跑了。

这天傍晚，刘芳要饭走到一家门口，忽然听到有人喊她的名字："刘芳！"

刘芳不由得吃了一惊，扭头一看，原来是卫生队里的伊丽："你怎么在这儿？"刘芳问。

伊丽说："那天部队打散了后，俺掉队了，在找部队的时候又滚下山坡摔伤了。还好，后来一个大婶把俺背回了家。"

刘芳问："你这是要去哪儿？"

伊丽说："俺今天离开了大婶的家，准备找队伍去。你怎么到这儿来了，还弄得这么狼狈？"

刘芳说："俺和你的情况差不多，也是被老乡救了。可俺这不争气的腿受了伤，想找部队去太难了。"

伊丽问："那你就这样讨饭，住在哪儿？"

刘芳说："就住在这山上。走，你今晚就跟俺上山吧。"

伊丽是个很泼辣的姑娘，和刘芳的脾气性格差不多。两个人在患难中相遇有说不完的话，她们上山后坐在一块石头上，望着天上的星星拉了起来。

刘芳问："你是哪里人？"

伊丽说："俺是枣庄镇的，医护学校毕业后参加了革命。没想到第一次参加战斗就跟部队失去了联系，今天幸亏遇到了你。"

刘芳说："你能坚持走到这一步，就很不简单了。"

伊丽说："你更不简单，腿伤成这样子，还能装成要饭的去村里讨饭，要是让张副队知道了，该有多心疼啊！"

刘芳说："吃这点苦算啥，为了人民的解放事业，咱们就是牺牲了也值得。现在咱们这些人吃点苦，将来咱们的民族就会好起来，今天的苦，就是为了换取将来的甜。"

伊丽说："你不愧是张副队的老婆，革命理论一套一套的。俺也想过了，干革命就得要坚持。刘姐你放心，俺一定能经得起战火的考验。"

刘芳说："你说你要找部队去，你可知道部队现在在什么位置？"

伊丽摇了摇头说："不知道。俺是想一边走一边找的。再说鼻子底下一张嘴，打听呗！"

刘芳说："这兵荒马乱的你打听谁去？俺听文峰说过，部队是向抱犊崮方向转移的。你能看得见远处的那座高山吗？那就是抱犊崮。"

伊丽说："这黑灯瞎火的，俺可看不见。刘姐，既然知道部队是向抱犊崮转移了，咱们就不能在这里等死，俺看不如这样，你腿上有伤行动不便，由俺先去找部队，等俺找到了部队就回来接你。"

刘芳看了看伊丽，故意地逗她说："俺也是这么想的。不过，你可不要把敌人给引了来，要是那样，俺可对你不客气。"

伊丽听了，面色深沉而又严肃。她呆呆地望着刘芳说："刘姐，俺要是那样的人，你这就打死俺。"

刘芳看着伊丽那认真的样子，不由得笑了，忙上前紧紧地把她抱在了怀里，眼泪却像断了线的珠子流了下来。

送走了伊丽，山上又剩下了刘芳一个人。为了防止万一，刘芳除了傍晚下山要饭外，白天她还得不断地变换躲身的地方。

正是夏季，雨说下就下，刘芳在荒野里常常被雨淋得像个落汤鸡。这天雨又下了起来，她干脆找来了一些青草，用手编织成了一个简单的蓑衣披在了身上。

　　一连十几天了，负责寻找刘芳的刘强他们既没有找到刘芳的下落，也没有任何有关刘芳的消息，这让刘强十分焦虑。这天，刘强带着孟虎等人连夜来到了羊头峪的村外，又找了一遍当时部队被打散了的沟沟坎坎，结果是折腾了大半夜，也没有任何结果，刘强决定再找村里的人打听一下情况。这时天还没有放亮，村里黑洞洞的格外寂静，他们就没有贸然进村，便在一片小树林里隐蔽起来，全神贯注地观察着村里的一切动静。等到天亮后，他们才看见一个拾粪的老汉打村里往这边走了过来。等老汉走近后，刘强便走上去问道："老乡，俺向你打听个事儿，这村子里还住着小鬼子没？"

　　老乡说："没有了，前些天就都走了。"

　　刘强说："俺们是八路军，麻烦你带俺们去找找村长行不？"

　　老乡说："行。你们跟俺来吧！"

　　刘强他们跟着老乡来到了村长的家里，向他说明了来找他的目的，村长说："那天打完仗后，伪军头目让村里人到村外去掩埋尸体，有八路军的，有小鬼子和伪军的几十具，但绝没有一个是女的。"

　　刘强听了，认为刘芳没有死，一定还活着，就带着孟虎他们到别的村去了。

　　这天，刘强他们来到西峪村走访，在村口井边碰见了一个老乡正在打水，刘强便亲切地上前搭讪说："老乡，在打水呢？"

　　那老乡上下打量了一番眼前的这几个陌生人，略显紧张地说："你们是？"

　　刘强笑着说："你不要害怕，俺们不是坏人，是八路军枣临支队的，来向你打听一个人。"

　　说来也巧，打水的老乡正是那天搭救刘芳的刘文山老汉，他一听几个人是八路军，一下子打消了紧张的情绪："你们打听的人，是不是一个女孩子？"

　　刘强他们一听，一个个眼睛里都放出光来。孟虎抢先说："对，对！她叫刘芳，你可见过？"

　　刘老汉的脸上挂满了笑容说："你们今儿来问俺算是问着了。有 20 天了吧，那天是俺把她从这水井里搭救上来的。"

刘强激动地说："她现在怎么样了，人呢？"

刘老汉说："那些天里，小鬼子天天到村里来'扫荡'，为了安全起见，俺把她送到松树岭上去了。她现在咋样了，俺也不知道。当时她的腿上负了伤，再说这山上没吃没喝的，俺给她带上的干粮和水，也不知道能撑到现在不？"

刘强听了，像是被当头浇了一瓢凉水，刚才的兴奋劲儿一下子被浇灭了。他既有些失望，又抱着一线希望，甭管怎么说，刘芳已经有了下落了，是死是活现在最要紧的是上山去找人。

他试探着问刘老汉："老乡，你能不能给俺们带带路，上松树岭去找找她？"

刘老汉爽快地说："行，咱们现在就走。"

刘老汉带着刘强他们来到了松树岭上，几个人找了半天也没有见到刘芳的影子，刘强便着急地满山遍野地喊起来："刘芳，刘芳同志！刘芳……"

此时，刘芳见有人上山来了，正手握匣子枪隐蔽在一羊栏的石墙后面。当她老远听到了来人中有人在喊她的名字时，便仔细一看，认出了那个穿长袍马褂的是刘强，在他的身旁是张文峰的警卫员孟虎，她立刻就像是见到了亲人一样，从石墙的后面一瘸一拐地走了出来，激动地向他们挥了挥手却没能喊出声来，脸上挂满了泪水。

刘强和孟虎忙跑了过去，看见原先那个如花似玉的刘芳，弄成了现在这样人不像人、鬼不像鬼的模样儿，都大吃了一惊。

刘强上前紧紧握住刘芳的手说："你这是遭了多大的罪，吃了多大的苦？"随之就流下了难过的眼泪。

孟虎竟然在一旁"呜呜"地哭出声来。

刘强看到刘芳腿上的伤很重，就对刘老汉说："老乡，你先头里下山去找找村长，让他为俺们准备一副担架，俺们随后就与刘芳同志下山，尽快赶回部队去。"

第九章　夫妻重逢

　　在刘芳失踪了近 20 天的日子里，张文峰的心里就像是有一块沉甸甸的石头压得他喘不过气来，天天坐立不安。在他的感觉里，刘芳并没有死，她还活着。可是近 20 天过去了，她要是还活着的话，也早该归队了。要不然就是她负了伤，说不定正在一个老乡的家里养伤，可即便是她在养伤，也早该差人捎个信儿来了。难道她真的那个了？这个让他不敢想又不得不想的现实，天天在他的脑海里缠绕着。可是从派出去找寻刘芳的同志那里得知，没有任何的迹象证明她已经牺牲了。嗯，那就是她还活着，一定是还活着。

　　这天傍晚，张文峰独自站在院门外一边不着边际地想着，一边企盼着去找寻刘芳的刘强他们回来。忽然，他看见孟虎急匆匆地打村巷里过来了，就赶忙迎上前去问："你怎么一个人回来了？"

　　孟虎用手抹了一把头上的汗，上气不接下气地说："俺是急着赶回来给你送个信儿，刘芳同志找到了！"

　　张文峰一听，心里压抑了近 20 天的一块石头总算是落了地。他下意识地捶打了两下心口窝儿，急切地问："她现在在哪儿？"

　　孟虎回答："在路上，他们很快就要到了。"

　　张文峰说："你快去跟刘队长说一声，咱们一块儿到村口迎接去。"

刘振武和鲁娟等闻讯后赶了来，他们一起向村口赶去。

金灿灿的夕阳把整个山区涂抹得一片金黄。张文峰站在村外的一个高坡上，整个人被夕阳照射得像是一尊金色的雕像，朝向西南方向的小路眺望着。忽然，他透过那一丛丛稀稀疏疏的被夕阳染成金黄色的杂草丛，看见有几个人头攒动着，不一会儿，便看到他们的全部了，是刘强他们。张文峰激动地高高举起他的右手，一边摇晃着一边呼喊着向刘强他们飞奔过去。刘振武、鲁娟和孟虎也紧跟在他的后面迎了上去。

张文峰急匆匆地跑到担架的跟前，看到躺在担架上的刘芳那浑身破破烂烂脏兮兮的样子惊呆了。他上前一把抓住了刘芳的手，心里一酸，立刻眼泪就流了下来，哽咽着颤巍巍地说："小芳，你受苦了。"

刘芳的脸上滚淌着激动的泪珠儿，紧紧地攥了攥张文峰的手说："没啥！俺能再见到你们，啥都没啥了。"她看了看刘振武："是吧？哥。"

刘振武强压着心酸的泪水，憨憨地笑了笑说："是，俺的妹妹从小就泼辣，吃点儿苦没啥。"

刘芳会心地笑了笑。她又攥了攥一直攥着她的另一只手的鲁娟说："嫂子，你还好吧？看你，还流啥泪，俺这不是好好地回来了。"

鲁娟的脸上挂着泪珠儿，使劲儿点了点头，然后站立起来说："走，咱们快把小芳送到卫生队。"

人们把刘芳抬到了卫生队里，鲁娟让护士们烧了一锅热水，她亲自为刘芳擦洗起来。她捋了捋刘芳的头发说："看你这头发，得有日子没梳洗了，像毡片儿似的，捋都捋不开了。"

刘芳说："自从反'扫荡'那天起就没再梳洗过，快一个月了。俺一个人在山上都习惯了，也想不起来梳洗了。再说了，俺就是想梳洗，在山上也没有条件啊！你闻着味了吧，嘿嘿嘿，肯定是熏着你了。"

鲁娟说："说什么哪，啥味不味的？你这个人的性格真够可以的，啥时候都爱开玩笑。嘿嘿，放心吧，俺用碱水给你一洗就梳开了，一准儿还原你那一头漆黑锃亮的好头发。"

刘芳听了说："还是嫂子疼俺。"

鲁娟一边为刘芳洗着头一边问："小芳，你这些日子一个人在外头，想嫂子没？"

刘芳说："想啊！俺一个人在山上的时候，净想咱家里的人了。想你，想咱娘，也想咱爹，还想三个哥哥和文峰。总以为俺这一辈子怕是再也见不到你们了。后来时间一长，俺也就更加坚强起来了。为了家人，为了革命，为了肚子里的孩子，也要坚强地活下来。俺白天在山上待着，等鬼子走了就下山去讨饭。"

两个人说着话，鲁娟已经把刘芳从头到脚洗了个干净。她又拿来了干净的衣裳让刘芳换上，然后说："俺看你这伤口还肿得挺厉害，别是里面有子弹头。走，俺扶着你到手术房里，让大夫给你取出来。"

刘芳做完了手术，刚由鲁娟搀扶着到了屋里躺下，就见张文峰端着一碗香喷喷的荷包蛋走了进来。他来到炕前说："俺让老韩头做了碗荷包蛋，你趁热吃了，好补补身子。"

鲁娟冲着张文峰笑了笑说："还是妹夫心细。俺也该吃饭去了，你们聊吧。"说完就走出了屋子。

张文峰坐到炕沿上，看着刘芳把荷包蛋吃完，就上前一把抓住了她的手。顿时，一股激动的暖流串联到两个人的心田，两对眸子久久地对视了好大一阵儿后，两个人就紧紧地拥抱在了一起。

一晚上，刘芳和张文峰你一言我一语地唠起了相互思念的悄悄话，唠起了走失的经历，唠到了找寻，还唠到了同志们的关心，一直唠到了夜深还没有尽兴。最后张文峰说："好了，你回来了，俺也该睡个踏实觉了，咱就歇了吧。"

夜，深沉而平静。

第二天，张文峰一大早起来对刘芳说："你刚做了手术，就在炕上躺着，让俺伺候你几天。"

刘芳"嘻嘻"一笑说："俺一个大活人，还用得着你伺候，队里有那么多事情要你做，忙你的去！"

张文峰说："你一个人怎么能行，还是俺留在家里吧。"

刘芳说："不用。你去卫生队把小李找来，让她帮帮俺就行了。"

张文峰前脚刚走，鲁娟后脚给刘芳送饭来了。她把提篮放到桌子上对刘芳说："该吃饭了。俺给你熬了小米粥，还煮了几个鸡蛋，快趁热吃。"

刘芳看了看鲁娟感激地说："嫂子，俺昨天晚上已经吃了荷包蛋了，鸡蛋留给其他的伤员吃。"

鲁娟说："其他的伤员由炊事班里专人照顾着，这鸡蛋是俺到老乡家里淘换来的，是嫂子的一点心意，你还是趁热吃了，要不然，你就伤了嫂子的心了。"

刘芳看了看鲁娟没有再说什么，便拿起一个鸡蛋来一边剥着鸡蛋皮一边说："俺昨天晚上听文峰说，你已不在卫生队里了，到女兵连当连长去了。"

鲁娟说："二营在葫芦崮阻击战中几乎全部牺牲了，为了补充兵力，政治部进行了一次集中征兵，在应征的近200名新兵中，女兵占了三分之一，根据这一情况，队里决定成立民兵连，就抽调俺去了。这些个女兵倒是听话，可就是笨了点儿，都半个月了，练习瞄准连个枪都端不稳，拼刺刀更是笨手笨脚的，甭提了，让人急不得、躁不得。真要是上了战场，连堵枪眼都不合格。"

刘芳说："新兵得耐着点性子带。咱俩才到部队上的时候，也是笨手笨脚，慢慢地就好了。"

这时，卫生队的小李来了，她一进屋就说："正好鲁队长在这儿，俺刚才在来的路上，老远看见一个脏兮兮的女人到卫生队里去了，看上去像是伊丽。"

刘芳和鲁娟听了，都为之一震。刘芳急切地说："嫂子，你快扶着俺去看看。"

鲁娟说："你的伤口正在愈合中，不能活动太剧烈了，还是俺先去看看，待会儿俺把她叫过来就是了。"

鲁娟走进卫生队一看，果然是伊丽回来了。只见她身上的衣裳破破烂烂，灰头土脸，原来就瘦小的人看上去更显得消瘦了。

伊丽见了鲁娟，一头扑进了她的怀里呜呜哭着说："队长，俺可找到你们了！"

鲁娟一边拍打着伊丽的后背，一边安慰她说："回来就好了，回来就好了。你快洗洗，换换衣裳，咱们一会儿再说话。"

护士小贾和小李打来了水，帮着伊丽洗了头、洗了澡，又找来了干净衣裳让她穿上。

鲁娟在昨天就听刘芳说起过碰到伊丽的事了，见伊丽已经焕然一新地来到了她的跟前，就故意地问她："你走失了近一个月，是怎么找回来的？"

伊丽就把碰到刘芳的事儿说了："俺那天从松树岭上下来，就按照刘芳指的方向一路讨饭，一路找你们，也不知道找了多少个村子，今天才算是找到这里见到了你们。队长，你快让张副队派人去松树岭救刘芳吧，她负了重伤走不了路，可受了罪了。"

鲁娟看着伊丽那着急的样子故意地说："是吗？那你在前面带路，咱们现在就去找她！"说完，就挽起伊丽的一只胳膊走出了院子，惹得护士们都跟在后面抿着嘴笑。

鲁娟挽着伊丽拐进挨门的院子里，只见刘芳正站立在屋门口等着，伊丽见了刘芳先是一愣，然后便明白了护士们都为什么笑了，原来是鲁娟逗她。她忙甩开鲁娟的胳膊奔了过去，和刘芳紧紧拥抱在了一起。

夏去秋来，刘芳的腿伤经过一段时间的治疗后，已经痊愈了。她也已经显怀，肚子一天比一天地大了起来。这天晚饭后，张文峰跟刘芳商量说："小芳，眼看着你的肚子越来越大了，在这部队上多有不便。俺和哥商量了，决定把你送回家去，有娘照顾你坐月子，你看好不好？"

刘芳瞅了张文峰一眼，故意地逗他说："嫌弃俺了不是？俺就知道你要撵俺走，你这个没良心的！"

张文峰的脸一下子涨得通红，憋了好大一阵子才说："俺怎么是嫌弃你呢？这不是为你着想才跟你商量。"

刘芳看看张文峰那憋急了的样子，"扑哧"一笑说："好了，俺这些天早就看出你的心思来了。你就是不跟俺商量，俺也都想好了。俺在这里囤着个大肚子，不但为部队上干不了什么事儿，还得让人照顾着，一旦有个紧急情况，就成累赘了，俺接受组织上的安排，回红岭找娘去了。"

张文峰的脸又变成了一朵花，笑呵呵地说："那俺明天亲自送你回红岭，一块看看咱爹咱娘去，还怪想他们呢。"

刘芳也激动起来："是啊，咱们可是有些日子没回去了，也不知道爹娘的身体怎么样。还有，二嫂一家在咱家住着习惯不？小红军、小兆文又长高了吧？"刘芳的心，顷刻间回到了红岭村。

第二天，刘芳坐在马背上，孟虎在前面牵着缰绳，张文峰单骑一马，几个人天一亮，就沿着蜿蜒的小路出发了。远处是重山叠嶂，近处是荒草遍野。他们翻过了一山又一山，越过了一岭又一岭，60多里的山路走了大半天，直到午后才来到了红岭村。

刘芳在院门口下了马，也不问张文峰的事了，就一个人进到了院子里喊道："娘，俺回来啦！"

方玉娥正和秦小惠、赵颖坐在杏树荫里做针线活儿，见是刘芳回来了，忙放下手里的针线活儿站了起来说："哎哟嗨，是俺的宝贝闺女回来了。"说着就张开了双臂，把跑过来的刘芳抱了个满怀。

秦小惠在一旁猜问："这就是小芳闺女吧？整天介听你娘念叨，还真是头一回见着呢！"

刘芳从方玉娥的怀里转过身来说："您就是赵婶吧？"

"俺就是颖颖她娘。"秦小惠笑着上前拉住了刘芳的手又说，"看看这闺女长的，多俊哪！"

刘芳摇了摇秦小惠的臂膀说："婶子，您可真会夸人！俺哪有您那宝贝闺女俊呀！"她把脸转向赵颖，"是吧？二嫂。"

赵颖"嘿嘿"一笑说："咱家小芳妹妹就会说笑，你就知道拿你二嫂穷开心。"她上前摸了摸刘芳的肚子又说，"你看你这肚子都显怀了，怕是有月数了。"

刘芳羞答答地说："快6个月了，俺这次就是为了俺这身子不便才回来的。"

赵颖用双手抱住刘芳的一只胳膊说："回家来就对了。这有了身孕，就得在家里养。在队伍上整天行军打仗的，哪有个安稳的窝。再说了，你回家来有俺和娘照应着，一家人都踏实，文峰也能在队伍上安心地做事儿。"

"二嫂在说俺啥呢？"张文峰提着礼物和刘芳的一些日常用品走进院子来。他来到了方玉娥的跟前说，"娘，您的身子还壮实吧？"

方玉娥笑呵呵地说："壮实！娘的身子壮实着哪！"她向张文峰介绍说："这是你赵婶，颖颖她娘。"

张文峰热情地招呼道："赵婶，您好！早就听振武哥说起您老，身子挺壮实的吧？"

秦小惠笑着说："壮实！看这姑爷多会说话，长得多威武，你娘好福气。"

张文峰问方玉娥："娘，俺爹呢？"

方玉娥说："他呀，你们来之前，刚和你赵叔上地里锄草去了。"

刘芳说："小红军和小兆文呢？"

赵颖说："他俩呀，耍玩够了，上炕睡了。"

秦小惠像是想起了什么，忙说："你看看，光顾了热乎着说话了，也忘了问姑爷吃晌午饭了没？"

刘芳说："还没有。娘，有啥吃的，俺们先垫巴垫巴，等天黑了，再跟俺爹一块儿吃。"

张文峰把孟虎叫进来简单地吃了点饭，就带着他上地里找刘相龙去了。

方玉娥见张文峰出去了，就对刘芳说："你的妹妹眼看着就要20岁了，也没有个上门提亲的。让你姑父帮忙，到现在也没寻着个合适的，快把你娘俺愁死了。你这当姐姐的，看看队伍上有合适的吗？也帮她许一个。"

刘芳说："娘，小茵的事儿您就甭操心了。就凭小茵的模样儿还怕她嫁不出去啊？再说了，这兵荒马乱的谁还顾得上提亲。现在提倡妇女解放了，说不定小茵她早就有主意了。您就放心吧，娘！她真要是嫁不出去，俺就在部队上给她找一个，这事包在俺身上了。"

赵颖也站在刘芳一方说："是啊，娘。您就甭再为小茵的事犯愁了。婚姻这事靠缘分，您看俺和振山，就是靠缘分才走到了一起。"

方玉娥说："话是这么说，可这闺女大了嫁不出去，总觉得没有颜面。"

"又在说谁嫁不出去了？"刘茵一进院门就嚷上了。她一眼看到了刘芳，惊讶地说，"是姐姐回来了。怪不得娘又在唠叨俺嫁不出去的事，是不是在让你帮俺许婆家？"她说着上前拉住了刘芳的手"咯咯"笑起来。她的笑声里带着甜甜的、颤颤的音韵，让人觉得格外动听。

刘芳上下打量了一番刘茵说："真是女大十八变，看看俺这妹妹长得越来越叫人疼了，俺要是个男人，非让你嫁给俺不可。"

刘茵笑得更甜了，说道："姐，你要是这么说，俺还就不嫁了，跟着你去过一辈子算了。"

姐妹俩亲亲热热地说笑着，让方玉娥在一旁听了，一个劲儿抿着嘴偷笑。她抬头看了看天说："时候不早了。俺去杀只鸡炖上。颖颖，你上地里摘些豆角子和黄瓜，今晚他爷们儿一准得喝一盅。"

太阳像一枚鸡蛋的黄，悬挂在西山的顶端，抹染得田野一片金黄。张文峰在谷子地里一边锄着草，一边对刘相龙说："爹，今年咱家这谷子长得真好，一准儿有个好收成。"

刘相龙蹲在地边上抽着旱烟说："这都是你赵叔种得好，咱这七亩地，还有这山场，都是你赵叔管着，俺今年几乎就没到这地里来，净忙活民运上的事了。你赵叔种地可真是把好手，辛苦他了。"

赵明生听亲家刘相龙在夸他，便"嘿嘿"一笑说："亲家，瞧你说的，俺辛苦个啥，这种地都是些个老熟套子活，只要上心，这庄稼就一准儿长得好。俺原本就是个庄稼人，要不种地，还不得把俺憋死。总不能光在家里坐着吃闲饭。"赵明生的确是个地地道道的庄稼人，自从跟着闺女来到刘相龙家里后，就把地里的庄稼活都揽了下来。他的想法很简单，就是一家人来这儿住，不能光给亲家添麻烦，把地种好了，心里也就平衡了。

太阳坠落西山，满山遍野暗淡下来。刘相龙说："天要黑了，今天晚上，咱们爷儿几个要好好地喝一盅。"

初七的月亮像半块烧饼，在人们的头顶悬着，放射出柔柔软软的光辉，让整个山村一片朦朦胧胧。

刘相龙、张文峰他们走进院子里，就见刘振山也回来家里了，张文峰忙招呼道："二哥也家来了？"

刘振山说："巧了。俺今天到这边办点事，顺便来家看看，没想到你和小芳也家来了。快洗洗手屋里坐，咱娘做好下酒菜了。"

爷儿几个围着八仙桌坐下，刘相龙说："文峰，让那个小战士也进来坐吧！"

张文峰说："不了，爹。部队上有纪律，就是让他坐也不会进来坐，让他跟小芳他们吃。"

小红军偎在刘相龙的怀里，小兆文偎在赵明生的怀里，两个小家伙的眼睛都瞅着桌子上的那碗炖鸡，馋嘴赖着不走。俗话说，隔辈疼，爷孙亲，这话一点不假。刘相龙照着小红军的脸蛋子上亲了一下说："小馋猫，是想吃块鸡了？来，爷爷给你撅块鸡腿。"

赵明生也把另一根鸡腿撅给了小兆文，两个小家伙就都跑出屋子去了。

酒壶由张文峰把着，爷儿四个就按照喝酒的规矩喝了起来。

正喝着，刘振山说："趁俺还没喝多，俺先说个让爹高兴的事。爹，振东捎信来了，说他们部队今年春上就开进枣庄了，现在已经进入费城、泗水一带，正在往抱犊崮山区开来，有可能的话会八月十五回家来过节。"

刘相龙听了没有吱声儿，只是脸上挂满了喜悦，那喜悦是打心底里发出来的。他摸起烟袋，默默地按满了一锅烟叶，点燃后有滋有味地抽了两口，然后吐着烟雾说："这孩子呀，让人挂心唉，他总算是要回来了。"

张文峰见刘相龙从心里高兴的样子，也兴奋地说："振东真要是中秋节能回来，就太好了。俺回去就跟振武哥说说，到那天争取都能回家。到时候咱家这个团圆节，人可就齐全了。"

刘相龙听了说："这事儿跟你娘说了没？"

刘振山说："说了。俺下午回来就跟她说了。"

刘相龙问："你娘高兴不？说什么了没？"

刘振山说："俺娘和您一样，就说了一句话：这孩子呀，总算是要回来了。"

刘相龙说："这就是你娘，她的心里天天挂着你们几个。不说了，来，亲家，今儿高兴，咱喝酒。"

刘相龙喝完，放下酒盅又问："振山，你也有仨月没回来了，最近县委可有啥新精神？"

刘振山说："有。鬼子自从大'扫荡'后，对据点周边的村庄进行强征强收粮食，不给就抢，几乎把百姓的夏粮都抢夺光了。县委要求各村的党员积极行动起来，组织群众做好储藏粮食的工作。特别是秋收在即，要边收边储，把收割的粮食都坚壁起来，以防敌人进村抢夺。"

刘相龙说："咱们这儿离城里较远，敌人不会跑这么远抢粮食吧？"

刘振山说："咱们这里虽说离城镇比较远，但不能不提防敌人会前来'扫荡'。另外，随着咱们的抗日武装的壮大和八路军第一一五师主力即将开进抱犊崮山区，需要大量的粮食供给，所以做好粮食的坚壁工作尤为重要。"

张文峰说："二哥说的这事儿，县委十多天前就安排下去了。看来这坚壁粮食的工作确实是件大事，不然，咱们的部队也会挨饿，战士们饿着肚子怎么打仗。"

刘相龙说："听你们这么一说，这坚壁工作确实重要。这样吧，村里明天就开个党员会，把这事当作一项重要工作抓好落实，让村民把该储藏的粮食都储藏起来，俺看每家每户都要储藏个几百斤粮食。"

赵明生说："这藏粮食好藏，最好的办法就是盘一个大炕，把粮食瓮盘到炕里，既不被敌人发现，躺在炕上心里还踏实。"

刘相龙呵呵一笑说："你别说，亲家说的这个办法是个好办法。咱们不说这些了，今儿这俩孩子家来了高兴，来，咱兄弟俩比划比划。"

赵明生一听说要划拳就来劲儿了，忙说："可真是有日子没划了，那俺就不客气了。"

于是，两个人就吆三喝四地划了起来。结果，赵明生是划六拳输五拳，没多大工夫就喝歪歪了，但他越是输拳越不服气地说："好家伙，你……还真是……好拳哩，俺不服。"他说着歪歪斜斜地站起身来说，"俺去……小解一下，等俺回来了再……接着划。"

赵明生东倒西歪地走出了院子，在路边的一棵小树前站好，解下布条子做成的裤腰带往脖子上一挂，就倚着棵小树"哗哗"地尿起来。等他尿完提上裤子，摘下脖子上的腰带就扎到了腰上，可他往前一走，却怎么走也走不了了，总是有人在后面抓着他的腰带不让他走。他一生气说："是谁在后头抓俺的腰带？"他说着用手使劲往后一扑拉，结果把手碰疼了。他回头一看，除了一棵小树外没有别人，就对小树急了，说："俺又没惹你，你为啥拉着俺不让走？"

刘振山见赵明生出来解手好大阵子了没有回来，不放心就出来看看，见老丈人把小树扎到裤腰里了，真是哭笑不得，忙上前给他解开重新扎好后说："爹，咱今晚就别喝了，回屋去歇了。"

天上繁星闪闪，人间月光柔柔。

第十章　重回故里

　　鲁南，是指蒙山以南、陇海铁路以北、津浦铁路以东、沂河和沭河以西的广大地区。在这一地区的南部便是枣庄的抱犊崮山区，这里地势复杂、山势险要，向北连接天宝山区，与蒙山遥遥相望，其南北伸展，可威胁枣庄、进逼徐州，战略位置十分重要。在第一一五师进入到这一地区之前，这里虽然有共产党领导的鲁南抗日义勇军、枣临抗日支队等地方武装在坚持斗争，并且也取得了不小的胜利，但是在强大的敌人和顽固派的面前，就显得力量薄弱、困难重重了。随着第一一五师进入了这一地区后，抱犊崮山区的斗争形势发生了根本性的变化。广大指战员不辞艰难困苦，针对当地的情况广泛地宣传党的方针政策，用部队严格执行三大纪律、八项注意的实际行动来感化群众，使这一地区的人民群众逐渐认识到了八路军才是打日军、救中国的队伍，是咱老百姓自己的子弟兵，从而逐步打开了这一地区抗日斗争的局面。与此同时，第一一五师针对较为复杂的环境，决定要用打几次胜仗的事实来说话，以激发起这一地区人民群众的抗战热情。

　　已是第一一五师某营五连连长的刘振东，跟随部队由晋西出发，于1939年9月进入家乡抱犊崮山区后，同已是连指导员的赵冰一起，带领着部队积极投入开创抱犊崮山区根据地的火热斗争中。他们走村串户、访贫问苦，发动群众与地主武装做斗争，干得格外起劲儿。

明天就是中秋节了，刘振东想回家看望家人的欲望越发强烈。自从他当年跟着刘振武、赵冰等人去井冈山参加红军，离开家乡已有6年多了。在这6年多的时间里，他跟随着部队转战大江南北，在枪林弹雨中生生死死地走了过来，现如今他又杀回了家乡，就愈加想念家人。他实在是憋不住了，就对赵冰说："俺要找营长请假去，说啥也得回家去看看。"

赵冰说："俺也正想跟你说这事，咱们去向首长说明情况，俺想首长会理解的。"

"你们要首长理解什么？"

刘振东和赵冰闻声朝门口一看，原来是张团长、王政委和丁营长来了。

张团长进到屋里坐下后问："是不是部队打到家门口了，明天又是中秋节，想回家与家人团圆？"

刘振东一愣神儿说："老团长，您怎么知道俺们是在说这事？"

王政委笑呵呵地说："老团长怎么能不知道你们俩的事儿？你们的家就在这鲁南山区，有6年多没回家了吧？老团长已经向丁营长为你们请了假，决定给你们两天的时间回家去看看，后天天黑之前归队。"

张团长接过话来说："我如果不替你们请假，你们又不好意思去请假，那我这个老首长不是白当了。你们从井冈山到长征，又从晋西到山东，跟了我这么多年了，总归是回到家门口了。我如果不赶过来送个人情，你们还不得说我太不近人情。"

刘振东和赵冰听了王政委和张团长的话，激动得不知道该说什么好了。刘振东向张团长行了个军礼，语无伦次地说："老团长，您太理解俺们的心情了，要不，您同俺们一起回家过中秋节？"

张团长笑笑说："我哪有那个福气。记住，回家见了长辈和振武同志，替我问候他们。"

刘振东响亮地回答："是，老团长！"

丁营长说："明天就是中秋节了，你们在走之前要开个干部会，把战士们的生活给我安排好了。还有，我要求你们快去快回，路上一定要注意安全。"

刘振东说："请首长放心，俺们一定会把战士们的生活安排好的。俺们打算明天下午再走，晚不了和家人圆月就行！"

张团长"哈哈"笑着从座位上站起来说："我就知道你刘振东会这么做。连队也是家，战士们来到你们的家门口了，你们同连队的战士们一块儿吃顿中秋节的饭，也很有意义。"

中秋节这天，刘振东和赵冰同战士们一起吃了午饭后，就骑上马踏上了回家的路。

两个人踏上久别的家乡土地，看天，天空像水一样清澈；看地，满山遍野五彩缤纷。一路上，就见有无数只花蝴蝶在为他们翩翩起舞，有无数只小鸟儿在为他们放声歌唱，更有无数枚红的、黄的、紫的小花儿在向他们招手致意。周遭都洋溢着一种柔和而静谧的气氛，让他们心里充满了自豪、幸福。同时，有一股一股的暖流在他们的周身流过。

归心似箭马蹄疾。刘振东和赵冰从连部到红岭有40多里路，没用两个时辰就到了。他们眼看就要到红岭了，心情更加地激动了。刘振东在马上大声地喊："俺回来喽！"那声音震颤地穿过那丛林，穿过那峻岭，从遥远的旷野传来了一遍又一遍"俺回来喽"的回音。

来到红岭村口，刘振东一勒马缰绳对赵冰说："咱们就在这儿分开吧！你回去替俺跟姑姑和姑父问好，就说俺明天去看他们。"

赵冰向刘振东挥了挥手说："好嘞，驾！"

刘振东来到家门口，静静地站在那儿凝视了许久。他心潮澎湃，多少次梦回故里，而现在是实实在在地站在家门口了，不禁流下了两行激动的泪水。他的一只脚一踏进门槛就大声地喊："爹，娘，奶奶，俺回来了。"

听到刘振东的喊声，在院子里的、在屋子里的一大家人都跑着迎了上来。

方玉娥一下子把刘振东揽在怀里，激动的心情没有控制住，就"哇"的一声哭出了声儿。她这一哭不打紧，一家人那绽放着笑容的脸上，也都挂上了激动的泪花儿。

刘振东分别跟娘、爹、哥、嫂、妹妹和两个小侄子亲热完后，又急切地问："俺奶奶呢？"

刘相龙说："三儿，你来。"说着就把刘振东领到了屋里，站在刘张氏的灵位前又说，"三儿，跪下给你奶奶磕头。"接着他大声地说道，"娘，您的三孙子振东回来了。"

只见那灵位前的地面上刮起了一阵风儿。刘振东忙跪下一边磕着响头一边泪流满面地哭出了声儿。

刘振东跟奶奶有着深厚的感情。他从小到大可以说是和奶奶朝朝暮暮都在一起，奶奶疼他疼得像块糖似的，是拿在手里怕掉了，含在嘴里怕化了。他给奶奶行完了跪拜礼后问："爹，俺奶奶是什么时候走的？"

刘相龙说："是那年你和你大哥去井冈山走了后，龙少坤的保安团来抓人，你奶奶是被龙少坤一枪打死的。"

刘振东又问："那为什么不写信告诉俺？"

刘相龙解释说："是俺和你娘没让你二哥打信给你，怕你在部队上分心。"

刘振东听了说："那俺就到林上看看奶奶去！"

刘相龙说："上坟的东西都准备好了，待会儿等太阳下山，咱爷儿几个一块给你爷爷奶奶上上坟去。"

太阳将要落山的时候，刘相龙便带着三个儿子和两个孙子来到了刘家的老林，在刘华杰和刘张氏的坟前摆上了供品，点燃了烧纸和香火后，就开始跪下来祷告说："爹，娘，今天孩儿们看您来了。娘，您天天盼望着的振东回来了，他想您啊！"

刘相龙一边烧着纸，一边念叨着，就见从坟头上刮起了一股轻风。那风儿打着旋儿把焚烧着的纸灰卷起了老高。他又说道："看，你们的奶奶高兴呢！快给奶奶磕头。"

刘振武、刘振山、刘振东跪在那儿赶紧磕了三个头。小红军和小兆文也学着大人的样子，把头磕在了地上。

爷儿几个上完了坟，太阳已经落入了西山。一枚圆月从东山上托起，月亮的光辉与太阳的余晖交织着，纠缠着，渐渐地就成了月光的天地。

走在回家的路上，刘相龙抬起头看了看那盏玉盘似的月亮，又看了看三个儿子和两个孙子，心里甜滋滋的。他没有想到今年的这个中秋节，孩子们都回家来了，特别是刘振东的回来，尤其让他高兴。7年的中秋节了，一家人从没齐整过，今年可总算是大团圆了。人这一辈子图个啥？不就图个在过年过节的时候一家人能够团圆吗？他越想越高兴，看了看刘振武背上的小红军说："小红军，你看今天的月亮圆不圆？"

小红军干脆地说："圆！"

小兆文也在刘振山的背上拍着两只小手说："看月亮喽！看月亮喽！"

方玉娥见刘相龙爷儿几个去上坟回来了，就吆喝着刘芳和刘茵抬桌子、搬椅子。把堂屋和东屋里的八仙桌都抬到了院子里，又将两张桌子对接在一起，再点燃两根蜡烛摆在桌子的中央，然后把月饼、石榴、黄梨、鲜枣等时令水果和酒、菜摆满了桌子。一家人按长幼围着桌子坐好，自然刘相龙和赵明生坐在了上座。

方玉娥见一家人围着桌子都坐下了，就站起身来说："今儿八月十五，孩子们都家来了，你爹他高兴，特意去城里买了月饼回来。在喝酒之前，俺就先把这月饼给了，每人都有一个。"

等方玉娥把月饼递到了每个人的手里后，张文峰站起身来说："今天最高兴的是咱爹和咱娘了，原因俺不用说也都知道，是咱们这些做儿女的都赶回来过团圆节！当然，咱们一家人都很高兴，尤其是俺，从小到大还是第一次和这么多的家人一起过中秋节。为了让一家人先活跃一下气氛，在吃月饼之前，俺问一下这月饼为什么叫月饼？谁要是能答对了，俺就把娘给俺的这月饼奖励给他。"

一家人都大眼瞪小眼地答不上来。沉默了许久，就听刘芳说："这还用问吗？月饼是圆的，八月十五的月亮也是圆的，一家人对着月亮吃这圆饼，不就叫月饼吗？"惹得一家人一阵哄笑。

刘振武说："文峰，咱家就数你读书多，你就甭卖关子了，快给俺们说说。"

张文峰干咳了一声，然后拿腔拿调地说："首先得知道它为什么叫月饼，月饼的名字又是怎么来的，才能更吃出味道来。相传这月饼，是唐明皇李隆基发明的。当时是唐明皇做了一个梦，梦游到了月宫里，品尝到了月宫中的一种饼甚为香甜，睡醒了后让他还惦念不已，这天是八月十五，就让厨师按照他梦中的记忆仿做了这种糕点，还给这圆圆的饼起名儿叫月饼。后来这月饼就由宫中传到了咱们民间，成了咱们中国人八月十五过团圆节必吃的名点了。"

小红军跑到张文峰的跟前说："姑父，您骗人。这月饼不是宫里做的，是爷爷从城里买回来的。"又惹得一家人笑了起来。

张文峰抚摸着小红军的头说："咱们家小红军答对了，俺的这个月饼，就奖励给你了！"

一家人一面欢欢喜喜地赏着月亮，一面吃着香甜的月饼，其乐融融。

刘振东站起身来说："今天这酒壶呀，就由俺来把着了。俺先给爹、娘和赵叔、赵婶满个酒。"他说着就离开座位，首先来到了刘相龙和方玉娥的跟前，分别为二老满上了酒，然后端起来递到爹娘的手里说："爹，娘，这些年里，孩儿没在家，让你二老挂心了，这盅酒就算是孩儿的感恩酒。"

刘相龙和方玉娥接过酒一饮而尽。

刘振东又把酒斟满了说："其实，这些年里孩儿俺天天都在念着爹、娘和这个家。才走的头几年里，在部队上有大哥和董一青陪着，大哥回来后，就只有赵冰一个亲人陪着了。还好，部队就像一个大家庭一样的温暖，首长就像兄长一样的关心俺。俺临回来之前，张团长还让俺给爹、娘和大哥捎好呢！"

刘振武问："是不是咱们的老营长张仕安？"

刘振东说："就是他。他现在是俺们的团长了。"

刘振东给爹、娘敬完了酒，又给赵明生、秦小惠和大哥、二哥、两个嫂子敬完了酒后，他又给张文峰满上酒说："文峰，你现在是俺的妹夫了，就不称呼你张老师了，来，咱兄弟俩共同喝一个。"

刘振东围着桌子敬了一圈酒，刚回到座位上坐下，就听见刘茵说话了："三哥，你给这个敬，给那个敬，都敬了，为什么不敬你老妹？这些年里，你和大哥、二哥还有俺姐都不在家，可就俺这个老妹在家天天陪着咱爹咱娘，是不是也该敬俺个酒？"

经刘茵这么一说，刘振东还真是有些不好意思了。他看到了桌子上的月饼，便灵机一动说："谁说俺把咱家的老妹给忘了，俺知道你不喝酒，是回到座位上来给你拿月饼，是要把娘给俺的月饼送给你。"说完就把月饼递了过去。

刘茵"嘿嘿"一笑说："这还差不多。"

天空一丝云也没有，圆圆的月亮笑盈盈地把月辉洒在院子里，与一家人的欢声笑语融为一体，使得满院子充满了祥和、美满和幸福。

吃完了团圆饭，方玉娥见亲家和孩子们都回自己屋里去了，院子里就剩下了家里的老爷们儿，就去沏了一壶新茶来，说："院子里就你爷儿五个了，俺沏了壶新茶，你们就边赏月，边喝着茶，说说话。"

刘相龙看了看方玉娥说："你张罗了一天了，也歇着去。"

方玉娥说："俺不困。孩子们今儿刚回来，赶明儿又都要走了，俺在这里倒倒茶，听听你们说话。再说了，三儿六七年没回来了，俺们娘儿俩还没亲热够。"

刘振东说："是啊，娘。俺还有好多的话没跟您说。那年俺和大哥、赵冰跟着董一青去了井冈山，在那里参加了第五次反'围剿'后，又参加了二万五千里长征。俺们到达延安后，大哥参加了第一期抗大班，俺和赵冰后来也参加了抗大班的学习，在学习期间俺还先后四次见到了毛主席，可激动了。"

方玉娥惊喜地说："你见到毛主席了？你见到了毛主席没说说咱们这里的事吗？"

刘相龙说："瞧你这当娘的问的，毛主席是全国的领袖，咱儿子能说得上话吗？"

刘振东说："俺虽然没跟毛主席说咱们这里的事儿，但毛主席却知道咱们这儿。鲁南的山区是建立游击区的好地方，还特派咱们的部队到这里来建立抗日根据地，俺不就是随大部队回来的吗？"

方玉娥高兴地说："毛主席在延安，又没上咱们这儿来过，他怎么会知道咱们这里的事的，真是神了！"

刘相龙抬起头看看已经偏西了的月亮，对刘振东说："三儿，在你明天走之前，要先到你姥爷和你姑姑那里去看看。"

刘振东说："爹，俺都想好了，赶明天一早吃了饭就去。"

刘相龙说："你要先到你姥爷那里去看看，他家里虽然富裕，但过得冷清。特别是你舅舅，他这八九年里，对俺参加共产党的事意见很大，俺昨天去给你姥爷送月饼，他还给俺甩脸子看。"

方玉娥说："干脆别让三儿去了。他舅舅和他妗子真要是给孩子甩脸子看，孩子怎么好有面子。他舅舅娶了个恶婆子媳妇，方家还能有个好吗？咱们刘家参加共产党怎么了，革命又怎么了？他舅舅都是被那个恶婆子她爹给挑唆的。这些个地主老财串通一气，专找共产党的茬儿，连亲戚都不认了。"

刘相龙说："该让孩子去看看的还得去，不在那儿吃饭就是了。你去了，跟你姥爷见个面就走。你姥爷老了，腿脚不利索了，脑子也糊涂了，能去看看就去看看吧，怕是也见不着几回了。去你姑姑那里的时候，最好把他们一家人都请到家里来，反正小冰也得上这里来。"

刘振东说："知道了，爹！"

刘相龙最后对三个儿子和张文峰说："你们都是共产党员，又都是党的干部，不管斗争的形势有多么的复杂，敌人有多么的凶残，都不要辜负了共产党人这个称号。咱们既然参加了革命，就要牢记使命，对得起革命。你们要记住这样一句话：宁可站着死，不可跪着生。这也是咱们刘家参加革命的初衷。"

在这个家庭里充满了人间的正气，而这个家庭里正气的魂，就是刘相龙。这个1930年就参加了革命的汉子，用他那一身的正气，感染了他的几个儿子，感染了一家人，使得这个家庭的命运同国家的命运紧紧地关联在了一起。

方玉春家里的这个八月十五过得与刘相龙家里相比，那可就冷清得多了。一个老爹70多了，一个他、一个他老婆也都是近50的人了，掰着手指头满打满算，也只是3个人，团圆节过得一点气氛也没有。他虽说是个有着30多间大瓦房、200多亩良田、300多亩山场的土财主，日子却过得冷冷清清、无滋无味。当然，他跟他老婆牛莲也曾生过两男一女，但是牛莲生性好吃懒做，加上她心狠手辣，3个孩子不幸夭折。后来又先后领养了2个小男孩，也都死掉了。

这天下午，方玉春见了老长工韩汝贵说："今天是八月十五，你一个人过节就甭上你大哥那里去过了，晚上咱哥儿俩弄几个菜喝一盅，要不然俺一个人喝不起来。"

韩汝贵满口答应说："行，东家。俺先到院外把那棵梨下了，赶黑里陪你喝两盅。"

韩汝贵已经是个快50的人了，至今也没能娶上个媳妇。他在家里排行老四，爹娘死的时候他才15岁。爹娘不在了，3个哥哥也都不管他的事儿，就只好单过。到了20岁那年，他就来到方玉春家里干长工了，这眼看着就快50的人了。自从有人给他说了几回媳妇都嫌他穷没成后，他就有了自卑症，一见女人就低头，从不和女人交往，女人一跟他说话就脸红。今天是中秋节，东家约他晚上一块儿喝酒，这让韩汝贵很是感动。其实在他的眼里，方玉春和他爹方清源都是好人，他们爷儿俩对待长工们总是客客气气的，年初讲好的条件年底也都落到实处。只是东家的那个媳妇牛莲不是个东西，总是对长工们横挑鼻子竖挑眼的，动不动就发脾气骂人，像只母老虎似的，他平时见了她总是躲着走。可今晚东家约他一块儿吃饭，那牛莲是笑脸还是绷脸？让他有些发怵了。

天黄昏的时候，韩汝贵挑着两筐梨走进院子里来，就见牛莲笑盈盈地迎着他说："汝贵兄弟，今天过节，当家的正等着你回来喝酒，快到堂屋里去坐。"

韩汝贵见牛莲对他笑脸相迎心里直打鼓，也没有多想就"哎"了一声去了堂屋。

方玉春见韩汝贵走进屋里，就从八仙桌的椅子上站起身来，招呼他说："汝贵兄弟，快过来坐，就等你了。"

韩汝贵在下首的位置坐下，就见桌子上摆满了美味佳肴。他从小到大，哪见过这么人的席面。当方玉春给他面前的盅子斟满了酒，更是让他受宠若惊，忙说："俺哪能让东家为俺斟酒，快把酒壶给俺，让俺来给东家斟酒。"他从方玉春的手里接过酒壶，先后给方清源、方玉春和牛莲的盅子里斟满了酒。

方玉春端起酒盅说："今天过中秋，谢谢汝贵兄弟赏脸，来，咱们干一盅。"他说完，就"嗞"的一声喝了个酒盅响。韩汝贵和牛莲也都喝干了，只有方清源哆哆嗦嗦地端起酒盅来，用上嘴唇沾了一丁点儿，算是喝了，就把酒盅放下了。其实这大过节的，他的心里只是想着要是跟前有个孙子依偎着喝酒，该有多好啊！唉！悔不该当年攀上家大业大、势力大的牛洪才这门子亲戚，给儿子娶回来个看见心烦，想想也心烦的半熟货当媳妇，害得方家断了后，还不得言语，真是憋屈死了。

方玉春见方清源坐在那里愣神儿，就说："爹，您不喝酒，就多吃点菜，今儿过节，就甭想这想那的了。"

方清源只是哼哼了两声，没有动筷子。

牛莲见状说："今天圆月，您吃块月饼。"说着就掰了一块月饼递了过去。

方清源接过月饼掰了一小口填到嘴里，一边吃着，一边说："月饼是圆的，可咱这个家不圆啊。你们吃吧，俺去歇着了。"

牛莲瞪着圆眼睛，目送着方清源的背影恶狠狠地说："这个老不死的，又在说话给俺听了。哼！"

方玉春一板脸说道："这大过节的，你跟爹置什么气？这个时候，他的心情你还不清楚啊？人到老了不就图个子孙满堂吗？可咱家有吗？唉！要是到咱老了，连个摔盆的也没有，人老不尊呀。"

牛莲见方玉春有些火气和伤感，就说："不说了，也不怕让人家汝贵兄弟笑话。"接着她对韩汝贵笑嘻嘻地说，"汝贵兄弟别光看着，你吃菜。"说着便用筷子夹起一块红烧肉放到了韩汝贵的碗里。

韩汝贵哪经受过女人往自己的碗里夹菜这种待遇，他的脸一时红得比牛莲夹到他碗里的那块红烧肉还红。慌忙端起了方玉春的酒盅说："东家，俺给当哥的端三个酒。"

方玉春哈哈一笑说："好！今天过节，咱们兄弟俩难得在一起喝回酒，今儿咱就喝个痛快！"实际上，方玉春把韩汝贵留下来喝酒，就是为了痛痛快快地喝一回。俗话说一酒解千愁，今儿要喝个一醉方休，好在这个中秋节的夜晚忘掉一切烦心的事儿。他喝完了韩汝贵的三个端酒，又喝了三个敬酒，话随之也就多起来："你给俺端了，也给俺敬了，来，咱俩再共同喝三个。"

牛莲坐在一旁见他俩喝得高兴，也不甘寂寞地说："来，汝贵兄弟，嫂子俺也跟你喝三个。"

韩汝贵已经喝得有了酒意，就欣然答应了。人们总是说喝点酒盖盖脸，也壮壮胆，还真是这样。要不怎么说人治不了酒，而酒总是能把人给治了。牛莲与他喝了三个酒后，他又给牛莲回敬了三个，接着他又敬了方玉春三个。他是敬了牛莲又敬方玉春，敬了方玉春又敬牛莲，就这样来来回回地不知敬了多少回，喝了多少酒，直到喝得端起酒盅子来找不到嘴了，便一头趴在桌子上醉了过去。

方玉春见韩汝贵喝趴下了，就直着个舌头说："兄弟，你……不行了……是俺把……你喝……趴下了吧！"说完也一头趴在桌子上鼾声大作起来。

这天，刘振东来到方家大院的时候，已经是太阳一竿子高了，整个院子里冷冷清清的，只有几只老母鸡在院子里"咕咕咕"地觅食儿。他刚要往方清源的屋里去，就见牛莲从屋里走了出来。

牛莲见是刘振东进来，就阴阳怪气地说："这是谁家的小子呀，跑到这里来胡游荡？"

刘振东说："妗子，您不认得俺了，俺是振东，来看看俺姥爷。"

方清源见有人进来，刚要问是谁，就听来人说："姥爷，俺是振东呀！过来看看您，您可好啊？"

方清源一听是外孙子刘振东来了，脸上立刻露出了久违的笑容说："是振东来了，节前你爹来的时候，还说你快要回来了。怎么样，你这些年在外头吃了不少的苦吧？"

刘振东说："没吃什么苦，让姥爷您挂心了。俺在部队上跟在家里一样，好着呢！"

方清源上下打量了一番刘振东，心底不由得升腾起一线希望，心想：振东是俺闺女的儿子，血脉里毕竟流淌着方家的血液。方家既然断了孙辈，俺何不让外孙来接续香火，于是问："你这次回来，就不再走了吧？"

刘振东说："俺这次是跟着大部队回来的，是到咱这山区里建立抗日根据地。不把日本人赶走，咱们的部队是不会走的。"

方清源说："不走了好，不走了好啊！听说你们共产党专门吃大户，可有这事儿？"

刘振东说："姥爷，您是听谁这么说的？这都是一些别有用心的人对俺们共产党的谣传。您想啊，俺爹他参加共产党可有八九年了，不就是带领着老百姓干了些抗击土匪、抗击黑恶势力的事吗？所谓吃大户，无非是对那些欺压老百姓的恶霸地主进行了斗争和镇压，没收了他们靠剥削得来的粮食和武器，并把这些没收的粮食又分给了那些被剥削的老百姓。您再看看您，您也是个土财主，但是您没有拉武装，没有欺压老百姓，是靠自身的能力和劳动富裕起来的，既没有剥削他人，也没有引起民愤，所以共产党就没有对您老人家怎么样吧？"

方清源听后说："俺也常想，共产党不会不讲道理。你姥爷家虽然富裕，可这都是从你老姥爷那一辈靠开豆腐坊卖豆腐，一点一点积累起来的。置办下的200亩地可没抢谁的讹谁的，都是一亩一亩地买下来的。家里边雇长工也好，雇短工也好，都是按时算清，从不拖欠谁的。真要是像牛家说的要共你姥爷的家产，俺可真要找个地方说道说道去。"

刘振东说："人间的一切事情都事在人为，正义与非正义的斗争是人类永恒的主题。自古以来，善与恶、弱者与强者的斗争始终是正义与非正义之间的斗争。就当前来说，日本侵略者就是咱们中华民族最大的强盗，在这民族生死存亡的时刻，作为每一个中国人都应该是有钱的出钱，有力的出力，同心协力把日本强盗赶出国门。"

方清源说："理是这么个理，可理归理，事归事，咱还得一辈一辈地过日子不是。俺的想法是跟你舅舅商量商量，趁着你还没有成家，把咱这方家的香火交到你的手上。你看你舅舅没儿没女怪可怜的，到他老了连个摔盆的也没有，你就过来给他当儿子吧！"

刘振东听了直摇头说："姥爷，您的外孙已经是共产党队伍上的人了，不是谁说家来就能家来的。不过姥爷您放心，您的心思俺知道了，请您对俺舅舅说，不管他有没有儿子，还是他认俺不认俺当儿子，俺振东都是他的儿子，到他老了，俺一定来为他披麻戴孝摔盆送终。"

刘振东说到这里，一直躲在门外偷听他和方清源说话的方玉春沉不住气了，就干咳一声进到了屋里。

刘振东忙从座位上站起来说："是舅舅过来了，俺正准备跟姥爷说说话后，就到您屋里看您。"

方玉春说："你跟你姥爷说的话，俺在门外都听见了，没想到你是个这么懂事的孩子，相比之下，让俺这个当舅舅的内疚。这些年里，俺对你爹不理解，多有得罪于他，望你回去后替舅舅说句道歉的话，咱总归是一家人。你的那个妗子对你说话不着调儿，你可别往心里去，到了这个时候俺也想开了，不能再怕这怕那的了。咱家振东、振武都在队伍上，还怕他牛家个球。你那妗子的弟弟牛文卓想霸占咱方家的产业蓄谋已久，俺就是一把火烧了也不会让他的阴谋得逞。这下好了，振东你回来了，趁着你还没有成家立业，就按你姥爷说的办，从此，你就跟着你母亲姓，由你把这方家的香火接续下去。"

刘振东说："舅舅，您和姥爷的心思俺明白，咱方家的事，您的三个外甥是不会不管的。至于咱方家的产业，是绝对不会让任何人霸占了去的。您说的那个牛洪才，俺大哥昨天也说了，这个人在这些年里，欺男霸女，私设公堂，勾结土匪，还暗地里与日本人有来往，专跟共产党对着干，枣临支队正准备端了他的老窝，还老百姓一个公道，您往后不怕他就对了。"

方玉春听了，心里被压抑了多年的一块石头算是落了地，激动地说："这下好了，俺再也没有什么可怕的了。"

刘振东见方玉春那高兴的样子便趁机说："舅舅，现在是国难当头，咱们每一个有良心的中国人都应该为抗战出把力。自从抗战以来，全国有很多的有志之士都为前线捐助了大量的钱和物。咱们方家也有这个条件，何不把多余的粮食送到抗日前线去？这样既解决了部队上的困难，又为抗战出了力，还能赚得个支援抗日的好名声，同时对您的那个恶贯满盈的老丈人牛洪才也是一个沉重的打击。"

方玉春还没有说话，方清源就先表态了，说道："俺觉得振东说得对。咱们家没别的，就是仓库里存的粮食多，咱存这么多的粮食干啥？够吃够用的就行了。玉春，你就听振东的，把咱家那多余的粮食都送到抗日的部队上去，那里需要，那里干的是正事儿。"

方玉春说："俺听爹的。家有万贯，生不带来，死不带走，倒不如支援了抗战，落个好名声。"他面对刘振东说，"振东，你回去后就先别让你爹上这儿来了，还是俺这一两天里去一趟，俺也好长时间没见你娘了，一块儿去看看。"

刘振东说："这样也好。姥爷、舅舅，俺就先回去了。您二老要多保重，不要怕这怕那的，要相信共产党，要依靠共产党，一切艰难困苦都会过去。那个牛洪才罪大恶极，他要是再来找麻烦，就去找俺大哥，咱就新账旧账一块儿跟他算了。"

刘振东走了后，方清源说："玉春，这下你该心里有底了吧？俺早就跟你说过，别和你妹夫弄得跟仇人似的，有啥事找他去商量，别让那牛家给吓唬住了，你不听。你那个媳妇不能生了，闹得你想过继个外甥都不能过继，成心让咱方家绝户。唉！造孽啊！"

方玉春说："爹，您说啥叫富裕，啥叫势力？俺看家里人丁兴旺就是富裕，家里子孙满堂就叫势力。您看看俺妹妹这些年过的，是家丁兴旺，子孙满堂。虽说一日三餐粗茶淡饭，但日子过得有滋有味儿。可不像咱这个家，整天冷冷清清的，一点人气儿也没有。也怨您，当初就不该攀上牛家这门子亲，要是给俺娶个一般人家的闺女，咱方家也不会落到今天这个地步。"

方清源听了说："别戳你爹的心窝子了，此一时彼一时，当初本想攀上牛家这门亲好有个依靠，现如今可倒好，不但没能依靠得上牛家，倒落了个断子绝孙，还让牛家把咱的家业也惦记上了，是你爹的罪过。"

方清源说到这里，突然一股火攻到心口，就觉得脑袋"嗡"的一下，"哇"的一声吐出一口黑红的鲜血，脸色立时比黄纸还难看。

方玉春见状赶紧上前扶住方清源说："爹，您这是怎么了？是孩儿又惹您生气了。"他让方清源倚靠在椅子背上，一边捋着他的心口窝，一边说，"爹，您可要挺住，咱这好日子眼看着就要来了，咱也没有什么可怕的了，有振东哪！"

方清源说："爹没事儿，你快扶俺到炕上躺会儿就好了。"

方玉春把方清源扶到炕上躺下后说："爹，您先躺着，俺这就请郎中去。"

方玉春把老中医鲁智远请了来。鲁郎中先是看了看方清源的舌苔，又把了把脉后说："方老东家的身子没什么大碍，只是长期的郁闷，造成了心火瘀滞不畅。俺开个方子，吃几服药调理调理就会慢慢好起来。"

鲁智远把完脉来到桌前坐下，一边开着方子，一边说："这人啊，凡事都要往好处想，别往心里拾事儿。您都这么大把年纪了，还有啥事想不开的？别的都是假的，吃点、喝点、想开点多活几年才是真的。"

方玉春说："都是这过节过的。俺爹他是想孙子想得想不开。唉！怕这家业被别人霸占了去。"

方清源说："俺今天见了外孙子振东后，也就不再乱想了。"

鲁智远说："您能这么想就对了，外孙子也是孙子，有什么可怕的，您方家的家业让您的外孙来接续，也没到了外人的手里去。再说玉春兄弟年龄也不算大，还可以再续个小的，您有什么可愁的？愁出病来了，怕有钱没处花了？身子骨才是本钱，您说是不是这个理儿？"

方清源说："俺就愿意听你鲁郎中说话，把俺的病说好了一半儿。你整天走村串乡的，看看有没有合适的，给你玉春兄弟说一个。"

鲁智远想了想说："如果不挑剔的话，还真有一个合适的，就是突泉村杨家的老闺女杨晓萍，今年二十八九了还没有嫁出去。原因是小的时候被老鼠咬掉了一只耳朵，一直没有上门提亲的。人挺本分，说话柔声细语的，是个能过日子的俏人儿。您不妨托人去说说，俺看跟了玉春兄弟挺合适。"

方清源听了说："好啊！一只耳朵怕啥，又不耽误生养。只要是人家肯愿意来做小，就是她了。"他瞅了瞅鲁智远又说，"不过，这事就由你当回月老吧，抽空去杨家提提亲，不论事儿成不成，俺都当重谢你！玉春，你从柜里取10块银圆给鲁郎中，算是给鲁郎中跑腿的钱。"

方玉春从方清源炕头的柜子里取出 10 块银圆交到鲁智远的手里。鲁智远看了看手里的银圆，然后一掂一攥，便装进了口袋里说："好吧！那俺就抽空往突泉村跑一趟。成不成的，俺尽力就是了。"

方玉春到镇上按方子抓了 6 服中药回来，见了牛莲嘱咐道："爹病了，你去把药熬了，好给爹喂上。"

牛莲不情愿地说："怪不得你又是请郎中，又是抓草药的，原来是那个老不死的病了。还给他喝这苦汤汤干啥？白花那钱，倒不如死了算了。"

方玉春听了，气不打一处来，用力往桌子上一拍，怒吼道："你又放什么驴臭屁呢？你这个不忠不孝的臭婆娘，也不遭那雷劈了。"

牛莲见方玉春朝她瞪眼也毫不示弱："哟哟哟，敢冲着俺吹胡子瞪眼睛了，是你那外甥振东给你爷们儿撑腰了？俺可不吃这一套，有人会治你。"

牛莲不说这话乖乖地去熬药也就罢了，方玉春一听她说这话就更来气了，大声说道："你整天胡诌瞎咧咧。是啊，振东是给俺撑腰来了，有人还让俺娶小呢。你以为俺怕你，你就是把你娘家的人都搬了来，俺也不怕了。你这个不生不养，不知道疼痒的贱货，俺今天不给你来点厉害的，你还真不知道马王爷有几只眼了。"说着就随手摸起了一根马鞭子，欲抽牛莲。

牛莲一看方玉春当真动怒了，就灰溜溜地慌忙熬药去了。

牛莲一边熬着药，一边在琢磨："今天当家的竟敢冲俺发这么大的火，定是那刘振东来对他许诺了什么，还扬言要续小，真要是那样，俺们牛家这些年所下的功夫岂不是白费了。"她见长工韩汝贵下地回来了，就把他招呼到饭屋里说："汝贵兄弟回来了？有这么个事儿，等你吃了晌饭往龙王庄跑一趟，去把俺娘家弟弟文卓找了来，就说俺有事找他。"

第十一章　捐献粮食

　　这天上午，方玉春骑上枣红马，到集市上买了些礼物后，便径直来到了刘相龙的院门口。他已经有五六年没走妹妹家了，都源于他对妹夫的误会。他怀着既激动，又忐忑的心情走进了院子里，见方玉娥正坐在杏树下纳鞋底儿，还有两个小男孩偎在她的身边玩耍游戏，就紧走两步上前说："玉娥，哥看你来了！"

　　方玉娥听了赶紧放下手里的针线活儿站起身来说："哎哟嗨，是哥哥来了，你可是有些年月没有来了。"

　　方玉春说："可不。得有五六年了吧！"

　　方玉娥说："你刚才进门俺没敢认你，你怎么瘦成这个样子了？还显得老了许多，你这是咋的了？"

　　方玉春说："俺刚才进门的时候，看见你愣了愣神儿，知道你一眼没能认出哥哥来，你哥哥俺这些年郁闷得很，整天吃饭不香，睡觉不沉，还不是让咱方家的事给闹的。"

　　方玉娥接过方玉春手里的东西说："哥，你来就来，还买这么些个东西，花这钱干啥？"

　　方玉春说："是路上顺便买了点儿。"

方玉娥见小红军和小兆文扯着她的衣襟直瞅，就说："你们这两个小东西，快叫舅爷爷。"

小红军和小兆文低垂下头没有叫，羞答答地躲到方玉娥的身后去了。

方玉娥见了说："这两个小东西，还认生呢。哥，你快到屋里坐，他爷爷下地割谷子去了，俺估量着也快回来了。"

方玉春站在堂屋的门口环视了一下院子的四周，然后把旱烟袋掏出来按着烟叶问："这两个小家伙就是小孙子吧？"

方玉娥爽快地回答："是啊，这个是振武的，这个是振山的，都皮实着哪。小红军、小兆文快叫舅爷爷。你们看舅爷爷还给你们买了糖来，快叫。谁叫就给谁糖吃，谁不叫就不给他吃。"

小红军和小兆文一听，忙喊道："舅爷爷，舅爷爷！"争先恐后地叫起来。

方玉春喜得连声答应道："哎！哎！都是乖孩子，快吃糖吧！"

方玉春坐在堂屋里的太师椅上，刚把按满烟叶的烟袋锅子点燃抽了一口，就见刘相龙和赵明生各担着一担谷子走进了院子里，便忙端着烟袋杆儿迎到了门口说："是相龙下地回来了？"

刘相龙放下担子见是方玉春站在堂屋门里，忙说："是玉春哥来了，你先屋里坐着，俺洗把手就来。"

方玉春说："看你担回来的这谷子成色不孬，看来今年的收成还行。"

刘相龙洗完手一边甩着手上的水，一边往屋门口走着说："那可是。这都多亏了俺的亲家明生兄弟，他可是把种庄稼的好手。"他说完招呼赵明生说，"明生兄弟，快来，这就是俺常跟你说的方玉春。"

赵明生听了后说："是玉春哥来了，你先坐着，俺这就来。"他说着就在刘相龙刚洗过手的盆里洗了把手，然后掀起衣襟的一角一擦就向堂屋里走去。

方玉春见刘相龙和赵明生都进到屋里坐下了，就直截了当地说："相龙，俺今天来，一是看看俺那多年不见的老妹；二是向你赔个不是。这些年里，哥俺多有得罪，还望你看在咱们是亲戚的分儿上，冰释前嫌，往后咱们还是好兄弟。"

刘相龙听了，端起茶壶来一边往方玉春的碗里添着水，一边说："玉春哥，要说不是，也是俺的不是。这些年里都怨俺这个当兄弟的没能跟你通气交心，才在一些事儿上产生了误解。昨天振东从你那里回来就对俺和玉娥说了，俺觉得玉娥昨天说得对，自从咱方家断了后，咱两家的关系就受到了外人的挑唆。尤其是那个嫂嫂一家子，净拿俺这个共产党说事儿，目的不就是惦记着方家的那点家业吗？俗话说，是你的，你不要也是你的；不是你的，你硬要也拿不走。他牛洪才的为人在咱这方圆几十里哪个人不知，是个出了名的恶霸。可现如今已经不是恶霸的天下了，共产党就是专门除恶霸，替老百姓打抱不平的。别说是方家的产业他拿不走，就连他牛家的产业保住保不住还另说着。俺说这话，可能玉春哥不愿意听，可这都是实话。"

方玉春听了刘相龙的这番话心里更踏实了，有刘相龙和俺的三个外甥撑着腰，还怕他牛家？俺方玉春也是个男人，理应挺起腰杆来主好方家的事，而绝不能让牛家的人乱了方家的分寸，说道："你说的都是实理儿，俺也是才醒悟过来。你别说，振东这孩子出去了这些年，还真的出息了不少，着实让俺这个当舅舅的疼。他若是昨天不去，俺还郁闷着，是他的话让俺觉悟了过来，你说俺方玉春往后还能指望谁，还不就指望俺这三个外甥了，到老了，有个给俺披麻戴孝摔盆儿的就知足了。"

刘相龙说："玉春哥你不要说得这么伤感，你的三个外甥也是你的三个儿子。他们的血脉里流淌着刘家的血液，同样也流淌着方家的血液，咱们可是砸断骨头连着筋的一家人。"

赵明生说："是啊！亲戚总归是亲戚，你看俺也是没儿子，就把闺女婿当儿子了，把外孙当亲孙子了。"

这时，赵新河来了。他一进门就说："玉春哥，听振东说，你今儿可能上这里来，所以俺也就过来看看，你果真过来了。咱们可是有年头没聚了，你看，俺还带来了两瓶兰陵陈酿，今儿咱就好好地唠唠家常，喝他个一醉方休。"

赵新河前脚到了还没落座，后脚就见刘振山、季华和刘振武也来了。

季华说："俺们今天有紧要的事来找相龙同志，没想到赵校长也在这里，正好，就跟你们一块说说吧。这位是？"

刘振山说："这位是俺舅舅，山前村的方玉春。"

季华上前握住了方玉春的手说："你就是方玉春？早就听振山同志说起过你了。幸会，幸会！"

方玉春握着季华的手也连声说："幸会，幸会！"

刘振山介绍说："这是咱们县里的季华书记。"

方玉春惊讶地说："俺今天可算是见到大官儿了，早就听说过你，俺还以为你长得有三头六臂呢？这不也跟咱们老百姓一样，连点官架子也没有。"

季华哈哈一笑说："俺哪里有什么三头六臂，要说有三头六臂，你这妹夫才算得上是有三头六臂，他有三个儿子，个个了得，又都有两只胳膊，加起来不就是三头六臂，哈哈。"

饭屋里方玉娥、秦小惠和赵颖都在忙活着做饭菜，就连刘芳也囤着个大肚子干上了火头工。

方玉娥说："俺看这下酒菜准备得也差不多了，俺去跟振山把桌子摆好，好让他们先喝着拉呱。"

秦小惠说："你快去，剩下这几个菜俺来炒。你顺便把小兆文他姥爷喊出来，人家都是拉公家的事，他坐在那里掺和个啥？不合适。"

方玉娥说："你说这话俺就不愿意听，怎么叫掺和？他们说的都是咱们老百姓的事，让他姥爷听听又怎么了？"

秦小惠嘻嘻一笑说："他和根木头似的，坐在那里也就是个摆设。"

刘振山帮着方玉娥把酒盅、筷子摆好问："爹，咱们今天喝什么酒？"

刘相龙指了指方玉春拿来的酒说："今天就喝你舅舅拿来的这酒，俺可是有多年没喝他的酒了。"

赵新河说："对，对！先喝你舅舅拿来的，再喝俺拿来的。俺们今儿要喝他个一醉方休。"

季华见大家都围着八仙桌落了座，就说："今天在座的除了俺是外人，你们都是家人。趁这喝酒之前，俺有个工作上的事儿先说说，免得喝了酒误事儿。是这样，随着抗战的深入，第一一五师进驻到了咱们这抱犊崮山区，要在这里开辟革命根据地与小日本展开长期的战争。这队伍来了，就要吃饭不是。为此，上级党委要求咱们在近期内，要为部队上收购不少于10万斤的粮食。这可是一项艰巨的任务，所以俺和刘队长赶来，就是要同你们两位搞民运的同志商量个措施，尽快落到实处。"

季华的话就像是消音器，屋里一时间鸦雀无声。

刘相龙摸起烟袋来一边往烟锅里按着烟叶，一边说："这10万斤可不是个小数目，咱这十里八乡的要能凑起这个数来，可不是个简单的事儿。这年头兵荒马乱的，咱们这山区的老百姓都是提心吊胆地过日子，哪有心思好好种地，就是种上了，也跟不上管理，到头来收几个算几个，自己吃饭都是问题，哪有剩余的粮食可拿出来。好歹是在这秋收的当口，咱们号召各村各户的凑一点倒是问题不大，可是又能凑多少？10万斤怕是不好凑。"

赵新河说："相龙说得是，这要凑起10万斤粮食来，可不是件容易的事，困难确实不小，可困难总没有办法多，上级下达了任务，咱们总归要想办法解决才是。"

季华说："新河同志，看来你已经有办法了，快说出来听听。"

赵新河说："俺一时也没有什么好办法，还是听听相龙的吧。"

刘相龙说："闹了半天，你原来是放空炮。你一肚子的墨水，总归比俺有办法，要说办法俺可没有什么办法，就是家里的粮囤里还有1000多斤粮食，是全家十来口子人一年的口粮，先拿出来送到部队上，总不能让前线的将士们饿着肚子打鬼子。"

赵明生听了着急地说："亲家，你把粮食都拿出去了，咱这一家老小吃啥，总不能让咱的小孙子也挨饿吧？"

刘相龙说："不会饿着咱那小孙子的，还是紧着部队上。"

赵新河说："相龙，你这办法不是个办法。你就是把1000多斤粮食都拿出来，也不过是杯水车薪，离10万斤远着呢，解决不了大问题。"

季华说："俺不这么认为。往往在一些事情上，只要是有了带头的，就会有人跟。只要咱们广泛地发动群众，大力宣传带头人的作为，俺想广大的群众是有觉悟的，完成这10万斤粮食的收购任务也就不是问题。"

方玉春问："这收购粮食还折钱吗？"

季华说："收购，收购，当然是要折钱了，一律按市面上的价格收购。"

方玉春的心里豁然一亮说："俺昨天已经答应振东把多余的粮食送到部队上去了，听季书记说是在为部队上收购粮食，如果是俺把粮食送到这里来，是不是就算是送到部队上了？"

季华说："那当然，咱们就是为部队上筹集粮食。"

刘相龙说："玉春哥，俺知道你家里存有不少的粮食，何不把粮食交到这里来，也算是你为抗战做贡献了。"

方玉春说："振东也是这么说的，俺已经决定要把粮食拿出来交到部队上了，可俺要按振东说的，支援给部队不能收钱。"

刘相龙说："行，就按你和振东说好了的办，可你能拿出多少斤粮食来？"

方玉春嘿嘿一笑说："不多，仓库里还有3万多斤，俺准备都支援了部队。"

季华激动地站起来握住方玉春的手说："玉春同志，你这下可帮了县委的大忙了，俺代表县委向你表示感谢！"

季华就是这样一个人，只要是谁支持了革命，他就会激动地称人家为同志。他一个"玉春同志"，把个方玉春称呼得有些发呆，等他回过神来，就见季华已端起酒盅来说："这酒，咱们大家可以喝了。来，玉春同志，俺要先敬你一个。哈哈……"

方玉春回到家的时候，已经是太阳偏西的光景。他是带着几分酒意回来的，一进到院子里，就迎面撞见了小舅子牛文卓，心里顿感不快。

牛文卓满脸严肃地问道："姐夫，俺都等了你快一天了，你上哪儿去了？"

牛莲闻音儿从屋里出来，站在门口叉着腰说："文卓，你问问他是不是相小的去了。"

方玉春一听这话说："是啊，俺是出去相小的了。俺不光相中了人，人家还管俺喝酒了，你这个占着窝儿不下蛋的东西，还管起俺的事来了。"说完，就趔趔趄趄地进到了屋里。

牛文卓紧跟着方玉春进到屋里说："姐夫，你要是真去相小的了，那俺就回去告诉咱爹去，让他来收拾你。"

方玉春吼道："谁是咱爹？你说的是你爹吧？哼，俺怕他个球。你尽管去告诉，他不是净拿土匪来吓唬俺吗？俺现在不怕他了！"

这时，方清源拄着拐棍走了进来说："是啊，这些年里，你姐姐她不能生养了，你姐夫想再续小添子也在情理之中，可你们牛家硬是百般干涉，这不是成心要俺们方家绝后吗？"他用拐棍狠狠地往地上敲了两下。

牛文卓气呼呼地指着方玉春和方清源说："好啊，你们爷儿俩合着伙地欺负俺姐姐，你们等着。"

牛莲一屁股坐在院子当央的地上，大呼小叫地号了起来："俺那亲娘哎！这日子没法过了，让俺没法活了。"

牛文卓从堂屋里大步流星地走到院子里，冲着坐在地上的牛莲说："姐，俺这就回家告诉爹去！"

方玉春向部队捐献 3 万斤粮食的消息，很快就在整个鲁南地区传为了佳话。当然，这个消息也很快地传到了他的老丈人牛洪才的耳朵里。

这天，牛洪才坐在堂屋的太师椅上，一提起这事，气得他牙根直痒痒。他对牛文卓说："这个方玉春到底想要干什么？他扬言要找小的，欺负俺那闺女，俺还没有找他算账，这又弄出个向共产党的部队捐献粮食的事儿。这向共产党的部队捐献粮食可是要杀头的。真要是让日本人知道了他方玉春是俺的女婿，还不得把咱这个家一块儿给收拾了。不行，俺这次要亲自去一趟，得给他点颜色看看。"

牛文卓说："这回您可真得去好好地管管俺这个姐夫了，您是不知道他现在有多么张狂，他不光欺负俺那姐姐，还骂您是个球。"

牛洪才说："俺这次去，他要是不服软儿，就把他绑到龙王庄来先关到地牢里再说。如果再不服，就把他弄死算了，反正他的心思也不在你那姐姐身上了，弄死他倒省心了。嘿嘿，到时候那方家的家业也就自然而然地早点儿姓牛了。"

这天，牛洪才带上三个家丁，坐在一头小毛驴上直奔山前村闺女家去了。他们一来到丁峪村口，就被两个持枪的民兵老远地给拦住了："站住，干什么的？"

听到这突如其来的呵斥声，把个牛洪才吓了一跳，赶紧从驴背上跳了下来。他不知道这是民兵在站岗执行任务，还以为是土匪大白天抢劫，就用过去干土匪时的黑话问："你们是哪个山头的？"

民兵甲说："什么哪个山头不哪个山头的，俺们是民兵大队的。说，你们从哪儿来？到这儿干什么来了？有没有路条？"

牛洪才一听不是土匪，说道："俺们是从龙王庄到山前村走亲戚的。"

民兵甲严厉地说："少啰唆，俺们只认路条不认人。走，跟俺们到村里走一趟。"

牛洪才被民兵押进了村子里的一所院子里，就见民兵甲跑到堂屋门口报告说："报告，俺们在村口发现了几个可疑的人，请首长查问！"

刘振东和民兵队队长王新民斜挎着匣子枪从屋里走出来，只见眼前的这个老头圆圆的脸堂油光满面，撮子眉，眯缝眼，趴鼻子，噘嘴子，下巴颏上留着山羊胡子，着一身绸缎泛着光；再看另三个随从，个个是一色的青布衣，一看便知道是练家子。看上去这几个人确实值得怀疑，就问："这位老人家是从哪儿来，到这儿干什么来了？"

牛洪才瞅着刘振东说："回大军的话，俺们是从龙王庄来，到山前村走亲戚路过了这丁峪村，才被你们的人带到这儿来的。"

刘振东一听这老头是从龙王庄来，又是要到山前村去走亲戚的，便猜想到他十有八九是那恶霸地主牛洪才了，又问道："是到山前村去的，亲戚是谁家？"

牛洪才说："是走闺女家，女婿叫方玉春。"

刘振东故作惊讶地说："是方玉春，他可是个大好人，听说他最近刚为抗日部队捐献了3万斤粮食，咱这山区的老百姓都称他是英雄。"

牛洪才听了哭笑不得地说："啊，噢！俺也听说了他为共产党捐献粮食的事儿。不过俺还听说他要找小老婆，俺就是为这事儿找他。"

刘振东听出了牛洪才的话里带着狠劲儿。这哪是去走什么亲戚，简直就是找方玉春去算账。决不能让舅舅他吃了亏，不如这样，就说："你们过了薛河就已经进入革命根据地了。这里不同于你们的龙王庄，那里是日本人控制的地盘。你们在这根据地里走动，必须得有通行的路条，不然你们到了前面还是不方便通行。这样吧，你们先在这儿等一会儿，俺到屋里把路条给你们开了，免得到前面再有什么麻烦。"

牛洪才连声说："那好，那好。"

进到屋里，刘振东对跟进来的通讯员烟少平压低了声音说："你看见没，院子里的那个老头儿就是龙王庄的恶霸地主牛洪才，他是去山前村找方玉春的麻烦的。俺说这话你明白不？"

烟少平使劲儿点了点头。

刘振东说："是这样，为预防不测，你叫上一班班长火长存，去执行一项特殊的任务，跟着他们去趟山前村。你们要见机行事，决不能让为咱们部队捐献粮食的方玉春遭暗算吃了亏。"

刘振东从屋里走到院子里对牛洪才说："俺看不用开路条了，派人与你们一块去，这样路上会更安全些，你们总归是到捐粮英雄家里去。"

牛洪才只好点头哈腰地说："那好，那好，多谢，多谢！"说完，就让牵毛驴的家丁掉转了驴头，另外两个家丁跟过去欲把他搀扶到驴背上去。

"等一等！"就在这时，刘振东突然发现驴背上的褡袋鼓鼓囊囊的像是有沉重的东西往下坠。便快步走上前去捋着驴脖子上的毛说："这驴的毛色不错，油亮亮的是头好驴。"他又顺手摸了摸褡袋，觉得里面硬邦邦的，"老人家，你去走闺女家都带了些什么好东西？"

牛洪才一听脸都白了："没什么，就是带了些点心。"

刘振东用手托着褡袋往上一托："俺怎么掂着不像是点心，倒像是铁家伙。"他说着就把褡袋里的东西掏了出来，从点心包的卜面又掏出了两把二十响、两把短刀和一把绳子，就装作惊讶地问，"你走闺女家还带这些个玩意儿干什么？"

牛洪才吞吞吐吐地说："这都是怕路上遇到了土匪才准备的，以防不测。"

刘振东认真地说："可咱这根据地是不允许老百姓带这些玩意儿的。俺看不如这样，看在你是捐粮英雄方玉春老丈人的面上，就对这些东西不做没收处理了，先存放在这儿，等回来的时候你再取走就是了。"

牛洪才刚想要狡辩，心里又想，也只能是这样了："好吧，俺听大军的。"

刘振东看着牛洪才他们走远了后，便叫上一排排长孟鸣飞，骑上战马直奔枣临支队驻地而去。

刘振东走进队部，就见刘振武和季华、张文峰正在一张地图前商量作战方案。

刘振武一抬头见是刘振东来了有些出乎意料，就把手里的红蓝铅笔往桌子上一扔说："振东，你怎么来了？"

刘振东说："是这样。那个牛洪才刚从丁峪村路过，到山前村去了，看样子是去找舅舅的麻烦。哥，你们枣临支队不是要收拾他牛洪才吗？俺看这倒是个好机会，不如就在山前村把他给扣了，正好给咱姥爷和舅舅他们出口气，同时也给那个妗子点颜色看看，打打她的嚣张气焰。"

刘振武听了，面对着季华笑着说："这确实是个消灭他牛洪才的好机会。没想到咱们枣临支队想消灭他牛洪才，他就给咱们送机会。"他又面对着刘振东说，"不过这次就先放他一马不动他了，还有更好的戏在后头，据秦二升送来的情报，农历的九月十四，是牛洪才的六十六大寿，他已经向外发了帖子，邀请了日本人、皇协军的人，还有地方上的一些名流和土豪劣绅。到时候咱们借助舅舅方玉春前去祝寿的机会，把咱们的人混入送寿礼的队伍里，瞅准了时机给他来个里应外合，一举端了他的老窝。这不，俺正跟季政委研究具体的行动方案，你来得正好，一块儿参谋参谋。"

张文峰说："另外，还有一个消息，据说到那天龙少坤也要前去祝寿，正好，一块儿把他也收拾了。"

刘振东说："那就让牛洪才这个老恶霸再活几天，俺看打他个里应外合的方案好，到时候如果需要俺们连配合的，你尽管说，俺去请示张团长协助你们。"

季华笑笑说："这次行动，枣临支队的人足够了。不过，咱们要把行动的方案考虑得越全面、越细致，越好。到那天，真要是菊池和龙少坤也前去祝寿的话，肯定是要带不少的兵力，这样会给咱们的行动增加不小的困难。

同时,还要提防孙鹤龄的土匪混入其中。所以咱们要把这些因素都考虑进去。"

刘振武指了指桌子上的地图说:"还有,城里的鬼子距龙王庄仅有五六里路。枪一响,咱们必须要在30分钟之内结束战斗。否则,咱们就会陷入被动。"

季华说:"到时候让文峰带领一营在村外打阻击,俺带领二营、三营打合围,你就带领特务排随方玉春打入内部,枪一响,整个战斗一定要在30分钟内结束。"

方玉春正站在屋门口抽烟袋,忽然见牛洪才拄着拐杖走进了院子里,便迎上前去强装镇定地说:"是爹来了,快进屋。"

牛洪才听了没有搭腔,也没有拿眼正视一下方玉春,而是站在院子的当央大声地干咳了一声。

牛莲听到动静忙不迭地从屋里踮了出来,她见是牛洪才来了就把嘴一咧:"哎哟!俺的个爹哎!您可来了,您要是再不来,您的闺女可就叫方家给欺负死了。"可着劲儿地嗷号起来。

牛洪才"哼"了一声,把手里的拐杖往地上使劲儿一蹾,就气哼哼地进到堂屋里,一屁股坐到了太师椅上。

方玉春一边倒着茶,一边说:"爹,您怎么过来了?"

牛洪才还是没有搭腔,双手抱拄着拐杖坐在那儿,两眼却盯着门外的牛莲在那里嗷号。

方玉春把倒好的茶水端到牛洪才的跟前说:"爹,您请喝茶。"

牛洪才猛地把头一侧,拿眼怒视着方玉春吼道:"谁是你爹?你这是叫谁爹?俺听文卓说,你已经不管俺叫爹了,称呼俺球了。"

牛洪才气呼呼地抡起巴掌往桌子上猛地一拍,只听"啪"的一声,紧接着是一阵叮叮当当的响声,把桌面上的茶碗给震翻了,茶水溢满了桌面,顺着桌沿滴落到地上。

院子里的牛莲被吓得一哆嗦,紧接着又嗷号起来。

牛洪才站起身来继续吼道:"方玉春,你好大的胆子!你是成心要跟牛家过不去是不是？你不是要找小的吗？找啊，把你找的小的给俺领到这里来瞧瞧。你信不信，俺一拐杖打死她。"他说着就把拐杖抡起来欲砸向方玉春的脑袋。

方玉春见拐杖抡过来忙一闪身，就听耳旁"呼"的一股冷风划过，忙说："爹，您这是说的哪里的话，俺什么时候要找小的了？那是俺跟牛莲拌嘴儿，随便说说气她的。哪知她小心眼儿，还把文卓找了来给您传话儿，惹您生了这么大的气。都怨我，不该跟牛莲斗气儿。"

牛洪才听了方玉春的辩解，气消了一半儿，也听不到牛莲在院子里嗷号了，四下里顿时宁静下来，就像是空气凝固了似的。沉默了好大一会儿，牛洪才喝了口茶压了压火，口气缓和了许多，说道："俺暂且信你一回。你找小的事咱先不说了。那俺问你，你给共产党捐3万斤粮食是怎么回事儿？就你有粮食？你这次算是捅了大娄子了，你的大名都传到日本人那里去了，这真要是日本人把你怎么治了，俺可不管你的破事儿。"

牛洪才喝了口茶见方玉春没说话，就又说："这事是不是你那个妹夫唆使你干的？俺早就跟你说过，共产党靠不住，共产党的那一套行不通，你就是不听。"

这时，方清源听了听刚才那闹哄哄的声音没有了动静，便拄着拐棍来到了堂屋里招呼道："是亲家来了？"

方玉春忙上前扶住方清源说："爹，您身子有病就躺着，还硬撑着过来干什么？"

方清源装作耳背没听清："你说啥？俺不该来？这亲家来了，俺必须得过来看看。"他坐到椅子上又对着牛洪才说，"亲家，这大忙忙的，你怎么有空儿来了，是不是找玉春有事儿？"

牛洪才说："是，俺是找他说事来了！"

方清源说："啊，你说的啥？是看你闺女来了。她能吃能睡的，你看她胖的，嘿嘿，壮实着哪！"他冲着方玉春，"你还站在这儿干啥？还不让你那媳妇准备饭菜去。今儿个，你可得管你丈爹好好地喝个酒。"

牛洪才是个嗜酒如命的主儿。他由方清源和方玉春陪着喝得有滋有味，酒过三巡后，略显兴奋起来，把来之前的气儿都抛到了脑后头，话也就随即多了起来，说："玉春啊，再过几天，就是俺的六十六大寿，这女婿送的肉，俺可得吃。"

方玉春说："爹，俺都想好了，到那天俺给你赶头猪去，也显示显示俺这个做女婿的一片孝心。"

天黑之后，牛莲想想白天爹来的时候自己咧着嘴噘号的情景，觉得自己丢了人不说，还让方玉春挨了爹的一通数落，谁知道他说要找小是在跟自己斗气儿，从心里觉得有些对不住方玉春，于是试探着说："俺不知道你是跟俺斗气儿，还以为你要找小是真的呢，惹得爹来把你数落了一顿，想想真是不好意思，要不俺今晚就在你这屋里睡，也好让你好好地发泄发泄？"

方玉春一口拒绝说："不成，俺没有心情。再说了，这些年俺一个人睡习惯了，你还是回你的屋去吧！"

牛莲讨了个没趣，灰溜溜地走了。

这天一大早，方玉春刚吃了早饭，就被刘振武派人请到枣临支队去了。他一进门，就见屋子里坐满了人。季华笑着上前握住了他的手说："玉春同志，今天特地把你请过来，是要和你一起研究一下消灭牛洪才的作战方案，你看有什么意见没有？"

方玉春一听心里窃喜，心想早就盼着这一天了，于是说："俺没有什么意见，坚决支持除了这一害。"

季华说："枣临支队决定在农历九月十四这天，借牛洪才过大寿的机会，一举端了他的老窝。"

刘振武说："舅舅，这次行动，准备让你演一回大闹寿宴的主角。"

方玉春说："俺？"

刘振武说："对，是你。"

方玉春说："俺哪有那本事，这可不是闹着玩的，演砸了会影响到你们的行动。"

刘振武说："是这样，到那天你以女婿送寿礼的方式，最大可能地多带些咱们的人进去，到时候来他个里应外合，打他个措手不及。"

方玉春："这个好办。到时候俺多准备些礼物，让你们的人拿着礼物跟着俺进去就是了。"

刘振武说："这个办法好。"

季华问："吹打班子准备得怎样了？"

张文峰说："已经跟洪家班说好了，到那天用他们的行头，大都换成咱们的人。"

方玉春去枣临支队驻地商量作战方案回到家里的时候，天已经黑了。他吃完了晚饭，过足了烟瘾才上炕躺了下来，可他却是翻来覆去地睡不着。再过三天就是九月十四了，到那天能否一举端了牛洪才的老窝，他的责任大着呢。这事就像一块沉甸甸的石头压在心上，让他心烦意躁得喘不过气来，便起来推开窗子想透透气儿。可他刚把窗子打开了一道缝儿，就见一个人影蹑手蹑脚地溜到牛莲的门口不见了。那个人影儿是个男的没错，可这深更半夜的一个男人钻进牛莲屋里干啥？定是那牛莲偷起汉子来了。他"啪"的一声抽了自己一个耳刮子："看来俺方玉春的这顶绿帽子是戴上了。这事来得也真是时候，俺今夜就去捉了你的奸，休了你这个不知好歹的臭婆娘。"

方玉春悄悄地喊起了长工王新宽和麻子李，轻手轻脚地来到了牛莲的窗下。

"咣当"一声，屋门被一脚踹开了，紧接着是一道明亮的手电筒光柱射到炕上。

韩汝贵受到这突如其来的惊吓，脸由白到红，又由红到紫，扭曲了一会儿就毙命了。

牛莲经过这一惊吓，又看见了韩汝贵那张临死时狰狞可怕的面孔，一下子给吓疯了。只见她从炕上跳到了地上，"咯咯"笑着，光溜溜地跑出了屋子。

农历九月十四这天，龙王庄牛家大院扎起了彩虹门，堂屋的迎门墙上挂起了用红纸黑墨书写的一个大大的"寿"字。

院子里搭起了戏台，戏班的乐手们吹吹打打，格外欢实。

前来祝寿的人熙来攘往，抱鸡的、牵羊的、抬猪的，说说笑笑，鸡羊猪叫，好不热闹。

牛洪才穿着一身华丽的绸缎，双手抱拄着拐杖端坐在寿字前面的太师椅上，两边一溜排开坐满了高官显贵，有日本司令部副官川木一郎，有皇协军副官孙庆，还有当地的富豪劣绅等。

快到午时的时候，牛洪才的女婿方玉春来了，乐班子得到了消息，吹打得更加欢快起来。

随着欢快的吹打声，就见方玉春身着华丽的绸缎，头戴一顶深绿色的礼帽，鼻梁上架着一副金边儿眼镜，好一副绅士打扮。在他的身后，有抬绸缎的、有抬箱子的、有抬猪的，还有牵羊的等，足有 20 人。他们在欢快的吹打声中，浩浩荡荡地进到了院子里。

管家牛三赶忙安排好方玉春随从们的座席后，就把方玉春引领到了牛洪才的面前。

牛洪才见方玉春今天大大方方地给他送来了寿礼，便高兴地向在座的介绍说："诸位，这位是俺的女婿，山前村的大户方玉春。"

在座的听了牛洪才的介绍后，一片愕然。大宇村的大地主杨裂熊阴阳怪气地说："原来给共产党捐献 3 万斤粮食的方玉春，是牛大财主的乘龙快婿，失敬，失敬！"

川木一郎一听，猛地从座椅上站了起来，用手握住战刀的把柄欲抽出来说："八嘎，共产党死啦死啦的！"

牛洪才竟把方玉春向共产党捐献粮食的事给忘了，忙扯瞎话嘿嘿一笑摆了摆手让川木一郎坐下，说道："诸位，这都是误会。拙婿向共产党捐粮食实属无奈之举，是那共产党逼上门来硬要的。否则，拙婿今天也就不会站到这儿了。诸位，咱们这些人都是在共产党的革命根据地之外，这里是皇军的天下，共产党不敢对咱们怎么样，可拙婿他是在共产党的统治区里，一举一动实属不易。"一席话，把在座的说得都点起头来。

正午时分，管家牛三大声地宣布道："现在俺宣布，牛老爷六十六寿辰仪式正式开始！"

就见前来祝寿的宾客一一走到牛洪才的面前行拜寿礼。人们大都是用"寿比南山，富贵有余"等类似的词句祝贺一番。

行完了拜寿礼，牛三宣布说："下面由大日本皇军驻枣临司令部副官川木一郎讲话！"

随着稀稀拉拉的鼓掌声，川木一郎走到牛洪才的面前深深地鞠了一躬，又转回身来向众人鞠了一躬后说："今天是牛先生的生日，我谨代表菊池司令官前来向牛先生表示祝贺！牛老先生是位识时务的俊杰，皇军一到，就同皇军有了沟通，还送去了大量的实物，深得菊池司令官的赏识和尊崇。今天站在这里代表大日本帝国讲话的，应该是菊池司令官，但他因军事上的重要事情不能亲自前来了……"

川木一郎讲完话，各个宾客就按桌号的排序入了座。然后就由跑堂的伙计把酒菜摆上了桌子。

管家牛三见开了席，刚要坐下来抽袋烟歇会儿，就见前来帮忙的秦明道走过来告诉他说："三叔，有位贵宾在后街上等你半天了，让你抽空过去一趟。"

牛三一听有些犯嘀咕："是什么样的贵宾，咋不直接上酒宴上来？不行，俺得去看看。"于是他就一边抽着烟袋，一边走出了大门。

牛三来到后街上，就见一溜的大马车排成了队，足有30辆。他正纳闷是怎么回事儿，已被两个人上来给架住了。他刚要喊叫，就被李传宝用黑洞洞的枪口对着他的脑门说："不准喊叫，俺们是枣临支队的，快把粮库的钥匙交出来，不然就一枪打死你。"

牛三瞪着两只眼珠子说："俺是不会交给你的。快来……"

李传宝还没等牛三喊出来，就举起枪把子猛地砸向了他的脑袋，就见牛三一下子瘫软在了地上。

李传宝一边擦着枪把子上的血浆，一边说道："俺看这老小子给牛洪才做事是王八吃秤砣，铁了心了，该死。"他说着解下牛三腰间的钥匙，就去把粮库的门全打开了。

只见几十名战士一拥而上，抬的抬，扛的扛，往马车上装起粮食来。

牛家大院里正喝得热闹，见一个家丁慌慌张张地跑进院子里喊道："东家，不好了，有人在抢咱们的粮食。"这个家丁是想到后街的高粱地里去解大手，看到了枣临支队的人正往车上装粮食，还看到了地上躺着的牛三，就撒腿跑到院子里喊起来。

面对这突如其来的变故，刘振武和季华快速掏出匣子枪，分别瞄准了两边门楼子上的机枪手就开了枪。

枪声就是命令。乐班子停止了吹打，扔下乐器就掏出了枪。

牛家大院里全乱了。喊爹的、叫娘的、钻桌子底的，乱作一团。

川木一郎听到枪声，刚把战刀抽出来举到了半空，就被负责瞄准他的刘振山打中了脑袋。

孙庆的脑袋还没反应过来是怎么回事儿，就被刘振武打开了花。

牛洪才被吓愣了神儿，坐在那儿半天动弹不得。牛文卓见状，赶忙跑过来搀扶起他欲往屋里跑，却被一排子弹打在了后背上，倒在地上蹬了腿。

牛洪才见儿子死了，一下子醒过神来，连滚带爬地钻到了一张桌子的下面，哆哆嗦嗦地筛起糠来，裤子也尿湿了一片。

方玉春听到枪响后纹丝没动，一个人坐在那儿自斟自饮地继续喝着。他见牛洪才趴在桌子底下直筛糠，就把头一低对着他说："老丈人，你趴在桌子底下干啥？快爬出来，爬出来咱爷儿俩再好好地喝一盅。"

牛洪才哆嗦着说："俺可不出去，你也快钻进来躲躲吧！"

方玉春微微一笑说："你不出来是不是？那你不出来就不出来吧，你就好好地趴在那里听俺跟你说个事儿。你看俺头上这顶帽子绿不绿呀？你那闺女牛莲死了。她是偷汉子，被俺捉了奸，吓得她得了疯病，死的时候连件衣裳都没穿，光溜溜地跑出去死在了大街上，你说丢人不丢人？"

牛洪才听到这里方才明白过来，看来这共产党是他方玉春引来的。于是咬牙切齿地说："原来是你……"

方玉春哈哈大笑道："牛洪才，你欺男霸女，连亲家的家产也惦记着，你的末日到了！"

牛洪才"啊"了一声，就从腰间掏出了小手枪，朝着方玉春扣动了扳机。

一声枪响后，方玉春没有倒下，只见牛洪才瘫软到了地上。原来是刘振武手疾眼快，一枪结束了他那罪恶的生命。

整个战斗没用 20 分钟就结束了。等菊池和龙少坤带着队伍从城里赶来的时候，早已不见了枣临支队的影子。看到的只是那滚滚的浓烟和冲天的大火，整个牛家大院化为了灰烬。

第十二章　机智勇敢

  1939 年 11 月 20 日，鲁南地区第一个抗日民主政权峄县抗日民主政府在王家湾村正式成立。这天寒风凛凛的清晨，四乡八村的群众穿着节日的盛装，高高兴兴地来到了王家湾，人们要一起见证民主县政府成立大会的开幕式。他们当中有开明士绅、地方上的名流，有工人、农民的代表，约三四千人。上午 9 点，鲁南党、政、军领导同志在主席台前排就座后，首先由第一一五师民运部部长潘振武做了《抗战第一、抗战必胜》的报告，接着是各界代表、支前模范、战斗英雄发言，特别是枣庄煤矿工人代表邱焕文的发言，使整个会场的气氛更加热烈起来。大会进行了投票选举，代表们在民主和谐的气氛中选出了潘振武、朱道南、邱焕文、王子刚、王鼎新等 35 名县政府委员，在复选中潘振武当选为峄县第一任县长。峄县抗日民主政府的成立，标志着人民抗日力量的逐步壮大，使这一地区的抗日斗争向前迈出了新的一步。

  第一一五师进驻鲁南抱犊崮山区后，十分重视这一地区抗日武装的组建和发展工作，在建立鲁南军区后方司令部的同时，作出了四点指示：1. 扩大抗日根据地，做好群众工作；2. 不断扩人武装力量；3. 做好东北车的统战工作；4. 做好鲁南地方武装的争取工作。鲁南军分区认真贯彻落实这四点指示，在第一一五师的具体指导下，将鲁南的地方武装相继整编为了鲁南支队、运河支队、枣临支队等多支武装部队。这些抗日武装被编入八路军序列之后，均在第一一五师的统一指挥下开展对敌斗争，为巩固和发展以抱犊崮为中心的鲁南抗日根据地发挥了重要作用。

说起八路军运河支队的组建，可以说是一波三折。这支部队是由孙伯龙部、邵剑秋部、孙斌全部和胡大勋等部合编而成的，孙伯龙为支队长，朱道南为政治委员，邵剑秋为副支队长，胡大勋为参谋长。

1940年1月1日，第一一五师运河支队在峄县西南部的周营村正式成立，并张贴布告，召开了军民庆祝大会。为了加强运河支队的领导力量，第一一五师相继派遣了红军干部王福堂、周振东等十多人到运河支队工作，他们在把红军的光荣革命传统带到运河支队的同时，还把一些治军和战斗的经验也带到了运河支队，为以后运河支队的壮大成长发挥了重要作用。

第一一五师的进驻和一支支八路军地方武装的建立，令枣临地区的日军心惊胆战、坐卧不安，遂加强了对这一地区的治安强化和对抗日根据地的"扫荡"蚕食，并不断派出小分队，到处搜捕八路军和抗日分子。

这天傍晚，有十来个歪戴着帽子、衣领不整的皇协军和五六个日军，正狼狈不堪地走在东丘岭的羊肠小道上。

一个皇协军说："头儿，龙司令天天让咱们出来抓抗日分子，这都十来天了，连个皮毛也没抓着，倒累得咱们一个个跟王八蛋似的。"

另一个皇协军说："是啊！头儿。那抗日分子几个字，人家又没有写在脸上，上哪儿去抓？咱这天天的不是这村就是那村的瞎转悠，不是折腾人吗？"

皇协军侦缉队小头目王全中说："都瞎咧咧个啥？这龙司令让咱们出来抓抗日分子，咱就得出来。要不然龙司令怎么跟菊池司令官交差？这不是还有日本人跟着咱们吗，咱们抓着抓不着，只要是日本人回去跟菊池一汇报，咱们就算交差了。反正是咱们没偷懒儿，谁要是再敢瞎咧咧，别怪俺把他当抗日分子绑了回去邀功。他娘的，俺这里还正嫌抓不着抗日分子在犯愁。"

立刻，皇协军们就都不吭声了，只管低头走路，一个个像霜打的茄子一般。

突然，一个皇协军低沉地说："头儿，你听，像是有骑马的过来了。"

王全中站住仔细地听了听说："是马蹄声。这太阳都快落山了，还有人在这荒郊野外骑马，不会是土八路吧？"

经王全中这么一说，皇协军们一下子都惊慌起来，一个个哆哆嗦嗦地端着枪背靠背地靠成了一堆儿。

王全中见状，恶狠狠地说："都打起精神来，刚才你们一个一个的不是还说，这么多天了没抓着抗日分子吗？这不，今儿让咱们在皇军面前立功领赏的机会来了。都给俺隐蔽好了，等土八路过来了，听俺的命令再打。"

随着"嗒嗒"的马蹄声，两匹战马由远而近。骑在马上的是枣临支队刘振武和通讯员刘新生，他们这是从军区开完了会，要赶回枣临支队去。还没等王全中下令开枪，就见日军小头目率先开了一枪，正打在刘振武坐骑的马腿上，只见奔驰着的战马"嘶嘶"叫着向前一跪滑出去了很远，马背上的刘振武也被一下子甩了出去。

通讯员刘新生见状，一勒马缰绳，从马上翻身下来，又一拍马的屁股，战马向前奔跑得没影了。

刘新生弯着腰，冒着敌人密集的子弹，左拐右拐地跑到刘振武的跟前说："队长，您摔伤了没？"

刘振武微微一笑说："没事儿，只是些皮外伤。看来咱们是被敌人打了埋伏了。他们人多，咱们人少，不能跟他们硬缠，得想办法脱身才是。快，咱们向赵家湾方向撤。"

刘新生掩护着刘振武边打边撤，还没跑多远，刘新生就不幸中弹倒下了。

刘振武掉回头扶起刘新生说："来，俺背着你一块儿走！"

刘新生两手一推说："队长，俺已经跑不动了，您快跑，要不然，咱俩都得撂在这里。"

刘振武说："不行，咱们得一块走！"

刘新生说："队长，你就别再犹豫了，快跑！俺在这里阻击敌人。"说完，就趴伏在地上，向欲压过来的敌人射击起来，眼看着撂倒了两个敌人。

刘振武一看刘新生的肚子上一个劲地流血，看来小刘确实是跑不动了，此时若是背起他一起跑，肯定不是被敌人的乱枪打死，就是被压过来的敌人活捉了去。刘振武想到这里，也就没再犹豫，向着赵家湾的方向奔跑起来。他跑着跑着就觉得右腿肚子上挨了一下，也顾不上疼了，就一瘸一拐地继续向前跑去。

赵家湾村头，一个40来岁的村妇正在土崖子前的空地上剜野菜。她剜着剜着，就听得打北边的山套里传来了一阵一阵的枪声。她有些好奇，就直起腰身，伸着个脖子往响枪的方向瞅。突然，她看见有个人正一瘸一拐地往她这边跑过来。

跑过来的正是刘振武。他一跑到村妇的跟前就上气不接下气急切地说："这位大嫂，后面有小鬼子在追俺，你看这附近有没有躲一躲的地儿，让俺先躲一躲？"

村妇是赵王氏，名叫王春兰。她见眼前这个浑身上下都是土的汉子，右腿裤筒子都被渗出的血水浸透了，看来是伤得不轻。心里想："他说有小鬼子在追他，他不会是孩子他爹说的八路军吧？"想到这里，她声音有些胆怯地说："你说有小鬼子在追你，那你就是打小鬼子的人了。来，你跟俺来！"

王春兰说完，就引领着刘振武来到土崖子根儿的一摞玉米秸前，她快速地掀开一捆一捆的玉米秸后，露出了一个冬季储藏地瓜、胡萝卜的地窖子口来，说："你先下到这地窖子里躲一躲。"

刘振武趴到地窖子口往里一看，只见地窖子足有3米多深，问："大嫂，有绳子吗？"

王春兰答："没有。"

刘振武说："你看俺这条腿中了枪，这要是跳下去，还不得摔折了？"

王春兰一听，也没有说话，就见她噗通一声坐到了地上，三下五除二地解下了右脚上的裹脚布，随即趴在地窖子口上，把裹脚布的一头续进地窖子里，把另一头往手腕子上缠了一圈后，用两手攥紧急切地说："快，你快抓着这布条子下去。"

刘振武没有再说话，只是打眼睛里流露出了既是感激，又是敬佩的目光，迅速抓住王春兰续到地窖子里的裹脚布，打着提溜儿，很吃力地蹬着墙壁下到了地窖子里。

就在这时，打不远处传来了追兵的喊叫声："快追，别让他跑了！"

王春兰见敌人快追过来了，赶紧把裹脚布提上来攥在手里，又快速地把一捆一捆的玉米秸摞到地窖子上，然后一屁股坐在玉米秸上，随即把右腿架到左腿上，一个二郎担山，不慌不忙地往她的脚上缠起裹脚布来。她正缠着，忽然发现地上有一摊血迹，头"嗡"的一下大了。这眼看着追兵就要追过来了，怎么办？若是再用土去掩埋已经来不及了。就见她急中生智，把篮子里剜的野菜倒在了血迹上面。

当王春兰把裹脚布缠到一半儿的时候，追兵追过来了。他们一路追过来，已是累得上气不接下气，腿都拉不动了。就见一个伪军喘着粗气说："头……儿，咱……别再追了！俺他娘的腿肚子都朝了前了，实在是跑不动了。"

另一个伪军说："是呀……头儿，人都跑没影儿了，咱还穷追个啥？俺可是听说这一带是枣临支队经常出没的地方，咱可别追人追不成，倒叫人家给灭了。"

伪军小头目王全中手里拿着王八盒子点划着伪军们说："看看你们这一个一个的草包样儿，平日里吃喝嫖赌都欢实着呢，这一到了干正事儿上，就都咧熊了。"

一个日本兵发现了正坐在玉米秸上缠裹脚布的王春兰，大声地喝道："什么的干活？"说着便端着三八大盖朝王春兰走来，其他的日本兵和伪军们也走了过来。

王全中来到王春兰的跟前，用手在鼻子前来回地扇了几下子风说："臭娘们儿，你坐在这里干啥？"

王春兰抬眼看了看王全中说："看你这个人问的，俺的裹脚布松开了，没看见俺正在缠脚吗？"

王全中看了看周围并没有可疑的地方，就又问："你看见没看见有一个土八路打这儿跑过去了？"

王春兰停住了正在缠裹脚布的手，有些惊奇地说："你说的是个跑起来一瘸一拐的人吧？头会子俺看见他跑到土崖子那面，被十多个人一架，朝西山上去了。"她是她刚才听到了伪军们的对话，才故意这么说的。

经王春兰这么一说，还真灵验，刚才那个说这话的伪军听了忙说："头儿，听听，你听听，俺刚才咋说来着，让俺说准了不是？咱们还是赶紧撤吧！"

王全中拉成了驴脸，一边用手抽打着那个伪军的帽檐儿，一边大声地说："叫你说准了，叫你说准了！你这个乌鸦嘴，扫把星。这眼看着就要到嘴的肥肉，就这么让他跑了，真他娘的晦气！走，撤！"

王春兰看着追兵走远了后，仍心有余悸，但一颗悬着的心总算是落了下来。她轻轻地舒了口气儿，禁不住自言自语地说道："小样儿，跟俺斗，坑不死你们这些个王八羔子。"王春兰有生以来这是第一次见到日本兵，虽然前些日子她听孩子他爹说起过日本人，可从没见过，今天可算是见识了。不过那几个日本兵也不过如此，长相跟咱中国人没啥两样儿，甚至个头儿比咱中国人要矮半截子。他们咋就能上咱这里来祸害人，王春兰一边这样想着，一边掀开了摞在地窖子上的玉米秸，冲着地窖子里喊道："你先在地窖子里待会儿，俺这就让孩子他爹拿绳子来救你。"

王春兰见地窖子里没有回声儿，就又说："喂！听见没？"地窖子里还是没回声儿。心想：他是咋的了，咋没有动静？死了？想到这，她不禁打了个寒战，便踮起双小脚儿，飞快地向村子里跑去。

王春兰一路小跑地到了家，一见到赵二顺就急火火地说："孩儿他爹，别忙活手里的活儿了，快拿上绳子跟俺去救人。"

赵二顺一愣说："救人，救什么人？"说着放下手里的活，站了起来。

王春兰说："是个打小鬼子的人，负了伤，又有追兵追他，被俺藏在咱家地窖子里了，咱得快去救他。"

赵二顺听了二话没说，拿上绳子，带着儿子小满，就同王春兰一道，急匆匆地出了院子。

赵二顺、王春兰和赵小满急火火地来到土崖子根儿的时候，太阳已经落入了西山。赵二顺往地窖子里瞅了瞅，便把绳子的一头系在腰上，把绳子的另一头递给了王春兰，说："俺下去救人。你听到了俺说往上拉时，你再跟小满往上拉。"他说完，就两手紧抓着绳子，由王春兰和赵小满在上面使劲儿拽着，一步一步蹬着墙壁下到了地窖子里。

赵二顺下到地窖子里，眼前是一片黑暗。他从腰间掏出一支蜡烛点燃，地窖子里顿时亮堂起来。他端着蜡烛照了照倚墙而坐的刘振武，见他没有反应，就俯身按住了他的臂膀问，"兄弟，你咋样了，没事儿吧？"见他还是没有反应，就又摇晃着他的臂膀问："你醒醒，你醒醒！"他依然没有反应。

赵二顺有些紧张起来，真以为像来的路上王春兰说的那样他死了，便用手试了试刘振武的鼻息，发现还喘气儿，知道他这是昏迷了，就用绳子拴在了他的两个胳肢窝下，然后扶起，对着上面喊道："孩儿他娘，你和小满往上拉。"

王春兰听到了打地窖子里传上来的喊声，就把绳子往胳膊上绕紧，和儿子小满把刘振武打地窖子里拽了上来。

等王春兰和赵小满再把赵二顺从地窖子里拽上来后，天色已经灰暗下来，挂在东边天上的那轮明月已放出光，照射的空间一片朦朦胧胧，给这个极不平凡的夜晚增添了些许神秘感。

赵二顺背起刘振武，王春兰、赵小满跟着一起向村里走去，不一会儿，便消失在了朦朦胧胧的夜色里。

村子里的狗都狂吠起来。

赵二顺把刘振武背回家后，就把他放在了东屋里赵小满的炕上。他让王春兰把他穿的干净衣裳找出来，把刘振武身上满是泥土和血迹的衣裳脱了下来，然后拿毛巾蘸着温水为他从头到脚擦洗干净，再为他穿上干净衣裳后说："小满，你去把村长喊到咱家里来。他跟俺说起过枣临支队的事儿，让他过来看看认识这个人不。"

"哎！"小满答应着，一路小跑地去了。

赵二顺拾掇完，点上一袋烟正抽着，赵小满已经把村长赵景轩找来了。赵二顺赶忙迎上前去说："四叔，您看看这个人您认识不？"

赵景轩端起油灯看了看还在昏迷着的刘振武，禁不住惊讶地说："哟！这是枣临支队的刘振武队长，他这是咋的了？"说着就放下油灯，抱起刘振武的身子摇晃着说，"刘队长，你醒醒。刘队长，你醒醒。"

这时，王春兰端来一碗刚晾凉了的温开水，说："四叔，您甭叫他了。他伤得不轻，还是先给他喂点儿水吧！"

赵景轩接过碗，用调羹舀着给刘振武慢慢地喂下去了大半碗水。他放下碗后问："二顺，刘队长咋会在你们这里？"

赵二顺说："他今儿多亏遇到了孩儿他娘，要不然，还不得被小鬼子逮个正着。"赵二顺就把傍晚发生的事情详细地向赵景轩叙述了一遍。

赵景轩仔细地听完，用佩服的眼神看着站在一旁的王春兰，笑着说："二顺家的，你知道你救下的是谁吗？他是咱们枣临支队的队长。"

王春兰听了赵景轩的这番话，一时喜得合不拢嘴，嘻嘻笑着说："俺当时可不知道他是谁，俺见他受了伤，浑身是血，还听他说有小鬼子在追他，就啥也没想，只知道他不是个坏人，就把他藏到地窖子里去了。"

赵景轩说："要不是你当时机智勇敢，换个人还真不好说。"

昏迷中的刘振武慢慢地苏醒了过来。一直守在他身边的赵景轩见了高兴地说："刘队长，你可算是醒过来了，身子感觉咋样？"

刘振武见是赵景轩，忙欠了欠身子想坐起来，结果有些费劲，便伸出手让赵景轩扶他一把。他倚靠着墙坐好后，看了看屋里的人问："赵村长，俺这是在谁家里？"

赵景轩说："是在二顺家里！"他说着用手指了指站在赵二顺旁边的王春兰，又说，"这是二顺的媳妇，今儿是她把你救下了。"

刘振武微笑着点了点头说："这俺知道，俺刚才一睁开眼就看到她了。今儿俺实在是跑不动了，要不是碰见赵二嫂，可真就被小鬼子逮了去了。"他说着向王春兰挥了挥手又说："二嫂，咱大恩不言谢，等日后俺的伤好了再报答你。"

王春兰听了刘振武这话，赶忙向前挪动了一下脚步，很认真地说："瞧你说的，啥言谢不言谢、报答不报答的，俺救你是俺应尽的本分。说句实话，你当时要不是说有小鬼子在追你，俺救不救你还另说着，总归俺不认识你不是？再说了，俺当时见你那血呼啦的样儿，还着实吓了一跳。"

"俺当时灰头土脸的浑身是血，一跟你搭腔，看出你怕是遇到了坏人，很是紧张。可当时情况紧急，俺一着急就把有小鬼子追俺的实情说了出来，现在看来，俺当时说出实情还是对的！"刘振武说着说着来了兴致，干脆把倚在墙上的脊背向前探了探又说，"你当时可真不赖，沉着机智，一听俺问你有绳子吗，你就噗通一声坐在地上解下了裹脚布来。要不是你能想出这法儿来，俺还是真难下到那地窖子里。不过，你那裹脚布的味道可是真够劲儿。"

一直站在一旁的赵小满说："俺娘的裹脚布就是臭！"经他这么一说，惹得满屋里的人都"呵呵"地笑起来。

王春兰的脸上泛起了一层红云。她羞答答地说："俺当时也没多想，光想着怎么能把你赶紧续到地窖子里去，就想出了这法儿。"她看见赵二顺正在给她使眼色，就一转话题说，"这天不早了，俺就不在这儿凑热闹了，你们拉吧。刘队长一准儿得饿了，四叔也还没吃饭吧？俺这就和面去，咱擀面吃！"她说完就上饭屋去了。

赵景轩掀起被单子，看了看刘振武腿上的伤说："你这腿伤得不轻，得把子弹取出来才是。"他放下被单子直起腰身，冲着赵二顺说："这样，二顺，你去把老中医孟大年请过来，你见了他就说，是你的个远房亲戚腿上挨了一枪，让他带些能治跌打损伤的中草药来，先给刘队长的腿伤敷一敷，赶明儿再去城里请个大夫来做手术。"

赵二顺出去后，屋里就只有刘振武、赵景轩和赵小满三个人了。赵景轩问："刘队长，你怎么就被敌人追着跑到这儿来了？"

刘振武说："别提了，俺今天一大早带着通讯员刘新生赶到军区开紧急会议。一开完了会，俺们就赶着回队上去，哪知刚走到东丘岭上，就遭遇了敌人的埋伏，俺的战马也被打趴下了，就只好和小刘边打边跑，没跑多远，小刘就中弹倒下了。他为了让俺快跑，就在那里阻击敌人，后来就碰上二顺家嫂子了。看来小刘是凶多吉少了。"他说着，眼睛里流下了两行热泪。

赵景轩见状，忙安慰刘振武说："刘队长，你先别难过了，这样对你的伤不好。等二顺请来了孟中医，给你的伤口敷上药后，俺俩就去东丘岭上寻寻小刘去。"

随着门外一阵窸窣的脚步声，就见赵二顺和孟大年走进屋里来。

赵景轩站起来对孟大年说："大年，二顺家里的娘家兄弟在从临城回来的路上，腿被小鬼子的流弹打伤了，你快给看看怎么个治法？"

孟大年一看刘振武腿上的伤，不禁"哟"了一声，说："伤口肿得怪厉害，得赶紧做手术，要不然化了脓就不好治了。"

赵景轩听了，急得两手在空中甩了又甩："这可怎么办？俺本想赶明天再到城里去请大夫来做手术的，可这黑里进不去城。"

孟大年"嘿嘿"一笑，随即慢言慢语地说："村长，您别着急，咱现在就可以给他做手术。"

赵景轩问："怎么，你能做？"

孟大年一扬脸说："能。俺刚才看了，子弹打进了他的外腿肚子里，没伤着骨头，这手术好做。"

赵景轩听孟大年说能做手术，半信半疑地说："中医不是光会号脉开处方吗，你这是什么时候也学会拿手术刀了？带家伙什儿了没？"

孟大年说："带了。"

赵景轩说："那就赶紧手术。"

孟大年一边答应着，一边打开药箱子，从里面取出一支手电筒来说："村长，你得用这手电筒照着亮。"他又对赵二顺说，"二顺兄弟，你得帮忙按住他的腿，没有麻药可能会很疼。"

赵景轩问："没麻药呀？"

孟大年说："没有。这兵荒马乱的，小鬼子对这东西儿看得紧，不好淘换。"

刘振武说："赵村长，你就让孟大夫做手术吧，没麻药，俺咬咬牙也就挺过去了。"

孟大年一边用酒精棉为刘振武的伤口消着毒，一边安慰他说："你别紧张，要放松，待会儿疼一下子就没事儿了。"他说，"好了。你们一个摁着他的腿，一个打好手电筒，咱准备手术了。"

屋内一时出奇的寂静。孟大年手拿刚用酒精棉消完毒的手术刀，照准刘振武的创口边缘猛地一插，手腕儿往怀里一旋转，然后往上一挑，随着刘振武"啊呀"一声，子弹便被取了出来。只见创口处"咕噜咕噜"地往外冒出来一些带泡泡的血水儿，孟大年拿着药棉轻轻地蘸净，用止血药粉止住了血，最后再用纱布包扎好，手术就算完了。

赵景轩长长地舒了口气，用手里的电筒照了照孟大年说："行啊，大年，没想到你还有这两下子，快坐在凳子上歇歇。"他又转过身问躺在炕上的刘振武说，"怎么样，感觉好些了吗？"

刘振武伸出手让赵景轩扶他坐起来后，咧嘴笑了笑说："俺感觉这条腿轻快多了。"他向孟大年挥了挥手，"孟大夫，今儿多亏了你，让你受累了。"

孟大年向前欠了欠身子说："你别客气，你这伤，好治，赶明儿俺再来给你换换药，就没事儿了。"

送走了孟大年，夜已经很深了。

赵景轩说："刘队长，已经半夜了，你就早点儿歇着，俺这就跟二顺上东丘岭寻寻小刘去。"

刘振武说："俺刚才一直在琢磨这事，你们去了，若是能寻到了小刘，只要是他还活着，就把他背回来；若是他已经牺牲了，你们就在东丘岭上找个平坦的地儿把他埋了，这兵荒马乱的，人死了有人埋，也算是入土为安了。这孩子是俺的个远亲侄子，前年春上在台儿庄大战中，他一家五口人在小鬼子的飞机轰炸时，全被炸死了。他当时多亏上荒坡地里剜野菜去了，才算是躲过了一劫，可今天他却为了掩护俺……"他难过得哽咽起来。

赵景轩说："刘队长，你放心，俺们就按你的意思办。"

赵二顺扛上镢头和铁锹，嘱咐赵小满说："小满，你已经是个十六七岁的大小伙子了，要知道照顾好你刘叔叔，黑里睡觉别那么死，机灵点儿。"

赵小满用手胡噜着后脑勺笑笑说："爹，您放心，俺一定会照顾好刘叔叔的。"

"这还差不多！"赵二顺高兴地抚摸了一下赵小满的头，就跟赵景轩走出了屋子。

王春兰提了一暖瓶热水送到了东屋里。他嘱咐赵小满说："你刘叔叔在咱家里养伤，今黑里喝水啥的你得好生伺候着，娘就回屋歇着去了。"

赵小满只是点头笑了笑，没吱声儿。

刘振武说："二嫂，你就甭管了。俺要是喝水就让小满倒，你回屋歇着去吧！"

赵小满说："娘，你回屋歇着去，刘叔叔有俺。"赵小满把王春兰送到门外，眼看着她走进了堂屋里，就随手把门闩上了。他倒好了一碗热水，放在了刘振武炕头旁的柜子上说："刘叔叔，等这开水晾凉了，您再喝点儿。您黑里要是尿尿的话，就叫俺，俺起来给您拿盆子。您的腿刚做了手术，可千万别自己下地。"

刘振武听了笑着说："你小小的年纪还怪细心，今年多大了？"

赵小满说："十七。"

刘振武说："也是个大小伙子了。念过书没？"

赵小满回道："跟着村里的张老先生念过三年私塾。"

刘振武说："还是个文化人，将来一定会有出息。"

两人说着话，赵小满已经脱了裤子坐进了被单子里，问道："刘叔叔，您说白天有小鬼子追您，他们长得啥样儿？是不是跟传说中的鬼一样？"

刘振武说："你没见过小鬼子？"

赵小满把头摇得像拨浪鼓似的说："没有。"

刘振武说："能长得什么样儿，跟咱中国人长得差不多，不过个头儿得平均比咱中国人矮半截子。"

赵小满听了说："俺听村里人都说日本人是小鬼子，还以为他们长得跟鬼一样吓人。"

刘振武说："之所以称日本人是小鬼子，是因为他们阴险狡诈、惨无人道，是一帮奸淫掳掠、无恶不作、禽兽不如的畜生。"

赵小满说："刘叔叔，既然他们长得跟咱中国人差不多，还比咱矮半拉子，咋就敢上咱这里来祸害人？俺可是看见地图上，日本比咱中国小不少咧！"

刘振武说："怎么说呢？日本进行大化改新后，经济飞速发展。国力强了，而国内又没有什么矿产资源，所以对外就实行军国扩张政策。他们趁中国清王朝不稳，而又军阀混战之际，对咱们中国进行了大规模的侵略战争。

先是甲午战争，后是侵占山东半岛，1931年侵占了东北三省后，1937年又发动了对咱们中国的全面侵略战争。小小的日本之所以敢上咱这里来欺负人，其主要原因就是咱们现在太贫穷、太落后。贫穷就会被别人欺负，落后就会挨别人打。他们派重兵在枣庄横行，其主要原因就是为了掠夺咱们枣庄的煤炭资源。"

赵小满虽然对刘振武说的这些大道理似懂非懂，但他似乎也从中明白了一个道理，那就是俺赵小满是中国的一个男子汉，岂能容忍畜生不如的小日本来欺负。突然，他那一直看着刘振武的目光豁然一亮，说："听说枣临支队是专门打小鬼子的，俺也要加入你们，跟着你们一起打小鬼子去。"

刘振武听了，激动地往前欠了欠身子说："好啊，你能有这样的想法，俺非常赞成。不过，你爹娘就你这么一个儿子，俺看不好办。"

赵小满问："为啥？"

刘振武说："因为你爹娘不舍得。再说咱们部队上也有规定，凡是家里是独子的，可以不当兵。"

赵小满听了后说："这叫啥规定？保家卫国，人人有责。赶明儿俺就跟俺娘说去，俺要跟着你打小鬼子去！"

刘振武面对赵小满的要求，打心里高兴。他发现通过刚才的攀谈，已经喜欢上了眼前这个既有文化，又较执着的年轻人。他借着煤油灯的光亮儿，仔仔细细地端详了赵小满一番，只见这个才17岁的年轻人，生得齐齐整整、匀称结实，浓黑的眉毛，秀美的眼睛，嘴角微微向上翘，显得坚毅、有主张，满脸流露着年轻人愉快向上的神态。他看看夜色已深，就对赵小满说："小满，天很晚了，咱就歇了吧！至于你想参加枣临支队的事儿，要征求一下你爹娘的意见，看他们是什么意思。"说着把脱掉的衣裳放到了炕旁的柜子上，吹灭了灯，躺进了被单里。

赵景轩和赵二顺来到东丘岭上，按照刘振武说的在他和小刘阻击敌人的地方，仔细地寻找起来。在寻找到一个小土丘前时，他们发现了一摊血迹，但没见到小刘的影子。他们又循着地上时有时无的血迹一路找下去，最后是在一块大光石的后面发现了小刘。赵景轩用提着的马灯照了照小刘的脸庞，发现他的眼睛睁着，却没有什么反应，就用手指去试他的鼻息，结果已经没有了气息，又去试他的肢体，肢体也已经冰凉，就一边用左胳膊担着小刘的脖子，一边用右手去抚闭上小刘的眼睛，随即哽咽着说："刘新生同志，你不顾生死地在这儿阻击敌人，掩护着刘队长安全撤离，你死得值，你死得光荣，够爷们儿，是个英雄！小刘同志，刘队长他还活着，你就放心地走吧！他的腿负了伤，就不能亲自来送你了。他嘱托俺和二顺同志前来送送你，你别怪他。刘新生同志，你先在这里躺会儿，等俺跟二顺同志挖好了墓穴，再来安葬你，你等着。"

赵二顺见赵景轩祷告完了，就问："四叔，你看咱们在哪儿挖坑合适？"

赵景轩提着马灯在大光石前面的空地上察看了一番，说："俺看就在这大光石的前面吧，这里是小刘同志牺牲的地方，也就是他的归宿之地。"

赵二顺说："行。"

地方定好了后，两个人就一个拿镢头，一个拿铁锹，在大光石前的平地上挖出了一个长2米、宽1米的墓穴。

赵景轩又是一番祷告后，便和赵二顺一起把刘新生的遗体抬进了墓穴里。待他们把小刘的遗体安葬好，漆黑的夜色已经有了些铅灰，天上的星光也在渐渐地减少，几点小星交换地眨巴着眼，在向天上空虚的深渊消去。刹那间，从天边卷起的云头，有一抹淡红从东方露出来了，天已经破晓。

第十三章 小满参军

第二天，王春兰一大早就起来了。她悄悄地来到了鸡窝前，打开鸡窝的门，伸手把一只红脖毛大公鸡从鸡窝里拽出来，随即就把它抱到了怀里，一边用一只手揽着它，一边用另一只手胡噜着它脖子上的红毛儿不许它叫，径直地向饭屋走去。

王春兰把大公鸡放到饭屋里的地上，随手抓了一把玉米粒儿撒在地上让它吃。大公鸡脸涨得通红，在那玉米粒跟前迈着四方步直纳闷儿，它左瞅瞅、右瞧瞧，又抬头看了看女主人，心想："这是咋的了？是不是俺今儿清晨打鸣格外卖力气，女主人在给俺开小灶啊？不对，俺往日哪天到打鸣的时候不卖力？而偏偏今儿一大早的给俺开小灶，这是要宰俺了呀，是为俺送的最后一顿断头餐，嗨！管他呢，吃了这顿不管下顿的事儿，俺先吃了这顿小灶再说，吃饱了肚子，爱咋的咋的！"于是，它便啄食起地上的玉米粒儿米。

王春兰看着大公鸡把地上的玉米吃完，就又抓了一把玉米当引子，把手伸到它的面前哄它别乱跑，等它要啄食她手里的玉米粒儿时，就一把抓住了它，还没等它喊叫出声儿，已把它的头扭到了脊背上，露出脖子，随即把脖子上的毛揪秃，摸起菜刀一拉，暗红的血淌进一只准备好的大白碗里。她看着鸡血沥尽，就随手把大公鸡扔到了天井里，那大公鸡虽说被割断了喉管而叫不出声儿，但凭着最后的生息在天井里翻着跟斗地直扑棱，不一会儿，两腿眼看着伸直，随之就一动也不动了。

太阳从东山上露出脸儿来，照射得村巷里金灿灿的，就见赵二顺和赵景轩忙活了大半宿后撅撅地回来了。他们一走进院子里，见天井里一地鸡毛，赵景轩便笑呵呵地说："二顺家的还把鸡杀了。"

赵二顺咧嘴笑了笑说："看来俺这婆娘处事儿还行，能分得出个轻重来。她平时过年过节的也不舍得杀个鸡，这倒好，打小鬼子的刘队长一到家里来，又是荷包蛋，又是杀鸡炖汤的，还怪上心呢！"

赵景轩说："这就叫觉悟，是你小子摊上了个好媳妇，过日子嘛，要是连哪头轻哪头重都分不出来，你就是天天有鸡让她给你杀着吃，也过不出那好道道来。这面对从小鬼子手里救下来受了伤的刘队长，她能把家里最值钱的东西拿出来照顾了他，可见她是个多么明事理又多么敞亮的人哪！"

王春兰在饭屋里正烧着火，听见天井里有动静，知道是赵二顺和赵景轩回来了，忙把火熄灭，扑打着身上的草木灰走出门来说道："是四叔回来了。看你们忙活了这一宿，弄得个灰头土脸的，俺这就给你们端盆热水去！"她说着就到饭屋的大铁锅里舀了一盆热水，端到天井里又说："快洗洗，洗完了先抽袋烟歇会儿，等小满屋里的门开了，咱就吃饭。"

赵二顺瞅了瞅东屋门，见紧闭着，就放大了嗓门儿说："这个小兔崽子，咋还没起来，太阳都晒到屁股了。"他说着就来到小满的门前，"啪啪"拍了两下喊道，"小满，起来没？你娘都把早饭做好了。快起来开门，好让你刘叔叔吃饭！"他听见屋里有了声儿，就走到赵景轩已经洗完了的热水盆边，三把两撸洗了脸，又胡噜了一把头，算是洗干净了。他一边用手巾擦着脸一边说："四叔，咱爷儿俩洗的这盆水得有二两土，都快成糊糊了。"

赵景轩笑着说："你就应该再换盆水洗，俺洗过了的，你不嫌水脏呀？"

赵二顺说："人哪有嫌弃水脏的道理，俗话说得好，水不沾人，是人沾水，要不然这盆水能让咱俩洗成了这样儿？"

赵景轩抽着烟袋哈哈笑着说："你呀，倒有道理了。只要你不嫌你四叔脏就行，俺知足着呢，哈哈……"

王春兰见赵小满的屋门已经打开，知道是刘振武已经穿衣坐起来了，就说："四叔、孩儿他爹，咱先到东屋里看看刘队长去，这一黑里也不知道他的伤怎么样了。"

赵景轩抽尽最后一口烟，一边往鞋底子上"啪啪"地磕着烟锅里的烟灰，一边吐着浓浓的烟雾说："好！咱们这就去看看。"

王春兰跟在赵景轩和赵二顺的后面进到了东屋里，见刘振武已经穿衣坐了起来，说："刘队长起来了？这一黑里伤口疼没疼？"

刘振武见他们进来，就向前欠了欠身子笑笑说："二嫂，要说不疼是假的。不过现在好多了，说不定今儿就能下地赶回队上去了。"

王春兰说："你就是能下地了，也不能急着赶回队上去，你在这里安心地多养几天。"

刘振武说："俺这一黑里没回去，不知道队上的同志都急成啥样儿。"他看了一眼赵景轩问，"怎么样，你们找到小刘了没？"

赵景轩声音低沉地说："找到了，可惜他已经牺牲了。"他说着两行热泪流了下来，声音颤颤地又说道："他浑身都是枪眼儿，死得很壮烈哩！"

刘振武听了控制不住伤心，用一只手遮掩着眼睑哽咽着说："俺已经想到了会是这样一个结果。他还年轻，就这样离开俺走了，俺亏欠他呀！呜呜……"他悲痛地哭出声来。

王春兰把一块热气腾腾的毛巾递给刘振武说："刘队长呀，你别难过了，快用这热毛巾擦把脸，小刘是打小鬼子，为了掩护你才死的。他死得值。俺觉得一个人死不可怕，得看死得值不值。只要是为了保家卫国、打小鬼子而死的，就死得值！"

赵景轩说："是啊，刘队长。二顺家说得对着呢。小刘虽说死得很壮烈，却死得很值。"

刘振武一边用热毛巾擦着脸，一边问："你们把小刘的遗体安顿好了？"

赵景轩说："按照你的意思，把他安葬在东丘岭大光石前面的空地上了，也就是他牺牲的地方。这不，俺跟二顺刚回来。"

"让你们受累了！"刘振武伸手握住了站在炕边的赵二顺的手说："赵

二哥，你家的嫂子救了俺的命，又让你为了俺的事儿忙活了一黑里，真是过意不去。”

赵景轩抢过话说：“你还对他客气个啥？二顺也是个共产党员，咱们都是革命同志，为革命的事儿忙活也是应该的，你就不用对他说客气话了。”

赵二顺憨憨地咧嘴一笑说：“是啊，刘队长。这些都是俺应该干的。”

刘振武用手使劲儿攥了攥赵二顺的手说：“俺还真不知道你也是个共产党员。这样的话，咱们就可以更好地交流了。”

赵景轩说：“这都怪俺，没有把二顺的情况向你介绍清楚。二顺同志也是个老党员了。二顺，你是哪一年入的党？”

赵二顺答：“是1932年闹暴动的时候，你忘了，还是您引见俺认识的季华书记。”

赵景轩说：“对，对！”

王春兰见刘振武的情绪稳定下来，忙插话说：“俺看咱们还是先吃饭，等吃完了饭，你们爷们儿几个有得是时间拉呱。俺今儿炖了只鸡，主要是给刘队长补补身子，四叔跟孩儿他爹也忙活了一黑里，就跟着沾光了。”

赵小满噘着小嘴问：“娘，俺呢？”

王春兰仍旧笑呵呵地说：“还能少了你的呀？小馋猫！”

吃完了早饭，赵小满轻轻地拽了一下赵景轩的袖子悄悄地说：“四爷，您跟俺到外面，给您说个事儿。”

赵景轩跟着赵小满来到院子外的大榆树下问：“你有啥事儿不能在屋里说，还神神秘秘把四爷领到这里来？”

赵小满那泛起红云的小脸儿笑成了一朵花儿，说：“四爷，俺想跟着刘队长去参加八路军打小鬼子去，您帮俺说说呗！”

“是这事儿？”赵景轩是看着赵小满从小长大的，他知道这孩子诚实善良，直来直去，遇事不好拐弯抹角，也不好多言多语，同时还有个小毛病，只要他认准了的事儿，好钻死牛角儿，若是不依他，会没完没了地缠磨你。于是，便故意地说：“俺看这事儿不好办！”

赵小满一下收起笑容问：“怎么呢？”

赵景轩认真地说："你说怎么呢？你是你爹你娘的独苗，不符合当兵的条件。"

赵小满说："刘队长也是这么说的。"

赵景轩问："怎么，你已经找过刘队长了？那你还找俺做啥？"

赵小满说："他说只要俺爹俺娘同意，他可以考虑。你就帮俺跟他们说说呗！"

赵景轩又问："刘队长真是这么说的？"

赵小满说："真是这么说的！"

赵景轩笑着说："你小子，鬼得很！好吧，俺心里有数了。"

院门口，就见王春兰踮着双小脚走出院门来，冲着赵景轩说："四叔，刘队长找您，说是要跟您商量他回队上去的事儿。"

赵景轩匆匆地进到屋里后说："刘队长，听说你要回队上去？"

刘振武回答说："是的，怕是队上的同志都在为俺担心。"

赵景轩说："那也不能走，你伤得这么厉害，连地也还下不了，何况要走30里的山路。你呀，就在这儿安心地养伤，队上俺差人去送个信就是了。"

赵小满一听刘振武要走，心里有些着急起来，托四爷的事情还没着落呢。于是说："刘叔，你就听俺四爷的，在俺家里养伤吧，俺还要听你讲打小鬼子的故事呢！"

王春兰不知道赵小满心里揣着事儿，就接话说："是啊，刘队长。你看俺家小满这么跟你结缘儿，你就留下来吧！怎么？你嫌俺做的饭不好吃？"

刘振武一时被劝得无语了。他苦笑一下说："二嫂，你可真会劝。俺哪能嫌你做的饭不好吃，这又是荷包蛋，又是煮鸡汤的，俺还怕在这儿养伤吃馋了，不想走了。"他看了看赵景轩说道，"这样吧，赵村长，俺给季政委写封信，你差个人送到刘家峪去。"

赵小满听了立刻自告奋勇说："四爷，就让俺去，俺知道刘家峪怎么走。"

赵二顺拿眼瞪了赵小满一眼说："小孩子家别逞能，这送信儿可不是闹着玩的，责任大着哪，真要是路上遇到了敌人啥的，你应对不了。四叔，还是俺走一趟吧！"

赵小满的声音大起来："爹，俺已经不是个小孩子了，是个大人了，您就让俺去，再说您一宿没睡觉了，就歇着吧！"

赵景轩微笑着看了看刘振武说："俺看这送信儿的任务就让小满去完成，他说得对着呢。他已经不再是个孩子了，就让他去锻炼锻炼，将来还要接咱革命的班呢！"他说完，冲着赵小满挑了下眉毛。他知道赵小满的心里是怎么想的。

赵二顺一听赵景轩这么说，就把两只粗大的手放在赵小满的肩膀上，打心底疼爱地说："小满，你能行？这可是件特别重要的事。"

"怎么不行呢！"王春兰还没等赵二顺说完就抢过话来说："你这当爹的可真够腻歪的。四叔都说话了，你还不放心？"她又对着刘振武说，"你说是吧，刘队长？"

刘振武心里明白赵小满要求送信的目的。他是要通过去完成这次送信的任务，来证明自己不再是个孩子了，是个能跟着俺刘振武去参加八路军的大人了。于是，他看了看赵景轩，又看了看赵小满，对王春兰说："二嫂，只要你说行，还能不行？俺看就让小满去。这孩子虽然不大爱说话，但是够机灵，是个有心计的人。二顺同志，你就放心地让他去吧！"

赵小满听了刘振武的话，便一头扎进了王春兰的怀里，搂抱着她的腰身带些撒娇地说："娘，您说话管用。"

刘振武写完信叠好，交到了赵小满的手上嘱托说："你把这封信交到季政委的手里，就算是完成任务。路上一定要多加小心，万一遇到了紧急情况就先避一避，千万不要硬来。危急时刻，就是把信吞到肚子里去，也不能落到了敌人的手里。"

赵小满双手接过了信，随即把信掖进了内衣的口袋里。他在腰间扎了条布巾后，就把一把镰刀别到了腰后的布巾里，看上去活脱脱就是个上山砍柴的青年。他向屋里的人一一摆了摆手后，便走出了屋子。

王春兰把赵小满送到院门外，又嘱咐道："路上千万要多加小心！"

赵小满一边走，一边挥着手说："知道了，娘，您回吧。"

王春兰站在院门外的石台上，高高地扬着她的右手。金灿灿的晨阳照射在她的身上，整个人儿像是一尊金色的雕像，翘首目送着赵小满消失在了村巷里。她一转身，见孟大年背着药箱子来了。

赵景轩趁着孟大年来给刘振武换药的工夫，便把王春兰和赵二顺叫到了堂屋里直截了当地说："小满去刘家峪送信走之前找俺了，他说要跟着刘振武去参加八路军，让俺征求一下你们的意见。"

赵二顺听了一震，随手摸起桌子上的烟袋往荷包里一攮，就右手把着烟杆儿，左手捏着烟荷包左按右搋地往烟锅里装起烟叶来，看上去双手有些颤抖。他装满了烟锅，用火镰打火点燃火绒，噗，一口把火绒吹出火苗儿，然后点燃烟锅深深地抽了一口，随即长长地吐出了一股浓重的烟雾，把自个儿笼罩在朦朦胧胧的烟雾里了。

王春兰见赵二顺在那里玩起了抽烟袋的花活儿，闷闷不乐地不言语，就有点儿沉不住气了，说："孩儿他爹，你怎么不说话，你是当家的，四叔说的事儿行还是不行，你得给句痛快话。"

"唉！"赵二顺深深地叹了口气说，"你让俺说啥？小满这孩子既然提出了这事儿，就说明他已经拿定了主意，要是跟他说不行，已经很难了。他这孩子就是个犟种，你的儿子你还不知道？"

王春兰笑笑说："俺的儿子俺当然知道，他就是个犟种还不是随你？不过，俺倒觉得小满能提出来去参加八路军这事挺好，说明他真的已经长大了，知道报效国家了。孩儿他爹，咱养儿子为了啥？不就是当国家需要的时候，能够挺身而出去报效国家吗？光为了给你养老送终呀？亏了你还是个党员。"

赵二顺一听王春兰说这话，就猛地抽了口烟袋，嗓门儿大了起来，说："四叔，您看俺家这个娘们儿！俺这还没说啥，她就凶上人了。"

赵景轩见两个人杠上了，也就不搭话，坐在那儿继续抽他的烟袋。赵二顺冲着王春兰说："俺刚才不说话，是怕你不同意小满去参加八路军，所以才故意地让你先表态。"

王春兰接过话说："你甭耍滑头了。俺刚才已经看出来了，四叔一说这事儿，你当时脸都长了，手也麻爪了，知道是你一听小满要去参加八路军心里别扭，怕战场无情，弄不好会死在战场上。你也不想想，咱这么大的国家都被人家给占了，你还在这儿考虑着养儿防老的事儿，有啥用？咱小满既然提出来要跟着刘队长去打小鬼子，咱这做爹娘的就应该大力支持。"

王春兰的一席话，把赵二顺说奔拉了脑袋，又点燃了一锅烟袋"叭叭"地抽起来。他抽着抽着猛地抬起头来微微一笑说："好吧，只要是你同意了，俺没啥意见。你就别再守着四叔，说俺这个党员没觉悟了。"他虽然嘴上这么说，但实际上心里一直有些疙瘩，他就小满这么一个儿子，真要是跟着刘振武走了，那就是等于把他送上了战场。小满万一有个好歹，就没有人传宗接代了。再想想，也许孩儿他娘说的是对的，国都破了，还考虑家亡不亡啥用？不拿起枪来，把小鬼子赶出国门去，你就是有十个八个的儿子又有啥用，还不是一个一个地都成了亡国奴。

赵景轩见两个人杠的火候差不多了，就满脸笑幽幽地说："好了，俺听你们两口子的意思，是同意小满跟着刘队长走了。这就对了，要不说小满这孩子够机灵，这事儿他不对你们这当爹娘的说，对俺和刘队长说，再让俺来对你们两口子说，他怕的就是对你们说了不同意，才这样拐弯抹角地找俺的。既然你们这当爹当娘的都同意了，那咱们就一起跟刘队长说说去，行与不行，得由他最后表态。"

赵景轩、赵二顺、王春兰一前一后地来到东屋里，见孟大年已经给刘振武换好药走了，赵景轩便笑幽幽地说："刘队长，今早小满找俺了，说是他昨黑里说了要跟着你走的事，你说要争取他爹娘的同意才行？"

刘振武说："是啊，俺是这么说的。"

赵景轩说："俺刚才跟二顺和他家里的商量了，都同意小满跟你走。"

刘振武说："是吗，不过二哥、二嫂，你们可就这么一个儿子，能舍得他跟俺打小鬼子去？"

"舍得！"还没等刘振武说完，王春兰就把话抢过来说，"国破家不圆，这话俺懂。俺知道队伍上缺的就是人，既然小满有这个要求，等你养好了伤后，就带他走吧！"

刘振武看了看赵二顺说："二顺同志，俺得跟你说明白了，咱们党可是有这方面的政策，凡是家里是独子的，可以不应征。让小满跟俺走了，你不后悔？"

"不后悔！"赵二顺憨憨地一笑说："俺家里的是个普通群众都不后悔，俺哪能后悔，俺倒为小满能有这样的要求而感到高兴，是俺的种。"

刘振武看了看赵景轩，又瞅了瞅赵二顺和王春兰说："好，既然这样，到时候俺可就真把小满带走了。说句实话，俺爷儿俩昨黑里拉了好大一会子，俺已经打心里喜欢上这个年轻人了。这孩子虽说不大好言语，但一举一动都透着机灵，那就先让他留在俺的身边干通讯员。"

赵景轩笑着说："二顺家的，这下你满意了吧？俺也可以给小满交差了。"他说完伸起双臂打了个哈欠，"这一黑里没合眼，还真有些困呢，俺可要在小满这炕上歪一会儿了。"

王全中一大早便来到皇协军司令龙少坤的办公室门口："报告！"

门里边："进来。"

王全中推开门，径直地走到龙少坤的办公桌前行了个举手礼道："报告司令，俺们侦缉队昨天在东丘岭截击了两个八路，打死一个，打伤一个。"

龙少坤惊喜地问："你确定他们是八路？"

王全中说："确定。他们骑着战马，戴着八路帽，使的是短枪。"

龙少坤又问："那个被打伤的活捉回来了？"

王全中说："没有。让他给跑了。"

龙少坤站起身，一边在空地上来回地走着，一边自言自语道："骑马？短枪？只有八路当官的才可能配备。不会是枣临支队的刘振武吧？"他突然停住了问，"他们有多大年龄？"

工全中回答道："被打死的那个有 20 来岁，被打伤跑了的那个有 30 来岁的样子。"

龙少坤听了说："怪不得昨天夜里皇军的电台监听到了八路军在寻找刘振武的电文，这样看来，被你们打死的那个是护卫，被打伤跑了的那个定是他刘振武。"

王全中一听，说："刘振武，八路枣临支队的队长？可惜追了他半天没能追上，还是让他跑掉了。"

龙少坤说："这回让他跑了就跑了吧！逮住他刘振武是迟早的事儿。"他"嘻嘻"一笑又说，"全中啊，你这回可算是立了大功了，俺要在皇军面前为你请赏，保举你为侦缉队副队长。"

王全中控制不住内心的喜悦："感谢司令的栽培！"

赵小满去给枣临支队送信儿，心底的高兴劲儿就甭提了。他走在弯弯曲曲的羊肠小路上，跳着、踮着、蹦着、咧着嘴笑着，欢快得像只调皮的小鹿。他正蹦跳着向前赶路，忽然间发现前面的路上有一条扁担长的大蛇，正在顺着去路向前逃窜。他随即放慢了脚步，弯腰捡起一块鸡蛋大小的石头，嘴里说了声"叫你跑"，就把石头朝着大蛇扔了过去，只听"啪"的一声，正中大蛇的脑袋。立刻看到那大蛇的后身向空中腾起了多高，左拧右扭地扑棱了好一阵子，便白肚皮朝上直挺挺的不动了。嘿！这准头。他绝对不是蒙的，是他打小上山拾柴火时，跟着村里放羊的老孟头练就的一手指哪打哪的绝活儿。

赵小满翻过了最后的一道山冈，低头向山脚下一望，前面就是刘家峪了。他一看就要把刘队长的信送到目的地了，脸上的笑，就像是池塘里盛开着的一朵荷花，脚下的步子也更加欢快起来。

赵小满欢快地来到村口的时候，突然间从两棵大核桃树后闪出来了两个十二三岁的少年，他们一个端着红缨枪，一个手里举着银光闪闪的大刀，那大刀把上的红布条子被风一吹，凛凛飘动，好似一束火苗儿。面对这突然出现的两个威风凛凛的少年，赵小满着实被震住了，一时木在那儿不知所措。就听端着红缨枪的少年大声喝道："站住，干什么的？"

赵小满回答："送信的！"

端红缨枪的少年问道："有路条吗？"

赵小满说："什么路条？没有！"

端红缨枪的少年说："没有路条，不能进村，更不能从村里过！"

赵小满一下给难为住了，站在那儿直挠着头皮不知道说什么好了。手拿大刀的少年见赵小满没有路条，还站在那里挠着头皮直瞅他手里的大刀，就悄声对端着红缨枪的少年说："大山哥，俺看他没有路条，还鬼鬼祟祟地拿眼睛瞅俺，准不是什么好人，怕是个小鬼子的密探吧？"

端红缨枪的少年说："俺看不像。他不比咱大多少，让俺再问问。"他说完就端着红缨枪在赵小满的脸前使劲儿一抖，问，"喂，你从哪儿来？"

赵小满回道："赵家湾！"

端红缨枪的少年又问："给什么人送信？"

赵小满答道："给枣临支队的季政委送信！"

端红缨枪的少年又问："是什么人让你来的？"

赵小满回答："是刘队长！"

两个少年一听是刘振武让他来给季政委送信的，两张严肃的小脸儿，立刻就笑成了两朵小花儿，透着一脸的天真烂漫。端红缨枪的少年嘻嘻笑着说："是这样啊，刚才咱们是误会了。你叫什么名儿？"

赵小满说："俺叫赵小满。"

端红缨枪的少年说："俺叫刘大山，他叫刘小山。小满哥，俺就不陪你去找季政委了，让小山子去，俺还要在这儿放哨，这儿不能离了人。"

赵小满问："村里怎么让你们小孩子放哨？"

刘大山说："这是村长交给俺们少儿团的任务，要防止狗特务进村探听消息。"他扒在赵小满的耳根压低了声音并神秘地说，"因为俺们村是八路军的根据地，村里住着枣临支队。"

赵小满听了后说："是这样啊！应该放哨，应该放哨！"

刘小山说："小满哥，走，俺带你去找季政委。"

赵小满一边跟着刘小山走，一边看着他手里的大刀说："小山子，你这把木头刀做得挺好，像真的。"

刘小山自豪地说："像真的吧，他们都说像真的！"

赵小满说："俺刚才乍一看，还以为是真的呢，银光闪闪的，吓了俺一跳。后来俺仔细一瞅，原来是刷了一层银粉，木头的，嘿嘿嘿，还挺唬人，是谁给你做的？"

刘小山"嘿嘿"一笑说："是刘队长的通讯员小刘哥哥，他住在俺家里，用了十来个晚上才给俺做好的。"

赵小满一听大刀是通讯员小刘给刘小山做的，心里咯噔一下，立刻心情就沉重了起来，良久没有再说话。

刘小山见赵小满良久没有说话，就侧过脸来问："小满哥，你怎么不高兴了？"

赵小满看了看刘小山，随即笑笑说："是吗？俺倒没觉得不高兴。"

赵小满跟着刘小山来到一所院子的门口，却被两个站岗的战士拦住了："站住。老乡，这里不能随便进。"

刘小山赶忙说："张叔叔，他是来给季政委送信的，是刘队长让他来的。"

站岗的战士听了，立刻立正站好，向赵小满打了个举手礼说："请你跟俺来吧！"

院内，南屋里有十来个人正在开会。政委季华说："同志们，咱们派出的几路寻找刘队长下落的人，现在都已经回来了，没有寻找到，下面就由特务排的同志跟大家说说情况。"

特务排排长李勇说："就由三班长黄玉亮同志先说说。"

黄玉亮站起身来说："俺带着一路人马沿着刘队长去开会的路线找下去，由于天太黑，并没有发现什么情况。但等天亮再找回来的时候，俺们在东丘岭上却发现了异常，那里曾经发生过一次激烈的战斗。令俺们不解的是还在那儿发现了一座新坟。"黄玉亮说到这里，禁不住哽咽起来。他这一哽咽不打紧，让在座的人心情一下子都沉重起来，虽然嘴上不说，却打心里都认为刘振武和刘新生是凶多吉少了。

屋内一下子显得格外沉重而寂静。

刘小山抢先跑进院子里，见南屋里正在开会，就站在门口大声地说："季政委，有人给你送信来了，是刘队长让他来的。"

屋里的人一听，情绪一下子高涨起来，都呼啦啦地跑出屋，把赵小满围了个结实。

季政委看完了赵小满送来的信后，连声说："还好，还好！振武同志只是受了伤，被小满他娘救下了，现正在他家里养伤。可惜刘新生同志在掩护振武同志撤离时牺牲了。三班他们发现的东丘岭子上的新坟，就是刘新生同志的。"他说完，脱下了军帽。大家见了，也都纷纷脱下帽子来，一一低垂下头静默了一分钟。

赵小满第一次来到枣临支队驻地，其新鲜度一时让他的眼睛不够用。他由季政委的通讯员宋子成陪着，看完了练兵场上投弹，又看战士们练刺杀，最后连战士们的宿舍、食堂、菜地也看了，还意犹未尽。

宋子成陪着赵小满回到队部时，看见政委季华正在写信。宋子成示意他别出声儿，两个人便坐在一边等候起来。

没有多大工夫，季华就把信写好了。他一边折叠着信，一边笑呵呵地说："小满同志，等你吃完了饭，就让特务排的李勇排长跟你一起去赵家湾。原本俺打算着要亲自去一趟，但队上的事情比较多，离不开，让通讯员小宋代俺去一趟。"

赵小满双手从季华手里接过信后说："放心吧，季政委。"

赵小满跟着宋子成吃完饭回来，就见特务排的李勇排长和战士们已经列队等他们了。他向季华告别后，就同宋子成和李勇一起向着赵家湾出发了。

在赵小满和李勇他们接近东丘岭的时候，迎面走过来了一股敌人，李勇赶紧让大家隐蔽在了路边的草丛里，经过仔细观察，发现走过来的这股敌人有十来个皇协军和七八个日军。

赵小满由于是第一次碰见敌人，难免有些紧张，紧张得他手心里直冒冷汗。不过他的头脑还算清醒，随手捡了几块鸡蛋大小的石头放在了身边，准备一旦打起来了能派上用场。

李勇压低了声音说："这股敌人人数不多，看样子他们这是刚在村子里抢掠完了老百姓的东西要回据点，咱们要一举消灭掉这股敌人，为老百姓们出口气。"

赵小满沉不住气儿，光想看看敌人是个什么样儿，难免头就抬得高了些。李勇见了，往下摁了摁赵小满的后背说："你趴在这儿别动，等战斗结束了你再出来。"

赵小满问："哪些是小鬼子？"

李勇说："你看见那七八个穿黄皮、戴屁帘帽子的了吗，那就是小鬼子。"

赵小满听了说："也不过如此，俺还以为有多吓人呢！"

李勇说："大家要沉住气儿，等敌人靠近了，听俺的命令再打！"

敌人越来越近了。就听一个皇协军说："头儿，咱刚才经过东丘岭时，咋没看到咱昨儿打死的那个土八路，倒是在他死的地方起了一座新坟。"

王全中说："俺看见了。这年头死了有人埋就算是烧高香了。像咱们给日本人干事的人死了，恐怕是连个埋的也没有。"

赵小满听到这里，知道这股敌人就是昨天打伤刘队长和打死小刘的那股敌人。他强压着怒火说："李排长，这股敌人就是打伤了刘队长的那股敌人。"

李勇说："俺已经听出来了。"

敌人越来越近了，30米，20米，就见李勇的匣子枪已经慢慢地抬了起来，随着他嘴里喊了一声"打！"战士们同时向敌人开了火。

赵小满哪耐得住性子，他拾起一块石头，就照准一个日军的脑袋扔了过去，"啪"的一声，正中那个日军额头，只见那个日军的身子摇晃了几下，倒在了地上。

王全中和永吉小队长见对方的人那么多，火力那么猛，便指挥着随从掉头就跑，跑得比兔子还快。

赵小满又拾起了一块石头准备再扔向另一个敌人时，却发现敌人跑的跑、死的死，战斗已经结束了。眼前是十来个横七竖八的尸体，远处是七八个跑远了的敌人。

战士们欲追上前去歼灭逃窜之敌，却被李勇拦下说："穷寇莫追，当心有诈，同志们要赶快打扫战场，抓紧时间赶路。"

赵小满跑过去，从被他打死的那个日军的手中夺下枪来，抱在怀里边瞅边抚摸着，稀罕得不得了。

宋子成见了说："行啊，小满。这个小鬼子被你一石头就砸死了，有两下子。"

赵小满听宋子成夸他，刚要炫耀自己有一手扔石头的绝活儿时，却忽然想起了师父老孟头对他说过的话："练就功夫，记住不要向别人张扬。"于是就把到了嘴边的话又收了回去，继续在那儿稀罕着他手里的那杆枪。

宋子成肩上背着两支刚缴获的长枪走到赵小满的跟前又说："看你端着这杆枪瞅起来没完了，你要是稀罕，就算是你缴获的了。"

李勇笑呵呵地说："小宋你就甭逗小满了，一切缴获要归公，这是纪律。你倒是在这里送起人情来了？"

宋子成一听李勇这么说，觉得面子上有些挂不住，也就一脸认真地说："李排长，俺是说把缴获的功劳算在小满的头上，可没说把这杆枪送给他。再说了，那个小鬼子真就是被小满一石头扔死的，这缴获战利品的功劳算在他的头上不为过吧？"

李勇见宋子成认真起来，就"哈哈"笑着说："你看你，又认真起来了不是？俺那是为咱们刚打了个胜仗，缴获了战利品高兴，故意没话找话逗你，你还认真起来了，哈哈。"

宋子成咧嘴一笑说："好啊，你这个李大个子。行，算你又故意逗了俺一回，这可是第四回了，俺都给你记着呢！"

打扫完了战场，太阳已经坐在了西山上。稀薄的云像一层层细纱缠绕着夕阳，晚霞灿烂，放射出一道一道的金光。那横的是霞，那竖的是光，山坡上的梯田、树、杂草，都由暗绿变成了发光的翡翠色。灿烂抹染了万物，静谧熏醉了山野，就连杏树上的杏子也像新媳妇似的红起脸来。这鲁南大自然的傍晚，是多么的迷人啊！

赵小满和枣临支队的战士们走在通向赵家湾的山野小道上，被金灿灿的霞光一照，一个个像是一尊尊行走着的雕像。

天黑以后，王春兰站在院门口的石台上，向着村口已经眺望了好大一会儿了。她等得有些焦急。忽然，她透过朦朦胧胧的月光，看见有一队人影儿打村口向村里走来，这让她的心一下子激动起来："是他吗？"她向前伸长脖子使劲儿瞅，瞅着瞅着，突然眼睛一亮，她认出了走在最前面的那个人就是赵小满。她激动地踮起双小脚向前迎了上去问道："是小满吗？小满。"

"是俺，娘！"赵小满答应着已经来到了跟前。

王春兰一把把赵小满揽在怀里说："你可回来了，这一天里可把娘担心坏了。"

赵小满从王春兰的怀里撤出来，忙从肩上卸下枪来兴奋地说："娘，您看！这是俺从小鬼子手里缴获的枪！"

王春兰惊讶地问："咋？你在路上遇到小鬼子了？"

赵小满自豪地说："遇上了，俺一石头就砸死了一个，这就是那小鬼子的枪！"

王春兰半信半疑地说："你能有这本事儿？"

宋子成说："是啊，赵大娘！小满可勇敢了。当时他手无寸铁，又是第一次遇上敌人，没想到他一石头就扔死一个，神了。这支枪真是他从那个小鬼子手里缴获的。"

赵小满忙介绍说："娘，俺忘了给您介绍。他是季政委的通讯员宋子成哥。这个是李排长，他们都是枣临支队的人。"

王春兰"呵呵"笑着说："你看俺，光顾着跟小满说话了，忘了招呼大家，都赶紧进家。"

赵小满进到东屋里，一见了刘振武就兴高采烈地说："刘叔叔，俺送信回来了。您看，宋哥和李排长他们也来了。"

刘振武一把拉住赵小满的手说："回来了，信送到了？"

赵小满使劲点着头说："送到了！"说着从兜里掏出了季华写的信，又说，"您看，这是季政委给您写的信。"

刘振武接过信后，看了看宋子成和李勇他们问："队上没啥要紧的事吧？"

宋子成说："队上还能有比找您更要紧的事吗？你昨天去军区开会，到天黑没有回，季政委就开始坐不住了，连夜派出去好几拨儿人接应您，结果谁也没找到。后来，还是李排长他们在东丘岭上发现了有战斗过的痕迹，并在战斗的地方看到了一座新坟，回去一说，大家的心情就都沉重起来。怎么说呢？反正是大家都没往好处想。要不是小满送信儿及时赶到，说不定得派人去东丘岭上，要扒开那座新坟看看呢。"宋子成是个好认真的直性子，有啥说啥，往往遇到事儿说出来的话硬撅撅的。

刘振武知道宋子成的脾性，也就不在意。他叹了口气说："要说这事儿都得怪俺。是这样，俺昨天撤退的时候，腿上中了弹，幸亏遇上了小满他娘，才没有被追上来的敌人逮了去。可她一把俺藏到了地窖子里，俺就昏迷过去了，等俺醒过来的时候，发现已经躺在这炕上了。当时天色已很晚了，直到天亮俺才让小满去送的信儿。"

赵景轩说："是啊，当时刘队长一苏醒过来，就要回队上去，是俺硬把他拦下来。就他这腿上的伤，别说是走了，就是让人背，一黑里怕是也到不了刘家峪。"

宋子成说："刘队长，季政委本打算亲自来看您的，可队上的事忒多，怕您和他都不在队上，没个主事的不行，所以就让俺和李排长代他来看望您。"他说着从兜里掏出一把银圆来又说："季政委让您在这里安心养伤，这是他让俺给您捎来的十块银圆，当作在这儿养伤的费用，千万不要为难群众。您还是先看信，季政委要对您说的话，都在信上写着。"

刘振武听了后说："这信俺等会儿再看，小宋，你把这钱就直接交给小满他娘，这两天里，又是荷包蛋，又是杀鸡炖汤的，花项不少。"

赵二顺憨憨一笑说："这钱您还是掖起来吧，给她她也不会要。她这一准儿是给刚来的同志做饭去了。"

刘振武说："嗯，你媳妇这人，还真是有个眼力见儿。"

宋子成说："刘队长，俺一会儿吃了饭就回队上去了。季政委说了，您这里如果需要人手，就让李排长他们留下。"

刘振武说："不用留人了，你们吃完了饭就一起回队上去。回去后，替俺谢谢季政委和同志们。宋子成同志回去后，要把这次军区会议的主要精神向季政委简单地汇报一下。总的精神是：敌人在枣临站稳了脚跟后，不断地由城内向城外扩张，所到之处便修炮楼、建据点，不但天天进村骚扰老百姓、抢掠老百姓的财物，还到处搜捕咱地下党员和抗日分子，让咱们的组织和广大老百姓吃尽了苦头。军区要求所有的党员和抗日武装力量，要以党中央毛主席关于开展敌后游击战争的指示精神，更加广泛地发动群众、组织群众，扩大和扩编人民自己的抗日队伍，以游击战的战术，不断地搅扰和消灭敌人，彻底打烂日寇以华制华的美梦。"

这时，王春兰已经把饭做好了，走进屋来说："饭做好了，小满快带着同志们去饭屋里吃饭。刘队长，你还再吃点不？"

刘振武"呵呵"笑着摆了摆手说："俺刚吃了饭，还吃？俺要是再吃，还不成了裁缝掉了剪子，光剩下尺（吃）了。"

屋内一时安静下来，刘振武打开了季华写来的那封信。

第十四章　有惊无险

　　1939年6月，日军调集2万余兵力对鲁南地区进行了为时45天的大"扫荡"后，鉴于枣临铁路沿线的斗争形势，又于9月中旬至11月上旬对滕县、官桥、临城、沙沟至徐州铁路沿线进行了2个月的"扫荡"。日军在"扫荡"的同时，在井亭、塘湖、三张茂等地区设立了护路所，建起了据点，每个护路所派驻一个中队的日军护路，不准任何人靠近铁路半步。针对日军的这一动向，秦明道、刘振山于11月中旬召集工人铁道队骨干队员和临城情报站核心情报人员在蒋集村开会，以了解队员们在日军"扫荡"中的损失情况和日军的最新动向。

　　工人铁道队副队长任秀田汇报说："在鬼子接二连三的大'扫荡'中，俺们工人铁道队和各小型铁道队的队员，不管是隐蔽在城里的还是在农村的，因为都有当地的户口，基本上没有受到损失。王守银和赵以坢的铁道队由于在滕县、临城有情报人员，消息灵通，得到鬼子要'扫荡'的情报后，都及时地进了千山山套，人员上没有任何的损失。损失较大的是狄庆池的铁道队，他们的队长及其警卫员被鬼子抓捕了。损失最大的是王保恩的铁道队，队长和5名队员在与鬼子的作战中英勇牺牲。"

　　华绍宽汇报说："目前，车站内的20名情报人员仍在鬼子的眼皮子底下隐蔽地工作着，只是近几个月来，临城车站里新来了一批包括副站长福田在内的日籍员工，他们来了后口口声声愿与中国员工交朋友，并询问咱们的员工家在哪里、有几口人、生活上有没有困难、是否需要帮助等，俺怀疑他们是日军派到工人队伍里的特务。"

杨家成汇报了队员们的思想情况。他说："自鬼子的'扫荡'开始后，日军在铁路沿线增兵不少，一有民众走近铁路就开枪射击，听说铁路两侧的居民被鬼子打死的已有十几个人了，而咱们的队员不上路扒车就无收入，大家的生活基本上都陷入困境，思想也比较混乱，说啥的都有。听说赵以珂的铁道队进山找八路军去了，俺们的队员知道后，也纷纷要求进山找八路军去。最近几天里，一些被鬼子打散了的赵以珂、狄庆池的铁道队员陆续回到临城，找俺想到车站里干工，也有的想加入任秀田的铁道队。俺答复他们想到临城车站干工的去找王振华站长安排，但不能去当汉奸，想参加任秀田铁道队的，马上就可以联系归队。"

秦明道根据大家的汇报，进行了最后的总结。他说："自去年的四方联席会议至今一年半的时间里，两支工人铁道队与十支小型铁道队相互配合，在王守银、王延林农民兄弟部队的帮助下，将敌人的枣临铁道线搞得时断时续、不能正常通车，有力地支援了全国的正面战场。据俺了解的情况，津浦路的2000里内，鲁南段破坏的时间最长、最为严重，应当说咱们做成了全国诸多抗日队伍想做而没能做成的大事。咱们能够做成这件大事的主要原因，一是团结，把能组织起来的都组织起来了，形成了一股力量；二是隐蔽工作搞得好，队员长期出没在人民群众之中，让敌人看不见、摸不着；三是情报工作做得好，敌人一有动向，各铁道队相互传递消息都知道了。可以说咱们300多人的队伍团结得像一个人一样，大家亲如兄弟，一致对敌，所以才取得了这样的成绩。这次的敌人'扫荡'铁路沿线，除申宪武、王保恩的抗日游击队受到了严重损失外，其余各支铁道队都没有受到多大的损失，这充分说明了咱们的'团结、隐蔽、情报'三方面的工作做得好。除此之外，还有一个重要原因，就是咱们的铁道队员在这里都有户口，或有职业做掩护，同时，还有父老乡亲们的保护。现在，咱们的八路军第一一五师已经开进了抱犊崮山区，王守银、赵以珂的队伍很有可能进入抱犊崮山区参加了八路军的队伍。在沙沟、周营一带作战的董尧卿、邵剑秋、孙伯龙的抗日武装，也有可能要进入山区与八路军联合作战。以后铁道线上的抗战任务就落到咱们临城情报站和临城铁道队的身上了。眼下，敌人投到铁道线上的兵力越来越多，对铁道线的防备越来越严，而咱们破坏敌人铁路运输线的斗争则越来越困难了。因此，咱们要做长期斗争的打算，要在敌人的心脏处很好地隐蔽下来，同时要想方设法，寻找破坏敌人铁路运输线的战机，机动灵活地打击敌人，让鬼子在铁道线上顾头顾不了尾。至于临城车站新来的日籍副站长福田和那些日本青年员工，俺看应该都是日军特工人员，他们的主要任务就是调查咱们的人在车站内的活动情况。因此，咱们的临城情报站人员和诸多铁道队员，应当马上撤离，如果撤晚了，抗战组织很有可能会遭到敌人的破坏。前一阶段的工作，咱们最大的失误和教训是对城市流氓无产者阎成田、李延碧、刘泉成等人进行革命的传统教育不够。他们混进铁道队伍里后，只想着吃喝玩乐、升官发财，见利就争，没有一点民族的大义。特别是李延碧和刘泉成，两个人为了争正队长一职，竟互不服气，相对开枪，同归于尽。今后咱们要对这类人员加强阶级教育和革命的传统教育，纠正他们身上的恶习，屡教不改的要坚决清理出队伍。眼下，咱们大家是在敌人的占领区里开展工作，困难和危险很大，但是只要咱们大家团结起来，群策群力地开展工作，再大的困难也能够克服。"

会议之后，秦明道、刘振山根据在会议上了解的情况，又及时深入铁路沿线的各村各户，对那些隐蔽在家中的铁道队员分别进行了访问，以征求他们在如此艰难的斗争环境里重新组建铁道队的意见。通过走访做工作，那些被敌人的"扫荡"打散了铁道队员一致同意重新组建铁道队。特别是那些以拾煤渣为生的各小型铁道队的队员，自从日军对铁道沿线大"扫荡"后，就一直没敢出门谋生，生活上已是捉襟见肘，他们的要求不高，希望能马上组建起队伍，只要让大家能吃上饭就行。

根据会议和深入到村户了解到的情况，秦明道、刘振山及时向季华书记做了汇报，同时提出了组建临城铁道大队的建议。季华听了汇报后，认为将枣临铁路沿线多支铁道队纳入党的正规领导的时机已经成熟，经与枣临支队刘振武和情报站秦明道研究后，决定将枣临铁路沿线的多支小型铁道队组建为鲁南铁道大队，任命郑义为政委、刘振山为大队长。从此，一支活跃在枣临铁路沿线的铁道大队，在党的领导下爬飞车、搞给养，扒铁路、炸桥梁，打得日军魂飞胆丧。

自打程娇在季华的介绍下参加了革命，便在丈夫秦二升的影响下，逐渐地锻炼成了一名勇敢而坚强的战士。

这天，程娇正一个人站在肉案前拿着剔骨刀剔羊肉上的骨头，就见一个日军闯进了肉铺里。

日军的嘴唇上留有一撮仁丹胡，腰间挎着王八盒子，一看就是个小头目。他进到肉铺里后，东张西望地见只有程娇一个人，便龇着牙，咧着嘴，"呵呵"笑着走到了程娇的跟前，嬉皮笑脸地欲摸程娇的脸蛋儿。

程娇微笑着用拿着剔骨刀的手往上一抬，挡住了那日军的胳膊，然后"嘻嘻"一笑装作害羞地说："太君，你没看见俺正忙着？"

程娇见那日军听不懂她的话，就用手比画着说："你的去把门关了，不能让别人看见了。"

那日军明白了，笑呵呵地去把肉铺的门闩上了。等他回转身来，就见程娇冲他一笑，欲往后门去。他以为有戏，不禁心里大喜，便兴高采烈地快步跟了过去。哪知，他刚走到她的身后，就见她猛的一转身，手里的那把锋利的剔骨刀借着他跟过来的冲劲儿，"噗"的一声捅进了他的心口窝里。他的那张刚才还兴奋的脸立刻变得痛苦起来，狰狞地看着程娇耷拉下了脑袋。程娇顺势用肩膀扛住了那日军的一只胳膊，就拖出了门去。

秦二升正在院子里帮着程飞剥羊皮，见程娇拖着个日军进来，吓了一跳。赶忙去把院门关了回来说："你一个弱女子的胆子也忒大了，竟敢在门面上杀鬼子。"他说着就迎上去和程飞接过她手上的日军，抬着扔进了枯井里。

程飞说："姐，俺姐夫说得对，你怎么一个人在前面杀起鬼子来了？这有多危险！"

程娇嘻嘻一笑说："俺就是想试试俺的胆量，能不能一个人把小鬼子给杀了。这不，没费多大劲儿，还真就杀死一个。"

秦二升严肃地说："你通过这两年的磨炼，从一开始见了杀鬼子的血就害怕，到现在不但不怕了，还敢一个人杀鬼子了，可你知道这有多危险！你以后可不能再一个人在前面杀鬼子了。"

程娇听了没有再说什么，只是心里抑制不住杀死日军的喜悦，就一个人上前面打开了店铺的门。

程娇杀死的这个日军，可不是个一般的人物，他是日军驻枣临宪兵队第一中队第三小队的队长，名叫山口石郎。他的失踪，把菊池司令官给急坏了。因为这个山口石郎是他的上司安排给他的一个亲戚，这要是找不着了，可怎么向上司交代！急得他坐立不安，一直在办公室里"八嘎、八嘎"地转圈圈。

这天下午，菊池司令官集合起城里的所有日军，站在队伍的前面大声地骂道："我一再强调，你们一个人或者两个人不要上街去胡闹，就是不听。这下好了，在这两年多的时间里，那些不听我的训斥的，都一个一个地见天皇去了。当然，我也知道大家的苦处。"

下面有许多日军士兵抿嘴偷笑。

菊池接着说："就在昨天，山口石郎君也失踪了。我深知山口君的毛病，他是个见了花姑娘不要命的家伙，他的失踪肯定与他的嗜好有关系。因此，我命令你们，要把城里的大小妓院、娱乐场所，给我彻底搜查个遍，大街小巷、沟沟坎坎，搜个底朝天，就是挖地三尺，也要把山口君给我找出来，活要见人，死要见尸。"

日军全部出动了。伴随着摩托车、汽车的轰鸣声和杂乱的脚步声一起拥出了司令部的大门。

城里的日军和皇协军挨家挨户地搜，沟沟坎坎地找，就连有新鲜土壤的地方都挖开看了，也始终没有找到山口石郎的一汗皮毛儿。

日军侦缉队队部里，侦缉队队长井边一郎灰溜溜地走进队部后，便气急败坏地在办公桌前的空地上，一边大步流星地来回踱着步子，一边用手可着劲儿抓头皮，就像是一只热锅上的蚂蚁乱了方寸。他自言自语道："这城里城外都地毯式地搜查遍了，也没能见着山口君的踪影，那菊池司令官非抽我的耳刮子不可。"

正在井边一郎越想越着急的时候，就见皇协军侦缉队队长王一标带着一个叫殷三的手下进来了，说："报告太君，山口石郎太君有线索了。"

井边一郎一听，不禁喜形于色，急切地问："他在哪里？"

王一标指着身边的殷三说："是这样，俺这个伙计昨天上午见山口太君走进了临山肉铺，他出于好奇，就在门外不远处看个究竟，后来还看到山口太君把店铺的门给关了，可他在外面又等了大半天，也没再见山口太君从肉铺里出来。俺觉得临山肉铺有很大的嫌疑。"

"吆西！"井边一郎接着问，"是谁搜查的临山肉铺？"

一个日军上前立正说道："报告，临山肉铺是我带队搜查的，并没有发现可疑之处！"

井边一郎的脑子里呈现出山口石郎把肉铺门关了的情景，问："那肉铺的老板是男的还是女的？"

日军回道："是个花姑娘，长得好看的大大的！"

"吆西！"井边一郎深知山口石郎的嗜好，脸上露出了狰狞的微笑说道，"走，看看去！"

井边一郎带着大队人马气势汹汹地来到了临山肉铺里。他一看见程娇，眼睛里便露出一股贼光：这个花姑娘确实有几分姿色，这样的女人让哪个男人见了都会心动的。于是，他用生硬的中国话问程娇："你的，是这店里的老板？"

程娇没听懂，摇了摇头。

王一标上前说："这是井边一郎太君，他在问你是不是这店里的老板？"

程娇不知道"老板"这个词是什么意思，又摇了摇头说："俺不知道什么老板，只知道俺是掌柜的老婆。"她说着就站到了秦二升的身边。

"吆西！"井边一郎"嘿嘿"一笑，随之又露出了狰狞可怕的面孔说道，"那么我问你，可有皇军到这店里来过？"

程娇镇定地说："有，不但有皇军来过，还有黄狗来过，开肉铺嘛，总归天天有人进来买肉，有狗进来叼骨头。"

井边一郎听出了程娇是在话里有话地骂人。她不但骂了皇军，还骂那些个来调戏过她的人是狗。他抽出战刀往程娇的脖子上一架说："你的，良民的不是，死啦死啦的！"

秦二升见状慌忙作揖道："皇军的息怒，皇军的息怒！她一个娘们儿家不会说个话。俺这肉铺里确实有皇军来过，可都是看看就走了，从没跟俺们亲近过。"他说完又把脸转向程娇说："你说是吧？老婆。"

程娇满脸紧张地点了点头。

井边一郎把战刀从程娇的肩上挪下来，然后往空中一挥说："给我搜，给我仔细地搜！"

敌人一下子涌进了临山肉铺的院子里，挨个屋里翻箱倒柜地搜起来。他们把炕洞里、粮食瓮里、桌子底下等能搜的地方都搜了，也没搜出个什么名堂来。他们又把院子里的角角落落、旮旮旯旯都搜了个遍，连枯井顶上的秫秸垛也都用刺刀挑开了，却没有发现任何可疑的地方。

井边一郎面对向他报告结果的士兵们一挥手，说："开路！"

敌人走了后，程娇腿一软就坐到了地上，她一面捶打着心口窝一面说："哎哟，可把俺吓死了。要是那小鬼子再把这最后一层秫秸也挑开了，可就露出井口来了。"

秦二升深深地喘了口气说："可不是嘛！还好，那小鬼子挑到了最后一层，只是用刺刀捅了几下，好歹没把那秫秸挑起来，真是万幸。"

程娇说："真要是挑开了，咱俩可就没命了。也亏了程飞进山收羊去了。他要是在家，就他那脾气，还不把那个……叫啥名字来……就是把刀架到俺脖子上的那个？"

秦二升说："噢，叫井边一郎。"

程娇说："对，对！就是把那个井边一郎给收拾了，这些个小鬼子都是起了些啥名呀？井边一郎，咱们前两天杀死的那个叫山口右郎，还有叫什么松下二郎、田中一郎的，听起来真别扭。"

秦二升把程娇从地上拽起来，用手指了指屋里屋外一片狼藉的场面说：

"你看这帮畜生给咱糟蹋的，可真够咱拾掇一阵子的了。"

这天，王春兰正在磨道里推着磨，忽见有几个人走进院子里来，便忙停下了脚步问："你们……？"

张文峰忙迎上去说："你是小满的娘吧？这位是季政委，他和大家一起来看看刘队长。"

赵景轩在东屋里听到说话声，忙和赵二顺迎了出来说："是季书记来了啊！"

季华上前握住赵景轩的手笑呵呵地说："不光俺来了，县委和枣临支队的同志都来了。怎么，你这个当村长的不会不欢迎吧？"

赵景轩说："哪能不欢迎，俺盼还盼不来呢。欢迎，欢迎！"说着把季华他们让进了东屋里。

刘振武见季华他们走进门来，忙下炕迎接，结果脚一沾地，"啊呀"一声，又一下坐到了炕上。

季华和张文峰见状赶忙上前架住了刘振武说："你腿上的伤还不能着地，干吗要下炕？快上炕倚到被子上。"

刘振武咧嘴笑笑说："你们怎么来了？"

季华说："是这样，敌人自即日起又要对咱抗日根据地进行'扫荡'，刘家峪和老山套一带是敌人这次'扫荡'的重要目标。为了避其锋芒，县委决定让各部队化整为零，同县委一起转移到赵家湾一带。这里虽然离县城不远，但在敌人的眼皮子底下隐蔽下来，倒相对安全一些。"

刘振武说："县委的这个决策是正确的。这样俺在这里养伤，也就不觉得没事儿干了。"

季华说："不过你腿上的伤还是得尽快地好起来，眼下就是有事你也干不了。"

刘振武听出季华话里有话，就问："是不是有什么重要任务？"

季华说："是有项任务，就由俺和文峰他们商量着办了。"

刘振武忙问："是什么任务？"

季华说："俺也是刚得到情报，过来跟你通报一声。县敌工部的梁宏部长去沙沟执行任务时被敌人抓了，咱们要尽快想办法把他救出来。"

刘振武说："你看俺这腿，伤的可真不是个时候，救人要紧。"

季华说："这事你就甭管了，由俺来想办法。现在是非常时期，敌占区处处戒备森严，若是硬要去救人，恐怕是要吃大亏。"

赵景轩说："季书记、刘队长，你们都别着急，容咱们一起想想办法。"

屋内一片沉寂。

赵景轩问："二顺，你媳妇的娘家不是沙沟吗？"

赵二顺不解地回答说："是呀，您问这做啥？"

赵景轩又问道："俺还听说沙沟的村民都办了良民证，你媳妇前些天回娘家时，正赶上伪区公所上门办证，你媳妇也就顺便办了一张，有没有这事？"

赵二顺说："有，是办了一张。上面写的就是她王春兰的名字。"

赵景轩说："季书记、刘队长，俺看咱们这么办，先让二顺家里的去沙沟探探情况，摸清梁部长关押的地方后，咱们再商量怎么个救法。"

刘振武说："眼下这倒是个办法，不过，去打探这样的事情，总归是有一定的危险。二嫂不是咱们组织上的人，让她去干这么冒险的事儿，不太合适。"

赵二顺说："俺倒觉得孩儿她娘合适，她虽然不是咱们组织上的人，可她是俺的家属，不是说抗战不分男女老少，人人有责吗？刘队长，你可别小瞧她是个妇道人家，她处起事来，不光能说会道，脑子还转得快，做啥事都是滴水不漏。"

刘振武笑笑说："这个俺倒是知道，她这次救俺，在那么紧急的情况下，能把裹脚布解下来当绳子，还沉着冷静地骗过了追上来的敌人。就凭这一件事，就充分证明了她机智过人，就不能小瞧她。"

赵小满说："刘叔叔，让俺跟着俺娘一起去。"

刘振武说："你没有良民证不好进沙沟镇，反而会对你娘完成任务带来诸多不方便，就让你娘一个人去吧！"

这时，王春兰端着一暖壶水走进屋来。

赵景轩笑着说："俺们正在说你呢，你就来了。"

王春兰一脸茫然地说："俺有什么好说的？"

季华说："是这样，俺们有个同志被敌人抓去关在了沙沟，想派你去摸摸情况。"

王春兰听了，脸上有些犹豫地说："这么重要的任务，俺能完成得了吗？"

"能，娘，您能行！"赵小满抢话说，"您怎么完不成，刘队长刚才还夸您机智过人，遇事沉着冷静不慌张。"

"是啊，孩儿他娘。"赵二顺憨憨地说，"你就权当回了趟娘家，顺便不就把摸情况的任务完成了吗？"

王春兰一看季书记、刘队长都说自己有能力完成这项任务，就连丈夫和儿子也说自己能行，不由得打心底涌动起了一股激动的热潮。她认为这是党组织和亲人对自己的莫大信任，自己就应该勇于担当。于是说："好，那俺就去沙沟走一趟。"

第二天一大早，王春兰便坐在一头小毛驴的脊背上，由赵二顺在前面牵着驴缰绳，伴随着"咯噔咯噔"的驴蹄子撞击路面的声音，向村外走去。

从赵家湾到沙沟镇有30多里路，净是些坑洼不平的丘岭路，王春兰和赵二顺两个人一路上无话，只能听得到驴蹄撞击路面的"咯噔"声。直到快接近沙沟镇了，赵二顺才一勒驴缰绳停了下来，上前把王春兰从驴背上抱下来说："孩儿他娘，前面就是镇关了，俺就只能送你到这里了。记住，千万要小心行事，不可让外人知道你此次来这儿的意图。"

王春兰笑笑说："你就放心吧！你媳妇别的本事没有，见人说人话、见鬼说鬼话的本事还是有的。嘻嘻……俺做事，一准儿不会给你丢人就是了。"

赵二顺说："别嬉闹，俺是认真的。这打听被抓同志的消息，不同于打听个张三李四那么简单，是会引起别人的怀疑的。再说你又没有对敌斗争方面的经验，一定要小心再小心。"

王春兰收起笑脸说："瞧你，啰里啰唆的，像是吃了徐老妈妈的屁，絮叨起来没完了。你赶紧回吧！"

赵二顺说："俺赶明儿起，每天的晌饭后就在这里等你，每天等你一个时辰，记住了。"

王春兰说："记住了。你回吧！"

赵二顺目送着王春兰那渐渐走远了的背影，眼睛不禁模糊起来，一眨巴眼儿，扑簌簌地滚落下两行热泪。这眼泪既是担心的眼泪，也是感动的眼泪。是啊，在这残酷的正义与非正义之间的斗争年代里，能够多一个人站出来参加革命斗争，革命的队伍里就会多一份力量，更何况她是他的媳妇，又是孩子的娘。

赵二顺站在那里像根木桩似的一动不动，一直目送着王春兰走进了镇子里，看不见了人影儿，才骑上毛驴返回赵家湾去了。

王春兰的娘家，就在沙沟火车站的南侧。她的父亲早年害病离世，家里还有老娘、哥嫂和两个侄女。她走进院子，见娘王白氏正坐在天井里择野菜，就老远地招呼说："娘，又剜来野菜了？"

王白氏见是闺女来了，忙从马扎子上站起身来"嘻嘻"笑着说："呦嗨，是小兰回来了，你这前些天刚走了，咋又来了？"

王春兰说："娘，俺这不是想您，再来给您送点吃的！"

王白氏说："大老远的路，不值当的。累坏了吧？快坐下歇歇。"

王春兰说："不累。是您女婿用毛驴驮着俺来的。"

王白氏问："女婿呢，他咋没家来？"

王春兰回答："俺让他回去了，家里留小满一个人，俺不放心！"

王白氏说："你看看，咋着也该让他吃了饭再走。"

王春兰说："就这几步路，他回去吃也不晚。娘，您快坐下择菜，俺也帮您择。"

王春兰坐下来择着菜问："娘，俺哥俺嫂他们呢，怎么都没在家？"

王白氏说："你哥被村里派工修碉堡去了，就在这车站跟前；你嫂子和你侄女上庄里碾玉米核去了。"

王春兰又问："俺嫂子碾那玉米核做啥？又不喂猪了，直接烧火不就完了？"

王白氏说："做啥？吃呗！这年头粮食哪够吃的。就是打下点粮食，还不够那日本官兵来抢的，紧着藏点粮食，掺和着野菜也不够吃半年。你可别小看这玉米核，碾成面子，掺上野菜蒸窝窝吃，还挺凝糊的呢，有这吃总比饿着强吧？再说这玉米核堆在那里也不用管，那些官兵抢这抢那就是不抢这。"

娘儿俩正说着话，嫂子刘艳背着半袋子刚碾好的玉米核面走进院子来，就说道："是妹子来了？俺这是刚上孙疯子的石碾上推了点玉米面，咱中午攦菜窝窝吃。"

王春兰笑笑说："嫂子，是玉米核面吧？"

刘艳的表情有些尴尬地说："咋？娘都跟你说了？你大老远的来了，俺哪能让你吃这，咋着也得给你擀碗面吃。俺刚才那是在故意逗你呢！"

王春兰说："娘，您看看俺嫂子这张嘴，数盖垫的，翻过来正过去的都是里（理），真是个人精。"

王白氏"嘻嘻"笑着说："你这姑嫂俩，见了面净没样儿。"

王春兰说："嫂子，你就甭擀面了，俺这次来给家里拿了五斤挂面，咱晌午就下挂面吃吧！"

到天黑吃完了晚饭，王春兰把哥哥王春粮叫到院门口悄声说："哥，俺跟你打听个事儿。"

王春粮问："是啥事儿？还这么神神秘秘的。"

王春兰说："你知道小日本最近抓了个共产党的大官不？"

王春粮听后说："不知道，咱一个小老百姓哪知道这些事。"他警觉起来，"哎？小兰，你打听这做啥？这可不是咱随便打听的事儿。"

王春兰笑笑说："哥，你想多了。被抓的这个人，是你妹夫的一个远房亲戚，是他让俺来打听打听是个什么情况，看能不能帮上忙，好把人给赎出来。"

王春粮说："你两口子可真是异想天开，咱这小小的平头百姓，能上小日本那里把一个共产党的干部给赎出来？再说了，真要去赎人，那可是要花大钱的，你有吗？"

王春兰说："只是打听打听关在哪里，就是赎不出来，也得去看望看望不是？"

王春粮听了说："这样的话，你可以去问一个人，他有可能知道。"

王春兰问："谁？"

王春粮说："你嫂子她叔伯兄弟刘玉飞！"

"他？"王春兰一听刘玉飞这个名字犹豫了。刘玉飞她可不陌生，她和他年龄相仿，打小在一起拾柴火、剜野菜，朝夕相处。后来随着年龄的增长，他曾提出来要娶她，她的心里也装着他，可后来他却娶了别人，这让她很是心灰意冷，打心里骂他是个变心狼，一气之下才嫁到了30里外的赵家湾。哥让她去问他，她打心里别扭，但是为了完成组织交给她的任务，她又不得不问道："他能知道？"

王春粮知道她犹豫的原因，就说："他现在是沙沟警备队的副官，成天跟小日本混事儿，还能不知道抓了共产党的事？你既然想打听这事，俺看你去找他问问准没错。至于你们过去的那些恩恩怨怨，过去了也就过去了，都一个村里住着，低头不见抬头见，再说你们都有了自己的家庭，还再计较那些个做啥？俺看还是先把事打听清楚了再说。"

王春兰说："他过去就不是个好东西，现如今又跟着日本人当汉奸，真不是个好熊。"她嘴上虽是这么说，可为了完成任务，却还是打心里想去找找刘玉飞，便说，"哥，要不你陪着俺去一趟？"

王春兰跟着王春粮来到了刘玉飞的院门口，就让王春粮在大门外等着，她一个人敲响了刘家的大门。

开门的是刘玉飞的老爹刘尚清，他一看门外站着的是王春兰，就露出笑脸说："呦嗨，这不是春兰姑娘吗？你这是……"

王春兰说："叔，俺是来找玉飞的，他在家吗？"

刘尚清说："在家，刚回来，你快家里坐。"

王春兰说："不家去了，叔。请您把他叫出来，俺有点事问他。"

刘尚清说："好的，俺这就给你叫他去。"

不一会儿，刘玉飞走了出来。他一见了王春兰显得有些激动地说："春兰，你怎么来了？俺还以为……"

王春兰说："你以为咱这辈子就甭想再见面了是不是？过去的事咱就不

提了。俺今天来找你，是来打听件事儿。"

刘玉飞说："啥事儿？你说。"

王春兰说："日本人抓了个叫梁宏的人，你可知道这事？"

刘玉飞说："知道。他是个共产党，还是个共产党里的官呢！"他压低了声音说，"你可千万别掺和这事，是要掉脑袋的。"

王春兰说："你想到哪里去了，俺管他啥党啥官的，他是俺那口子的亲戚，听说被日本人抓了，就让俺趁着回娘家，一块打听打听他关在什么地方了，好抽空去看望一下。"

刘玉飞叹了口气说："甭叫你那口子来看望了，这个梁宏牙口紧得很，日本人拷打了他两天一夜，一句话也不说，气得小日本连夜把他活埋了。"

王春兰听了，浑身一个激灵起了一层小米粒儿，说："玉飞，俺得谢谢你，问你算是问对人了，要不，俺还真不好去打听别人。"

刘玉飞笑笑说："你对俺还客气个啥。这往后你若是有啥事儿，就尽管来找俺。只要是俺能帮上忙的，一定帮。"

王春兰说："你说这话俺倒是信还是不信呢？当年你也是这样对俺许诺过的，可到后来呢……唉！不说了。"她把话题一转，"不过，俺得问问你，你怎么就穿上这身黄皮，跟小日本干事了？"

刘玉飞知道王春兰会问他这话，刚才一听爹说是春兰找他，就打心里打起小鼓来了，肯定是她听说俺当了皇协军，兴师问罪来了。现在听王春兰问他这话了，就憨憨地一笑说："春兰，俺也是没办法。这不，俺那口子他叔在警备队里当司令，就让俺去给他当个帮手。不过你放心，这祸害老百姓的事俺可不干。"

王春兰说："算你还有点良心。"

刘玉飞说："不过，你见了那些穿黑皮的和便衣队的人躲得远一点。这些人原来就是社会上的地痞流氓小混混，专祸害和欺负老百姓。"

王春兰说："只要你不祸害老百姓就好。就这样吧，俺该回去了。"

刘玉飞说："这黑灯瞎火的，你慢走啊！"

王春兰说："你也回吧！"

第二天，王春兰按照和赵二顺的约定，一吃了晌午饭，就踮着双小脚往约定的地点赶，老远就看到赵二顺已经在那里等着了。她紧走几步，来到跟前问："你早来了？"

赵二顺说："俺也是刚到，有一袋烟的工夫了。"

王春兰说："还没吃饭吧？"她说着从包袱里拿出一个菜窝窝又说，"俺给你拿了个菜窝窝，先点补点补。"

赵二顺接过菜窝窝来，咬了一口，说："嘻！这是啥面的窝窝头？苦不拉叽的，咋没个粮食味儿？"

王春兰"嘿嘿"一笑说："没吃过吧？这是玉米核面跟荠荠芽搋的菜窝窝，俺吃着还怪好吃，就是苦了点。"

赵二顺说："哼！这个也能给人吃？"

王春兰说："有啥法子？这年头就是粮食不够吃的，别说是玉米核，就连地瓜秧子也都碾成面子吃了。在这镇边的村子，小鬼子和汉奸是天天进村来祸害，老百姓弄点粮食藏都藏不住，还真不如咱山里好过些。"

赵二顺问："咱娘跟咱哥他们就吃这饭？"

王春兰说："可不，昨儿俺进门正碰上娘在择野菜，嫂子去碾玉米核。俺看吃完了玉米核，再吃啥？"

赵二顺说："这快接上秋了，兴许会好些。"

王春兰说："就是秋里收点粮食，也不够那小鬼子抢的！"

赵二顺吃完最后一口菜窝窝，就把王春兰抱到驴背上坐好，打树干上解下驴缰绳牵在手里，一边走一边问道："梁部长的下落打听着没？"

王春兰说："倒是打听着了，可惜人没了，昨天被小鬼子活埋了。"

赵二顺一听，认为这个消息必须尽快赶回去向刘振武汇报，说："孩儿他娘，你就别坐着了，还是骑着吧，咱得走快一点，骑着不至于被颠下来。"

刘振武听了王春兰的汇报，脸色阴沉，万分激愤。他让赵小满把季华和张文峰找了来，商量起了连夜把梁宏部长的遗体抢回来的行动方案。

季华说："振武的伤还没好利索，就由文峰带特务排连夜赶到镇西的乱坟岗子去，一定要把梁宏部长的遗体抢回来。记住，要千万小心，以防敌人有诈。"

张文峰说："你就放心吧，坚决完成任务。"

夜深人静，张文峰带领着特务排出发，直奔沙沟镇西乱坟岗子而去。自然，走在前面带路的不是别人，正是赵二顺。

是 12 的月，却因天上有一层淡淡的云不能朗照，这恰恰给部队的行军带来了好处，队伍在朦朦胧胧的月色里极有隐蔽性。一路上除了战士们那杂乱的脚步声外，旷野静得出奇。

赵二顺这是头一次随部队行动，又是由他带路，他认为自己的责任重大。所以他一路上眼观六路、耳听八方，处处十分小心。当部队接近镇西乱坟岗子的时候，他突然一摆手，让正在急行军的队伍停了下来。他悄声说："张副队，俺发现前面不对劲儿，像是有人影儿闪了一下。"

张文峰朝前面仔细地瞅了一会儿，发现乱坟岗子里有一萤火虫大小的亮点在一闪一灭地发着光。萤火虫的光是绿色的，而这光是微红色的。是有人在那儿抽烟，是敌人。他对身边的李勇说："你带几个人到前面去摸摸情况，要注意隐蔽。"

也就是一袋烟的工夫，李勇他们侦察回来了说："张队，是敌人。像是警察局的黑狗子，有 30 多人，像是一个小队，大都东倒西歪地抱着枪睡了，只有两三个人坐在那里抽烟。"

张文峰说："看来是让季政委说准了，这是敌人给咱们设下的圈套。他们既然活埋梁宏部长，定会想到咱们的人会前来抢遗体。若是来十个八个的，正好让他们逮个正着。咱们今天还是把他们逮个正着吧，咱们这样，三个班分头行动，要对敌人形成一个包围圈，然后再悄悄地向中间缩小，出其不意缴了他们的械。记住，不到紧要关头不许开枪，要生擒了这帮黑狗子。"

战士们悄无声息地摸向了敌人。当战士们从敌人的怀里一一夺过枪来的时候，睡梦中的黑狗子才一个个惊叫着"有鬼！有鬼啊！"

当有硬邦邦的东西顶在脑袋上时，黑狗子们听到的却是"不许叫，叫就打死你！"一个个瘫软在了地上。

张文峰让黑狗子集中起来站好，就站在队前给他们上起政治课来："都站好了，站好了。看看你们这吊儿郎当的样儿，一个个像犯了瘾的大烟鬼，站都站不直溜，也不怪老百姓骂你们是黑狗子。是因为你们穿上了这身黑皮？俺看这不是主要的原因，主要是你们一个个的没有脊梁骨，也就是没有咱们中国人的骨气。你说你们一个个的同样是中国人，为国家干点啥事不好，非得跟着小鬼子卖命？俺看你们是枉做了一个中国人，丢了你家八辈祖宗的脸面。"他讲到这里，用眼瞅着黑狗子小队长问，"你叫刁云豪，外号刁三皮吧？"

刁三皮吃惊地说："是，是。你认得俺？"

张文峰严厉地说："不光认识你，你们这些跟着小鬼子干事的每一个汉奸的名字，可都在枣临支队的小本本上记着。你们每一个人干的啥事儿，也就是说给小鬼子干事也好，干祸害老百姓的事也好，一桩桩一件件都记在小本子上了。当然了，你们中间有的人啥坏事也没干，就是为了穿上这身皮混口饭吃，甚至有的不但没干坏事，还为老百姓干了些好事，这些也都在小本上一一记着，就等着有一天把小鬼子赶跑了，再给你们一个个算清楚。今天枣临支队只缴你们的枪，就不治你们的罪了，先放你们回去。不过俺刚才讲的这些话，你们一个个回去都各自掂量掂量，今后就看你们的表现了。"

黑狗子们一听放他们走，队列一哄而散，一个个蔫头耷脑地走出了乱坟岗子。

此时，赵二顺、李勇他们已经把梁宏的遗体扒出来放到了担架上，部队随即便护送着担架连夜赶回了赵家湾。

第十五章　紧急情报

　　这天吃完了早饭，刘振武见王春兰已经拾掇完了锅碗瓢勺闲了下来，就请她在院子里坐下聊了起来。

　　刘振武说："二嫂，俺有这么件事想问问你。"

　　王春兰问："啥事儿？你说。"

　　刘振武说："就是想问问你愿意不愿意参加到革命的队伍里来，为抗日做点工作。"

　　王春兰听刘振武问她这事儿，不禁兴奋地说："当然愿意，俺正想跟你说要加入党的组织呢！"

　　刘振武听了笑着说："好啊。不过你要加入党组织这事，俺可说了不算。这事你得找赵村长提出申请，他是你们村的支部书记，他说了算。不过俺可以给你当入党介绍人。"

　　王春兰因为不知道加入党组织还有一套必要的程序，显得有些茫然，说："找他就找他。等他再来的时候，俺就跟他说说这事儿。有你这个入党介绍人，不怕组织不接收。刘队长，你刚才问俺想不想参加到革命的队伍里，这跟俺想加入党组织还不是一样吗？"

　　刘振武笑了笑说："这说一样，也一样，说不一样，也不一样。一个人参加到革命的队伍里，要经过无数次革命斗争的考验，符合党组织的要求，再向党的组织提出申请，并通过党组织严格的审查，才能加入到党组织里来。俺倒是通过对你一段时间以来的观察和你的具体表现，认为你已经符合加入党组织的条件了。还是那句话，你得向赵书记提出申请才行。俺问你愿意不愿意参加到革命队伍里，是有这么一件事跟你商量。咱们打不走小日本，就永远没有好日子过。俺是想你的娘家住在沙沟，你又有那里的良民证。你以这合法的身份作掩护，在那儿观察敌人的动向，一有紧要的情况，给咱们的队伍上送个信、传送个情报，为抗日出把力不更好吗？"

王春兰听了刘振武这番话，认为自己完全有能力干好这项工作，也打心里愿意接受这项工作。但她终归是个家庭主妇，考虑家里的事多一些。心想："俺家小满已经参加枣临支队走了，俺要是再去沙沟当联络员，家里不就光剩下孩儿他爹一个孤老汉了，他的吃穿睡咋办？"

刘振武见王春兰犹豫，就解释说："这只是俺个人的想法，你若是不愿意当这个联络员也可以不去，俺再考虑其他的同志。"

王春兰有些难为情地笑笑说："俺没说不愿意去，俺是想跟孩儿他爹商量商量再给你回话。"

刘振武听了说："你是怕你走了后，二顺同志没人管了吧？哈哈哈，这个你放心，二顺同志已经有了安排，由他负责接转你从沙沟传出的情报，平时就随部队活动，这样你们还可以经常见面。"

王春兰咧嘴笑笑，她是打心底笑出来的，满脸的灿烂："有组织上管他，俺就可以放心地去沙沟了。"

刘振武见王春兰同意了，便严肃地说："这可是项特殊的任务，时刻都有生命的危险，必须胆大心细、机智灵活。在关键时刻宁可牺牲自己，也不能暴露组织的秘密。"

王春兰认真地点了点头说："您放心吧！"

这天夜里，王春兰躺在炕上怎么也睡不着了。睡不着就想跟赵二顺说说话，可是他搂着她的一只脚，早已是睡得鼾声大作了。她用另一只脚蹬踹了他几下，想把他叫醒了，赵二顺只是哼呀呓呀地说梦话。

王春兰又用脚使劲踹了他一下说："你醒醒！"

赵二顺一个愣怔坐了起来："咋着了？咋着了？"

王春兰"嘻嘻"一笑说："你看你这莽撞样儿，跟那惊了魂儿似的。俺赶明儿就要去沙沟了，你也不跟俺说说话，光知道睡，睡得跟死猪一样。"

赵二顺从睡梦中愣怔过来，不情愿地说："俺这不是累了一天，困的吗！"

王春兰说："你上俺这头来吧！"

赵二顺一听，恣得屁颠屁颠地忙从那头爬到了王春兰的这头，"嘿嘿"一笑说："咋？想啦？"

王春兰说："去，你这没心没肺的死猪样儿，不知道俺赶明儿就出门了？"

赵二顺说："知道，知道！刘队长都跟俺说了，让俺明天送你去沙沟，还说平时两天去接一次情报。俺看咱每次接头的地方，就定在你平时下驴的那棵老核桃树下，你说呢？"

王春兰一侧身，用右手抚摸着赵二顺的胸膛说："嗯。不过俺这一走，可就苦了你了。"

赵二顺说："说真格的，俺是打心里不愿意你去执行这样的任务，危险不说，还害得咱两口子分开过。"

王春兰说："你看你，怎么能说这话？刘队长说革命工作分工不同，每个人都有自己的长处，说俺就有去完成这项任务的能力，俺也觉得能胜任这项工作。至于咱两口子分开，也只是暂时的分开。再说了，咱们不是两天就接一次头嘛，到时候有啥话不能说。你甭弄得跟牛郎和织女似的，好像是两个人一年见不上一回面儿了似的。"

赵二顺也侧起身来跟王春兰来了个脸冲脸，顺势把左手搭在她的腰胯处抚摸着说："你也知道俺多年来养成的毛病，黑里睡觉不搂着你的一只臭脚就睡不着。"

王春兰说："习惯了就好了。一天两天的不习惯，俺就不信到了第三天上你也睡不着，嘻嘻。"说着笑着一头钻进了赵二顺的怀里。

王春兰娘家的住处，虽然观察镇门的情况很方便，可毕竟是在镇门外，也只能是每当观察到敌人突然间增人，出现有外出"扫荡"的预兆时，才作为情报送出去，让根据地的军民及早做好反"扫荡"的准备，而镇里的情况却很难了解到。王春兰想，要想做好情报工作，就必须及时地掌握镇内敌人的动向，也就是像孙悟空那样，钻到牛魔王的肚子里去。

这天，王春兰在和赵二顺接头的时候说："为了能及时了解到镇内敌人的动向，俺想在镇门边儿开个馍馍店，这样俺就可以天天去镇里卖馍馍，不但在敌人那里混个脸熟，还不会让敌人对俺有什么怀疑。你回去后把俺这个想法跟刘队长说说，问问他行不！"

赵二顺挠了挠后脑勺说："你一个人又是观察敌情，又是蒸馍馍卖馍馍的，能行吗？"

王春兰说："怎么不行，俺都想好了，让咱娘和侄女帮着俺，你就放心吧！不过，刘队长要说行，得给俺申请点启动资金，赶挣了钱的时候再还上。"

赵二顺"嘿嘿"一笑说："行，要是刘队长同意你的想法，俺下一次再来的时候，一块儿把启动的钱给你带来就是了。"

馍馍店经过一番打理后说开就开了起来。馍馍店里，王春兰正站在案板前揉面，王白氏正在拉着风箱烧锅头，侄女小英则在店门口看着馍馍摊儿，一派忙碌景象。

这天，王春兰挑着筦子要进镇里去卖馍馍了。她一来到门口，就被站岗的伪军给拦住了："站住。干啥的，打哪儿来？"

王春兰指了指馍馍店的位置说："老总，俺是那馍馍店的，要进镇里卖馍馍去。"

伪军说："就是刚开的那个馍馍店，怎么没见过你？有良民证吗？"

王春兰说："有，有！你要是想吃馍馍了，就到店里去找俺。"

伪军说："好，好！往后咱们就熟悉了。"

王春兰蒸的馍馍又大又白，沙沟镇里的敌伪机关人员都愿意买，并且还有一些定点让她把馍馍送到家。这样进进出出的时间长了，就连门口站岗的日伪军也不再盘问她了。并且都跟她热情地打起招呼来。

伪军一见了王春兰便招呼道："是王姐呀，又去送馍馍？"

王春兰忙回答："刚出锅的,得给人家赶紧送过去,别耽误了人家吃晌饭。"

这天下午,王春兰向警备队院子里送完了馍馍,恰巧碰见给陈司令家看孩子的一个本家侄女,正抱着一个1岁的孩子在门口玩耍,就把馍馍挑子往门口一放,热情地招呼道:"小莲,看孩子呢?"

小莲说:"是大姑呀,馍馍卖完了?"

王春兰说:"卖完了,刚给这院子里的食堂送了一篓子。"

小莲说:"那就家去歇会儿吧!"

王春兰说:"你就是给这一家看孩子?好,进去看看,正好也渴了,喝碗水去。"

两个人边说着话边逗着孩子走进了屋里。

这是一处一明两暗的房子,王春兰坐在明间里,见东间的门紧闭着,能隐隐约约地听见里面有人在说话,便向门根儿靠了靠,正好听见里面在策划着明天去根据地"扫荡"的事。大体内容是,"皇军"得到可靠情报,共产党枣临支队刘振武的部队,正在赵家湾一带活动,要求沙沟警备队全力配合皇军的"扫荡"。

王春兰回到馍馍店里,认为这个情报十分重要,必须尽快地送到根据地去。可昨天她刚和赵二顺接完了头。怎么办?绝不能让根据地的军民遭受损失。她没有再犹豫,连口饭也没顾上吃,就匆匆向赵家湾奔去。

正值高粱晒红的季节,天气闷热得让人喘不过气来,王春兰还没有跑出去多远就已经是大汗淋漓了。

天傍晚的时候,天空突然间阴云密布、霹雳交加,眼看着一场暴风雨就要到来。是退缩,还是前进?可是当王春兰想到根据地军民的生命财产时,就踮起一双小脚儿,不顾一切地继续向前跑起来。

雨说下就下了,王春兰冒着瓢泼大雨继续前行。

王春兰在雨中气喘吁吁地来到了薛河边儿,可是由于下暴雨,河床暴涨,河水已经没过了简易的石头桥,要只身过河很是危险。

王春兰站在河边,只见湍急的河水打着旋涡咆哮着,令她提心吊胆。但事急也就顾不上这些了,她抻量着脚过石头桥,却几次踏翻了石头而掉进河里，湍急的河水没过了她的腰胯，鞋子里也灌满了沙子，两只脚被沙粒磨得像是沾上了辣椒面儿，火辣辣的痛。她咬着牙，忍着痛，一次次从河水里爬起来，半蹚半游地总算是过了河。

王春兰坐在河边的一块大青石上正清理鞋里的沙粒儿，突然间一道闪电从头顶上划过，让她瞬间不由得看了一眼那湍急的河水，瘆得她不禁打了个寒战，浑身随即起了一层鸡皮疙瘩，紧接着"阿嚏！阿嚏！"地打了两个响亮的喷嚏。

"隆隆"的雷声像是在天空滚碌碡，震得雨中的旷野发抖。王春兰稍微一歇，便咬紧牙关站了起来，继续向赵家湾赶去。

"站住，不许动！"

王春兰刚到村口，就被暗哨喝住了。还没等她反应过来，就见两个披着蓑衣的战士已经持枪来到了她的面前。王春兰忙说："俺是赵小满他娘，有重要事儿向刘队长报告！"

哨兵一听惊讶地说："赵大娘，您怎么冒雨跑回来了？看把您淋的，您要是不说话，俺都没把您认出来。俺是王广河呀！"他说着把身上的蓑衣脱下来，披在了王春兰的身上。

王春兰说："广河同志，快领俺去见刘队长！"

王广河架着王春兰的一只臂膀，在雨中匆匆地来到了刘振武的窗前，见屋里的灯亮着，就轻轻地敲了敲屋门说："刘队长，赵大娘回来了。"

刘振武打开房门，见王春兰淋得像个落汤鸡，心疼地说："你看看，你看看！二嫂，有什么重要的情报，非得冒着大雨连夜赶回来，就不会等雨停了，明早再来？"

王春兰一屁股坐在凳子上喘着粗气说："事急，赶明天再来就晚了。"

于是，王春兰便把她所听到的情报向刘振武叙述了一遍。

刘振武听了感动地说："二嫂，你送来的这个情报太重要了。要不然，咱根据地的军民还不知道要遭受多么大的损失，你真是个令人敬佩的好二嫂！"

刘振武说着，给王春兰倒了一碗热水，又把一块干毛巾递给她说："快擦擦，喝碗热水祛祛寒。"

王春兰接着碗说："哟嗨，还让你给俺倒水喝，俺自己倒就行。"

王春兰瞅了瞅炕上，发现赵小满睡得正香，就问："怎么？这都半年多了，小满还跟你一个炕上睡？"

刘振武笑笑说："是啊！是俺没让他挪窝儿。再说了，这炕本来就是小满的，是俺占了他的窝，所以二哥让小满跟着他睡去，俺没让。"

王春兰走到炕前，看着睡得正香的儿子笑着说："这孩子随他爹，一睡着了跟死猪差不多，打雷刮风也听不见。你看看俺来了说半天话了，也没见他醒。"

刘振武说："他一天到晚不住腿脚儿，这是累的。你想想，他干了俺的通讯员，还能闲得住他？"他说着，上前用力拍了一下赵小满的屁股。

赵小满一个激灵爬起来说道："有情况！有情况！"

刘振武"呵呵"笑着说："是有情况！你看看谁回来了？"

赵小满睁开惺忪的双眼一看是娘回来了，高兴地忙从炕上爬起来，一头扎进王春兰的怀里说："娘，您可回来了，俺想死您了。"

王春兰抚摸着赵小满的脊背没有说话，只是两行热泪打腮帮子上滚落下来，她平时那所有思念儿子的话都在这抚摸和泪水里了。

刘振武见状，鼻子也有点酸楚，便安慰说："好了，好了。你们娘儿俩这不是见面了吗？小满，快去把曹保刚他们找了来，就说开紧急会议。"

这天一大早，赵家湾村就开始紧张起来了。

村民们从各家各户的院子里涌到村巷里，赵景轩、王春兰、赵二顺等党员干部和枣临支队的部分人员，正在紧张地指挥着村民们往西山上转移。

村民们有抱着孩子的，有用驴驮着老人的，有牵着牛的，有拎着鸡的，还有背着粮食和衣物的，一个个的表情都显得紧张而无奈。

李勇带领着特务排的王广河、郑宗山等战士，正在薛河对岸的路口外紧张地埋着地雷。

刘振武、曹保刚和战士们隐蔽在杂草丛中，密切注视着河对岸土路上的一切情况。

李勇他们埋完地雷回来了。

李勇说："队长，雷埋好了。足够小井一郎老小子喝一壶的。"

刘振武说："注意隐蔽！"

赵小满说："队长，你看。那边像是有尘土飞扬起来了。"

刘振武端起望远镜看去："是敌人过来了，做好战斗准备。俺在这里再强调一遍，由于敌我力量悬殊，咱们今天在这里只是打敌人一个埋伏，打了就撤，目的是为群众的转移赢得充足的时间。"

只见薛河对岸的土路上尘土飞扬。日军驻沙沟铁路治安大队大队长小井一郎、警备队司令陈大庆骑在高头大马上，带领着日伪军近 500 人耀武扬威、浩浩荡荡地开了过来。他们此行的目的就是要对赵家湾一带的十几个村子进行"扫荡"，试图摧毁革命根据地及革命有生力量。

"扫荡"的日军在接近薛河边的时候，陈大庆一勒马缰绳对小井说："太君，过了这条河，就是共产党的根据地了。"

小林一郎说："吆西。我们还是老套路，你的警备队在前面开路，我的皇军在后面全力地跟进。"

陈大庆苦笑了下，学着日本腔对旁边的刘玉飞说："你的让弟兄们前面开路的干活。"

李勇说："队长，敌人已经进入雷区了。"

刘振武说："沉住气儿。先让皇协军过过再拉弦，专炸后面的鬼子。"

时间一分一秒地过去了。刘振武见日军也已进入了雷区，大声说了声："打！"

瞬间，战士们一齐向敌人开了火。

只见地雷在敌群里接连地炸响，炸得敌人晕头转向，死的死，伤的伤，哭爹喊娘乱作一团。

刘振武见地雷炸响后，日军就地支起了小钢炮，欲在炮火的掩护下向我阵地发起进攻，便立刻让战士们扔出去了一排手榴弹，随之命令部队向山里撤去。

敌人气势汹汹地开进了村子里，一个个似老鼠串街，把村子翻腾了个底朝天，既没有找到人，也没有找到粮，便气急败坏地点燃了沿街的房子，灰溜溜地走了。

这天，刘振武、季华、赵景轩、王春兰等几个人正在屋里拉闲呱儿，说到了部队缺少弹药的问题。刘振武说："自从敌人大'扫荡'后，他们就三天两头地来抢粮抢物、'围剿'咱抗日人员，用穷凶极恶来形容他们一点儿不为过。敌人来犯，咱们就得打，可战士们没有子弹，拿什么打？所以说这缺弹少药，是摆在咱们面前最大的问题。今天正好没什么事儿，大家看看怎么能解决一下这个问题。"

屋内鸦雀无声。

季华见没人说话便说道："是啊，这缺少弹药的问题，的确是个大问题。现在咱们队伍上倒是不缺枪，每次打敌人的伏击都有斩获。可枪里没有子弹，也就成了烧火棍，所以说解决子弹的问题是当务之急。春兰同志，你在沙沟做地下工作也一年多了，看看有没有这方面的办法？"

大家的眼神儿都不约而同地瞅向了王春兰。

王春兰知道向敌人的手里去买子弹会有危险，但她想到了一个人，就是在敌警备队干副官的刘玉飞，也许他能帮得上忙，于是说："行，季政委，刘队长，这事俺试试。"

赵二顺一听，替王春兰着急起来，说道："小满他娘，这事咱可不能吹牛。你一个娘儿们连枪都没摸过，知道子弹长啥样不？你有别的本事俺信，唯有这本事俺不信，咱别逞能。"

屋里的人都抿嘴笑起来。

王春兰却一脸认真地说："俺没有逞能，只是说试试，有想法不去试试怎么知道行还是不行。"

刘振武说："这么说你已经有办法了？给大家说说看！"

王春兰笑笑说："俺暂时保密，还是试试再说。"

季华说："春兰同志不说，咱们大家也就不必再问了，要相信她的能力。春兰同志，你去试试可以，可一定要注意安全。"

王春兰说："放心吧。"

沙沟镇门外的一条小路，是刘玉飞回家的必经之路，王春兰正站在路旁耐心地等待着他的出现。没多大工夫，她见刘玉飞走过来了，就笑着迎上去说："玉飞，俺有话要跟你说，咱们上那边的松树林，那里安静。"

刘玉飞还以为王春兰是闲得没事想跟他叙叙旧，就满口答应说："好啊！走。"

王春兰和刘玉飞来到小树林里，在一块大光梁石上坐下后，王春兰深沉地问："你还记得这里吗？"

刘玉飞说："记得，咱们小时候经常上这里来拾柴火。"

王春兰说："这个地方，也是你当年许愿要娶俺的地方。"

刘玉飞不好意思了。他扰了扰头皮，脸涨得通红说："你又提这事儿。上次你提这事，惹得俺一夜没睡好，让俺又前前后后地捋了一遍。俺记得当时向你许了愿后，回家就跟俺爹说了，可俺爹一听坚决不同意。为这，俺爷儿俩闹了很长时间的别扭，后来俺爹就给俺定了陈家的这门亲。没办法呀，儿女的婚姻大事，得听从父母之命不是。"

王春兰见刘玉飞为这事又认真起来，笑笑说："好了，不提这事了，咱们说点正事。"

刘玉飞说："正事？你有什么事尽管说。"

王春兰拿眼瞄着刘玉飞身上的衣裳说："俺就是看着这身皮穿在你的身上别扭。"

刘玉飞一听王春兰所谓的正事又是说他这身衣服的事，打心里有些不愉快地说："俺不是跟你说了吗，这身皮穿归穿，绝不干祸害老百姓的事。"

王春兰是想看看刘玉飞究竟还有没有一个中国人的良心，对小日本在自己的国土上横行霸道到底恨不恨，所以就故意地激他说："你就是不祸害老百姓，可汉奸的罪名你是背上了，让这乡里乡亲的都骂你狗汉奸，俺的脸上也没光。"

刘玉飞把头上的帽子摘下来往石头上一摔说："就让他们骂去吧，反正俺是个有良心的中国人。"

王春兰说："你说有中国人的良心就有了？得拿出点真格的来看看。"

刘玉飞说："俺每次跟着小日本下去'扫荡'，有时看到老百姓的东西没藏好，俺还偷偷地帮着掩盖掩盖，你说俺有没有中国人的良心？"

王春兰说："有归有，但光凭这些是远远不够的，空口无凭，你得为国家的解放事业和老百姓干点实实在在的事儿，到时候才能洗清你这当汉奸的罪名。等把小日本赶跑的那一天，念你身在曹营心在汉，曾为打小日本出过力，政府不但不追究你当过汉奸的罪名，还能给你记功。到时候，俺也会觉得脸上有光。"

刘玉飞一听王春兰能说出这样的话，打心底感到惊讶，心里嘀咕道："俺怎么听着像是共产党的赤色宣传呢？这么多年没见，她现在到底是什么样的人？莫非她……"他控制不住地问："春兰，你是不是这个？"他说着用手亮出了个八字。

王春兰说："你甭管俺是什么人，先说说你愿意不愿意为打小日本出把力吧？"

刘玉飞说："怎么个出力法？你说就是了。"

王春兰认为该套的近乎套了，该说的话也说了。通过交谈，她认为刘玉飞这个人还不坏，可以交心，该是到了谈正事的时候了，就问道："你能不能想办法给俺们买点子弹？"

刘玉飞一听，脑袋摇得跟拨浪鼓似的，心惊胆战地说："春兰，这可不是闹着玩的事，一旦被发现，不光自个儿的脑袋得搬家，亲戚朋友也受牵连，真没想到你的胆子这么大。"

王春兰听了刘玉飞的话"哈哈"大笑着站起身来说："要是咱中国人没有胆量大的怎么打走日本人，难道都像你一样甘心受小日本的欺负而当亡国奴吗？哪里有侵略哪里就有反抗。俺知道这买子弹的事有困难，没有困难俺找你做啥？俺还不是看着你穿着这身黄皮活动起来方便才找的你吗？你嘴上说有中国人的良心，怎么一叫你干点有良心的事儿，就怕了？俺看你枉是个男人，还比不上俺这个小脚女人。"

刘玉飞深深地被王春兰的这番话所震撼，眼前的这个王春兰还是以前的那个王春兰吗？她说得对呀，作为一个中国人，不能光嘴上说有良心，要拿出点实际行动来，俺若是在这方面连她王春兰也赶不上，还算是个男人吗？说："春兰，这事你交给俺，等有了消息，俺就去馍馍店找你。"

王春兰笑笑说："嗯，这才是俺心目中的刘玉飞。"她从口袋里掏出一沓钱来递到了刘玉飞的手上。

刘玉飞问："需要多少？"

王春兰说："越多越好，俺们那边最需要的就是子弹。"

当天夜里，刘玉飞躺在炕上彻夜难眠。他翻来覆去地想着白天和王春兰见面的情景，心情久久不能平静。没想到原先的那个柔柔弱弱的小女子，现如今竟然参加到了共产党的队伍里，成了一名敢于跟小日本真刀实枪地干的勇士。他念着跟她小时候的情谊，更佩服她现在的胆识与气魄，相比之下，自愧不如。她能在这战乱时期念着俺，让俺不当汉奸走正义之道，俺岂能辜负了她的一片情谊，又岂能不跟她志同道合？他躺在炕上默默地下定决心：俺要以大义为重，来他个身在曹营心在汉，一定要把她交给俺的事情办好。

这天，正是晚饭时分，沙沟红石榴酒馆里生意兴隆，高朋满座。在二楼的一间雅间里，刘玉飞为了完成王春兰交代的任务，正在请沙沟镇里的几个汉奸地头蛇喝花酒，有侦缉队小队长汪培忠、便衣队小队长冯大刚、警察行动队队长刁云豪等。

在座的正喝得尽兴，刘玉飞用喝水的碗倒满了酒说："各位老大，先容俺说一句，今晚俺做东请各位喝酒没别的意思，就是为感谢各位这些年来对俺这个小老弟的关照，还望今后更加地关照小弟。同样，各位老大往后若有用得着小弟的地方尽管吩咐，俺一定竭尽全力。为了表示诚意，俺一口气干了这碗酒。"说完就端起碗来"咚咚咚"地喝了下去。在座的都拍着手叫好。

刁云豪说："玉飞老弟你也太客气了，在座的谁不知道你是陈司令跟前的大红人，俺们还要仰仗着你发大财呢！"

冯大刚说："是啊，在这年头，说别的是假的，白花花的票子才是真的。玉飞老弟，你往后但凡有发财的机会，可别忘了你冯哥，来，俺跟你喝一个，哈哈。"一仰脖"哧"一声喝了个酒盅响。

汪培忠说："要俺说，咱们都是跟着日本人混事儿的，脑袋天天别在裤腰带上，说不定哪一天碰上了共产党的枣临支队就得玩儿完。还是像今天这样该吃喝的吃喝，该玩乐的玩乐。"

刘玉飞通过多次与镇里的汉奸小头头们交往，发现特务便衣队的队长冯大刚是个见钱眼开的人，于是就买上花被面、大烟土等礼品，去敲响了冯家的大门。

冯大刚打开门一看是刘玉飞上门，手里还拎着许多礼物，就立刻笑容可掬地把他让进了屋里说："刘老弟，你这是？"

刘玉飞说："冯队长，这些年你对小弟多有帮助，俺要是再不来登门拜访一下，岂不是不会做人了？哈哈。"

冯大刚说："哪里，哪里！你刘老弟也太客气了，嘻嘻。"

刘玉飞见冯大刚把礼物收下放进里屋里，就等他出来了试探着说："冯队长，这年头你可真行，皇军面前有脸面，兄弟部门中有威望，听说你还跟城里的龙司令有关系，可真是了不起。"

冯大刚说："嘿嘿，混碗饭吃，混碗饭吃！"

刘玉飞说："可你是不知道咱们警备队的这些弟兄们，在下面难处有多大，整天跟着皇军出去'扫荡'。'扫荡'多，用枪弹就多，只靠上边拨的那点根本就不够用，你看能不能想办法帮俺们搞部分子弹？"

冯大刚是知道警备队平时跟着日军出去"扫荡"多，一听刘玉飞是来求他帮忙解决子弹的，也就没多想，满口答应说："那好说，需要多少你说。"

刘玉飞一听这话，说道："难怪弟兄们都说你冯队长心眼好，也好说话，真是名不虚传，那就请你多给俺们解决一点为好。"

冯大刚受了贿又让刘玉飞这么一吹捧，便得意洋洋地说："那好吧，你们警备队的几个小队，就都给弄点。"

刘玉飞从冯大刚家里出来，就直接赶到了王春兰的馍馍店里。等他把冯大刚答应给子弹的事一说，就见王春兰喜上眉梢，一把握住了他的手激动地说："俺就知道你会有办法。"

王春兰从衣兜里掏出一沓钱来说："这钱你拿着，还得继续烧把火才是。"

刘玉飞接过钱说："春兰，那俺就先回去了。"

王春兰送走了刘玉飞回来，对前来接转情报的赵二顺汇报了情况，并对他说："你回去后，让刘队长派人来接应一下。"

赵二顺说："俺也是这么想的。子弹一旦弄了来，在这儿绝不能久存，一定要尽快运到根据地去。"

刘玉飞把子弹送过来的第二天晚上，刘振武带着特务排，借着漆黑的夜色，悄悄地来到了馍馍店里。他见到了王春兰激动地说："春兰同志，没想到你在这么短的时间内，就把子弹搞到了，俺还以为这事你办不到呢，俺代表组织上谢谢你！"

王春兰说："任何事情只要想办法去做，就没有做不到的。至于说谢谢俺就没有必要了，这是俺应该做的。"

刘振武说："俺就知道你会这么说的。春兰同志，如果是有可能的话，还要继续为部队上搞些军火或药品，咱们的部队确实需要。"

王春兰说："俺已经给线上的人说了，他也同意继续帮忙。"

赵小满冲着王春兰伸出大拇指说："娘，您真行！"

王春兰疼爱地说："小满，你已经长大了，娘不在你的身边，要知道照顾好自己。"

赵小满说："娘，部队就是家，俺们大家都互相照顾着，您就放心吧。"

刘振武说："是啊，春兰同志，你把小满交给了俺，就放心吧。"

说话间，战士们已经把2000发子弹分装好了。刘振武和王春兰、赵二顺道别后，转眼间便带领着部队消失在了茫茫的夜色里。

在接下来的两个月里，王春兰先后接到了刘玉飞搞到的弹药有4批，然而，就在这天晌午头里，王春兰刚到镇里卖完了馍馍回来，就见她哥王春粮在店里正等她。还没等她搭话，王春粮就把她拽到后门外压低了声音说："小兰，你知道不？刘玉飞死了。听说是他昨天下午在红石榴酒店倒腾军火时，被小日本乱枪打死的。"

王春兰一听，脑袋"嗡"的一声，问道："当真？"

王春粮说："这还有假。今儿早上，刘玉飞他丈叔陈司令带着人气哼哼地上刘家去了，问刘尚清知道不知道他儿子跟谁倒腾军火。刘尚清说不知道这事，刘玉飞在家里从没说起过。陈司令气得直骂娘，说这个兔崽子，可把老子俺害惨了。"

王春兰故作镇定地说："这事俺知道了，哥，你先回去吧！"

王春粮着急地说："你这个人就是心大。这一二年里，你跟刘玉飞经常往来哪个不知，连街坊邻居里都有说闲话的。他倒腾军火是不是给你倒腾的？要是与你有关系趁早躲一躲去。俺可是听说，小日本正在追查军火的去向。"

王春兰说："人都死了，还查谁去？哥，你要是怕受牵扯，就把这刚蒸好的馍馍带上，领着咱娘和嫂子、孩子先回孩子他姥爷家去住几天，俺也回赵家湾待些日子去。"

王春粮问："俺怎么没看见二顺兄弟？"

王春兰说："他昨天回去了，说今天晌午赶回来，这也该回来了。"

王春粮知道这事与王春兰有掺和，就赶紧拾上馍馍，带着闺女小英匆匆地走了。

王春兰送走了哥和侄女后，心里开始慌起来。心想，刘玉飞倒腾军火的源头在她这儿，虽然他已经死了，可小日本是干什么的，鼻子比狗的还灵，早晚会循着味儿找到她这里来。她想到这里，决定等赵二顺一回来就马上离开这儿。可她又一想，不行，不能在馍馍店里等他了，还是上大核桃树下截他去。于是，她手忙脚乱地拾掇起一个包袱，把门一锁就匆匆地离开了馍馍店。

王春兰在大核桃树下等啊等啊，总觉得时间过得太慢了。她恨不能赵二顺立刻就出现在面前，好赶快地离开这个危险的地儿。她度时如度年似的等了好大一会儿，总算是看见赵二顺牵着毛驴向她这里走来了。她立刻扬起手，一路小跑着迎了上去。

赵二顺老远见王春兰那匆忙的样子，知道是有要紧的事儿，就加快步伐赶了过来问道："你怎么这么慌张，出什么事儿了？"

王春兰喘着粗气说："你怎么才来？让俺好等。"

赵二顺又问："到底有什么要紧的事？"

王春兰说："快把俺扶到驴上去，咱们快走！"

王春兰骑到驴背上，望了望远处的馍馍店，正看见一辆大卡车拉着一车的日军和黑狗子，开到馍馍店的门口停下了。敌人纷纷从车上跳下来，瞬间就把馍馍店围了起来。真可谓是小脚女人打飞脚，悬乎呀！

赵二顺也看到了这一幕，忙掉转驴头，大步流星地赶起路来，边赶路边说："还真是出事了。咋的，暴露了？"

王春兰说："嗯，刘玉飞死了，是在交易军火时被小日本打死的。多亏俺跑得快，要不然就见不到你了。刚才你也看到了，咱们还是抄小路走吧，怕是敌人会追过来。"

赵二顺赶忙拐下一条小路，一路也没再说话，就匆匆地奔赵家湾而去。

第十六章　山洞养伤

王春兰自打沙沟回到村里后，就一直没再出去，而是听从组织上的安排，担负起了这一地区妇女自救会的工作。用她自己的话说："俺是一名共产党员，坚决服从组织上的安排，一定要把党交给的工作干好。"

这天深夜，赵家湾的村巷里有一支十来人组成的队伍护送着一架马车由远而近。马车行驶到赵二顺的院门前停了下来。

赵小满上前"笃、笃、笃"地敲了三下门。

没多大工夫，门里面传来了赵二顺的声音："谁？"

赵小满说："爹，是俺，小满。"

赵二顺打开院门惊喜地说："是小满回来了。"

赵小满说："爹，您看，刘队长他们也来了。"

刘振武说道："二顺同志，你好啊？"

赵二顺握住刘振武的手说："好，好！你和支队打这儿走了快两个月了，还是头一次见你。快进院子吧！"

刘振武说："可不！小满，你去把赵景轩同志找了来，有事商量。"

赵小满打了个举手礼说道："是！"

这时，只见堂屋里已点燃了油灯，就听王春兰招呼道："快让刘队长屋里来坐。"

刘振武等赵景轩来了后，就一起进到屋里坐了下来，对王春兰说："春兰同志，沙沟的事俺都知道了。那里的情报工作就先停下来，经县委和支队研究，你回来后的主要任务，是协助赵景轩同志把这一地区妇救会的工作抓起来，让妇女们也都参加到抗战的队伍里来。"

王春兰说："村长已跟俺交代过了，俺一定把这项工作做好。"

刘振武说："随着抗日战争的深入，敌人已经停止了对正面战场的进攻，改为加大对占领区的防御，试图进一步推行对占领区的伪化和日化战略。这样一来，咱们敌后的抗战斗争形势会更加的严峻、更加的复杂和残酷。为此，县委指示各区小队的主要工作一定要按照'只有发动群众，才能进行战争'的指示精神，更加广泛地组织群众、发动群众、武装群众，调动起一切可以调动的力量，打好当前反伪化、反日化的人民战争。"

赵景轩说："区小队在各村除了建立起民兵队伍外，也大都成立了妇救会、少年儿童团等组织，乡亲们的抗战热情和抗战的积极性空前高涨。春兰同志正组织各村妇救会的妇女们为部队赶制军鞋。"

刘振武说："咱们只要广泛地把人民群众组织和发动起来，就一定能够打赢这场反伪化、反日化的人民战争。"

赵二顺问："刘队长，俺怎么看着还有几个孩子跟着你们来了？"

刘振武说："俺们今天来的主要任务就是给你们送孩子来了。是这样，这三个孩子，都是咱们县里革命烈士的后代，他们的父母都是为革命而牺牲的，组织上不能不管，所以决定要把他们寄养在放心户的家里，就想起你们来了。景轩同志，这作为一项任务，你看分到谁家合适，就由你来决定吧！"

还没等赵景轩表态，王春兰抢先说："这几个孩子俺和二顺带，正好小满走了后家里没有孩子，俺们就做他们的爹娘吧！"

刘振武说："景轩同志，你看呢？"

赵景轩说："俺看就由春兰和二顺同志带，这样比较放心。"

刘振武说："孩子送到了，俺们的任务就完成了。小满，你去把几个孩子领进来。"

赵小满领着 3 个孩子走进屋来，有 2 个男孩，1 个女孩，看上去最大的也就有十来岁，最小的有五六岁的样子。

刘振武说："就这样，俺们要连夜赶回红岭去。"

县委驻地的会议室里，县委班子成员正在开会。

季华说："秋收以后，敌人加大了'扫荡'的力度，除了进村抢夺老百姓的粮食外，还派出大批的特务搜捕我抗日人员。他们乔装打扮，无所不及用其极，给咱们的抗战工作带来了极大的挑战性，同时也潜存着极大的危害性，使斗争的形势更加严峻了。根据敌人的这一新动向，咱们必须针对斗争形势的残酷性和复杂性，做好让人民群众在斗争中学习斗争的工作，以粉碎敌人的阴谋。"

刘振山说："那就召集各区小队来开个会，尽快让大家认清形势，有针对性地开展对敌斗争。"

季华说："由于形势紧迫，俺看会议就不开了。召集会议需要时间不说，来来回回的路上也多有危险。俺看不如让县委的同志带着任务下去，这样既争取了时间，还可以针对各区的实际情况开展工作。"

刘振武说："俺同意季书记的意见，到各区小队去更能掌握好工作的主动性。"

刘振山说："有这样一件事情，天越来越凉了，俺认为得尽快把县里给几个烈士的孩子准备的棉衣和抚恤金送过去，同时对寄养户也给予一下慰问。"

季华说："振山同志，抚恤工作一直由你负责，俺看这送棉衣的工作你就负责到底。记住，一定要把党对他们的温暖带下去。"

刘振武说："振山，你就不用去了。俺正好去那里有别的事情，就把送棉衣的任务交给俺吧！"

霜降这天，刘振武带领队伍来到赵家湾的当天，赵小满病倒了，而且病得挺厉害，头滚烫滚烫的，浑身直打摆子没有力气，走路都困难了。

刘振武说："小满，你病成这样就先别跟着队伍走了，就在这里养病。"

赵小满有气无力地点了点头说："好的。"

就在这时，赵景轩急火火地来了说："敌人又要来'扫荡'了，已经到了八里外的秃鹰嘴。"

刘振武说："二顺同志，你负责把村民们转移到安全地带，区小队的同志随部队的同志一道向刘家峪转移。"

赵景轩说："刘队长你们快走。区小队的同志都是这当地的老百姓，留下来组织群众一起往山上转移。"

刘振武说："这样也好，不过一定要叮咛大家不能跟敌人硬来。"

刘振武带领工作组走了后，赵景轩、赵二顺便扶着赵小满和乡亲们一起转移到了西山上的树林里。

赵小满倚靠着一棵柏树远远地向村里看去，敌人就像是一群黄马蜂似的在村巷里窜来窜去。他们翻箱倒柜地折腾了大半天，也没有找出一个人或一粒米来。

赵景轩看着敌人灰溜溜地出了村后，才组织起群众往山下走去。

正是收大白菜的日子。这天傍晚，赵二顺正在院门外的菜地里挖储藏白菜的地窖，忽然见一个30来岁，身穿一身土布衣裳的人向他走来。他看了那人一眼，一时弄不清是干什么的，也就没主动搭讪，继续挖他的地窖。

来人是临城皇协军侦缉队副队长王全中。他来到赵二顺的跟前低声说："这位大哥是在挖地窖啊？不瞒你说，俺是个八路，已经掉队两天了，又渴又饿，这天又快黑了，想到你家里落落脚行不？"

在这艰苦复杂的环境里，赵二顺一听来人是个掉了队的八路军，心里一震，刚要对他说辛苦了，却一想不行，这些日子敌人特别注意赵家湾。再说家里还住着养病的小满，怎么能再让一个陌生人住进家里？

王全中见赵二顺犹豫便说："大哥，俺们当八路的找到老百姓就算是找到家了，在这外面有危险，咱还是进家再说吧！"他说完，也没等赵二顺说同意不同意，就一头闯进了院子去。

王春兰正在饭屋里给小满盛饭，见一个人猛地闯了进来，不禁打了一个愣怔，连躺在炕上的赵小满也吃了一惊。

王全中说："大嫂，正盛饭哪？俺是个掉了队的八路军战士，又渴又饿，也给俺盛一碗吃吧！"

王春兰听了心里直打转转：县工作组和部队上人都转移了，没听说这几天有八路军来。把他打发走，又怕他真是自己的同志，留下他来，又怕他是个坏人。她一时没说话，就给他盛了碗稀饭汤，偷偷地打量起他来。她发现来人虽然嘴里喝着稀饭，两只眼珠子却到处转，还不住地打量躺在炕上的赵小满。

王全中问："大嫂，这个小兄弟是你什么人？"

王春兰说："他是俺的娘家侄子。这些天，俺家孩子他爹的身子骨不壮实，眼见天快上冻了，地里的地瓜还没刨，俺把他叫了来帮忙干几天。你瞧，俺们这山里的人怕生，他都这么大个人了，见了外人连句话也不知道说。"

王全中贼眼珠子一转说："庄户人家，嘴笨心实，这要立冬了，你家的地瓜还没刨，那好，赶明天俺也帮忙刨去。"

王春兰一听这话，心里更加怀疑了。在这样艰苦的环境里，一个掉了队的八路军战士，怎么不急着去找部队，反倒要求住下来帮着干活？她瞅了瞅赵二顺，赵二顺只管蹲在那里抽烟袋。

在鲁南山区，人们一到了冬天就一家人都挤在饭屋里了。饭屋里的锅头连着土炕，锅头的烟道通过炕洞再通向屋外，一天三顿饭能把炕也烧得温热热的。因此，一般的人家一到了冬天大都在饭屋里过冬，吃饭时围着锅头吃，睡觉时挤在烧热的炕上暖和。

天渐渐地黑了下来，王全中坐在炕沿上，看看赵小满那憨憨地蜷缩在炕根儿的样子，心里直犯嘀咕："这个人真是她的娘家侄子吗？"

王春兰借刷锅的机会，故意在王全中跟前打了个趔趄。在王全中不自觉地伸手扶她的时候，她趁机在黑影里伸手捏了捏他套在里面的棉袄，这一捏，只觉得头"嗡"的一声炸响，他套在里面的棉袄竟然是用滑溜溜的绸缎做的面，这说明他不是个八路军。于是，她借着去泼刷锅水的机会走出了饭屋。

王春兰来到堂屋，假装找不到火柴了喊道："孩子他爹，洋火怎么不见了？你快过来找一找，帮俺把这屋里的灯点上！"

赵二顺不明白王春兰的意思，回道："俺没拿洋火，你自己找找就是了。"

王春兰没好气地说："看你这个人，今天晌里你还拿着抽烟来着，还不快来找找！"

赵二顺知道王春兰一着急就是有事儿，赶忙来到堂屋问："找到了没？"

王春兰压低了声音说："找你个头啊，那个人不是八路军，是个特务。"

赵二顺一听说："啊？这可怎么办呢？小满还在屋里。"

王春兰说："咱就说家里窄巴，没地方睡觉，给他另找一家住处。等他走了，咱再找机会把小满送出去。"

王春兰端着一盏点燃的油灯和赵二顺来到饭屋里说："这位兄弟，实在是对不住了，本该留你在这里住一宿的，可屋里就这么一盘炕，一床被，原本老少五六口子挤在一块儿就够挤的了，你如果再在这里住下就得挨冻。俺们这后院他二大爷家里宽绰，就把你送到他那儿去住一宿吧。"

哪知王全中连连摆手说："不啦，不啦！俺是个八路军，这年头兵荒马乱，乱跑乱闯有危险。俺哪儿也不去了，就躺在这锅头前凑合一宿就行了。"

王春兰一听他这么说，为了不引起他的疑心，就没再硬撵他，说："那好吧！你不愿意离开这儿，俺就把侄子领到他二大爷那里去睡。"

王全中说："那怎么行？怎么能让你家的客人去找地方睡？再说了，那样会引起外人的怀疑，咱们还是挤巴着睡，俺就在这锅灶口躺下就行了，又不占用炕，也不用盖被。"

王春兰一听也就没有什么好办法了，只好让他和赵二顺、小满在炕上睡了，便说："好吧，既然这样你就在这炕上睡，俺领着几个孩子上那屋睡凉炕去了。"

王春兰领着几个孩子来到东屋里，压低了声音说："你们几个今黑里老老实实地在这屋里待着，不管外边出了什么事儿，娘不叫你们谁也不能乱动。"

在这艰苦的岁月里，孩子们跟着大人躲避敌人习惯了，都很听话，一个个认真地点着头。

王春兰等三个孩子都躺下了，就摸了一把铁锨走出门去。

王春兰抱着铁锨坐在饭屋门口的石台上，仔细地听着屋里的一切动静。心想只要是屋里有什么异常，她就会猛地扑进屋里去，先一铁锨拍倒那人再说。

饭屋里的灯熄灭了，可那人还在跟赵二顺拉呱儿。一开始拉的都是些家常话，可说着说着，那人就问到正题上去了："大哥，俺在队伍里听说咱这村里住着枣临支队的人，多亏了村里的老百姓，在鬼子来'扫荡'之前，就把他们藏起来了。你知道都藏在谁家了吗？俺想跟他们接接头。"

门外，王春兰听了门里的谈话，知道那人是在打听枣临支队的底儿，便不自觉地攥紧了手里的锨把子。

门里，赵二顺说："枣临支队的人是上这村来过不假，可咱没见上几回，人家就走了。"

王全中说："他们也不容易啊，鬼子撵着他们到处跑，真要是在咱们这村里藏着了，可要对他们多照顾着点，大哥你说对不对？"

赵二顺知道他是在套自己的话，便说："俺是一个庄户人，从不问官家的事儿。在俺们这个村子里，俺这户是落后分子，人家都说俺是老封建老顽固。说句实在话，今黑里俺要不是看着你是个外村人，天又这么冷怪可怜的，说啥也不会留你住宿。俺管你什么八路九路的，谁当官俺也是顺民。咱不说这些了，睡吧，干了一天的活了，俺这心口窝又疼起来了。"

门外，王春兰一听赵二顺把那人的话给堵死了，也就放心了。屋里没有了再说话的动静，可王春兰的心里却更加地紧张起来，黑灯瞎火的，谁又能知道屋里会发生什么样的事情呢？她睁大了眼睛。

起风了。忽然，一阵邪风铺天盖地刮来，把院子里的尘土掺夹着枯枝败叶一起卷到了天上，在铅灰色的空中沉浮不定。牛棚顶上的席子，被风撕下来一块抛上天去，然后落到地上，贴着地皮"吱吱嘎嘎"地翻滚到了墙根。所有的东西都毫无抵抗地向着一个方向倾斜着，所有的地方都发出了凄凉的呼啸。

王春兰眯住眼睛转过身去，让风顶在脊背上。她任凭风吹尘打，耳朵却时刻倾听着屋里的动静。

在这天高风低的夜晚，从山沟里不时传来一声声夜狗子的叫声，瘆得王春兰的头皮直发麻。也许是因为心里太紧张，也许是因为夜风太凉，她只觉得浑身在瑟缩，牙咬得"咯吱咯吱"地响。

夜深了，屋里还是一点动静也没有。王春兰知道赵二顺睡觉好打呼噜，可这一夜里，他却一声呼噜也没打，不用问，他也是一夜没合眼。

冬冷夜长，好歹熬到了东方放白，王春兰敲了敲门说："孩儿他爹，天亮了，俺听见西南上有动静，别是鬼子又来了，快叫起客人趁着还有黑影儿走吧，要不出了事咱可担当不起！"

门开了，王全中打屋里出来看了看天说："好吧，俺这就走。你们就再接着睡吧，让俺搅扰得你们一家人都没睡好。"

王春兰把王全中送到了院门口，看着他走远了就闩上了门。

王春兰一进屋就说："咱们得快把小满送到南山上去，说不好那人会领着人回来。"

赵小满说："娘，你是不是看出那个人是坏人来了？"

王春兰摇了摇头说："没摸准，反正从感觉上他不是咱八路军，是不是个坏人没摸准。"

赵小满说："你的警惕性俺一开始就看出来了，他确实是个坏人，是皇协军侦缉队的特务，幸亏俺这几天没洗脸，还换上了这身破棉袄，要不然得让他认出来。"

赵二顺说："这么说，你认识这个人？"

赵小满说："认识。俺在东丘岭子打埋伏的时候，跟他照过一次面。"

王春兰说："你看看，多悬啊！真要是让他把你认出来了，俺们可怎么向组织上交代。"

赵小满说："俺已经做好了准备，他真要是把俺认了出来，俺就同俺爹一起收拾了他。不过，他也不一定没把俺认出来，只是怕认出来了，恰恰暴露了他自己而已。"

王春兰说："还是让你爹先把你送到南山山洞里去吧，防止那狗特务领着人折回来。"

果然不出王春兰所料，上午八九点钟的时候，王全中就带着十几个日军和汉奸特务气势汹汹地闯进了院子里。

　　王春兰见王全中带着敌人闯进来，镇定了一下情绪说："哟，原来你不是个八路？"

　　王全中手里握着王八盒子一步三晃地走到王春兰跟前说："臭娘们儿，没想到吧？俺又回来了。快把你那个所谓的侄子交出来吧，他人哪？"

　　王春兰不慌不忙地说："他一早起来，就到地里刨地瓜去了。怕是你们这个阵势一来，早该是吓得跑远了。"

　　王全中恶狠狠地说："说，他是不是八路？"

　　王春兰说："不是。八路里边哪有他那户（样）的。俺已经对你说了，他是俺侄子，胆小怕生，见人连句话也没有。你这样声张作势的，他就是在这儿也早就吓跑了。"

　　王全中有些恼火地说："他跑了和尚，跑不了庙，这到处都是俺们的人，俺看他能跑到哪里去。臭婆娘，你还是主动地把他交出来，主动交出来赏大洋10块。要是不交被俺们搜出来了，可就对你不客气了。"

　　王春兰与敌人打交道打得多了，也就不怕他们了，说道："能赏10块大洋花花敢情好，可就是那八路不上俺们这穷家寒舍里来，昨儿好歹来了一个说是八路的，弄了半天他还是个……"

　　王全中问："还是个什么？"

　　王春兰还没把"汉奸"两字说出来，一听王全中问这话，便改口说："是个找八路的。"

　　王全中没再和王春兰搭话，命令手下把屋里和院子里踢蹬了一通，正想灰溜溜地撤的时候，突然一个人闯进院子来。

　　闯进院子里来的这个人是枣临支队特务排的王广河，王春兰一看，眼前不由得冒了一阵火星子："俺的个娘哎，他怎么这个火口上来了？"

　　王全中一看进来一个人，便上前用枪指着王广河问道："你是干什么的？"

　　王广河一身的庄户人打扮，肩上扛着根扁担，扁担的一头还用绳子缠着条空口袋。看来他也是没有想到会在这里与敌人碰了鼻子，神色明显地愣了一下，幸亏他机灵，朝着王春兰喊道："嫂子，俺回来了。你让俺给你卖的白菜卖了。"他说着就把扁担递给了王春兰，并暗地里向她使了个眼色。

王春兰心里明白，说道："大兄弟，这回让你受累了，要不然俺那白菜可就都烂在地里了，一个铜板也换不来。"

王广河笑笑说："可就是没卖上个好价钱，好歹让俺给卖了。"

王春兰说："这年头卖几个算几个，能卖了就不错了。大兄弟，你快坐下歇歇，等你哥刨地瓜回来了喝一盅。"

王全中上下打量了一番王广河，看他确实是个地道的庄稼人，又听了他从容地跟王春兰的对话，就没再怀疑什么，只好带着人灰溜溜地走了。

王春兰见敌人走了后压低了声音问："俺的个老天爷，你怎么这个节骨眼儿上跑了来？"

王广河从扁担上的口袋里掏出一盒药说："是刘队长让俺给小满同志送药来了，没想到会在你家里遇到敌人。还好，没有引起他们的怀疑。"

赵小满一个人在南山山洞里已经待了一天又大半夜了，见赵二顺来了，格外高兴地说："爹，你怎么这个时候来了？"

赵二顺说："敌人来村里'扫荡'驻下了，看来一时走不了。俺这么晚来是给你送药来了，这药是刘队长让广河同志给你送来的。"

赵小满接过药看了看说："有了这药，俺的病就会很快地好起来。"

赵二顺问："今早带来的水和干粮还有吗？"

赵小满说："还有，赶明天也够了！"

赵二顺说："俺这回又带了些来，你得做好长期在这里躲藏的准备。俺看敌人像是闻着味儿了，他们一旦驻下，三两天里撤不走。怎么样，你的身子感觉好些了吗？"

赵小满说："好多了。不过到了下午就害冷，还是打摆子，看来还没有好利索。"

赵二顺说："这是还在发烧，你这个病一般情况下得有个十天八天的才能扛过去。你先在这洞里养着，等敌人撤了，俺就把你接回家去再调养。"

赵小满说："爹，等俺这身子好点儿就回部队去了，弄不好刘队长看俺一直不回去正着急呢。"

赵二顺说："可眼下你还走不了，你的身子没好利索不说，这敌人不撤，你就出不去。这两天你就在这里安心养着，要是冷，就多往身上盖些草，多亏了俺前些天割下这一堆草，这还真派上用场了。"

天亮后，赵二顺才从南山上下来。他一走到村头，就听到村里乱糟糟的，大人吼，孩子哭，鸡叫狗吠地乱作一团，这是敌人对每家每户的搜查开始了。他刚拐到村巷里，就被几个敌人围住了，一个端着长枪的问："你是干什么的？"

赵二顺平静地说："俺是这村里的，到俺家地瓜地里去看看。"

敌人小头目拿贼眼珠子上下打量了赵二顺一番："这一大早的看什么地瓜地，俺看你是去看八路吧？给俺搜他的身。"

两个日军和三个汉奸一拥而上就搜起赵二顺的身来。一个汉奸掀起他的棉袄，发现了他腰上扎着的灰布带，就随手解下来大惊小怪地喊起来："头儿，你看这是什么？像是八路的绑腿带。"

敌人小头目接过灰布带仔细看了看，黄牙板一龇"嘿嘿"笑着说："今天可算是逮住一个。看来这村子里果真藏着八路，还真让他娘的王全中猜中了。说，你是不是八路？"

赵二顺说："不是，俺就是这村里的老百姓。"

敌人小头目说："你还嘴硬，给俺揍他。"几个敌人听了，就用枪托子没头没脸地捣起来，不一会儿就把赵二顺打得头上、嘴里都是血了。

敌人小头目一摆手，说："这回说不说，你这腰上扎的灰布带是怎么回事？"

"呸！"赵二顺吐了一口嘴里的血水说，"这灰布带是孩子他娘从村口拾回家给俺缝的，俺知道什么绑腿带不绑腿带的。不信，你问问俺家婆娘去。"

敌人小头目一听赵二顺这么说，再看看他确实也是个庄户人，就半信半疑地说："你不是八路，也是个私通八路的密探。你不是让问问你的婆娘去吗？走，到你家里再搜搜去。"说完，就命令手下把赵二顺的两只手用绳子反绑了，押着他朝赵二顺家走去。

王春兰见赵二顺被敌人绑着押了进来，他的头上、嘴里、鼻子里还向外流着血，就和三个孩子一起哭喊着迎了上去："老总啊，咱们可都是中规中矩的庄户人，你怎么能把俺孩儿他爹打成这样儿？"

赵二顺怕王春兰不明白怎么回事，就埋怨她说："你还问呢，都怪你，你春上从村外拾的这根灰布条子，给俺缝了这条扎腰带子，老总非说这腰带是八路的绑腿带，说俺不是八路的密探就是私通八路。你看把俺打的。"

王春兰明白是怎么回事了，说道："老总，你可冤枉死好人了，俺拾了这根灰布条子，缝了这根扎腰带子，就是八路的密探了？"

敌人小头目说："你先别给俺嘴硬，等搜完了再说。弟兄们，给俺仔细地搜！"日军和汉奸们便开始屋里屋外地搜起来。他们不光翻箱倒柜，就连秫秸垛、柴火堆也用刺刀捅了好几遍。

面对敌人的疯狂，三个孩子被吓得使劲地抱着王春兰的腿。王春兰心里想："你们翻吧！就是把这个家翻个底朝天，也不会翻出你们想要的任何东西来。"

谁知就在这时，一个汉奸从东屋里跑出来抹了一把头上的灰说："头儿，你看这是什么？"他说着，手里捏着一块二指长的蜡烛头晃了晃。

王春兰看了，头"嗡"的一声炸响。心里想："这下可坏了。"

敌人小头目来到王春兰跟前恶狠狠地说："好啊，八路就在你家里藏着。要不然，你们这穷庄户老土怎么可能点得起这蜡烛？还不是八路用的！快说，把他们藏到哪里了？"

敌人搜出来的这块蜡烛头，的确是刘振武在这里养伤的时候用过的。王春兰对敌人一句接一句的追问该怎么回答呢？她忽然想起了身边的孩子，便说道："老总，你说的一点不假，俺们庄户人家别说是点蜡烛了，就是点豆油灯还舍不得挑亮呢！这块蜡烛头，是俺前一阵子领着孩子到王庄去借粮的时候，孩子在财主家的门口捡回来的。"

王春兰向大孩子小松使了个眼色又说："你说说，是不是你捡回来的？"

小松不敢张口，只是点了两下头。

敌人小头目不甘心，一手捏着蜡烛头，一手掂着灰布带说："你就别在这里给俺胡搅蛮缠了，就凭这两样东西，就可以证明你这里是藏八路的窝，今天非让你们交出人来不可。"

两件事碰在一块儿，敌人认定赵二顺家就是藏八路的窝，便开始把他和王春兰分开来审问。敌人先是把赵二顺拉到一边，边问边用枪托子捣，别看他平时见了人不笑不说话，可是到了这当口，他的血性一上来，比石头还硬。不管敌人怎么问，怎么打，他一声也不吭。

敌人审完了赵二顺，又来审王春兰，可她比赵二顺还硬。她的心里只有一个信念："俺是共产党员，妇救会主任，绝不能出卖自己的同志。打吧，你们这帮替小鬼子卖命的畜生，俺就是被你们打死了也不会说半个字。"

敌人拿大人没办法，就对三个孩子下毒手。他们把孩子们拖到屋里上了锁，对王春兰和赵二顺吼道："你们今天要是不交出八路，就把你们的孩子全烧死在里面！"

赵二顺、王春兰把头一昂，摆出一副大义凛然、无所畏惧的姿态。房子上的草顶被点着了，阵阵浓烟弥漫了天空，孩子们被吓得在屋里喊爹叫娘地哭号起来。王春兰心里像被刀扎一样，绝不能让三个孩子被活活烧死在屋里，她自己也不知道是哪里来的一股子劲，挣脱掉敌人，摸起一把镢头就冲了上去，她要刨开屋门救出孩子。

敌人见状也没有阻拦，看看实在是搜不出什么八路，便一个个灰溜溜地走了。

村里人见赵二顺房子上冒烟，就都跑来了，有往房子上泼水的，有扬土的，很快就把火扑灭了。

天黑透了后，赵二顺又一次来到山洞里。赵小满看到他头上包扎着的血布条子和脸上红一块紫一块的伤痕后，心疼地问："爹，你这是被敌人打的吧？"

赵二顺说："是啊，敌人看着俺腰上扎着一条咱八路军的绑腿带，又从家里翻出了一块蜡烛头，认定家里是八路的窝子，藏有八路，二话不说就用枪托子劈头盖脸地捣俺，一连捣了俺两回，捣得俺头上身上都是伤。"

赵小满说："这帮畜生也太狠了。"

赵二顺说："俺倒没什么，只是心疼你娘和孩子们也跟着受了连累。他们把你娘也打得挺重，还把几个孩子关到屋里放火点了房子，这帮畜生简直就不是人。"

赵小满急切地问："几个孩子没事吧？"

赵二顺说："没事！多亏了乡亲们及时赶到把火扑灭了。要是那火着起来，可就不好说了。你今天感觉怎么样了，不发烧了吧？"

赵小满说："你不要担心俺了，你还是回去多照顾一下俺娘和孩子们吧！"

赵二顺说："他们没事了，俺已经把他们都安顿好了。组织上把你交给俺，俺得上心照顾你才行。不过家里你是不能再回去了，敌人已经在丁庄设了据点，还不得天天到村里来搜查。"

赵小满说："俺在这儿养病也挺好的，不过就是让你天天跑这么远的路，挺麻烦的。"

赵二顺说："不麻烦。你一个人夜里害怕不？"

赵小满说："不怕。"他掏出二十响来晃了晃，"俺有这家伙就什么也不怕了，大不了敌人真找到这里来就跟他们拼了。"

赵二顺说："你到什么时候也千万不要盲动。敌人就是来搜山，这个山洞他们也不会轻易发现，只要他们搜不到洞口，你在洞里就不会有事儿。"

"咕、咕、咕咕！"山坳里传来几声夜狗子的叫声，打洞口望去，漫天的星星格外稠密。夜深了，山野的四周怕人的寂静。

赵小满说："爹，天不早了，您快回去吧！"

赵二顺临走又嘱咐他说："记住，敌人如果是白天来搜山，你千万不要冲动，就在这洞里沉住气地待着。"

这天夜里，赵小满正要入睡，却忽地闻到了一股腥臊味儿直冲鼻孔，紧接着一个湿乎乎的东西触到了脑门儿上。他睁开眼一看，不由得打了个寒战，只见头顶上悬着两团绿莹莹、阴森森的光，是狼！他顾不上多想了，就猛地大喝一声："啊呔！"就见那狼受到了这突如其来的惊吓，掉头跑了。后爪蹬起的尘土，"刷"一下扬了他一头一脸。

狼是吓跑了，赵小满却怎么也睡不着了，翻身坐起来眼巴巴地望着洞外发呆。洞外，漫天的星星眨巴着眼睛，山风掀起的林涛，在峰峦间轰然回响，在这万籁俱寂的深夜，显得更加的深沉幽远，震人心魄。他只身一人仿佛置身于扁舟之上，思绪也像海水般翻腾起来。他想起了爹娘，想起了和刘队长在一起的日子，还想起了那些同甘共苦的战友……就这样，眼睁睁地挨到了天亮。

赵小满看着早霞在村庄上渐渐地灿烂，雾霭在村庄上渐渐地消散，一缕缕炊烟又在村庄上袅袅升腾起来。直到这时，他才感觉到头有些昏沉，便倒在草窝里睡了过去。

"叭、叭、叭！"山下突然间响起了一声声枪响，赵小满从睡梦中惊醒过来，忙趴伏在洞口往山下看去，原来是敌人要搜山了。

敌人"一"字形排开，形成了一个扇面，一边虚张声势地喊着"看到你了，快出来吧！"一边胡乱地往空中放着冷枪，懒懒散散地往山上移动。

赵小满仔细地看了看洞口四周的情况，发现洞口的顶端是石崖，洞口周边草木丛生，就是人到了近前也很难发现。他把洞口被踩倒的杂草扶了扶，清理了一下有人来过的痕迹，就趴伏在洞口仔细地观察起敌人的动向来，并把手里的匣子枪推上了顶门火。

敌人越来越近了，赵小满瞪大眼睛，屏住呼吸，时刻准备着突然的变故。哪知，累得气喘吁吁的敌人，在离洞口还有十来米远的地方停了下来。

一个汉奸说："头儿，再往上是悬崖了，俺看没有什么人能上得去！"

汉奸小头目望了望数十米高的悬崖峭壁说："算啦，这悬崖峭壁的，什么鸟人能上得去啊？咱那队长王全中净他娘的胡咧咧，抓八路，抓八路，这荒山野岭的哪有什么八路！害得老子累断了腿儿。弟兄们，都给俺朝着悬崖上放几枪痛快痛快！"

敌人"哗啦、哗啦"地拉开枪栓，随即就朝着山崖上胡乱地开起枪来。

被敌人开枪打断了的悬崖上的树枝和打起的石块，像下冰雹一样掉落在洞口的周边，使得赵小满不得不往洞里缩了缩身子。

洞外的枪声停了，赵小满眼看着敌人撤走了后，他的那颗紧提着的心才算是放了下来。

赵二顺站在院门口，看到搜山的敌人一个个像霜打的茄子一样从眼前走过，他的那颗揪揪了半天的心才总算是放了下来，这说明他们没有搜到洞口，小满是安全的。

这天天一黑，赵二顺就来到了山洞里。他把带来的干粮、小米稀饭，还有三个煮鸡蛋摆好，笑呵呵地说："这是你娘在村里淘换的几个鸡蛋，煮好了让俺给你拿了来，快吃了。"

赵小满看着煮鸡蛋很是激动地说："爹，你还是拿回去给几个孩子吃吧！"

赵二顺说："这是你娘专门给你淘换的，说是让你吃了补补身子，病好得快，她还嘱咐俺要亲眼看着你吃下去才行，快吃了。"

赵小满生病生得也确实馋了，他拿起一个鸡蛋一边剥着皮一边说："俺娘真好。"

赵二顺点燃一袋烟接着说："原先咱家里也养了十来只鸡，你娘有你的时候有吃不完的鸡蛋。咱们枣临支队一走，汉奸们天天带着鬼子上村子里来折腾。他们不是吓唬大人，就是吓唬孩子，把村子里的鸡都逮了去吃了。这几个鸡蛋还是你娘跑到北山腰子老王家淘换来的。他家的鸡散养在山上，没被敌人逮干净，算是万幸了。"

赵小满吃了一个鸡蛋，其余的两个没舍得吃："这两个鸡蛋俺赶明天再吃。"

赵二顺问："敌人今天搜山，没搜到这儿来吧？"

赵小满说："挺悬的，他们在十来步远的地方停下了。可是把俺紧张得不轻，做好了跟他们拼命的准备。"

赵二顺说："俺在村了里听到了他们往山上放枪，还真吓了一跳，心里话别是你被发现了。后来见搜山的敌人灰溜溜地打村里走过去了，俺的心才算是放了下来。你今天的身子感觉怎样？"

赵小满说："好多了，今天没再打摆子。爹，俺这身子没什么大碍了，想明天晚上赶夜路回队上去。"

赵二顺说："也好！能赶路了就回去，免得组织和队上的人都为你担心。

那俺就明天多让你娘准备些干粮，你好路上吃，一定要等俺明晚来了再走。"

　　第二天的夜里，赵小满便告别了赵二顺，沿着蜿蜒的山路，向红岭方向出发了。

第十七章　英勇就义

自打程娇在肉铺里一刀杀死了日军小队长山口石郎后，肉铺里一个多月没再有日军闯进来骚扰。肉铺的生意和往常一样的红火。

这天早晨，程娇打开房门，见院子角角落落的柴草上都铺上了一层白花花的凉霜，一哈气，还哈出了一柱白棍儿，天冷得出奇。她回头瞅了瞅炕上还睡着的秦二升说："掌柜的，今儿是集，你快起来先帮着程飞到集市上摆个摊去，晚了怕是占不上好地儿了。"

秦二升便答应着穿上衣服从屋里出来，和程飞一起装上赶集的家什，拉起排车出了院子。

集市隔着肉铺有两条街的距离。当秦二升和程飞拉着排车赶到集市的时候，集市上已经是人头攒动，熙熙攘攘地摆了许多摊子。有卖萝卜、大白菜的，有卖鸡蛋、活鸡的，还有卖山楂、柿饼、核桃的等。

秦二升和程飞在一个卖牛肉的摊位旁支起了案子，摆好了头一天才宰杀的羊肉、羊骨等物品后，秦二升就到前面买了一个菜煎饼回来说："程飞，你早晨饭就吃个菜煎饼吧，俺得回去帮着你姐姐开铺门了。"

秦二升从集市上回到临山肉铺里打开铺门，在门前等候开门的许多老客户便一拥而进，排起了十几人的长队。他帮着程娇好一阵子忙活后，肉铺里才总算是逐渐地安静下来，他说道："嗬，这一阵子忙活的，连口烟也没顾上抽。这会儿不忙了，俺得上后头抽袋烟去了。"

程娇说："你去吧，顺便看看炉子里的火。"

秦二升抽了一袋烟，看了看炉火，刚走出屋门，就听到前面有动静，便顺手摸起石台子上的一根棒槌就往前面去。他刚走到肉铺后门，就见程娇慌慌张张地从门里跑了出来，后面紧跟着一个日军。那日军的嘴里叽哩哇啦地不知道在说着什么。秦二升往门边一闪，抡起棒槌就朝那日军后脑勺砸了上去，只见那日军摇晃了两下就瘫倒在了地上。

程娇见日军瘫倒在了地上，就气喘吁吁地说："这个畜生一进门就往俺身上扑，该死。"

秦二升说："你快去把铺门关了，俺把这个畜生拖到井边去！"

秦二升把日军的尸体拖到了井边，程娇也就关了铺门过来了。两个人齐动手，刚把枯井上的秫秸挪完，就听到有人"哐哐哐"猛烈地在砸门。

秦二升说："不好，是敌人。咱先不管门的事了，快，先把这个畜生扔进井里再说。"他们刚要去掀那枯井上的青石板，就听得"咣当"一声，院门被踹开了，有十几个日军拥了进来。

井边一郎来到井边，看看那个已经死了的日军，又看看那挪开秫秸后枯井上的青石板，一切全明白了。他面孔狰狞地"嘿嘿"一笑说："没想到吧？我们在你们的周围已经布控一个多月了，今天终于抓了个正着。上一次山口君的失踪我就已经怀疑到你们了，果然不出所料。"他说完弯腰用手抠住井口上的青石板猛地一掀，就把青石板掀到了一边儿。霎时，一股难闻的恶臭气体劈头盖脸地向他扑来，差点儿把他熏趴下一头栽到井里去，两个手下赶忙上前把他给架住了。

井边一郎挣脱开两个日军，稳了稳神儿，就捏着鼻子趴在井口上往里看，这一看不禁让他倒吸了一口冷气。只见井里横七竖八地摞了大半井日军的尸体。

菊池司令官闻讯赶来了。他命令两个身穿防护衣的日军，轮番下到井里，把一具具日军的尸体分别捆绑上绳子拽到井上面。每往上拽一具尸体，井下的日军都要紧贴到井壁上，就是这样，还有大块的烂肉和成溜的血浆不停地跌落到头上和身上，给人一种说不上来的恐惧和恶心感。等把井下的尸骨全部捞到了井上，整整摆放了大半个院子，共22具。

打捞尸体的整个儿过程，让菊池看得是目瞪口呆。他做梦也没有想到那些走失的日军，竟然是眼前这两个看上去不起眼的中国人把他们一个个地杀了填了井，真是太可怕了：如果每个中国人都这样干……他倒吸了一口冷气，不敢再往下想了，露出他那两颗大牙恶狠狠地说："把这两个人带走。"

程飞正在集市上忙活着，就听到有些赶集的人议论说，临山肉铺被日军围起来了，不知道出了什么事儿。

程飞听到人们的议论，忙收起摊子，就往肉铺赶去。

当程飞赶到肉铺的对面时，就见肉铺的门前里三层外三层地围满了看热闹的人。人群的最里层是一溜儿排开，拉成围墙的是日军和皇协军。

程飞踮起脚尖往里一看，秦二升和程娇正被五花大绑地押出院子。他刚想呼喊着往里挤，一只大手把他的嘴给捂住了，随即就把他拽出了人群。

秦明道压低了声音说："不要莽撞行事，你就是冲进去了，还不是一样被他们抓起来吗？走，跟俺走。"

秦明道把程飞带到酒馆的一间客房里说："你就在这里待着，哪里也不许去。等俺安排一下酒馆里的事儿，咱们就进山找季书记去。"

程飞焦急地说："可俺姐姐她……"

秦明道说："不要再说了，想救你姐姐和二升不是你一个人能救得了的，得靠组织上想办法才是。"

秦明道带着程飞来到县委驻地的时候，天已经完全黑了下来。程飞一见到季华，就禁不住地哭了起来。

季华一看这种情景，已经猜想到是临山肉铺出事了，问道："是不是肉铺出事儿了？"

程飞使劲儿点了点头，哽咽得更厉害了。

秦明道说："是程娇和二升被菊池带走了。"随即就把上午他看到的情景说了一遍。

季华听了说："走，咱们到枣临支队找刘支队去！"

枣临支队队部里亮着灯，刘振武正和队部的几个同志研究冬季骚扰敌人的作战方案。他见季华带着秦明道和程飞来了，就知道是有重要的事情要找他，忙说："来，季书记，你们都进来坐，俺想你们一定是有重要的事情，快进来说。"

季华进到屋里坐下后说："咱们的临山肉铺被敌人端了，秦二升和程娇同志被菊池带走了。"

在座的听了纷纷议论起来。刘传宝说："得想办法去营救他们才是。"

曹保刚说："队长，咱们干脆组织起力量去攻打临城，尽快救出二升和程娇同志。"

刘振武说："同志们静一静，听俺说。大家的心情是可以理解的，实际上俺和季书记的心里比谁都着急。二升和程娇同志不畏艰险地战斗在敌人的眼皮子底下，在两年多的时间里先后杀死了 20 多个鬼子，搞得菊池老鬼子惶惶不可终日，很大程度上牵制住了敌人向咱根据地的进攻，他们的贡献是巨大的。如今他们被敌人抓了去，咱们都无比痛心，但现在不是感情用事的时候，咱们还不具备跟强大的敌人硬碰硬的条件。就临城里的敌人来说，咱们还一口吃不了它，只能是在外围打打埋伏骚扰一下，拔个据点恐吓一下，展开灵活机动的游击战争。至于什么时候能攻打临城，咱们还要等待时机。"

季华说："刘支队说得对，咱们确实还不具备攻打临城的条件，咱们面面的敌人的确是很强大。就目前临城的敌人来说，日军、皇协军和汉奸加起来足有 3000 多人，他们的武器、装备也要比咱们强 10 倍，的确还不到跟他们硬碰硬的时候。但是，咱们不能来硬的，还可以想别的办法去营救二升和程娇同志。"

刘振武说："对，咱们的临山肉铺这个联络点被敌人发现了，而咱们秦掌柜的联络站还没有暴露。秦掌柜，你要密切监视敌人的动向，与咱们的内线及时地沟通，了解清楚二升和程娇同志被关押的地点，然后咱们再研究营救的方案，采取具体行动。"

秦明道说："好，俺回去后，立刻与咱们的内线取得联系，有什么情况及时送信儿过来。"

刘振武说："一定要注意安全。"

秦明道说："咱们的临山肉铺被敌人破坏了，也就意味着程飞同志已经暴露了身份，俺看他城里是不能再回去了，请组织上另行安排他的工作。"

季华说："这事俺已经想好了，就让程飞同志留在枣临支队，你说呢，振武同志？"

刘振武说："既然你季书记发话了，那就按你的意见办。程飞同志，你是什么意见？"

程飞说："俺服从组织上的安排。"

夜，已经很深了，满天的繁星银光灿灿。枣临支队队部里的灯还亮着，刘振武他们还在继续研究着冬季骚扰敌人的作战方案。

日军宪兵队刑讯室里阴森森的，十八般刑具一应俱全。

程娇被绑在十字木桩上昂首挺胸，毫不畏惧。

井边一郎说："说出你的真实身份？"

程娇睁大着双眼怒视不答！

井边一郎看程娇这么倔强，命令打手说："给我打，给我打她20鞭子。"

程娇每挨一鞭子都是紧咬牙关，昂首挺胸地怒视着敌人。

井边一郎一看程娇挨了20鞭子还昂首挺胸怒视着他，怒吼道："说，你是不是共产党，你的上级是谁，地下党组织在哪里？说！"

程娇说道："哼，什么上级、什么地下？俺不知道你在问什么。俺只知道俺是个开肉铺的，有人到肉铺来调戏俺，俺就反抗，俺就拿刀捅了他。"

井边一郎命令手下去把秦二升押了来，他要让程娇看着秦二升受酷刑，以撬开她的嘴。

不一会儿，秦二升就被人押了进来。

秦二升看到程娇身上的一道道血印子，又是心疼又是愤恨地说："你们这帮畜生养的，冲着一个女人使劲算什么本事，有本事冲着爷来。"

井边一郎狰狞地一笑说："好，那就先让你尝尝这老虎凳的滋味。"说完一摆手，两个打手就把秦二升捆绑在了老虎凳上，紧接着就开始一块一块地往上垫起砖来。

井边一郎"嘿嘿"一笑问："怎么样，滋味不错吧？"

接着又让打手往上垫了一块砖。

秦二升的脸憋涨成紫红色，疼痛得昏了过去。

程娇见了破口大骂道："你们这帮畜生，小鬼子是俺杀的，与俺家掌柜的不相干，有本事尽管冲着老娘来。掌柜的，掌柜的你醒醒呀！"

井边一郎让打手把秦二升用凉水浇醒，然后也把他绑在了十字木桩上，手里举起烧红的烙铁向他走去……

秦明道从根据地回到临城的当天晚上，就把邢铁山约到了酒馆的客房里说："急着把你约了来，主要是了解一下二升和程娇同志在狱中的情况。"

邢铁山说："他们被关进了宪兵队的大牢里，由鬼子和汉奸特务轮番站岗值班，对二升和程娇同志看守得很严，连只小鸟也飞不进去。从昨天下午到今天，菊池和龙少坤都先后到牢房里对他们进行了审问，他俩什么也不说，摆出一副视死如归的架势，气得敌人哇哇乱叫。"

秦明道说："二升是个苦孩子，是个老党员，参加革命的时间比俺还早。他坚信共产主义，忠诚于党的事业。俺想他一定能够顶得住敌人的拷打和诱惑。至于程娇同志，也是个苦命的人，她把自己的后半生都托付给了二升，有二升在她的身边，也一定能经得起考验，只是苦了他们。"他说到这里，不禁流下了热泪。这些年里，他对秦二升的感情不单单是叔侄之间的感情了，还有着革命的心心相印的真情。

邢铁山见秦明道有些伤感，也被他对革命同志的真情深深感动了，安慰他说："革命嘛，总会有牺牲的。二升他们是为了革命才被敌人抓去的。他们为了党的事业不畏艰险地杀死了20多个鬼子，值了！你猜这两天城里的老百姓都怎么议论他们吗？都说他俩是中国人的这个！"他说着伸出大拇指使劲一晃，接着说，"还有的老百姓骂皇协军是黄狗子，骂汉奸是黑狗子，专门帮着日本人害中国人。俺恨不能脱了这身黄皮，痛痛快快地杀鬼子去。"

秦明道说："你可不能感情用事，更不能冲动，还不到你明着杀鬼子的时候。你要严密地注意敌人的动向，一有情况要及时来通知俺。"

邢铁山说："这俺知道。另外，还有一件事得跟你说说，不说都快把俺给憋死了。就是穿着便衣的皇协军侦缉队，也就是老百姓说的汉奸队，这帮畜生最近越来越猖狂了。他们天天在城里东抢西夺，耀武扬威，到处祸害老百姓，太嚣张了。是不是让咱们的人给他们点颜色看看，打打他们的嚣张气焰？"

秦明道说："俺在前面酒馆里也听到了一些对他们的议论，这些人确实是太猖狂了。你就看看那个汉奸队长王一标的长相！打眼一看就不是个好人。他的黑方脸上不是疙瘩就是麻窝，眯缝眼，秤砣鼻，怎么看都是个恶人。他原本就是这城里的一个小混混、地痞流氓头子。鬼子一来，龙少坤竟然让这样的人干上了侦缉队队长，真是王八找王八，虾米找虾米，一群乌龟王八蛋。"

邢铁山说："这次二升和程娇同志被抓，就是他王一标上鬼子那里告的密。据说是他的一个手下叫殷三的人，那天路过临山肉铺的时候，正好看见山口石郎进了肉铺。他出于好奇，就在外头不远处看个究竟，结果等了半天也没见山口石郎出来。在山口石郎失踪的第二天，殷三就把这事向王一标说了，王一标一听立刻就到井边一郎那里告了密。听说菊池和龙少坤还奖赏了这两个汉奸。"

秦明道听了恨恨地一咬牙说："这两个狗汉奸，非除了他们不可！"

程飞在枣临支队里时刻挂念着在狱中的姐姐。他吃不下，睡不着，满心思是怎样去救姐姐。他对赵小满说："小满，你去跟刘队长说说，准俺几天时间去城里摸摸情况，瞅准了机会就把俺姐姐救出来。"

赵小满理解程飞的心情，说："这事你得亲自跟刘队长说去，他一直强调让俺照顾好你，不准你蛮干，更不准你盲目行事。俺看你啊，就甭胡思乱想了，组织上是会想办法去营救你姐姐的。"

程飞说："可咱们不能在这儿等啊！多等一天，俺姐姐他们就多一分危险。到时候，黄花菜也凉了。"

赵小满说："你怎么知道组织上只是等，自从你姐姐他们被捕后，组织上就一天也没有闲着，从内线到外线都在想办法组织营救，据俺知道的情况，敌人在关押你姐姐的牢房外，站了里三层外三层的岗，连只小鸟也飞不进去。组织上正在等待时机，请你一定要相信组织。"

程飞说："俺就是沉不住气儿，着急呀！"

赵小满说："光着急是没有用的。你看看你现在这个状态，真要是到了营救你姐姐的那一天，俺看你连走路也走不动了，怎么去营救？所以你要想开点，要吃饭，要好好地睡觉，好好地练练枪法。等养足了精神，到营救你姐姐的时候，好冲锋陷阵才是。"

程飞听了赵小满的这番话，顿时觉得轻松了许多，就听得肚子里也"咕咕噜噜"地叫起来，便说道："好吧，俺今天就吃给你看看。"

程飞在狱外惦记着姐姐，而姐姐程娇在狱中也时刻惦记着他。她在牢房里最放心不下的就是程飞了。他是在城里，还是找组织去了？可千万不要来找姐姐。

停止了审讯，羁押在牢房里的时候，她问二升："不知道程飞现在在干什么。"

秦二升说："你不要担心他了。俺想有组织上关照他，他一定会没事的。"

程娇说："俺也是这么想的，一定是季书记把他找去了。俺不担心他别的，就是担心他那脾气，遇事好冲动、钻死牛角儿。"

秦二升说："你那是说的他的过去，现在不了。他自从参加革命以来，懂得了不少的革命道理，也有了一定的分析能力和判断能力，知道个轻重缓急了，不会做出莽撞事来的。"

程娇说："这都多亏了你对他的引导。这两年多来，俺见他确实变化不小。这要谢谢你，是你把俺和程飞引上了正义的革命道路！"

秦二升说："要说谢，俺二升应该谢谢你才是。是你给了俺温暖，给了俺疼爱，给了俺一个家。可俺却把你引上了一条不能回头的路，连累你一块儿跟着俺受罪。你跟了俺，后悔了吧？"秦二升看看程娇。

程娇说："俺可不后悔！俺过去不知道为啥要活着，自从跟了你，参加了革命，就知道了为革命而活着，为人民的解放事业而活着。杀鬼子，除汉奸，这样轰轰烈烈地活着，一天要顶过去不知道为啥而活的一辈子。咱今天落到了敌人的手里，就是死，也值了。"

秦二升激动地紧攥着程娇的手说："俺这一辈子没走错路，也没有看错人。在这样艰苦的环境里，你还有心来安慰俺，真是从心里感受到了欣慰。能找到你这样的媳妇，是俺们秦家祖上修来的福分，俺二升知足了。只是让你跟着俺吃这牢狱之苦，受这酷刑之罪了。"他说着，心痛地抚摸着程娇身上的鞭伤，流下了泪珠儿。

程娇说："他们拷问俺，只是打了俺耳刮子，抽了皮鞭子，没有用重刑。可是他们对你就忒狠了，老虎凳、夹指头、烙铁烫，这帮畜生，简直就不是人养的。看把你折磨得遍体鳞伤，该有多疼啊！"她说着，也心疼地流下了滚烫的眼泪。

秦二升说："没事儿。革命不在于肉体，而在于灵魂。他们就是把俺打得皮开肉绽，也套不出一句他们想要的东西，更征服不了俺的革命意志。俺坚信革命，坚信共产主义，坚信咱们党一定能够取得最后的胜利。他们在俺的面前只不过是些邪恶的小丑，又能奈何得了俺什么！"

程娇深深地被秦二升坚定的革命信仰所感动，用敬佩的眼神儿看着他，使劲地点了点头说："俺知道了。是你让俺学会了坚强，俺在敌人的面前是绝不会屈服的！"她脸上的泪珠流成了串儿。

秦二升问："敌人拷问你，都问了些什么？"

程娇说："他们问俺的上级是谁，城里的地下党组织在哪里。"

秦二升又问："你怎么说？"

程娇说："俺说俺不知道什么是上级，什么是地下党，只知道开肉铺。要是有人到肉铺来调戏俺，俺就反抗，就用刀捅了他。气得那个井边一郎直'八嘎、八嘎'地打俺的耳刮子。"

秦二升说："这帮该死的畜生是绝对不会甘心的，还会进一步对咱们进行更加残酷的拷问，一定要在思想上做好充分的准备。"

程娇问："你说咱们还有自由的那一天吗？"

秦二升认真地说："有，一定有。俺想咱们的党组织，正在千方百计地想办法营救咱们。咱们只要坚持斗争，就会有自由的那一天。不过，咱们要做好长期在狱中与敌人斗争的思想准备，以革命的乐观主义态度面对现实，去迎接曙光！"

两个人在牢房里互相关心着，相互激励着，做好了长期在狱中与敌人斗争的思想准备。

这年冬天下了两场雪后，转眼就到了腊月二十，再有10天就是年了。这天一大早，邢铁山急匆匆地来到荷香酒馆的客房里，见了秦明道说："腊月二十二是大集。菊池要利用老百姓赶大集的机会，在集市上搭起刑台，把二升和程娇同志押上刑台示众，然后就地枪决。"

秦明道一攥拳头猛地往桌子上一捶说道："看来这帮畜生是要动手了。"

邢铁山说："敌人为了防范咱们的人营救，已经有了应对的防范措施，详细内容，尚不掌握。"

秦明道说："这个情况很重要，你赶紧回去继续打探敌人的动向，俺即刻进山。"

腊月二十二这天，天空聚集着厚厚的乌云。

由于第二天就是小年了，同时也是年前两个大集的第一个大集，十里八乡来城里购置年货的人们，一大早就熙熙攘攘地从四面八方向城里会聚而来。

城门楼子上，架起了轻重机枪。

城门口，有成排的日军和皇协军对进城的每个人进行严密搜查。

在集市的东面，敌人搭起了高高的刑台。

刑台的两边，敌人还搭起了架机枪的楼台。

整个集市上，有日军、皇协军和黑狗子巡逻。

赶集的人们明知道有危险，还是一个劲儿地往刑台的前面拥。他们不是拥着看热闹，而是要看一看杀日军的英雄到底长什么模样儿。人群可着劲儿往前拥着，往前挤着，有骂人的，有喊娘的，乱作一团。

日军荷枪实弹地在刑台前拉起了人墙，他们大声吼叫着不让人群越过拉起的绳线。

前面的人们用手紧抓住绳子，可着劲儿地向后撅着腚，以阻挡住身后的人们那潮水般的拥挤。

地上的人群越聚越多，天上的乌云越积越厚，天空里飘起了零星的雪花。

这时，日军的刑车开过来了。前面有五辆三轮摩托车开道，每辆车头上都架着轻机枪。摩托车的后面就是刑车，车头顶上架着重机枪。再往后是成队的日军和皇协军，个个都是荷枪实弹。敌人大张声势，浩浩荡荡地开进了刑场。

刑车开到刑台前停了下来。打开刑车门的一瞬间，刑场上顿时肃静下来，鸦雀无声，人们都屏住了呼吸，等待着英雄的出现。

秦二升和程娇从刑车里出来了。他们手挽着手，挺着胸，昂着头，一步一步向刑台上走去。

顿时，人群又炸了锅。人们挥动着臂膀高声地喊着："英雄！英雄！"目送着二升和程娇走上了刑台。

敌人把秦二升和程娇的臂膀绑在了两根木桩上，然后就由菊池和刘大胡子站到了前台，叽哩哇啦地讲起话来。

刘振武挤在人群里，趁菊池讲话的工夫，对身边的季华、张文峰说："敌人今天戒备很严，四面全架有机枪，没想到老百姓也来了这么多。咱们真要是动手救人，怕是很难把人救出来，就是救出来了也很难突围出去，老百姓更会受到牵连。要告诉咱们的人，千万不要贸然行事，一切行动听俺的指挥。"

菊池继续在台上讲一句，刘大胡子跟着翻译一句。他龇着两颗大牙说："大家看见了吧？这一男一女是共产党赤匪。他们以开肉铺为名，先后杀死了我们20个皇军，严重地破坏了东亚共荣的治安，造成了极大的影响。我们今天在这里当众正法他们，就是要警告那些共产党分子不要再跟皇军作对。如果继续跟皇军作对，没有什么好下场。"

菊池说着走到程娇的跟前说："程娇，你一个妇道人家，竟然参与杀害皇军的事情。今天要在这里把你枪决，你还有什么话要说吗？"他龇着大牙，发出一阵瘆人的冷笑。

程娇高昂着头，"噗"的一口吐了菊池一脸的唾液，义正词严地说："你这豺狼，强盗！是你们侵略俺们中国，在俺们的土地上到处杀人放火、奸淫掳掠。上百年来不知道杀害了俺们多少的中国人，掠夺了俺们多少的煤炭资源和金银财宝。你们是这个世界上最大的强盗、最凶狠的豺狼。老娘俺这一辈子杀死了你们20多个鬼子，值了！哈哈哈。"

秦二升大声说道："说得好啊，老婆！骂得痛快。"

菊池气急败坏地骂道："八嘎！"气得他上前一连扇了程娇几个嘴巴子。

秦二升目瞪着菊池说："呸！你这强盗，不会有什么好下场，早晚有一天会被俺们中国人赶出中国去。"

菊池气得拔出战刀就往秦二升的胸膛上划了一刀。只见秦二升的棉袄从上到下被划开了，裸露出了他那紫红色的胸膛，眼看着从一道血口子里渗出了滴滴鲜血。

程娇见了又是气又是心痛地破口大骂道："菊池你不得好死。你这个猪狗不如的畜生，有本事冲着你老娘来！"

"八嘎！"气急败坏的菊池一摆刀，就把程娇胸前的棉袄也豁开了，台下的人群"呀"的一声尖叫，胆小的都闭上了眼睛。

程飞实在是无法忍受了，也不管纪律不纪律了，对准台上的菊池就是一枪，正打中菊池的胳膊，就见他手里的战刀"当啷"一声落到了地上。

菊池反应极快，一个侧身翻，便滚到了刑台的后面，接着被两个日军架走了。

整个刑场全乱了，人们喊叫着，拥挤着，往四下里逃窜。

程飞趁乱，一个箭步冲上刑台，刚把捆绑姐姐的绳子解开，突然，楼台上的机枪开火了，一排子弹打过来，程飞和程娇便双双倒在了血泊里。还捆绑在木桩上的秦二升，也身中数弹牺牲了。

刘振武眼睁睁地看着秦二升、程娇和程飞死在了刑台上，却无法下令跟敌人硬拼，更不能下令冲上台去救人，只能为了减少战士们的伤亡而下令撤出了刑场。

楼台上的敌人又朝向人群扫射起来，许多个看热闹的人倒下了。乌云翻滚，寒风呼啸。当人们散去，敌人也撤离了的时候，就见刑场上黑压压地躺下了一片尸体。

在刑场中央的尸体中间，坐着一个五六岁的小女孩，她一边摇晃着大人的尸体，一边"哇哇"地张着嘴哭着。

鹅毛似的雪花纷纷扬扬地飘落下来，飘落到小女孩的头发上、脸上、身上，飘落到成片的尸体上，整个空间像静止了似的，雪越下越大。

第十八章　集市锄奸

　　刘振武从临城回到支队的驻地时天已经黑了，此时此刻，他只觉得心里头沉甸甸的。他在屋里坐不住，决定找季华倾诉一下心里话去，便对妻子鲁娟说："俺要到季政委那里串个门儿去，你趁着炕刚烧热乎了就先睡，俺去说说话就回来。"

　　鲁娟说："外面雪下得这么大，天又这么晚了，你还是等明天再去找季政委吧！"

　　刘振武说："不能等明天了，这有话说不出来，会憋得睡不着觉的，俺去说说话就回。"

　　鲁娟说："俺刚才吃饭的时候，就看出你有心事来了，有什么话你不妨跟俺说说。"

　　刘振武说："这事只能是找季政委说去！"他说着就打开了门，顿时一股刺骨的寒风卷着雪花袭来，让他不由得打了个寒战。他嘱咐鲁娟闩好门，便叫上赵小满，迎着风雪，踏着夜色，向季华的住处走去。

　　季华的住处在东山坡上，那里所住着的十几户人家，都是些放心户，家家都有在枣临支队里当战士的子弟，十分的安全。近一个时期以来，由于斗争形势的变化，县委便一直随同枣临支队驻扎在一起，以便于疏通消息，配合好工作。

刘振武的住所离东山坡村有 2 里多路。雪夜里，洁白的雪花落满了山坡，落满了漫坡上的松柏和枯草，眼前到处是一片白茫茫。刘振武和赵小满深一脚浅一脚地走在山坡的小路上，分不清哪是路哪是漫坡，一步一滑地向山坡上走去。

"口令？"

"抱犊崮！"

王广河说："是刘支队啊，你怎么这大雪夜里来了？"

刘振武说："俺是来找季政委说说话的。他在吗？"

王广河说："在，俺这就领你过去。"

季华听到敲门声打开一看，见是刘振武来了，忙说："刘队长，这大雪夜里，你怎么来了？"

刘振山也在屋里。他见刘振武的帽子上、身上落了厚厚的一层雪，连眉毛和胡楂子上也结了一层厚厚的冰霜，便用手扑打着他身上的积雪说："你看看淋的这一身的雪，快到火炉跟前烤烤火。"

刘振武一边跺着脚上的雪块儿，一边抹着眼眉上的雪霜说："在家睡不着，来跟季政委说说话儿。"

季华说："这不，俺也是睡不着，才把振山同志叫了过来，正说今天行动失败的事哪！"

刘振武说："俺也正是为这事而来，今天晚上若是不来跟你说说，非得把俺憋死不可。对于二升、程娇和程飞同志的牺牲，俺这个行动总指挥有着重大责任。特别是程飞的牺牲，俺根本就不该让他参加这次行动。在那种场合下，换了谁也无法忍受鬼子那样侮辱自己的姐姐，程飞的冲动没有错，换了也谁都那样做。"

刘振山说："要说责任，是俺的责任。俺悔恨自己没能看住程飞，如果当时能理解到程飞的感受，紧靠在他的身边，也就会制止他的盲动，也就不会有他的牺牲，也就不会造成百姓的伤亡。组织上把他交给了俺，俺却没能照顾好他，俺请求组织上给俺处分。"

刘振武说："要追究责任，必须追究俺的责任，因为今天的行动，俺是总指挥。"

季华说："俺看这事大家都找准了过失所在，就不一一追究责任了。关键是咱们下一步如何采取行动，怎样给敌人点颜色看看，绝不能让咱们的同志白白牺牲，更不能让敌人安安稳稳地过这个年。"

刘振武说："俺已经考虑过这个问题了。俺的想法是，鉴于眼下的斗争形势，组织一支锄奸队，对于那些吃中国饭，不拉中国屎，专给日本人干事的铁杆汉奸，进行坚决的铲除。这样比割敌人的肉，还让菊池和龙少坤难受。"

季华说："和俺的想法不谋而合，据秦掌柜从内线那里得到的消息，这次咱们的临山肉铺被破坏，就是皇协军侦缉队队长王一标和汉奸殷三告的密。俺看咱成立锄奸队后，就先拿这两个汉奸开刀，来他个杀鸡给猴看，让龙少坤和汉奸们都心惊胆战，过不好这个年。"

炉子里的火正旺，木柴在燃烧中噼啪地发出炸响。

刘振武说："俺看锄奸队的人员要从支队里选一选，就抽调李勇、赵小满、王广河、黄玉亮这几个同志参加，由俺来带队。"

突然，有人敲门。季华上前打开房门，只见秦明道浑身雪人似的走了进来，季华说道："哎呀，你看你淋的这一身的雪，快到炉子跟前烤烤，有啥紧要情况慢慢地说。"

秦明道走到火炉前，浑身散发出一股袭人的凉气。他摘下帽子来抖了抖厚厚的积雪，欲要说什么，却张了张嘴没能说得出。原来是他的嘴唇已经冻得发木，上下嘴皮儿不听使唤。刘振山倒了一碗热水让他喝下，他又把双手放到火上烤热了，捂在脸上揉搓了一阵子，才觉得那麻木的脸颊缓解了许多，嘴皮儿也上下地听使唤了，就说："这场雪下的，多年不见了，可真大。俺从城里赶到这里，足足用了 4 个时辰，硬是摸着道来的。"

刘振武问："你还没吃饭吧？这都快半夜了，怕是饿坏了。"

秦明道说："经你这么一说，俺还真觉得饿了！"

季华说："你等着，俺叫小周给你煮碗面来吃。"

等季华去安排面回来，秦明道说："正好振山和刘支队都在这儿，俺连夜赶过来是有个重要的情况向组织上汇报。今天下午，日军把二升、程娇、程飞的遗体都吊在城门的柱子上了，目的是以尸示众，引诱咱们的人前去抢尸。据说敌人已经埋伏下了重兵，正等待着咱们的人上钩。"

季华说："这帮畜生，连死了的人也不放过，真是太可恶了。"

屋内格外沉寂，只有炉膛里那正在燃烧着的劈柴发出一声声"噼里啪啦"的响声，大家都陷入了沉默之中。

刘振武说："赶明天就是小年了，是灶王爷上天的日子，又赶上这冰天雪地的，俺看这城里城外的老百姓怕是也没有几个进出城的。不如这样，俺明天带着特务排去探探敌人的虚实，摸摸敌人所布的火力点，根据侦察到的情况，咱们明天夜间就采取行动，一定要把二升他们的遗体抢回来。"

季华说："俺同意振武同志的意见。明天夜里的行动最好是定在子夜之后，此时正是敌人人困马乏和疏忽大意的时候，容易打敌人一个措手不及。为保证行动的成功，支队全部出动，速战速决。"

刘振武说："到时候，俺让文峰同志带全员赶过去。"

季华说："张文峰副队长不是要在家里照顾小芳同志吗？她可是快坐月子了，文峰同志不在跟前怎么行？由俺带队就是了。"

刘振武说："是小芳生孩子，又不是文峰生孩子。家里有俺娘照顾着，文峰不会影响到队里的事。不过说来也好笑，自从文峰知道要当爹了，乐得跟个小屁孩似的，一天到晚哼小调儿不说，还天天往家里跑，好像是家里有根绳拽着。"

季华说："是啊！文峰同志是个孤儿，张家就他这一根独苗了。现如今要有儿子了，他能不高兴吗？这就是咱中国人的品性。人最高兴的事莫过于自己有了儿子，这感觉就像是得到了天大的宝贝一样。自古以来，生命的延续是人类繁衍和发展的必然，也是每一个人的责任所在。人和人的条件不同，履行责任的表现也就不同。文峰同志，就是属于责任重大的那种。"

刘振武说："季政委给俺们讲起人类的哲学来了，真是听君一席话，胜读十年书。那明天就让文峰带队。天不早喽，俺得回去了，明天还有重要的任务。秦掌柜今晚就在季政委这里将就一宿，等俺们抢回了二升他们的遗体后，你再回城去。"

秦明道握着刘振武的手说："路上滑，要多加小心。"

季华、刘振山把刘振武送出门外，天上的雪纷纷扬扬，地上的雪印着一串串脚印。

第二天天一放亮，刘振武就起来了。他一打开房门，眼前是一片白茫茫的世界。雪，从昨天上午就下，下了一天一夜了还在下着，地上的雪足足积了一尺多厚。

刘振武走出房门，脚踩在雪地上"咯吱咯吱"地乱响，陷下去老深。他踏着积雪来到队部，就见张文峰正在屋里劈木柴，准备点炉子。便对他说："昨天夜里秦掌柜来了，带来了二升他们的遗体被敌人吊在城门柱子上的消息。经和季政委、振山研究，决定去把二升他们的遗体抢回来。是这样，俺先带领特务排去摸摸情况，你带领全队战士子夜时分赶到薛河南岸与特务排会合。"

张文峰说："好，就这样决定。"

刘振武说："俺带领特务排走了后，你组织开个动员会，要多准备些手榴弹和白布单子，到时候能派得上用场。"

刘振武带领着特务排一路上迎着风雪，艰难地跋涉在茫茫的雪地里。他们爬上一道山冈，抬眼望去，只见前面重重叠叠的山峦被茫茫的白雪裹着，远山的雾气和天上的乌云搅扰在一起，也分不清哪是山、哪是天了，只是暗暗的天色、厚厚的积雪，让人感受到了宇宙的清寒。

跋涉中的战士们不畏艰险，勇于前行。刘振武带领战士们在雪地里跋涉了近7个小时，才到达了城门外的一个高岗上。

城门口的4根木柱子，有3根分别吊着秦二升、程娇和程飞的遗体。

城门口，有十几个荷枪实弹的敌人在站岗，他们一个个被冻得都把手抄进棉衣的袖筒里，站在原地跺着脚晃动着，半天也没见有个进出城的人。

刘振武趴伏在坡顶上拿望远镜观察了一阵子后，把望远镜递给身边的特务排排长李勇说："你看，离城门300多米的地方，有一道天然的沟壑。你带几个战士摸到沟壑里，朝着门楼上放几枪，一旦观察清楚了敌人的火力点后，就迅速地撤回来。记住，千万不要和敌人纠缠。"

李勇回答道："是！"

李勇带领 8 名战士匍匐着来到了沟壑里，趴伏在顶端观察了一阵子后说："大家看见城门楼上的流动哨了吗？给俺瞄准了打几枪。"

随着枪声一响，城门楼子上的流动哨倒下了两个。守城的敌人还以为是八路军要前来抢遗体，便慌乱地喊着"八路来了，八路来了"打起枪来。

敌人毫无目标地打了半天枪，也没见着个人影儿，竟然不知道是哪儿打来的枪，吵吵嚷嚷地乱作了一团。

李勇看到这种情况，就命令战士们瞄准城门口那些惊慌失措的敌人打去了一排子弹。

这下敌人发现目标了，城门楼上的左中右三挺机枪同时向沟壑方向开了火。密集的子弹在沟壑的前后飞落着，把地上的积雪炸出一个又一个的黄窝窝，压得战士们抬不起头来。

李勇一边躲着飞来的子弹，一边观察着敌人的火力点，不禁"嘿嘿"一笑说："不过如此，还是那些个老把戏。"他向战士们一挥手，弯着腰向沟壑的左面跑了 20 来米后，便迅速跳上沟顶，向着小高岗方向跑去。

成群结队的敌人从城门里涌了出来。他们一边追赶着，一边射击着，等追到了薛河边，早已经不见了八路军的人影儿。

刘振武带领战士们越过薛河后，便在一个三面环山的山坳里停了下来。

雪停了，灰蒙蒙的天空开始放亮，像是要晴的样子。

蓬松的积雪挂在树的枝梢上，把枝梢压低了头，微风一吹，摇曳起舞，给人以美的感觉。

刘振武看了看怀表，时针已经指向了 4 点 30 分，天很快就要黑了。他对战士们说："今天是小年，为了咱们今后能够更好地过年，今年这个小年，咱们就在这冰天雪地里过了。大家把自己带的干粮拿出来，将就着吃饱了肚子，就在原地休息，等养足了精神，好投入夜间的战斗。"说完，他就拿出一个冻得梆梆硬的窝窝头，坐在雪地上啃起来。

夜幕拉下来的时候，天晴了，满天的繁星灿灿。

到了子时，张文峰带领着支队赶到了薛河岸边，他把手握成喇叭状放在嘴上"咕咕、咕咕"地叫了两声，随之从山坳那边也传来了"咕咕、咕咕"的回声。不一会儿，刘振武便带领着特务排赶了过来。两队人马会合后，一起向城门方向摸去。

队伍在距城外 300 多米的沟壑里埋伏下来。刘振武对 12 名突击队的战士说："你们是支队精选出来的优秀战士，一切行动要听从李传宝同志的指挥。这次行动成功与否，就看你们的了。"

就在这时，突击队里的战士王广河突然咳嗽了两声，张文峰上前把他拽出队列说："你身体不适，就不要参加这次突击任务了。"

王广河说："副支队，俺的身体没事儿，只是偶尔咳嗽，还是让俺参加吧！"

刘振武严肃地说："偶尔咳嗽也不行，突击队的任务，就是要悄无声息地接近目标，一旦抢下二升他们的遗体，就迅速返回。整个行动一定要稳、准、快。如果暴露了目标，后果不堪设想，还是再换一位同志吧！"

战士们纷纷要求参加突击队。

孟虎站到刘振武和张文峰的面前行了个举手礼说："首长，让俺上！"

刘振武说："你不行。"

孟虎问："为什么？"

刘振武说："你要是去了，谁来警卫张副队？"

孟虎继续要求说："首长，就让俺去吧！俺轻功好，枪法准，适合参加这次行动。"

张文峰看出了孟虎急于立功的心理，说："好吧！就让他去，给他个立功表现的机会。"

突击队出发了。每个战士的身上都裹上了一件长长的白色斗篷，一个个趴伏在厚厚的雪地上匍匐着向目标移动，不一会儿，便消失在了茫茫的夜色里。

城门楼子上，敌人的探照灯光柱在城门前来回地扫射着，突击队的战士们躲过了一次次探照灯的扫射后，神速地来到了城门前。

李传宝观察了一下周边的情况，见城门紧闭着，只有城门楼子上的流动哨在来回地晃动着。他看了看三根木柱子上的遗体后，把大家汇拢到一起压低了声音说："咱们分成三个小组，每个小组负责抢一具遗体，动作要轻，行动要快，大家分头行动。"

三个小组悄悄地摸到了木柱子跟前，就见吊着的遗体离地面有 3 米多高，再加上遗体的高度，人必须顺着柱子爬到 5 米高的地方才能割断绳子，放下遗体。

孟虎试着从柱子的背面攀爬上去，结果还没爬上 1 米就出溜了下来。原来是木柱子上结了一层薄薄的寒冰，柱子打滑，上不去。

李勇看到这种情况，就蹲在了柱子前，让一个战士蹬上他的肩膀，再让孟虎蹬上战士的肩膀，三个人搭起了人梯。其他两个小组也都效仿着他们的办法，攀爬上了柱子。

爬上柱子顶端的战士分别掏出了匕首，几乎是同时割断了吊绳，就听得"噗、噗、噗"三声闷响，三具冻得僵硬的遗体落到了雪地上。

城门楼子上的流动哨听到了遗体落地的动静，忙用手电筒一照，发现木柱子上的尸体不见了，就惊慌失措地呼叫起来："尸体不见了，八路来了！"随即开起枪来。

面对这一情况，李传宝大声命令道："俺和李排长作掩护，其他同志带上遗体迅速撤离。"他说着就掏出一颗手榴弹往城门楼子上扔去。

孟虎对准扫射过来的探照灯就是一枪，那探照灯瞬间就熄灭了。

其他战士也都向城门楼子上扔了一颗手榴弹，便趁着滚滚的浓烟，在雪地上拖着遗体快速地后撤了。

城门楼子上的机枪响了。由于没有了探照灯的照射，城门前一片漆黑，三挺机枪喷射出的子弹，一颗颗毫无目标地扫射在了城门前的雪地上。

根据这一情况，李传宝和李勇瞅准时机，又向城门楼子上扔去了两颗手榴弹后，迅速地向后撤，边撤边向城墙根扔手榴弹，滚滚的浓烟笼罩了整个城门楼子。

透过浓烟，只能看见那机枪喷射出来的火舌，就像一条条毒蛇的舌头，在浓浓的烟雾中喷吐着，格外抢眼。

当战士们撤离到离沟壑不足 100 米处的时候，城门打开了，成批成队的敌人涌出城门向着沟壑压了过来。

突然，一颗子弹打中了孟虎的左腿肚子，他一个趔趄就趴在了雪窝里。从后面赶上来的李勇见状，迅速扶起孟虎连滚带爬地把他拖进了沟壑里面。

刘振武见突击队的战士们都撤了回来，就对张文峰说："你带着战士们护送遗体赶紧撤，俺和特务排留下来做掩护。"

张文峰听了说："由俺留下来做掩护，你带领战士们撤。"

一排排子弹和一颗颗掷弹筒的炮弹打到沟壑的前沿或后面，眼看着有几个战士倒了下去。刘振武急切地说："这是命令！"

张文峰见刘振武下达了死命令，就带领战士们抬上遗体撤出了阵地。

此时，刘振武向阵地的前方看去，只见黑压压的敌人一边喊叫着，一边射击着向这边扑来。他命令说："大家要等敌人接近 50 米的时候再开火，同时要把所有的手榴弹都扔向敌人，要趁着敌人被炸得找不到北的时候迅速撤离。"

敌人越来越近了。70 米、60 米、50 米，刘振武高喊一声："打！"阵地上的两挺机枪同时叫了起来，密集的子弹雨点般地射向了敌人，只见阵地前一排一排的敌人倒在了雪窝里。这时，战士们又向敌人扔去了一颗颗的手榴弹。随着手榴弹的爆炸声，只见浓烟在雪地上滚动着，向四下里扩散着，遮蔽了视线。刘振武借机让战士们蹦上沟沿，向着薛河的方向撤去。

张文峰见刘振武已经带着特务排撤过薛河来，就迎了上去。他握住刘振武的手说："你听，敌人又是放炮，又是放枪的，这是在欢送你们过河来呢！哈哈哈。"

刘振武和周边的战士们听了，也都会意地笑起来。

部队护送着秦二升他们的遗体回到驻地的时候，季华、刘振山、秦明道等已经在支队驻地等候。刘振武把他们请进队部里坐下问："秦掌柜，你打算把二升他们葬在哪儿？"

秦明道看了看季华和刘振山说："俺原打算把他们葬在秦家的老林里，可又一想，不行，万一被敌人知道了，还不把老林一块儿给掘了，俺还是听组织的吧！"

季华说："俺看就把二升他们葬在东山根儿的柏树林吧！"

刘振武说："俺同意季书记的意见。秦掌柜，你看呢？"

秦明道说："俺同意，那个地方常年松柏翠绿，是个好地方。"

刘振武说："好，俺就让刘强安排人去挖墓穴，好让二升他们早些入土为安。"

锄奸队住进荷香酒馆的第二天，秦明道就与刘振武他们商量了锄奸的具体方案。

秦明道说："明天腊月二十七，是年前的最后一个大集，想必那王一标会和往常一样，到集市上去胡转悠。一般情况下，是他转悠够了，就会到一家饭馆里饶一顿饭吃。好吃好喝完了，不但不给钱，还要再敲诈几个零花钱。锄奸队是不是利用这个机会，把他给除了？"

刘振武轻轻地点了点头说："这是个好机会。"他沉思了一会儿又说，"俺看最好是能把他引到这里来吃饭。这里目标小，又都是咱们的人，好动手。一旦除掉了这个汉奸，咱们就等天黑后把他的尸体扔到临山肉铺的门口去，以最大可能地起到震慑汉奸们的作用。可是怎么才能把他引到这里来呢？"

沉默了有一袋烟的工夫，秦明道说："俺看这样，咱们做好两手准备，一是俺明天一早就到集市上去寻他，如果能寻到他，俺就约他到饭馆里来喝羊肉汤；二是锄奸队的同志如果在集市上寻到他，就在他的身后悄悄地跟着他，等他晌午走进了哪家饭馆的时候，再瞅准了机会动手。"

刘振武说："俺看这个方案可行。不知道他王一标明天上集会带多少人。如果他带的人多，咱们的人少，就不好动手了。关键是不能开枪，一开枪怕惊动了鬼子不好脱身。"

秦明道说："他平时出来，不是带 1 个就是带 2 个，俺想他明天上集带的人，也不会超过 3 个。"

刘振武说："好，那咱们就按这两套方案准备。明天最好是能执行第一套方案，在这里动手最好。如果是执行第二套方案，大家一定要多加小心，稍有不慎不仅完不成锄奸任务，还会给前来赶集的群众造成不可估量的损失。"

赵小满问道："明天如果他王一标不上集该怎么办？"

秦明道说："那没什么好办法，只能是等。等什么时候有机会了，再动手。不过你放心，他王一标明天一准儿会上集。你想啊，这快过年了，他还不得到集市上趸摸些东西过年。"

刘振武说："说得有道理，不过他还能过得去过不去这个年就不好说了。"

李勇说："等除掉了王一标，下一个就是那个殷三。这个毫无骨气的狗汉奸，到时候得让他知道知道出卖中国人的滋味儿。"

秦明道猛地想起一件事来说："哎，对了，俺刚才从外面回来的时候，看见殷三和两个汉奸朝龙王庄方向去了，手里还提了许多礼物。李排长若是不提起这个狗汉奸来，俺倒把这事给忘了。对呀，今天是殷三他外姥爷吴老茂的生日，肯定是去龙王庄给他外姥爷过寿去了。"

刘振武听了心里一震，说道："这倒是除掉他殷三的一个好机会。俺看锄奸队就在他回来的路上设下埋伏，出其不意地把他干掉。那另外两个汉奸是他的什么人？"

秦明道说："肯定是吴老茂的两个孙子，也在汉奸队里干事，是他殷三介绍的差事。"

刘振武说："正好，把这一窝子汉奸都除了。"

吃完了午饭后，刘振武便带着锄奸队出发了。

太阳快要落山了，还没见殷三的踪影，赵小满心里有些着急起来，说："队长，是不是情报有误？"

刘振武说："不可能。秦掌柜说得有根有据，错不了，要沉住气儿，再等等。"

天渐渐地黑了下来，就见从龙王庄来的路上有三个人影儿正歪歪斜斜地向这边走来，还能隐隐约约听得到他们哼着下流的小调儿。

李勇小声地说："十有八九是殷三他们。"

刘振武点了点头，示意大家都隐蔽起来。队员们立刻躲在了路旁的大树后面，仔细地观察起来。

目标越来越近了。他们猜得没错，走过来的正是汉奸殷三和他的两个表兄弟吴承君、吴承臣。

这时就听殷三说："两个老弟，你们等俺一会儿。俺要屙泡屎，可能是在外姥爷家吃好的吃多了。"

吴承君说："你不要命了，枣临支队的人到处神出鬼没，还是到了城里再屙吧！"

殷三说："不行，不行啊！俺都快屙到裤里了。你俩还是等等吧！"说着就跳到路旁的雪沟里去了。

吴承臣说："好吧！俺们就慢慢走着等你。你可要快点，小心别让老毛猴把你叼了去。"

吴承君和吴承臣说着话正走着，忽见有几个人从树后闪了出来，一下子慌了问："你们是干、干、干什么的？"

刘振武说："别怕，有火吗？借个火用一下！"说着就和赵小满靠近了两个汉奸，用匣子枪顶住了他们的心口窝严厉地说："俺们是枣临支队的，是专门进城来锄奸的。"说完一扣扳机，"噗！噗！"两声闷响，结果了两个汉奸的性命。

殷三正在后面的路沟里屙着屎，听到了前面的对话和枪声，吓得嘴里说了句："俺的个娘哎！"就一腚坐在了他刚拉的屎上。他只觉得满屁股温乎乎又黏糊糊，一股股臭味儿弥漫了全身，钻入了鼻孔，进到了喉咙，把胃里的酒饭也勾了出来，"哇哇"地连酒加饭地喷吐了一袄。他正要一使劲从地上爬起来，就觉得脑门子顶上了一个冷冰冰的铁家伙。

刘振武用低沉的语气说："殷三，今天让你死，也得让你死个明白。俺们锄奸队念你出卖临山肉铺有功，这颗子弹就赏给你了。"说完，枪就响了。只见殷三一瘫软，又一腚坐到了屎上。

打死了殷三，锄奸任务首战告捷。刘振武对队员们说："为了不影响到明天的行动，咱们就把这三个狗汉奸埋到路边的沟里。"于是，队员们就把三个汉奸扔到沟里，用铁锨埋上了厚厚的积雪。

腊月二十七这天，附近村庄前来赶集的人熙熙攘攘，络绎不绝。

按照分工，秦明道和刘振武他们老早就上了集。

秦明道挎着一只篮子，在集市上东张西望地转悠了近一个时辰后，终于发现了目标，看见王一标正带着一个随从在不远处胡游荡。

秦明道来到王一标的面前装作十分惊讶地说："这不是王队长吗？怎么，你也到这集上来逛逛？"

王一标说："是秦掌柜，你也来赶集了，都是买了些啥东西？"说着看了看秦明道的篮子里。

秦明道说："这不，昨天晚上不是杀了几只羊嘛，俺到集市上来买些材料啥的，等会儿回去煮羊肉。"

王一标"嘿嘿"一声奸笑说："是吗？这大冷的天喝羊肉汤倒是不孬，暖和。"

秦明道说："要不你赶晌午就到俺那小酒馆里喝羊肉汤去？你可是有日子没去了。"

王一标犹豫地说："这个……"

秦明道见王一标有些犹豫，便趴在他的耳朵上轻声说："俺还给你准备了两只羊后腿，孝敬你捎回家去过年，嘻嘻。"

王一标心里很是欢喜地说："好，好！俺赶晌午一定过去。"

秦明道听了欢喜地说："那咱就说定了！俺得赶着回店里煮羊肉汤去了，咱晌午见。"

王一标今天上集只带了一个人。此人是在他的手下混了多年的一个小混混，名叫张天划。他长得瘦长，举止猴气，让人一看便知道是个善于巴结上级的人，是条毫无骨气的癞皮狗。他身上斜挎着一支王八盒子，寸步不离地跟在王一标的左右。而在他们的身后不远，刘振武和锄奸队员们正悄悄地注视着他们的一举一动。

王一标在集市上东张西望，边走边看，逛完了杂货街，又逛小吃街，从小吃街里出来又来到了一个充满糟粕的地儿，这里坑蒙拐骗的摊位处处可见。

就以赌博来说，这里有掷骰子、抽签子、摆棋局、套圈等十多种花样的赌法。就说套圈吧，多数人不以为是赌博，实际上却是一种最坑人而又最诱人的赌法。它赌起来筹码低、彩头重，又带有竞技的味道，钱多不限，钱少了也可以试试，所以面对那些香烟、花瓶、茶壶等所套物品，谁不想碰碰运气呢，但恰恰是万无一中，连小彩也难能套中。

王一标来到套圈的摊位前站住了。他向摊主要了 10 个套圈，摊主见他是汉奸队长王一标就没敢向他要钱，还嬉皮笑脸地多给了他 10 个圈。结果王一标一个也没套中，把手一扑拉，继续往前逛悠了。

王一标从这儿出来，又拐进了一条闹哄哄的街上，这里卖橡皮膏、去污皂的摊主嗓门一个比一个高，都把自己的商品夸成一朵花儿一样。

接近中午，王一标带着张天划又穿过了一条土娼聚居的肮脏小巷，抬头看了看天，向张天划一摆手说："走，上秦掌柜那里喝羊汤去。"

刘振武见王一标朝着荷香酒馆去了，心里不禁暗喜，悄悄地对队员们说："按第一套方案行动。"

由于逢集，王一标一走进酒馆见前来喝羊汤的人很多，连个空座位也没有，就大声地嚷道："秦掌柜，俺来了，这喝羊汤的人这么多，可叫俺们坐哪里？"

秦明道见王一标果真来了，忙上前点头哈腰地说："是王队长来了。请，里面请！俺在客间里已经为你准备好了。"

王一标跟在秦明道的后面进到客房里，就见客房的桌子上已经摆上了红烧羊排、炒辣子鸡、砂锅炖羊血豆腐等 6 个佳肴，还有 2 瓶兰陵陈酿。他从心里高兴地说："秦掌柜，你今天也太客气了，是不是有事要俺帮忙？有什么事儿，你尽管说。"

秦明道一摆手说："没有，没有。快过年了，能请到王队长来俺这小店里吃顿饭，那是你给俺面子了。在咱这临城，哪个不知道王队长，你跺跺脚，这满城里晃动。俺们这些干小生意的，哪个不仰仗着你给个薄面生存。"

王一标听了这话，心里更滋润了，"哈哈"一笑说："你秦掌柜可真会说话，中听。那俺就不客气了。"

秦明道招呼着两个汉奸坐下，顺手拿起了早已温在热水盆里的酒壶，为他们斟上了酒说："王队长你们先喝着，家里三叔的两个儿子来赶集还没吃饭，俺得给他们找个座坐下了，再过来陪你们喝酒。"

王一标听了忙说："自家三叔的儿子又没外人，你就把他们叫到这里来，反正就俺们两个人，倒不如人多了，喝起酒来热闹。"

秦明道听了，心里暗喜，忙半推半就地说："这样好吗？他们可都是些乡下人，没见过什么大世面，哪能跟你王队长一个桌子上吃饭。"

王一标说："那有什么？你就让他们来。"

秦明道说："那好吧！俺听你王队长的。"

不一会儿工夫，秦明道便领着刘振武和赵小满来了，对王一标介绍说："王队长，这是俺的两个堂弟。"

刘振武装出一副惊奇的样子，用手指了指王一标问："这位是……"

秦明道忙说："这位是侦缉队的王队长，今儿给俺面子，到咱这店里来看看，是他请你们过来一块儿喝一盅。"

刘振武装作十分惊讶地说："是大官呀！俺能跟王队长一个桌子上吃饭，可真是来着了。"说着就和赵小满坐下，跟王一标喝起酒来。

酒过三巡，王一标完全打消了警惕性，要求跟刘振武划两拳，说："今儿咱俩有缘，喝得高兴，划两拳怎样？"

刘振武说："俺还没有给你王队长敬酒，这哪能先划拳。"说着就拿起酒壶来，给王一标酒盅里斟满了酒。先是端了 3 盅，又敬了 3 盅，然后又共同喝了 3 盅。

等 12 盅酒下了肚子，再加之前喝的酒，王一标便有了些酒意，就对着刘振武开始吹牛了，他指着手下张天划说："你看他了吗，是俺的一个小兄弟。他在俺的面前，就像条狗一样，俺叫他吃屎，他不敢喝尿。可你们得把他当个人看，也得叫他多喝几盅才是。"

刘振武趁机对赵小满说："今儿你可得把这位兄弟照顾好了。他喝好喝孬，可就全靠你了。"说完，就跟王一标划起拳来。

赵小满听明白了刘振武的话，就照着鲁南喝酒的规矩，给张天划端了 3

盅酒，敬了 3 盅酒，又共同喝了 3 盅酒。

张天划哪喝过别人给他敬的酒，这十多盅酒下了肚后，就不知道天高地厚地自己端着酒喝了。哪知他并不胜酒力，不一会儿工夫就喝迷糊了，脸面黑里透着紫，倚靠在椅背上醉了过去。

刘振武见时机差不多了，就抬高了划拳的声音："六六顺呀！七来巧啊！八（扒）层皮呀！九（酒）撂倒呀！"

秦明道在门外听到信号，就和化装成店小二模样的李勇一块儿进来了。李勇双手用托盘托着两瓶酒，一进来就站到了王一标的身后。

刘振武看看时机已到，便对王一标说："你今天鸡鸭猪羊都吃了，可还有一样东西你没吃！"

王一标忙问："还有什么好吃的没上？"

刘振武从后腰掏出匣子枪来："这个，王八盒子！"

王一标大吃一惊地说："你……"

刘振武说："俺是枣临支队的刘振武，今天就是你王一标的死期。这些年来，你欺压百姓，出卖中国人，带领着鬼子破坏俺地下交通站临山肉铺，死有余辜。"说完，就向李勇一使眼色。

李勇和赵小满一起冲上去，就把王一标摁倒在了地上。

王一标还想喊叫，却被秦明道把一块擦桌布塞进了嘴里，然后秦明道摸起炕上的枕头就捂在了他的脸上挤压起来。

没多大工夫，就见王一标的两条腿不再乱蹬跶了。

第十九章　抢收麦子

腊月二十七吃完了晚饭，刘相龙便摸起烟袋点燃一锅"叭叭"地抽起来。他边抽边问正在拾掇碗筷的方玉娥："哎，给他姥爷的年货都准备好了没？"

方玉娥看了刘相龙一眼，一边拾掇着桌子上的碗筷一边说："俺都给你准备好了，你赶明天一早就过去一趟。"

刘相龙说："俺看明天你跟俺一起去趟吧。"

方玉娥听了回答说："俺可不去。俺要是走了，咱这个家还有咱的孙子谁照料啊？再说小芳的身子就是这几天的事儿，真要是临产了，俺不在跟前咋行？俺不去。"

刘相龙说："当天去，当天就回来了，又不是让你在那里住下。再说了家里不是还有小茵和老二家一家子吗，有他们照看着你还不放心啊？"

方玉娥说："那俺也不去。看看这些年他爷们儿对咱家的生疏劲儿，俺早就下决心不再进那个门子了。"

刘相龙听了拿眼看着方玉娥说："嘿嘿，你这个娘们儿怎么还跟你的娘家人置气啊？自打你那个嫂嫂死了后，爹和玉春哥早就转过弯儿来了，都天天盼着咱家里的人去呢！俺说让你去，主要是让你看看爹去。爹的身子骨怕是撑不了几年了。俺上次去的时候，他咳嗽得连腰都直不起来了，却还说要跟着俺来看看你，他也是想闺女嘛！"

经刘相龙这么一说，方玉娥的心被说动了。是啊，她自从嫁出门来30多年了，满打满算就回过两次娘家，大都是爹年年来看她。现如今爹老了，走不了远路了，就该自己去看看爹了，她想到这里便说："好吧，那俺明天就跟着你看看爹去。"

第二天吃了早饭，方玉娥就由大黑马驮着，刘相龙在前面牵着缰绳直奔山前村去了。

冬天的早晨，空气中弥漫着一层薄雾。他们走在山间空谷里，薄雾恰似少女的面纱，把大自然装扮得格外神秘。

有两只喜鹊"喳喳喳"地叫着，从这根树杈又飞到另一根树杈上，脑袋不住地伸缩着左右瞧看，一直窥视着刘相龙和方玉娥进了山。

十几里的山路，他们不到一个时辰的工夫就到了。

方玉娥走进院子，一眼看见方清源正坐在堂屋门前晒太阳呢，就一边往前走一边说："爹，您在这里晒老爷爷呢？是俺，玉娥！"

方清源一看是闺女来了，眼睛不由得一亮，忙拄着拐杖从马扎子上站起身来说："哎哟！是玉娥来了。"就见他那灰暗的脸上，滚落下两行激动的老泪，一把抓住了方玉娥的手说，"你怎么想起来看爹了？"

方玉娥说："这不是要过年了嘛，相龙让俺一块儿来看看您。不过您这身子可大不如以前了，最近心情怎么样啊？"

方清源说："你爹俺都这把年纪了，还能怎么样啊？向前捱呗，能捱到什么时候算什么时候。"他自我宽心的话里带着些伤感。

方玉娥见方清源站着直晃荡，便用双手搀扶着他的胳膊说："爹，您老坐下说话。俺哥呢？"

方清源没坐，说："你哥扶着俺在这儿晒老爷爷，说是相龙今儿一准来，打酒去了，也该回来了。走，相龙，咱上屋里说话去。"

方玉娥搀扶着方清源刚到堂屋里坐下，方玉春打酒回来了。

方玉春欢喜地说："老妹怎么想起来看爹了？这可真是太阳打西边出来了。"

方玉娥是个嘴巴不饶人的人，说："哥，瞧你说的！前些年，俺那个嫂子不喜欢俺来，俺就不来。如今她走了，你还不让俺来看看爹呀？是相龙说爹的身子骨不结实，俺就跟着来了，你要是不喜欢俺来，那俺往后就不来了。"她说完，冲着方玉春耸了下鼻子。

方玉春说："俺就喜欢听老妹这样跟哥说话，味儿亲着哪！嘻嘻。"

方玉娥说："哥，瞧你这高兴劲儿，怕是早上吃喜鹊蛋了吧？"

方玉春说："喜鹊蛋俺倒是没吃，就是见你来了高兴嘛！"

方清源说："看你这兄妹俩，一见面就扯不完的话，还不快到饭屋里看看准备得怎么样了！"

方玉娥说："俺这就看看去。"

方玉春忙说："你不用去，俺去。俺今天把韩老五叫过来帮忙，错不了。"

方玉娥问："怎么？你今天还专门请了厨子来做菜？"

方玉春说："这不是要过年了吗？再说，相龙可是有年头没在这儿吃饭了，叫韩老五过来弄几个可口的菜，俺们兄弟俩得好好地喝一回。"

正说着话，老郎中鲁智远来了。

鲁智远见刘相龙和方玉娥两口子也在这儿，就说道："哟，是亲家过来了啊？今儿巧了，俺是过来看看方老爷子的身子，另外找玉春有个事说说，没想到在这儿碰见亲家了，真是幸会。"

刘相龙"呵呵"一笑说："是啊，能在这里碰见亲家真是难得，既然这么巧，那今儿晌午就在玉春哥这里好好地喝一气。"

鲁智远说："好，那俺就先给方老爷子瞧瞧身子，然后咱再说话。"

鲁智远认真地为方清源把了把脉说："好啦！方老爷子，您这身子骨没什么大事，要该吃吃，该喝喝，把身子养得好好的，还等着抱孙子呢不是？"

方清源一听这话，眼神儿亮起来，说："是不是给玉春寻着合适的了？"

鲁智远说："嗯，俺今儿来就是要跟玉春说说这事。昨天，突泉的杨老五找俺了。他听说玉春的媳妇死了，托俺来问问中秋提亲的事还算数不？如果这边还有意，女方就按照风俗来相家。"

方清源说："好啊！来相家就是了。这门亲事儿，俺赞成着呢！"

鲁智远说："那杨老五还说，他家的闺女还没出过门子，是个黄花大闺女，得用八人抬才行。"

方清源说："行！他女方提什么条件咱都答应，八人抬大花轿还算个事吗？"

方玉娥见方玉春在一旁喜得合不拢嘴，便说："哟，哥，艳福不浅啊！"

鲁智远忙说："这杨家的闺女俺见过了，是个贤惠的俏人儿，没别的毛病，就是小时候耳朵被老鼠咬了一块去。"

方玉娥笑笑说："俺说嘛，要不然哪个大闺女还肯许给俺哥？"

刘相龙说："你这当妹妹的怎么说话？玉春哥怎么了，才50多岁正当年嘛？这样，咱方家不就有希望有后了，好事。"

方玉娥"咯咯"笑着说："看你这个人，俺是在逗俺哥，你倒当起真来了。"

吃了晌午饭，方清源拄着拐杖，蹒跚着步子，在方玉春的搀扶下一直把方玉娥和刘相龙送出院子。他站在大门口，目送着方玉娥远去了的身影，心里有说不上来的滋味儿：这有可能是闺女最后一次来看爹了。他见方玉娥的背影消失在了萧疏的旷野间，便伸长脖子，望着方玉娥消失的方向，无奈地摇了摇头。

方玉娥坐在马背上，看着渐渐远离了的方清源，眼里不由得流下了两行热泪。她见他站在那儿，就像是一棵老树，虽然没有了繁枝绿叶，却心系着拥有生命的根，希望自己儿子的树干上再长出更加鲜活的生命之叶。

方玉娥看了看牵着缰绳的刘相龙叹了口气说："今天来见爹这一回，心里有说不上来的滋味儿。你看看他爷儿俩过的这日子，守着这么大个家业，却过得冷冷清清。"

刘相龙说："是啊！这人老了，眼巴前没个小的，搁谁这日子也不好过。往后咱让咱那几个孩子常来看看他姥爷就是了，你别当心事儿，啊！"

方玉娥说："鲁郎中给咱哥说的那个媳妇，如果能成，就趁早把她娶过门来，家里没个女人就是不像个家，省得他爷儿俩这样孤孤单单的。"

刘相龙："这门子亲已经定下了。听咱那亲家说，只要对方相好了家，赶来年过了二月二就成亲，这满打满算还有个把月的时日，你就把心放到肚子里吧！"

方玉娥说："这就好。要是行的话，赶紧给方家添个后，也好了了咱爹的心愿。你看他那身子骨，也不知道能撑到那一天不？"

刘相龙说："听说人家还是个黄花大闺女。过了门来，只要咱哥能行，添后的事不是问题。弄不好还能和咱俩一样，生个三个五个的呢！"

方玉娥剜了刘相龙一眼，"扑哧"一笑说："你呀，说着说着就下了道了。和你一样能干的能有几个。"她说完，脸上泛起了一层红云，不好意思地低下了头。

两个人一路说着话，已经翻过了红岭来。毕竟是农历的年底了，山岭上的柿树苍黑而萧条，漫坡的枯草被嗖嗖的厉风摇撼得屈折了腰身，尖声地号叫起来。偶尔有一群麻雀在地上觅食儿，看见他们走近了，便"呼啦"一声展翅飞走了，铅灰色的天，棕黑色的翅膀，一片叫声聒噪。那枚吐着金辉的太阳，疲乏地坐在了西山上，好像它也被这凛冽的严寒打击得筋疲力尽，被夺去了它那无限的热量，失去了它那原有的气势而显得无精打采。整个山坳被酷冷的威严吓得寂静无声，就像是一幅静止的图画，猛然间有一位牵马人牵着驮着媳妇的马走进了画中，在寂静的山坳里洒下了一串"咯噔咯噔"的马蹄声。

刘相龙和方玉娥来到院门口的时候，天已经黑了。方玉娥让刘相龙搀扶着下了马说道："看咱这一天赶路的，两头没见着太阳，总算是到家了。"

刘相龙说："这都是你多年没出门的原因，心里光挂挂着你这个家了，离开一会儿也觉得不得劲儿。快进去，这天一黑，小红军见不着你，该闹了。"

方玉娥说："这要过年了，也不知道孩子们回得来回不来。咱那孙子想娘呀！"

刘相龙说："他们都在这近处，说回来也就回来了。俺想只要是他们没有紧要的事情，一准都回来偎着你过年。"

过年，是鲁南人充满祥和和欢乐的节日，也是一种文化的传承。除夕这天下午，刘振武、鲁娟、刘振山、刘振东和张文峰全都回来了，喜得方玉娥屋里屋外地张罗起来。她让儿子们贴春联，让闺女、媳妇包饺子，她和亲家母炸年菜，一家人说着笑着都动起手来，一派忙年的景象。

小红军、小兆文也满院子里钻来串去的，看着大人贴春联，又闹着爷爷点炮仗，惹得刘相龙和赵明生站在院子当央笑呵呵地合不拢嘴，惬意的心情都映在了脸上。

到了年初三的这天上午，刘茵跑到队部里对张文峰说："姐夫，你摊上大事了，娘让你赶快回家看看。"

张文峰紧张地问："俺摊上什么大事儿了？快跟姐夫说说！"

刘茵一看张文峰那紧张的样子，便忍不住"咯咯"笑起来说："看把你吓的。你摊上了一个大胖小子，还不是大事啊？娘让俺来给你送个信儿。"

站在一旁的刘振武一听，高兴地朝着张文峰的肩膀打了一拳说："行啊，文峰，大喜事啊！队里有俺，你就快回家看看你那刚出生的儿子去。"

张文峰来到刘芳的炕前，一把握住她的手贴在自己的脸上久久没有松开，也没有说话，只是用激动的双眼看着刘芳。

刘芳看着张文峰那激动的样子，心情像湖水一样平静。她懂得张文峰此时的心情，便微微一笑说："你看看咱们的儿子，长得像你不？"

张文峰探起身子，看着揽在刘芳怀里的儿子，高兴得用手轻轻地摸了一下他的脸蛋儿："俺看长得像俺，也像你。"

刘芳说："咱们的儿子出生了，你就给他起个名字吧！"

张文峰沉思了一会儿说："俺看还得让咱爹给他起名字。"

站在一旁的方玉娥说："俺刚才问你爹了。你爹说咱们都盼望着抗日武装强大起来，等赶走了小鬼子，也盼望着国家强大起来，就叫张强吧！你们看行不？"

张文峰点了点头说："爹给咱儿子起的这个名字好啊！"他又用手轻轻地摸了一下儿子的脸蛋儿说，"儿子，你有名字了，叫张强，爹的宝贝蛋儿。"

过了正月十五，方玉春手里拎着花布和棉花等物品来了。他一看到方玉娥就说："老妹啊，你哥不是要给你娶新嫂子了吗？你得帮着哥做两套新铺盖！"

方玉娥说："哥，俺正寻思着这一两天里就让相龙去找你，就是想问问你这事，你倒今儿来了。那行，俺有颖颖她娘帮着，一准三五天就给你做好送过去！"

方玉春笑呵呵地说："那俺就把棉花放你这儿了！俺怎么听着这院子里有小孩哭呀？"

方玉娥笑笑说："是大闺女前些天生了，生了个大胖小子。"

方玉春说："是吗，你们刘家真是人丁兴旺，让你哥俺羞愧。"

刘相龙"嘿嘿"一笑说："玉春哥可甭这么说，你往后的日子总会好起来的。这迎亲的日子定了没？"

方玉春说："定了，二月初六。到时候你可得过去给俺张罗张罗。"

刘相龙说："你就放心吧！到时候俺跟我姐夫一块给你操办就是了，错不了的。这满打满算也就还有 20 天，你该准备的先准备着，如果忙不过来，让俺早过去帮着你忙活几天也行。"

方玉春说："你还真得早过去几天，在一些事上帮俺拿拿主意。"

二月初六迎亲这天，方玉春头戴礼帽，身穿红绸大褂，脚穿缎靴，披红戴花地骑在高头大马上。迎亲的队伍欢欢喜喜，前有旗锣伞扇开道，后有迎宾人员相随，一路上吹吹打打，威风八面。

当迎亲的队伍来到突泉村外，乐队吹打得更欢实起来。按照当地风俗，迎接新娘时，新郎一般不到女方家里去，只有轿夫抬着轿子和放路炮的前去。等新娘上了花轿，抬轿的人高喊"起轿"，然后花轿起程，送嫁妆的随后，与村口等候的新郎会合后，便原路吹吹打打地返回。

方家大院门里门外人山人海，除了远近的亲戚朋友都来道喜外，全村的男女老少也都瞧热闹来了。

伴随着欢快的吹打乐，新娘的花轿在大门前落了地，刘芳、刘茵走上前去把花轿门帘揭开，将手里的一对用红纸包好的铜钱，与新娘手里的一对铜钱交换了后，再有两位本家的大嫂迎上前，对两位送新娘的伴娘作揖道："请招呼新人下轿！"于是，那两位伴娘来到轿前，搀扶着新娘走出轿门，然后让新娘坐到一把早已准备好的椅子上，再由两位青壮年将椅子架到院子里去。

有些能和方玉春开得起玩笑的人，一见新娘子下了花轿，就嚷着叫方玉春快把新娘子的红盖巾掀起来，看看新娘子是哪只耳朵让老鼠咬去了。

方玉春听了只是傻傻地笑，新娘子还没入洞房，他是不会去掀红盖头的。至于新娘子的哪只耳朵被老鼠咬了，他也不知道。

村里的方老三见方玉春不掀也不说话，就干脆走上前去，直接掀起新娘子耳边的红盖巾往里瞅，他不瞅还好，这一瞅结果是新娘子的两边都有耳朵，便说道："谁说新娘子的一只耳朵被老鼠咬去了，俺怎么看着两边都有耳朵？"

那些前来看热闹的人，大都是出于好奇才来看新娘子，目的就是要看看新娘子的哪只耳朵被老鼠咬了去了。当方老三说瞅见新娘子的两边都有耳朵时，人们便都面面相觑地猜疑起来。

甲说：难道新娘子被老鼠咬掉一只耳朵的事只是一个传说？

乙说：会不会是长得太丑陋嫁不出去，故意编造出来的故事？

丙说：可是从新娘子下了花轿的外表来看，高高的个子，细细的腰身，又不像是个丑人啊？

丁说：嗯，那就是新娘子身上还有不为人知的缺陷，要不然快30了还嫁不出去。

人们猜疑着，议论着，给方玉春的婚礼增添了些许神秘的色彩。

两位青壮年将椅子上的新娘扶到院中的香台前，由伴娘搀扶着新娘从座椅上下来和新郎一起站到红席上。就见香台上方的墙壁用红布罩着，红布上贴有"结婚典礼"四个字，中间是手剪的红双喜，两边贴有一副对联，上联是：握手同行平等礼，下联是：并肩合唱幸福曲。香台上点燃着一对大红烛，中间用盛满红高粱的升作为香炉，意为一生美满。

结婚典礼开始了，主持婚礼的是赵新河，他大声地宣布道："婚礼正式开始。鸣炮。奏乐。"

就见放炮的点燃了鞭炮，吹打班子欢快地吹打起来。

等鞭炮响完，赵新河大声地喊道："一拜天地。二拜高堂。夫妻对拜。送入洞房。"

就见方玉春和新娘在众人的注视下，毕恭毕敬，庄重行礼，最后由众人簇拥着进入了洞房。

赵新河宣布酒席开始后，那些前来喝喜酒的人，在酒桌上又议论起新娘子耳朵的事来。

A 说：听说了没，新娘子的两只耳朵没少？

B 说：要是这样的话，玉春哥可就捞着了，又娶了个全乎的大闺女！

C 说：俺看你们都是吃了胡萝卜咸菜——闲操心，是人家玉春哥娶媳妇，又不是你们娶媳妇。来，咱们还是喝酒吧！

实际上，新娘子杨晓萍的左耳朵，小的时候确实被老鼠咬了，不过只是咬掉了上部的一块，而没有全咬了去。可当人们一说起杨家小闺女的一只耳朵被老鼠咬了，便误传成整只耳朵被咬去了，害得杨晓萍到了出嫁的年龄也没能许着婆家。其实，杨晓萍被老鼠咬了一块去的那只耳朵，并影响不到她的美貌，平日里用她那浓密的黑发一遮，也就看不出个所以然了。

喜酒喝到晚上才散，方玉春走进洞房的时候有些酒意。他拿眼瞅了瞅坐在炕沿上的新娘子，就踉踉跄跄地来到了跟前，用他那微微颤抖的双手，轻轻地掀起了杨晓萍头上的红盖头。他借着红蜡烛的光亮一看，天啊，这是一张多么俏丽的脸蛋，美丽得像天仙一样。

方玉春眼瞅着杨晓萍感觉到有些恍惚了，这不是在做梦吧？他刻意地拧了一把大腿上的肉，生疼呀！那么眼前的这个天仙一样的美人儿，就是俺方玉春才娶进门的媳妇了。

杨晓萍确实长得很美丽。她那两道柳叶眉修长修长的；她那一双顾盼撩人的大眼睛，随着那微微上翘的长睫毛上下地跳动而一忽闪一忽闪的；她那只鼻翼微鼓的鼻子细巧而挺秀；她那张色泽红润而棱角分明的小嘴柔唇微启；她那皮肤就像是刚出水面的荷花粉艳艳的。怎么看都是绝伦的美人儿，与牛莲相比，简直一个是天上的仙女，一个是地上的老母猪。

方玉春看着看着一下子把杨晓萍抱了起来，哪知杨晓萍很乖顺，顺势用胳膊勾住了他的脖子，冲着他微微一笑，露出了洁白如玉的牙齿。他满心欢喜，向她挤了一个媚眼儿，就把那张酒气哄哄的嘴凑到了她那柔唇微启的小口上。

方玉春自打把杨晓萍娶进了门，方家大院里便有了些生活的气息。杨晓萍不但疼爱自己的男人，还对公公爹方清源关照有加。每次做饭的时候，她总是先问问方清源想吃点什么，饭做好了，又总是先给公公爹盛上端到他的跟前。每天太阳一照到院子里，她就到屋里搀扶着方清源坐到北墙根下晒老爷爷。只要是把家里的一些杂七杂八的活干完了，她就端着针线筐子坐在方清源的身旁，一边做针线一边东拉西扯地跟他拉呱儿，让方清源感到了莫大的欣慰，一天到晚心里总是美滋滋的。

但是好景不长，杨晓萍精心伺候着方清源过了两个多月的光景，方清源病倒了，而且看上去确实病得不轻，大有病来如山倒的样子。方玉春见状，赶紧把老中医鲁智远请了来。

鲁郎中看了看方清源那瘦弱的身子，又摸了摸他的脉象，脉搏微弱得几乎摸不着了。他叹了口气说："俺开个方子，再抓几服药吃吃吧！"

站在一旁的方玉春见鲁智远把药方开完了就说："鲁郎中，俺家晓萍这些天总觉得身子不适，你也给她瞧瞧。"

鲁郎中让杨晓萍坐下，便为她号起脉来："嗯，喜事啊，你家里的怀孕了，恭喜啊！"

杨晓萍听罢脸上泛起了一层红云，心里窃喜着低垂下了头。

方玉春见躺在炕上的方清源有气无力地抬起了右手，欲张嘴要说些什么，就赶紧走到炕前一把抓住方清源抬起的那只手说："爹，您要说什么，您是不是听见晓萍她怀上了高兴啊？"

就见此时的方清源圆睁着眼，张着嘴，微微地点了点头，脸上绽放出了喜色。

鲁智远来到炕前，见方清源的印堂已经发亮，脸上的皱纹已经散开，两只眼珠子明亮得几乎要放出光来，知道方老爷子的时间不多了，就说道："方老爷子，您的儿子和媳妇都在跟前，有什么要交代的就说吧，别留下什么遗憾了！"

方清源没有再说话，就见他急促地喘了几口便断了气，安详地闭上了眼睛。

日军占领了武汉、广州等重要城市后，停止了正面进攻。此后抗日战争便进入了战略相持阶段。这一阶段，日军在占领区大力推行"治安强化"运动，进行了灭绝人性的"清乡""蚕食""扫荡"等罪恶行径，使全国的抗日斗争形势更加地残酷起来。日军所谓的"清乡"，就是要在占领区强化保甲连坐制，用圈村的办法实行大编乡。他们妄图用重新编乡的办法，清查占领区人口，以肃清内部的抗日分子。日军所谓的"蚕食"，就是在抗日武装经常出没的游击区，怀柔政策和恐怖政策并用：一方面加紧欺骗宣传，使群众加速奴化；另一方面到处建碉堡和封锁沟，大量平毁村庄，以制造无人区防线。日军所谓的"扫荡"，就是对抗日根据地采取"烧光""杀光""抢光"的三光政策。对抗日区域的人，不论男女老幼，要全部杀死；所有的房屋，要一律烧毁；所有的粮食，其不能运输的，亦一律烧毁，锅碗瓢勺要一律打碎，井要一律填死或投入毒药。这伙灭绝人性的强盗，残暴到了令人发指的地步。

面对日寇的残酷行径，鲁南军区遵照党中央毛主席"主力兵团地方化，地方武装群众化"的指示精神，一夜之间，八路军主力不见了，拿枪的战士都变成了典型的鲁南山区的农民打扮。他们把高粱秸皮编织的六角草帽戴在头上，腰间缠着的是布腰带，脚上穿着的是麻线底布鞋。这样的打扮，就像保护色一样，八路军战士轻而易举地就消失在了人民群众中间，他们化整为零，分布到群众中，发动人民大众起来一起跟日军斗争，使抗日战争形成了人民大众的战争，形成了淹没敌人的大海洋。日军来"扫荡"了，还没等他们进村，报信的人早就来报告了。于是发动群众，把能吃的、能用的全部藏起来，把老弱妇孺都转移到安全的地方去。年轻力壮的则和八路军一起在山口出出进进，同时化零为整，在敌人必经的路上打一场埋伏，等敌人集中兵力反扑过来时，又化整为零地消失在了茫茫的丛山中。战士们在农民家里用土办法造地雷、造手榴弹、造炸药包。敌人一进入根据地，就像踏入鬼门关。他们不知道什么时候，就会中了八路军的埋伏；不知道什么时候，就会一脚踩响了地雷；更不知道什么时候，成队的人马忽然就会被飞来的手榴弹炸开了花。与此同时，八路军还组织起武工队深入敌后，到日军的后院去放火。你到我这儿来"扫荡"，我就到你那里去偷袭，来而不往非礼也。弄得日军进退两难，惶惶不可终日。

1941 年，是鲁南抗日战争最为艰苦的一年，在日军对抗日根据地实行严密封锁的同时，还遭遇了百年不遇的大旱，使得根据地的粮食紧缺，抗日军民整天为吃饭而犯愁，生活极为艰难。

这天，在日军驻枣临司令部里，菊池面对着龙少坤说："龙司令，这收麦子的季节就要到了，你的可有什么打算的干活？"

龙少坤说："太君，今年的这个麦收不同于往年，严重的干旱带来的是严重的歉收。整个鲁南地区的麦子，除了那些能浇上水的地块有些收成外，其他地块几乎是颗粒无收。至于有什么打算，俺愿听听太君的高见。"

菊池说："这些年里，我们同八路的枣临支队过招，吃了不少亏。特别是前些日子，我们的长崎小队在徐庄一带搞粮食，被他们打了埋伏，使得长崎的人马几乎全军覆灭。"

龙少坤说："是啊，俺的一个连的兵力也全报销了。"

菊池把牙一咬说："八嘎！那个刘振武究竟是个什么样的人，竟然能掐会算，总是神出鬼没地打我们个措手不及，真乃我们的一大心患。"

龙少坤顺着杆爬地说："对，是一大心患。太君一定要铲除这一大患。"

菊池露出两颗大牙"嘿嘿"一笑说："这次我们的机会来了，是老天在帮我们的忙。你要派重兵看好那些有收成的麦地，要部署好兵力抢收麦子，而绝不能让八路把麦子收了去。另外，要严加防范八路到城里来搞粮食，我们要在这大旱之年，采取果断措施，把他们困死在山里。"

龙少坤听了连连点头，伸出大拇指说："太君的计谋实在是高，在这大旱之年，山里别说是不长庄稼，就连根杂草也长不出来，看那帮穷八路吃啥！不饿死才怪呢。对，对，把他们困死在山里。"

菊池龇着大牙笑着，把右手放在桌子上，仰起脸来自言自语道："看你刘振武再有本事，也不会逃得过这饥荒之苦。到时候我把你们困得筋疲力尽、人心涣散、没有了战斗力的时候，我们便进山全面地'围剿'。"

龙少坤听了菊池那自言自语又得意洋洋的话，心想："可不能小瞧了那帮穷八路，更不能小瞧了那个刘振武。"于是便凑到菊池的跟前笑笑说："太君，那个刘振武可不能小瞧了他。这个人经历过红军的二万五千里长征，爬雪山过草地，什么苦没吃过，俺想他是不会在山里等着挨饿的。他会组织起人马，到咱们的据点去抢去夺，到时候又够咱们忙碌一阵子。"

经龙少坤这么一说，菊池那张刚才还得意洋洋的脸，突然变成了一张驴脸，说："所以说我们要集中兵力，看好那些麦地里的麦子，麦子一旦成熟就立刻抢收。对那些阻挠我们收麦子的农户，要格杀勿论。目前就是要把今年的小麦颗粒不落地收进我们的粮仓。同时，要对城里的粮库和各据点里的粮所派重兵把守，绝不能让八路抢去一粒粮食，你的明白？"

龙少坤点着头说："明白，俺的明白。太君，俺看这次的麦收保粮行动，要多派些皇军助阵才是。俺的人总归是这十里八乡的穷乡亲，一旦跟那些农户打起交道来，怕是都沾亲带故硬不起来，还是多派些皇军来完成这次麦收行动有把握。"

菊池"嘿嘿"一笑说："你龙司令的狡猾狡猾的，我早已经想好了，这次麦收行动，我要用三比一的配置给你们调配，以确保把每粒麦子都收回来。到时候，你我都要到麦地里去督战的干活。"

菊池在大旱之年要抢收麦子，企图困死山里的抗日武装的如意算盘打得不错，而枣临支队的刘振武也早就想到了这一点，等他收到秦明道这方面的情报后，就立刻同支队的干部们商量起了与敌人展开一场麦收争夺战的作战方案。

刘振武说："同志们，麦收的季节到了。今年的这个麦收不同于往年，由于在大半年的时间里，老天爷滴雨没下，造成了严重的干旱，除了能浇上水的麦田有些收成外，其他的麦田麦子几乎都被旱死了。在这兵荒马乱的年代里，老百姓的日子本来就够苦的了，这严重的干旱，无疑是雪上加霜。而敌人可不管老百姓的死活，早已盯上了麦田里的麦子，做好了与百姓抢夺麦子的部署。咱们今天开这个会的主要目的，就是围绕如何确保老百姓的麦子收到自己的粮仓里，请大家一起来商量出一个与敌人展开一场麦收争夺战的方案。"

季华说："前几天，县委根据今年干旱的情况，已经对各区做了部署，要求敌占区各级党组织要做好各个种麦户的工作，麦子一旦成熟，就连夜抢收，抢在敌人来抢麦之前收割完。同时要求把收割的麦子都坚壁起来，以防敌人前来抢夺。"

刘振武说："现在看来这个部署已经没有多大意义了。根据线上的同志送来的情报，敌人已经对今年的麦收做了详细部署，对各村的麦地已经派兵进行了看守，目的是防止咱们前去抢收，要在这大旱之年，把咱们困死在山里。真是笑话，咱们八路军什么时候去抢过老百姓的粮食，简直是一派胡言。为此，咱们要针对敌人的这一动向，研究一下对策，商量出一个最大可能地保护老百姓麦收的办法来，绝不能让老百姓辛辛苦苦种了一年的麦子，都被敌人抢了去！"

屋内一片沉寂，然后是一片议论声。

一营营长曹保刚说："咱们干脆把部队和地方武装由山里拉到山外去，同敌人进行一场麦收争夺战。"

三营营长杨胜说："借敌人分兵看守麦地，咱们正好容易消灭他们，干脆到麦地里去消灭敌人。"

刘振武根据大家的意见，说："俺看这样，咱们组织起多支小分队，白天到麦田去对敌人进行骚扰。等到了夜间，咱们就全员出动，趁敌人困乏的时候，把他们一一干掉，然后连夜帮着老百姓收割麦子。"

季华说："俺看振武同志的这个办法可行，这样咱们就把各区小队和各村的民兵武装都调动起来，放手发动群众，组织群众，与敌人展开一场麦收争夺战。"

刘振武说："好！这样的话，支队就以各营为单位部署下去，配合地方武装来他个虎口夺粮。"

麦地里的麦子一天比一天地成熟起来，后湾村的农户刘冬粮，这两天发现自己的麦地里总是有日军和伪军乱转悠，就上前问道："老总，俺看你和这几个弟兄天天在这麦地里转悠，怕是在找什么东西吧？"

伪军小头目问："你是这麦地的主人？"

刘冬粮点了点头说："是啊，这是俺家的麦地！"

伪军小头目说："那好，俺们这是在执行公务。皇军说了，等你这地里的麦子一熟，就让俺们这些人帮着你收割。你这麦子啊，都归皇军了。"

刘冬粮听了有些着急地说："你这是说的什么话？俺这辛辛苦苦种的麦子，怎么就归皇军了，这不是明抢吗？"

伪军小头目二话没说，把眼一瞪，抢起枪托子来就把刘冬粮打倒在地上，恶狠狠地说："怎么是明抢呢？皇军说今年的麦子都归皇军了，你敢说皇军明抢，不想活了！"

这时，两个日军听到这边嚷嚷就端着上了刺刀的三八大盖跑了过来，要对刘冬粮行凶，嘴里刚说出"八嘎"还没落地，就听得从麦田的另一端打过来一排子弹，眼看着两个日军和那伪军小头目应声倒在了地上。

旁边的几个伪军一看，立刻吓傻了眼，慌忙抱头逃窜起来。他们一边逃一边喊着："八路来啦！八路抢麦子来啦，打死人啦！"

听到枪声和喊叫声，看守其他麦田的日军和伪军便迅速地集结起来，一边朝着刘冬粮的麦田里开着枪，一边叽哩哇啦地喊叫着扑了过来，吓得刘冬粮趴在麦田里连大气儿也不敢喘。

眼看着日军和伪军就要扑到刘冬粮的麦田里了，忽听得从敌人的后面又打过来一排子弹，又有几个日军和伪军倒在了地上。

敌人见状，又慌忙地掉转枪口，向后面猛扑过去……就这样，八路军小分队打得敌人晕头转向，敌人前后左右地扑到了天黑，也没能看到一个八路军的影子。

天黑以后，刘洋带领第七小分队的10多个战士和村民兵排的20多个民兵，悄悄地来到了刘冬粮的家里。刘洋的家就是这后湾村，跟刘冬粮是没有出五服的本家兄弟，两个人见了面格外亲切。

刘冬粮说："俺早就听说你出去后当了八路军，果真如此。你们这大晚上的来俺这里，怕是有什么事儿吧？"

刘洋说："俺和战士们是帮着你收麦子来的。你这辛辛苦苦一年种的麦子，绝不能让小鬼子抢了去。白天，小鬼子欲用刺刀捅你的时候，是俺开的枪，要不然你非吃亏不可。你这地里的麦子已经熟了，咱们今天夜里就收割，等把麦子收完了，再帮你坚壁起来。"

刘冬粮难为情地说："怕是不易收割了。这麦地的周围到处是小鬼子和汉奸，他们夜里也有人看守着。"

刘洋说："这你不用担心，俺们都已经计划好，等夜深了咱们就动手。"

夜，渐渐地深了，村庄格外静寂，偶尔从远处传来几声狗的叫声，让人毛骨悚然。

刘洋的小分队和民兵们趁着夜色，悄悄地接近了麦地，就看见有三个伪军在麦地里晃动着，其中一个伪军哆哆嗦嗦地说："老梁，俺今黑里怎么浑身一个劲地起瘆人毛呢？总觉得那八路就在这近处，怪吓得慌。"

姓梁的伪军说："你净自己吓唬自己。没事儿，只要一有动静，咱们就放枪，怕啥。"

另一个伪军说："可别这么说，你没听见白天在这里看守的弟兄说，八路军已经出山了，还打死了几个小鬼子和咱们的弟兄。"

姓梁的伪军说："说的也是，这小鬼子一到了夜里就不来了，光让咱们这些人在这里打更，真他娘的晦气。看他娘的什么麦地，等老百姓收好了，再来抢了去不就是了。"

另一个伪军说："还不是怕让八路给收……"他的话还没说完，就被一只突如其来的大手捂住了嘴巴，紧接着就被摁倒在了地上，一支冰凉的短枪顶在了他的脑门子上。

刘洋压低了声音说："俺们是枣临支队的。说，你们今晚的口令是什么？"

那伪军已经吓得尿了裤子，一句话也说不出来了，还是那个姓梁的伪军说："俺说，俺说！今晚的口令是'瞪眼'。"

刘洋一听说："好，那今晚就让你们这几个汉奸先瞪眼。"说完，就照着那个伪军的脖子使劲一拧，只听得"咔嚓"一声，那伪军就断了气。

与此同时，其他两个伪军，也被另外两个战士拧断了脖子。然后，三个人便换上了伪军的衣裳，朝着看守另一块麦地的伪军走去。

"口令？"

"瞪眼！"

"是自己人，你们是哪部分的？怎么听着耳生。"

"俺们是这部分的……"说着，三个人便以迅雷不及掩耳之势，扑倒了三个敌人。

就这样，战士们一一摸掉了看守后湾村麦田的敌人流动哨后，便和村民们一起收割的收割、铡麦头的铡麦头、轧场的轧场，一夜之间，就把后湾村的麦子收了个干净。

这天一大早，菊池和龙少坤带上人马，正准备到后湾一带看一下麦子是否熟透了。刚出城门不远，就见一个伪军小头目慌慌张张地迎面跑过来喊道："太君，麦子，麦子啊！"

菊池一勒马缰绳说："你的慢慢的说，麦子的怎么了？"

伪军小头目说："麦子……被……八路抢光了！"

"八嘎！"菊池一拍马屁股，就快速地朝着后湾村奔去。

当菊池来到原先那一眼望不到边的麦地里一看，光剩下了参差不齐的麦茬儿。气得他在马背上"八嘎！八嘎！"地骂个不停。马被他勒得嘶叫着在原地打转转。

龙少坤差人把村长找了来问道："你知道不知道八路来收麦子的事儿？"

村长摇了摇头说："昨儿黑天前，麦子还长在这地里。天一亮却发现麦子被人夜里给割了，俺还以为是皇军和老总们割的呢！这不，全村的老百姓都朝俺要麦子。"实际上，村长明里是为敌人办事的伪村长，暗里却是个共产党员。昨天夜里，就是他在八路军的帮助下组织起全村的老百姓收割的麦子，他现在却在敌人面前装起冤大头来了。

龙少坤冷笑着对菊池说："太君，没料到那八路狡猾狡猾的，给咱们来了个先下手为强，一夜之间就把麦子收光了。这麦熟一晌，俺看这麦子让他们收了去就收了去吧，咱们还有些粮食，你不要担心士兵们会饿肚子，消消气儿。"

"八嘎！"菊池"唰"的一声拔出战刀来就架到了龙少坤的脖子上，瞪着两只牛蛋眼气哼哼地说，"你的战术的不懂，用兵的不利，才使得我们把八路困死在山里的计划落了空。你的良心的大大的坏了，贻误了战机，死啦死啦的！"

龙少坤原想安慰一下菊池，没承想又一次被他把战刀架到了脖子上，那滋味可不好受。此时此刻，他的脑袋还算是清醒，忙从地上爬起来，然后跪倒求饶道："太君饶命，俺也不想这麦子让八路收了去，是卑职的失职，是卑职的失职！"

菊池见龙少坤的蠢样儿有些哭笑不得，忙从马背上跳下来，上前搀扶起他刚要说句什么，就被一股浓重的屎臭味儿熏了个趔趄。然后他稳了稳神儿说："我的也是一时气昏了头，你的别往心里去的干活！"他见龙少坤那吓白了的脸上泛起了些血色，就又说，"龙司令，你的属下也太无能了，连地里的麦子都看不住，真是一群酒囊饭袋，要很好地查找一下责任。"

龙少坤一哈腰说："嗨！"然后，他用手指了指摆在地边上的几十具伪军的尸体说，"太君，你看！不是俺的属下无能，是那八路也忒厉害了。他们没开一枪，就杀了俺这么多的弟兄，真是太可怕了。"

菊池慢慢地向那一片尸体走了过去，只见一具具被脱光了衣裳的尸体，在太阳的照射下，已经开始散发出异味来，身上落了一层乱哄哄的苍蝇。

第二十章　艰难岁月

1941 年的麦收过后，根据地的战士们还没吃上几顿小麦煎饼就断顿了。为了解决当下战士们的吃饭问题，刘振武召集了专题会议，让大家集思广益，一起想办法。他说："现在，抗日战争到了一个相持阶段，敌、伪、顽盘踞在广大的平原地区，他们欲联起手来对咱们进行封锁，企图在这大旱之年把咱们困死在这山里，咱们应该怎么办？有人说了，能怎么办，咱们还得要依靠老百姓吃饭。可是在这大旱之年，这山里的老百姓也一样的缺衣少粮揭不开锅，怎么可能再拿出粮食来供给咱们？可无论如何也得让咱们的战士能吃上饭共渡难关，不然的话，战士们怎么训练，怎么打仗？"

刘振武越说越激动，他看了看在座的人那一个一个无奈的神情，平复了一下自己的情绪后又说："今天来参会的都是连以上的干部，大家都说说吧，三个臭皮匠，顶一个诸葛亮，大家集思广益，供给部的同志，你们先说说！"

供给部长王长锁从座位上站起来说："俺们供给部的同志昨天去了一趟鲁南军区，向首长反映了一下咱们这里的真实情况，首长说军区也很困难，让咱们自己想办法。回来时，张司令让俺们扛回来了千把斤绿豆，也就够支队吃几天粥的。咱们今天中午，就只有绿豆粥吃。"

刘振武微微一笑说："咱们今天有绿豆粥吃就不错了。可是到了明天、后天呢？咱们是不是还有绿豆粥吃？因此，咱们仅靠向军区首长要粮是不现实的，咱们要想办法到敌人的手里去找粮食，除此之外，还要就地取材，把能吃的东西都收集起来，比如地瓜秧、玉米核等，要充分做好吃大苦的思想准备。俺和李传宝经历过长征，当时所在的特务团爬雪山过草地的时候，把皮腰带都煮了吃了，所经过的地方的草根也都挖了吃了，不是也艰难地走了过来吗？更何况咱们这山里有野菜，有各种各样的山果，还有山鸡和野兔。所以说，咱们要教育咱们的战士，要做好吃大苦、耐大劳的思想准备，老天爷不会饿死小家雀。"

会议室里一时议论起来。有的说，熬过去这个夏天，秋天就到了，老天爷不会总下雨；有的说，咱们的战士大都是这山里长大，啥能吃啥不能吃都知道，不就是吃点苦吗，饿不死；还有的说，咱们不能在这山里等着挨饿，要想办法出山，到敌人那里搞些粮食回来。

刘振武拍了拍手让大家安静下来又说道："俺的意见是，鉴于当前的形势，在今后的一个时期内，支队以连为单位，分住到各个村的农户家里去，让战士们一边帮着群众搞好秋作物的生产，一边解决吃饭问题。支队机关人员的吃饭问题，就由支队机关的人员自己解决。"

刘振武的意见，得到了与会同志的一致认同。最后季华政委强调说："咱们的部队住到老百姓的家里后，要严格要求战士们按照三大纪律八项注意的各个条款去做，如有违犯，给予严厉处分。"

这次会议后，支队的战士们以连为单位，分别住进了各个村老百姓的家里，一边帮着农户搞好秋季作物的生产，一边加强学习和训练，同当地的村民建立起了深厚的鱼水关系。

住户都把战士们当成了自己的家人，家里人吃啥，战士们就跟着吃啥，不分内外。战士们和老百姓开始还能吃上些高粱或地瓜面烙的煎饼，还有豆饼和地瓜面合起来蒸的窝窝头。到后来，人们就把蒸洗过的地瓜秧和花生皮晒干用碾子轧成面后，掺和上些野菜充饥了。

荒年终归是荒年，再到后来，战士们和老百姓连一些能吃的榆树叶、槐树叶、杨树叶等也都撸光吃了，就连村里的榆树皮也剥光充了饥。总之，凡是人能吃的、能填肚子的都吃。

尽管生活艰苦，但人们的精神状态却一直很好。军民之间、同志之间、上下级之间的那种相濡以沫、同甘共苦的亲密关系让人为之感动。

这天一大早起来，刘相龙就坐在堂屋里的太师椅上一个劲地抽烟袋。他已经是50岁的人了，活这么大年纪了，还是头一次遇到这样的年景。部队的战士吃不上饭他着急，可家里还有十来口子人张着嘴，特别是那三个小孙子，正是长身体的时候，这大人挨饿总不能也饿着孩子吧？他着实犯愁了。

方玉娥端着半碗菜糊糊进来说道："孩儿他爹，别光抽烟了，快把这半碗菜糊糊喝了。"

刘相龙说："这半碗菜糊糊你喝了吧，这一连几天里，你都是喝那刷锅水，这样下去还行？你看你那脸色都成啥样了。"

方玉娥悄不声地抹着泪说："唉！俺多吃口少吃口的倒没什么，可这几个小孙子天天向俺喊饿，俺算是知道这无米之炊的日子有多难了。你看看小芳的那个小子，一天到晚嗯不出奶水来，除了哭就是闹，唉！"

刘相龙说："这年头，还真要饿死几口子人不成？"他说着站起身来，"俺去振武那里一趟。"

刘相龙犯愁，刘振武比他还犯愁。作为支队一队之长的他，总想拉出队伍去跟敌人拼着命地找回些粮食来。可在敌人铁壁合围的形势下，那只能是拿着鸡蛋往石头上撞，那样会给部队造成重大的损失，他绝不能拿着战士们的性命当儿戏。

刘振武正坐在队部里一筹莫展的时候，见刘相龙来了，忙站起身来说："爹，您怎么来了？"

刘相龙说："唉！俺是变戏法的下了跪，没法了，才来找你商量商量如何搞点粮食的事儿。咱们不能眼看着部队挨饿呀，你能不能把队伍拉出去，夜袭敌人个据点搞点粮食回来？"

刘振武说："爹，你说的这法俺都想过了。在眼下敌人铁壁封锁的形势下，去偷袭敌人的据点，只能是以卵击石。敌人为了在这大旱之年把咱们的部队困死在山里，他们不惜老本到处修炮楼建据点，仅在他们修建的 20 多公里的峄兰公路上，就修建了 30 个碉堡，可以说是达到了星罗棋布的程度，炮楼连着炮楼，据点接着据点，咱们绝不能拿着战士们的性命当儿戏！"

刘相龙说："唉！这可怎么办？家里的几个小家伙也得吃饭呀。"

刘振武说："爹，要不您上俺舅舅那里跑一趟，看看他那里还有多余的粮食没？俺知道您是个万事不求人的人，可眼下没有办法呀。"

刘相龙说："也只能是豁上俺这张老脸去张张嘴了。"

这天，刘相龙来到方家大院里，方玉春见是他来了，热情地招呼道："是相龙过来了。你这是……"

刘相龙开门见山地说："俺这是没办法了，来问问你还有没有多余的粮食？"

方玉春说："上次给部队上捐了 3 万斤粮食后，仓库里就基本上空了。去年秋上打得几千斤粮食，本想着一家人够吃够用，可遇上了这大旱之年，还真有些捉襟见肘了。再加上振武媳妇的女兵连驻在这村里，俺已经把大部分粮食拿出来救济了她们，剩的也不多了。"

刘相龙说："唉！俺也想到这一点了。可家里的几个小家伙都张着嘴，这饿着大人，总不能饿着孩子呀？愁死俺了。"

方玉春说："你别愁。俺这里再不济，粮食还是多少有点。你既然来了，怎么着也不能让你两手空空地回去，你就先带上 1000 斤玉米走吧！"

刘相龙激动地说："玉春哥，这下你可帮了大忙了，足够振武他们和孩子喝上一阵子粥的了！"

刘相龙的亲家赵明生这个种庄稼的老手，遇上了这样的旱年也是束手无策。他天天戴着顶破草帽儿来到庄稼地里看，也只能是越看越冒汗，越看越觉得地里的禾苗一天比一天地蔫巴了。天旱人烦，憋得他蹲在个地头上一个劲地喘粗气儿。

入秋以后，老天爷总算是下了两场透地雨，缓解了从春季以来的旱情，可老百姓种上的那些秋作物，大部分都被旱死了，栽的地瓜几乎没活几棵苗，就连山上的果子也没挂住多少，秋季歉收是明摆着的。

这天，外面下着零零星星的小雨，正坐在屋里抽闷烟的赵明生，忽然听到了打山上传来的几声野鸡的啼鸣声，他灵机一动，便戴上草帽，挎上一只篮子出了屋。

赵明生挎着篮子，冒着小雨来到山上，便满山遍野地转悠起来。

发现蘑菇，就蹲下身子把蘑菇采下来装到篮子里……

发现山鸡窝，就弯下腰把窝里的山鸡蛋拾到篮子里……

发现了悬崖上有鸟窝，他就攀上去把鸟窝里的鸟蛋掏出来……

赵明生今天还真就遇上了好运气，光山鸡蛋就拾了半篮子。

方玉娥见赵明生挎着半篮子山鸡蛋回来，就满脸堆笑地说："亲家，你这是从哪儿拾来了半篮子的山鸡蛋？这下，家里的小孙子可就有鸡蛋吃了。真是稀罕物。"

赵明生笑笑说："是俺上山找回来的！"

方玉娥见赵明生那有些疲劳的样子说道："你先到屋里歇着吧，家里还有点油，还有过年时打下的酒，俺今晚就炒上几个山鸡蛋，你哥儿俩喝一盅。你哥儿俩可是有日子没喝一盅了。"

赵明生一听说要喝一盅，那馋虫立刻就勾了起来。他傻笑笑说："那行，等吃完了这山鸡蛋，俺再上山去找。"

饭屋里，方玉娥一下子煮了十几个山鸡蛋。她又做了个山鸡蛋炒蘑菇，馋得站在旁边看的刘芳和赵颖直泛口水。

秦小惠跟方玉娥用商量的口气说："亲家，三个闺女也都给一个吃吧？她们这大半年里没吃点荤腥了，都馋毁了。等吃完了，再让俺那口子去找。"

方玉娥看了秦小惠一眼，冲她笑笑说："是你也馋了吧？俺都计划好了，咱娘们儿一人一个，其余的都是那三个小家伙的了。这盘山鸡蛋炒蘑菇，还有这盘炒花生米，就让他哥儿俩喝一盅吧！"

刘茵是跟着父亲刘相龙一块儿回到家的。她一进院门，就闻到了香味儿，见了方玉娥就问："娘，您做的什么好吃的，这么香，都馋死俺了。"

方玉娥说："你这个小馋猫，给！"说着就往刘茵手里塞了个煮山鸡蛋。

刘茵一看是个热乎乎的煮鸡蛋，"呀"了一声，就把那山鸡蛋放到鼻子上闻了闻，然后咽着口水说："俺就不吃了，还是留给小红军吃吧。"

秦小惠忙说："闺女啊，这是你叔上山去找回来的山鸡蛋，多着哩，你就吃了吧！"

方玉娥说："有好几十个，咱今天都有份，娘也有。"

刘茵看了看小红军和小兆文手里的山鸡蛋，一笑说："那行，那俺今天就解一回馋。"

堂屋里，刘相龙洗了把手进来，见桌子上摆着酒盅和两个下酒的菜，就问方玉娥："你今天这是发了什么洋财了，又是炒菜又是摆酒的，还人人都有煮鸡蛋吃？"

方玉娥笑笑说："这不是亲家今儿上山，拾回来了半篮子山鸡蛋，还有这蘑菇，俺就炒了一盘，好让你哥儿俩喝一盅。"

刘相龙一听也笑了，然后说道："亲家还有这本事儿？快，快把他叫过来，俺们兄弟俩可真是有日子没喝了。"

赵明生一走到堂屋的门口，就闻到了酒的香味儿，勾得他直泛口水。他一步跨进门槛就坐到了太师椅上，傻傻地看着刘相龙微笑。

刘相龙问："亲家，你今儿怎么想起来上山找山鸡蛋去了？"

赵明生说："俺是听到了山上的山鸡叫，才去试试运气的。"

刘相龙又问："这山上真就有这么多山鸡蛋？"

赵明生说："嗯。这南山崖上，山鸡蛋还真是不少。"

刘相龙有些惊奇地问道："怎么？你攀悬崖了？"

赵明生说："攀不了多高就能看到一些鸡窝了，没什么危险的！"

刘相龙听了说："那就好！咱都这把年纪的人了，可得注意。"

赵明生说："没事儿，俺这身子灵活着呢！爬个山、攀个崖的还行。俺要是会打枪就好了，这山上不光山鸡多，野兔子也不少。"

刘相龙听了高兴地说："是吗？那就让振武赶明儿带着人去打些来，也好让战士们沾点儿荤腥。"他说着端起酒盅来又说："亲家，你今儿辛苦。来，咱喝酒。"

赵明生端起酒盅"哧"的一声喝了个酒盅响，然后吧唧了一下嘴感叹地说："哎呀，可是有日子没喝上这一口了。"

这时，小红军和小兆文两个小家伙偎了过来，瞅着桌子上的那盘花生米不住地眨巴眼睛。

赵明生拿起汤勺来，往两个小家伙的手里各舀了一勺花生米说："去，找你姥姥去。"他见两个小家伙蹦蹦跳跳地出了屋门，便冲着刘相龙一笑说："咱这大人过日子，就是给孩子们过的，只要能让他们吃上了饭，咱这心里也就踏实了。"

刘相龙说："是啊！就是大人再难，也不能难为着孩子。"

两个人喝着酒，说着话，不知不觉中天色已晚。可桌上的那两盘菜却下得很少，两个人也就是尝了尝那盘山鸡蛋炒蘑菇和吃了几个花生米而已，真可谓是酒友，不是菜友。实际上，他们从心底也是很想多吃点菜的，恨不得端起那盘子来一口气吃个光，也不一定能解了那肚子里的馋虫。可是在这荒年里，他们想的不是自己，而是家人和孩子们。因为他们知道媳妇和孩子们在饭屋里吃的是啥饭，想省下来，赶明天一家人再打打牙祭。

刘相龙说："亲家，你别光喝，也夹菜吃呀？"

赵明生推让说："俺已经吃了不少了，你也吃啊！"

枣临支队会议室里正在开会。政委季华说："自夏季以来，日寇在严厉封锁咱抗日根据地的同时，还在敌占区大力推行'治安强化'运动，进行灭绝人性的'清乡'策略，使得鲁南地区的斗争形势更加残酷起来。为了戳穿敌人'强化治安'的阴谋，上级党委按照党中央毛主席'主力兵团地方化，地方武装群众化'的指示精神，要求咱们要跳出敌人的封锁圈，像孙悟空那样，钻到牛魔王的肚子里去，搅它个胃破肠断。因此，俺和振武同志商量后决定，咱们要组织起一支轻骑兵，深入敌人的后院去放把火，以达到缓解敌人对咱根据地封锁的目的。"

参加会议的人员听了，一个个点着头你看看我、我看看你，脸上露出了久违的笑容。

刘振武借机插话说："对，这支轻骑兵就以原锄奸队的人员为主，由锄奸队改为敌后武工队，为了使这支队伍真正发挥它轻骑兵的作用，就由俺亲自来带队。"

季华说："振武同志，你们这次深入敌后去的主要任务，就是要以张贴和散发宣传单、给伪政人员'上课'、铲除汉奸等斗争方式，来瓦解敌伪人员的战斗意志，让敌占区的敌人时时处处感受到咱八路军的存在，要把他们搞得心神不安、惊慌失措，从而失去战斗力。"

会议一开完，刘振武便带领着队伍出发了。队员除原锄奸队的赵小满、李勇、黄玉亮、王广河外，又增加了神枪手孟虎和小兵王稼正。这些人不仅各有所长，还都有着机智勇敢、不怕吃苦、不怕牺牲的斗争精神和反侦察的能力，是一支能打硬仗的队伍。

武工队进城后，便在荷香酒馆的客房里住了下来。

刘振武把秦明道叫到自己的房间里，单独向他传达了县委和支队的决定以及这支队伍深入敌后的使命。

秦明道听了很是激动地说："这下好了，咱们的敌后工作就更有得干了。你和队员们先休息一下，等吃了晚饭后，咱们再一起商量工作，俺先去给你们准备饭去。"

刘振武说："秦掌柜，今天晚上商量下一步的工作，把邢铁山同志找了来一起商量。"

秦明道听了说："这……"

刘振武见秦明道有些为难的样子，便说道："是这样，来之前，俺已经向组织上请示过了，季书记同意俺跟邢铁山同志见面。并且交代说，要在确保铁山同志安全的情况下进行。"

秦明道听罢，脸上恢复了微笑，说："好！既然组织上同意，俺这就与他取得联系。"

初冬的夜晚，风儿凉凉，天上没有月，星星漫天稠密。抬头望，银光闪烁的星河穿过深邃广阔的天空，像是要从人们的头顶上倾泻下来的一道气势磅礴的瀑布，那晶亮闪耀的星群，恰似瀑布飞溅起的水花儿，星星点点地直眨巴眼睛。

晚饭后，秦明道领着邢铁山来到刘振武的客房里，做了介绍后，刘振武和邢铁山的手便紧紧地握在了一起。

邢铁山这是第一次见到组织上的领导同志，显得很激动，就像是见到了久别的亲人一样，他激动得一时没能说出话来。

刘振武请邢铁山坐下，然后说："铁山同志，俺早就知道你了。只是组织上有纪律，不能与你过早地见面。这些年来，组织上对你的工作是满意的，俺谨代表县委季书记向你表示问候！"

邢铁山听了，激动地站起身来说："俺没有为党做多少工作，让组织上还挂念着！"

刘振武示意邢铁山坐下，然后说道："好！咱们言归正传。俺这次带武工队进城，主要是有工作上的事儿，需要你和道明同志的积极配合，所以才连夜把你请了过来。鉴于当前的斗争形势，日寇打着'东亚共荣'的幌子，极力推行'治安强化'运动，以实现他们以华制华，把占领区奴化、日化的妄想。因此，组织上决定要打碎敌人的黄粱美梦，调动起敌占区里的广大党员和人民大众，运用各种宣传、教育方式，来瓦解敌阵营的战斗意志。铁山同志，你在敌阵营里工作，有什么好的想法和办法，不妨说说！"

邢铁山听后说："你所分析的形势和组织上所采取的措施是正确的。从目前的形势来看，所谓的敌阵营并不是铁板一块，日军有日军的盘算，皇协军有皇协军的打算，汉奸们更是有汉奸们的想法。他们只不过是为了一些蝇头小利而勾连在一起，暗里钩心斗角，相互不信任，各怀鬼胎。就拿菊池和龙少坤两个人来说吧，他们之间的关系就很微妙。虽然龙少坤是死心塌地为日军效力，在菊池跟前像条大尾巴狗似的，但他甭想在菊池那里得到半点好处。你给他卖力行，你向他要枪支弹药，配备什么重武器，连门也没有。所以这些年龙少坤跟日军打交道打得多了，也就服气儿了。现如今他认为，鬼子就是鬼子，他不但没从鬼子那里捞到半点儿好处，还把祖上攒了上百年的家底也快赔进去了。"

秦明道说道："他活该。当年他拉起保安团，名义上是为党国效力、保一方平安，而实际上是为了保住自家的家业来对付土匪。小日本来了，他看着日本人的势力大，就又投靠了日本人，想仗着日本人的势力保住家业，没想到偷鸡不成蚀把米，该当。"

邢铁山说："据俺的观察，龙少坤现在在菊池跟前远没有一开始的那股子劲了，在一些事上净打哈哈，能应付的就应付，跟菊池开始玩心眼子了。"

刘振武说："这一动向，倒对咱们下一步的工作很有利，咱们就是要让敌阵营里狗咬狗两嘴毛才好。铁山同志，你接着说！"

邢铁山说："俺发现菊池对龙少坤也有些疏远，在一些事情上也不找他龙少坤商量了，而是跨着锅头上炕，直接找皇协军侦缉队，也就是人们所说的汉奸队。这次推行'治安强化'运动，就是菊池直接把汉奸队队长王全中找到了他的办公室里，向他交代了'治安强化'的具体部署。龙少坤知道了后，打心里不是个滋味儿。现在王全中在菊池的面前，可以说跟龙少坤平起平坐，甚至比他龙少坤还要得宠。"

刘振武说："好，你再说说皇协军内部的情况。"

邢铁山说："皇协军的内部更不是铁板一块了，营和营之间各干各的，经常是为了一些蝇头小利相互搞得不痛快。就连跟着鬼子出去'扫荡'，谁在前面，谁在后面，也要争得个脸红脖子粗，当然谁都不愿意在前面，谁都知道在前面的都是为小鬼子挡子弹、蹚地雷的。往往是通过剪子包袱锤来决定谁在前、谁在后。"

秦明道说："这小日本就是坏，他们来侵略咱们中国，操纵着中国人打中国人不说，还净拉着给他们卖命的中国人垫背挡子弹，真是头顶上长疮，脚底下流脓，坏透了。也怨这些伪军丢咱中国人的脸，干点啥不好，非去当汉奸，背个骂名不说，还净挨小鬼子的欺负。"

刘振武说："也不能全怨他们，要怨就怨国民党曲线救国的反动政策。"

邢铁山说："的确是这样，伪军中的大部分人是好的。他们都是在这兵荒马乱的年代被逼无奈才当兵的，一时为了混口饭吃，就稀里糊涂地上了贼船。只有少部分是趁这乱世之秋，混到队伍里想捞一把。"

刘振武说："你们二营的情况怎么样？"

邢铁山说："俺们二营的主要任务是城防，很少跟着鬼子出去'扫荡'。这些年里俺做了大量的工作，连、排长都调整成了自己的人，到时候只要一声令下，都跟着俺反水没问题。"

刘振武说："好，若是这样，咱们的工作就好开展了。俺已经起草了一个宣传材料，俺的想法是赶明天夜里就立刻印出来，除了在大街小巷里张贴外，还要送到敌阵营里去散发一部分。铁山同志，你可有办法把这宣传材料带到敌阵营里去？"

邢铁山说："把宣传单带进敌阵营里去容易，关键是怎样把宣传单散发到伪军们的手里去。俺所在的二营好说，可其他的营和汉奸队呢？"他沉思了一会儿又说，"好吧，俺来想办法，一定要把宣传单分发到各个敌阵营里去。"

秦明道说："这事儿非同小可，绝不能暴露你的身份，千万要注意安全。"

邢铁山点了点头说："放心吧！"

刘振武说："道明同志，你的任务就是明天把纸墨买回来。"

秦明道说："这事儿就交给俺吧，城里几个搞纸墨的俺都熟悉。"

刘振武说："另外，武工队住在你这酒馆里不是个长久办法，会对交通站的安全造成影响，你能不能在这酒馆的附近找个比较安全的地方？"

秦明道点着头想了想说："还真有个比较安全的地儿，你如果不怕鬼的话，可以和队员们住到临山肉铺的院子里去。"

刘振武一笑说："还怕什么鬼呀？这年头俺连活着的鬼子都不怕，还怕那死了的鬼子啊？"

秦明道也笑笑说："那个宅院自从前年出了事后，一直没人进去过，就连敌人的多次大搜查，也没有一次进去搜查过。俺看你们就住到那里去，只要是不开肉铺的门，就不会引起敌人的注意。"

邢铁山说："俺看行。俗话不是说，往往是被人们认为最危险的地方，反而是最安全的地方。"

刘振武说："赶明天一早，咱们看看去。"

第二天，刘振武和秦明道来到临山肉铺的院门口，只见两扇院门紧闭着。在两扇门的上框中间，锁着一把锈迹斑斑的挂柄式门锁。

秦明道走上前去，用手捏住挂柄一拧，一扇院门便被他打开了。

秦明道和刘振武一前一后地走进了门里。

秦明道转回身随手把门关上，又把挂柄内鼻子一转，门就又锁上了。他对刘振武说："看了吗？你和队员们住进来后，进进出出的就按这种方式开门和关门。这样门上的锁永远都是锁着的，还不会轻易地暴露目标。"

刘振武伸出大拇指"嘿嘿"一笑说："姜，还是老的辣！"

两个人来到院子里，只见院落里已经是杂草丛生，远没有秦二升和程娇在这儿住的时候那么利落了。那些已经干枯了的青蒿、白蒿足有一人多高，微风一吹，来回地摇啊摇的，表演着荒无人烟的凄凉。

秦明道说："你去把队员们都叫过来，看来这儿得好好拾掇拾掇。"

没多大工夫，刘振武就把队员们都叫了过来。大家齐动手，拔的拔，铲的铲，扫的扫，很快就把院子拾掇利落了。等大家把屋子也拾掇完了，刘振武就让秦明道带上两个人去买纸张油墨，他一个人便趴在桌子上刻起蜡版来。只见他手中的刻字笔在蜡纸上不停地刻着，发出一阵阵"咯吱咯吱"刻版的声音。待他把蜡纸刻完，秦明道他们也就把纸墨买了回来。

赵小满把扛在肩上的一个布袋卸下来，气喘吁吁地说："队长，俺们把纸墨买回来了。"

秦明道说："买了5000张，够不够用？"

刘振武说："够了，用不了这么多，咱们这次印3000张就可以了！"

秦明道说："俺看还是多印些吧，把印好的宣传单也送到敌人的各个据点里去散发散发。"

刘振武"呵呵"一笑说："好，就按你说的办！"

这时，黄玉亮已经把贴上蜡版的油印机调整好，刘振武亲自操起油滚子，便哐叽哐叽地印起来。待把5000张宣传单印完，天也黑了下来。

秦明道问："咱们是不是今天夜里就行动？"

刘振武把秦明道拽到一边，趴在他的耳边悄声说："俺已经把给铁山同志的宣传单包好了，待会儿去吃饭的时候，你拎到酒馆里去。"

秦明道点着头说："俺知道了！"

刘振武把队员们招呼到一起说："同志们，咱们先到酒馆里去吃饭，秦掌柜给咱们准备了羊肉汤喝呢。等大家吃饱喝足了，今晚的行动好有劲儿。咱们要在这一夜之间，把临城的大街小巷都贴上这花花绿绿的宣传单，要让敌人明早醒来的时候看个傻眼。走，喝羊汤去！"

邢铁山从荷香酒馆里取回了那包宣传单后，便放在了营部的桌子上。他打开包拿出一张看完，就把营副梁传业叫到了营部里来。他指着桌子上的那包已经被打开的宣传单问："传业，这是怎么回事儿？是谁把这东西送到咱们营部里来了，这不是欺负人吗？你要尽快地给俺查清楚是怎么回事儿。"

梁传业拿起一张宣传单来仔细地看了一遍说："大哥，这是共产党的宣传单啊，怎么会跑到咱们营部里来了？还放了这么一大包？看来是咱们营里有共产党的人。"

邢铁山故作震惊地说："啊！什么？你是说咱们营里有共产党？这还了得，你可要把这个人给俺找出来。"

梁传业说："'共产党'三个字又不长在人家的脸上，恐怕是不好找。"

邢铁山认真地说："不好找也得给俺找，这事若是传到了日本人那里，咱们营还有个好啊？"

梁传业是邢铁山的小舅子。他在临沂师专上学时，曾经接触过一些进步的同学，同时也接受了一些进步思想的熏陶，立志毕业后要做一个对国家有用的人。可师专毕业后，由于没有谋到合适的职业，就只好投奔到了姐夫的麾下。他见邢铁山那有些着急的样子，便不紧不慢地说："姐夫，你不是在家里常说共产党的好吗？怎么见了共产党的宣传单就吓成这样子了？有啥可怕的，大不了销毁了就是了。"

邢铁山一听要销毁，禁不住着急起来，忙说："别，别销毁！你就是销毁了这些，说不定还会有另一些送过来。咱们找的是人，不是销毁了这些证据。"

梁传业像是从邢铁山的身上看出了点什么，便上前一步低声说："姐夫，俺看这宣传单上说的都是些个实理儿，让弟兄们看看倒是没坏处。咱们中国人总得讲点中国人的良心，要有点骨气才行。"

邢铁山见梁传业已经上套，就说："俺也觉得这宣传单上说得在理儿，真要是这么销毁了，倒是枉费了人家的一片心意。俺看不如这样，咱们留下一部分，其余的想办法送到其他营里去。若各个营里都有了这宣传单，那日本人就是追查起来，也只能是追查到龙司令那里去，倒脱了咱们的干系。"

梁传业觉得邢铁山说的办法是个好办法。他看了看桌子上的那包宣传单，心想："俺总想着为国家做点有益的事儿，没想到共产党倒给了俺这次机会。"便说："姐夫，这事儿就交给俺了，俺让俺的那几个铁哥们儿，今晚就把这宣传单送出去。要让那菊池明天一早就在他的办公桌上看到这宣传单。"

邢铁山高兴地拍了一下梁传业的肩膀说："一定要让他觉得是共产党的八路军进城了。不过，你千万要注意安全，绝不能让别人知道是咱们干的，一定要保护好自己。"

梁传业挺胸立正，向邢铁山行了个举手礼说："你放心好了。"

夜，渐渐地深了，人们都已进入了梦乡，就连那些把守城门的日军和伪军，也都打起盹儿来。

突然，临山肉铺的院门轻轻地打开了，从里面闪出来几个人影儿。只见他们兵分两路，沿着漆黑的街巷，有刷糨糊的，有贴宣传单的，手脚麻利地忙碌起来。待天蒙蒙亮的时候，他们已经把大街小巷的墙壁上都贴上了宣传单，然后他们就都陆陆续续地回到了临山肉铺的院子里。

刘振武关好了院门后，面对队员们说："大家辛苦了，都各自上屋里睡觉去。今天外面就是再热闹，只管放心睡觉好了。"

菊池一大早来到办公室里，见办公桌上放着一份材料，便顺手拿起来看了看，这一看，不禁倒吸了一口冷气：这不是共产党的宣传单吗？怎么跑到我的办公桌上来了？他自觉不自觉地检查了一下门窗，发现有一扇窗子虚掩着，心里明白了，这是夜里有人从这里进来。难道是八路进城了？不对，就是那八路进了城，也不可能会直接摸到我这里来。难道是皇协军里有共产党的奸细？他想到这里，便接通了龙少坤的电话，想把他叫过来一起商量一下对策。没想到龙少坤在电话里说："太君，俺昨天已经向你打过招呼了，今儿是俺闺女出嫁的日子，不是说好了请你过来喝喜酒吗，俺哪还有空闲商量公务呀？"

菊池听了脸色大变，说道："喜酒的要喝，公务的也要办。你的要快快地赶过来。"

菊池刚放下电话，就见侦缉队长井边一郎和汉奸王全中气喘吁吁地跑了进来。

井边一郎手拿一张宣传单说："报告司令官，全城的大街小巷都贴满了这共产党的宣传单。"

菊池一挥手说："走，看看去！"

菊池坐在一辆三轮摩托的车斗里，双手戴着洁白的手套，两手挂着战刀，把满城的大街小巷转了个遍，发现到处都贴上了红的黄的绿的蓝的共产党的宣传单，格外扎眼。而那一张张的宣传单前面，还站着一堆堆的老百姓在观看，让他不由得一股无名火蹿到了脑门儿上。命令司机停下车后，他就从车斗里跳下来，直奔贴有宣传单的墙壁而去。他发疯似的从墙上使劲扯下一张宣传单来，恼羞成怒地用双手撕了个粉碎后，狠狠地摔在了地上。

菊池气哼哼地回到了办公室，见龙少坤已经在办公室里等着了，便张口就说："龙司令，你的快说说，这城里到底进来了多少八路？为何一夜之间，就把这宣传单贴了全城？"

龙少坤一哈腰说："太君，俺也不知道会出现这种事儿，肯定是八路进城了。俺今天一早就接到了从各营打来的电话，说是各个营的营房里都出现了这宣传单。"

王全中说："对，对，俺们侦缉队里也发现了这宣传单。"

菊池听了禁不住自言自语道："这共产党也太厉害了，我们下大工夫推行'治安强化'运动大半年，倒不如他们的这一张宣传单作用大——使得我们的努力白费了。"

王全中道："是，是！白费了，白费了！"

菊池说："八嘎！你的要全力配合井边君，给我挨家挨户地搜查进城的八路，如有遗漏，我拿你王队长的是问。"

王全中一个大哈腰说："嗨！"

菊池说："龙司令，你的马上向各营派任务，把城里的宣传单给我统统地清除掉。"

龙少坤立正，一个哈腰说："是！"

日军侦缉队和皇协军侦缉队全上街了。他们满城挨家挨户翻箱倒柜地搜查，所到之处是一片狼藉，尤其是那个汉奸队长王全中十分卖力气。这家伙是一年前八路军锄奸队除掉了原汉奸队长王一标后，才干上汉奸队长的。他今年40来岁，长了一副莴瓜脸。别看他长得其貌不扬，自从当上了汉奸队队长后，那中分式的头发却梳洗得锃明瓦亮。他每天早上出门之前的头等事儿，就是用一块猪皮照着镜子往头发上抹擦一阵子，然后用小木梳子梳得锃光溜滑，连只苍蝇也落不住，人们都称他是鲁南第一汉奸头。这次，菊池让他配合井边一郎搜查进城的八路军，他便狗仗人势地在大街上吆三喝四地耀武扬威起来。可是当他带着侦缉队搜查到临山肉铺的门前时，当年王一标被杀的惨状立刻浮现在了他的眼前，让他不由得倒吸了一口冷气。于是，他连临山肉铺的门脸儿也没抬头看一眼，只是瞅了瞅院门上的那把锈迹斑斑的锁，就继续往前去了。虽然已是晚秋，但中午的太阳还是有些炙热。天上一片儿云也没有，空中一丝儿风也不刮，王全中大汗淋漓。他冒汗不单单是天气热，还有他跟着井边一郎忙活了大半天，连个八路军的影子也没发现，他越想着怎么上菊池那里去交差，就越急得冒汗。他这一冒汗不打紧，那本来就稀疏的头发一湿，便紧贴在了头皮上。那样儿，就像是刚从狗窝里拱出来似的，很是狼狈不堪。

王全中此时是又饥又渴，要是有碗凉茶一喝该有多好啊！就在这时，他听到从不远处传来了欢快的吹打乐声，便不经意地拍了一下自己的脑门子：对呀，今儿不是龙司令的闺女出嫁吗？何不上那里讨碗喜酒喝去。他想到这里，向井边一郎一哈腰说："太君，咱们把全城都搜遍了，也没有发现八路的影子，看来是八路早已经出城了。你看这天已经晌午，咱们上龙司令那儿喝喜酒去的干活！"

此时的井边一郎也是又饥又渴，说："好，我们的一起去！"

王全中和井边一郎来到龙家大院的时候，正赶上新郎官刘大胡子同抬花轿的人把新媳妇龙美花从后院的闺房里抬到前院的新房里来。看样子，发嫁的仪式刚进行完，那吹打乐班吹打得着实欢快。那些跟着看新娘子的人，前呼后拥，都挤在花轿的周围，等待着新娘子下花轿。

王全中也挤在人群里，也要看看龙司令的千金长的是个啥模样儿。当新娘子从花轿里走出来，嗬！白白胖胖的，稀稀落落的八字眉下，是一双又细又小的三角眼儿，眼珠子深陷在眼眶里；那小小的鼻子趴在脸的中间，没有两边的脸蛋子高；鼻子下面的那张小嘴往里窝窝着。俺的个娘哎！俺就是做噩梦也没有梦见过这个模样的人，还叫龙美花呢，比那杨树花还难看。就连王全中这种模样的都觉得新娘子难看，可想他龙少坤的闺女长得有多难看了。

新娘子入了洞房后，就见那些前来道喜的人纷纷到席棚底下入了座。不一会儿，龙家大院新搭起的 4 个大席棚里，就陆陆续续地坐满了 40 桌喝喜酒的人。

菊池由龙少坤陪着坐在正席上，周边桌子上坐着的是一些城里有头有脸的人物，秦明道和邢铁山也在其中。

王全中想避开菊池的视线，找个隐蔽点的桌子喝完喜酒就走，却被菊池老远地就瞅见了。他把王全中招呼到一个桌上坐下便问："王队长，你也来喝酒了，事儿办得怎么样？"

王全中的脸红一阵儿、白一阵儿地躬着腰回答道："报告太君，俺和井边队长搜索了一个上午，把全城都搜查遍了，也没有发现可疑的人，怕是那八路连夜就出城去了。"

"八嘎！"菊池大吼一声，"你们就是一帮蠢猪，难道那八路是长翅膀飞走的不成？他们还在这城里，一定还在这城里。"

龙少坤见菊池生气了，便站起身来劝道："太君，莫生气。今儿是卑职的闺女出嫁的日子，咱们喝喜酒的干活，高兴的干活。"他又面冲着王全中说，"王队长，太君说得对，那贴宣传单的八路一定还在这城里。等你喝完了喜酒后，继续严密地搜查，就是挖地三尺，也要把那八路找出来。"

哪知道王全中根本就不理会他龙少坤，而是面对着菊池一鞠躬说："太君，俺看那共产党的八路就在皇协军里面。要不然，那共产党的宣传单怎么会传进营房？又怎么会飞到太君的办公桌上？"

经王全中这么一说，正应了菊池原有的猜疑，便说："龙司令，你说呢？我看王队长说得很有道理。"

龙少坤把脸一板说："根本不可能。这些年来，俺的这帮弟兄跟着俺出生入死，对皇军那是忠心耿耿，绝对做不出对皇军不利的事情。王队长，你说皇协军里有共产党是啥意思？你莫不是想在皇军面前抬高你自己而贬低俺龙某人不成？你这狗仗人势的小人，俺当初就不该提携你这个忘恩负义的东西。"

邢铁山帮腔说："是呀，王队长。你可不能信口雌黄，俺们这帮弟兄同皇军进山围剿八路的时候，你在哪里？俺们同皇军修工事、建城防的时候，你又在干什么？说话要凭良心，要有证据，可不能胡咧咧！"

在座的其他皇协军小头头们也都纷纷指责起王全中来，一时把王全中数落得耷拉下了脑袋。

菊池见龙少坤和他的手下都动了气，忙说："好啦，好啦！这事儿我们以后再议。今天是龙司令女儿出嫁的日子，我们大家喝喜酒的干活。王队长，你今天可要多喝一些，免得龙司令对你有意见。"

王全中没有再说话，只是坐在那儿一盅接一盅地喝起闷酒来。甭管谁跟他喝，他都是把盅子里的酒喝干，喜宴还没有进行到一半儿，他就先喝趴下了。

天傍晚的时候，邢铁山匆匆忙忙地走进荷香酒馆里。他一见了秦明道便说："秦掌柜，给俺上两个菜，一壶酒。今儿晌午的喜酒没喝足，再喝点儿。"

"好嘞！"秦明道大声应着，便端上来一盘炸花生米和一盘酱牛肉，又到柜上拿了一瓶古井贡说，"今晚酒馆里没有客人，俺陪着你也喝一点。"

邢铁山压低了声音说："俺来是有个事儿跟你商量。今儿喝喜酒的时候，你也都看见了。宣传单的事儿，那个汉奸队长王全中已经怀疑到是皇协军里的人干的了。本来菊池就有疑心，经他这么一捅，看来菊池的疑心更大了。

咱们得想想对策才是。"

秦明道问："你昨夜里散发传单的时候，没被人发现吧？"

邢铁山说："没有。俺从这里回去后，就把这事交代给营副了。今早他向俺汇报说，他的几个哥们儿干得很漂亮，还把宣传单放到菊池办公桌上一张。"

"啥？"秦明道沉思了片刻说，"这就是他菊池起疑心的所在，你想啊，咱们的人谁能摸得到菊池的办公室里去？只能是内部的人，才有可能轻车熟路地把这宣传单放到他的办公桌上，他能不怀疑到这一点吗？"

邢铁山说："听你这么一说，问题很有可能就出在这里，可咱们怎么应对呢？菊池不会顺藤摸瓜地追查到俺的头上来吧？"

秦明道说："这可不好说，不过今天龙少坤倒是挺硬棒的，一口否认了王全中的说法。但是，对于老奸巨猾的菊池来说，俺看他是不会轻易地罢手的。咱们得想办法斩断了他的魔爪才是！"

邢铁山不解地问："斩断魔爪？"

秦明道说："对，就是杀了那个汉奸队长王全中。咱们要给他来个杀鸡给猴看，让那菊池确定所散发的宣传单是进城的八路干的。只有这样，才能保护好咱们党的内线人员的安全，你说呢？"

邢铁山听了说："主意倒是个好主意，可那个王全中狡猾得很，不是很好下手。"

秦明道说："俺已经有办法了，咱们今天夜里就能把他除掉。就在你来之前，俺看见王全中的酒还没醒利索，就摇摇晃晃地上他的老相好那里去了。他的老相好住在城西街，名叫灵芝草，原先是济宁月宫妓院里的名妓。前些年，她跟月宫妓院里的老鸨儿闹翻了脸，就只身跑到了临城来，不久她就和王全中勾搭上了。他今天夜里一准会在她那儿过夜，咱们就在那里把他除掉。"

邢铁山听了，伸出大拇指说："好！这太好了！俺看这事儿咱两个人就办了。"

秦明道说："不行！干这事儿，咱俩都不能出面儿，要以防万一，还是得由武工队来完成这项任务。"

是夜，秦明道一个人悄悄地来到了临山肉铺的院子里，他轻轻地敲了两下刘振武的屋门，待门一打开就闪了进去。

　　煤油灯下，秦明道向刘振武详细地讲述了菊池对宣传单的反应以及要除掉汉奸队长王全中的想法，然后说："你们完成锄奸任务后就连夜出城，这城里你们是不能再待下去了，敌人一旦发现王全中被杀，必会更加疯狂地搜查，就是这临山肉铺也不再安全了。俺和铁山同志已经商量好，到时候他会在南门接应你们出城。"

　　刘振武认真听取了秦明道讲述的情况后说："咱们这次进城已经达到了在敌人后院放把火的目的，今晚若是再除掉了汉奸队长王全中，就更会让菊池和龙少坤忙活一阵了。"

　　刘振武带领队员们出了临山肉铺的院门后，在夜色的掩护下，向着灵芝草的住处摸去。

　　夜深人静。一路上，刘振武和队员们先后两次避开了日军的巡逻队后，便悄无声息地来到了城西街的 34 号，在灵芝草的院门前停了下来。李勇从腰间抽出一把匕首，轻轻地插进两扇大门的缝隙间，悄悄地移开了门闩，然后慢慢地推开大门进到了院子里。

　　队员们来到灵芝草的屋门口，就听见亮着灯的屋里，灵芝草娇滴滴地说："你这个挨千刀的，今天这是喝了多少酒啊，穷折腾了俺这么大半天？"

　　就听王全中说："哼，你这是得了便宜卖乖，看刚才把你受活的，就是做个风流鬼也不屈了。"

　　刘振武刚要一脚把门踹开，却又听见王全中说："昨天黑里八路进城来了，大街小巷里都是宣传单，菊池让俺协同井边上街搜查，结果搜查了半天也没搜查到一个八路的影子。中午俺去龙司令家里喝喜酒时，俺说皇协军里可能有八路，却被龙司令一伙人数落了一顿，俺一气之下，就喝多了。"

　　灵芝草说："啥？你说皇协军里有共产党的八路，那菊池不是说八路被困在山里都饿死了，怎么这城里又有了八路了？"

　　王全中说："那是他菊池吃了铁丝拉笊篱，胡编的。八路哪能轻易地被饿死，那山里头啥不能吃？吃不饱是真，但饿不死人。"

灵芝草说："那你可得小心点儿，你干这个汉奸队长，招千人恨，惹万人骂，真要是有个什么好歹，俺可咋办？"

王全中说："背着个酒葫芦逛窑子，喝（豁）着干，快活一天是一天，哪管得了那么多。"他的话音刚落，就听得屋门"咣当"一声被人一脚踹开了，随即冲进四五个人来。

王全中和灵芝草光溜溜地躺在炕上，还没等他反应过来是怎么回事儿，就被黑洞洞的枪口对准了脑袋。

王全中龟缩成一团说："你们是……"说着欲把手伸向枕头底下。

刘振武抢先一步，从枕头底下摸出一把手枪严厉地说："今天让你死，也得让你死个明白。你在菊池那里不是说皇协军里有共产党的八路军吗？实话告诉你吧，俺们是八路军武工队，俺就是你和菊池天天要找的刘振武，那宣传单就是俺们这些人在城里散发的，你要追查就到阎王爷那里追查去吧！"

王全中听罢，脸色吓得铁灰，忙跪在炕上把头磕得像啄木鸟一样儿，求饶说："八路爷爷，刘爷爷，饶俺一命，饶俺一命。"

刘振武向李勇使了个眼色，李勇心领神会，搬起王全中的脑袋，"噗哧"一刀，把匕首刺入了他的心脏里。

灵芝草被吓得蜷缩成一团直发抖，见王全中狰狞地死去便一下背过了气去。

刘振武随即从衣兜里掏出一块条幅放在了王全中的身上。上面写着：这就是当汉奸的下场。落款是：八路军武工队刘振武。

灵芝草苏醒过来的时候，天已经大亮了。她看了一眼躺在身边的王全中，"啊"的一声打了个寒战，随即一个翻身下了炕，慌乱地穿上衣裳就跑出了屋子，向着日军司令部而去。

办公室里，菊池手里拿着那块王全中被除掉的条幅，气得直抖颤。他看了一眼战战兢兢的龙少坤说："八嘎！又是这个刘振武。"说着将条幅撕了个粉碎，狠狠地摔在地上。

邢铁山说："太君，是这个女人报的案，她说她亲眼看见是那刘振武杀了王队长。"

菊池把两颗大牙一龇，发出一声阴森的冷笑说："嘿嘿……说，你怎么知道杀王队长的就是刘振武？"

灵芝草战战兢兢地说："是俺亲耳听见那人说他们是八路军武工队，他就是刘振武。"

菊池骂道："八嘎！"随即掏出手枪朝着灵芝草的胸部开了一枪，灵芝草的脸扭曲着倒了下去。

菊池号叫着说："给我搜，给我彻底地搜，不要放过一个死角，他刘振武一定还在城里！"

龙少坤、邢铁山、井边一郎等一起躬腰说道："是！"

城里的日军和皇协军全部出动了。他们端着上了刺刀的枪，一个个像地老鼠一样满街巷里乱窜，最终把大街小巷、院落商铺挨家挨户都搜了个遍，还是没有发现八路军武工队的影子。当井边一郎听到各个小队前来向他报告搜查无果的消息后，急得他就像条丧家之犬在原地直打转转。突然，他像是想起了什么，立刻停下脚步问负责搜查临山肉铺一带的小队长："临山肉铺的你们搜查了没？"

那小队长摇了摇头说："那是一座查封了许久的院落，我们小队没有进去搜查。"

井边一郎听了火冒三丈，上去就扇了那个小队长两记耳光说："八嘎！菊池司令官不让放过任何一个死角。"他发完火，心里又不禁窃喜起来，就像是抓住了最后的一根救命稻草一样，"开路！去临山肉铺。"

井边一郎带领着大队人马浩浩荡荡地来到了临山肉铺。他打了个手势后，敌人便把临山肉铺围了个水泄不通。

敌人把院门打开后，便一窝蜂地拥进了院子里。

井边一郎走进刘振武住过的屋子里，只见桌子上留有一封信："小日本辛苦了，你们又来晚了一步，俺们已经完成任务离开了，就不要再枉费心机了。八路军武工队刘振武。"

井边一郎看完信，气得直"八嘎！八嘎！"地狂吠。

第二十一章　月牙山上

　　刘振武和武工队员们出了城后，默默地走在旷野的小路上。

　　赵小满问："队长，咱们是回根据地去吗？"

　　刘振武笑笑说："小满，你想你娘了没？"

　　赵小满傻笑了笑回答："俺，俺快两年没见她了，说不想是假的，嘻嘻。"

　　刘振武说："那咱们就连夜赶到赵家湾去。"

　　第二天傍晚的堂屋里，赵小满依偎在王春兰的身旁说："娘，俺们今晚去王庄执行完任务，就回根据地去了，您和俺爹要多保重身体！"

　　王春兰笑着说："俺和你爹你不要挂挂着，你在部队上要听首长的话，多学点儿本事。"

　　刘振武说："二嫂，现在的小满可不是四年前的那个小满了，他已经在队伍上摔打成一个合格的战士，加上他的机灵劲儿，能够派上大用了呢！"

　　赵二顺憨憨地笑笑说："这还不都是你的栽培嘛！"

　　这时，刘振武见赵景轩进屋来，问："区小队的同志都到了吗？"

　　赵景轩说："都到了。咱们现在就出发。"

　　告别了王春兰，刘振武带领武工队和赵景轩的区小队，一路乘着夜色来到了王庄敌伪据点的外围，等大家在一个小高坡上隐蔽好后，就见大嗓门王广河手拿一个铁制的扩音筒，趴伏在地上对着据点喊起话来："据点里的人听着，俺们是八路军武工队，今晚来包围你们不为别的，就是来给你们上上课。现在的形势你们也都知道，小日本是兔子的尾巴——长不了了。你们都是中国人，要是继续死心塌地地为小鬼子卖命、与老百姓为敌，那你们就甭想有个好下场，躲过了初一，躲不了十五，劝你们要身在曹营心在汉，给自己留条后路。念在咱们都是中国人的份儿上，今天就不打你们了。如果你们今后再与人民为敌，俺们就不客气了。那城里的汉奸队长王一标怎么样？那新上任的汉奸队长王全中又怎么样？还不是都让俺们给除掉了。"

经王广河这么一喊，据点里的伪军们大都被吓得心惊胆战起来。当然也有顽固不化的，只道这是八路军在虚张声势地搞宣传，而打不进据点里来，就对外面的喊话默然置之。

只见一个小头目模样的站在炮楼门口大声回道："你们这帮土包子甭来这一套，有本事就打进来，穷吆喝个啥。"说着就举起手枪朝喊话的方向开了一枪，正打在王广河的肩膀上。

炮楼里的其他伪军经领头的这么一忽悠，也就都壮起胆子来，纷纷端起枪欲拉枪栓。

伪军小头目说："没那本事儿就别在这里穷吆……"他的那个"喝"字还没有说出来，就听得"砰"的一枪，被武工队里的神枪手孟虎给撂倒了。

据点里的其他伪军还没有拉开枪栓，见领头的被打死了，便纷纷把枪丢在地上哆嗦成了一团。

一个年长些的伪军壮了壮胆子喊道："八路老爷，别开枪，俺们也是为了混口饭吃，今后绝不再给小鬼子干活了。"

这天是刘相龙 50 岁的生日，家人除了刘振山没能赶回来外，其他的儿女都赶了回来。自然，在这个敌人严密封锁的年月，刘相龙的这个生日也就办得格外简单，仅仅是家人们聚在一起各吃了一碗面而已，讲的不是排场，而是家人们的亲情和对老父亲的敬重。

吃完了晚饭，刘相龙便把刘振武、刘振东和张文峰留在堂屋里拉了大半夜的话。

刘相龙说："眼下的斗争形势越来越残酷了，但越是残酷就越不能当孬种。听说在残酷的斗争面前，有些同志经不住考验溜了号，有的甚至去投了敌。不应该呀，你们可要挺起腰杆站着向前，而绝不能被困难吓趴下了。作为一个共产党员，要在残酷的斗争中坚守党的信仰，要经受得住斗争的考验。眼前的敌人并不可怕，可怕的是被残酷的斗争形势所吓倒。咱们在座的都是共产党员，一些革命的大道理俺就不多说了，但是俺今儿说这话的意思，你们能够理解就是了。"

屋里的气氛严肃而沉闷。油灯的火苗儿明亮而挺拔，顽强地射杀着周遭的黑暗。

刘相龙的一席话，深深地打动了刘振武、刘振东和张文峰三个人的心。他们为有这样的父亲而感到骄傲，他总是能够在斗争最困难的时候给予他们鞭策和鼓励。特别是刘振武，他为父亲有这样的胸怀和气魄所感动，说："爹说的话，孩儿都记下了，俺们一定能够经得起斗争的考验。面对当下凶恶的敌人，俺们绝对不会后退一步去偷生，要勇敢地冲上前去战斗！"

刘振东说："是啊，爹。俺一定要勇敢地多杀鬼子，不把小鬼子赶出中国，俺刘振东还就连媳妇也不娶了。"

刘相龙听了刘振东这话，忙说："三儿，这话可不能这么说。咱鬼子要杀，媳妇也要娶。成家立业，传宗接代，也是一个爷们儿的担当。你娘唠叨了俺好几回了，叫俺托人给你寻个媳妇，可一直没打听到合适的。你今年已经20多了，也该成个家了。"

刘振武说："振东，俺听你嫂子说，他们女兵连的指导员程惠不错。你嫂子曾多次向她提起过你，她说认识你，对你也有意。怎么样，要不就让你大嫂当回媒人？"

刘振东连连摆手说："不！不！不！程惠确实是个好姑娘，但是俺现在还不能娶她，还是等赶走了小鬼子再说。"

张文峰说："那就把你俩的事儿先订下来，以防别人把她娶了去。人家程惠可是抗大的高才生，说不定哪一天被哪个人看上了，到时候你可就落空了。"

经张文峰这么一说，刘相龙忙说："那就让你大嫂把人家姑娘叫到家里来相相，人家要是相家同意了，就把你俩的事订了。"

刘振东说："爹，俺和程惠都是部队上的战士，不讲究相家不相家的了，讲究的是志同道合和革命的情谊。好啦，这事儿先不说了，俺反正还不想成家。如果跟程惠有缘，俺们早晚会走到一起，俺现在关心的是眼下的时局，据说侵华日军总司令畑俊六已经到了鲁南地区，在封锁了咱们抗日根据地一段时间后，调集重兵，对咱们抗日根据地进行大'扫荡'，其中咱们这里是重点。"

刘振武说："咱们支队也已经接到了军区的命令，要求俺们做好坚壁清野的工作，最大可能地减少人民群众生命财产的损失。"

张文峰说："据情报说，鬼子第五旅团的小林大队，已经调到了枣临地区与菊池的日军会合，目的是集中兵力，对咱们山区根据地进行大'扫荡'，试图一举消灭掉咱们的支队和铁道大队。"

刘振武说："今天振山没能赶回来给爹过寿，就是他们的铁道大队正在沙沟一带做反'扫荡'的准备工作。"

刘相龙说："看来这次敌人是来势凶猛，你们明天一早就都赶回部队去，家里有俺和你娘就行了，都别挂挂着。你们带领部队在反'扫荡'中要避其锋芒，注意保存实力，多在山里与敌人周旋，等把敌人拖垮了，再主动出击。"

刘振武说："放心吧，爹。您当年带领大刀队对付龙少坤保安团的一套游击办法，俺们早都耳熟能详了。不过咱们现在的队伍可不是才创建的那会儿了，经过这些年的发展，不但队伍壮大了，战斗素质增强了，武器装备也有了很大的改观，不再是过去的那些'套筒子''火药冲'了，仅从鬼子那里缴获来的小钢炮和掷弹筒就有 11 门。只要是鬼子进了山，咱们就会想办法打他的埋伏，不打他个晕头转向才怪呢！"

刘相龙说："话是这么说，可鬼子就是鬼子，他们人多势众装备好，再加上他们的凶残，尽量地不要跟他们发生正面的碰撞。要声东击西，牵着他们的鼻子走。三儿，你们的大部队还在这大炉一带？"

刘振东说："师部去年就转移到滨海地区去了，只有俺们二营继续驻守在丁峪一带，主要任务是保卫后方医院的安全。这次反'扫荡'，俺们部队恐怕是有硬仗要打，后方医院也是敌人这次'扫荡'的重点目标。"

刘相龙说："到了战场上，一定要多个心眼儿，只有保护好自己，才能更好地消灭敌人。这是俺学习了毛主席的《论持久战》后的体会。"

张文峰说："爹，敌人这次'扫荡'，定会'扫荡'到咱们红岭来，保护好群众的生命安全尤为重要，可一定要把群众都提前转移出去。据说鬼子在'扫荡'沂蒙山区的时候，对抗日家属实行了大屠杀，还对驻过八路军的村进行了屠村。所以，咱们一定要按照军区的要求，把这几个驻过部队的村子里的群众，转移到安全的地带去。"

刘相龙说："村里的事就由俺和你姑夫、小茵来安排，绝不能让群众遭受损失。不过把群众转移到安全的地带，还真得想个万全之策才行。俺原打算让村里的人都上红叶岭的树林里去避一避，等躲过了敌人的'扫荡'就回来，看来这次是没这么简单了。那就把村里的人都转移到驼峰山去，那里山高林密，又好疏散转移，敌人就是去搜山，也只能是大海里捞针。"

刘振武说："看来这次老百姓也得在这山里与敌人展开周旋了。还好，只要咱们同群众在一起，就会让敌人的'扫荡'处处扑空。不过，群众的转移工作倒不是问题，关键问题是卫生队里的20多个伤病员怎么办？总不能让卫生队里的同志天天抬着伤病员，在这深山里与敌人周旋吧？"

刘相龙说："在红叶岭以东的乱石崖，崖下有个山洞，能容得下十几个人，很是隐蔽，连附近村里的人也很少有人知道，就是有人走到了崖跟前，也不会轻易地发现洞口，俺看就把伤病员转移到山洞里去比较安全。"

刘振武说："这样乱石崖山洞里也就是能安排下一半的伤病员，其他的怎么办？"他看了看张文峰继续说，"俺看就把卫生队分成两个小组，让刘芳带领一个小组在山洞里看护重一些的伤病员，鲁克带领一个小组护送轻一些的伤病员去赵家湾，那里不是敌人这次'扫荡'的重点。"

刘振东说："伤病员在山洞里隐蔽个十天八天的还可以，事先准备些食品和医用品，若是敌人半月二十天的不走，可就是个问题了。"

张文峰沉默了片刻说："那就让孟虎跟着刘芳，这孩子机灵，到时候，由他与部队上保持联系。"

夜深了，没有风，也没有云彩，漫天的星星晶晶亮。

方玉娥从刘芳的屋里出来，感觉到屋外的气温有些凉，下意识地缩了缩脖子，就进到了堂屋里。她见爷儿四个还唠着，就冲着刘相龙说："你看你这当爹的，一跟孩子们说起话来就没完没了，这天不早了，也都累了一天了，还不让孩子们都歇了去。"

刘相龙深深地抽了一口烟袋，吐着浓浓的烟雾说："都回屋歇了吧，你娘也该歇着了。"

刘振东站起身来说："爹，娘，今晚俺就不在家里住了，得连夜赶回部队上去。敌人就要大'扫荡'了，队伍上的事儿多，俺就急着赶回去了。"他说完，就双膝跪地，向刘相龙和方玉娥磕了两个响头。

方玉娥双手扶起刘振东说："三儿，路上要多加小心。一个人在外要注意保护好自己，爹和娘可都挂挂着你呢！"她说话的声音很颤，似乎有些哽咽，脸上滚落下来两行泪珠儿。

刘相龙站在屋门口，目送着刘振东的背影，心情格外沉重。他这次离别给他和老伴磕了两个响头是什么意思呢？马上就要反"扫荡"了，他这是……刘相龙的心里不禁担忧起来，眼睛里不知不觉沁出了泪水儿。

刘振武牵着马，同张文峰一起把刘振东送到大门外。他把马缰绳递到刘振东的手里，嘴里说了句"路上要多加小心！"便看着刘振东跃上战马，渐渐地消失在了夜色里，而他的目光却久久地没有收回来，站在那里静静地聆听着远去的马蹄声，思绪突然间纷乱起来。

日军司令部里，菊池龇着两颗大牙"嘿嘿"一笑说："龙司令，我们消灭他刘振武枣临支队的机会来了。我刚接到坂本将军的电话，他已经向小林大队下达了速速集结枣临的命令，以配合我们对鲁南山区一带的大'扫荡'。"他说着来到战略地图前，用手里的教杆指点着地图上的标记又说，"据我们的情报人员报告，箭头所指向的红岭一带，便是枣临支队的驻地，据说共产党的县委也驻在这里。我们这次大'扫荡'的主要目的，就是要一举把他们全部消灭在这里。到时候，你我要亲自带领人马前去围剿他们，而小林君的任务，是去围剿八路军的后方医院。"

龙少坤听到菊池说枣临支队驻在红岭村，要同他亲自带着人马去围剿的话后，就觉得头"嗡"的一声，满脑袋顿时成了一盆糨糊，以至于后来菊池又叽哩哇啦地说了些什么，他一句也没能再听进去，满脑子里在想那年他带着保安团前去红岭村围剿共产党的大刀队时，不但没有围剿了大刀队，倒把刘相龙他娘给一枪打死了。这个仇，刘相龙在这十来年里还没找他来报，这又要跟着小日本去红岭"扫荡"。这不是光着腚串门——没事找事吗？若是能在这次"扫荡"中把刘相龙一家全杀了还好，但那有可能吗？听说刘相龙的三个儿子和两个闺女都参加了抗日武装，大儿子刘振武就是枣临支队的队长，二儿子刘振山去了铁道大队，就连三儿子刘振东也是八路军第一一五师的连长，一旦跟着小日本前去"扫荡"扑了空，他们都在暗处，俺在明处，俺的小命哪能保得住啊。

菊池见龙少坤像木偶似的呆立在那里，就问："龙司令，我说的这些，你的明白？"他见龙少坤没有什么反应，就用手里的教杆往他的肩膀上一戳，大声吼道，"喂，龙司令，你在想什么？"

龙少坤猛地回过神儿来，连忙学着日本话的腔调语无伦次地说："太君，俺的在想情报是不是准确。红岭村这个地方是个很不起眼的地方，共产党的县委和八路的枣临支队不可能驻在这里。"他说这话的意思，是不想去红岭"扫荡"，试图跟菊池打打马虎眼，以转移开他的视线，到别的村庄去"扫荡"。

菊池说："不，不，不！情报是通过很长时间的论证得出来的，完全可靠。你的推断大大错误，我的战术的也已经制定好了。这次'扫荡'，我们兵分三路。一路由你我亲自带队直奔红岭一带，一路由小林君带队去月牙沟端掉八路军的后方医院，再一路是太田君带队围剿沙沟、微山岛一带的八路铁道大队。我们要在这个冬季里，彻底消灭掉枣临地盘上的所有抗日武装。"

龙少坤一听，菊池连兵力分配的方案都制订好了，也就不好再说别的，便一哈腰说："嗨！太君的高明。"

孟虎给张文峰当通讯员已经有 5 年了。这天，他挑着一担水回来，就见张文峰笑眯眯地站在水缸旁，像是在等他，说道："孟虎，又去挑水了？"

孟虎一边放下挑子一边说："俺见缸里的水不多了，就去挑了一担。"

张文峰说："前些日子，你跟着刘支队参加武工队，刘支队夸你很勇敢，已经成为一名优秀的战士了。"

孟虎不好意思地挠着头皮说："这都是你教导得好，张副队，你是不是有事儿要对俺说？"

张文峰笑笑说："是这样，敌人又要大'扫荡'了，而且来势凶猛，比以往都要残酷得多。队里根据反'扫荡'的需要，决定让你离开队部几天，抽调你去别处帮助一段时间的工作。"

孟虎一听，不高兴了。他原想着在这次的反"扫荡"中能多杀几个日军，好为爹娘报仇。这要是不在队里了，还有打日军的机会吗？于是，他耷拉着个脑袋，嘴一噘，一脸不高兴地说："俺哪儿也不去，就跟着你，跟着你打鬼子，给俺爹娘报仇！"

"报仇！报仇！你整天就光知道报仇！"张文峰见孟虎又要犯拗，就严肃地对他说，"你怎么知道抽调你到别处去就不是打鬼子了？是让你到卫生队去，以确保伤病员在反'扫荡'期间的安全，任务光荣。你的主要任务是在刘芳队长的领导下，加强伤病员藏匿地与队部之间的联系，保障伤病员所需要的食品、药品等供给。"

孟虎听到这里，脸上又由阴转晴了。心想，你早说让俺上卫生队去不就好了，害得俺瞎想了一番。这样俺就又能跟刘芳姐姐在一起了，正好把俺这几年学到的本事儿，在她的面前显摆显摆。立刻，他打起精神，立正好，向着张文峰行了个举手礼，声音响亮地说："是！坚决服从首长的安排，保证完成任务。"

刘振东从红岭回到连里的第二天，便和赵冰一起来到营部参加了反"扫荡"的作战会议。

营长丁立说："同志们，日军在封锁了我抗日根据地一段时间后，利用大地失去了青纱帐的时机，由侵华日军总司令畑俊六亲自坐镇鲁南地区，调集了4个师团和3个旅团的兵力，再加上滕县、峄县、蒙阴等县区的伪军共计5万余人，要对我鲁南地区抗日根据地进行大'扫荡'。他们来势汹汹，企图一举摧毁我共产党领导的鲁南抗日根据地。团党委要求我们二营在这次反'扫荡'中，不惜一切代价掩护后方医院及伤病员安全地转移到抱犊崮以南的地区。四连、六连具体负责医院转移的组织工作，五连的任务是把来犯之敌阻击在月牙山以南，以给四连、六连赢得组织转移的宝贵时间。同志们，这次的反'扫荡'任务是艰巨的，战斗中不可想象的残酷性是不可避免的，希望各连要按照的部署，以极大的革命斗志，积极投入反'扫荡'的斗争中去，坚决完成好团党委交给我们的任务。"

参会者一起站立行举手礼说道："坚决完成任务！"

刘振东带领部队来到月牙山上后，便立即观察起地形来。他认真观察了一圈后对赵冰说："你看，这山下的村庄，东、南、西三面山环着山，其形状看上去真像个月牙儿。"

赵冰说："是啊，正是因为这山的形状像月牙儿，山下的村庄才叫月牙沟的。"

刘振东说："你再看，月牙沟村的北面是一条横穿东西的河，河水从北山的脚下向西流淌。村里的人若是出山，只有沿着河向西北一条路。从枣庄来的敌人若是到月牙沟'扫荡'，就必须越过这南面的月牙山，才能到达村子里。"

赵冰说："所以营里部署咱们五连在这月牙山上阻击敌人，是完全正确的。"

刘振东说："你再看这月牙山上，东、西长有200来米，南、北宽约有20米，遍山岩石嶙峋，西面和南面是一圈倒塌了的石墙和两处破石屋断壁，东西是十多丈高的悬崖峭壁，而只有这最南面的山坡较为平缓，从山下到山上很容易攀爬，并且还有一条蜿蜒的小道从山下通到山顶。敌人要翻过月牙山去村里，就必须从这里爬上来。所以咱们就在这里修筑起一道石墙，同东西的悬崖峭壁连成一条线，坚决把敌人阻挡在月牙山以南的山脚下。"

赵冰笑了笑，指着遍山的石头说："咱们再把这些石头蛋堆到墙根，等敌人往山上爬的时候，就先用这石西瓜招待他一下，哈哈哈。"

刘振东也"哈哈"地笑起来，随后他便指挥着战士们说："同志们，咱们就在这里垒起一道坚固的石墙，做好阻击敌人的战斗准备。"

战士们个个生龙活虎地搬的搬，垒的垒，一派热火朝天的忙碌景象。

刘振东、赵冰正和战士们热火朝天地构筑工事，营长丁立带着警卫员来到阵地上。

丁立看出了刘振东和赵冰的作战意图后，便"呵呵"一笑说："你们看得很准，恰恰就是这面的漫坡，是最容易被敌人突破的地方，你们一定要在这里加强火力，给敌人多准备些手榴弹，决不能让一个敌人爬上来。"

刘振东坚决地说："请首长放心，俺们保证完成阻击敌人的任务，直到战斗到最后一个人，也决不让一个敌人上得山来。"

丁立说："据最新情报，这次前来'扫荡'后方医院的敌人，是鬼子的小林大队。他这次带领着两个中队的鬼子和300多伪军过了薛河后，就直奔月牙沟而来。预计在天黑之前，敌人就会到达这山下的土崖村，明天一早定会向月牙山扑来。你们一定要密切注意敌人的动向，在这里打他一场漂亮的阻击战。你们连是红军的老班底，是一支有着光荣历史传统的连队。营里把这项最艰巨的任务交给你们连，是对你们连的信任。后方医院的安危，就看你们明天一天的阻击战了。营党委要求你们，一定要坚持到明天的黄昏。只要坚持到黄昏就是胜利，咱们的后方医院和伤病员就会有充分的时间转移出去。"

刘振东和赵冰一起向丁立行举手礼，声音响亮地说："坚决完成任务！"

太阳将要落山的时候，白里透着黄，黄里又透着红，把整个月牙山照耀得金灿灿的。

丁立在离开月牙山临回营部的时候，紧紧地握着刘振东的手嘱咐道："一定记住，必须要想尽一切办法坚持到明天的黄昏，要注意保存连队的实力，合理分配好战斗力，不到万不得已，不要把老本给老子拼光了。"

刘振东坚定地说："放心吧，营长，只要俺刘振东在，阵地就在。"

目送了营长他们下了山，天渐渐地暗了下来。刘振东察看完了刚刚构筑的工事，又往山下土崖村的方向望去，发现那里已经燃起了一堆一堆的篝火，还隐隐约约地传来了一阵一阵的吆喝声，这是敌人已经赶到，住进了山下的村子里。他对身边的几个排长说："让各个炊事班都到山后的10米以下去点火做饭，山顶上绝不能有火光出现，以防引起山下敌人的注意。"

吃过晚饭，刘振东安排好了流动哨，便让战士们在山坡上的柏树林里宿营。虽然初冬的天气有些清冷，但是战士们都已经穿上了棉衣，也就不觉得有多冷了。刘振东背倚着一棵碗口粗的柏树，抬头仰望着天空，天空是清水一样的晴朗。空中的星河，密密匝匝的一眼望不到边儿。星河两岸的星星，有明亮的，也有暗淡些的，都闪闪烁烁地放着光，给人以无限的遐想。突然，有一颗闪亮的星从天际划过，像从漆黑的锅底上划出了一道白印儿，一眨眼就消失在了夜色里。他为这颗陨落的星感到惋惜，不禁叹了口气，觉得人生也不过如此，一个人若是能够在这黑夜里划出一道白光，也算是来到人世间轰轰烈烈地干过了一场。如果一个人能够在一生中都发出耀眼的光芒，那他就是那颗明亮着划过夜空的陨星，把耀眼的光芒永远地留在了宇宙的记忆里。

起风了。林涛轰鸣，刮得山坡上的枯草也"嗖嗖"作响。刘振东站起身来，抖了抖精神，向着流动哨走去。

当太阳爬上山的时候，刘振东从望远镜里看去，发现住在山下土崖村里的敌人已经出村。他们像一群土黄色的蚂蚁，正向着月牙山蠕动而来。

刘振东转过身对身边的赵冰和通讯兵说："敌人已经到了山下，按照咱们商定的作战方案，命令二排和三排迅速进入阵地，并把一块块西瓜大小的石头蛋都搬到阵地的顶端。"

小林冈次带领着队伍来到月牙山下，骑在马上用手里的望远镜观察了一下山上的情况，发现没有什么异常的地方，便"嘿嘿"一笑，对身边的皇协军三营营长赵友学说："我们翻过了这座山，就到月牙沟了。我们要悄悄地把村子包围起来，然后再悄悄地进村，给他们来个出其不意，一举把八路的后方医院端掉。"

赵友学一边点头微笑着，一边伸出大拇指顺着舔说："太君的高见，实在是高见！"

小林冈次把手里的马缰绳递给了一个日军，让那日军在前面牵着马，随即把手一挥说："开路的干活！"就见日军和伪军成排成队地一字排开，沿着山坡向上攀爬起来。

刘振东在山上密切地观察着敌人的动向，眼看着敌人距阵地还有100米、80米、60米了，他大喊一声："扔西瓜！"

就见成百上千的石头蛋喊里咔嚓蹦着高儿滚向了敌人。

山坡上，那些正在往上攀爬的日伪军们，面对着突然间从山上滚落下来的无数块石头蛋无不目瞪口呆，有的还没反应过来是怎么回事儿，就被石头蛋砸在脑袋上砸开了瓢，还有的被石头蛋砸在身上和腿上，一个个连滚带爬地出溜到了山底下。

说来也巧，就见一块石头蛋蹦起来正砸在小林冈次坐骑的马胯上，那马一声嘶鸣，把腚撅起了老高，一下就把小林冈次重重地掀翻在了山坡上。他咬着牙，一边"八嘎！八嘎！"地骂着，一边艰难地从地上爬了起来。

小林冈次见山上有八路军，一时也摸不清是否八路军的主力，便命令炮队往山上轰击。一开始，可能是从山底下往山上打炮计算上的错误，炮弹大都打到了半山腰，根本没有打到山顶上去，气得小林冈次又"八嘎！八嘎！"地骂起来。炮手们只好又重新调整了炮距后，向山上猛轰起来。

刘振东见敌人的炮火十分猛烈，就命令战士们暂时撤到山后坡的柏树林里隐蔽，而他一个人却继续在阵地上观察敌人的动向。一发发炮弹在他的前后左右爆炸开来，炸起的尘土、碎石满天飞，往他的帽子上、脊背上落了厚厚的一层。他没有后退，只是抖了抖身上的尘土，继续观察着山下的敌情。

敌人猛烈地炮击了20分钟后，便"哇哇"叫着疯狂地向山上扑来，面对着敌人全方位、大规模的进攻，赵冰问："是不是把全连的战士都拉到阵地上来？"

刘振东想起了丁立营长的话，说："让二排和三排先上，留着一排做预备队。咱们面对着四五倍于我的敌人，必须付出很大的代价才能换取一整天的时间。现在仅仅是开始，每一个人、每一颗子弹都需要珍惜、再珍惜。因此，咱们要合理分配好战力，才能够坚持到黄昏。"

赵冰说："俺这就招呼着二排和三排进入阵地。"

刘振东见第二、第三排的战士已经进入了阵地，就高声地喊道："同志们，一定要等敌人靠近了再打，要注意节约每一颗子弹，听到俺的命令再开枪。"

山坡上，敌人边开着枪边嚷叫着靠近了，50米，40米……刘振东一声"打！"战士们便一起开了火，一排排子弹雨点般地射向了敌人，就见成排的敌人倒了下去。那些冲在前面的伪军，见身边的弟兄死的死，伤的伤，便掉转头往山下跑去。可是那些日军却丝毫没有掉转头的意思，一个劲地往山上猛打猛冲。

刘振东见状大声喊道："同志们，扔手榴弹！"

只见一颗颗手榴弹像鸟群般黑压压地飞向了敌群，在敌人中间炸开了花。这一炸，一下把日军冲锋的士气炸没了，前面的被炸趴下了，后面的也掉头往山下跑起来。

阵地上，一些有经验的老战士，见敌人被打得往回跑了，又把先前那些没扔完的石头蛋扔了出去，就见那些石头蛋喊里喀嚓飞速地滚动着，撵着敌人屁滚尿流疯跑，惹得阵地上的战士们都开心地笑起来。

小林冈次组织起的第一次冲锋失败了，这让他不由得大吃一惊。他原以为动用全部的炮火和兵力发起进攻，一般的"土八路"阻挡不住，会主动地撤出阵地给他让开一条道，去完成他消灭八路军后方医院的计划。没想到的是，山上的火力是这样猛烈，指挥者的作战经验是这样丰富。他料定山上不是一般的八路军，定是遇到八路军的正规军了。他问身旁的赵友学："依你看，山上是一支什么样的队伍？"

赵友学说："太君，依俺看山上不像是一般的八路，像是八路——五师的正规军。"

小林冈次倒吸了一口冷气说："这样的骨头可是不好啃！可无论如何，我们也要完成坂本将军交给的任务，冲上月牙山，去端掉月牙沟的八路医院。"他抓耳挠腮地在原地一边打着转转，一边思考着，突然停下脚步说，"我要改变一下战术，用少量的兵力组织起有层次的梯队式进攻，一点一点地把山上八路的战力消耗掉，最后我们再一鼓作气冲上山去。"

赵友学一哈腰说："太君的高见！"

10点钟，敌人又开始往山上打炮了。一发发炮弹炸得阵地上硝烟弥漫，弹片和碎石乱飞，其中有几发炮弹还打到了山后坡的柏树林里，正在那里躲避炮火的战士伤亡了不少。

刘振东趴在前沿阵地上发现，敌人炮击完了后，仅组织起了百来人的队伍进攻。攻山的敌人稀稀落落地一字排开，一边利用地形隐蔽着，一边缓慢地往山上攻来。刘振东一眼就识破了敌人的意图，对刚进入阵地的战士们说："敌人要跟咱们玩躲猫猫了，大家要沉住气儿，等敌人靠近瞄准了再打，不许放空枪。"

战士们等敌人爬到了半山腰，便和平时训练打靶一样，一枪一个地打倒了十几个敌人。其他的敌人见山上像放冷枪似的打枪，枪一响就有身边的人被打趴下，才意识到自己被当活靶子打，便纷纷掉转头往回跑去。

小林冈次看着山上的战况，知道是他的分层次进攻的意图被对方识破了，气急败坏地把战刀一挥说："进攻！进攻！"命令部队一边炮击着一边展开了全面进攻。

刘振东面对着敌人的疯狂进攻，知道敌人已经气急了眼。为了彻底击退敌人的这次进攻，他把预备队也调到了阵地上。眼看着时间一分一秒地过去，那些闪着寒光的刺刀也正在一步一步地逼近，他大喊一声："打！"

战士们听到刘振东的命令，便一起猛烈地向敌人开了火，就见山坡上土黄色的尸体越积越多，但敌人却像疯了一样，成排成排地号叫着往上压，有的已经冲上了阵地的前沿。

刘振东见敌人已经冲上了阵地，嘴里说了声："杀鬼子呀！"便拔出大刀，带领着战士们与冲上阵地的敌人展开了肉搏战，只听得战士们激昂的喊杀声和敌人尖厉的号叫声以及刀与刀的碰撞声响成了一片。此时，刘振东手里的大刀显了威风，接连地砍倒了七八个日军。经过十几分钟的厮杀，战士们凭借着坚强的意志和惊人的勇气，最终把敌人赶下了山去。

阵地上微风习习，硝烟滚滚，出现了一时的寂静。刘振东看了看怀表，时针已经过了 4 点，再有一个多小时，天就要黑了。他让各排清点一下人数和弹药，从报上来的数字看，战士们已经伤亡过半，弹药除了还有部分机枪的弹匣外，再就是刚从敌人的尸体上摘下来的 20 多支枪里的子弹和十几颗手榴弹。刘振东站到一块石头上高声地说道："同志们，天很快就要黑了，咱们阻击敌人的任务就要完成了。一天来，咱们已经打退了敌人的 5 次进攻，打出了我们连的威风，为掩护后方医院的转移赢得了宝贵的时间，立下了战功，在这里俺向大家致敬了！"他说着，向战士们行了一个举手礼又说，"现在，咱们的人数不多了，弹药也几乎用尽，但是咱们还有手里的大刀，还有这山上的石头，就是拼尽全力，也一定要坚持到最后一刻。"他的话还没有说完，敌人又开始炮击了。他命令战士们迅速进入阵地，做好了迎击敌人最后一次冲锋的准备。

在炮火的掩护下，敌人已经冲到了半山腰。刘振东透过滚滚的浓烟，发现敌人的这次冲锋是日军冲在了前面，知道这是小林冈次要破釜沉舟了。他见敌人已经接近了前沿阵地，便从机枪手的手里接过机枪来，一只脚站在工事内，一只脚站在工事上，嘴里喊着："来吧，小鬼子！"就端着机枪猛烈地向敌人扫射起来。只见前面的一排日军倒下去了，后面的一排又冲上来。日军们像发了疯似的往上涌，刘振东像发了疯似的扫射着。突然，一颗子弹打中了他的肚子，鲜血从创口里不住地向外流，他全然不顾，继续抱着机枪扫射着……他感觉到伤口处有什么东西在向外滑动，低头一看，发现是肠子脱出来了一大截，就随即用手把肠子掖进了肚子里，又继续端着机枪射击着，说："来吧，小鬼子！"

敌人潮水般地往上涌，阵地上只有两挺机枪还叫着。战士们把阵地上能扔向敌人的石头也掷完了，一个个拔出大刀正准备跟冲上来的敌人展开肉搏战。就在眼看着敌人冲上阵地的时候，突然间从阵地的后面冲过来了一支队伍，一边向敌人猛烈地射击着，一边向敌人扔去了无数颗手榴弹，硬是把敌人的冲锋压了下去。原来，是枣临支队的女兵连。她们是在掩护着石栏村的群众向驼峰山转移的途中，听到这边枪声大作，鲁娟和程惠便带领着两个排的战士前来助战，恰巧赶上敌人冲上阵地来。

刘振东见敌人被打退了,这才停止了射击,机枪也随即从他的手里滑落下来,只见他一个踉跄就倒在阵地上,昏迷了过去。

鲁娟、赵冰、程惠见状全都奔到了刘振东的身旁,发现他浑身是血,肚子里的肠子都从伤口处滑脱出来,鲜血不住地往外涌着。

鲁娟眼含着眼泪为刘振东把滑脱出来的肠子塞进了肚子里,然后用绷带给他扎紧伤口,便"他叔、他叔……"地呼唤起来。

刘振东慢慢地睁开了眼睛,他见大嫂和程惠在他的身旁,会意地笑了。他那满是烟灰的脸上显得很是平静,对攥着他的手的赵冰断断续续地说:"咱们的任务完成了,可以……带着战士们撤了。"他说完,便安详地闭上了眼睛。坚强的刘振东终因流血过多而壮烈牺牲,为掩护后方医院的安全转移流尽了最后一滴血,献出了他年仅24岁的生命。

程惠扑在刘振东的身上,一边使劲地摇晃着,一边大声地哭喊着,说:"不!不……"那悲怆的哭喊声惊天动地,更裂人心肺,让周围的战士们都流下了滚烫的泪水。

菊池和龙少坤带领一路人马扑到红岭村后,发现村里静悄悄的,连个人影儿也没有,便命令部队把村里村外仔仔细细地搜查了一遍,不但没有搜查到一个人,就连一粒粮食也没有搜到。接到一个个日军的报告后,菊池"嘿嘿"一声冷笑说:"看来是那八路听到了我们前来围剿的风声后,提前跑掉了,就连村里的老百姓也都跟着转移了。"

龙少坤一哈腰说:"太君分析得英明。八路哪是大日本皇军的对手,定是他们一听到了动静就撤退了,跑得比兔子还快。"

菊池说:"你们中国人有一句俗话,叫作跑得了和尚跑不了庙。那我们就在这里驻扎下来,看他们能跑到哪里去。他们往东跑,东面有枣庄来的皇军;他们往南跑,南面有台儿庄来的皇军;他们往北跑,北面有滕县来的皇军。嘿嘿……他们已经陷入了我们的包围圈之中,成了瓮中之鳖,早晚还会回到这里来。我们就在这里给他来个守株待兔,到时候把他们一网打尽。"

龙少坤又一哈腰,伸出大拇指说:"太君的高见!"

黄昏时分，菊池来到了刘相龙的宅院里。他仔细地看了看院子的环境，觉得挺不错，便对龙少坤说："我看这个宅院的不错，你我就把这里当作指挥部住下来。"

龙少坤一听要住在刘相龙的宅院里，顿时想起了那年枪杀刘相龙他娘的情景，便对菊池说："太君，俺看这个宅院的不好，处处透着杀气，咱们还是换个地方吧？"

"不！不！就在这里住下了。"菊池执意要住在这里，并说，"你的住东屋，我的住北屋，就这样吧！"

龙少坤住在东屋里睡的炕，恰是当年刘张氏睡过的炕。他躺在炕上翻来覆去地睡不着，回想起了第一次与刘相龙见面的情景：12 年前红岭村的场院上，龙少坤见刘相龙被他的管家孙庆请到场院上来，便双手抱拳上前施礼道："本人龙少坤，乃临城人，久闻刘壮士武艺超群，今儿前来一会。"

刘相龙双手抱拳还之以礼后，便仔细地揣摩了一番眼前的龙少坤，心想这人不像是个练武之人，倒像个招摇过市的鬼。不管他是人是鬼，俺必须来个先发制人，给他点儿颜色看看，就说："那，咱们就玩玩！"他的话音未落，就听得"哗啦"一声，双手各执一把大刀抱在了胸前，又朝向天空微微一举，然后猛地往地上一插，身子往上一跃而起，那双脚便稳稳地站在了两把刀柄之上，摆出了一个迎敌的架势。

龙少坤一看，顿时双眉打结，脸色大变，以畏怯的声调颤巍巍地说："好，好身手！真是名不虚传啊！"他双手抱拳上前一步又说，"刘壮士，俺今儿前来不是与你比武，而是请你出山的，到县保安团来担任总教头如何？"

刘相龙见此人说是来与自己"玩玩"，却又说是让他去当什么总教头，大有被要了的滋味儿，愤愤地说："俺这人不才，是这山里土生土长的庄稼人，拳艺、刀术仅会些皮毛而已，当不了什么总教头，你还是另请高明吧！"说完，就带着三个儿子走了。

龙少坤躺在炕上，又回想起了 10 年前他带着保安团，前来红岭村"围剿"以刘相龙为首的共产党大刀队时，一枪打死了刘相龙他娘的情景。他此时此刻想起这些，不由得毛骨悚然。他把眼睛闭上又睁开，生怕刘相龙会从桌子底下、炕洞里或是哪个旮旯里冒出来，用他那闪亮亮的大刀割下他的脑袋来。他躺不住了，猛地爬起来下了炕，用手电筒把桌子底下、炕洞子和屋里的角角落落检查了个遍，方又躺到了被窝里。

菊池以红岭作为"扫荡"的中心驻下后，便把两个中队的日军以小队为单位分散部署，并把300多名皇协军配置到6个小队里，对红岭一带的村庄和山峦进行拉网式的"扫荡"，以寻找共产党县委和枣临支队的踪迹。结果一连数天，除遭遇了小股八路军的几次伏击闹得不安宁外，就是寻不到枣临支队的主力，这让菊池很是恼火。他对龙少坤说："从小股的八路不断地对我们进行骚扰可以断定，共产党县委和枣临支队并没有走远，而是就在这附近的山里面。"

龙少坤说："太君分析得极是。这里山高林密，真要是他们跟咱们玩起捉迷藏来，还真是不好对付。"

菊池说："那就命令各小队再对这一带的大小山峦进行一次梳篦式的搜索，夜晚不许住村庄，一律在山里宿营，看他枣临支队再怎么活动。一旦发现了他们的踪迹，我们就来他个顺藤摸瓜，一举端掉他们的隐藏之地。"

龙少坤一哈腰说："嗨！太君的高见。"

第二十二章　同归于尽

　　刘芳带领着一组卫生队的战士，护送着 12 名伤病员转移到乱石崖的山洞里后，孟虎就在洞口的周边布了雷，以防止敌人前来搜山的时候在洞口的周边停留而发现了洞口。山洞内能容纳十七八个人，洞的上面是一层石板，洞口的周围乱石林立，杂草丛生，格外隐蔽。而在山洞的左上方有一个小孔，从小孔里可以看到洞外的情况。

　　孟虎对刘芳说："刘芳姐姐，看来咱们得在这洞里住上一阵子了。"

　　刘芳说："是啊，可俺这心里总是不踏实。"

　　孟虎说："芳姐，你就放心吧！俺在咱这洞周围埋了好几颗地雷，就是有小鬼子找到这里来，也得把他们炸死。另外，俺还在咱这洞顶的石板旁埋了 3 颗手榴弹当拉雷，拉绳伸到了离洞口 20 米外的一棵小柏树根里了。到了能用得上的时候，俺就去拉响了它！"

　　刘芳听了赞叹地说："嗬！你还在这里摆了个小战场啊！"

　　孟虎见刘芳笑了，也笑着说："不打无把握之仗，这都是张副队教俺的。"

　　转眼，刘芳他们在乱石崖的山洞里一住六七天过去了，洞外一直很安静，既没有敌人来搜山，也没有接到敌人撤退的消息。

　　这天，刘芳见孟虎趴在洞口处的一块石台上，正手拿铅笔在一张纸上画着什么，就好奇地过去看看。见纸上画的是一胖一瘦的两个日军，个个都凶巴巴的，其中那个胖日军还少了一只耳朵。她明白了，他画的可能就是杀害了他爹娘的那两个日军。没想到，这两个日军的模样儿一直都在他的心里记着。随着他年龄的增加，要报仇雪恨的心情更加迫切了。

刘芳问："你画这两个小鬼子干啥？"

孟虎深恶痛绝地说："这两个日军就是四年前杀害了俺爹娘的那两个。他们的凶模样儿，俺一直都在心里记着。"他说着又回想起了让他铭刻在心的那段往事……

那天，孟虎正和他娘在院子里推碾子，就听见村巷里有人急促地喊："鬼子来啦！鬼子来啦！"孟虎娘听了，把手里的笤帚往碾盘上一扔，上前一把抓着孟虎的胳膊就急匆匆地来到了秫秸垛前，扒开一道豁口就把他藏了进去，并一再嘱咐他说："甭管外面发生了啥事儿，娘没叫你出来，你都不能钻出这秫秸垛。"孟虎一脸的紧张，瞪大眼睛使劲儿地点了点头。孟虎娘把秫秸垛的豁口堵好，又重新回到了碾道里。她一边"吱嘎吱嘎"地推着碾子，一边用笤帚扫着碾盘上的高粱，耳朵却倾听着村巷里那杂乱无章的脚步声和叽哩哇啦的喊叫声。突然"咣当"一声，院门被人一脚踹开了，接着蹿进来了两个端着三八大盖的日本兵，那枪上的刺刀明晃晃格外扎眼。他们像地老鼠一般，呲溜溜地窜到了屋子里，又滋溜溜地蹿到了院子里，见屋里屋外没有旁人，只有推碾子的孟虎娘，便相互看了看，牙一龇，嘴里说着"花姑娘的，吆西！花姑娘的，吆西！"就向着碾道蠕动过来。孟虎娘还在继续推着碾子，见两个日本兵一边解着衣扣，一边叽哩哇啦地叫着向碾道走来，心"怦怦"地可着劲儿地跳，腿一软，就停了下来。她举起手里的笤帚指着日本兵战战兢兢地说："光天化日之下，你们别胡来……"就见那个胖墩墩的日本兵淫笑着扑了上去，把孟虎娘摁在了碾盘上，随即用手撕扯起她的衣裳来。孟虎娘双手死抓着衣襟，嘴里一个劲儿地怒骂着："畜生！畜生……"拼命地挣扎着、反抗着。忽然，她一抬头，一口咬住了那日本兵的耳朵，一使劲儿竟把那耳朵扯了下来，只见那日本兵"嗷嗷"地叫着从碾盘上滚到了碾道里，痛得在地上直打滚儿。就在这时，孟虎爹从地里赶了回来。他看见眼前的情景，二话没说，抡起手里的镢头就冲了上去，欲砸向那日本兵的脑袋。另一个日本兵见状，端着上了刺刀的枪就刺了上去，那刺刀正刺中孟虎爹的胸膛。只见孟虎爹当时就站立在了那里，举过头顶的镢头也"当啷"一声滑落到了地上。他双目圆睁，脸颊憋涨得通红，一口鲜血从嘴里喷出，啐了那日本兵一脸，身子一软，就瘫倒在了地上。碾道里的日本兵从地上爬起来，"哇哇"地叫着，朝着孟虎娘的肚子连捅数刀。孟虎娘嘴里依然衔着那只血淋淋的耳朵，睁大着双眼含恨死去。鲜红的血浆浸透了碾盘上的红高粱，顺着碾盘沿儿滴落到地上……院子里发生的这一切，被孟虎透过秫秸垛的缝隙看了个清清楚楚。

孟虎回想到这些，便用手摸了摸腰间挂着的手榴弹说："如果在这次反'扫荡'中让俺能碰上这两个小鬼子，俺就用这手榴弹炸死他们。"

刘芳听了，冲着孟虎点了点头，表示赞许。然后说："小鬼子要杀，仇要报，可是眼下，咱们住进山洞之前所带的干粮和水，已经用得差不多了，也就是够明天一天的了。"

孟虎说："芳姐，你别着急，俺明天一早就去趟驼峰山。张副队跟俺说过的，如果咱们的干粮吃完了，就让俺上那里去找他。"

刘芳问："你知道那里吗？"

孟虎说："知道。从这里往西翻过五个山头就到了。那里山高林密、沟壑多，咱们这附近几个村里的老百姓，也都转移到那里去了。"

刘芳高兴地上前扶住了孟虎的肩膀说："是吗？你知道的还挺多呢，那你明天就去一趟，记住，路上一定要多加小心，快去快回。"

孟虎说："放心吧，芳姐。俺只要找到了张副队，一拿到干粮就赶回来。"

第二天，孟虎正准备爬出山洞去驼峰山，突然"轰"的一声，洞外的地雷响了。孟虎赶紧将身子缩回洞里，随即从地上爬了起来。他透过洞孔向外看去，有些紧张地说："不好，敌人上这里来搜山了。"

洞外，刚才地雷的炸响处，炸死炸伤了四五个敌人，其余的敌人从地上爬起来，一边喊叫着："有八路！有地雷！"一边对着乱石崖打了一阵枪，随即招引来了大队的敌人。

日军和伪军们一边狂吼着，一边仔细地搜索起来，其中一个瘦巴巴的日军喊道："嗨咦！八路的哟，你的出来的哟，不出来，我的开枪的哟！"

洞内，孟虎透过洞孔仔细地一看，发现在洞外面喊叫着开枪的正是杀害了他爹的那个瘦小日军。仇人相见分外眼红，他摘下腰间的手榴弹，就欲冲出洞去，却被手疾眼快的刘芳一把给拽住了。刘芳轻声而严厉地对他说："不要蛮干，要顾全大局，千万不能暴露了目标。"

孟虎听了，身子向外挣了两下就停了下来。

洞外，一个伪军狼嚎般地叫道："出来，不出来就把你们打死在洞里了！"

另一个伪军用淫恶的声调喊："别开枪！别开枪！俺投降！俺投降！"

洞内，孟虎听到洞外那令人作呕的腔调儿，小声地对刘芳说："真卑鄙。这是敌人在唱双簧，恶心死了。"

"轰！"洞外又是一声炸响。孟虎通过洞孔，看见那个杀害他爹的瘦小日军踩响了另一颗地雷，一下子被炸上了天去。他高兴得把双手攥成拳，在原地跳了起来。再看看几个被炸死的敌人翻着白眼，被炸伤的敌人嗷嗷地叫，特别是刚才那两个唱双簧的伪军，一个被炸断了腿，一个被炸断了臂，坐在地上"哎哟，哎哟"地又改合唱了。孟虎看得很是开心。

洞外飘起了雪花，没多大工夫就落白了地皮。日军这时调来了工兵班，他们用地雷探测仪往四下里探测起来，并把探有地雷的地方，插上了写着"小心地雷"的小旗子。

洞内，孟虎通过洞孔看到自己埋的地雷，被日军一颗颗地探了出来，心里很是着急，恨不得扔出几颗手榴弹去，把那日军的工兵炸个稀巴烂。

时间一分一秒地过去了，洞内洞外一时格外的宁静。忽然，洞顶的石板上出现了一阵杂乱的脚步声，便停顿了下来，随即就传来了"吆西，吆西"的说话声。

孟虎着急地说："糟了。小鬼子要在咱这洞顶上安营扎寨了。"

刘芳赶忙捂住了他的嘴轻声说："嘘……沉住气儿，看看动静再说。"

其实，孟虎担心的不是敌人在洞顶上扎营，而是害怕敌人用地雷探测仪探着了他埋在石板边沿的三颗手榴弹，那样敌人就会顺着拉绳找下来，弄不好会发现了洞口。他沉不住气地说："芳姐，俺是怕小鬼子探测着了俺埋的手榴弹。俺决定出去把敌人引开，或直接去拉响了那三颗手榴弹，保证大家的安全要紧。"

刘芳用手死死地抓住孟虎的胳膊说："再等等看。敌人既然在这个地方扎营，他们就考虑到了周边没什么危险。不到万不得已，你绝不能出去。"

忽然，日军的一个铁皮罐头丁零当啷地滚到了洞口的边沿，紧接着一只牛蹄子形状的皮鞋也踩到了洞口的边上，让洞里的人立刻都紧张起来。

刘芳把一颗手榴弹的顶盖打开，将绳环套在了食指上。

还好，那日军拾起了罐头，便慢条斯理地走开了，并没有发现杂草丛中的洞口。

刘芳说："看来是这群野兽要准备吃饭了。"

天已黄昏，洞顶上的敌人却毫无离开的意思。若是敌人长期在这上面待下去，不但孟虎不能出去与外界取得联系，而且洞口就是不被敌人发现，洞里的同志也会被困死。孟虎焦躁地对刘芳说："芳姐，咱们不能在洞里等死，俺要出洞拉绳去，把这伙禽兽炸跑了。"

刘芳也认识到了情况的严重性，便用手抚着孟虎的头说："你一个人能行吗？"

"行！"孟虎很有把握地说，"俺出去一拉绳，保准让小鬼子们上西天！"

刘芳眼瞅着站立在面前的孟虎，有些激动了。这个刚过 20 岁的战士，才来到部队四年多的时间，就已经锻炼成一名勇敢的战士了。她点了点头说："嗯，好样的。等天黑实实了以后，你再出洞去。"

天黑后，洞边上的日军不但没有减少，反而越来越多了，像是来这儿搜山的敌人都集中到了一块儿。他们点起火堆，烤着兔肉，煮着山鸡，很是得意忘形。有的在哼哼小调儿，有的在忧伤地吹着口琴，给这个寂静的夜晚带来了极不协调的噪音。

山洞里伸手不见五指。刘芳断定，一个出其不意获取胜利的机会来了，便说："孟虎，到了该出去的时候了。你把这两颗手榴弹也带上，一定要多加小心，要给姐姐活着回来。成功与否，就在此一举了。"

孟虎坚定地说："放心吧，芳姐，俺保证完成任务！"

孟虎来到洞口，刚把头伸出洞外，也巧，正赶上一个日军在上面撒尿，温乎乎的尿浇了他一脖子。他用手抹了一把那骚里骚气的东西，借着上边的日军小便完了往回走的空儿，敏捷地一跃就跳出了洞口，随即向柏树林爬去。

孟虎爬到了那棵拴着手榴弹拉绳的小柏树根儿旁，向四下里张望了一下，就见洞顶上那燃烧着的火堆有一人高，30多个敌人正围着火堆一边烤着火，一边享受着白天抢来的食物，压根儿就没有想到会有人从他们的脚底下冒出来。

孟虎将绳索拉紧，一咬牙愤愤地说："叫你们吃，俺再给你们几个铁饼子尝尝！"

"轰！轰！轰！"3颗手榴弹并成的"地雷"，瞬间在敌人的屁股底下炸开了花。火堆旁的30多个敌人被炸死的炸死，被炸伤的炸伤，活着的敌人还没有反应过来是怎么回事儿，又被孟虎扔过来的两颗手榴弹炸上了天。

孟虎回到洞里高兴地说："芳姐，这下可够小鬼子喝一壶的了。"

刘芳高兴地抓着孟虎的手说："你真行！可以当英雄了。"

孟虎说："嘿嘿……真的？"

刘芳趴在洞口仔细地听了听外面的动静，除了嗖嗖的风声，一点动静也没有。她断定敌人不是都被炸死了，就是被炸跑了。她站起身来，对洞内所有的人说："同志们，当前反'扫荡'的斗争形势是残酷的。咱们在这洞里隐藏了已近10天了，缺粮少药，眼看着就要饿肚子了。怎么办？咱们得想办法自己救自己才是。现在，摆在咱们眼前的就有一个机会，走，能动弹的同志跟着俺上洞顶上看看去。看看有没有可吃可用的东西捡回来。"说完，她第一个爬出了洞口。后面孟虎、伊丽和护士们，还有几个伤势较轻的伤病员，也都跟着爬出了洞口。

刘芳和大家来到洞顶上一看，发现了30多具敌人的尸体。其中还有几个被炸昏喘着气儿，刘芳说："大家要先检查一下敌人的尸体，看看有没有还喘气的，如果有，就用石头砸烂他们的脑袋。"

孟虎一脚踢在了一个胖乎乎的日军身上，借着火光一看，这个胖鬼子满脸是血，被炸成了个血葫芦。他又上前仔细地看了看，发现这个胖鬼子只有一只耳朵。于是，他想起了娘嘴里衔着那只血淋淋的耳朵惨死的情景，心底的仇恨一下涌上了心头。他断定眼前这个血葫芦似的胖日军，就是当年残忍地杀害了他娘的那个胖乎乎的日军。他搬起一块西瓜大的石头，狠狠地砸向了那胖乎乎的日军的脑袋，白花花的脑浆溢了一地。他还不解恨，从地上摸起一把带刺刀的枪来，朝着胖日军的身上连捅数刀，然后把手里的枪一丢，双膝跪地仰天喊道："爹，娘，你们的血仇，孩儿报了！"

刘芳见孟虎逮住一个日军又是砸又是捅的，还跪在地上仰天呼叫，就问："小虎，你这是怎么了？"

孟虎从地上爬起来说："芳姐，这个小鬼子就是那年杀害了俺娘的那个胖鬼子。你看，他只有一只耳朵。"

刘芳上前看了看说："行啊，孟虎。你白天炸死了杀害你爹的小鬼子，黑里又炸死了杀害你娘的鬼子，这下总算为你的爹娘报仇了。"

孟虎说："俺还要多杀鬼子，为失去了爹娘的所有中国人报仇。"

刘芳说："好样的！"

通过清理战场，大家捡拾到了20多个罐头和十几个有水的水壶，还有20多条没被炸毁的枪支和30颗手榴弹。大家背着战利品回到了洞里，便用柴草遮挡住了洞口，然后点燃了油灯，分享起战利品来。

孟虎一边吃着兔肉一边说："这小鬼子烤的兔肉还挺香，这根兔腿，俺赶明儿捎给张副队，叫他也尝尝。"

刘芳笑着说："你呀，啥事都想着你张副队。"

这天，寒风凛冽，雪花飞舞。王春兰接到有一批伤病员要送村里来的消息后，就老早地和乡亲们到村头来等着了。寒风吹透了她的棉衣，雪花落满了她的头发，她一边跺着冻僵的脚，一边专心致志地遥望着通向村外的小路……忽然，她透过纷纷扬扬的雪花，看见担架队已经向村里走来了，便和乡亲们一起迎了上去。当她来到一副担架旁，见担架上的伤员身上只盖着一床薄薄的被单、被寒风吹得缩着身子时，就毫不犹豫地脱下了身上的棉袄，盖到了伤员的身上，心疼地说："孩子呀，冻坏了吧？"

担架上的王广河一听是王春兰的声音，忙把蒙在头上的被单子扯下来说："赵大娘，是俺呀！王广河。"

王春兰惊奇地说："哎哟哟！是广河同志，怎么，你负伤了？"

王广河说："小伤，没事儿的，子弹已经取出来了。"

王春兰心疼地说："都被子弹打中了，还说是小伤，你的心可真够大的。"

王广河说："赵大娘，您还是把棉袄穿上吧，俺年轻扛冻，不冷。"

王春兰说："都冻得直打哆嗦，还说不冷，你就披在身上吧！"她对抬担架的人说，"快！快把广河同志抬到俺家里去。"

村里一下子住进了这么多的伤病员，也就忙坏了赵景轩、赵二顺等村里的党员干部，当然还有村里的郎中孟大年。

王春兰家里住进了 3 个伤病员，是村子里住伤病员最多的一家。自然，赵景轩和孟大年每天给其他人家住着的伤病员检查治疗完后，王春兰的家里就成了他们最后的落脚点，也成了村里的党员干部们每天商量研究如何治疗和保护伤病员安全的地方。

赵景轩说："敌人的这次大'扫荡'，咱们赵家湾一带虽然没有被敌人列入'扫荡'的重点区域，但是最近从峄县来的 200 多名日伪军，驻进了王庄据点，不日将对各村办理良民证，实则是为了达到其搜捕咱抗日人员和抗日家属的目的，所以咱们必须做好充分的准备，应对敌人来村里'扫荡'，确保每一位伤病员的安全。"

王春兰说："咱们村里住进伤病员的事儿，是不是被敌人发现了？"

赵景轩说："不排除有这个可能，要不然敌人不会突然间向这里增强兵力，而且要对这一带进行梳篦式的'扫荡'。"

孟大年说："这说明敌人只是知道有伤病员住进这一带，但不知道是住在哪个村里。"

赵二顺说："咱们应对敌人的'扫荡'也不是一回两回了，不过这次敌人来势汹汹，那咱们就在东丘岭上放个民兵流动哨，一旦发现敌人的大队人马从王庄据点里出来，就跑回来报信，把村里的抗日家属和伤病员转移到山上的洞里去。"

王春兰说："轻伤员倒好说，就怕那几个伤势重一点的伤员上不了山。"

赵二顺沉思了片刻说："那就把咱家菜地里的菜窖再扩一扩，用石板盖顶埋上土，窖口摞上秫秸掩饰好，等'扫荡'的敌人一来，咱们就把那几个重些的伤员藏在菜窖里。"

孟大年说："这个办法好！"

赵景轩说："那就叫牛子和小山帮帮忙，抓紧把菜窖整理出来。"

天已经黑了，赵二顺带领着本家侄子赵牛子和赵小山挑灯修理菜窖。

王春兰从院子里走出来，冲着赵二顺说："快让牛子、小山子来歇歇，等吃了饭再干。"

三个孩子也从院子里跑出来，其中老小说："爹，回家吃饭了，娘做了白菜炖豆腐。"

赵二顺从菜窖里上来，高兴地一下把老小抱起来说："走，回家吃饭去了。"

这天，四五十个日伪军气势汹汹地来到了村子里。他们在村口的场院上散开后，便纷纷窜到各家各户把村民们都赶到了场院上。

一个鼻子下留有一撮胡子的日军小队长站在人群前，发现人群中不是老头老太太，就是小媳妇小孩子，没有一个是青壮年，便把手里的战刀往地上一拄，双手往刀柄之上一按，然后一拢肩膀说："嘿嘿……吆西。你们村里的男人呢？怎么，都去躲起来了？是躲起来了，还是去当八路了？躲，不是办法。你们中国人有句俗话，叫作躲得了初一，躲不过十五。说，他们都躲到哪里去了？"

人群中没有一个吱声的，都怒目圆睁拿眼瞪着日军小队长。

日军小队长见没人理他的茬，便把一个30多岁的妇女从人群中叫出来问："你家的男人呢？"

那妇女怒目圆睁，不作回答。

日军小队长又问了一遍："你家的男人呢？说。"

那妇女恨恨地说："被你们的飞机给炸死了。"

日军小队长说："你的没有说实话，你家的男人一定是参加了八路的干活。"他说完，便用战刀挑开了那妇女的棉袄，裸露出胸来。

下面的乡亲们怒了，欲冲上去救回那妇女，却被日伪军们用枪拦住了。就见那妇女的婆婆挣脱了敌人的阻拦，冲上前去要跟日军小队长拼命，却被日军小队长一刀捅进了胸膛。

人群里大人骂、小孩哭，全乱了。

王春兰家里住着的 3 名伤员都是重伤员，本来的打算是，一得到敌人来村里"扫荡"的消息后，就把伤员隐蔽到赵二顺挖的菜窖里，由王春兰陪在菜窖里具体照看，等敌人一走就再从菜窖里出来。哪知这次四五十个日伪军来村里后竟然驻扎下来不走了。敌人的帐篷就搭在菜窖旁的一块麦地里，来来往往的敌人就从菜窖边儿经过。敌人的脚步声、谈笑声，躲在菜窖里的王春兰和伤员们都能听得到。在这与魔鬼相邻的危险环境里，王春兰沉着冷静，悄声嘱咐伤员们说："不要怕，菜窖的顶上是块大石板，不易被发现，就是被敌人发现了，也要沉住气儿。"

王广河的手里始终握着一颗手榴弹，说道："赵大娘，俺们不怕，大不了跟他们拼个同归于尽。"

王春兰说："也不知道小鬼子在村里要住多久，真要是时间长了，咱们出不去，外面的同志进不来，光困也得把咱们困死在这菜窖里，咱们还真得做最坏的打算。"

菜窖外又传来了敌人的脚步声。

王春兰和伤员们在菜窖里躲了两天两夜后的第三天早上，外面才传来了敌人已经撤走的信号，王春兰赶紧打开洞口从菜窖里爬了出来。

王春兰从菜窖里爬出来刚站起身，就见本家侄媳妇小芹迎面跑过来，一头扑到她的怀里呜呜地哭着说："婶子……不好了……俺叔他……他……"

王春兰急切地问："你叔他咋的了？"

小芹说："他……唉！你还是自个儿去看看吧！"

王春兰跟着小芹跑到村外的一块空地上一看，啊！一个人被烧得漆黑一团，只有从那沾满血迹的光板皮袄上，她才能认得出这个被烧焦了的人是自己的丈夫赵二顺。

原来赵二顺见敌人住在村子里两天了不走，就着急起来。这样下去，躲在菜窖里的伤病员就是不被敌人发现，也得被困死。他在万般无奈之下，便带领侄子小牛子等村里五六个民兵从山上洞里下来，在村外点燃鞭炮，一边向村里打枪一边扔手榴弹，以造成八路军要来的阵势，其目的就是想把村里的敌人引到村外去。

这一招还真管用，敌人一听到密集的枪声和手榴弹的爆炸声就全乱了，纷纷背起行李跑到村口集合。敌人来到村口的时候，日军指挥官发现有几个民兵正边打边向村外撤，便一挥手里的指挥刀喊道："是土八路的干活，追！"

赵二顺见敌人追出村来，就让小牛子他们快跑，他却躲在一堆玉米秸的后面阻击敌人，结果身中数弹倒在了血泊里。

日军指挥官追到玉米秸堆前一看，发现赵二顺已经中弹死了，再看看其他的民兵已经跑远了，嘴里骂道："八嘎！"便气急败坏地把玉米秸点燃后，继续向村外追去。

王春兰一屁股坐在赵二顺尸体旁的灰烬上，掀起带血的羊皮袄，抱住那被烧黑的尸体，好大一阵子既没放声哭，也没有说话，只是眼泪"扑簌簌"地往下掉。

闻讯赶来的孟大年和村里的几个妇女，看到眼前的这种情景，都一个个低垂着头，流着泪，不知道用什么话来安慰王春兰。

过了好大一阵子，孟大年才说："他二婶，你想哭就放声地哭吧！哭出来了，你或许会好受些。"

王春兰摇了摇头，轻轻地把赵二顺的尸体放到地上，为他盖上皮袄后抖颤颤地说："孩子他爹，你死得好惨，不过你死得值，你为了救伤病员，为了小牛子他们年轻人，你不惜搭上了性命，是个爷们儿。"她说着抬起头来问小芹，"四叔他们还没下山吗？"

小芹说："是啊，他们……"小芹说着一转身就往山上跑去，边跑边回头说，"婶子，俺上山去找找他们。"

王春兰见小芹跑远了，就对孟大年说："赵村长他们听到敌人撤走的消息后，也该回来了。那咱们等会儿再收拾孩儿他爹的遗体，得等他们来了后看看二顺是怎么死的，要让村里的年轻人永远记住这笔血债，将来叫小鬼子加倍偿还。"

正说着，就见赵景轩、小芹和村里的青壮年以及伤病员们从山上下来了。

原来，赵景轩他们一听到村子里的枪声，又不见了赵二顺和赵牛子、小山子几个青年民兵，便知道是赵二顺他们已经下山跟敌人接上火了，于是就从山洞里出来欲前去增援。可赵景轩他们下了山没走多远，就见敌人正追赶着赵牛子、赵小山他们往北面跑，为了安全起见，他们便趴在草丛里一动不动，等敌人走远了后，他们碰见了小芹，随即就跟着小芹来到了这里。

赵景轩来到王春兰的跟前，看了看浑身被烧得黢黑的赵二顺，就觉得眼前一阵眩晕，身子不由得打了晃儿。他蹲下身子，用手抚摸着赵二顺的遗体，眼泪像断了线的珠子，"啪啪"地滚落到赵二顺的光板皮袄上，声音颤颤地说："二顺呀，你咋就下山来诓小鬼子出村不跟四叔俺说一声？要是俺知道这个法子好使，也得是俺来呀。唉！你这是替四叔俺死的啊！"他说着，两腿一跪，欲给赵二顺的遗体跪下。

王春兰见状，忙上前把赵景轩扶起来说："四叔，您这是做啥？您咋能给小满他爹跪下呢？您是长辈，不能这样，还是让小满他爹安生地走吧！"

赵景轩问："二顺家的，二顺的丧事你打算怎么办？"

王春兰说："俺看现在就把他埋了，入土为安。这里是他打小鬼子死的地方，就把他埋在这里，也好让大家以后都记着他是怎么死的。"

赵景轩又问："你是说现在？"

王春兰说："俺是说现在！"

赵景轩忙说："哎，不行，不行！怎么着也得把小满找了回来再出殡。"

一提起小满，王春兰的眼泪又扑簌簌地流了下来，说："四叔，咱就不等小满了吧？俺总觉得那小鬼子赶明儿还得来。要是等小满来了再出殡，一旦遇上了小鬼子进村，他爹不得安生地走不说，乡亲们也得跟着遭殃。再说小满已经是排长了，他跟着大部队还不知道转移到哪里去了，上哪儿找去？俺看还是先让他爹入土吧！"

赵景轩听了说："就怕是到时候，小满会埋怨他四爷。"

王春兰说："放心，四叔。等小鬼子的大'扫荡'过去了，大部队也该回来了。等见了小满，俺就把现实的情况说给他，就说是俺的主意。"

赵景轩说："那好，不过二顺的追悼会一定要开。咱们要把村里人一个不落地都找了来，把住在村里的伤病员也都用担架抬了来，要让每个人都知道二顺是怎么死的！"

就见村里人挖墓穴的挖墓穴，扎牌坊的扎牌坊，大家都忙碌起来。

太阳已经坐在了西山上，就见满山遍野的积雪被照得红彤彤的，似刷了一抹晚霞金辉。

就在墓穴已经挖好，正要准备开追悼会的时候，只见赵牛子、赵小山等几个青年民兵从北面撅撅地回来了。

小芹跑着迎上去说："牛子，你可回来了，快把婶子急坏了。"

赵牛子老远就看见刚刚用松柏扎起的"悼念赵二顺"的牌坊了，对媳妇小芹的话没有回答，就径直地跑到赵二顺的遗体跟前跪下了。

赵小山还有另外几个赶回来的青年民兵，也都跟着跪在了赵二顺的遗体前面。

赵牛子放声哭号着说："二叔呀，您怎么就这么走了啊？您可是为救八路军伤员，也是为掩护俺们这些后生安全逃命而死的啊……"

随着赵牛子那悲恸欲绝的哭喊声，在场的人都跟着"呜呜"地悲咽起来。特别是小芹，她跪在那儿哭着哭着，就干脆躺在地上打着滚儿地哭号起来。

王春兰把赵牛子拽起来问："牛子，你们怎么才回来？"

赵牛子说："二叔让俺们几个快跑，俺们就没命地一口气跑到了薛河边儿，藏进了苇草丛里。也就是有一袋烟的工夫，小鬼子就追过来了。他们也许是见俺们没了踪影，也许是跑不动了，就胡乱地朝着苇草丛里开了一阵子枪，向王村方向去了。"

赵景轩说："你二叔为了能让你们几个后生活命，在这儿拼命地阻击敌人的追赶，直到打完了最后一颗子弹，在向敌人扔手榴弹的时候，身上被打中了数枪。你们不能让他的血白流，要多杀几个小鬼子，为你们的二叔报仇！"

孟虎去驼峰山当天就到了。可是他找了大半天也没有找到大部队的踪影儿。驼峰山就像是一座迷宫，又像是大自然摆的迷魂阵。山腰子上竖排着十几道山梁，山梁的周遭是纵横交错、错综复杂的沟壑。沟壑有深有浅，有大小不一的洞穴，两边长满了密密麻麻的柏树。

孟虎在沟壑里转来转去，转到天就要黑了，却发现又回到了原点。他不得不在沟壑的一避风处停了下来，就觉得又渴又饿又累，便从怀里掏出了临来时刘芳给他在路上吃的罐头，坐在地上吃起来。他吃完了罐头后，不一会儿就上眼皮打起下眼皮来，身子一歪睡了过去。

山区的夜晚风多。山风好像是从东面西面北面吹来，呼啸着、号叫着，刮得山坡上的柏树林东倒西歪，就连沟壑里的一些枯草败叶，也都打着旋儿卷到了天上去。但是无论任何的风吹草动，也惊动不了孟虎的睡意。他太累了，他蜷缩在那里睡得很香，而且还做了一个美梦，梦见张文峰笑呵呵地给他准备了一大箩筐热气腾腾的白面馍馍。他背着那一箩筐馍馍走啊走啊，却怎么走也走不回乱石崖去。他一着急便急醒了。

此时，东方已经呈现出了鱼肚白。孟虎揉搓了一下眼睛，抹了一把嘴边做梦时流出来的哈喇子，一个骨碌爬起来伸了一个懒腰，便爬上沟顶，向山梁走去。

一场小雪后还没过三天，鲁南地区又下起了鹅毛大雪。纷纷扬扬的雪花飘落了一天一夜，为整个鲁南山区裹上了白茫茫的银装。

一场大雪的到来，菊池得意地认为这是天赐良机，妄图借助这恶劣的天气，将藏进山里的八路军和伤病员一网打尽。这天，他把龙少坤找来问道："龙司令，你对乱石崖一带接连地出事怎么看？"

龙少坤一哈腰说："太君，俺认为乱石崖一带接二连三地出事必有蹊跷，先是咱们搜山的部队踩响了八路布的地雷，后又有一个小队的部队被八路用手榴弹炸死了，俺想这一带定有藏着八路主力的山洞。"

菊池听了说："你的分析的完全正确，我也认为乱石崖有蹊跷。为此，我们要借这场大雪的良机，加强对这一带的兵力部署，就是挖地三尺，也要把藏有八路的山洞找出来。"

龙少坤一哈腰说："是！皇协军全力配合。"

一时间，敌人全部出动了，就连乱石崖的山梁上，也布满了三五一群、四五一伙的敌人。

孟虎离开山洞去驼峰山找粮食，已经有三天了还没有回来，山洞里的同志几天前从敌人手里缴获来的罐头也已经吃光了，饥饿和寒冷折磨着洞里的每一个人。特别是几个伤势比较重的伤员，由于一连两天吃不上饭，已经出现了发烧脱水的症状。面对眼前的严峻现实，刘芳心急如焚，对护士们说："孟虎去搞粮食这些天了还没有回来，肯定是遇上啥麻烦了。若是不尽快想办法解决吃的问题，情况定会越来越糟。大家若是再吃不上饭，就会有被饿死冻死在这山洞里的可能。既然如此，倒不如拼上命出去找些吃的回来，一是救自己，二是救洞里所有的人。"

伊丽说："队长，你有什么话就说吧，俺们听你的。"

刘芳说："俺是这样想的，等到天黑后，咱们几个人趁敌人生火做饭的时候，悄悄地爬出洞去，然后瞅准时机打敌人一个措手不及，抢一些食品回来给大家充饥。要不然，没有别的办法。"

伊丽和两个已经痊愈了的战士认真地点了点头……

天渐渐地黑了下来，日军们在距洞口 50 米的地方点起了火堆。他们在火堆上架起了一口铁锅，几个日军用铁铲往锅里铲满了积雪，不一会儿就把锅里的雪水烧得热气腾腾了。只见日军们从背包里掏出铁皮罐头，一一放到了锅里。

刘芳在洞孔里看了个仔细，对身旁的伊丽和两个战士小声说："开始行动！"刘芳他们爬出洞口后，便匍匐在厚厚的雪地上向着火堆爬去，当他们爬行到离日军不到 30 米的时候，却被一个正蹲在柏树林里解手的日军发现了。那日军一边吆喝着："有八路！有八路哇！"一边向刘芳他们开了枪。

火堆旁的日军一听说有八路，就全都端着枪向刘芳他们扑了过来。

刘芳见行动已经暴露，就沉着地对身旁的战士们说："同志们，敌人扑过来了，咱们把手里的手榴弹扔向敌人，然后借着爆炸后的烟雾向山梁上撤，记住，山洞是不能再回去了，那样会暴露了洞口，造成更多同志的牺牲。"她说完就把手里的手榴弹向敌人扔了过去。

刘芳和战士们借着手榴弹爆炸后的烟雾一边向后撤着，一边向扑过来的敌人射击着，却发现山梁另一面的敌人听到这面有枪声也扑了过来。刘芳见此情景，大声地说道："同志们，咱们被小鬼子包围了，和小鬼子拼了！"说完，就趴在雪地上同敌人对射起来。

密集的子弹打过来，两名男战士牺牲了。

刘芳对伊丽说："咱们绝不能让小鬼子捉住了，要做好最后的准备！"她话音刚落，就见伊丽也中弹倒下了。

刘芳把枪里的子弹打光了，就把手里的空枪砸向了敌人。然后她从雪地里坐起来，摘下军帽梳理了一下头发，便把身上的3颗手榴弹打开后盖放在身边，又把另一颗手榴弹打开后盖掖在了怀里，做好了最后牺牲的准备。

日军逼近了。他们见是个女八路，便狂妄地喊叫起来："女八路的哟，抓活的哟！"几个日军争先冲了过来。

刘芳见日军逼近了，把手里握着的一颗手榴弹一拉弦一甩胳膊扔了出去，"轰"的一声炸响，把冲过来的日军全部炸趴下了。

一个挎战刀的日军小队长，带着几个日军包围了上来，刘芳又接连扔出去了两颗手榴弹，当场炸死了五六个日军，那日军小队长也被炸伤了，只见他从地上爬起来，手里举着战刀，继续向刘芳蠕动过来。

刘芳扔完了三颗手榴弹后，庄严地坐在了雪地上。她双手紧握着怀里的那颗手榴弹，怒视着日军们一步步地围上来。当日军小队长欲上前摘下她头上的帽子时，突然"轰"的一声巨响，日军小队长和日军们被炸上了天。年仅22岁的刘芳与日军同归于尽，用她那生命的鲜血染红了乱石崖。

到了半夜时分，孟虎背着干粮和药品悄悄地回到了山洞里，他见护士小贾和小李见了他一点也不高兴，就知道是出事了，问："刘芳姐姐呢？"

孟虎这一问不打紧，小贾悲痛地一边哭一边说："她为了救俺们牺牲了。"

孟虎一听，就把头一抱，蹲在地上"呜呜"哭起来。

护士小贾说："孟虎同志，你别在这里光哭了，还是快给张副队送个信去吧！"

第二十三章 　只身锄奸

　　1943 年的这个冬天，对于鲁南抗日根据地的军民来说，格外难熬。由于敌人对抗日根据地的大"扫荡"，多数的军民都隐藏在了深山密林里。而山区的冬季，荒凉而冷寂。密林里除了松柏的翠绿外，其他的树木是一片灰黑色的秃干枝丫，就连晴朗的天空中也是冷阳冻云，除了人的骨和肉有暖意外，天上地上及四周的一切都是冰冷的。在这样艰苦的条件下，刘振武的枣临支队利用密林的掩护，运用牵牛鼻子的战术，机动灵活地与搜山"扫荡"的敌人展开周旋，并抓住有利战机，出其不意地打敌人的埋伏、捅敌人的屁股，秉着"打了就走，决不恋战"的原则，搞得敌人晕头转向，与疯狂的敌人展开了游击战、运动战。

　　实际上，菊池带领着大队人马来这里"扫荡"，无论是实行拉网战术也好，梳篦式扫荡也好，还是铁壁合围也罢，都无济于事，所到之处除了空空荡荡的村庄，还是空空荡荡的村庄，连根鸡鸭毛也捞不到。空旷的山区重峦叠嶂，就像是一片汪洋大海，你能有多少的兵力往里投啊？你到这座山上来搜山了，人家在那座山上早就发现你了，等你发现了赶到那座山上，人家早就又转移到另一座山上去了。到头来不但把队伍拖得精疲力竭，还经常被人家打了伏击，捅了屁股，弄得损兵折将得不偿失。

不过敌人的这次大"扫荡"，倒像是下了决心，大有不消灭掉八路军的主力绝不收兵的意思，在这山里耗上了。这样一来，就给山区的抗日军民带来了不小的麻烦。在这天寒地冻的隆冬里，军民们露宿山林、沟壑，除了挨冻还要挨饿，危如累卵。特别是对于那些老人、孩子和伤病员来说，无不是一个大的考验。

孟虎赶到驼峰山向张文峰汇报了刘芳牺牲的经过后，张文峰这个经历过生活磨难的汉子，竟然当着全体指战员的面呜呜地哭起来。他那悲痛欲绝的哭声，让在场的每一个人都触动不已，同样流下了滚烫的泪水。

人的一生中最为悲痛的事儿，莫过于失去了最亲的人。尤其是这事儿摊在张文峰的身上，那更是悲痛加悲痛，悲恸欲绝。他从小失去了生身爹娘，又失去了抚养他成人的姑姑。那种失去亲人，失去挚爱，孑然一人的苦日子，让他记忆犹新。在他生活最无助的时候，是刘芳点燃了他对生活的希望，是刘芳给了他疼爱，给了他幸福，让他有了家，有了温暖，有了儿子。现如今刘芳走了，撇下了他和幼小的儿子，让他爷儿俩成了孤儿寡父。这种失去了最亲的人的滋味儿，怎能不叫他悲恸欲绝！

刘振武压抑着强烈的悲痛劝他说："文峰，注意点影响。现在是非常时期，战士们都露宿在这山林沟壑里，原本就憋着一股气要跟鬼子拼命去。若是把大家的情绪挑起来了，怕是不好收拾。"他说着递过去一块小手绢，让他擦泪。

张文峰停止了哭声。他接过手绢来一边擦着眼泪，一边呛咳着抖颤了几下身子，然后捏住鼻子擤了一把鼻涕说："俺哭出来就好了，要不然，非得把俺憋屈煞不可。"

刘振武拽了一下张文峰，两个人便出了沟壑，向山梁上走去。刘振武一边走着一边说："文峰，俺的心情比你好不到哪里去，刘芳是俺的妹妹，在这不到半月的时日里，俺先后失去了一个弟弟一个妹妹。可想而知，俺的心情沉重不沉重？可这是战争，战争面对的是穷凶极恶的敌人，只要面对的是敌人，就会有牺牲。刘芳是为了救伤病员而死，还用手榴弹炸死了十几个小鬼子，她死得值，咱们应当为她而感到骄傲！"

张文峰说："这些道理俺都懂，可情感上的账不能这么算。"

刘振武说："怎么不能这么算？就得这么个算法。如果全国的四万万同胞都像刘芳一样的勇敢，就是一人向小鬼子扔去一块石头，也把小鬼子都砸死了。"他看了一眼张文峰接着说，"再说振东他们连，在月牙山上阻击住了敌人的 6 次进攻，打死打伤鬼子和汉奸 400 多人，胜利地掩护着后方医院转移了出去，叫你说振东的牺牲值不值？"

张文峰说："大哥，你误会俺说的意思了。俺是说俺跟刘芳的感情，不能用牺牲得值不值来计算。"

刘振武拍了一下张文峰的肩膀说："俺知道刘芳的牺牲不能用值不值计算。俺这不是在调节你的情绪吗？俺希望你能够尽快地振作起来，要想办法去为刘芳报仇才是啊！"

张文峰说："敌人这次进山'扫荡'已经近 20 天了，种种迹象表明，敌人还丝毫没有撤退的意思，看来他们是要跟咱们在山里耗上了，如果这样地耗下去，不光村民们吃不消，就连咱们的战士也会熬不住。俺看咱们只派小股的部队骚扰敌人不行，得想办法主动出击，打他个歼灭战。据侦察到的情报说，菊池把部队划分为小队，到各个村去'扫荡'搜山。一个小队 54 个小鬼子，加上伪军也就是 100 多号人，咱们不如把部队拉出去，打敌人一个包围战，先吃掉他一个小队再说！"

刘振武说："你的提议不错，有分析，有计算，有方法，很值得坐下来研究研究。没想到你这个教书先生也学会制订作战方案了，有你的。"

张文峰的脸上有了一丝微笑说："这不都是被敌人给逼的吗？从战争中学习战争嘛！"

刘振武问："俺问你，刘芳的遗体现在在什么地方？"

张文峰说："还在乱石崖。据孟虎说，刘芳的遗体被炸得不成样子了。他收拾了收拾藏在树林里用柏枝遮盖了起来。"

刘振武说："那就今天夜里找几个人，把她埋了吧，入土为安！"

张文峰问："埋在哪里啊？"

刘振武沉默了许久说："还是把她埋到刘家的老林吧，按咱们这里的风俗，嫁出去的闺女，是不许再回本家的老林的。不过你是上门女婿倒插门儿，也理应把刘芳葬在刘家的老林里。"

张文峰听了说："这事儿是不是得跟咱爹商量商量？"

刘振武说："刘芳和振东的死，还都瞒着他，怕他知道了吃不住。这事儿俺就先做一回主，到时候再跟爹解释。"

刘振武和张文峰说着话，来到了驼峰山的山顶。举目望去，周围的群山都踩在了他们的脚下。一座座山峦像是剃了阴阳头，朝阳的一面，积雪已经融化，露出了原有的模样儿，朝阴的一面，仍旧是一片白茫茫。

刘振武和张文峰在山顶上转了一圈正准备下山，却发现侦察排长赵小满气喘吁吁地爬上山来。他来到两个人的面前行了举手礼说："报告，赵小满有情报前来报告！"

刘振武还了一个举手礼，问："你们侦察到了什么情况？"

赵小满说："俺们按照首长的指示，当天晚上就到了红岭。俺们摸到了村北头的场院屋子里，在那里活捉了一个伪军的排长，从他那里得到证实，菊池和龙少坤确实驻扎在村子里，而且他们就住在你们家的宅院里，指挥部也安在那儿。门口每班有两个鬼子和两个伪军站岗，院门顶楼上架有一挺机枪，不好靠近。"

刘振武说："看来咱们的推断没有错。村里有多少敌人？"

赵小满说："村里驻有一个小队的鬼子，加上指挥部里的20多个鬼子，有80来个吧，再加上1个连的伪军，不到200个敌人。另外，咱们从舌头那里还了解到，其他5个小队的敌人，分别驻在了石栏、石头、洪洼、田家、崖头五个村子里。他们白天搜山，有时也住在山里，没准性。"

刘振武问："经常到乱石崖搜山的，是哪一股敌人？"

赵小满说："是驻在石头村的敌人，鬼子小队长叫川岛，据说已经被炸死了。"

张文峰还没等赵小满说完便说："就是被刘芳炸死的那个。"

赵小满接着说："据舌头说，石头村的敌人已经死亡过半了。接替川岛小队长职务的野田，向中队长山川要求补充兵力，山川说目前没有兵力可补，要求他们不辱使命，继续在乱石崖一带搜索。"

刘振武说："文峰，还真让你给说着了。这个仗咱是怎么打，俺先听听你的意见。"

张文峰说："俺看咱们就先吃掉经常去乱石崖的这股敌人。一是乱石崖的这股敌人现在兵力最弱，已经是一个软柿子，好捏；二是咱们的伤病员还住在乱石崖的山洞里，不安全。咱们消灭了乱石崖的敌人，既掩护了山洞里的伤病员，为刘芳他们报了仇；又打一打小鬼子的嚣张气焰，让菊池在红岭村里坐不住。"

刘振武说："那咱们就先干掉乱石崖的敌人。"

赵小满问："队长，咱们什么时候行动？"

刘振武说："事不宜迟。刘芳的遗体还在乱石崖，咱们今天夜里就行动！"

赵小满又问："如果石头村里的敌人今晚不去乱石崖怎么办？"

刘振武说："那好啊！那咱们就把他们全部歼灭在村子里。文峰，今天晚上的行动，咱们兵分两路，由俺带一营的两个连去石头村，你带一个连和侦察排去乱石崖。你们把乱石崖的敌人解决了之后，你就去把刘芳入土的事办了，把她埋在振东的坟旁吧，有她三哥做伴儿，不孤单。等俺把石头村的敌人解决了后，也赶到老林去！"

张文峰一听刘振武让他带队去乱石崖，立刻来了精神，说："你就放心吧，俺一定要把这一仗打好，为刘芳报仇！"

刘振武说："那咱们就下山，去找保刚同志研究一下今晚的作战方案。"

天一擦黑，刘振武和曹保刚带领着第二、第三连奔石头村后，张文峰便带领着第一连和侦察排出发了。他们在孟虎的引导下，没用一个时辰就接近了乱石崖。老远看去，就见敌人在乱石崖的一片旷野上燃起了三个火堆，每一火堆都围着十几个敌人，他们正烤着火打瞌睡。

根据观察到的情况，张文峰命令说："小满，你带领侦察排摸掉敌人的流动哨后，从右面迂回过去。李勇，你带领一连从左面迂回过去。等把敌人包围起来后，听俺学一声牛叫就扔手榴弹，把这伙狗日的一个个炸上天。"在他说最后一句的时候，眼前呈现着刘芳与日军同归于尽的情景，所以他是咬牙切齿地带着仇恨说出来的。

没多大工夫，有侦察排的战士前来向张文峰报告说，部队已经把敌人包围起来。就见张文峰"哞——"学了一声牛叫，随即几十颗手榴弹嗖嗖嗖地飞向了敌人。在一声声爆炸声中，敌人还没来得及反应，就被炸上了天。

战斗很快就结束了。

张文峰来到刘芳的遗体旁，泪流满面地把她抱起，轻轻地放在了事先准备好的担架上。然后他对李勇说："李连长，这里已经不安全了，敌人定会上这里来制造麻烦。你们把伊丽他们掩埋了后，就把山洞里的同志都转移到驼峰山去。"说完，就和赵小满他们抬着刘芳的遗体，奔刘家的老林去了。

第二天的早晨，菊池下了炕还没有扎上腰带，山川中队长就在门外敲门了："报告大佐，有重要的情报向你报告！"

菊池打开屋门，把山川让进屋里问："有什么的重要情报？"

"报告大佐！"山川一哈腰说，"昨天夜里，我得到情报，说石头村有激烈的枪战，等我带人赶过去，发现野田小队全部殉国，却没有发现八路的任何踪迹。我又带队赶到乱石崖，乱石崖的皇军也都殉国了。"

"八嘎！"菊池攥紧拳头猛地往桌子上一捶，牙咬得"吱吱"响，说，"一定是那八路的枣临支队干的。你马上以我的名义给坂本将军发电报，就说红岭一带发现了八路的主力，要求增援兵力，围歼他们。"

"嗨！"山川转身去了发报室。

菊池来到龙少坤住的屋里，告诉了他驻石头村的日军和伪军全被消灭的消息："龙司令，我们进山寻找八路的枣临支队快一个月了，不但没有寻到他们的主力，倒把我们的一个小队吃掉了。我们拉网式地搜山，已经搜了好几遍了，难道是他们从地底下冒出来的？这山里真就有这么神奇？"

龙少坤一听菊池在问他问题，便一本正经地说："从咱们搜山的情况来看，咱们已经拉网式地搜了好多遍了，就是没有寻找到八路的主力，倒遭到了他们的不断骚扰。"他说着来到地图前，指着地图上说，"依俺看，八路的主力极有可能跳出了咱们所搜索的范围，他们大有可能转移到熊耳山一带去了，那里有熊耳洞，还有一条几百米长的大裂谷，能容纳上千的人，他们是否藏匿在那里？"

"吆西！"菊池认为龙少坤分析得有道理，脸上露出了一丝微笑。可他转而一想说："不，不，熊耳山一带有枣庄大桥君的一九四大队负责围剿，并没有听到这一带有任何的战报。自大'扫荡'以来，只有月牙山和大青山一带发现了八路的主力，并没有发现熊耳山有什么情况。难道是大桥君没有去搜查熊耳山的大裂谷？不会的，大桥君是个不放过任何蛛丝马迹的人，熊耳山大裂谷他一定会去搜查。所以说八路军的枣临支队绝不可能去了熊耳山，一定还在红岭一带，只是我们还没有找到他们的藏匿之地而已。"

龙少坤一听菊池否定了他的说辞，便顺着菊池刚才的话说："那就是他们藏在了乱石崖一带，想想看，为什么八路总是在乱石崖跟咱们过不去，这一带肯定有蹊跷。"

经龙少坤这么一说，还真让菊池恍然大悟，说："是啊！八路先是在乱石崖布雷炸死了我们三十几个人，后是派出一支小分队被我们歼灭了，这次又是在乱石崖夜袭了我们的部队。他们为什么总是在乱石崖跟我们过不去呢？看来这乱石崖大有文章，一定是这一带有着秘密的山洞还没有被我们发现，八路的主力和伤病员极有可能就藏匿在这一带的某个山洞里。来人！"

山川进到屋里一哈腰说："有！司令官，请明示。"

菊池说："你调集所有的部队赶往乱石崖，要对这一带进行地毯式的搜索，不找到藏匿八路的山洞，决不收兵。"

山川说："嗨！"

菊池和龙少坤带领着部队来到乱石崖后，便命令部队把乱石崖团团包围起来，用地毯式的搜索方式，全方位搜索前进。

只见日军和伪军们人挨着人，肩并着肩，用手里的刺刀一步一捅，捅在地上"噗噗"乱响。

当敌人乱捅乱戳地搜索到乱石崖山根儿时，就见一个伪军往覆草上一捅，一下子捅空了，忙挑开草一看，就大呼小叫地喊起来："太君，太君！洞口，这里有个洞口。"

听到喊声，菊池和龙少坤快速地赶了过去。

菊池来到跟前，看着那石崖下极为隐蔽的洞口，龇出两颗大牙"嘿嘿"一笑，说："吆西！怪不得我们的人马搜索了这么些天，都找不到八路的踪迹，原来是这山里的山洞这么的隐蔽。"他以胜利者的姿态沾沾自喜，认为这洞里肯定藏着八路军。于是，他对一个伪军小头目一挥手："你的，向洞里喊话。"

伪军小头目便扯着嗓子向洞里喊道："喂！里面的八路听着，皇军让你们都赶快出来投降！皇军说了，只要你们出来投降，皇军就优待你们，绝不杀你们！八路弟兄们，保命要紧，快出来吧，你们被包围了！"

菊池见向洞里喊了半天也没有反应，就又让那伪军小头目向洞里喊带有威胁性的话。

伪军小头目趴在洞口喊道："里面的八路快出来吧，不出来就要往洞里扔手榴弹了！"

洞里还是没有动静。

菊池急了，命令日军向洞里扔了一颗手榴弹。随着"轰"的一声沉闷的爆炸，只见洞口烟雾滚滚，而洞里仍旧没有动静。

待烟雾散后，菊池命令伪军小头目说："你到洞里去看看。"

伪军小头目极不情愿地左顾右盼，发现周围所有的人都在拿眼瞪着他，无奈，只好硬着头皮战战兢兢地爬进了山洞里。

不大工夫，伪军小头目端着一个破筐子从洞里爬了出来说："太君，洞里没有人，就这一筐烂东西。"

"八嘎！"菊池大失所望。他用战刀挑着筐里的空罐头盒和一团团用过了的药棉球说："看来八路的伤病员就藏在这山洞里，是昨天夜里才被八路转移走了。"气得他在洞口直打转转。

龙少坤也不管菊池此时是个什么样的心情，只管谈论他的观点，说："怪不得八路在这儿净偷袭咱们哪！原来是他们的伤病员藏在这山洞里，俺说哪。"他指着筐里的空罐头盒子仿佛又明白了什么，"噢？这不是皇军吃的罐头吗？看来皇军遭袭击，竟是那八路的伤病员出来抢皇军的罐头。"

菊池瞪了龙少坤一眼，就差再把战刀架到他的脖子上了。

恰在这时，一个日军骑着战马送来了坂本顺的电报。电报上说：经我方空中侦察，没有发现红岭一带有八路主力的迹象，望你部继续搜索，一旦确定目标，再派部队增援。

菊池看罢，恶狠狠地把电报撕了个粉碎。

刘相龙先后得到了刘振东和刘芳牺牲的消息，却一直没有在方玉娥、刘茵、刘燕、方玉春等亲人的面前流露出半点声色，只是一个人把这苦涩的消息咽到了肚子里，想等到敌人的大"扫荡"结束后再告诉他们。

刘相龙对于刘振武和张文峰一直没有告诉他刘振东和刘芳牺牲的消息，心里是明白的。他们之所以瞒着他不说也是因为孝顺，肯定是怕他知道了受不了才没有说。他非常理解他们的心情。可他刘相龙是个什么样的人啊？他自从参加了革命，加入共产党的那一天起，就做好要牺牲一切的思想准备了，包括他自己的生命和家人的生命。眼下国难当头，儿女们是为了抗击倭寇而牺牲，他们死得值，死得光荣。一连几天里，他都是用这种自我安慰的方式激励着自己，力图用这种方式来化解那苦涩的心情。然而，痛苦总归是难免的。在这个世界上，没有一个做父亲的不为失去了儿女而痛心不已。这天，他终于再也控制不住悲痛的情绪，就一个人躲到离人们较远的一道空旷的沟壑里，蹲在那儿抱头大哭起来……英俊的振东……活泼的小芳……他们那嘻嘻笑着的模样儿，一直在他的泪花里显现着，多么可爱的孩子啊。他那悲恸的哭声撕心裂肺，瘆得老天也夯毛儿。

刘相龙把心里的憋屈一股脑都哭了出来，立时觉得浑身轻松了许多。他站立起来振作了一下情绪，决定要到刘振武那里看看去。

刘振武和张文峰把刘芳的遗体埋葬在了刘家老林里后，便连夜赶回了驼峰山。由于过于疲劳，刘振武倒头就睡着了，直到天快晌午的时候才睡醒。当他睁开惺忪的眼睛，一眼看见刘相龙坐在他的身边，就赶忙坐起来问："爹，您怎么来了？"

睡在一旁的张文峰听到说话声，也赶忙从草窝里爬了起来。

刘相龙见刘振武和张文峰都睡醒了，就从腰里掏出烟袋来，一边往烟锅里按着烟叶，一边问："都睡醒了？"

"嗯！"刘振武答应着站起来伸了个懒腰说，"嗬！这一觉睡的，太阳都照头顶了。"

刘相龙吐着烟雾问："你们昨天夜里的行动，还算顺利吧？"

刘振武一愣说："爹，您怎么知道俺们昨夜里有行动？"

刘相龙说："你们干什么事能瞒得了你爹呀？怕是你俩真有事瞒着你爹吧？"

刘振武和张文峰听了，相互看了看，又看了看正在抽烟袋的刘相龙，却发现爹突然地老了许多。他脸色憔悴，上下眼皮松弛红肿，头发也花白了许多。看来是振东和小芳牺牲了的事儿，爹已经知道了。刘振武试探着问："爹，你是不是听到了什么？"

刘相龙抽尽了最后一口烟袋，一边吐着烟雾，一边磕着烟锅里的烟灰说："你就甭再隐瞒，爹知道是振武的主意，爹不怪你俩，可这事儿瞒着你爹能瞒多久？就把振东和小芳的事儿，给俺说说清楚！"

刘振武知道是瞒不住了，要不然爹是不会来兴师问罪的。于是他赶忙跪在刘相龙的面前说："爹，是孩儿不孝，您千万别生气！这事瞒着您是俺的主意，与文峰无关，俺是怕您受不了才没有告诉您。俺是打算等小鬼子撤了后，咱都回到家里了，再找个机会跟您说。"

张文峰见刘振武跪下，也就跟着跪下了说："是啊，爹。俺和大哥都是这么想的！"

刘相龙说："爹知道你们是孝顺才不对俺说的，可这是人命关天的事儿，就是瞒谁也不能瞒你爹。你爹俺摸爬滚打大半辈子了，啥事儿没经历过，啥道理不懂？振东、小芳都是为国捐躯的，他们死得其所，爹为有这样的儿女而感到骄傲。你们都跪着干啥，快起来。"

刘振武见把瞒着爹的事说开了，也就松了口气。就听刘相龙又问："你们把小芳给俺埋到哪了？"

刘振武说："爹，是儿子不孝，俺自己做了一回主。俺和文峰把小芳埋在咱刘家的老林了。俺是这么想的，小芳一直没有离开过家，文峰是一个人无牵无挂才来当的上门女婿，他们理应是刘家的人。您说过，文峰也是您的半个儿子嘛！"他说完，看了一眼张文峰。

张文峰焦急地看着刘相龙，显得有些紧张。

刘相龙深深地抽了一口烟袋，说："老大啊，你这事儿做得对着呢！俺就怕你信什么风俗，给俺把小芳埋到乱石崖了。这下，俺也就放心了。"他看了看张文峰说，"文峰啊，小芳不在了，从今往后你就不再是俺的半个儿子，是俺刘相龙的儿子了。你要把小强给俺培养成人，他可是小芳留下来的念想哩！"

张文峰跪在地上磕了三个响头，说："爹，儿子都记下了！"

刘相龙说："振东和小芳的事儿，就先瞒着你娘。你娘她毕竟是个女人，感情脆弱着呢。振武和振东去井冈山的那年，她不知道在夜里哭了多少回。别看她平时当着家人的面不吱声儿，其实她的心里苦着呢！若是把振东和小芳牺牲了的事告诉她，怕是她真的吃不消了。这个把月来，她照看着小红军和小张强露宿在两头通风漏气的山洞里，成天用被子把他俩裹在怀里。还有你那个囤着大肚子的妙子，眼看着就要生了，也需要人照顾。你娘是照顾了小的，照顾大的，累心着哪！唉，这小鬼子怎么就赖在这山里不走了呢？乡亲们都露宿在这沟壑里，可什么时候是个头啊！"

张文峰说："从种种迹象表明，小鬼子还真是没有撤走的意思。"

刘振武说："那咱们就撵他走。菊池和龙少坤不是住在红岭村里吗？那咱就拿出个夜袭红岭村的作战方案，拔掉了他的指挥部，看他们撤还是不撤。"

刘相龙问道："怎么，你是说龙少坤住在了咱们的村里？"

刘振武说："是啊，而且就住在咱的宅院里。"

刘相龙皱紧了眉头说："好一个龙少坤，当年开枪打死你奶奶的仇还没有找他算，如今他又带着小鬼子来村子里'扫荡'，让俺死了心爱的儿女不说，竟然还恬不知耻地住在了俺刘相龙的宅院里，欺负俺刘相龙欺负到家了。这旧恨新仇，俺非找他报了不可！"他起身刚要走，却见季华书记、铁道大队大队长刘振山，还有赵新河一块儿来了。

刘振武迎上前握住季华的手说："你们来得正好，俺正要差人前去找你们。"

季华说："你不用去找，俺们这不是来了吗？正好，相龙同志也在，今天咱们就一起通通气儿。"

刘相龙问："季书记，这些天没见着你，你去哪儿了？"

季华说："这些天，俺和振山同志化装去转了转铁路沿线的十几个村子，情况不妙啊。小鬼子找不到抗日武装，就拿老百姓开刀了。那天俺们到了杏林村，正赶上敌人把乡亲们集中到打麦场上，让各家各户相互检举谁家是八路军家属，或是抗日分子。对检举他人者，每检举一个家庭奖励3块银圆。这个村里还真就有一个爱贪小便宜的软骨头，3块银圆对他的诱惑太大了，竟然把村里的3名党员和9名家属都检举了出来，结果12个家庭的老小40多口子，全被小鬼子杀害了。"

刘相龙说："这个爱贪小便宜的小人，真该千刀万剐了他。"

季华说："他确实没有什么好下场，不但没拿到小鬼子的赏钱，等小鬼子走了后，愤怒的村民们把他的衣裳扒光，绑在村头的一棵山楂树上了，然后大家一起往他的身上泼凉水，活活冻成了一个冰人。"

季华说："还是先说说眼下的事儿，怎样对付小鬼子的猖狂吧。"

张文峰说："那就是打！昨天夜里，支队夜袭了石头村和乱石崖一个小队的鬼子，并没费吹灰之力。"

刘振武说："对，打！只有打，才能取得调动敌人的主动，才能赢得机会救咱们自己。面对凶残的敌人，你若是不打他，一味地躲，一味地怕，他就会找着打你。别忘了这是在山里，不是在城里，咱们有游击作战的优势。咱若是主动地去打他，他就会由主动进攻变为被动防卫，不敢贸然地到各村去猖狂了。从昨天夜里咱们袭击石头村的敌人来看，只要咱们注重侦察，摸清了敌人的兵力部署，掌握了敌人的活动规律，研究好了作战方案，出其不意地给敌人以突然的痛击，不但消灭了敌人，还减少了咱们的伤亡。"

张文峰说："毛主席在《论持久战》里所论述的保存实力，不是让咱们一味地躲避敌人。一味地躲避，带来的只能是处于被动挨打的局面。只有避开了敌人的锋芒之后，想方设法主动地去消灭敌人，才能由被动变为主动，遏制住敌人的进攻。"

刘振武说："对，咱们既然掌握了敌人的指挥部在红岭村，咱们就想方设法地去拔掉这颗钉子，给敌人一个沉重的打击，就是消灭不了它，也能给它点颜色看看。"

刘振山说："俺也同意打。菊池不是到处找枣临支队和铁道大队吗？咱们就来他个主动找他去，也让他知道知道反击的厉害，别以为咱们是吃素的。若是要端他在红岭的指挥部，俺们铁道大队也参加战斗。"

季华说："好，既然大家都同意打，那就按振武同志的意见，制订出一个既能出其不意地袭击敌人，又能够速战速决迅速撤离的可行性方案。"

刘相龙一听说又要打大仗了，心里就担心起来。他在这次反"扫荡"中已经有两个孩子死在了战场上，生怕其他孩子再有个什么闪失，说："打仗，要有一定取胜的把握再打。还是那句话，面对强大的敌人，打得赢就打，打不赢就走。保存实力，是为了将来更好地打。这也是毛主席说的嘛！"

刘振武深知刘相龙的心情，这是在为他和振山担心呢，于是说："放心吧，爹。这次袭击红岭的敌人，咱们还要做进一步的侦察和很好的论证，绝不打无把握之仗！"

刘振山说："是啊，爹！咱们不会轻易地出击。"

刘相龙从刘振武那里出来，已经是太阳快落山的时候了。当他来到沟壑山洞的住处，却见刘茵、刘燕、方玉春、杨晓萍他们见了他低垂着头不吭声儿。方玉娥也只是冲着他傻笑了笑，就转过脸哄孩子去了。他感觉到有些不对劲儿，肯定是有事瞒着他。莫非是振东和小芳没了的事儿，玉娥他们已经知道了？他想到这里，便试探着说："这天越来越冷了，也不知道孩子们在外头打小鬼子，能吃上口热乎饭不？"

方玉娥拿眼看了看他，问："这都一天了，你干啥去了？着实让人担心了一整天！"

刘相龙说："俺到振武、文峰那里商量怎样打小鬼子去了。季书记带领振山他们的铁道大队也开进山里来了。"他说这话的时候，注意观察着方玉娥的表情。

方玉娥一听到"打"这个字，像是刺中了她的痛处，用从来没有过的口气对刘相龙说："打！打！打！你就知道让孩子们打！你就不知道叫孩子们小心着打啊？打那可恶的小鬼子，俺一百个赞成，可不能把咱们的孩子一个个都打没了呀。"

刘相龙听了方玉娥这话，已经证实了他的猜测。振东和小芳没了的事儿，她肯定是知道了。她这是心里有苦痛没处撒，在拿话来怨恨他呢！就故意地问："孩他娘，你今儿这是怎么了，吃了枪药啦？你有什么事儿就说出来嘛！他姑他舅都在这儿，又没外人，有啥事儿不能好好地说话呀？"

方玉春见刘相龙的嗓门大了起来，就赶忙上来劝道："相龙，你可不能跟玉娥一般见识。她心里有苦憋着呢。俺让她哭出来，她又怕让你知道了会难受，就没哭，憋着哪！俺跟他说这事儿瞒你也瞒不住，可她就是不听，非让大伙儿也不对你吱声儿。"

刘相龙把两只大手放在方玉娥两边的肩膀上说："玉娥，振东和小芳没了的事儿，俺早就知道了，是俺瞒着你呢。"他说着，眼泪像断了线的珠子滴落下来。

方玉娥一头扎进刘相龙的怀里，用一只拳头捶打着他的胸膛说："俺就知道你有天大的事儿瞒着俺，你看你这头发白了多少啊！"她说着，就放声大哭起来。

村里的人也都知道了刘振东和刘芳牺牲的消息，听到哭声纷纷围拢过来劝说。刘四爷大声地说："相龙家的，你甭太伤心了，那样会伤身子，哭两声就行了。相龙和这几个小孩子可全都靠你哪，想开点儿，振东、小芳他们都是为保家卫国，打小鬼子才没的，他们没得光荣，他们都是好样的。咱这村里的人啊，可都记着他们哪！"

刘相龙见方玉娥的情绪已经稳定下来，就对她说："咱要听大伙的劝，想开点儿。这跟小鬼子打仗，哪有不死人的？咱不怕，啊！儿女死没了，咱还有孙子，咱们的子了孙孙，那小鬼子是杀不完的。你是俺刘相龙的老婆，也是孩子们的娘和奶奶，只要孩子们干的是保家卫国的正事儿，咱就要挺直了腰板，不屈不挠地去面对一切苦难。你可得给俺记住了哟！"

方玉娥停止了哭泣，抬起泪眼看着刘相龙说："你还说呢，咱们家振东到死也没说上个媳妇，就他没给咱留下个孙子。"

刘相龙说："振东这孩子的心思俺知道，他是怕苦了人家姑娘，才拖着不说媳妇。不过，俺听鲁娟说，振东在战场上死的时候，那个叫程惠的姑娘，趴在振东的身上哭得可伤心了。"

方玉娥有些不相信地说："有这事儿？"

刘相龙说："嗯，程惠这孩子怪可怜的。听鲁娟说，那年滕县遭小鬼子的飞机轰炸，她家里人都被炸死了，现在孤苦伶仃的就她一个人，什么亲人也没有了。"

方玉娥说："这孩子你见过没？"

刘相龙说："这孩子俺见过，长得跟咱家小芳差不多。要不赶哪天，让鲁娟领了来给你看看，你就认她做闺女吧，也不枉人家姑娘心疼咱振东一场。"

方玉娥的眼睛明亮起来。她知道这是刘相龙在宽慰她，但她还是想见见程惠这个人儿，说："嗯，好吧！"

夜深了，刘相龙躺在方玉娥的身边，一直没有睡着。白天，刘振武说的龙少坤住在自家宅院里的事儿，在他的脑海里翻来覆去地重复着，越想越心烦意乱，也就越睡不着。他躺不住了，决定要摸回宅院去，看看那个该死的龙少坤，究竟真住在自家的宅院里没。

功夫能壮英雄胆，刘相龙穿上了一身黑色的轻装，又用黑布巾蒙上脸，顺手摸起大刀，就出了沟壑。

漆黑的旷野上，刘相龙轻如风，行如云，直奔红岭而去。

刘相龙来到红岭村村口，见村子里静悄悄的，便向进村的路口投去了一块石头，就见从那棵有一搂粗的核桃树根儿站起几个人来，是两个日军和两个伪军。其中一个伪军说："喂，你听到了什么动静没？"

另一个伪军说："听到了，像是什么东西落到地上的声儿。"

于是，几个敌人便猫着腰，端着上了刺刀的枪搜寻起来。

刘相龙"喵"的一声学了声猫叫，就见一个伪军直起腰来说："嗨！原来是一只猫啊。吓了俺一跳，俺当是有人呢！"

另一个伪军说："没有人就好，咱们可以接着迷糊会儿了。"

刘相龙见村头有敌人的岗哨，就绕上山坡悄悄地来到了宅院的门口，发现院门口也有两个日军和两个伪军站岗。他只好又绕到了宅院的后头，纵身一跃，便飞上了齐着屋檐高的墙头。他蹲在墙头上仔细地观察了一下院子里的情况，发现除了门楼上有一个日军趴在机枪旁像是睡着了，没有别的人影儿。他又纵身一跳，像一团棉花一样地轻盈，轻轻地落在了牛棚里的地上。然后他便悄然地来到了院子的当央，就听到东屋里的炕上鼾声大作。那鼾声极有节奏感，吸气是"喝"，吐气是"哨"，还时不常地哼哼唧唧地咬牙说梦话，外加下面放个响屁，嘿！全活儿！他听出了这鼾声正是那龙少坤打的，便蹑手蹑脚地来到东屋的门前，轻轻地用大刀挑开了门闩，一个闪身进到了屋里。

此时，龙少坤还在打着呼噜，只不过声音远没有先前那么大了，像是有人进了屋来，多少有点儿影响。

刘相龙摸到炕根的柜前，轻轻地点燃了油灯。

光亮一照，随着一阵"咯咯吱吱"的咬牙声，龙少坤竟然停止了呼噜声。刘相龙把冰冷的大刀往龙少坤的脖子上一架，就见龙少坤一个惊悸坐了起来。他还没弄明白是怎么回事儿，就听刘相龙低沉地说："不要出声，出声就割下你的脑袋来。"

龙少坤立刻就被吓哆嗦了，心想完了，定是仇人寻上门来了。他知道来人是刘相龙，但对方蒙着脸不好确认，只好求饶说："好汉，饶命啊！"

刘相龙摘下面巾低声说："龙少坤，你这个吃里爬外的狗汉奸，看清俺是谁了吗？"说着，用手里的大刀在他脖子上顶了一下。

龙少坤一看果然是刘相龙，浑身哆嗦得像筛糠，求饶的声调也变了："刘大哥，不！刘爷爷，你大人不计小人过，就饶俺一命吧！"他知道今天死定了，刘相龙是不会饶恕他的，小眼睛向四下里一转，伺机逃脱。

刘相龙看出了龙少坤的鬼把戏，又用劲儿顶了一下手里的大刀严厉地说："哼！你这个中国人的败类，开枪打死俺娘，这次又带着小鬼子来'扫荡'，让俺死了儿子和闺女，不知道祸害了多少的中国人。今天，俺要为俺娘，为俺被你们杀害的一对儿女和所有被你们杀害的中国人报仇雪恨！"说完，一收刀，就割断了龙少坤的喉咙。然后又把大刀举起来，"咔嚓"一声就把龙少坤的头砍了下来，随即从怀里掏出来一块包袱皮，把龙少坤的头裹了，按原路出了村。

这天，太阳已经升起了有多高，菊池见龙少坤的屋门还紧闭着，就上前推了推门，发现门没闩，便推开进到了屋里。

菊池来到炕前，见龙少坤蒙着头还睡着，就上前用手把被子掀开想戏弄他一番，可他这一掀开被子不要紧，吓得他打了一个寒战倒退了好几步。就见龙少坤的脑袋不见了，被窝里只剩下了龙少坤的胖身子。

菊池目瞪口呆地愣了一会儿神，一转身大步流星地出了屋后，便站在院子里"八嘎！八嘎！"地喊叫起来。经他这么一喊，院子里所有的敌人都跑出了屋来，涌到东屋里一看，原来是龙少坤被人杀了。

菊池在院子里叫骂了一阵子后，就回到北屋里一屁股坐在了木椅子上惊恐不安起来，心想：若是住在那个屋里的是我，掉脑袋的就不是他龙少坤，而是我菊池。他想到这里不禁倒吸了一口冷气。于是，他对跟进屋里的山川说："你的把一营田营长的找来。"

山川一哈腰说："嗨！"

没多大工夫，皇协军一营长田仁敬进到屋里一个大弯腰说："太君，你找俺？"

菊池说："你是龙司令的老部下了，你说说杀死龙司令的是什么人？"

田仁敬说："肯定是龙司令的仇人，而且是具有着深仇大恨的人。要不然不会把他的脑袋砍下来拿走，让他落个尸首分家的下场。用俺们中国人的话说，这叫不得好死，死了也不落个全尸。"

菊池问道："那么这个杀手究竟是谁呢？为何要冒着这么大的风险来杀他，而且是轻车熟路，在我们的重重岗哨下，悄无声息地来去无踪？"

田仁敬说："这个人定是这个宅院的主人刘相龙。"

菊池又问道："刘相龙，这个院子的主人？他为什么与龙司令有着这么大的仇恨？"

田仁敬说："太君，您还不知道吧？刘相龙就是八路刘振武的爹，你和龙司令住的这个宅院就是他的家。10年前，龙司令带着保安团前来围剿共产党的大刀队，没有找到刘相龙，倒把他娘给杀了，从此就结下了仇。"

菊池听了说："怨不得龙司令一开始就不愿意住在这个宅院里，原来这个宅院的主人是与他有仇的人。他为何从没对我说起过这件事？"

田仁敬说："太君，刘相龙这个人的武功极为高强，能单掌开木，两脚站立在刀柄之上，轻功了得。龙司令深知这个人的厉害，一直都在提防着他。可能是为这，他才没向你说起过这个人。"

菊池听了又倒吸了一口冷气说："你说的这个刘相龙真的有这么厉害？"

田仁敬说："真的，千真万确，在枣临地盘上无人不知。"

菊池说："嗖嗖！看来这个宅院是不能再住下去了。他刘相龙昨天夜里来杀了龙司令，今天夜里不一定不来杀我。我就是撤出这里，也要将这里化为一片灰烬。"

田仁敬说："太君，俺看还是不要招惹这个人的好，烧了他的宅院容易，怕是他以后会找上门去。"

菊池一听不禁起了一身的小米粒儿，然后摇晃了一下脑袋说："吆西，我可不想落个尸首分家的下场。"

这时，山川拿着一份电报进到屋里报告说："司令官，坂本将军的电报。"

菊池说："念！"

山川说："嗨！最高司令长官畑俊六已经下达了命令，皇军的这次大扫荡已经取得了全面性的胜利，暂时停止一切围剿行动，所有部队撤回大本营休整。"

菊池听完电报的内容，不由得"嘿嘿"一笑说："我想撤出这里，上面就来了撤退的命令了，这是天意啊！山川少佐，你的通知各队立刻回城。"

山川一哈腰说："嗨！"

菊池说："田营长，你负责把龙司令的尸体运回城里去，他是我们大日本皇军的好朋友，我们要厚葬他。"

田仁敬说："太君，龙司令的尸体没有头了。没有了头，身子也就是一坨烂肉，还是就近埋了吧！"

菊池说："那样对龙司令的家属不好交代，还是得把他运回去。你的把这件事情办好了，我的任命你为皇协军副司令。"

田仁敬一哈腰说道："嗨！俺的甘愿为太君效劳。"

第二十四章　小满牺牲

天气越来越冷了，山里的气温已经下降到了零下八九度。刘振武、刘振山和张文峰约好正准备去看看娘和孩子们，忽然见赵小满面带笑容地走到了跟前，向他们行了个举手礼说："报告首长，小鬼子撤了！俺们侦察排夜里赶到红岭村时，发现村里没人，又去石栏村看了看，发现村里也没有了敌人。天亮的时候，俺们碰见了一个拾粪的老人，他说小鬼子昨天就撤回城里去了。"

刘振武一听，说："这个菊池，咱们正要找他去，他却脚底下抹油跑了。"

张文峰说："赵排长，你们侦察排要继续侦察，搞清楚敌人是否真的撤回城里去了。"

赵小满立正好，说："是！"

刘振武对张文峰说："立刻集合队伍，以连为单位，护送各村的乡亲们回家。"

乡亲们听说了敌人已经撤走的消息后，那些个20多天没洗脸、没梳理头发和没刮过胡须的脸上，绽放出了久违的笑容。

刘相龙对大家说："乡亲们，咱们回村后，都把坚壁的粮食找出来，把取暖的炉子生起来，走啊，回家了！"

刘相龙一家人回到院子里后，刘相龙对赵明生说："亲家，你和你家里的先上北屋里对付几天，听说那个该死的龙少坤在咱这东屋里住过了，晦气。赶明天咱们把屋里的炕扒了，和点新泥重新盘了再住。"

赵明生听了有些丈二和尚摸不着头脑，毫不在乎地说："怕啥嘞？咱家的炕被龙少坤睡过了就要扒啊？又影响不了咱睡觉，咱们就不讲究了，有啥可晦气的！"

刘相龙知道赵明生不知道实情。如果知道了实情，他就不会这么犟了。说："你不讲究，俺可得讲究。你没有弄明白俺的意思，俺是说龙少坤是咱家的仇人，他住在了咱家里晦气，所以说他睡过的炕咱们就不能再睡了，要不然会对咱下面的孩子们不好。"

赵明生听刘相龙这么说，像是明白了其中的意思："那俺听亲家的，还是讲究着点吧。"

刘振武把刘相龙拽到一边说："爹，您平时是个不信邪的人，今儿怎么讲究起这些不着边的迷信来了？"

刘相龙小声地说："俺哪是信邪的人啊。是这样，俺昨黑里摸进来，把龙少坤的人头砍下挂在红岭的柿子树上了，那屋里的炕上净是血，能住人吗？"

刘振武一听很是愕然，说："怪不得敌人无声无息地说撤就撤了，原来是您在菊池的眼皮子底下把龙少坤的人头砍下拿走了，那菊池能不怕吗？不过，爹，您也太冒险了。虽然您的武功好，也不可以只身入虎穴呀！真要是有个什么闪失，可让俺怎么向娘交代！"

刘相龙说："嗨，爹都这么一把岁数的人了，还能不多加小心？咱这个家，俺就是闭着眼也能摸得进去。"

刘振武说："话是这么说，可总归太危险了。您把那龙少坤的人头挂在红岭上，不是个地方呀，乡亲们来来往往地看见了，怪瘆人的。"

刘相龙说："俺想来也觉得不是个地方，要不然咱想办法把龙少坤的人头挂到城门上去吧！"

刘振武用右拳一击左掌说："嘿，这个主意好！那俺明天就带着龙少坤的人头进城去，让秦掌柜安排内线完成这项任务。"

这时，刘振山安顿好了岳丈一家人的住处走过来问："哥，你跟爹说了这半天了，都是说什么了？"

刘振武说："俺们正在说……走，咱俩还是出去走走吧！"

村巷里，刘振武和刘振山肩并肩地慢慢向前走着。

刘振武说："你知道爹为啥不让你岳父一家今晚住在东屋里吗？"

刘振山问："俺还怪纳闷的呢，为啥呀？"

刘振武说："这次龙少坤跟着日军来'扫荡'，就睡在那屋奶奶的炕上。爹那天知道后，新仇旧恨一起涌上了心头，一个人连夜摸进了屋里，把龙少坤的人头砍下来挂在红岭的柿树上了，那炕上净是血，还能再住人吗？"

刘振山听了说："噢？俺说呢！爹向来是个不信邪的人，原来是这样啊！不过爹这么做，也太冒险了。"

刘振武说："可不是嘛！俺刚才已经埋怨过他了。"

刘振山说："爹这样做也倒好。都说君子报仇十年不晚，在奶奶被龙少坤杀了的这些年里，爹一直在注意着龙少坤的动向，几次机会欲杀掉龙少坤都没有得手。这次爹终于杀了他龙少坤，报了杀娘之仇，算是了了他的一桩心事。"

刘振武问："听说龙少坤那年来'围剿'大刀队的时候，你正在赵颖家里养伤？"

刘振山说："是啊！那年爹带领着大刀队参加暴动失败，在突围的时候……"刘振山回忆起了那年的情景：在突围的人群中，刘振山边打边撤，突然间一颗炮弹打过来，把他炸翻在地昏死了过去。在这危急的时刻，有一个大刀队的队员把他拖到一柴火垛里，用柴火把他遮盖了起来。追过来的敌人跑远了，柴火垛的周围逐渐平静下来，一切恢复了原有的模样。到了傍晚的时候，赵颖来到柴火垛前抱起一抱柴火刚要走，忽然发现柴火垛里躺着一个人，浑身血淋淋的，吓得她把柴火一扔，就慌慌张张地跑回家去了，见了赵明生和秦小惠说：爹、娘，吓死俺了，可吓死俺了！咱家柴火垛里躺着一个人，浑身是血，像是死了。赵明生听了，立刻跑到柴火垛的跟前，用手试了试刘振山的鼻息，发现他还喘气儿，也就没有犹豫，把刘振山背回家去，放在了炕上，点燃了灯一照，发现他满身是血，右大腿外侧被炮弹皮削掉了一大块肉。然后便给他换下血衣，擦洗身子，用温盐水给他清洗创口后包扎好，给他喂水喂不进，呼唤唤不醒……直到第三天早上，他才苏醒了过来。

刘振武"嘿嘿"一笑说："后来你就做了赵家的上门女婿，成了赵颖的如意郎君。"

刘振山说："是啊。所以说俺因为在赵颖家里养伤，奶奶的葬礼没能参加得上，是俺这一生中最大的遗憾了。"

刘振武说："奶奶的死，爹也一直没有告诉俺，是俺5年前从延安回来问起奶奶的时候，爹才对俺说起了奶奶被害的经过。"

刘振山把话题一转说："哥，最近的战事你听说了没？"

刘振武说："听说了。那天俺和季书记详细地分析了目前的战局，认为小鬼子这次对咱们山区的大'扫荡'，是企图证明他们还有一定的实力对咱抗日根据地四面出击，实际上是油尽灯枯，在做最后的挣扎。他们的这次大'扫荡'前后折腾了近一个月，不但没有消灭掉咱抗日主力，倒被咱的抗日武装不是打了埋伏，就是打了袭击，既损了兵又折了将，只能是以灰溜溜地收兵而告终。"

刘振山说："是啊。随着小日本在太平洋战争中的失利和在中国战场上的兵力消耗，妄想把中国变为它的殖民地的狼子野心，已经没有了回天之力，接下来他们将是龟缩据点，加强防御，等待时机，再逞凶狂。"

刘振武说："那也只能是小鬼子的痴心妄想，咱们不会再给他们喘息的机会。经过近7年的抗日战争，中国军民经历了战略防御和战略相持，已经到了战略反攻的最后阶段，接下来一场拔据点、端炮楼、赢得最终胜利的战略大反攻即将到来。"

刘振山说："这下，咱们的抗日武装大显身手的时候到了。"

刘振武说："是啊！在抗战的这些年里，咱们的枣临支队从无到有，从小到大，在艰难岁月里壮大，在硝烟战火中成长，已经锻炼成了一支能打硬仗的抗日武装，令小鬼子闻风丧胆。今天的这一局面，是无数英雄的儿女不惧牺牲换来的，付出的代价是巨大的。就拿咱们家来说，兄妹5个牺牲了2个，他们的死让爹娘失去了儿女，让外甥小强失去了母亲。再拿赵二顺、王春兰一家来说，他们把唯一的儿子送到部队，而赵二顺在掩护村抗日青年中把生留给了他们，把死留给了自己而壮烈牺牲，这就是咱们鲁南儿女的家国情怀呀！还有孟虎爹娘的死，他们是不甘小鬼子的凌辱奋起反抗而倒在了血泊里。这些都体现了鲁南儿女的一种宁死不屈的精神。"

刘振山听了说道："正是这一宁死不屈的精神，激励了无数的鲁南儿女不惧牺牲、英勇杀敌，誓把日本侵略者赶出中国去的斗志。"

太阳落山了，伴随着锅碗瓢盆的声响，各家各户又冒起了袅袅炊烟。

自从龙少坤的人头被挂在了城门上，枣临乃至鲁南地区的汉奸们都收敛了许多，就连菊池也没有再带着队伍贸然进山，而是加紧了临城的防御建设，试图把临城建设成一个固若金汤的堡垒。然而，经历了7年的抗日战争洗礼，英雄的鲁南儿女没有再给小日本喘息的机会，在党的领导下，一场拔据点、端炮楼，赢得最后胜利的战略大反攻已经陆续展开。

这天，刘振武从军区开会回来，立即向全队指战员传达了军区首长的指示精神。他说："军区要求咱们，要对枣临地盘上的敌伪据点发起最后的进攻，彻底地消灭敌人，以迎接枣临地区的抗战胜利。"

战士们听后沸腾了，憋屈了多年的怨恨，终于到了要向小日本发泄的时候到了。大家纷纷请战，要求到杀日军的第一线去。

在拔周镇据点的这天下午，已是特务连连长的赵小满接到命令，要求他的特务连从东南角突破敌人的防线，为其他部队5点钟的总攻撕开一道口子。实际上，从上午战斗一打响，别的连攻了两次都没有撕开这道口子，小满早就看着着急了。他被敌据点的险恶程度和敌人的极力顽抗，气得一直在骂娘，可是上级没有给他战斗任务，只能是在一边干着急。

周镇据点的防御工事和地形的险恶的确是少见的：围子外面是一圈深宽各一丈五的外壕，外壕的四个角上有着可以交叉射击壕底的堡垒；外壕靠里的一面，四周密排着和壕沿一样高的地堡；壕底堆着铁蒺藜，壕外拦着铁丝网，可以说是固若金汤很难攻破。

到了下午，作战指挥部调整了作战部署，命令赵小满的特务连来完成这项艰巨的突击任务，为大部队5点钟的总攻铺平道路。赵小满像往常接受了突击任务时一样兴奋，双手攥拳，猛地一跳老高。他把手里的匣子枪向空中一扬，扯着他那浓重的鲁南嗓音向全连指战员高喊："同志们，看咱们的了，冲不开这道鬼围墙别回来！"说完就带领全连到达了突击地点。

战斗中的双方炮火几乎震聋了人的耳朵。天空里像鸦群一样飞舞着的手榴弹不停地落地开花，地上到处起土，到处冒烟。我方的一颗掷弹筒炮弹把敌外壕角上的堡垒打去了半边，只见赵小满把匣子枪一挥，一、二排的战士接二连三地冲了上去。

赵小满蹲在断墙的后面瞪圆了眼睛，看着战士们抬着梯子，提着刺刀向前飞奔，就见几个战士半道里两手一扬，被敌人密集的子弹打倒在地上，其他战士砍断铁丝网纷纷跑下壕沟里。

这时，跑下壕沟的战士受到北面炮楼火力的猛烈侧射，更受到地堡里连续扔出的手榴弹的轰击，战士们跑下去一个不见了，跑下去两个也不见了，一连几个，没有一个能冲到壕沟的对面。

赵小满的眼睛瞪得更大了。他眼看着一个个战士倒下去，没有再犹豫，猛地一起身就冲了上去，好像是被什么弹向了外壕似的。

三排长张建功非常熟悉连长宁可牺牲自己，也要爱护战士的个性。他不愿意看到连长指挥任务还没完成，就有可能倒在壕沟里，便大喊一声"跟俺来！"率领全排猛虎般地冲了上去。

其实，赵小满在战斗中的勇敢，不单单是热血沸腾地盲目勇敢。他跟着刘振武经过5年多的摸爬滚打，在战斗中磨炼得跟铁一样镇定。所以在激烈的战斗中，他不会被眼前的仇恨或者是任何残酷的局面所迷乱。相反，他会想出各种办法，抓住机会消灭敌人，去获得最终的胜利。他认为，在战斗中敌人都应该早早地被消灭，没有时间跟他们穷啰唆。在他跳进壕沟突击的路上，随脚踢开了几颗要在脚下爆炸的手榴弹，也不顾铁蒺藜的刺痛和弹片的飞舞，一个箭步就蹿上了对面壕沟的半腰儿。他把身子紧贴在被打毁的炮楼和左边第一个地堡之间的斜坡上，使北面炮楼的侧射被打毁的炮楼给遮住了，地堡里扔出的手榴弹也只能爆炸在壕里。他沉着地用袖子擦了一下被浓烟熏出泪水的眼睛，侧着身子把匣子枪伸进地堡的枪眼里打了一枪，发现地堡里的机枪还在突突着，就随口骂了声"娘个腔的"！随即从腰间拔出一颗手榴弹，开盖拉弦儿，在手里吱吱地冒了一会儿烟，就塞进了地堡里，随着"轰"的一声，地堡里的敌人被消灭了。摧毁了第一个地堡后，他以同样的方法，接连摧毁了第二个和第三个地堡。可是在要去摧毁第四个，也就是最后一个地堡时，由于没有了遮挡物，让人很难接近跟前。

有几个战士见了，接连扔出去了几颗手榴弹，试图借着爆炸的硝烟冲到跟前去摧毁掉最后一个地堡，结果都接二连三地被撂倒在了地上。

怎么办？若不抓紧时间摧毁了这个地堡，一旦5点钟进攻的时间到了，不知将会死伤多少冲锋的战士。此时的赵小满急出了一头汗。但就在他万般无奈之下，想起了自己平时扔石头的看家本事。那可是扔石头，这往地堡的枪眼里扔手榴弹，却从来没试过。他后悔平时训练时没有想到这一点，若是想到了，不就多练习用手榴弹扔墙窟窿了吗？俗话说：亡羊补牢，为时不晚。既然有扔石头的基础，那就扔几颗手榴弹试试。于是，他猫着腰，拉开手榴弹的弦后猛地直起身，照准正喷着火舌的地堡枪眼儿就扔了出去。结果手榴弹在枪眼口打了个晃儿，落在地堡外面爆炸了。他没有气馁，倒觉得有门儿，随即就又扔出去了第二颗手榴弹。嘿！这回不偏不斜，手榴弹直接钻进了地堡里，随着"轰"的一声闷响，地堡里的机枪哑了。霎时，冲锋的战士们如猛虎下山一般，嗷嗷叫着冲进了周镇。

战斗结束后，刘振武笑呵呵地来到了赵小满的跟前，用手使劲儿拍了一下他的肩膀说："呵呵……你小子，行啊！是块料，像你娘一样机灵。"

赵小满傻呵呵地笑着说："首长，您都看见了？"

"俺都看见了。今天的战斗，你可是唱了主角！"刘振武说，"今天要不是你的机智勇敢，俺看周镇这块骨头还真的难啃。"

赵小满不好意思地搓着双手说："您不是说要用脑子打仗吗？"

刘振武哈哈一笑又说："季政委也说了，你小子没有白跟俺干了这些年。哈哈。"

刘振武对赵小满说这些话，都是发自他的内心。要不然，他也不会战斗一结束，就来找到赵小满，表达对他在这次战斗中的肯定。当然，他也不是故意地来找他的，而是情不自禁地就是想见到他。赵小满是他的救命恩人王春兰的儿子，跟着他干了4年多的通讯员。在4年多的时间里，可以说是和他形影不离。要不是部队壮大改编后，一线人员缺少干部，他才不舍得他离开自己，让他去了侦察排当了排长，又从侦察排调到了特务连。实际上，刘振武自打5年前的那次负伤，跟赵小满睡在一个炕上的一次交谈后，他就打心里看好了赵小满。这孩子聪明伶俐，性格内向，待人和善，满身的正义感，又经过这些年跟着他摸爬滚打，在战斗中锻炼，在实战中成长，他现在已经成长为一个能带兵打仗的指挥官了，他怎能不为他而高兴！

这是1945年的春天了。春节过后，春风吹来了五彩的云，天空疏疏落落地飘起了春雨。雨虽然不大，却淋湿了土地，淋湿了满山遍野的草窝窝，湿润的空气里弥漫着泥土的芳香。一场春雨过后，太阳暖洋洋地照着，使得地温回升起来，从那漫山遍野的草窝窝里冒出来淡淡的黄又淡淡的绿的嫩芽儿，就连薛河岸边的柳树条儿，一夜之间也变成了锯齿儿，鲁南春天的气息浓烈起来。

转眼是阳春三月了，万物复苏，漫山遍野的小花红的黄的蓝的紫的……一朵朵沐浴着暖暖的阳光，喷吐出诱人的芳香。一只只蜜蜂"嗡嗡"地唱着，振翅飞到这朵花儿上，又振翅飞到那朵花儿上，像是很忙碌的样子。这天，赵小满正在漫坡上欣赏着大自然的美景，就见刘振武老远地向他走了过来，问道："小满，你今天咋这么清闲？"

赵小满微笑着迎上去说："首长，您这不是也出来放松放松了吗？"

刘振武嘻嘻笑着说："是啊，这些天里除了开会，就是忙着研究攻打乌镇的作战方案，难得清闲一会儿。这春天大自然的风景真好，在这漫坡上走走看看，这绷紧了的脑袋还真就放松了许多。来，咱们坐下来说会儿话。"

赵小满坐在刘振武对面的一块石头上，激动地用两手来回地搓着："首长，是不是要攻打乌镇了？这主攻的任务就交给俺们特务连吧。"

刘振武用食指点了赵小满两下说："你呀，就知道打仗，就不会拉点家长里短的事儿？"

赵小满说："家里有啥事可拉的？俺爹走了，俺娘整天在村里村外忙妇救会的事儿。对了，俺上次回去，娘说要给您做双鞋，让俺再回去的时候给您捎来，也不知道做好了没。"

刘振武说："这都多长时间了，也该做好了。不过，这次俺得亲自去取。"

赵小满听了，圆脸儿笑成了一朵花儿，问："怎么？你要去看俺娘，啥时候？"

刘振武说："俺是这么想的，这不是快清明了吗，你爹的坟上俺还一直没有去，想这几天里抽出时间来，咱俩一块儿回家看看你娘，再上你爹的坟上去祭拜一下。"

赵小满说："好啊！咱们哪天去？"

刘振武说："后天吧！等明天把攻打乌镇的作战方案上报军区后，俺想三两天里就没什么大事儿了。一旦作战方案批下来，就一时半会儿的又没有时间了。"

赵小满沉不住气地又问："攻打乌镇，是不是让俺们特务连打主攻？"

刘振武拉长了脸说："这是军事秘密。等上级的作战方案下来了，你自然就会知道了。"

到了第三天，刘振武和赵小满骑上战马，带着祭奠物品直奔赵家湾而去。他们到了王春兰的家门口，刚一下马，就见王春兰已经踮着双小脚迎到了大门口。赵小满在门口的小树上一边拴着马缰绳一边问："娘，您咋知道俺和刘队长来了？"

王春兰满脸堆着笑说："俺老远就听到马蹄声了，心想一准是你回来看娘了，这不就赶紧出来看看，没想到刘队长也来了，快，快进院子。"她把刘振武和赵小满迎进院子里，抑制不住内心的高兴，又说："今儿太阳好，你俩先在这天井里坐坐，俺这就去生炉子烧水，咱沏茶喝，嘿嘿。"

刘振武忙说："二嫂，你就先甭忙活了，咱姊妹坐下来说说话。"

王春兰说："那俺也得先沏上茶再说。"她说着就去饭屋里生上炉子，又到堂屋里把茶壶茶碗拿出来，一一摆到石桌上："刘队长，你咋有空来？"

刘振武说："俺早就该来看看你了。这大半年里，俺净忙活着拔据点、端炮楼了，确实没抽出空来。这下好了，枣庄和临城外围的敌伪据点已基本上让咱们打扫干净了，光剩下城外几个大的据点了，所以就抽这个间歇的时间来看看你。再说快清明了，自打俺知道二顺哥走了的消息后，就一直没到他的坟头上去看看，等过了晌午，俺就跟小满祭拜他去。"

王春兰说："你看看，还让你惦记着，真不知道该怎么谢谢你好！"

刘振武说："二嫂，你这么说就见外了。俺的命是你救的，你就是俺的亲人，咱们是一家人呀！现如今俺二哥走了，这往后你就认俺做你的亲兄弟吧！"

王春兰有些激动地说："那敢情好！要这么说，那俺往后就称呼你振武兄弟了，这样叫着亲。"

赵小满搭话说："首长，那俺往后得称呼您小叔了。"

王春兰冲着赵小满把脸一板，继而笑幽幽地说："这孩子，没大没小的。你在队伍上就得称呼首长，在家里叫小叔可以。"

刘振武哈哈笑着说："怎么称呼，俺都没意见。不过，你娘说得对，在部队上该称呼啥就称呼啥，在私下里可以这么叫。"

正说着话，炉子上的燎壶烧开了，王春兰赶忙去提来把水冲到了茶壶里。她一抬头，见村长赵景轩走进院子里来，赶忙招呼说："四叔，您来得真巧，俺刚沏上茶，快坐下来喝茶。"

赵景轩笑着上前握住刘振武的手说："刘队长，你咋有空来了？"

刘振武把握紧的手使劲儿摇了一下说："俺过来看看二嫂，顺便到二顺哥的坟上祭拜一下。你身子可壮实呀？"

赵景轩说："壮实，就是天天忙得脚不沾地儿，大家都说这小日本是秋后的蚂蚱，蹦跶不了几天了。可越是这样，咱越得要组织群众把春管春种搞好，等把小日本赶跑了，再有个好收成，不就是个好年景吗？"

刘振武说："赵村长说得对，现在的小日本已经没有什么精力再到村子里来穷折腾了。在这安定的日子里，咱们共产党人就是应该带领群众把生产自救搞上去。俗话说，手里有了粮，心里就不慌。咱们要让百姓过上不愁吃不愁穿的好日子才对。"

王春兰插话说："你们爷儿几个先拉着，俺得去做饭了。四叔，您晌午就在这里吃。"

赵景轩说："行，刘队长来了，俺就在这里吃了。再说，俺吃你做的饭还少啊？嘻嘻。"

刘振武跟赵景轩在天井里喝着茶、拉着呱，赵小满就上饭屋里陪娘去了。他一进门，见娘正和面，就脸上堆满笑问："娘，您这是要做啥好吃的？"

王春兰笑着说："烙油饼，你不是最爱吃呀！"

赵小满听了说："嘻嘻……娘，您真知道俺的心思。俺就是过来看看您是不是在烙油饼。"

王春兰说："你想吃啥，娘还能不知道哇？"

赵小满嘻嘻一笑说："还是娘最疼俺！"

王春兰也嘻嘻笑着说："傻儿子，娘不疼你，还能疼谁？"

赵小满说："娘，俺爹走了后，您一个人在家怪清苦的，俺在部队上一时半会儿也回不来，倒不如让俺牛子哥两口子搬过来住，也好天天有人陪着您说说话，不闷得慌。"

王春兰说："你牛子哥就在这崖子上头住，上去下来没有 50 米远，还不是跟住在一块儿差不多。你牛子哥两口子好着哪，几乎是天天来家里陪着俺说话，不是干这就是干那的，连娘的衣裳都帮着洗，可不孬！"

赵小满说："那就好，等俺打下了乌镇，再打下临城，赶走了小日本，就回来跟娘一起过日子。"

王春兰一笑说："那敢情好！不过，你现在是部队上的连长了，怕是赶走了小日本也回不来了，到时候走到哪里别把娘忘了，娘就很知足了。"

赵小满说："娘，瞧您说的。俺就是走到了天边，也不会忘了娘呀！"

王春兰说："娘不用你天天挂挂着，娘也是党的人，有组织上和左邻右舍的乡亲们照顾着，你就放心，你在队伍上要听党的话，多杀几个日本兵，要让你爹多在地底下满意才是。"

赵小满说："娘，俺知道了！"

赵小满跟着刘振武去看娘回到部队的第五天，攻打乌镇的作战方案下来了。另据可靠消息，盘踞在滕州之敌和枣庄之敌，正时刻关注着我攻打乌镇的情报。一旦攻打乌镇的战斗打响，这两个方向的敌人就会速速施援。特别是枣庄之敌，离乌镇不过 30 公里，而且装备精良，有汽车、有大炮，打起阻击战来，势必是块难啃的骨头。刘振武考虑再三，认为打这个方向的阻击战，还是让赵小满的特务连来完成比较放心。这天上午，刘振武找到赵小满直截了当地说："这次打乌镇，俺想把打阻击的任务交给你们连。"

赵小满一听就急了，说："俺们连从来就是打主攻拿手，向来没打过阻击战，您还是让俺们连打主攻吧！俺都想好了，您就把突破城门的任务交给俺们连。"

刘振武知道不让赵小满打主攻他会着急，就笑呵呵地拉着长音说："你可不要后悔哟？"

赵小满一听刘振武这口气，有些好奇地问："首长，您这是啥意思？"

刘振武说："啥意思？没啥意思。这次攻打乌镇最艰巨的任务，就是阻击来自枣庄施援的敌人，有 300 之多，足够喝一壶的。"

"嘿嘿……"赵小满的脸上又绽放出了笑容，"够喝一壶的就喝一壶，不够喝一壶的，俺还不喝呢！"

刘振武见赵小满的态度变了，就问："怎么？你又同意打阻击了？"

赵小满不好意思地扛着头皮说："你不是说足够喝一壶的吗，那就交给俺们连。"

刘振武说："那好，你们连设伏的地点是秃鹰嘴，这里土丘多，沟壑也多，非常适合设伏打阻击战，同时这里也是枣庄施援之敌的必经之地。你准备一下，等吃了午饭，咱们再到秃鹰嘴去实地考察一下。"

在实地考察完秃鹰嘴回来的路上，刘振武问赵小满："怎么样，把这项艰巨的任务交给你们连，有没有困难？"

赵小满把胸膛一拍说："请首长放心，俺赵小满啥时候装过孬！"

这天，攻打乌镇的战斗打响后，赵小满带领部队在秃鹰嘴埋伏下来，只等着枣庄的敌人前来送死。此时，攻打乌镇的枪声、炮声、手榴弹的爆炸声阵阵传来，让埋伏在秃鹰嘴等待阻击援敌的赵小满焦躁不安。心想：要是让俺们连打突击，俺不就已经跟敌人干上了？听听，多热闹啊。这可倒好，在这里干等了快两个小时了，也没见到敌人一丝影儿，这不是把俺放到了饭锅里，熬人吗？他正心里烦乱着，忽然有前哨跑来报告说，敌人过来了，离秃鹰嘴不到5里。赵小满一下子来了精气神儿，他让战士们隐蔽好后说："要让敌人钻进咱们的布袋阵后，听俺的命令再开火！"

成群结队的敌人宛如一条弯弯曲曲的长蛇，快速蠕动着向秃鹰嘴开来。土路上，汽车排气管吹起的尘土飞扬，给蠕动着的长蛇增添了些许仙气。长蛇的头部已经钻进了布袋口，这下赵小满看清楚了，有近200日军，100多伪军，20多挺轻重机枪的重型火力。他面对迎面扑来的浩浩荡荡的敌人，沉着冷静，双眼瞪成了牛眼。这几分钟过得真慢啊，赵小满瞪着小牛一样的黑眼珠，看着步步迫近的小日本，看看伏在土丘后焦躁地等待开火口令的战士，再看看摆在自己面前的十几颗拉出半截弦儿的手榴弹……终于，他高喊一声"打"！手榴弹像"老鸹阵"样从阵地上飞了出去，眼前顿时是一片轰响和弥漫的硝烟……当硝烟散去的时候，只见活着的敌人掉转头向后逃窜，死了的敌人倒在土路上的、路边漫坡上的，到处都是尸体。

敌人被一阵"老鸹阵"式的手榴弹打蒙了，等缓过神来，才明白过来被打了伏击，于是赶忙重新集结起队伍，调整阵形准备冲锋突击。

赵小满利用敌人重新集结队伍的间歇时间，让战士们把布袋伏击阵变为铁墙阻击阵，以应对敌人的猛烈冲锋。

敌人调整了阵形后，冲锋开始了。炮弹在赵小满的阵地前后左右接连地爆炸，机关枪潮水似的吼叫着，扫起了土坡上的滚滚尘土。

敌人的一阵炮火之后，赵小满从尘土里一晃身子抬起了头。他向自己的阵地前后左右地看了看，眼睛不禁闪耀出吓人的亮光。几个战士，头伏在地上再也不能起得来了。活着的战士，扬起溅满灰尘的面孔，都用眼睛骨碌碌地看着他。他拾起一排三班长刘林身子底下的步枪，擦了一下枪把子上混合着泥土的鲜血，"哗啦"一下推上子弹，透过敌人炮火的轰响，大声地喊道：

"有俺赵小满在这里，同志们要沉住气，咱们一定要守住阵地，争取时间，掩护兄弟连队胜利地拿下乌镇来。"他面对着眼前穷凶极恶的敌人，抑制着仇恨所激起的愤怒，仔细地观察着敌人的动向。敌人逼近了，赵小满高声喊道"打"，战士们的步枪、机枪全响了，一颗颗仇恨的子弹霎时飞向了敌人，把冲锋的敌人打得落花流水，一个个屁滚尿流地滚了回去。

战场上一时出现了少有的平静。赵小满偏着个脑袋，拿眼从土坡的边沿上看出去，只见土路上一个矮个子日军挥舞着闪亮的东洋刀，在空中一个劲地晃悠，在他背后不远的地方，扬起了高高的尘土，发出来像推石磨一样的轰鸣声。

"是汽车！"一个战士忍不住地喊了出来。

"汽车管个屁用，准备好手榴弹！"赵小满边说着边熟练地在右手的二拇指和小拇指上套了两颗手榴弹，两只眼睛像鹰眼一样，透过稀薄的烟雾，紧盯着前方。

敌人又一次在炮火的掩护下迫近了，两辆汽车缓慢地在后面行进着。

赵小满边观察边对身边的通讯员小张说："小日本这是要一边冲锋一边抢尸首，真是见他娘的鬼。打！"他喊出命令后，第一个甩出去了两颗手榴弹，战士们的手榴弹也一个劲地甩，一颗颗手榴弹扔进了敌人密集的冲锋队伍里，炸得敌人全乱了套，滚滚爬爬地向后败退。汽车也掉转了屁股，开足了马力逃跑起来。赵小满探起半个身子，端着三班长那支血染的步枪，接连打倒了两个敌人，全连所有的步枪也一齐开火，打得敌人屁滚尿流。当赵小满打出第三枪的时候，就见那个挥动东洋刀的矮个子日军身子向下一歪，被一枪撂倒在了路边的沟里。

敌人的第二次冲锋败退下去后，阵地上又一次安静下来。赵小满让各排统计一下手榴弹和子弹的数量，结果已所剩无几。这时，一个战士突然喊道："连长，你看！"他顺着那个战士指的方向看去，嘿！就见敌人的阵营里正发生着一件怪事：一个日军大胡子指挥官挥舞着手里的东洋刀，在那儿嗷嗷叫着乱蹦乱跳。他虽然很凶，却没有一个人从地上爬起来。显然，这是敌人已经被赵小满和战士们的勇敢吓尿了。那日军指挥官狂怒着发疯似的跳到一个卧着不动的士兵跟前，一把将其拉起来，"咔嚓"一刀劈在地上，又拉起一个，又劈在地上……这下管用了，吓得其他士兵都纷纷从地上爬了起来，重新整理起队形，在炮火的掩护下，野兽般凄厉地号叫着，向战士们的阵地发起了第三次冲锋。

此时，赵小满抬头看了看被炮火染得昏暗的太阳已经偏西，怀表的时针也已经指向了4点钟，知道阻击敌人的任务已经完成，大部队攻打乌镇的战斗也已经结束，便摘下头上的帽子向所有的战士挥了几下。

战士们一看到撤退的指令，便纷纷沿着沟壕撤出了阵地，只有赵小满带着通讯员小张仍旧趴伏在那里，他要在敌人凶残的大冲锋面前，掩护着战士们安全地撤离。一排长带领几个战士跑过来要换他，他却使劲推了一排长一把严肃地说："走你的！老子还想再撂倒几个小日本过足瘾哩！"说着就扣动了手里的机枪扳机，"突突突"地扫倒了一片冲在前面的敌人。这时通讯员小张已经牺牲，他转头看了看战士们已经撤远了，回过头来想扔出几颗手榴弹，在硝烟的掩护下撤出战斗，却突然发现一挺机枪的枪口已经从土坡外面伸到了他的鼻子前面，就要扣动扳机突突了。在这千钧一发之时，赵小满啥也没考虑，两手一扬，拉开了两颗手榴弹的弦，抱住机枪和大吃一惊的日军，一同滚到土坡下的敌人堆里爆炸了……

第二十五章　欢庆胜利

　　菊池面对眼下的战局惶惶不可终日。春节过后，他接二连三地接到下属的报告：谢庄失守，被八路占领了；陶庄据点被八路端掉了……这些让他头疼的报告，使得他更加地心烦意乱起来。他弄不明白，七七事变后，大日本帝国策划的这场大东亚战争，曾经信誓旦旦地要不出三个月拿下中国，现在7年半过去了，不但没有拿下中国，还被深深地陷在了泥潭里。他在鲁南所占领的地盘，眼看一块一块地失去，而八路军的地盘却越来越壮大起来。

　　这天上午，菊池把皇协军副司令田仁敬找了来，以命令的口气对他说："你的，要继续地招兵买马，以加强临城的防御能力，不得延误。"

　　田仁敬一躬腰说："嗨！愿为皇军效劳！俺就是头拱地，也要把皇军交代的事儿办好！"

　　实际上，这个田仁敬是个比那个死去了的龙少坤还蠢的人。自从菊池让他当上了皇协军的副司令，他自然而然地就住进了龙家的大院里，那上百年的龙家老宅子也就跟着他姓了田了。他就是做梦也不会想到一个大大的馅饼会砸到自己的头上。为此，自从他上任起，就一心顺从着菊池的意思行事，让他往西，绝不会往东，企盼着有一天菊池会把他那个"副"字去掉，当上皇协军司令。只要是能得到好处，管他将来的下场如何。而菊池也很是喜欢田仁敬的顺从这一点，总觉得他捋顺得很舒服。时间长了，翻译官刘大胡子对他田仁敬倒有了结论，便顺着他名字的谐音，背后里叫他"舔人腔"。

田仁敬从菊池那里出来，心情很是沉重。他明明知道眼下招兵买马很困难，却又不得不顺着菊池的意思答应下来。要不然就是不答应，到时候也得答应，那样就被动了。眼下受战局的影响，别说是去招兵买马来当汉奸了，就连在皇协军里干的人也跑了不老少了，同时，还有的弃暗投明去参加了八路军。到了这个时候，也只能是靠着嘴上的功夫，向前混一天是一天。

田仁敬心事重重地往前走着走着，忽然闻到了煮肉的香味儿，抬眼一看，原来是马家的驴肉火烧铺到了。他再一看太阳，已经快晌午了，该吃晌饭了，顿时觉得肚子里"咕咕噜噜"地叫起来。他没有再想别的，便直接钻进了驴肉火烧铺里。

马家的驴肉火烧，是鲁南地方上的名吃。据说那煮驴肉的老汤已经沿用了200多年，煮出来的驴肉香味十足。还有那火烧，形状像一个挎包，称之为挎包火烧。说是这挎包火烧与中山装有关系，一些激进的青年人刚刚脱掉了长袍马褂，便把穿中山装看成是一种时尚。鲁南人把中山装上的四个衣兜习惯称挎包，火烧铺的师傅受到了中山装外镶衣兜的启发，便仿照衣服上挎包的形状，做出了这挎包火烧。烤制好的挎包火烧，其形状似鼓鼓的挎包，外皮呈金黄色，内软有气，椒盐味浓，表面酥松薄糯，里面柔韧筋道，其内瓤层层分明，薄如纸片，吃到嘴里软嫩、油润、甜香。若把火烧的一边撕开一道口儿，再夹上这美味的酱驴肉，那真是美味加美味，天下第一味儿。

田仁敬是这驴肉火烧铺的常客，隔三岔五地便到这里来吃上一回火烧。可他今天一看，掌柜的不在，是掌柜的老婆站柜，当他吃了一半儿的时候，觉得今天这驴肉不对劲儿，吃起来软儿吧唧的不筋道，他又不能对一个娘们儿咋样，便只好把手里的半拉火烧一扔，说："你这个娘们儿耍俺，不给钱了。"说完，便气呼呼地走出了驴肉火烧铺。

田仁敬驴肉火烧没有吃成，倒吃了一肚子的气。他在这半天的时间里，是吃了窝囊气又吃窝心气，没有一件顺心的事儿，实在是郁闷，就想找个地方喝酒解闷去。他走着走着，竟来到了荷香酒馆的门前，没有犹豫就走了进去。

秦明道一看是田仁敬来了，便热情地迎上前去招呼道："哟，这不是田司令吗？你可是有日子没来了，今儿怎么想起来光顾俺这小店了？"

田仁敬说："瞧你说的，你这里俺不是常客吗？"

秦明道埋怨说："你是贵人多忘事儿，自从你当上了副司令，有一年多了，你就没来过。"

田仁敬扪了一下头皮不好意思地说："有这么长时间吗？那是俺记错了，俺自从住进了龙家大院，天天有人伺候着，这出来吃饭的时间就少了。俺要是偶尔馋了，就去吃顿驴肉火烧解解馋，你这儿，还真是没大来过。"

秦明道说："可也是，你这些年又是升官又是发财，俺当是你把俺这小店给忘了呢，你今天想吃点啥？俺请客！"他说完又问道："田司令，你今儿怎么没有去驴肉火烧铺？俺可是听说你是那里的常客。"

田仁敬气呼呼地说："嘻！甭提了。俺就是从那里过来的，那掌柜的老婆耍俺，往拎包火烧里夹了个草驴家伙让俺吃，恶心死了。"

"说好了，今儿俺请客。你稍等，俺这就来。"秦明道刚要去伙房安排做什么菜，就见邢铁山走了进来，忙说："今天可真是巧了，邢营长也来了。你先跟田司令说说话，俺到伙房弄几个菜去，今儿你兄弟俩好好地喝一盅。"

邢铁山见田仁敬坐在那里，便上前打招呼说："田大司令，你也上这小店里来吃饭呀？"

田仁敬一看是邢铁山来了，脸上绽放出笑容说："你看你，啥大司令大司令的，你小子少给俺弄些哩格儿楞。怎么，你也来这里吃饭？"

邢铁山说："瞧你说的，俺不是上这里来吃饭，上这里来干啥？"

田仁敬说："那就坐吧，咱一块儿吃，可是有日子没和你喝一盅了。"

邢铁山坐在了田仁敬的对面儿，然后便向前探了探身子，一脸神秘地问："哎，田司令。你听说了吗？泥沟镇昨儿也被八路占了。一个小队的皇军都被八路干了，一个也没活的。你说这时局怎么说变就变得这么快？从去年下半年以来，皇军建起来的近20个据点，已经被八路端掉了十几个，照这样下去，俺看咱这临城也难说保得住。"

田仁敬说："你说的是哩，今天上午菊池把俺喊了去，说是让俺继续招兵买马，以加强临城的防御。现在看来，不是这么回事了，连皇军也开始怕他们了。"

邢铁山做出很害怕的样子，声调有些颤抖地说："连皇军都怕八路了？如果有一天皇军跑了，咱们这些跟着皇军干事儿的，到时候可咋办呢？"

两个人正谈得兴致高涨，秦明道端上来四个下酒菜一一摆在了桌子上，有炸花生米、腌鸡蛋、拌羊杂和大葱拌牛家伙，随口说："给田司令做了几个下酒的菜，也不知道合不合你的意？"

田仁敬一看有凉拌牛家伙，便一拍手说："好！好！这些都是下酒的好菜，快，快把酒满上。"他说完，收了收口水，便拿起筷子夹了块牛家伙放到了嘴里，叭咂着嘴一嚼："嗯，挺筋道。"

秦明道说："俺就知道你好这一口，才专门为你拌的。好吃你就多吃点儿，咱伙房里还有。"

邢铁山开玩笑说："田司令，光知道你喜欢吃驴家伙，这牛家伙也不忌口啊？"

秦明道听了"嘻嘻"一笑说："你看，邢营长还爱开玩笑哩。"

"嗨！"田仁敬咀嚼着牛家伙说，"别管他，俺俩十几年了，一见面就这样儿！来，来！秦掌柜你也坐下。喝酒！喝酒！"

田仁敬是个嗜酒如命的主，一喝起酒来，也就把上午那些窝心的事儿全都抛到了脑后头，一高兴就喝高了。

邢铁山和田仁敬打了十几年的交道了。自从龙少坤成立保安团，两个人就认识了，田仁敬在一营当营长，邢铁山在二营当营长，十几年里关系还算不错。之所以龙少坤死了后菊池让田仁敬当副司令，道理很简单，皇协军里得有个出头的。一是他是一营的营长，二是菊池每次出城去"扫荡"，都是一营跟着去，再加上他在菊池跟前很会说话做事，所以龙少坤死了后，菊池就顺理成章地让他当了副司令。邢铁山今天在秦明道这里碰上了他，本打算根据当前的时局，试探着规劝他为自己留条后路，看来他是这些年里跟着龙少坤和菊池到处地"围剿"共产党和八路军而中毒太深，从骨子里与八路军为敌已经到了不可救药的地步，将来就是打败了日军，他也定会去投靠老蒋，继续与人民为敌。他一看把田仁敬灌醉了，就喊了卫兵来把他架走，随后便和秦明道来到了后院的客房里，把田仁敬喝酒说的话一一告诉了秦明道。

秦明道听了后说："看来这个小子是王八吃秤砣铁了心，要一条道走到黑了。先不管他了，从当前的形势看，他也只能是那秋后的蚂蚱，跟着菊池蹦跶不了几天了。前两天俺进了趟山，见到了刘队长和季书记，顺便看了看俺那妹妹和刘相龙一家。现在山里军民的抗战热情可高涨了，青年人积极参军，老年人和妇女儿童支前，都争先恐后地为夺取抗战的最后胜利积极地做事儿。"

邢铁山听后激动地说："是吗，啥时候俺也去看看。"

秦明道说："等等吧，俺想这临城离着解放的那一天也不会远了。枣临支队和各个抗日武装正在按照军区的指示，主动出击，逐个地拔掉临城外围的敌据点，最后使临城之敌成为孤立之敌。党组织要求咱们，在这决定胜负的关键时刻，积极做好解放临城的思想准备。你那边的情况怎么样？"

邢铁山说："放心吧。梁营副和三个连的连长已经都是咱们的人了，等解放临城的战斗一打起来，别的不敢保证，但绝对保证打开西门，以迎接咱们的部队进城。"

秦明道说："好！你上一次说要发展几个同志入党的事儿，俺已经向组织汇报过了，很快就会批准。希望他们能够在这最为关键的时刻，经得住党的考验。"

邢铁山坚决地说："请放心，一切都在掌握中。"他看看天色已晚，便道别了秦明道回营部去了。

自从清明过后下了几场透地雨，麦田由绿变青，又由青变黄，沉甸甸的麦穗，齐刷刷地摇晃着脑袋，朝着太阳泛出金灿灿的色彩，显得格外有精气神儿。

俗话说：蚕老一时，麦熟一晌。转眼间到了收麦子的季节。这天，刘相龙、赵明生领着小红军、小兆文来到了麦地边上。赵明生看着麦田里稠密的麦子喜形于色。他深深地抽了一口旱烟袋，随即吐着浓浓的烟雾对刘相龙说：

"亲家，你估摸估摸咱这麦子，今年能打多少斤？"

刘相龙笑着说："嗯，今年这麦子比往年长势都好，俺估摸着咱这 7 亩地咋着也得打 2000 来斤。"

赵明生说："俺也估摸着能打这个数。亲家，那你就先开镰吧。"

站在旁边的小红军抢先说："爷爷，让俺先开镰吧！"说着就抓住一把麦子，拿镰刀往怀里一搂，便割下了第一把麦子。

赵明生看着小红军那像模像样割麦子的样儿，笑不拢嘴地说："瞧！这孙子都能帮着爷爷收麦子了。"

刘相龙说："是啊，要不说咱都老了哪。"

小兆文手里没有镰刀，想要过姥爷手里的镰刀也割麦子。赵明生哄他说："兆文还小，割不了麦子。这样吧，姥爷在前面割，你在后面拾麦穗，拾多了回家给你蒸大馍，小兆文最乖了。"

爷孙四个一垄麦子还没有割到头，就见刘振武、张文峰、刘茵、孟虎等十几个人也都拿着镰刀、扁担、绳子来了。刘相龙说："部队上有那么多的事儿要做，你们还来干啥？就这几亩麦子，俺跟你赵叔两天工夫也就割完了。"

刘茵说："爹，今天咱家里割麦子，是俺一早去大哥那里告诉他的。俺觉得让他帮着忙活一天，也耽误不了部队上多少事儿。"

张文峰说："是啊，爹。部队上的事儿再多，这收麦子也是大事儿。要说咱这部队上的事儿，现在可比前些年少多了。那些年东躲西藏的，得应付小鬼子的追杀，而且还吃不上喝不上，天天光为了吃费多少事儿呀。现在部队上的战士们吃不愁、穿不愁，不光不躲避小鬼子了，咱还要找上门去杀鬼子哩！俺们这帮着家里收一天麦子，误不了事儿。爹，您跟大哥到树荫里说话去，有俺们这些人干就行了。"

刘振武说："爹，文峰说得没错。从打下了乌镇回来，部队已经休整有一段日子了，俺们正在制订麦收后打柳林镇的方案。在这一段时间里，军区首长要求部队在麦收期间帮助地方上搞好三夏生产。您看俺们来帮着收麦子，不也是工作吗？"说着，他就搀扶着刘相龙的胳膊，走到地边的山楂树下坐了下来。

刘相龙掏出烟袋来点上一锅，一边抽着一边说："话是这么说，这部队上的事儿总归是大事儿。老百姓指望个啥？不就指望着你们多杀鬼子，能够保得住咱这粮食不再被小鬼子抢了去吗？"

刘振武说："爹，您说得没错。当初，咱们建立红岭游击队的时候，老百姓为了抗击日寇的侵略都踊跃参战，并把家里吃的、用的都拿出来支援了咱们的队伍，才使得咱们的队伍逐步地壮大发展起来，有了今天这大好的局面。到现在俺总算是明白了毛主席所说的，打一场人民战争和人民军队爱人民的道理了。咱们的军队是从人民中来，是人民群众养育了军队，军队又为了保护人民的利益去浴血奋战，这就是一种鱼水关系。有了这种关系，就有了大海一样的力量，有了这样的力量，就有了无往不胜的局面。人民军队只有去捍卫人民的利益，才能赢得人民的支持，才能赢得最后的胜利。"

刘相龙对儿子能够认识到这么深刻的道理，觉得脸上很有光彩。他乐呵呵地说："你能体会到这些，说明你已经从战争中成长起来了，俺和你娘都为你高兴。"

刘振武听了，顿时感到有一股热流涌遍全身，让他不由得热血沸腾。他这些年里出生入死地去战斗、去杀敌，不就是要赢得爹娘的认可和老百姓的信任吗？一个做儿子的，没有再比能够得到父母的评价和认可而感到自豪和幸福的了。他看了一眼刘相龙那花白的头发和脸上隆起的褶子，有些心疼地说："爹，自从振东和小芳走了以后，您显得老了许多。您可得要保重身体，从现在发展的形势来看，小鬼子是兔子的尾巴长不了了。等麦收过后，咱们的队伍拔除了临城外围的敌据点后，最后打临城和沙沟也就是年底的事儿了。到时候把小鬼子从鲁南这块土地上赶跑了，咱们就过上太平的日子了。"

刘相龙说："唉，俺跟你娘眼下不愁别的，就愁你这个小茜妹妹。一说要给她找婆家，她就脸不是脸、鼻子不是鼻子地跟你急眼，把你娘都快愁死了。眼看着她就是 25 的人了，想老死在家里啊！"

刘振武说："爹，小茜的事儿您跟俺娘别愁。您没看出来呀？小茜成天介跟文峰眉来眼去、有说有笑的，俺看咱家小茜对文峰有意思，这也可能是她不愿意嫁人的主要原因。"

刘相龙听了后，看着刘振武问："有这事儿？这要是传出去了，可叫人家说咱什么好哟！"

刘振武说："嘿，这有啥好不好的，俺看他俩如果真的能走到那一步，也倒不孬，这叫亲上加亲，倒一下子解决了两个人的事儿，让小强也有了娘，您跟俺娘不也就省心了？"

刘相龙没有再说话。从表情上看，他仿佛认可了振武的说法，就又点上了一锅烟袋抽起来。

正在这时，就见鲁娟和赵颖送水来了。鲁娟放下挑子后说："爹，今儿天热，俺娘熬了绿豆水，让俺送过来，您先喝一碗！"说着就盛了一碗递给了刘相龙，接着又盛了一碗递给了刘振武。

刘振武站起身来，手里端着碗一边喝着绿豆水，一边大声地招呼道："喂，文峰，让大家都来喝绿豆水了。"

大家一听有绿豆水喝，就陆续地都赶到了树荫里来。

赵明生接过赵颖递过来的绿豆水，一边喝着一边说道："这天还真够热的。"他抹了一把头上的汗又说："亲家，你看这人多就是力量大。这才半拉上午的时间，咱们就割了一半儿了，俺看一气儿割完了回去吃晌饭正好。"

张文峰说："赵大叔说得对，咱们大家歇会儿后再加把劲儿，一鼓作气割完了再回去吃饭。"

赵颖说："俺娘在家里烙油饼，她让来割麦子的人晌午一块回家吃油饼去。"

王广河一听说吃烙油饼，高兴地说："咱这儿也吃烙油饼吗？"

孟虎搭话说："是啊，就是把葱花和油卷到擀好的面里擀成饼，再把铁鏊子擦上油烙出来的大饼。"

王广河说："对，对，俺老家泰安也是这个烙法。一到过麦的时候，俺娘就给俺烙油饼吃，可俺来枣庄这些年了，还从没吃过。"

刘相龙听了呵呵一笑说："是吗？那你今儿就尝尝你大婶烙的葱油饼，是不是跟你娘烙的一样儿。"

王广河高兴地点着头说："让您这么一说，馋得俺的口水都要流出来了。"

他说着伸了伸脖子，把口水咽到了肚子里。

刘振武说："你还是先馋着点吧，等把活干完了，回家让你吃个够，撑煞你。"

王广河"嘿嘿"一笑说："那敢情好。俺就多喝碗绿豆水润润肠子，到时候可真就甩开腮帮子吃了。咱这儿怎么叫绿豆水，不叫绿豆汤呢？到俺老家都叫绿豆汤，没有叫绿豆水的，这乍一叫，俺还不习惯哪！"

刘振武说："按说叫绿豆汤是对的。长征的时候，当地老乡送来了绿豆汤，俺乍一听也不习惯，后来问了俺们的团政委，他知识面广，学问深。他说水里放进了食物熬制出来的饮物，就不能再叫水了，应该叫汤或粥才对。不过叫绿豆水也未尝不可，一个地方一个叫法。"

王广河说："可咱这地方为啥白开水叫茶呢？俺才来的时候，到一个老乡家里找碗水喝。那老乡很是客气，说你先坐着歇会儿，俺这就给你倒茶去，当时俺心里很感激，认为这个老乡太客气了，素不相识，俺说要碗水喝，他竟然给俺倒茶去，真是太谢谢了。不一会儿，他端了一碗白开水来递给了俺，说茶倒来了，你喝吧！俺当时一边喝着水一边想，这老乡光嘴上的功夫，说给俺倒茶却倒了一碗白水，一点也不实诚。后来俺才知道，咱这儿白开水叫茶，让俺误会了好长一段时间。"

刘振武说："这就和绿豆汤叫绿豆水一样，生活中习惯上把水叫茶，也就叫茶了。"

大家喝完了绿豆水，又来到麦地里割的割、捆的捆。没多大工夫，就把地里的麦子收完了。王广河手拿一条两头尖的扁担，往捆好的麦捆上先后一插，用肩担起两捆麦子说："走啊，上首长家里吃烙油饼去喽！"

麦收过后，枣临支队又先后拔掉了柳林、张庄两个敌伪据点后，已经到了初秋的季节。在这个季节，是广袤的鲁南大地一年中最为郁郁葱葱的时候。虽然是秋季了，但仍然是处于末伏的炎热天气。天是那么的高，那么的蓝，那么的明亮。炽热的阳光在玉米叶上、在高粱叶上抖动着，泛着墨绿锃亮的光。吵人的蝉声，也更加稠密起来，仿佛是在为这迷人的季节而可着劲儿地呐喊。

这天，刘振武和张文峰等正在队部里梳理着今年以来拔除敌伪据点的作战经验，就见季华、秦明道走了进来。季华一进门就冲着大家笑呵呵地说："好消息啊！小日本投降了！鬼子投降了！"

刘振武和张文峰听了开始没有明白过来是怎么回事儿，有点蒙，但仅过了三四秒钟便一下清醒了过来。刘振武上前紧紧握住季华的手急切地问："啥？季政委，你是说小鬼子投降了？"

季华说："是啊，新华社每次连续播三遍，小日本8月10日决定接受《波茨坦公告》条件，15日宣布了无条件投降！"

刘振武兴奋地两手一攥拳在原地跳了起来，说："这太好了，小鬼子终于被咱们打败了！"

屋里所有的人一听到这条消息，顿时一片欢腾，这种欢腾，完全是发自内心深处的喜悦和兴奋，简直是无法克制，全都挥舞着拳头不由自主地高喊："咱们胜利了！咱们胜利了！"

8年了，整整经历了8个春夏秋冬，鲁南的山山水水可以做证，邪恶的日本强盗把这里蹂躏成了啥样子？搞得这里的老百姓有多少人无家可归，逼得多少人妻离子散，又有多少的父老乡亲、兄弟姐妹死在了日军的屠刀之下……现在日本人被打败了，无条件地投降了，怎能不叫人高兴，又怎能不叫人激动呢？有许多不会跳舞的跳起舞来，不会唱歌的也唱起歌来，人们载歌载舞，欢呼雀跃，完全沉浸在了无比的兴奋和欢乐之中。

红岭村的刘相龙、赵新河等村干部得到了小日本投降的消息后，纷纷走上街头奔走相告，大家把尘封了多年的家伙什儿重新取了出来，顿时村子里伴随着欢快的锣鼓，家家户户传出了"噼里啪啦"的鞭炮声。

刘茵组织妇女在村街上扭起了秧歌，娃童们在人群间嬉闹着跑来跑去的，一时间，欢乐的喜悦挂在了每一个人的脸上，整个山村喧闹起来。

这天的晚饭，枣临支队的各个桌子上都摆上了丰盛的饭菜，刘振武支队长破例允许大家喝酒，所以每个桌上都备了足够的酒。会餐在欢乐的气氛中进行，大家在杯盘的叮当声中夹着欢声笑语愉快地畅饮起来。是啊，他们在过去的8年战斗岁月里，从无到有，从小到大，又从弱到强，总是在艰苦的岁月里谈论着把小日本赶走而取得胜利的那一天，现如今把小日本打败了，胜利的这一天已经到来了，又怎能不愉悦呢？此时此刻，刘振武的心情是最为激动的，但是在他激动着的同时，却突然间想起了在战斗中死去的弟弟刘振东、妹妹刘芳，还有赵小满、秦二升、程娇等亲人和战友。这些在战斗中死去的亲人和战友的相貌和英勇的形象，像过电影一样不断地在他的脑海里闪现出来，为了战斗胜利的这一天，有多少好同志英勇牺牲了，现在胜利的这一天已经到来了，可是这胜利又是用多少抗日军民的血泪换来的啊！

在接下来的几天里，枣临支队上下无不沉浸在欢庆胜利的喜悦里。可是这天刘振武和季华从军区开会回来，却告诉了大家一个气人的消息，就是当小日本宣布投降，我枣临支队正要向枣庄、临城等重镇进军，迫使日军最后放下武器的时候，国民党竟发布了一项反动命令，要敌后血战 8 年的八路军和新四军的部队停止一切行动，集中待命；同时又命令华北的日军和伪军就地维持治安，以等候国民党军队前来受降和接收。刘振武铁青着脸对大家说："这命令是什么意思呢？就是要咱们不要去收缴敌人的武器，要日军和伪军也不要把武器交给咱们，由他们国军来受降，让日军、伪军在受降之前，替他国民党维持当地治安。真是滑天下之大稽！过去抗战打鬼子，他们望风而逃，跑得无影无踪，现在倒好，他们又从老鼠洞里钻出来想独吞胜利果实了。同志们，咱们能执行这种反动命令吗？"

大家一听都气急了眼，纷纷义愤填膺地说："不执行这咧熊的命令！抗战时，他们不抗日，净捣蛋，现在胜利了，他们又变着法地捣蛋！"

"是啊！打鬼子他们逃跑，别人打鬼子他们扯腿，现在咱们把小鬼子打投降了，由他们来受降，他蒋介石有什么脸下这熊命令，他又凭什么要求咱们来执行！咱们不执行！"

"对，不执行！坚决不执行！"

大家都被激怒了，个个额头上的青筋在跳动，嘴里也都不停地咒骂着，一致要求不执行命令，向龟缩铁路沿线重镇的日伪进军，迫使他们向我八路军缴械投降。刘振武向大家摆了摆手，静下来后又说："大家说得好，在敌后血战 8 年有功于国家与人民的八路军和新四军，完全有资格也有责任收缴在解放区包围之下的日伪军武装。"

"对，如果日伪军拒绝投降，咱们就坚决地消灭他们！"大家都以表达决心来回答支队长的号召，准备以坚强的革命意志和战斗行动来完成朱总司令的命令。

动员会后，刘振武和季华刚回到支队队部，就见地下交通站的秦明道站长和皇协军二营的邢铁山营长走了进来。他们一坐下，秦明道便说："铁山同志，把你所掌握的情况，跟两位首长说说吧！"

邢铁山说："驻枣临的日军司令官菊池接到投降的诏书后，十分恼火，据说已饮弹自尽。"

刘振武听了一震说："菊池这个老小子，8年来没有死在咱们枣临支队的手里，这到了末了，倒自寻短见了，这就是日本战争狂人的下场。"

邢铁山接着说："日军驻枣临联队和日军铁道警备大队小井及铁甲列车大队太田的两个大队，接到师团撤退到徐州向国军投降的命令后，欲从临城火车站乘车前去徐州与师团会合，结果列车刚开出沙沟站不远，前方的铁道线被咱们的铁道大队给炸断了几公里，又欲往回开，向北的铁道线也被炸断了，车上的鬼子进退两难，只好滞留在了姬庄和沙沟日军的兵营里。"

季华说："刘振山的动作够快的，军区会议上，张司令要求铁道大队严密注意临城敌人的动向，防止日军不缴械向徐州方向逃窜。炸毁了铁路，这活干得漂亮。"

刘振武问："临城的皇协军什么心态？"

邢铁山说："皇协军副司令田仁敬得到小日本投降的消息后很是失望，他把各营的干部召集起来并会，决定据守临城，等待国军前来改编的命令，坚决不投靠八路军，看来他跟国民党特务机关有联系的传言是真的。"

刘振武说："田仁敬是要与人民为敌到底了，那就消灭他。"

季华问："皇协军内部的实际情况怎样？"

邢铁山说："一营长刘有才表示一切听他田仁敬的，坚决跟他站在一起；三营长赵友学说八路军不好惹，不能硬来，俺看一旦仗打起来，他不会顽抗到底。俺为了稳住田仁敬，在会上表态一切听从他的指挥。"

刘振武说:"好,咱们事不宜迟。既然鬼子已经从城里撤走了,趁城里的田仁敬一伙乌合之众心神不定,俺的想法是咱们从明天开始就做攻打临城的准备,在取得军区首长的意见后就拿下临城,使临城早一天回到人民的手中。铁山同志,你和秦掌柜连夜赶回去,怕的是你出来时间长了,容易引起田仁敬的怀疑。到了攻城的那一天,你只要把城西的大门打开,使咱们的部队能够顺利地进城就行了。"

邢铁山说:"请刘队长放心,到了那天俺一早就赶到西门去,亲自迎接咱们的部队进城。"

攻打临城的作战方案批传下来后,刘振武便带领部队连夜出发了。在黎明的时候,部队已经悄悄地把临城包围了起来。按照作战方案的部署,张文峰、曹保刚带领一营佯攻南门,刘相民、孟宪生带领二营佯攻北门,季华带领特务连和女兵连佯攻东门,行动的时间定在了7点整。一切准备就绪后,刘振武则带领三营直奔西门而去。

这天的一大早,邢铁山早早地就到了西门,他命令部队站成两排,准备列队迎接八路军枣临支队的到来。

接近7点的时候,刘振武带领部队到达了西门。只见西门的城门洞开,邢铁山和官兵们的左臂上各缠了一条白毛巾,正列队城门的两边迎接他们的到来。

邢铁山见刘振武带领部队走了过来,即刻带领营副梁传业和各连连长迎了上去,向刘振武行了个举手礼说:"报告刘队长,邢铁山带领全营官兵从今儿起反正,请你指示!"

刘振武还了个举手礼后严肃认真地说:"从现在开始,你们营全体官兵就正式被列为八路军建制了。"他宣布完,跟邢铁山他们一一握了手后又说:"现在分配一下任务,杨营长带领第一突击队攻打刘有才的一营;梁营副带领第二突击队攻打赵友学的三营;俺和铁山同志带领第三突击队直捣龙家大院,活捉田仁敬。"他掏出怀表看了看又说:"开始行动!"

7点到了。就听得东门、南门、北门的攻城开始了。20多门掷弹筒炮弹一个劲儿地往城门楼子上轰，炸得墙体砖落瓦飞，硝烟滚滚。守城的伪军们还没弄清楚是哪股八路军在攻城，就听得城里也响起了密集的枪声、手榴弹的爆炸声和惊天动地的喊杀声。

南门被炮轰开了，北门和东门被炮轰开了，攻城的部队潮水般地涌进城去。只见那些正在大街上执行任务的伪军，面对着内外的攻势也不抵抗了，纷纷把枪举到了头顶上。

杨胜带领第一突击队来到敌一营驻地的时候，正赶上刘有才带领着队伍出院门负隅顽抗，但见一排子弹打过去，就把刘有才的队伍压了回去。刘有才还没有起床就有卫兵在门外大声地报告说："营长，八路攻城了！"他一听便慌忙地从床上爬起来，正集合好队伍准备去城门增援，却被杨胜带着队伍赶到，堵在了院子里。刘有才一看八路军出现在了面前，认定城门已经被攻破，命令部下缴械投降。

赵友学的三营更不堪一击。他一听八路军攻城了，便带着部队往龙家大院奔去，正被梁传业带领的第二突击队迎了个正着，一排子弹打过去，在八路军"缴枪不杀"的呐喊声中乖乖地放下了武器。

刘振武和邢铁山带领第三突击队来到了龙家大院的门外后，刘振武让邢铁山率先带领他的三连冲进院子里去，目的是要演一出诈降田仁敬的好戏。

田仁敬一看邢铁山带着队伍进到院子里来，就拉着个驴脸说："你不在西门坚守城门，跑到这里来干啥？"

邢铁山说："副司令，八路的炮火太猛了，俺看那城门是守不住了。你看，咱这说着，他们就打进来了。"

田仁敬顺着邢铁山手指的入门口望去，就见刘振武已经带着队伍进到了院子里。他再一看邢铁山那镇定自若的样子和他的部下左臂膀上缠着的白毛巾，心里全明白了："好啊，邢铁山，这么多年了俺没有把你给看出来，前些年王全中说皇协军里有共产党俺还不信，原来就是你啊！俺岂能放过了你。"说完就掏出手枪欲射向邢铁山。只听"砰"的一声枪响，刘振武一枪正打中他的手腕子，田仁敬手里的枪也当啷一声掉到了地上。

临城解放了。深受倭寇和汉奸们欺压的临城老百姓纷纷走上街头庆祝解放。锣鼓声、鞭炮声、人们的欢呼声，汇集成了欢乐的海洋。人群里，一面面彩旗招展，一张张笑脸绽放。

第二十六章　沙沟受降

日本天皇发布了无条件投降的诏书后，鲁南地区各个日军兵营里立时炸了锅，一些日本浪人和军国主义战争狂人不甘心失败的现实，有的暴跳如雷、狂躁不安，有的心情绝望、剖腹自尽，还有的不自量力、叫嚣不拿下中国绝不回国。他们就这样狂躁、绝望、叫嚣了一阵子后，便逐渐地个个蔫头耷脑地低迷下来，没有了之前那盛气凌人的威风。

抗日战争的胜利，使得鲁南的斗争形势发生了根本性的变化。1945 年 9 月，中共中央为应对国民党发动的全面内战，及时地调整战略部署，确定了"向北发展、向南防御"和发展东北、巩固华北、坚持华中的战略方针。

新四军第七师第十九旅进驻沙沟一带后，决定首先消灭掉驻在沙沟的伪军。可旅长林维先了解到在沙沟镇附近除有伪军外，还有两支日军的部队。一支驻在姬庄，属于济南步兵师团驻枣临的野战联队。这支野战联队是在开往济南集结时，由于铁道线被我铁道大队破坏，无法继续北进而被挡在了这里。另一支驻在沙沟火车站，是驻临城的日军铁甲列车大队和日军的铁道警备大队。十九旅要消灭掉沙沟镇的伪军，他担心附近的这两支日军有可能会来增援。因为当时日军虽然宣布投降，但尚未放下武器，如果这两支日军参与进来帮助沙沟的伪军作战的话，将会对我军消灭沙沟之敌带来很大的麻烦。

林维先旅长把了解到的情况及时地向陈军长做了汇报，陈军长听了"嘿嘿"一笑说："这事儿你们去找鲁南铁道大队帮忙，他们会有办法的。"

林维先听了，便立刻派人把铁道大队的大队长刘振山和政委郑义找了来，说："我们十九旅准备消灭驻沙沟的伪军，你们有没有办法保证附近的两支日军不参战？陈军长说你们铁道大队有办法，让我们遇到困难找你们帮助解决。"

刘振山和郑义听了林旅长的话，觉得有点为难。这两支日军的部队能听咱铁道队的吗？但林旅长的意思这任务是陈军长给的，他只是转达一下陈军长的意见。既然陈军长这样说了，困难再大，铁道队也得设法去完成。于是，两个人便愉快地接受了任务。

林维先交代他们说："你们要多向日军宣传我党我军的方针、政策，对他们讲清楚利害关系。为了表明我军的诚意，一不要带枪，二不要带警卫员，要只身入敌营。"

刘振山说："当年的关云长单刀赴会时，还带了个周仓和青龙偃月刀呢！如今让俺赤手空拳地深入敌穴，这万一那些个输红了眼的小鬼子狗急跳墙可怎么办？牺牲俺个人是小事，完不成任务可是要贻误战机。"

林维先说："现在的小鬼子已经不像投降前那么凶残蛮横了，他们现在是害怕咱们消灭他们，只要咱们向他们保证不打他们，估计他们不会去支援伪军。再说，他们也已经看到了，这一带到处都是咱们新四军和八路军的主力部队，就是真的打起来，他们也占不到什么便宜，因此完全用不着怕他们。"

林旅长的一番话说得刘振山和郑义直点头，一颗紧张着的心放松了下来。接着林旅长又说："还有，我们的十九旅刚到这里，人生地不熟，在打仗的时候能不能请铁道队的同志给我们做一下向导？"

尽管林旅长没有说这事儿是陈军长的意思，刘振山和郑义考虑到新四军千里迢迢地赶到鲁南来帮助消灭伪军，铁道队有义务而且也有责任帮助部队解决困难，因此他们也愉快地接受了为十九旅当向导的任务。他们回到队部后，经过与其他队领导们一起研究，决定给十九旅的每个连队都派两名铁道队员做向导，并随即把队伍集合起来做了战斗动员。铁道队员们一听要为新四军的队伍当向导，都愉快地接受了任务。

给十九旅做向导的任务部署妥当之后，刘振山又和队领导们开会研究了如何才能使日军不参战的问题，最后决定由刘振山和郑义分头去两支日军部队那里谈判，刘振山去沙沟车站的日军兵营，郑义去姬庄的日军联队。

郑义在去姬庄的路上，考虑到日军兵营里自己一个人也不认识，不好贸然进去，在来到姬庄的村外时，让人去把村里的伪保长姬茂喜找了来，向他问了村里日军驻防的情况。

姬茂喜说："这些日军刚开过来了没几天，他们分头住在了村子里的一些大户人家，其他情况不太清楚。"

郑义说："你到日军联队长那里去一趟，就说八路军鲁南铁道大队的政委有事要找他谈，看他是个什么态度。"

也就是有一袋烟的工夫，姬茂喜便回来报告说："看来你们铁道大队的威望确实高，俺去找到日军联队长后，一说鲁南铁道大队的政委要来和他谈谈，他没加思考就痛快地答应了。"

已是黄昏时分，郑义随姬茂喜来到村西头一所较大的宅院里，发现院内负责警卫的日军已经没有了过去那种耀武扬威、神气十足的劲儿了。很多士兵把上了刺刀的枪倒戳在地上，一个个蹲在墙根儿耷拉着个脑袋，其战败国士兵垂头丧气的样子暴露无遗。郑义走到他们的跟前用日语问抽不抽烟，结果是这个要，那个也要，一包香烟很快就散光了。郑义见到日军联队长后说："现在日本已经战败，世界反法西斯战争取得了彻底的胜利。希望你们审时度势，不要参与到中国的内部事务中来，以免做无谓的牺牲。你们当前最为紧要的是平平安安地尽快返回日本与家人团聚。"

日军联队长听了郑义的一番话后，机械地回答说："我们不打了，不打了。我们要回家团聚。"

谈判一开始，由于十九旅攻打沙沟伪军的时间是午夜，郑义在还没有弄清日军的真正态度之前，没有轻易地说出我军的作战计划，只是从大形势上泛泛而谈，主要目的是要求日军不要参战。直到郑义和日军联队长一起吃晚饭的时候，郑义才把谈话引入了正题。他说："今天晚上，俺们的部队要消灭驻沙沟的伪军，希望你们在我军攻打沙沟的时候不要参加战斗。否则，所引起的一切后果你们负责。"

日军联队长说："只要你们能说话算话，保证我们的安全，我们就不参战。"

郑义说："只要你们不参战，就能保证你们的安全。"

姬庄日军不参战的事就这样定了下来。但由于双方彼此还是缺乏信任，日军联队长要求郑义在攻打沙沟伪军的战斗结束之前，不能离开他们的兵营，而郑义也担心自己走了之后日军会说话不算数，还是在这里盯着点好，所以郑义就爽快地答应了留在兵营里的请求。把事谈妥了后，日军联队长举起酒杯祝贺谈判成功。随后，日军联队长给郑义安排了休息的地方，然后就回自己的屋里休息去了。

郑义没有去日军联队长安排的休息的地方，他知道就是去了也睡不着。他估计新四军攻打沙沟的战斗少说也需要三四个小时，于是就和姬茂喜一起在屋外面转圈儿，一方面是为了消磨时间，另一方面是为了及时地观察日军的动向，万一发生意外，好能及时处理。

沙沟距离姬庄只有几里路远，我军攻打沙沟的战斗打响后，其枪炮声，郑义在村内能听得清清楚楚，直到拂晓，沙沟方向的枪击声才渐渐地稀疏下来。郑义估计战斗已经结束，便告别了日军联队长，返回铁道大队驻地去了。

在郑义到姬庄去谈判的同时，刘振山也赶到了沙沟车站的兵营里。刘振山是个性格直爽的人，他没有像郑义那样先找来伪保长前去通报，而是一个人径直地走进了沙沟车站。车站的外围有日军为防止进攻而修筑的工事，当刘振山穿着一身崭新的八路军军装走进工事时，门口几个担负警戒任务的日军十分警惕，立刻端起上了明晃晃刺刀的三八大盖喝道："喂，什么的干活？"

刘振山镇静地回答道："俺是八路军鲁南铁道大队的大队长，找你们的大队长。"

日本士兵听了，由一个去向大队长太田报告，其他的几个士兵端着枪便把刘振山围了起来。也就是过了十来分钟的时间，从兵营里走出来了几个日军，其中一个对门岗叽里咕噜地说了几句日本话后，就把刘振山领进了兵营里。

日军的大队部设在一间堂屋里，正中间的墙上挂着膏药旗，只见在办公桌的后面坐着一个大佐军官，经介绍，他就是太田大队长："你是什么人的干活？来这里什么的干活？"太田操着生硬的中国话问。

刘振山环顾了一下四周说："俺是八路军铁道大队的大队长刘振山，今天，俺是代表鲁南军区来向你们申明几个问题。"

看来太田多少懂得些中国话，旁边虽有翻译，但他没有去问，只是把头向前探了探，脸上露出用心听讲的表情。

刘振山接着说："沙沟的伪军在你们发起的侵华战争期间，认贼作父，以你们为靠山，屠杀共产党人，残害人民百姓，民愤极大，因此，鲁南军区决定要惩处这些汉奸。希望你们在我军采取行动的时候不要去支援他们，否则，由此而引起的一切后果由你们负责。请你考虑一下，马上给俺一个明确的答复。"

太田听后，立即变得像另一个人一样，马上命令勤务员给刘振山泡上一杯茶，并拿出一盒烟殷勤地请刘振山坐下来抽烟。接着，他把手一摆，命令屋子里的人都退出去，随即笑嘻嘻地对刘振山说："你的就是铁道大队的刘大队长，幸会，幸会！咱们在铁路线上打了这么多年的交道，算是老朋友了。呵呵……我的接受你提出来的意见，但你们要保证不打我们，否则我们是要还击的。"

看太田说话时的表情，似乎是对我八路军不信任。刘振山就再次重申了我军的意图和决定，说："只要你们不前去支援沙沟的伪军，俺保证你们不会受到任何攻击。"

太田"嘿嘿"一笑说："好，那咱们就这么说定了。"

谈完之后，刘振山立即离开沙沟车站回到驻地，找到林维先旅长汇报了谈判的情况。林旅长听了，对谈判的结果很满意，但他还是担心小鬼子会变卦，便对刘振山说："振山同志，我看在我们旅发动进攻的时候，你还得要去小鬼子那里监视他们的行动，以免出现意外，等我们消灭了沙沟的伪军之后再回来！"

刘振山一想也对，就欣然答应了林旅长提出的要求，随后就一阵风似的又向沙沟车站奔去。

日军哨兵这次见到刘振山没有再盘问，而是笑嘻嘻地把他领到了大队部里。刘振山向太田说明了来意，太田一听也很高兴。他本来就对刘振山的承诺半信半疑，现在刘振山又回来要求留在这里，待战斗结束后再离开，这不就等于在他的手里有了人质吗，随即便笑呵呵地安排刘振山去休息。然而，刘振山由于怕发生意外，他虽躺在床上，却是一夜没有合眼。

当天夜间，第十九旅按照既定时间向沙沟的伪军发起了进攻。由于铁道大队的刘振山和郑义通过谈判而牵制住了两支日军部队，因此战斗进行得很顺利，在第二天拂晓的时候便结束了战斗。然而，正当刘振山准备从沙沟车站返回的时候，一件意想不到的事情却发生了，就听得刚刚宁静下来的天空突然又传来了一阵密集的枪声。听枪声好像是朝日军兵营的方向打来的。刘振山赶忙跑出去查看，只见有几副担架抬着打伤的日本士兵走了过来。正当刘振山感到诧异之时，太田怒气冲冲地带着几个全副武装的士兵走到了他的面前说："你的说话怎么不算数？你们的人朝我们开枪了。"

刘振山严肃地回答道："不可能！绝对不可能！在事实的真相没有弄清楚之前，请先不要下这样的结论。"

"把他给我押起来，严加看管。"还没等刘振山说完，太田便下令把他扣押了起来。

刘振山被日军关进了一间矮小的屋子里。他透过窗户看到外面的日军个个荷枪实弹，并对准小屋架起了机枪，看来自己随时都有被日军处死的危险。在这种情况下，刘振山首先想到的是从这里突围出去。若是突围，有两种可能，一是成功，二是牺牲。但是在发生的事件还没有弄清楚的情况下，盲目地突围会打乱上级的作战计划，而日本人也会有可能去找我们的部队进行报复，那样就会给我们的部队带来不必要的损失。他想到这里横下一条心：即使日本人要处死俺，俺也不能贸然突围。眼下最主要的是尽快弄清楚外边到底发生了什么情况。就在这时，刘振山看见一个日军翻译正朝小屋这边走来，他便扯高了嗓门冲着那翻译说："喂，你过来。"

日军翻译见刘振山喊他，就走到窗户跟前问道："刘大队长，你有什么事儿？是需要什么东西吗？"

刘振山说："俺现在什么也不需要，只向你问个问题。现在日本投降了，日军马上就要撤离咱们中国，你是个中国人，是想继续与人民为敌，还是想找一条光明的出路？"

翻译听了结结巴巴地说："当然想找一条光明的出路。"

刘振山说："那好。你在日军占领时期为小鬼子做事可能是生活所迫，但你从现在开始悬崖勒马不再为小鬼子做事了，人民或许会原谅你。"

日军翻译连忙说："是，是。我一定争取人民的原谅。大队长，你现在有危险，小鬼子正准备要处死你，要不要我想办法帮你逃跑？"

刘振山回答道："俺不用你帮俺逃跑，在没有弄清事实真相的情况下，让俺走，俺也不会走。你只要老实回答俺的问题就行。"

日军翻译说："你说，你请说。"

刘振山问："早晨打枪时有没有伪军往这里跑来？"

日军翻译答："有，有二三十人呢。其中有伤兵和军官，他们现在正在车站的票房里面，日本人还没发现他们。"

听翻译这么一说，刘振山已经清楚为什么打枪了，就叫翻译去把太田找来。

刘振山见太田来了后，便理直气壮地对他说："你为什么要扣押俺？"

太田说："因为你们的军队违反了谈判协定，打伤了我们的人。"

刘振山说："不对！违反谈判协定的是你们，而不是俺们。俺们的条件是只要你们不帮助伪军，俺们就不打你们。可你们为什么让伪军跑进你们的兵营？你们掩护了伪军，就等于支援了伪军。你们的人之所以受伤，是俺们的人在追击伪军时误伤的。是你们说话不算数，责任完全在你们一方。"

太田并不知道有伪军跑进车站的事，因此他对刘振山凶巴巴地说："如果车站里没有伪军怎么办？"

刘振山坚定地说："俺可以拿脑袋担保！"

太田听后说："那好，我们一言为定。如果车站里有伪军，此事我们一笔勾销；如果车站里没有伪军，你自己已经说过了，就别怨我对你不客气了。"

刘振山说："一笔勾销不行，你们得把伪军抓起来交给俺们。"

太田得意地点了点头说："吆西！"便带上一个中队的日军，领着刘振山向车站走去。他认为，这下可找到处死他铁道大队长的借口了。

一走进车站候车室，太田只见里面果然有许多的伪军，他立刻呆愣在了那里，随之一张脸拉成了驴脸，呆板又尴尬。

伪军们见刘振山穿着一身八路军服装，并带着一队日军走过来，顿时"哗"的一下站起来，端起枪试图垂死挣扎。刘振山面对伪军们的这一架势没有说话，而是坦然地看了太田一眼。

太田问身边的中队长说："这是怎么回事？"

中队长结结巴巴地说："不知道啊！"

太田狠狠地给了中队长一记耳光。他以一个失败者的口气对刘振山说："刘大队长，你看我们应该……"

刘振山说："先把他们押起来，等俺回去后派人来把他们带走。"

日本天皇宣布无条件投降之后，滞留在沙沟一带的日军迟迟不肯缴械。说是他们日方与国民党方面有协定，就是缴械也只许交给国民党的军队，不许交给共产党的军队。这一协定，作为共产党的八路军以及有正义感的中国人民来说，当然是不可接受的。在长达8年的抗战中，共产党领导的八路军、新四军付出了沉重的代价，无疑是真正的胜利者，也只有真正的胜利者才有资格接受这份用流血和牺牲换来的胜利果实。特别是鲁南地区的抗日军民，他们在牵制日军南下和破袭日军掠夺煤炭资源的战斗中，扒火车、炸桥梁、端炮楼、拔据点，打得日军心惊胆战，鬼哭狼嚎，理应享受这来之不易的胜利果实。于是，一场唇枪舌剑的沙沟谈判开始了。

最初，当鲁南军区得到日寇投降的消息后，于8月20日便向临城、沙沟等地的日军据点发出了缴械投降的通牒，但日军非常顽固，对八路军的通牒不予理睬。他们先是借故拖延，后是扬言奉命只许把枪支交给国民党，就这样一拖再拖，一直拖到了9月底。在久拖不决的情况下，鲁南军区斟酌再三，决定派铁道大队的刘振山、郑义去沙沟跟日军谈判。

谈判一开始，日军铁甲车大队长太田派出的谈判代表小林，始终抱着主子的指令不松口，说道："我们要缴械，必须把枪支交给国民党，如果交给了你们共产党，就违背了上级的旨意，触犯了军纪，不好向上面交代。希望你们不要为难我们，考虑一下我们的难处。"

刘振山一听就火了，严词驳斥道："你们战败了，要你们缴几支枪就觉得这么为难。这些年来你们在鲁南地区杀害了俺们这么多的同胞，怎么就不为他们想想？他们家破人亡、妻离子散，你们为他们想过没有？"刘振山说着说着心里头直冒火，在半空里挥了一下手放开嗓门说："你们的侵华主子罪恶滔天，你们的军国主义者血债累累，是万恶不赦的战犯，随时随地都会受到正义的审判，爱好和平的人民随时随地都要清算你们所欠下的血债，希望你们不要顾忌什么指令，赶快把枪交出来，用实际行动来赎你们在鲁南所犯下的滔天罪行。现在，我们八路军、新四军已经在鲁南一带集结，希望你们审时度势，认清现实，做出正确的选择，否则你们和你们的部队面临的是什么，请你们一定要想想清楚。"

刘振山的话，掷地有声，震撼了在座的日军代表们，小林也许是受到了良心的谴责，沉思了一会儿说："要不这样，我们回去跟太田大队长商量一下，为了都能交差，我们交一部分枪支给你们，另一部分交给国民党。"

郑义说："不行！国民党那里一支枪也不能给，必须全部交给俺们八路军！"

这次谈判就这样彼此互不相让先告一段落，谈判的结果是日军松口，可以把枪支交一部分给我们了。

第二次谈判的时候，军区让第七师群工部的部长参加了。在谈判桌前，刘振山向日军谈判代表介绍说："这位是俺们的首长，你们有什么想法可以跟他说。"

小林听了摇了摇头说："我们就不劳你们的大首长了，还是跟你们铁道大队继续谈吧！"

当然，作为铁道大队大队长的刘振山很清楚小林只想跟铁道大队谈判的说辞。多年来的打交道，身为临城火车站站长的小林深知铁道大队的厉害，对铁道大队是既恨又怕，还打心里敬佩。1941年5月，铁道大队为钳制日伪军对鲁南的大"扫荡"，在津浦铁路频繁出击日伪军，先后数次破袭了临城至沙沟段的铁路，后又在王沟车站附近让日军的两列火车相撞，颠覆车厢20多节。1941年3月至11月，由于日军推行"治安强化"政策，对抗日根据地实行严密封锁，到了11月底，山区抗日根据地的八路军还没能穿上棉衣，针对这一情况，军区命令铁道大队想办法解决部队的过冬棉衣问题。铁道大队接到命令，通过内线了解到了敌人列车的运转情况后，决定截击敌人的布车。为了防止出现意外，由枣临支队、微湖大队配合，动员了沙沟铁路沿线村庄的群众600余人，湖边村的船只128艘为运输力量，等日军列车开到沙沟南黄庄村时，内线人员将一节布车车厢甩下。此次行动获布料1200余匹、皮箱200只、日军服装800余套以及呢料、医药器材等物品，并将物品连夜运往了山里，从而解决了山区部队的棉衣过冬困难。1942年5月，铁道大队大队长刘振山带领队员在沙沟颠覆日军列车一列，致使日军的"扫荡"计划落空。1944年5月，铁道大队炸毁韩庄至沙沟铁路大桥，颠覆火车一列，迫使敌人5天不能通车。这一桩桩、一件件，怎能让代表日军方面谈判的小林不记得呢？

这次谈判又一次没谈成。

再一次谈判的地点设在了姬庄。这次谈判，与太田大佐直接坐在了谈判桌前。为了彰显胜利者的威风，刘振山是带着短枪队来的，而日军太田也带来了一个卫队。当对方走到相距约100米的距离时，各自的卫队都停了下来，然后由刘振山和太田走进了一间事先安排好的谈判屋里。

这是一间民宅的堂屋，日军士兵把事先准备好的一块白布铺在桌子上后，随手取出自己带来的茶具、茶叶，泡上了一壶茶，稍过一小会儿，士兵端起茶壶斟在茶碗里，分别端到了在座的谈判代表面前。

太田一挥手，示意刘振山喝茶，然后自己缓缓地端起茶碗呷了一口茶说："我们的接到上级的命令，要我们尽快地返回日本。"

刘振山说："返回日本可以，只要你们把武器交出来，俺们就可以放你们走。"

太田又用上了那句不知说过多少次的老话："可是我们的上级有规定……"

刘振山严厉地驳斥道："俺早已说过了，你们的上司是战犯，在这里不应该，也不能再听他的命令。"

太田见刘振山的态度十分强硬，没有丝毫退让的意思，便换了一个话题问刘振山："如果我们缴了枪，能不能遣送我们回国？"

刘振山说："完全可以。"

在谈到缴械的问题时，太田抱着再试试看的心理说："我们交一部分，但不能全交，究竟交多少还得回去请示。"

这次刘振山听了没有发火，也没有表态。因为在这次谈判之前，他曾接到过指示，对于日本人缴械问题能交多少算多少，尽快地让他们走。刘振山本着这一精神，所以没有再在缴械的具体数量上做文章，当然是越多越好，全交最好。但是在他的脑子里始终有一个考虑，就是驻在临城沙沟的两个日军大队非全部缴械不可。这两个大队一个是铁甲列车大队，另一个是铁道警备大队。他们非常的顽固反动，很有日本武士道精神，专门跟铁道大队对着干。抗战这些年来，这两个日军大队一天到晚奔跑在铁路线上，连做梦都想把铁道大队连根拔掉，是铁道大队的死对头。现在他们战败了，若是不把枪全部交出来，俺刘振山怎能对得起那些死难的兄弟。

由于太田在缴械问题上还在玩猫腻，因此这次谈判仍然没有一个明确的结果。

在长时间拉锯式的谈判中，日军被困在沙沟车站一段时间后没有了供给，生活上处处显得非常狼狈。他们没有吃的，就用身上的军大衣、手表和香烟等日用品向当地的老百姓兑换。有的日军饿急了，就跑到村民的地里偷地瓜、跑到村民的家里偷煎饼，因而经常是被村民们拿着铁铲、扫帚等农具追得乱跑。为了到时候能够轻松地脱身，生性残暴的日军还急于甩掉包袱，居然对自己的人下起了"毒手"。一天半夜里，日军们按照大佐的意思偷偷堆起了枕木，把那些走不动的伤病员和老弱病残抬到一起，然后浇上汽油活活烧死。据说当时不少被烧着的日本兵在火中还挣扎着、喊叫着："不要烧死我，我还能给天皇效力。"整个沙沟镇上都听得到被烧日军凄惨的哀号声，满大街都是难闻的烧肉皮子的焦臭味。

处境上的劣势，使得日军垂头丧气。日军们从上到下如坐针毡，惶惶不可终日。无奈之下，日军派小林来找铁道大队，要求通融通融放他们走。小林这家伙个子矮小，干瘦如猴，一双小圆眼睛上长着两撮又黑又粗的眉毛，小嘴薄皮，操一口流利的中国话，无论是从外表上，还是从说话上，都让人看不出他是一个日本人来。他一见到刘振山就说："不是我们不缴枪，是上头不让交……"和太田大佐的口径一模一样，他把不缴枪的责任全推给了上头。

刘振山对小林这话已经听腻了，态度非常强硬地对他说："别的俺不管，你回去就对大佐说，必须得把警备大队和铁甲大队的武器交出来。这两个大队的武器是非交不可的，而且是全部。"

小林听了还是表现出一副无可奈何的样子，无论刘振山怎么开导他，怎么耐心地劝说他回去做工作，他始终都有一种强人所难的感觉。

在交谈中，刘振山得知小林与铁甲列车大队长太田有着表亲的关系，又是早稻田大学的同学，故而要小林抓紧做太田的工作。要是太田的工作做通了，警备大队长小井的工作就好做得多了。

小林回去后，按照刘振山的说辞向太田说清了利害关系，最后总算是把太田和小井说得有所心动了。

为了向日军继续施加压力，刘振山把军区司令员请来与太田和小井见面。当张司令和太田、小井见了面还没说上几句话，两个大队长便都哭了起来，而且是一把鼻涕一把泪的哭得很伤心，好像是受了莫大的冤枉和委屈似的。

张司令一看这种情景，觉得一时也谈不了了，所以也就没有再继续谈下去，临走的时候他当着两个大队长的面甩下了这样一句话："谈判的事，由铁道大队的刘振山、郑义作为我的全权代表同你们具体谈。"说完，便带着骑兵卫队走了。

在接下来的谈判中，刘振山抓住时机，毫不客气地向日军发出了最后的通牒说："俺们再也不会听你们的这理由那理由了，今天下午3点必须全部到约定的地点投降，不然的话，俺们就地消灭你们。听到了吗？下午3点！"刘振山故意把"下午3点"做了特别强调，那声音是提高了八度说出来的。他估计，若是不对太田这个老小子说点狠话，他不会主动地把枪械交出来。

太田、小井、小林见共产党方面的谈判代表已经下了最后的通牒，知道再谈下去已无济于事，便一个个灰溜溜地返回日军驻地去了。

历史的机遇往往是给有准备的人而准备的。下午3点，果然不出刘振山所料，日军排着长队、扛着枪械准时地来到了受降地点。他们一个个像被霜打过的茄子，情绪别提有多懊丧和低沉了，人人都是一副垂头丧气的狼狈相，远没有了当年的那种盛气凌人的恶魔样子。相反，八路军方面前来监护缴械和负责警戒的部队，却是一个个精神振奋、情绪高昂，从内心里兴奋和喜悦，跟那些前来缴械的日军形成了鲜明的对比。这支前来负责监护缴械和警卫的部队，是刘振山、郑义向鲁南军区请示后，特意把枣临支队特务连调来了。那一个个神气十足、威风凛凛的战士，把战胜国的将士风范体现得淋漓尽致。

受降仪式开始了。为了防止意外，刘振山要求日军一个小队与一个小队之间拉开一定的距离。日军们尽管情绪低落，但队伍不乱。当轮到哪个小队缴枪时，先是由小队长前来向铁道大队队长刘振山、政委郑义行一个军礼，然后把手里的武器放下，再由士兵一个个排着队走过来把枪支整齐地码在地上。

整个日军都缴完械之后，该轮到铁甲列车大队长太田和警备大队长小井了。他们两个分别举着跟随了多年、不知道屠杀过多少中国人、吸食过多少鲜血的那把指挥刀，极其狼狈地走到刘振山和郑义的面前，恭恭敬敬地将手中的指挥刀交给了跟他们浴血战斗过多年的两位铁道大队的领导人。此时明显地看出，刘振山、郑义在接过指挥刀的那一瞬间的内心感受，是跟两个日军大队长的内心感受截然不同的，其藏在内心的较量也是喜悦与痛苦的鲜明对照。

受降仪式从日军进行第一批缴械开始，到最后一批缴完的时候，已经是深夜的 12 点钟了。日军交出了 1000 多件枪械，有山炮、小洋炮、迫击炮、有手枪、步枪、冲锋枪、机枪、手榴弹等，装了十几辆马车。等队员们把缴获的战利品运到驻地的时候，天已经大亮。

沙沟受降展现了鲁南抗日军民 8 年不屈不挠的战斗，毅然决然地施压被困在沙沟的 1000 多名日军向我八路军部队投降，充分体现了鲁南抗日军民的伟大力量，铸就了中国抗战史上的英雄传奇。这一创举，将永远载入中国抗战乃至世界反法西斯战争的史册。